카라마조프 형제들

가볍게 읽는 도스토옙스키의 5대 걸작선

카라마조프 형제들

표도르 도스토옙스키 지음
허선화 옮김

뿌쉬낀하우스

일러두기

1. 이 책의 러시아어 표기는 국립국어원의 외래어 표기법을 따른다. 다만 인물들의 애칭 중 스메르댜코프 / 미탸 / 미텐카(드미트리) / 카탸 / 카텐카(카테리나)는 발음의 용이를 위해 스메르쟈코프, 미챠, 미첸카, 카챠, 카첸카로 표기했음을 일러둔다.
2. 이 책의 원제는 'Братья Карамазовы'(카라마조프라는 성을 가진 집안의 형제들)로서 이미 다양하게 번역되어 나온 바 있으나 이 책에서는 간략하면서도 의미를 잃지 않는 '카라마조프 형제들'로 정했음을 알린다.
3. 이 책의 성경 인용은 『새번역성경』(대한성서공회)을 따랐다.
4. 이 책의 각주는 역자의 것이다.

주요 인물

표도르 파블로비치 카라마조프 – 러시아 시골 도시의 지주로 탐욕스럽고 방탕한 삶을 살다 하룻밤에 살해당하는 인물이다.

드미트리 표도로비치 카라마조프(미챠, 미치카, 미첸카) – 표도르 파블로비치의 첫째 아들로 무절제한 삶을 영위하지만 고결한 영혼의 소유자다.

이반 표도로비치 카라마조프(바네츠카, 반카) – 표도르 파블로비치의 둘째 아들로 명석한 두뇌와 냉철한 이성의 소유자다.

알렉세이 표도로비치 카라마조프(알료샤, 료샤, 알료셰츠카, 알료시카, 레쇼츠카) – 표도르 파블로비치의 셋째 아들로 드미트리와는 이복형제, 이반과는 친형제다. 수도사의 길을 선택한 인물로 조시마 장상의 제자다.

파벨 표도로비치 스메르쟈코프(파벨 표도로비치, 스메르쟈코프) – 표도르 파블로비치의 사생아로 그의 집에서 하인, 요리사로 일한다. 자신의 태생을 증오하고 카라마조프 형제들을 질시하는 인물이다.

리자베타 스메르쟈차야 – 스메르쟈코프의 생모로 그를 낳다가 사망한다.

카테리나 이바노브나 베르홉체바(카챠, 카치카) – 도도한 귀족 아가씨로 드미트리의 약혼녀다.

아그라페나 알렉산드로브나 스베틀로바(그루셴카, 그루샤, 그루슈카) – 육감적인 미인으로 표도르와 드미트리는 그녀를 차지하고자 적수이자 경쟁 상대가 된다.

조시마 장상 – 도시에 있는 수도원의 장상이며 알렉세이의 스승이다. 수도사가 되기 전 이름은 지노비이다.

마르켈 – 어린 나이에 사망한 조시마의 형으로 그의 생애에 지대한 영향을 미친다.

파이시 신부 – 수도원의 학식있는 수도사제로 조시마의 사망 이후 알렉세이를 지도하는 역할을 한다.

카테리나 오시포브나 호흘라코바 – 도시의 젊고 부유한 미망인으로 홀로 딸 리자를 키운다.

리자(리즈) – 호흘라코바 부인의 병약한 딸이다.

그리고리 바실리예비치 쿠투조프 – 표도르 파블로비치의 충직한 하인으로 스메르쟈코프를 자식처럼 키운다.

마르파 이그나티예브나 – 그리고리 노인의 아내로 미신적인 성향이 있다.

스네기료프 – 퇴역한 이등 대위로 표도르 파블로비치의 일을 봐주다 드미트리에게 모욕을 당한다.

일류샤(일류셰츠카, 일류시카) – 스네기료프의 아들로 모욕당한 아버지를 위해 분연히 일어서는 소년이다.

쿠지마 쿠지미치 삼소노프 – 도시의 부유한 상인으로 버림받은 그루셴카를 데려와 정부이자 후견인 역할을 한다.

미하일 라키틴(미샤, 라키트카) – 알렉세이와 같은 수도원의 신학생으로 세속적인 야망을 품고 있는 인물이며 그루셴카의 먼 친척이기도 하다.

니콜라이 크라소트킨 – 일류샤의 상급생으로 자존심이 강하고 무모할 정도로 용감하다. 콜랴라는 애칭으로 불린다.

랴가브이 – 표도르 파블로비치의 임야를 흥정하기 위해 찾아온 인물로 매우 교활하다.

입폴리트 키릴로비치 – 도시의 검사로 드미트리의 유죄를 확신한다.

페튜코비치 – 카테리나가 페테르부르크에서 초빙한 변호사로 드미트리의 변론을 맡는다.

페냐 – 그루셴카의 하녀

표트르 일리치 페르호틴 – 도시의 젊은 관리, 미챠가 돈을 빌리기 위해 권총을 맡겼던 인물

마리야 콘드라티예브나 – 스메르쟈코프의 약혼녀로 알려진 여자

표트르 알렉산드로비치 미우소프(표트르 알렉산드로비치, 미우소프) – 드미트리의 어머니인 고(故) 아젤라이다 이바노브나의 사촌 오빠

트리폰 보리스이치 – 모크로예 마을 여관의 주인

판 브루블렙스키 – 그루셴카가 5년 전 사랑했던 폴란드 장교와 함께 온 인물

차례

저자로부터   19

제1부

제1권 어느 집안의 역사

표도르 파블로비치 카라마조프   23

첫째 아들을 쫓아내다   25

두 번째 결혼과 두 번째 아이들   28

셋째 아들 알료샤   31

장상들   36

제2권 부적절한 모임

수도원 도착   44

늙은 광대   45

믿는 여인네들   48

믿음이 적은 귀부인   54

그리 되기를, 그리 되기를!   59

저런 사람은 왜 사는 걸까!	64
출세주의자 신학생	71
스캔들	76

제3권 음탕한 사람들

하인 방에서	80
리자베타 스메르쟈차야	83
시로 하는 뜨거운 마음의 고백	86
일화(逸話)로 하는 뜨거운 마음의 고백	92
뜨거운 마음의 고백, '곤두박질치다'	96
스메르쟈코프	103
쟁론	107
코냑을 마시며	111
음탕한 이들	115
두 여자가 함께	119
또 하나의 파멸된 명예	128

차례

제2부

제4권 감정의 발작

페라폰트 신부	135
아버지 집에서	137
초등학생들과 연루되다	140
호흘라코바 집에서	144
거실에서의 감정의 발작	148
오두막집에서 감정의 발작	154
신선한 공기 속에서	159

제5권 Pro 와 Contra

약속	165
형제가 서로 알게 되다	173
반란	181
대심문관	190
아직은 매우 불명료한	211

현명한 사람과는 잠깐 이야기하는
것도 흥미롭다   220

제6권 러시아 수도사
조시마 장상과 그의 손님들   227
하느님 안에서 영면한 수도사제
조시마 장상이 직접 한 말 중에서
알렉세이 표도로비치 카라마조프가
편집한 그의 생애 중에서   231
조시마 장상의 담화와 교훈 중에서   245

제3부
제7권 알료샤
부패한 냄새   257
그런 순간   262
파 한 뿌리   267

차례

갈릴리의 가나   281

제8권 미챠

쿠지마 삼소노프   288
랴가브이   293
금광   297
어둠 속에서   305
갑작스런 결심   309
내가 간다!   320
틀림없는 예전의 그 사람   327
헛소리   338

제9권 예심

관리 페르호틴의 출세의 시작   346
소란   351
영혼의 고난 편력, 첫 번째 고난   355

두 번째 고난	359
세 번째 고난	363
검사가 미챠를 낚다	369
미챠의 커다란 비밀	374
증인들의 진술, 아이	378
미챠를 끌고 가다	382

제4부
제10권 소년들

콜랴 크라소트킨	387
학생	391
쥬치카	394
일류샤의 침대 옆에서	400
일류샤	407

차례

제11권 형 이반 표도로비치

그루셴카의 집에서	412
작은 악마	417
찬가와 비밀	420
형이 아니에요, 형이 아녜요!	430
첫 번째 스메르쟈코프 방문	434
두 번째 스메르쟈코프 방문	441
스메르쟈코프와의 세 번째이자 마지막 만남	449
악마, 이반 표도로비치의 악몽	463
"이건 그놈이 말한 거야!"	475

제12권 오심

운명의 날	480
위험한 증인들	483
의학적 감정과 한 푼트의 호두	487

행운이 미챠에게 미소 짓다 492

갑작스런 파국 499

검사의 논고 506

변호사의 변론 517

사상의 간통자 526

농부들이 고집을 부리다 530

에필로그

미챠를 구할 계획 535

한순간 거짓이 진실이 되었다 540

일류셰츠카의 장례식 바위 옆에서 한 연설 548

작품 해설 559

표도르 도스토옙스키 연보 592

지은이 및 옮긴이 소개 595

카라마조프 형제들
총 4부와 에필로그로 구성된 소설

안나 그리고리예브나 도스토옙스카야※에게 헌정함

※ 도스토옙스키의 두 번째 아내이다.

내가 진정으로 진정으로 너희에게 말한다. 밀 알 하나가 땅에 떨어져서 죽지 않으면 한 알 그대로 있고, 죽으면 열매를 많이 맺는다.

― 요한복음 *12장 24절*

저자로부터

 내 소설의 주인공 알렉세이 표도로비치 카라마조프의 일대기를 시작하면서, 나는 약간의 곤혹스러움에 처해있다. 그건 바로 내가 알렉세이 표도로비치를 나의 주인공이라고 부르지만, 나 자신이 그가 결코 위대한 인물이 아니라는 것을 알고 있기 때문이다. 사람들이 소설을 다 읽고 나서도 나의 알렉세이 표도로비치에게 주목할 만한 점이 있다는 것을 발견하지도, 그에 동의하지도 않는다면? 그는 내게는 주목할 만한 인물이지만 내가 그것을 독자에게 증명하는 데 성공할 수 있을지는 그야말로 의심스럽다.
 문제는 그가 활동가이기는 하지만 애매하고 확실히 설명되지 않은 활동가라는 점이다. 한 가지 그런대로 의심할 수 없는 사실은 그가 이상한 사람, 심지어 괴짜라는 점이다.

그래도 독자는 마음에 들기만 한다면 그럭저럭 다 읽기는 할 것이다. 그러나 곤란한 문제는 내가 쓰는 일대기는 하나인데 소설은 두 개라는 점이다. 중요한 두 번째 소설은 나의 주인공이 우리 시대에서 하는 활동, 즉 지금 당면한 현재의 활동에 대한 것이다.[01] 첫 번째 소설 내용은 13년 전에 일어난 일로서 심지어 소설이라고 부르기조차 그렇고, 단지 내 주인공의 청년시절 초기의 한 순간에 불과하다. 나는 내 소설이 저절로 '본질적인 전체의 통일성'을 유지하면서 두 개의 이야기로 갈라진 것을 심지어 기쁘게 여긴다. 첫 번째 이야기를 읽은 독자는 벌써 두 번째 이야기를 읽기에 착수할 가치가 있을지 스스로 결정할 것이기 때문이다.

이제 본론으로 들어가자.

---

01 이 두 번째 소설은 쓰이지 않았다. 주인공인 알렉세이(알료샤)가 활동가이지만 괴짜라고 설명한 부분은 두 번째 소설을 염두에 둔 것으로 보인다.

제1부

제1권
어느 집안의 역사

표도르 파블로비치 카라마조프

알렉세이 표도로비치 카라마조프는 우리 현의 지주 표도르 파블로비치 카라마조프의 셋째 아들이었다. 표도르 파블로비치 카라마조프는 정확히 13년 전에 일어난 비극적이고 비밀스러운 죽음 때문에 한때 너무나 유명했던 인물인데, 그 죽음에 대해서는 때가 되면 알려주도록 하겠다. 지금은 이 '지주'에 대해서 그가 이상한 유형이라는 점만, 그러나 상당히 자주 만나게 되는 시시하고 방탕할 뿐 아니라, 우둔하기 그지없는 인물이라는 점만 말하도록 하겠다. 그는 평생 우리 현 전체에서 가장 우둔한 미치광이 중의 하나였다. 여기서 문제는 어리석음이 아니다. 이런 미치광이들의 대다수는 상당히 영리하고 교활하다. 그것은 바로 어떤 특별하고 민족적이라고도 할 수 있는 우둔한 유형인 것이다.

그는 두 번 결혼했고 그에게는 세 아들이 있었다. 그들은 첫 번째 아내에게서 낳은 큰 아들 드미트리 표도로비치와 두 번째 아내에게서 낳은 나머지 두 아들 이반과 알렉세이였다. 표도르 파블로비치의 첫 번째 아내는 역시 우리 현의 지주였던 상당히 부유하고 유명한 귀족 집안인 미우소프 가의 사람이었다. 아젤라이다 이바노브나의 미모에도 불구하고, 쌍방의 사랑에 관한 한 약혼녀 쪽에서도 그쪽에서도 그런 것은 전혀 없었던 것 같다. 평생 지독히 음탕한 인간이었던 표도르 파블로비치의 삶에서 이런 경우는 아마도 유일했을 것이다. 이 여성은 그에게 정욕이라는 면에서 아무런 특별한 인상을 불러일으키지 못했기 때문이다.

지금 다 알려진 바로 표도르 파블로비치는 그녀가 이만 오천 루블에 달하는 지참금을 유산으로 상속받자마자 단번에 그 돈을 다 가로채 버려서 그녀로서 이 많은 돈은 마치 물속에 빠져버린 것이나 다름이 없게 되어 버렸다. 부부 사이에는 자주 주먹다짐이 오갔는데, 때린 것은 표도르 파블로비치가 아니라 아젤라이다 이바노브나였다는 것이 확실히 알려진 사실이었다. 그녀는 성미가 급하고 대담하고 참을성이 없는 데다 대단한 육체적인 힘을 타고 난 여성이었다. 마침내 그녀는 표도르 파블로비치의 손에 세 살짜리 미챠를 남겨놓고 집을 떠나 가난한 신학교 출신 교사와 함께 그에게서 도망쳐 버렸다. 표도르 파블로비치는 곧바로 집에 완전한 하렘을 차리고 가장 방탕한 음주에 빠져들었다.

첫째 아들을 쫓아내다

물론 그런 인간이 어떤 양육자이자 아버지가 될 수 있었을지 상상할 수 있을 것이다. 그는 완전히 자기 자식을 버렸는데, 그에 대한 미움이나 어떤 모욕 받은 남편의 감정 때문이 아니라 단지 아들의 존재를 완전히 잊어버리고 말았던 것이다. 이 집의 충실한 하인인 그리고리가 세 살짜리 미챠를 맡아서 돌보았다. 게다가 처음에는 아이의 외가 쪽에서도 그에 대해 잊어버린 것 같았다. 그런데 그 이후에도 오랫동안 해외에서 살았던 고 아젤라이다 이바노브나의 사촌 오빠인 표트르 알렉산드로비치 미우소프가 파리에서 돌아오는 일이 생겼다. 그의 훌륭한 영지는 현재 우리 도시 외곽에 위치해 있었고 유명한 우리 수도원의 땅과 경계를 이루고 있었다. 이때 그는 처음으로 표도르 파블로비치와 알게 되었다. 그는 표도르에게 아이의 교육을 맡고 싶다고 직선적으로 말했다. 미우소프는 열성적으로 일을 처리했고 심지어 아이의 후견인으로 정해졌다. 왜냐하면 아이의 어머니가 아이에게 집과 영지를 남겨주었기 때문이었다.

미챠는 정말로 이 오촌 아저씨네 집에서 살게 되었으나, 이 오촌 아저씨는 자신의 가족이 그곳에 없었으므로 영지에서 나온 수입을 정리하여 곧바로 서둘러 장기 체류 예정으로 파리로 떠났다. 그리고 미챠는 자신의 오촌 아줌마들 중 모스크바에 사는 한 부인에게 맡겨졌다. 모스크바의 부인이 사망하자 미챠는 결혼한 그녀의 딸들 중 한 명에게 맡겨졌다. 그는 그 이후에도 한번 더 둥지를 바꾼 것 같다.

이 드미트리 표도로비치는 표도르 파블로비치의 세 아들 중 혼자만이 그래도 어느 정도 재산을 가지고 있고 성년이 되면 독립할 수 있다는 확신을 가지고 자라났다. 그의 유년시절과 청년시절은 무질서하게 흘러갔다. 그는 김나지움에서 공부를 다 마치지 않았고, 그 후에는 어느 군사 학교에 들어갔다. 그 후 어쩌다 카프카즈에 가게 되어 그곳에서 복무했는데, 결투를 벌여 강등되었다가 다시 복무를 하게 되었지만 매우 방탕한 생활을 하여 비교적 많은 돈을 탕진했다. 그는 성년이 되기 전에 표도르 파블로비치에게서 돈을 받기 시작했는데, 당시 이미 상당한 빚을 지고 있었다. 그가 자신의 재산에 대해 해명하고자 일부러 우리 도시에 왔을 때 성년이 된 후 처음으로 아버지인 표도르 파블로비치를 보게 되었다. 표도르 파블로비치는 그때 미챠가 자신의 재산에 대하여 과장되고 부정확한 생각을 갖고 있음을 알게 되었다. 그는 이 젊은이가 경솔하고 난폭하며 정욕이 강하고 성미가 급하고 방탕하며, 무엇이든 일시적으로라도 움켜잡을 수만 있으면 잠깐이나마 분명 곧 마음이 진정될 것이라고 결론을 내렸다. 표도르 파블로비치는 이것을 이용하기 시작했다. 즉 이따금 돈을 부쳐주는 식으로 조금씩 던져주었던 것이다. 그런데 결국 4년이 지나 미챠가 참을성을 잃고 아버지와의 일을 완전히 매듭지으려고 우리 도시에 다시 나타났을 때, 자신에게는 이미 아무것도 남아 있지 않다는 사실이 갑자기 드러나게 되었던 것이다. 젊은이는 충격을 받고 거짓과 기만이 아닐까 의심했으며 거의 미칠 지경이 되어 제 정신을 잃었다. 바로 이런 상황이 나의 소설이 서술하게 될 파국을 초래했다. 그러나 이 소설에 들어가기 전에 표도르 파블로비치의 나머지 두 아들, 미챠의 형제들에 대해서도 이야기할 필요가 있다.

두 번째 결혼과 두 번째 아이들

표도르 파블로비치는 네 살짜리 미챠를 손에서 털어내자마자 아주 신속히 두 번째 결혼을 했다. 그는 이 두 번째 아내를, 역시 매우 젊은 처자였던 소피야 이바노브나를 다른 현에서 얻었다. 소피야 이바노브나는 '고아들' 중 하나라고 할 수 있었다. 어떤 알 수 없는 보제[01]의 딸로 어릴 때부터 부모가 없었고 자신의 은인이자 양육자이면서 학대자이기도 했던 한 장군의 미망인 노파의 부유한 집에서 자라났다. 표도르 파블로비치는 그녀에게 청혼을 했다. 열여섯 살짜리 소녀가 은인의 집에 머무는 것보다 강물에 뛰어드는 것이 낫다는 것말고 무엇을 생각할 수 있었겠는가. 그녀는 여자 은인을 남자 은인으로 바꾸었을 뿐이었다. 그는 이번에는 지참금을 받을 계산도 없이 오직 순진한 소녀의 뛰어난 미모에 마음이 끌렸다. 특히 그녀의 순수한 모습은 지금까지 오로지 천박한 여성적인 아름다움만을 좋아했던 호색한인 그에게 충격을 주었다. 그러나 방탕한 사람에게는 이 또한 단지 정욕적인 이끌림일 수 있었다. 표도르 파블로비치는 아내에게 전혀 예의를 차리지 않았고, 심지어 가장 평범한 결혼의 예절까지 짓밟아 버렸다. 아내가 있는 곳에 행실

---
01 дьякон. 정교의 사제계급 중 가장 낮은 사제를 일컫는다.

이 좋지 않은 여자들이 드나들었고 떠들썩한 주연이 벌어졌다. 어릴 때부터 겁에 질려 살았던 불행한 젊은 여자에게 나중에는 일종의 여성에게 나타나는 신경증적인 병이 발생하고 말았다. 그것은 시골에 사는 평범한 여인네들에게서 가장 자주 나타나는 병이었다. 그럼에도 그녀는 표도르 파블로비치에게 두 아들을 낳아주었는데, 첫째인 이반은 결혼한 첫 해에, 둘째인 알렉세이는 삼 년 후에 낳았다. 그녀가 죽었을 때 알렉세이는 네 살이었다. 이상한 것은 그가 물론 꿈속에서처럼이긴 하지만 어머니를 평생 기억하고 있었다는 사실이다. 그녀가 죽자 두 남자아이들에게는 첫째인 미챠와 거의 정확히 똑같은 일이 일어났다. 그들은 아버지에게 완전히 잊혀지고 버려져서 똑같이 하인 그리고리에게, 즉 그의 농가로 가게 되었다.

소피야 이바노브나가 사망한 지 정확히 세 달 후에 갑자기 장군 부인이 직접 우리 도시에 나타났다. 그녀는 두 남자아이가 있는 농가로 바로 가서는 그들을 망토에 둘둘 싸서 마차에 태우고 자기 도시로 데리고 가버렸다. 장군 부인은 그 후 곧 사망했지만, 유언장에 두 아이에게 각각 천 루블씩 '그들의 교육을 위해' 준다는 말을 남겼다. 노파의 주 상속자는 예핌 페트로비치 폴레노프였는데, 그는 개인적으로 고아들에게 관심을 가졌고 특히 그

중 어린 알렉세이를 사랑했다. 알렉세이는 심지어 오랫동안 그의 가정에서 자랐났다. 형인 이반에 대해서는 그가 왠지 음울하고 자기 속에 갇힌 소년으로 자랐다는 것만을 알려두기로 하겠다. 이 소년은 매우 일찍감치 거의 유년기부터 학문에 대한 어떤 특별하고 뛰어난 능력을 나타내기 시작했다. 대학시절의 마지막 몇 년 동안 그는 다양하고 특별한 주제를 다룬 책에 대한 매우 재능 있는 비평을 발표하기 시작했다. 대학을 졸업하고 외국으로 여행할 준비를 하고 있을 때, 이반 표도로비치는 갑자기 큰 신문 중 하나에 한 이상한 논문을 실었다. 이 논문은 당시 어디에서나 제기되었던 교회 재판 문제에 대해 쓴 것이었다. 이 일에 대해 내가 특별히 언급하는 것은 이 논문이 시기적절한 때에 도시 외곽의 유명한 우리 수도원에까지 흘러들어왔기 때문이다. 수도원에서는 교회 재판에 대해 발생한 문제에 전반적으로 흥미를 보이고 있었는데, 이 논문이 흘러들어와 매우 큰 의혹을 불러 일으켰던 것이다. 그런데 갑자기 바로 이때 우리 도시에 저자 자신이 나타났다.

젊은이는 아버지의 집에 눌러앉아 그와 함께 두 달째 살고 있었다. 이반 표도로비치가 당시 왜 우리 도시에 왔는지 그 이유는 나에게 그 후에도 오랫동안 분명치 않은 점으로 남아 있었다. 내가 앞에서 말했던 표도르 파블로비치의 첫 번째 아내의 먼 친척인 표트르 알렉산드로비치 미우소프도 그때 또다시 우리 도시에 나타났다. 나중에서야 이반 표도로비치가 온 것은 부분적으로 자신의 큰 형인 드미트리 표도로비치의 부탁을 받은 일 때문이라는 것이 밝혀졌다. 그는 태어나서 거의 처음으로 이번 방문에서 형을 알게 되었고 보게 되었다. 그것이 어떤 일인지 독자는 때가 되면 자세하고 완전하게 알게 될 것이다. 그럼에도 불구하고 내게 이반 표도로비치는 항상 수수께끼같이 여겨졌고 그가 우리에게 온 이유는 여전히 설명되지 않았다.

다시 반복하지만 이 가족은 당시 생애 처음으로 다함께 모인 것이었다. 단지 막내인 알렉세이 표도로비치만이 벌써 일 년 전에 우리 도시에 와서 살고 있었다. 사실 이미 일 년 전부터 그는 우리 수도원에 살고 있었고 평생을 그 속에 틀어박히려고 준비하고 있는 것 같았다.

셋째 아들 알료샤

그때 그의 나이는 고작 스무 살이었다. 그의 형 이반은 스물 네 살이었고, 맏이인 드미트리는 스물여덟 살이었다. 미리 내 의견을 말해두자면, 알료샤는 일찍부터 박애주의자가 되었고, 그가 수도원의 길로 달려간 것은 단지 그 당시 그것만이 그에게 감명을 주었고, 이를테면 속세의 적의라는 암흑으로부터 빠져나와 그의 영혼이 갈망하는 사랑의 빛으로 나아갈 수 있는 이상으로 보였기 때문이었다. 이 길이 그에게 감명을 준 것은 단지 당시 그가 생각하기에 특별한 존재인 우리 수도원의 유명한 조시마 장상[02]을 거기서 만났기 때문이었다. 그는 열렬한 가슴이 뜨거운 첫사랑을 하듯 이 장상에게 애착했다. 나는 이미 그에 대해 겨우 네 살에 어머니를 잃은 후, 이후 평생 동안 그가 그녀의 얼굴과 그녀의 애무를 기억하고 있었다고 언급했었다. 그는 어느 날 여름 조용한 저녁, 열린 창문과 비스듬히 저물어가는 태양빛을 기억하고 있었다. 방의 구석진 곳에 성상[03]이 있었고, 그 앞에는 불이 켜진 등[04]이 있었다. 그는, 성상 앞에서 무릎을 꿇고 히스테리를 일으킨 듯 큰 소리로 비명을 지르고 흐느껴 울면서 두 팔로 그를 아플 정도로 끌어안고 그를

---

02 старец. 정교 수도원에서 영적인 성숙에 도달하여 젊은 수도사들의 영적 지도의 역할을 하는 나이든 수도사를 말한다.

03 하느님이나 그리스도, 성모 마리아, 성인들을 그린 종교화. 이콘이라고 불리는데, 여기서는 이미지를 의미하는 образ라는 단어를 사용했다. 이콘은 그리스어에서 이미지를 뜻한다.

04 성상 앞에 촛불을 담아 켜두는 등.

위해 성모에게 기도하는 어머니를 기억했다. 어머니는 성모의 보호를 받게 하려는 듯 그를 성상 쪽으로 치켜올렸다. 알료샤는 이 순간 그의 어머니의 얼굴을 기억했다.

그는 사람들을 사랑했다. 그에게는 스스로 사람들을 심판하길 원치 않으며, 결코 심판하지 않으리라는 것을 암시하는 어떤 점이 있었다. 스무 살에 아버지 집, 즉 더러운 방탕의 소굴에 나타나서도 순결하고 순수한 그는 그저 아무 말 없이 뒤로 물러났던 것이다.

그가 어디에 나타나든지 모두가 이 젊은이를 사랑했다. 특별한 사랑을 불러일으키는 재능을 그는 자기 속에, 말하자면 본성 속에 가지고 있었다. 그는 결코 모욕을 기억하는 법이 없었다. 모욕을 당한 후 한 시간이 지나면 그는 마치 그들 사이에 아무 일도 없었던 것처럼 모욕을 준 사람에게 대답하거나 신뢰하는 밝은 표정으로 먼저 말을 걸곤 했다. 그는 기이할 정도로 수줍음을 탔고 순결했다. 그는 여자들에 대해서는 잘 알려진 단어들과 이야기들조차 그저 듣고 있을 수 없었는데, 이 '잘 알려진' 단어들과 이야기들은 불행하게도 학교에서 근절될 수 없는 것이었다. '그것에 대해' 말하기만 하면 '알료샤 카라마조프'가 재빨리 귀를 손으로 막는 것을 보고 아이들은 억지로 그의 귀에서 손을 떼어내어 두 귀에 추잡한 소리를 질러대곤 했다. 그러면 그는 몸을 빼어내어 바닥에 엎드려 눕고는 아무 말도 하지 않고 모욕을 잠자코 견뎌냈다. 결국 아이들은 그를 내버려두었지만 이런 면에서는 그를 가엾게 바라보았다.

그는 자신이 누구의 돈으로 사는지 걱정해 본 적이 없었다. 알렉세이는 분명 유로지브이[05]와 비슷한 젊은이 중 하나였다. 그에게 설사 갑자기 막대한 자본이 생긴다 해도, 그는 심지어 처음 달라고하는 사람에게 그것을 다 주어 버릴 수도 있을 것이다. 대체로 그는 문자 그대로의 의미에서는 아니지만 돈의 가치를 전혀 모르는 것 같았다.

우리 도시로 왔을 때 그가 어머니의 무덤을 찾고 있다는 것이 곧 밝혀졌다. 그리고 어머니의 무덤을 찾고 난 후에 곧바로 알료샤는 갑자기 아버지에게 수도원에 들어가고 싶으며, 수도사들이 그를 수련수사[06]로 받아줄 준비가 되어 있다고 말했다. "네가 수도사들에게 가고 싶단 말이지? 나는 정말 섭섭하구나, 알료샤, 정말로 믿을지 모르겠지만 너를 좋아했거든... 우리 죄 많은 사람들을 위해 기도해다오. 우리는 여기 앉아서 너무 죄를 많

---

05 юродивый. 정교에서 소위 바보성인이라고 불리는 이들로 일부러 기이하고 비상식적인 행동을 하며 세상을 떠돌아다니면서 세속의 가치를 폭로하고 스스로 모욕을 자처하고 견딘다.

06 послушник. 수도 허원 전에 수도생활을 준비하는 단계에 있는 사람을 의미한다.

이 지었거든. 나는 항상 누가 나를 위해 언젠가 기도해 줄 것인가에 대해 생각했단다. 내가 죽으면 악마들이 나를 갈고리로 끌고 갈 것이라는 걸 잊고 지내는 건 불가능하니까. 그리고 생각하지. 갈고리라고? 악마들에게 그게 어디서 났을까? 무엇으로 만들어졌을까? 철로? 그럼 그걸 어디서 벼렸을까? 거기에 그놈들에게 공장이라도 있다는 건가? 거기 수도원에서는 분명 수도사들이 지옥에 천장이 있다고 생각할거다. 그런데 나는 지옥을 믿을 준비가 돼 있지만 천장만은 없었으면 하거든. 그렇지만 본질적으로 다 마찬가지가 아니냐. 천장이 있든 없든 말이다. 여기에 저주스런 문제가 있는 거야! 자, 만약 천장이 없다면 갈고리도 없는 셈이 되지. 그런데 갈고리가 없다면 도대체 누가 나를 갈고리로 끌고 간단 말이냐. 만약 나를 끌고 가지 않는다면 어떻게 되는 거냐고. 세상에 정의가 어디에 있는 거란 말이냐? 그러니 그걸 만들어내야만 해.[07] 이 갈고리는 일부러 나를 위해, 나 하나만을 위해서라도 만들어야 해." "거기에 갈고리는 없어요." 조용히 진지하게 아버지를 바라보며 알료샤가 말했다. "귀여운 녀석아, 네가 갈고리가 없는 걸 어떻게 아니? 그렇지만 가거라. 진리에 도달해서 와서 말해다오. 거기가 어떤 곳인지 확실히 알면 저 세상으로 가기가 그

---

07 원문에는 프랑스어로 'Il faudrait les inventer'로 되어 있다.

래도 쉬워질 테니 말이다. 나는 너를 기다리마. 너는 이 땅에서 나를 심판하지 않는 유일한 사람이라는 것을 나는 느끼고 있단다."

장상들

그 당시 알료샤는 균형잡힌 몸에 붉은 뺨을 하고 맑은 눈빛을 가진, 건강으로 빛나는 열아홉 살의 미성년이었다. 그는 심지어 매우 잘생겼다고 할 수 있었고 중간 정도의 키에 밤색 머리칼을 하고, 약간 길지만 이목구비가 균형 잡힌 얼굴에 반짝이는 짙은 회색 눈을 가지고 있었다. 그는 생각에 잠기길 매우 좋아했고 아주 침착했다. 내가 보기에 알료샤는 그 누구보다 현실주의자였다. 오, 물론 수도원에서 그는 기적을 완전히 믿고 있었다. 그러나 내 생각에 기적은 현실주의자를 전혀 혼란스럽게 하지 않는다. 기적이 현실주의자를 믿음에 이르도록 설복하는 것이 아니다. 현실주의자에게는 믿음이 기적에서 생기는 것이 아니라, 기적이 믿음에서 생겨나는 것이다.

덧붙이자면, 그는 어느 정도 최근 우리 시대의 젊은 이였다. 즉 본성상 고결하고 정의를 요구하고 그것을 찾고 그것을 믿으며, 일단 믿고 난 후에는 지체하지 않고 온 영혼의 힘을 다해 그것에 참여하여 빠른 공적을 요구하는 젊은이였다. 진지하게 생각한 후 영혼불멸과 신이 존재한다는 확신에 깊은 감명을 받자마자, 그는 자신에게 말했다. "영혼불멸을 위해 살고 싶어. 어중간한 타협은 받아들이지 않겠어." 만약 그가 불멸과 신이 없다고 결정했다면, 그는 곧장 무신론자와 사회주의자들에게 갔을 것이다. 왜냐하면 사회주의란 단지 노동 문제나 소위 제4계급의 문제일 뿐 아니라, 주로 무신론의 문제, 땅에서 하늘에 도달하기 위한 것이 아니라 하늘을 땅으로 끌어내리기 위해 신이 없이 세워지는 바빌론 탑의 문제이기 때문이다. 알료샤에게는 전처럼 산다는 것이 심지어 이상하고 불가능하게 보였다. 성경에는 "완전해지고 싶다면, 모든 것을 나눠주고 나를 따르라"[08]고 쓰여있다. 알료샤는 스스로에게 말했다. "나는 '모든 것' 대신 2루블만 줄 수는 없어. '나를 따르라'는 것 대신 단지 아침 예배에만 갈 수는 없어." 아마도 그때 생각에 잠겨 그는 오직 이것을 보기 위해서 우리에게 온 것 같다. 여기에 모든 것이 있는지 아니면 단지 2루블만 있는지. 그리고 수도원에서 이 장상을 만났던 것이다...

---

[08] 복음서에서 어떻게 하면 영생을 얻을 수 있는지 질문하는 부자 청년에게 예수가 한 대답이다.

이 장상은 이미 위에서 설명했듯이 조시마 장상이었다. 그러나 우리나라 수도원에서 '장상들'이 도대체 무엇인지 여기서 몇 마디 말하는 것이 필요할 것 같다. 전문적이고 권위있는 사람들은 장상들과 장상제도가 우리 러시아 수도원에 나타난 것은 아주 최근이며 심지어 백 년도 되지 않았지만, 정교를 믿는 동방 전체에서는 특히 시나이와 아토스[09]에서는 이미 천 년도 넘게 존재해왔다고 주장한다. 장상제도는 특히 우리 루시[10]에서 유명한 코젤스카야 옵티나[11] 수도원에서 융성했다. 언제 누구에 의해 우리 도시 외곽의 수도원에서 장상제도가 보급되었는지는 말할 수 없지만, 거기에서는 이미 삼대째 장상들이 계승되고 있다고 여겨졌으며, 조시마 장상은 그 중 마지막이었다. 그러나 그는 이미 육체의 허약함과 병으로 거의 죽어가고 있었고, 사람들은 누가 그를 대체할

---

09 Афон. 현재 그리스의 마케도니아 지방에 있는 반도이며 일명 아토스 산이라 불린다. 이곳에는 동방 정교회의 각국 수도원들이 모여있는 말 그대로 정교 영성의 본산이라 할 수 있다. 러시아의 판텔레이몬 수도원도 이곳에 위치해 있으며, 현재도 많은 수도사들이 전통에 따라 수도생활을 이어오고 있다.

10 русь. 고대에는 러시아를 루시라고 불렀다.

11 Козельская Оптинная пустыня. 러시아 모스크바 남쪽 코젤스크 근방에 위치한 남자 수도원으로 19세기 러시아 정교의 가장 중요한 영적 중심지였다. 도스토옙스키는 조시마 장상의 모델이 되는 이 수도원의 암브로시 장상을 세 번 직접 찾아가 만났다. 이 소설의 수도원은 도스토옙스키가 옵티나 수도원을 방문한 결과 탄생되었다고 말해도 과언이 아니다.

지 알지 못하고 있었다. 우리 수도원이 융성하고 전 러시아에 명성을 떨친 것은 바로 장상들 때문이었다. 그들을 보고 그들의 말을 듣기 위해 수천 베르스타[12] 떨어진 러시아 전역에서 순례자들이 무리지어 우리 도시에 몰려들었던 것이다. 그렇다면 장상이란 무엇인가? 장상은 사람들의 영혼, 사람들의 의지를 자신의 영혼과 자신의 의지 속으로 받아들이는 사람이다. 장상을 선택하면, 사람들은 자신의 의지를 거부하고 그것을 그에게 넘겨주어 전적인 자기 부인과 함께 완전한 복종을 하게 된다. 자신을 부인하는 사람은 오랜 시험 끝에 자신을 이기고 자신을 제어하여 마침내 전 생애에 걸친 복종 후에 이미 완전한 자유, 즉 자기 자신으로부터의 자유에 도달하리라는 희망으로 이 시험, 이 무서운 삶의 학교를 자발적으로 받아들인다. 우리 수도원의 장상들에게로 소박한 민중과 가장 유명한 이들이 그들 앞에 엎드려 자신의 의심과 죄, 고난을 고백하고 조언과 훈계를 구하기 위해 몰려들었다.

조시마 장상은 예순 다섯 살이었고 지주 출신이었다. 청년 시절 초기에는 군인으로 카프카즈에서 위관 장교로 복무했었다. 알료샤는 장상의 독수방[13]에서 지냈다.

---

12 러시아의 거리 단위로 1베르스타는 1,067미터에 해당한다.

13 келья. 수도원에서 수도사가 혼자 거주하는 작은 거처를 말한다.

장상은 그를 매우 사랑하여 자신과 함께 지내도록 허용했던 것이다. 그때 수도원에서 지내고 있었지만 알료샤가 아직은 어떤 것에도 얽매이지 않았고 어디든 하루종일이라도 나갈 수 있었다는 것을 언급해야 하겠다. 아마도 알료샤의 젊은이다운 상상력에는 이 장상을 끊임없이 둘러싸고 있는 힘과 영예가 강하게 작용했던 것 같다. 알료샤는 둘만의 대화를 하기 위해 처음 장상에게로 찾아온 많은, 거의 모든 사람들이 공포와 불안한 상태로 들어갔다가 거의 항상 밝고 기뻐하며 그에게서 나오는 것을, 가장 어두웠던 얼굴이 행복한 얼굴로 변하는 것을 알고 있었다. 장상이 전혀 엄격하지 않았고 반대로 사람들을 대할 때 항상 명랑했던 것이 알료샤를 특히 감동시켰다. 수도사들 중에는 심지어 장상의 삶이 끝나갈 때에도 그를 미워하고 시기하는 자들이 있었다. 그러나 그럼에도 절대 다수는 조시마 장상의 편을 들고 있었다. 그들은 남이 듣는 데서는 아니었지만 직접적으로 그를 성인이라고 칭했고, 그의 임박한 죽음을 내다보면서 아주 가까운 미래에 심지어 신속한 기적과 위대한 영예가 나타날 것을 기대하고 있었다. 알료샤는 스승의 영적인 힘을 이미 완전히 믿고 있었고 그의 영예가 마치 자신의 승리라도 되는 것 같이 여겼다. 특히 일부러 장상을 보고 그에게 축복을 받으려고 러시아 전역에서 몰려들어 그의 독수방 문 밖에서 그가 나오기를 기다리는 평범한 민중 출신 순례자들의 무리에게로 장상이 나갈 때, 그의 심장은 떨렸고 그의 얼굴은 온통 환하게 빛났다. 그들은 그의 앞에 엎드려 울었고 그의 발에, 그가 서있는 땅에 입을 맞추었으며, 여자들은 울부짖으면서 자신의 아이들을 그에게 내밀고 정신적으로 아픈 이들을 가까이 데려가기도 했다. 장상은 그들과 대화하고 그들에게 짧은 기도를 해주고 축복을 한 뒤 그들을 돌려보냈다. 오, 알료샤는 러시아의 소박한 민중의 겸손한 영혼에 성물이나 성인의 앞에 엎드려 절하는 것보다 더 강한 필요와 위로가 없다는 것을 너무나 잘 이해하고 있었다. "우리에게 죄와 불의와 유혹이 있다 해도, 그럼에도 이 땅에는 거기 어딘가에 성인이, 최고인 분이 계시다." 알료샤는 민중이 바로 그렇게 느끼고 심지어 판단하고 있다는 것을 알고 이해하고 있었고, 민중의 눈에는 장상이야말로 바로 그 성인이며 하느님의 정의의 수호자라는 것을 전혀 의심하지 않았다. 돌아가시고 난 뒤 장상이 수도원에 특별한 영예를 가져다주리라는 확신은 알료샤의 영혼에 확고히 자리 잡았다. "그분은 거룩하셔. 그분의 마음에는 모든 사람을 위한 갱생의 비밀이 있어." 알료샤의 마음에는 이런 생각이 어른거렸다.

지금까지 전혀 몰랐던 그의 두 형이 온 것은 알료샤

에게 매우 강한 인상을 준 것 같았다. 그는 형 드미트리 표도로비치와 더 빨리 가까워졌다. 그는 형 이반을 너무나 알고 싶었고 이반이 이미 두 달 동안 이 도시에 살고 있었고 그들이 상당히 자주 보았는데도, 여전히 그들은 가까워지지를 않았다. 알료샤에게는 이반이 무엇인가 내적이고 중요한 것에 몰두하고 있으며 어떤 목적을 향해 돌진하고 있는 것 같았다. 그는 그의 형이 무신론자라는 것을 아주 잘 알고 있었다. 그는 불안스런 동요를 느끼며 형이 그에게 가까이 다가오기를 기다리고 있었다.

바로 이때 이 무질서한 가족 전원의 만남, 혹은 더 정확히 말하자면 회합이 장상의 독수방에서 이루어졌다. 바로 그때 유산과 재산의 분할에 대한 드미트리 표도로비치와 그의 아버지 표도르 파블로비치 사이의 불일치가 필시 불가능한 지점에 도달한 듯했다. 표도르 파블로비치가 먼저 농담하듯이 모두 조시마 장상의 독수방에 모이자는 생각을 제시한 것 같았다. 드미트리 표도로비치는 최근 아버지와의 논쟁에서 격렬한 행동을 한 데 대해 속으로 자신을 책망하고 있었기 때문에 그 호출에 응했다. 표트르 알렉산드로비치 미우소프도 무료해서였는지 이 일에 굉장한 관심을 나타냈다. 갑자기 그는 수도원과 '성인'이 보고 싶어졌던 것이다. 장상은 동의했고 날짜가 정해졌다.

오, 알료샤는 비록 침묵하고 있었지만 이미 상당히 깊이 자신의 아버지를 알고 있었다. 괴로운 느낌을 가지고 그는 정해진 날짜를 기다렸다.

제2권
부적절한 모임

수도원 도착

 아름답고 따뜻하고 맑은 8월 말이었다. 장상과의 만남은 약 열한 시 반경 늦은 아침 예배 후에 하기로 정해져 있었다. 그들은 두 대의 마차로 도착했다. 드미트리 표도로비치에게는 전날 시간과 날짜를 알려주었는 데도 늦는 모양이었다.
 그들은 수도원 문을 나와 숲으로 향했다. 두건을 쓰고 크지 않은 키에 매우 창백하고 여윈 얼굴을 한 수도사가 일행을 따라잡자 표도르 파블로비치와 미우소프는 발걸음을 멈췄다. "수도원장님께서 독수방을 방문하신 후에 여러분 모두를 식사에 정중히 초대하신답니다. 한 시에, 더 늦지는 마십시오." "반드시 이행하겠습니다!"

표도르 파블로비치가 초대에 엄청 기뻐하면서 소리쳤다. "틀림없어요. 우리는 여기서 점잖게 행동하기로 모두 약속을 했습니다... 표트르 알렉산드로비치, 당신도 가실 거지요?" "그럼요, 왜 가지 않겠습니까? 단지 표도르 파블로비치, 당신이 지금 스스로 언급했듯이 우리는 점잖게 행동하기로 약속했습니다. 기억하세요."

"저기 독수방이 보이는군요, 다 왔어요!" 표도르 파블로비치가 소리쳤다. "울타리 문이 닫혀있는데."

그는 갑자기 독수방의 울타리 뒤로 가면서 소리쳤다. "보시오, 이분들이 어떤 장미 골짜기에서 살고 있는지!" 실제로 지금 장미는 없었지만 심을 수 있는 데는 어디에나 진귀하고 아름다운 가을꽃들이 많이 심어져 있었다. 장상의 독수방이 위치한 현관 앞에 회랑이 딸린 일층짜리 작은 나무집도 꽃들로 둘러싸여 있었다. 수도사가 말했다. "여러분, 조금만 기다려 주십시오. 여러분이 오신 것을 알리겠습니다."

늙은 광대

그들은 거의 장상과 동시에 방으로 들어갔다. 장상은

그들이 나타나자 곧바로 침실에서 나와 모습을 드러냈던 것이다. 독수방에는 그들보다 먼저 두 명의 수도사제가[14] 장상이 나오기를 기다리고 있었다. 한 명은 도서관 담당 사제였고, 다른 한 명은 파이시 신부였다. 파이시 신부는 늙지는 않았지만 병을 앓고 있었고, 사람들은 그에 대해 매우 학식이 높다고들 말하고 있었다. 그 외에도 스물두 살 정도 되어보이는 젊은이가 구석에 서서 기다리고 있었다. 그는 신학생이었고 미래의 신학자였다. 그는 큰 키에 총명하고 주도면밀해 보이는 작은 갈색 눈을 하고 있었다.

조시마 장상은 수련수사와 알료샤를 대동하고 나왔다. 장상은 아주 오래된 양식의 붉은 색 가죽을 씌운 나무 의자에 앉았다. 독수방은 매우 좁았고 어딘지 생기라곤 찾아볼 수 없었다. 물건들과 가구는 조잡하고 값싼 것들이었고, 꼭 필요한 것만 있었다. 창문에 화분 두 개가 놓여 있었고 구석에는 많은 성상화가 걸려 있었다. 장상은 키가 작고 등이 굽었고 매우 다리가 약한 사람이었다. 그는 겨우 예순다섯 살이었는데도 병 때문에 훨씬 더, 최소한 열 살은 더 늙어보였다. 매우 마른 그의 얼굴 전체는 잔주름으로 가득했는데, 특히 눈 주위가 그랬다. 눈은 작았고 맑았으며 빠르게 움직였고 마치 두 개의 빛

---

14 иеромонах. 성직을 받은 수도사를 의미하는 말이다.

나는 점처럼 빛나고 있었다. 백발의 머리칼은 관자놀이 위에만 남아 있었으며, 턱수염은 숱이 드문드문 쐐기 모양으로 나 있었다. 입술은 자주 미소를 띠었는데 두 개의 가느다란 삼으로 만든 노끈처럼 얇았다. 코는 길다고 할 수는 없었는데 마치 새 주둥이처럼 뾰족했다.

괘종시계가 대화의 시작을 도왔다. "정확히 약속한 시간입니다." 표도르 파블로비치가 소리쳤다. "그런데 제 아들 드미트리 표도로비치가 아직 오지 않았군요. 그 애를 대신해서 사과드립니다, 거룩하신 장상님!"

장상은 감동을 주는 목소리로 말했다. "거북해하지 마십시오, 집처럼 아주 편하게 계십시오. 중요한 것은 자기 자신을 수치스러워하지 않는 것입니다. 거기에서 모든 것이 나오니까요." 표도르 파블로비치는 살짝 일어나 손을 위로 쳐들고 소리쳤다. "장상님은 지금 그 말씀으로 마치 저를 꿰뚫고 제 속을 읽으신 것 같습니다. 저는 어릿광대입니다, 수치심 때문에 어릿광대가 된 것입니다. 위대한 장상님, 수치심 때문에요. 스승님!" 그는 갑자기 무릎을 꿇었다. "제가 영생을 얻으려면 무엇을 해야 합니까?"[15]

장상은 그에게 눈을 들어 미소를 지으며 말했다. "무엇을 해야 하는지는 오래 전부터 스스로 알고 계시지요.

---

15 복음서에서 부자 청년이 예수에게 와서 한 질문이다.

그만한 이성은 당신에게 충분하니까요. 음주에 빠지지 말고 말을 제어하고 음탕에 빠지지 말고 특히 돈을 숭배하지 마십시오. 가장 중요한 것은 거짓말을 하지 마세요. 자기 자신에게 거짓말을 하지 마세요." "복된 분이시여! 손에 입을 맞추게 해 주십시오." 표도르 파블로비치는 뛰어오르듯이 재빨리 장상의 여윈 손에 입을 맞췄다. "저는 평생 매일 매시간 거짓말을 하고 또 거짓말을 했습니다. 진실로 저는 거짓이고 거짓의 아비입니다![16] 어쩌면 거짓의 아비가 아니고, 저는 성경 구절을 늘 혼동합니다. 거짓의 아들이라고 해도 그것으로 충분합니다."

장상은 갑자기 자리에서 일어났다. "죄송합니다, 여러분. 잠시 몇 분 동안만 실례하겠습니다. 여러분보다 먼저 온 분들이 저를 기다리고 있습니다." 그는 독수방에서 나갔다. 알료샤와 수련수사가 계단을 내려가는 그를 부축하기 위해 달려나갔다. 장상은 그를 기다리고 있던 사람들에게 축복을 하기 위해 회랑 쪽으로 향했다.

믿는 여인네들

---

16 복음서에서 마귀를 거짓의 아비라고 한 예수의 말을 빌어다 쓴 것이다.

울타리 바깥쪽 담에 붙여 지은 나무 회랑 아래쪽에는 이 시각에 모두 여자들, 스무 명 쯤 되는 아낙네들이 모여있었다. 회랑에 모습을 드러낸 장상은 곧바로 군중에게 나아갔다. 그에게 몰려든 여인들 중 많은 이들이 감동과 환희의 눈물을 흘리고 있었다. 그는 그들 모두를 축복하고 어떤 이들과는 대화를 나눴다.

"저기 멀리서 오신 분이 있군!" 그는 아직은 아주 나이 들었다고는 할 수 없는 한 여인을 가리켰다. 그녀는 무릎을 꿇고 시선을 고정한 채 장상을 바라보고 있었다.

"멀리서 왔습니다, 신부님. 멀리서요. 여기서 삼백 베르스타나 떨어진 곳입니다." 그녀는 마치 통곡하듯이 말했다. "신부님, 당신을 뵈러 왔습니다. 신부님, 당신에 대해 많이 들었습니다. 어린 아들을 장례 지내고 하느님께 기도하러 길을 떠났습니다. 수도원 세 곳을 들렀는데 내게 여기, 그러니까 당신께, 소중한 분이신 당신께 가보라고 알려주었습니다."

"무엇 때문에 우는 건가?"

"아들 녀석이 불쌍해서요, 신부님. 세 살밖에 되지 않았습니다. 아들 때문에 고통스럽습니다, 신부님. 아들 때문에요. 첫 세 아들도 장례를 치렀지만, 그 아이들은 그렇게 가엾지 않았습니다. 그런데 이 막내아들은 장례를 치르고 나서 잊지를 못하겠어요. 마치 여기 제 앞에 서 있는 것 같고 가지를 않는 거예요. 제 영혼이 바짝 말라 버리고 말았답니다. 저는 니키투슈카, 제 남편에게 '여보, 순례를 떠나게 나를 놔줘요'라고 말했습니다. 남편에 대해서는 지금 생각도 하지 않아요. 벌써 집을 떠난 지 세 달째가 됩니다. 저는 잊었습니다, 모든 것에 대해 다 잊었고 기억하고 싶지도 않습니다. 이제와서 남편과 무엇을 하겠어요? 남편과는 끝난 거지요. 모든 사람들과도 끝난 겁니다."

"여보게, 어머니인 여인이여," 장상은 말하기 시작했다. "어느 날 고대의 위대한 성인께서 성당 안에서 자네처럼 울고 있는 어머니를 보셨다네. 그 어머니도 주님께서 데려가신 자기 외아들 때문에 울고 있었네. 성인께서 말씀하셨지. '그대는 얼마나 많은 어린 아이들이 하느님의 보좌 앞에서 겁 없이 구는지 모른단 말인가? 그 아이들은 얼마나 대담하게 구하고 청하는지 주님께서는 즉시 그들에게 천사의 지위를 주셨다네. 그러니 여인이여, 울지 말고 기뻐하게. 그대의 어린 아이는 지금 주님 곁 천사들의 무리 속에 있다네.' 그러니 자네도 어린 아이가 분명히 지금 주님의 보좌 앞에 서서 기뻐하고 즐거워하며 자네를 위해 하느님께 기도하고 있다는 것을 알게나. 그러니 울지 말고 기뻐하게."

여자는 그의 말을 듣고 깊이 한숨을 내쉬었다. "남편

도 똑같은 말로 저를 위로했지요. 그렇지만 신부님, 그 애가 없어요. 그 애 목소리를 다시는 들을 수 없어요! 여기 그 애의 허리띠가 있지만 그 애는 없답니다. 저는 결코 다시는 그 애를 볼 수가 없고 목소리도 들을 수가 없습니다...!" "이것은," 장상이 말했다. "고대에 '라헬이 자식을 잃고 울고 있다. 자식들이 없어졌으니, 위로를 받기조차 거절하는구나.'[17]와 같은 것이라네. 지상에서 당신같은 어머니들에게 부과된 운명이지. 그러니 위로를 받지 말게. 위로를 받을 필요가 없으니 위로를 받지 말고 울게나. 다만 울 때마다 반드시 기억하게. 자네 아들이 하느님의 천사가 되어 거기서 자네를 바라보고 자네의 눈물을 기뻐하고 주님께 자네의 눈물을 가리킨다네. 앞으로도 자네는 오랫동안 위대한 어머니의 눈물을 흘려야 할 걸세. 그러나 자네의 쓰라린 눈물은 마침내 고요한 기쁨으로 변하고 고요한 감동과 죄에서 구원해주는 마음을 정화시키는 눈물이 될걸세. 다만 남편을 혼자 두는 것은 죄가 되네. 남편에게 가서 그를 보살피게. 오늘 당장 가게." "가겠습니다, 아버지. 당신의 말씀대로 가겠습니다."

장상은 이미 한 늙은 노파에게로 향하고 있었다. 그녀의 아들 바센카는 시베리아 이르쿠츠크로 복무하러 떠

---

17 예레미야 31장 15절을 인용한 것이다. 라헬은 창세기에 등장하는 야곱의 아내 이름이다.

나서 두 번 거기서 편지를 썼는데, 그 이후 일 년 동안 편지가 오지 않고 있었다. "며칠 전에 저에게 부유한 상인 여자인 스테파니나 일리니쉬나 베드랴기나가 말했어요. '아들 이름을 적어서 추도식을 드려요. 교회에 가서 명복을 빌어요.' 그런데 저는 의심이 듭니다. 우리의 빛이시여, 그게 옳은 걸까요, 아닐까요, 그렇게 하는 것이 잘하는 것일까요?" "그런 건 생각도 하지 말게. 어떻게 낳은 어미가 아직 살아있는 영혼의 명복을 빈단 말인가! 그건 큰 죄네. 내가 자네에게 말해주겠네. 자네 아들이 곧 자네에게 다시 돌아오거나 아니면 분명히 편지를 보낼걸세. 가서 이제는 평안하게. 자네 아들은 살아있네." "자비로우신 분이시여, 하느님이 복주시기를. 당신은 우리의 은인이십니다."

장상은 벌써 무리 속에서 그를 향하고 있는 두 개의 타는 듯한, 아직 젊은 농부 여인의 시선을 알아차렸다. 그녀는 말없이 바라보면서 눈은 무엇인가를 묻고 있었는데, 가까이 오는 것을 두려워하는 것 같았다.

"여인이여, 자네는 무슨 일로 왔는가?"

"제 영혼을 해결해 주십시오, 아버지. 죄를 지었습니다, 아버지. 제 죄가 무섭습니다. 저는 과부가 된 지 삼 년째입니다." 그녀는 몸을 떨다시피 절반은 속삭이면서 말하기 시작했다. "결혼생활이 힘들었습니다, 그 사람은 늙었고 저를 심하게 때렸어요. 그 사람이 병이 들어 누웠는데 그를 보며 저는 생각했지요. 다시 건강해지면 또 일어날 거고 그다음은 어떻게 될까? 그때 이 생각이 저에게 떠올랐습니다..."

"그만하게." 장상은 이렇게 말하고 자신의 귀를 그녀의 입술에 바로 갖다대었다. 여자는 조용한 속삭임으로 말을 계속했다. 그녀는 빨리 말을 끝냈다.

"고백성사 때 말을 했는가?"

"했습니다. 두 번 말했습니다."

"성체성혈성사[18]를 받게 허락해 주었는가?"

"허락해 주었습니다. 두렵습니다. 저는 죽는 것이 두렵습니다."

"아무것도 두려워하지 말게. 절대 두려워하지 말고 괴로워하지 말게. 다만 참회하는 마음이 자네 속에서 약해지지 않게 하게. 그러면 하느님이 다 용서해 주실 것이네. 진심으로 회개하는 자를 주님이 용서해주시지 않는 그런 죄는 이 세상에 없다네. 하느님은 자네도 자네의 죄도 자네의 속에서 사랑하신다네. 자네와 똑같이 죄많은 나도 자네를 불쌍히 여기고 가엾이 보는데, 하물며 하느님이시겠나. 두려워하지 말고 가게나."

---

18 교회의 일곱 성사 중 하나로서 그리스도의 몸인 빵과 그리스도의 피인 포도주를 취하는 성사를 의미한다.

그는 그녀에게 세 번 성호를 그어주고 자신의 목에서 작은 성상화를 끌러서 그녀에게 걸어주었다. 그녀는 아무 말 없이 땅에 닿도록 그에게 절을 했다.

믿음이 적은 귀부인

다른 지방에서 온 여지주 귀부인은 이 모든 광경을 보면서 조용히 눈물을 흘리며 손수건으로 닦고 있었다. 그녀는 감수성이 예민한 세속적인 귀부인이었다. 장상이 마침내 그녀에게 다가가자 그녀는 감격에 차서 그를 맞이했다.

"따님의 건강은 어떠십니까?" "위대한 치료자시여, 우리는 감격에 차서 감사의 말씀을 드리러 당신께 왔습니다. 장상께서 나의 리자를 치료해 주셨어요. 완전히 치료해 주셨습니다. 목요일에 그 애에게 손을 대시고 기도해 주셔서요." "어떻게 치료했단 말이오? 아직 의자에 누워있지 않소?" "그렇지만 밤의 열병은 완전히 사라졌답니다. 벌써 이틀째요. 리자는 두 주만 지나면 카드릴[19]을

---

19 4인조가 되어 추는 무도곡을 말한다.

출 거라고 저에게 장담했답니다. 리즈[20], 감사드려라, 감사드려야지!"

리즈의 사랑스럽고 웃는 작은 얼굴은 갑자기 심각해졌다. 그리고 참지를 못하고 갑자기 웃음을 터뜨렸다...

"저는 저 사람을 보고 웃는 거예요, 저 사람을 보고!" 그녀는 알료샤를 가리켰다. "리자는 당신에게 전할 부탁이 있답니다, 알렉세이 표도로비치..." 알료샤는 리자에게 다가가 어쩐지 이상하고 어색하게 미소 짓고는 그녀에게 손을 내밀었다.

"카테리나 이바노브나가 저를 통해 당신에게 이것을 보냈어요." 그녀는 그에게 조그만 편지를 내밀었다. "그분은 당신이 되도록 빨리, 네, 빨리 그분에게 들러주기를 특별히 부탁했어요." "나에게 들르라고 했다고요? 그녀에게 내가... 왜죠?" 그의 얼굴은 갑자기 아주 근심스럽게 변했다. "오, 그건 드미트리 표도로비치에 관한 거예요. 그녀는 반드시 당신을 만나야 해요... 왜냐구요? 물론 그거야 모르지만 그녀는 되도록 빨리 와달라고 부탁했어요." "좋아요, 가겠습니다."

장상은 그를 기다리던 외지의 수도사와 이야기를 나누고 있었다. "저를 찾아오십시오, 신부님. 언제나 만날 수는 없으니까요. 병을 앓고 있어 살 날이 얼마 남지 않

---

20 리자를 영국식으로 부른 것이다.

은 것을 알고 있습니다." "어디가 아프시다는 거예요? 이렇게 건강하고 쾌활하고 행복해 보이시는 데요." 어머니가 외쳤다. "내가 부인께 그렇게 쾌활해 보인다면, 그런 말을 하는 것처럼 저를 기쁘게 하는 것은 결코 없을 겁니다. 왜냐하면 사람은 행복을 위해 창조되었기 때문이지요. 모든 의인들, 모든 성인들, 모든 거룩한 순교자들은 다 행복했답니다."

"그렇지만 행복, 행복은 어디에 있는 거지요? 저는 고통스럽습니다. 저를 용서해 주세요. 저는 고통스러워요…"

"특히 무엇 때문이지요?"

"저는… 불신앙으로 고통받고 있어요."

"하느님에 대한 불신앙인가요?"

"오, 아니요, 아니에요. 내세, 그것이 너무나 수수께끼예요! 미래의 무덤 뒤 삶에 대한 생각이 저를 고통스러울 정도로, 공포스럽고 경악에 이를 정도로 저를 동요시키고 있어요… 저는 생각합니다. 평생을 믿었는데 죽어보니 갑자기 아무것도 없는 거예요. 그건 끔찍합니다! 무엇으로, 무엇으로 믿음을 되돌릴 수 있죠? 무엇으로 증명하고 무엇으로 확신할 수 있나요?"

"여기서 증명할 수 있는 건 아무것도 없지만 확신할 수는 있지요."

"어떻게요? 무엇으로요?"

"실천적인 사랑의 경험에 의해서입니다. 당신의 이웃을 실천적으로 계속해서 사랑하도록 노력하세요. 사랑이 진보함에 따라서 하느님의 존재와 당신의 영혼불멸에 대해 확신하게 될 겁니다."

"실천적인 사랑이라구요? 이게 또 문제입니다. 정말 문제, 정말 문제예요! 보세요, 저는 인류를 사랑합니다. 저는 고통당하는 사람들의 간호사라도 되고 싶습니다. 그런데 제가 그런 생활을 오래 견뎌낼 수 있을까요? 만약에 제가 상처를 닦아준 환자가 저에게 곧 감사로 답하지 않고 반대로 변덕을 부리며 괴롭힌다면, 그때는요? 한 마디로 저는 바로 보수를 요구하는 거예요. 즉, 저에 대한 칭찬과 사랑을 사랑으로 보답받고 싶어하는 거지요. 그렇지 않으면 저는 누구도 사랑할 능력이 없어요!"

"그건 오래 전에 한 의사가 나에게 이야기한 것과 똑같군요. 그는 말하길, '나는 인류를 사랑하지만, 내가 인류 전체를 더 사랑할수록 나는 개별적인 사람들은 덜 사랑하게 됩니다. 누구라도 나에게 가까이 있으면 그의 개성이 나의 자기애를 짓누르고 내 자유를 압박하는 겁니다.'"

"그럼 어떻게 해야 하는 거지요?"

"실천적인 사랑은 공상적인 사랑에 비해 냉혹하고 무

서운 것입니다. 공상적인 사랑은 빠른 공적과 빠른 만족을 바라지요. 실천적인 사랑은 노동과 인내입니다. 죄송합니다만 더 이상 시간을 낼 수가 없군요. 저를 기다리고 있어서요. 안녕히 가십시오."

귀부인은 울고 있었다.

"리즈, 리즈, 이 애를 축복해 주세요, 축복해 주세요!"

"저 아이는 사랑 받을 자격이 없군요. 제가 보니 계속 장난만 치고 있었습니다." 장상은 농담을 하며 말했다. "왜 계속 알렉세이를 놀린답니까?"

리즈는 갑자기 얼굴을 붉히고는 눈을 번뜩였다. 그녀의 표정은 아주 심각해졌다.

"저 사람은 왜 모든 것을 잊은 거지요? 그는 어린 나를 팔에 안고 다녔고 우리는 함께 놀았었어요. 저에게 글 읽는 것도 가르쳐줬고요. 2년 전에 그는 헤어지면서 절대로 잊지 않겠다고, 우리는 영원한 친구라고, 영원한, 영원한 친구라고 말했어요! 그런데 왜 가까이 와서 이야기하는 것을 싫어하는 거죠? 왜 우리 집에 오기 싫어하는 거예요? 장상님께서 그를 놓아주지 않으시는 거예요?"

"꼭 그를 보내드리겠소." 장상은 결정을 내리며 말했다.

그리 되기를, 그리 되기를!

독수방에서 장상이 떠나 있던 시간은 약 25분 정도 지속되었다. 벌써 12시 반이 지나있었다. 그런데 아직까지도 드미트리 표도로비치는 오지 않고 있었다. 그러나 장상이 다시 독수방에 들어왔을 때는 마치 그에 대해서는 거의 잊은 것처럼 손님들 사이에 매우 활기찬 공통의 대화가 이뤄지고 있었다. 대화에는 이반 표도로비치와 두 수도사제가 누구보다 적극적으로 참여하고 있었다.

"매우 흥미로운 이분의 논문에 대해 논하던 중입니다." 도서관 담당인 이오십 수도사제가 장상 쪽을 보고 이반 표도로비치를 가리키며 말했다. "사회 문제에 대한 교회 재판과 그 권리의 범위 문제에 관해서 책을 쓴 한 성직자에게 이분이 잡지에 논문을 써서 답을 하셨는데... 겉으로 보기에는 사회 문제에 대한 교회 재판에서 교회와 국가의 분리를 완전히 부정하고 있습니다."

"그거 흥미롭군요. 어떤 의미에서지요?" 장상은 이반 표도로비치에게 질문했다.

"예를 들어, 재판에 대한 문제에서처럼 국가와 교회의 타협은 제 생각으로는 본질상 불가능한 것입니다. 제가 반박한 성직자는 교회가 국가 안에 분명하고도 일정한 자리를 차지하고 있다고 주장합니다. 저는 그 반대로 교회가 자신 속에 국가 전체를 포함해야지, 국가 안에 단지 한 구석만을 차지해서는 안 된다고 반박했습니다. 지금 이것이 어떤 이유 때문에 불가능하다면, 본질상 반드시 그것이 기독교 사회의 향후 발전의 직접적이고도 가장 중요한 목적으로 결정되어야 한다고 말입니다."

"전적으로 옳습니다!" 말이 없고 하식이 많은 수도사 제인 파이시 신부가 확고하고도 신경질적으로 말했다. "우리 주 예수 그리스도께서는 바로 지상에 교회를 세우러 오셨습니다. 교회는 진실로 왕국으로서 지배하도록 정해져 있습니다. 그리고 마지막에는 분명 온 지상에 왕국으로서 모습을 드러낼 것입니다." 그는 갑자기 스스로를 억제하려는 듯 말을 멈췄다. 이반 표도로비치는 장상을 향해 말을 계속 이었다.

"그리스도의 교회가 국가 안으로 들어가서도 자신의 기초 중 어느 것도 양보할 수 없다는 것은 의심할 여지가 없습니다. 교회는 그 주인이 확고하게 세우고 지시한 이상 전 세계를, 그리고 아마도 고대의 이교 국가를 교회로 변화시키는 것 이외에 다른 목적을 추구할 수는 없을 것입니다. 그러므로 교회가 국가 안에 자신의 일정한 자리를 찾아야 하는 것이 아니라, 반대로 모든 지상의 국가가 나중에 완전히 교회로 변해야 하고 교회 이외의 다른 것이 되어서는 안됩니다."

"간단히 말하자면," 단어마다 힘을 주어가며 파이시 신부가 또다시 말을 꺼냈다. "19세기에 너무나 분명해진 우리의 다른 이론에 의하면, 교회가 국가로 재탄생해야 합니다. 그 다음에는 과학과 시대정신, 문명에 자리를 내주고 국가 속에서 사라져 버리는 것이지요. 이것은 우리 시대 현대의 유럽 나라들 어디서나 볼 수 있습니다. 러시아적인 이해와 염원에 따르면 교회가 국가로 재탄생하는 것이 아니라, 국가가 오직 교회가 되는 것으로 끝이 나야만 합니다. 그리 될지어다, 될지어다!"

미우소프는 또다시 다리를 바꾸어 꼬면서 미소를 지었다. "뭔가 사회주의와 유사한 것이로군요. 저는 이 모든 것을 심각하게 받아들여 이제 교회가 예를 들어, 범죄자를 심판하고 태형과 유형, 심지어 사형까지 선고할 거라고 생각할 뻔했습니다."

"만약 지금 사회 문제에 대해 교회 재판만이 있다면, 교회는 유형을 보내거나 사형 선고를 하지 않을 겁니다. 범죄와 그에 대한 견해도 반드시 바뀌어야만 할 겁니다." 눈 하나 깜짝하지 않고 평온하게 이반 표도로비치가 말했다.

"만약 모든 것이 교회가 된다면, 교회는 범죄자나 복종하지 않는 자를 파문하지 사람들의 목을 베지는 않을 겁니다. 그러면 파문당한 자는 어디로 갈까요? 그때 그는 지금처럼 사람들로부터 뿐 아니라 그리스도로부터도 떠나야 할 겁니다. 다른 측면에서 범죄에 대한 교회의 견해를 생각해보세요. 그 견해는 지금 행해지고 있는 대로 감염된 사회 구성원을 기계적으로 잘라내는 것에 반대해서 다시 인간을 갱생시키고 부활시키고 구원하는 이상으로 변해야 할 겁니다..."

"사실 지금도 그렇습니다." 갑자기 장상이 말하기 시작했다. "먼저 때린 후에 유형을 보내 노역을 시키는 이 모든 방법으로는 누구도 교정하지 못합니다. 중요한 것은 그것이 어떤 범죄자도 두려워하게 못한다는 것이오. 오직 자신의 잘못을 그리스도 사회, 즉 교회의 아들로서 깨달을 때만이 그는 자신의 잘못을 사회, 즉 교회 앞에서 깨닫게 되지요. 만약 교회가 국가의 법이 벌을 내리는 방식을 따라 곧바로 매번 그를 벌한다면 어떤 일이 일어날까요? 최소한 러시아의 범죄자에게는 그보다 더한 절망이 없을 것이오. 러시아의 범죄자들은 아직 믿음을 가지고 있으니까요. 그러나 교회는 마치 부드럽고 사랑하는 어머니처럼 실제적인 징벌로부터 스스로 멀리하고 있소이다. 누구라도 그를 동정해주어야 하니까요. 유럽에서는 교회의 동정이라고는 조금도 없이 모든 일이 이루어지고 있소이다. 많은 경우 거기에는 이미 교회라고는 존재하지 않으니까요. 단지 교회에서 일하는 자들과 화려한 교회 건물만 남아있을 뿐, 교회 자체는 이미 오래 전에 교회에서 국가로 이행하여 국가 속에 완전히 사라지려고 애쓰고 있지요. 최소한 루터교를 믿는 나라들에서는 그런 것 같소이다. 로마[21]에서는 이미 천 년 동안 교회 대신 국가가 선언되고 있는 형국이지요. 그러니 범죄자 자신이 스스로를 교회의 구성원으로 인식하지 못하고, 파문되면 절망에 처해지게 되는 것입니다. 만약 정말로 교회 재판이라는 것이 생겨난다면, 많은 경우에 교회는 미래의 범죄자와 미래의 범죄에 대해 지금과는 완전히 다르게 이해하게 될 것이오. 교회는 파문당한 자를 돌아오게 하고 악을 기도하는 자를 경고하고 타락한 자를 부활시킬 수 있을 것입니다. 그렇게 될지어다, 될지어다."

"도대체 그것이 무엇입니까?" 미우소프는 갑자기 울분이 터지기라도 한 듯 소리를 질렀다. "지상에 국가가 없어지고 교회가 국가의 단계로 올라선다니!"

"정반대로 이해하고 계시는군요!" 파이시 신부가 엄격하게 말했다. "교회가 국가로 변하는 것이 아닙니다. 그것은 로마와 그것의 꿈입니다. 그것은 악마의 세 번째 유혹[22]입니다! 반대로 국가가 교회로 변하는 것입니다.

---

21 로마가 중심이 된 가톨릭교회를 의미한다.

22 그리스도가 40일 동안 금식한 후 마귀가 시험한 내용 중 세 번째 것으로,

국가가 교회까지 상승하여 온땅이 교회가 되는 것입니다. 이것이 지상에서의 정교의 위대한 사명입니다. 동방에서 이 별이 빛날 것입니다."

미우소프가 갑자기 의미심장하면서도 특별히 거만한 표정으로 말을 꺼냈다. "기독교 사회주의자가 무신론 사회주의자보다 더 무섭다는 말이 지금 왠지 기억나는군요..."

"즉 당신은 우리를 사회주의라라고 보시는 거군요?" 파이시 신부가 직접적으로 솔직하게 물었다. 그러나 표트르 알렉산드로비치가 대답할 말을 생각하기도 전에 문이 열리면서 너무나 늦은 드미트리 표도로비치가 들어왔다. 사실 사람들은 더 이상 그를 기다리지 않고 있었기 때문에 갑작스런 그의 등장은 처음에는 약간의 놀라움을 불러일으키기까지 했다.

저런 사람은 왜 사는 걸까!

중간 키에 호감가는 얼굴을 한 스물여덟 살의 젊은이인 드미트리 표도로비치는 자기 나이보다 훨씬 더 나이

마귀에게 절하면 지상의 모든 영광을 주겠다는 유혹이다.

들어 보였다. 그는 근육질이었고 상당한 육체적인 힘이 있다는 것을 짐작할 수 있었다. 그러나 그의 얼굴에는 무엇인가 병적인 것이 나타나 있었다. 현재 그의 얼굴에 나타나는 병적인 특성은 이해할만한 것이었다. 모두가 그가 최근 우리 도시에서 매우 불안정하고 '방탕한' 생활에 빠져 있다는 것을 알고 있거나 듣고 있었다. 그가 문제의 돈 때문에 자신의 부친과 싸우느라 매우 신경이 예민한 상태에 도달했다는 것도 모두에게 잘 알려져 있었다. 그는 나무랄 데 없이 말쑥이 차려입고 들어왔다. 단추를 채운 프록코트 차림에 검은 장갑을 끼고 실크햇을 손에 들고 있었다. 순간 그는 문턱에 멈춰서서 모두를 둘러본 다음, 장상이 주인임을 짐작하고 그에게 곧바로 향했다. 그는 장상에게 정중히 절을 하고 축복을 구했다. 장상은 약간 일어서서 그를 축복했다. 드미트리 표도로비치는 매우 흥분해서 거의 짜증이 섞인 소리로 말했다.

"이렇게 오래 기다리게 해 드린 것을 관대히 용서해 주십시오."

"걱정 마십시오. 괜찮습니다. 조금 늦은 것은 큰 문제가 아니니…"

드미트리 표도로비치는 갑자기 자신의 '아버지' 쪽으로 몸을 돌리더니 똑같이 정중하게 허리를 깊이 숙여 절했다. 표도르 파블로비치도 의자에서 벌떡 일어나더니 아들에게 똑같이 정중한 절로 답했다. 드미트리 표도로비치는 말없이 방에 있는 모두에게 절을 하고는 성큼성큼 단호한 걸음걸이로 창문 쪽으로 다가가서 하나 남은 의자에 자리를 잡고 앉았다.

"이 주제는 그만 내버려 두도록 하지요." 표트르 알렉산드로비치가 말했다. "대신 이반 표도로비치에 관한 아주 흥미있고 매우 특징적인 다른 일화를 이야기해 드리도록 하겠습니다. 닷새 전 이곳의 한 부인들의 모임에서 그는 논쟁 중에 지금까지 지상에 사랑이 있었다면, 그것은 자연 법칙에 의해서가 아니라 순전히 사람들이 자신의 불멸을 믿기 때문이라고 주장했답니다. 인류 속에 자신의 불멸에 대한 믿음을 없애보라, 그러면 곧바로 그에게서 사랑이 말라버리고 말 것이라는 것이죠. 게다가 더 이상 비도덕적인 것은 아무것도 없을 것이므로, 모든 것이 허용된다는 것입니다."

"기억해 두겠습니다."

드미트리 표도로비치는 이 말을 하고는 갑자기 입을 다물었다.

"정말로 당신은 영혼의 불멸을 사람들이 믿지 않을 때 오는 결과에 대해 그런 확신을 갖고 있는 것이오?" 갑자기 장상이 이반 표도로비치에게 물었다. "네, 저는 확신합니다. 영혼의 불멸이 없으면 선행도 없습니다."

"그렇게 믿고 있다면, 당신은 복있는 분이오. 아니면 아주 불행하든지!"

"왜 불행하다는 것입니까?" 이반 표도로비치가 미소를 지었다.

"왜냐하면 보아하니 당신은 스스로 당신 영혼의 불멸을 믿지 않는 것 같기 때문이오. 이 사상은 아직 당신의 마음 속에서 해결이 되지 않아 마음을 괴롭히고 있소. 당신 안에서 이 문제는 해결이 되지 않았고 거기에 당신의 큰 비애가 있소. 그것은 집요하게 해결을 요구하니까 말이오."

"그것이 제 속에서 해결될 수 있을까요? 긍정적인 쪽으로?"

"긍정적으로 해결되지 못한다면, 부정적으로도 해결되지 못할 것이오. 하느님께서 당신 마음의 해결이 지상에 있을 때 이루어지게 하시기를. 하느님께서 당신의 길을 축복하시기를!"

이때 표도르 파블로비치가 의자에서 벌떡 일어났다.

"거룩하고 신성하신 장상님!" 그는 이반 표도로비치를 가리키며 소리쳤다. "이 아이가 제 아들입니다. 제 살 중의 살이요, 가장 사랑하는 살이지요! 이 아이는 제가 가장 존경하는, 이를테면 칼 모르입니다. 그런데 지금 들어온 아들, 드미트리 표도로비치는 가장 존경할 수 없는 프란츠 모르지요. 둘 다 쉴러의 《군도》에 나오는 인물입니다."

"여기 오면서 무가치한 코미디가 벌어지리라 예상했었습니다!" 드미트리 표도로비치는 격분해서 역시 자리에서 일어나면서 소리쳤다.

"모두 나를 비난합니다. 그들 모두가!" 이번에는 표도르 파블로비치가 소리쳤다. "모두들 나를 비난하지만, 드미트리 표도로비치는 결과적으로 보면 오히려 내게 빚이 있습니다. 그것도 수천 루블이나 됩니다. 그에 대한 서류도 있습니다! 거룩하신 장상님, 믿으실지 모르지만, 저 녀석은 재산이 있는 양가의 고귀한 아가씨, 전 상관의 따님을 사랑에 빠지게 하고 청혼을 해서 명예를 더럽혔습니다. 그 아가씨는 지금 여기 고아가 되어 살고 있지요. 그의 약혼녀랍니다. 그런데 저 녀석은 그 아가씨의 눈앞에서 이곳의 한 바람둥이 여자를 찾아다니고 있답니다. 그런데 그 여자는 바람둥이지만 난공불락의 요새지요. 드미트리 표도로비치는 이 요새를 황금 열쇠로 열고 싶어합니다. 그래서 저한테서 돈을 뜯어가려는 거랍니다. 3주 전에는 우리 드미트리 표도로비치가 술집에서 한 퇴역 대위의 턱을 잡고 거리로 끌고 나가서는 모두가 보는 앞에서 그를 때렸습니다. 그 사람이 제 작은 일을 비밀리에 맡아서 해 주고 있다는 이유에서요."

"모두 거짓말입니다!" 드미트리 표도로비치는 분노로 온몸을 떨고 있었다. "당신은 지금 내가 그 여자에게 넘어갔다고 비난하지만, 당신이 그 여자에게 나를 유혹도록 시켰어요! 그 여자가 직접 말해준 겁니다. 당신 자신도 그 여자한테 사랑한다면서 달라붙기 시작했지요. 거룩하신 여러분, 이 인간이 방탕한 아들을 비난하는 아버지란 작자입니다!"

그는 말을 계속 잇지 못했다. 그의 눈은 번득거렸고 힘겹게 숨을 쉬고 있었다. 장상은 무엇인가를 더 기다리는 듯, 뭔가 더 이해하기를 바라고, 아직 스스로 무엇인가 납득하지 못한 듯 주위를 뚫어져라 둘러보았다.

"드미트리 표도로비치!" 갑자기 자기 목소리가 아닌 소리로 표도르 파블로비치가 외쳤다. "만약 네가 내 아들이 아니었다면, 나는 이 순간 너에게 결투를 신청했을 것이다."

"도대체 저런 사람은 왜 사는 걸까!" 드미트리 표도로비치는 낮은 소리로 울부짖었다.

"들으셨습니까, 들으셨나요, 수사님들, 아비 죽일 놈의 말을." 표도르 파블로비치는 이오십 신부에게 달려들 듯이 말했다.

갑자기 장상이 자리에서 일어났다. 장상은 드미트리 표도로비치 쪽으로 걸음을 옮기더니 그에게 바짝 다가가서 그의 앞에 무릎을 꿇었다. 무릎을 꿇고 장상은 드미트리 표도로비치의 발에 정중하고도 분명하게 의식적으로 이마가 땅에 닿을 정도로 절을 했다. 약한 미소가 그의 입술에 살짝 감돌고 있었다.

"용서하십시오! 모두들 용서하십시오!" 그는 사방으로 자신의 손님들을 향해 인사하며 말했다.

드미트리 표도로비치는 얼마 동안 충격을 받은 듯 서 있었다. 장상이 자신의 발에 절을 하다니, 이것이 무엇이란 말인가? 마침내 그는 갑자기 "오 하느님!"하고 소리를 지르더니 손으로 얼굴을 가리고 방에서 뛰어나갔다. 그의 뒤를 따라 모든 손님들이 우르르 몰려나갔다.

그들을 수도원장의 점심식사에 초대한 수도사는 그들이 장상의 독수방 계단을 내려서자마자 손님들을 맞았다.

"그런 터무니없는 소란을 벌이고 어떻게 점심식사에 나타나 수도원의 소스를 얻어먹을 수 있겠습니까? 창피해서 그럴 수는 없지요. 실례합니다." 표도르 파블로비치가 말했다.

"당신은 수도원장에게 가실 겁니까?" 미우소프는 이반 표도로비치에게 말을 끊어가며 물었다.

"왜 안 갑니까? 저는 어제부터 수도원장에게 특별히 초대를 받았는 걸요."

미우소프는 증오를 품고 이반 표도로비치를 바라보았다.

'마치 아무 일도 없었다는 듯이 점심식사에 가다니!' 그는 생각했다. '이게 카라마조프의 양심이라는 거로군.'

출세주의자 신학생

알료샤는 장상을 침실로 데려가 침대에 앉혔다. 그 방은 꼭 필요한 가구만 갖춘 작은 방이었다. 구석에는 성상화 옆에 경탁이 있었고 그 위에 십자가와 복음서가 놓여있었다. 장상은 힘없이 침대에 주저앉았다. 그의 눈은 빛나고 있었고 힘겹게 숨을 쉬고 있었다. 앉은 뒤 그는 무슨 생각이라도 하는 듯 알료샤를 빤히 쳐다보았다.

"가거라, 서두르거라. 그곳에는 네가 필요하단다. 수도원장에게 가서 점심식사 시중을 들도록 해라."

"여기 남도록 축복해 주세요." 알료샤는 간청했다.

"너는 그곳에 더 필요해. 그곳에는 평화가 없으니. 아들아, 앞으로 이곳은 네가 있을 곳이 아니다. 기억해 두거라. 하느님께서 나를 부르시자마자 수도원을 나가거라. 아주 가 버리거라. 아직은 여기가 네가 있을 곳이 아니란다. 세상에서 위대한 복종을 행하도록 너를 축복하마. 너는 아직 순례를 많이 해야 한단다. 결혼도 해야 해, 해야지. 다시 돌아올 때까지 모든 것을 겪어야 한다. 할 일이 많을 거다. 그리스도께서 너와 함께 하시니 그분을 보호해 드리면 그분이 너를 보호하실 거다. 슬픔 속에서 행복을 찾거라. 가거라, 서두르거라. 형님들 주위에 있거라. 한 형님뿐 아니라 양쪽 주위에."

장상은 축복하기 위해 손을 들어올렸다. 알료샤가 울타리 밖으로 나왔을 때, 갑자기 그의 심장이 아프게 조여드는 것만 같았다. 그분 없이 어떻게 살아남을 수 있을까? 어디로 간단 말인가? 알료샤는 오랫동안 이러한 우수를 느껴본 적이 없었다. 그는 숲을 통과해 빠르게 걸었다. 이 시간에는 누구도 만날 리가 없었다. 그런데 갑자기 길이 꺾어지는 곳에서 그는 신학생 라키틴을 발견했다. 그는 누군가를 기다리고 있었다.

"혹시 나를 기다리고 있었어?" 알료샤가 물었다.

"그래 널 기다리고 있었지." 라키틴은 씨익 웃었. "수도원장에게 서둘러 가고 있구나. 나는 거기 가지 않을 거야. 알렉세이, 나한테 하나만 말해줘. 그 꿈같은 일은 무엇을 의미하는 거지? 난 이걸 너한테 묻고 싶었어."

"꿈같은 일이라니?"

"네 형 드미트리 표도로비치에게 한 절 말이야. 이마

를 땅에 부딪힐 정도였다니까!"

"조시마 장상님에 대해 묻는 거야?"

"그래, 조시마 장상님에 대해."

"모르겠어, 무엇을 뜻하는지."

"너한테 설명하지 않을 줄 알았어. 내 생각에 그 노인은 정말 형안을 가지고 있어. 그는 범죄의 냄새를 맡은 거야."

"어떤 범죄?"

"너희 집안에 그 범죄가 일어날 거야. 너의 형들과 너의 부자 아버지 사이에. 조시마 장상은 일어날 수 있는 미래의 경우에 대비해 이마를 땅에 부딪힌 거지."

"무슨 범죄? 무슨 말을 하는 거야?"

"정말 모르는 거야? 너는 이것에 대해 생각해 본 적이 있니, 없니? 대답해 봐."

"생각해 봤어." 알료샤는 조용히 대답했다. 심지어 라키틴조차 당황했다.

"뭐라구? 정말 생각해 보았다는 거야?"

"난... 생각해 보았다기 보다." 알료샤는 중얼거렸다. "네가 그것에 대해 이상하게 말을 하기 시작하니까 내가 그것에 대해 생각해 본 것 같은 느낌이 든 거야."

"거 봐, 오늘 네 아버지와 형 미첸카를 보면서 범죄에 대해 생각했다는 거지? 내가 착각한 건 아닌 거 같지?"

"기다려 봐, 잠깐만. 너는 무엇을 보고 이 모든 것을 생각하는 거지?"

"어째서 그렇게 생각하느냐고? 나는 오늘 너의 형 드미트리 표도로비치를 갑자기 있는 그대로 한번에 이해하게 되었지. 미첸카는 호색한이야. 그것이 그에 대한 정의(定義)이고 그의 내적인 본질 전체야. 아버지가 아들에게 자신의 비열한 정욕을 물려준 거지. 이 세 명의 호색한이 지금 서로서로를 지켜보고 있어... 장화 뒤에 칼을 숨기고 말이야. 너도 어쩌면 네 번째인지도 몰라."

"너는 그 여자에 대해 잘못 알고 있어. 드미트리는 그 여자를... 경멸해."

"그루셴카 말이야? 아니, 경멸하지 않아. 남자가 어떤 아름다움, 여성의 육체, 심지어 여성의 육체의 일부분에라도 반해버리면, 그는 그것을 위해 자기 자식들도 내어주고 아버지와 어머니, 러시아도 조국도 팔아버리게 되지."

"나도 그걸 이해해."

"그래? 너한테도 익숙한 주제인가 보군. 이것에 대해, 음탕에 대해 생각해 보았다는 거지. 아, 순결을 지키는 네가 말이야! 너 알료시카, 조용하고 거룩한 네가 생각해 보지 않은 게 없군 그래. 순결을 지키면서 그런 깊은 데까지 들어갔단 말이지. 너 자신도 카라마조프인 거야.

그루셴카가 나에게 부탁했어. '그 사람을 나에게 데려와. 내가 그 사람의 수도복을 벗겨버릴테니.'라고 말이야. 얼마나 부탁을 하던지. 꼭 데려 오라는 거야! 나는 생각했지. '그 여자가 너에게 무엇 때문에 그토록 흥미를 가질까?'라고 말이야."

"가지 않는다고 말해 줘." 알료샤는 입술을 일그러뜨리며 웃었다.

"아, 맞아. 나는 그 여자가 네 친척이라는 걸 잊고 있었어."

"친척이라고? 이 그루셴카가 내 친척이라는 거야?" 라키틴은 갑자기 얼굴이 벌개지면서 소리쳤다.

"정말 친척이 아니라는 거야? 그렇게 들었는데..."

"어디서 들었다는 거야? 나는 그루셴카, 그 창부하고는 친척이 될 수 없어."

라키틴은 매우 흥분했다.

"그 여자가 무슨 창부야? 정말 그런... 여자야?" 알료샤는 갑자기 얼굴이 빨개졌다.

"너는 그 여자에게 자주 찾아가잖아. 나는 네가 그 여자를 그토록 경멸한다고는 생각해 본 적이 없어."

"내가 그 여자를 찾아가는 건 나름대로 이유가 있어서야. 이제 부엌으로 가 봐. 아니! 저게 뭐야? 그렇게 빨리 식사를 끝낼 수는 없을 텐데? 네 아버지와 그 뒤에 이반 표도로비치가 나오는데. 미우소프는 마차를 타고 떠나버렸군."

라키틴이 공연히 소리를 지른 건 아니었다. 정말로 예기치 않은 추태가 벌어졌던 것이다.

스캔들

수도원장에게는 식당이라 할 것이 없었다. 그에게는 건물 전체에 방 두 개만이 있었는데, 솔직히 장상의 방보다는 훨씬 널찍하고 편리했다. 이오십 신부와 파이시 신부, 그리고 또 한 수도사제도 초대를 받았다. 수도원장은 손님들을 맞기 위해 방 한 가운데로 나왔다.

"매우 죄송하게 되었습니다, 수도원장님," 표트르 알렉산드로비치가 말을 시작했다. "원장님께서 초대해 주신 동행인 한 사람, 표도르 파블로비치와 함께 올 수 없게 되어 죄송합니다." 수도원장은 가볍게 고개를 끄덕이고는 대답했다.

"가신 분에 대해서는 마음으로부터 유감스럽게 여깁니다. 그럼, 여러분, 식사를 하도록 하시지요."

그런데 표도르 파블로비치가 마지막 어처구니없는 행

동을 저지르고야 말았다. 그는 자신의 덜그럭거리는 마차가 나타나자 올라타다가 말고 갑자기 멈췄다. 그는 자신의 비열한 행동에 대해 모두에게 복수를 하고 싶어졌던 것이다. "시작을 했으면 끝을 봐야지." 그는 마부에게 기다리라고 지시하고는 자신은 빠른 걸음으로 수도원으로 돌아가 곧장 수도원장에게 갔다. 기도가 끝나고 모두가 식탁으로 가는 그 순간 그가 수도원장의 식당에 나타난 것이다.

"당신들은 내가 가버린 줄 생각했겠지만, 나는 여기 있습니다! 수도원장님, 들어갈까요, 말까요?"

"진심으로 청하는 바입니다. 여러분, 우연찮은 불화를 버려두시고 사랑과 혈연의 화합 속에서 일치되시기를 부탁드립니다." 수도원장이 대답했다.

"아니, 아닙니다. 불가능합니다." 제정신이 나간 듯 표트르 알렉산드로비치가 소리질렀다. "저는 가겠습니다!"

"아니, 기다리시오!" 방 안으로 한 걸음 들어서면서 째지는 듯한 소리로 표도르 파블로비치가 말을 가로챘다. "저기 독수방에서 제가 점잖지 못하게 행동했다고 다 제 얼굴에 먹칠을 했지요. 수도원장님, 저는 비록 광대고 광대짓을 하지만, 저는 명예를 아는 기사(騎士)로서 솔직히 말하고 싶습니다. 제 아들 알렉세이가 이곳에서 자신의 영혼을 구원하려고 애쓰고 있습니다. 저는 아버지로서 그 애의 운명에 대해 염려하고 있고 염려해야만 마땅합니다. 거룩하신 신부님들, 저는 여러분들에게 분개하고 있습니다. 고백은 위대한 성사(聖事)[23]입니다. 그런데 거기 독수방에서는 모두가 무릎을 꿇고 소리를 내어 고백을 하더군요. 거룩한 영적인 아버지들[24]에 의해서 고백은 귀에 대고 하는 것으로 정해졌고 그래야만 고백이 성사가 되는 것이고 이것은 예로부터 내려오는 것입니다. 때로는 말로 하는 게 무례한 경우도 있지요. 이건 추태입니다! 그래서 저는 제 아들 알렉세이를 집으로 데려가야겠습니다…"

이번에 독수방에서는 누구도 무릎을 꿇고 소리내어 고백을 하지 않았다. 표도르 파블로비치는 그런 것을 직접 볼 수도 없었으므로 단지 어쩌다 기억난 옛날 소문과 유언비어를 말했을 뿐이었다. 그러나 그는 이미 스스로를 자제할 수 없었고 마치 산에서 뛰어내린 것만 같았다.

"수사님들, 무엇 때문에 금식을 하십니까? 어째서 그것에 대해 하늘에서 보상을 기대하고 계십니까? 아니죠, 거룩한 수사님, 수도원에 틀어박혀서 갖다주는 빵을 드시고 저기 위에서 주는 상을 기대하지 말고, 삶에서 덕

---

23 Исповедь. 정교회에는 총 일곱 가지 성사가 있는데, 그 중의 하나가 고백성사이다.

24 Святые отцы. 초대 교회 교부들로부터 시작하여 교회에서 영적인 스승으로 인정받는 이들을 부르는 명칭이다.

을 행하고 사회에 유익을 가져다줘야지요. 그것이 더 어려울 겁니다. 당신들 거룩하신 신부님들은 민중을 빨아먹고 있는 겁니다!"

미우소프는 방에서 뛰쳐나갔다.

"그럼 신부님들, 저도 표트르 알렉산드로비치를 따라가겠습니다! 더 이상 당신들에게 오지 않겠습니다. 내 아들 알렉세이를 아버지의 권위로써 영원히 데려가겠습니다."

그는 밖으로 나갔다.

"알렉세이!" 그는 알료샤를 보고는 멀리서 소리쳤. "오늘 중으로 아주 내게로 옮겨오너라. 베개랑 요도 가져와. 네 것이 여기서 냄새라도 남지 않도록 말이다."

알료샤는 못박힌 듯 서서 아무 말 없이 유심히 이 광경을 지켜보고 있었다. 표도르 파블로비치는 마차에 올라탔고, 그의 뒤를 따라 이반 표도로비치가 말없이 음울한 표정으로 마차에 올랐다.

"너한테 아주 불쾌할지 몰라도 나는 알료시카를 꼭 수도원에서 데려올 거다."

이반 표도로비치는 경멸하듯 어깨를 으쓱하고는 고개를 돌리고 길 쪽을 보기 시작했다. 그리고 집에 도착할 때까지 아무 말도 하지 않았다.

제3권
음탕한 사람들

하인 방에서

　표도르 파블로비치 카라마조프의 집은 도시의 한 가운데도, 그렇다고 아주 외곽에 있지도 않았다. 일층짜리 집은 다락이 있었고 회색으로 칠해져 있었으며 지붕은 붉은 철판으로 씌워져 있었다. 표도르 파블로비치는 밤이 되면 하인을 별채로 보내고 집에는 밤새 혼자 틀어박혀있는 습관이 있었다. 이 별채는 마당에 있었는데 널찍하고 튼튼했다. 표도르 파블로비치의 집에는 부엌이 있었는데도 거기에서 음식을 준비하도록 정했다. 우리가 이야기하고 있는 시점에 집에는 표도르 파블로비치와 이반 표도로비치만이 살고 있었고, 하인들이 지내는 별채에는 전부 세 사람의 하인이 살고 있었다. 그리고리 노인과 그의 아내인 마르파 노파, 그리고 젊은 하인 스메르쟈코프였다. 이 세 하인에 대해서 좀 더 자세히 이야기할 필요가 있다. 그리고리 바실리예비치 쿠투조프 노인은 확고하고 흔들림이 없는 사람이었다. 그리고리는 자신이 주인에 대해 논쟁의 여지가 없이 영향력을 가지고 있다는 것을 알고 있었다. 그리고리는 더할 나위 없이 충실한 사람이었던 것이다. 표도르 파블로비치는 술에 취하는 순간에 자기 속에서 정신적인 공포와 도덕적인 떨림을 느끼곤 했는데, 바로 이런 순간에 그는 자기 옆 가까이 별채에 헌신적이고 확고하며 방탕한 그와는 전혀 다른 그런 사람이 있다는 것에 만족했다. 반드시 오래되고 친한 '다른' 사람이 있어야만 했던 것이다. 겉으로 보면 그리고리는 냉정하고 엄숙하기까지 했으며 말이 적었다. 그가, 말대답을 하지 않고 순종적인 아내를 사랑하는지 첫눈에 분간할 수 없었지만 실제로 그녀를 사랑하고 있었고, 그녀도 물론 그것을 이해하고 있었다. 이 마르파 이그나티예브나는 우둔한 여자가 아니었을 뿐 아니라, 어쩌면 자신의 남편보다 더 영리했을지도 모른다. 최소한 실생활의 문제에서는 더 분별력이 있었다. 그녀는 결혼생활 초기부터 아무 불평이나 말대답 없이 그에게 복종했으며, 남편을 정신적으로 우월한 인간으로서 무조건 존경했다.

하느님은 이들에게 아이를 주지 않았다. 아기를 한번 낳았지만 죽고 말았다. 그 사내아이는 육손으로 태어났다. 아픈 아이가 살아있던 두 주 동안 그리고리는 거의 아이를 쳐다보지 않았고 거의 집 밖으로 나가 지냈다. 그러나 아이가 두 주 후에 아구창으로 죽자, 그는 직접 작은 관 속에 아이를 누이고 깊은 비애에 차서 아이를 바라보았다. 그리고 깊지 않은 작은 무덤에 흙을 덮을 때, 그는 무릎을 꿇고 무덤을 향해 땅에 닿도록 절을 했다.

육손을 가진 그의 아이가 세상에 출현하고 죽은 사건과 겹쳐 마치 일부러 그러기라도 한 듯 다른 매우 이상하고 예기치 않은 기묘한 일이 일어났다. 육손을 가진 아기를 매장한 바로 그날 마르파 이그나티예브나는 한밤중에 깨어 막 태어난 아기의 울음소리 같은 것을 들었다. 그녀는 놀라서 남편을 깨웠다. 그는 귀를 기울이고 나서 누군가 여자가 신음하는 것 같다고 말했다. 제법 따뜻한 5월의 밤이었다. 현관 계단으로 나가보니 그가 듣기에 신음소리는 분명 정원에서 들려오고 있었다. 그는 신음소리가 정원에 있는 바냐[25]에서 들려온다는 것을 분명히 알 수 있었다. 바냐의 문을 열었을 때 그는 그가 본 광경 앞에서 그 자리에 꼼짝 못하고 서 버렸다. 거리를

---

25 Баня. 돌을 달궈 물을 뿌린 후 증기를 이용해 목욕을 하는 러시아식 전통 사우나로 소도시나 시골에서는 집마다 갖추고 있는 경우가 많다.

배회하며 리자베타 스메르쟈차야라는 이름으로 온 도시에 유명한 유로지바야[26]가 그들의 바냐에 기어들어와서는 방금 아기를 낳은 것이다. 아기는 그녀 옆에 누워있었고 그녀는 그 옆에서 죽어가고 있었다. 그녀는 말을 할 줄 몰랐기 때문에 아무 말도 하지 않았다. 그러나 이 모든 일을 특별히 설명할 필요가 있을 것 같다.

리자베타 스메르쟈차야

이 리자베타 스메르쟈차야는 매우 작은 키의 처녀였다. 건강하고 넓적하고 불그레한 스무 살 그녀의 얼굴은 완전히 백치의 얼굴이었다. 그녀는 평생 여름이고 겨울이고 맨발에 마(麻)로 만든 셔츠만 입고 돌아다녔다. 그녀는 항상 땅바닥과 진흙에서 잤기 때문에 그녀에게는 늘 흙과 진흙이 묻어 있었다. 그녀는 도시 전체에서 하느님의 유로지브이로 살아가고 있었기 때문에 집에 가는 일이 드물었다. 동정심이 많은 도시의 많은 사람들은 여러 번 셔츠 말고 더 그럴듯한 옷을 리자베타에게 입혀

---

26 Юродивая. 유로지브이(юродивый)의 여성형. 유로지브이 중에는 정교회에서 성인으로 시성된 이들이 많은데, 18세기 이후에는 세속적인 유로지브이도 많이 출현했다. 리자베타 스메르쟈차야도 세속적인 유로지브이에 해당한다.

주려고 시도했다. 겨울이 되면 항상 그녀에게 외투를 입혀주고 발에는 털 장화를 신겨주었다. 그러나 그녀는 어딘가, 주로 교회의 입구에 가서 꼭 그녀에게 희사한 모든 것을 벗어버리기 일쑤였다. 모든 사람들은 그녀를 사랑했다. 심지어 남자 아이들도 그녀를 놀리지 않았고 모욕하지 않았다. 그녀가 낯선 집에 들어가면 누구도 그녀를 쫓아내지 않았고 반대로 여러 모양으로 귀여워 해주고 푼돈을 주었다. 그녀는 흑빵과 물만 먹고 살았다. 교회에는 거의 가지 않았으나, 교회 입구나 누군가의 집 울타리를 넘어가 채소밭에서 잠을 잤다. 모두들 그녀가 그런 삶을 견디는 것에 놀라워했지만 그녀는 이미 익숙해 있었다. 꽤 오래 전 보름달이 밝은 어느 9월의 따뜻한 밤에 일어난 일이었다. 우리 도시의 대 여섯 명의 젊은 난봉꾼들이 술에 취해 한 무리가 되어 클럽에서 집으로 돌아가고 있었다. 울타리 옆에서 우리의 패거리가 잠들어 있는 리자베타를 보았다. 갑자기 한 귀족 자제의 머리에 말도 안되는 주제에 대해 완전히 기묘한 질문이 떠올랐다. "누구라도 좋으니 이 짐승을 여자로 여길 사람이 있을 수 있을까, 지금이라도 말이야..." 모두가 오만한 혐오감을 느끼며 불가능하다고 결정을 내렸다. 그런데 이 무리 가운데 표도르 파블로비치가 있었던 것이다. 그는 금방 앞으로 달려나와 여자로 여길 수 있을 뿐 아니라, 심지어 매우 그럴 수 있다고 말했다. 무리는 물론 예상 외의 의견에 크게 웃음을 터뜨리고는 매우 흥겨운 기분이 되어 마침내 모두 각자 갈 길로 갔다. 후에 표도르 파블로비치는 그때 그도 모두와 함께 그 자리를 떠났다고 맹세하듯이 주장했다. 그러나 5, 6개월 후 도시에서는 리자베타가 임신을 해서 돌아다닌다고 말하기 시작했고, 누구의 죄냐, 누가 모욕을 한 것이냐고 묻고 조사도 했다. 그런데 여기서 갑자기 모욕을 준 자가 다름 아닌 표도르 파블로비치라는 이상한 소문이 온 도시에 퍼진 것이다. 리자베타는 마지막 날 저녁에 갑자기 표도르 파블로비치의 정원에 나타났다. 리자베타가 그런 상태에서 어떻게 높고 견고한 정원 담장을 기어 넘었는지는 일종의 수수께끼로 남아 있다. 그리고리는 마르파 이그나티예브나에게 달려가 리자베타를 도와주라고 했다. 그리고 자신은 그리 멀지 않은 곳에 사는 산파 노파를 부르러 달려갔다. 갓난아기는 구했으나 리자베타는 새벽녘에 죽고 말았다. 그리고리는 아기를 데리고 집으로 들어와 아내를 앉혀놓고 그녀의 무릎에, 가슴 가까이 올려놓았다. "하느님의 아이인 고아는 누구에게나 친족이야. 이 아이는 우리의 죽은 애가 보낸 거요. 키우고 앞으로는 울지 말구려." 그렇게 마르파 이그나티예브나는 아이를 키우게 되었다. 세례를 주고 이름을 파벨이라고 지어주었다.

그리고 부칭[27]으로는 모두가 누가 시킨 것도 아닌데 표도르비치라고 부르기 시작했다. 후에 표도르 파블로비치는 버려진 아이에게 어머니의 별명을 따서 스메르쟈코프[28]라는 성을 지어주었다. 이 스메르쟈코프가 표도르 파블로비치의 두 번째 하인이 되었고 우리 이야기가 시작될 즈음 별채에 그리고리 노인과 마르파 노파와 함께 살고 있었다.

시로 하는 뜨거운 마음의 고백

알료샤는 아버지의 명령을 듣고 수도원을 나온 후 한동안 자리에 서서 매우 망설였다. 그러다 도시로 가는 길에 어떻게든 그를 괴롭히는 문제를 해결할 수 있으리라 기대하면서 길을 나섰다. 그러나 이때 그의 안에서 또 다른 두려움, 전혀 다른 종류의 더 괴로운 두려움이 꿈틀거렸다. 그것은 그 자신도 무엇인지 확실히 규명할 수 없는 여성에 대한 두려움, 아까 호흘라코바 부인이 전달

---

27 러시아 이름에는 아버지 이름을 나타내는 부칭이라는 것이 있다. 표도르비치는 표도르의 아들, 즉 표도르 카라마조프의 아들이라는 뜻이다.

28 Смердяков. 스메르쟈코프는 냄새나는 사람이라는 뜻을 가지고 있다. 어머니 성인 스메르쟈차야는 냄새나는 여자라는 뜻이다.

한 쪽지에서 무슨 일 때문인지 와 달라고 그렇게 간절하게 청한 카테리나 이바노브나에 대한 두려움이었다. 그는 일반적으로 여성을 두려워하지는 않았다. 그는 바로 이 여성, 바로 카테리나 이바노브나를 두려워했다. 그는 그녀를 본 처음부터 이 여성을 두려워했다. 그녀의 형상은 그에게 아름답고 오만하고 지배적인 아가씨로 기억되었다. 그러나 그녀의 아름다움이 그를 괴롭힌 것은 아니었다. 그의 공포를 설명할 수 없다는 것이 그의 마음속에서 지금 그 공포를 더 강화시키고 있었다. 이 아가씨의 목적은 고결하기 이를 데 없었다. 그녀는 그의 형인 드미트리를 구해내려고 애쓰고 있었다. 그럼에도 불구하고 그녀의 집을 향해 더 가까이 다가갈수록 그의 등골이 오싹해지는 것이었다.

그는 그녀의 집을 알고 있었다. 그가 여기저기 다 들르려면 서둘러야 했다. 그는 길을 단축시키기 위해 뒷길로 가기로 결심했다. 뒷길로 간다는 것은 길이 없는 곳으로, 다 허물어진 담장을 따라 때로는 남의 집 울타리를 넘기도 하고 남의 마당을 지나야 한다는 것을 의미했다. 한 곳에서 그는 아버지의 집에서 매우 가까운 이웃집의 정원을 지나야만 했는데, 그곳에서 갑자기 가장 예기치 못한 만남에 부딪치게 되었다.

울타리 너머 이웃집 정원에서 드미트리 표도로비치가

그에게 손짓을 하고 있었던 것이다. 알료샤는 곧바로 울타리 쪽으로 달려갔다.

드미트리는 기뻐하면서 성급히 그에게 속삭였다. "이리로 넘어와! 빨리! 아, 네가 와서 얼마나 잘된 일인지. 나는 막 네 생각을 하던 참이었거든..." 알료샤는 도시에서 맨발로 돌아다니는 남자아이 같은 민첩한 동작으로 울타리를 뛰어넘었다.

"여기는 아무도 없는데 왜 소곤거리는 거예요?"

"왜 소곤거리냐구?" 갑자기 드미트리 표도로비치는 큰 소리로 외쳤다. "그래 왜 소곤거리는 거지? 나는 여기서 비밀리에 비밀을 감시하고 있거든. 가자! 저기 저쪽으로!"

드미트리 표도로비치는 손님을 집에서 멀리 떨어진 정원의 구석으로 데리고 갔다. 그곳에 아주 오래된 폐허같은 녹색의 작은 정자(亭子)가 나타났다. 정자 안에는 나무로 된 녹색의 탁자가 놓여 있었다. 주위에는 역시 녹색의 벤치들이 있었다. 알료샤는 정자 안으로 들어가면서 탁자 위에 코냑 병들과 술잔이 놓여 있는 것을 보았다.

"앉아라. 나는 너를 붙잡고서 으스러지도록 가슴에 안고 싶구나. 이 세상에서... 정말로... 정-말-로... 너 하나만을 사랑하기 때문이야! 너 하나만을, 그리고 반해

버린 한 '비열한' 여자를. 그렇지만 반한다는 건 사랑한다는 걸 의미하지는 않아. 미워하면서도 반할 수 있거든. 나는 너를 보면서 다 말할 거야. 너는 말이 없겠지만, 나는 모든 걸 말할 거야. 너에게만 얘기할 거야. 네가 필요하기 때문이지. 내일이면 삶이 끝나고 새로 시작될 테니까. 너는 어디로 가는 중이었니?"

"아버지한테요. 그러나 먼저 카테리나 이바노브나에게 가던 길이었어요."

"그녀와 아버지에게? 우후! 이런 우연의 일치라니! 나는 너를 아버지에게, 그 다음에 그녀에게, 카테리나 이바노브나에게 보내서 그녀와도, 아버지와도 끝을 보려고 했거든. 천사를 보내려고 한 거야. 그런데 네가 스스로 그녀와 아버지에게 가고 있었다니. 그녀가 너를 불렀구나, 그녀가 편지를 쓴 거야. 그래서 네가 그녀에게 가는 거지?"

"여기 쪽지가 있어요." 알료샤는 주머니에서 쪽지를 꺼냈다. 미챠는 빠르게 훑어보았다.

"알료샤, 들어봐. 나는 하늘의 천사에게는 이미 말했어. 그렇지만 지상의 천사에게도 말해야 해. 너는 지상의 천사야. 네가 듣고 판단하고 용서해 주겠지... 나는 어떤 고결한 존재가 나를 용서해 주는 것이 필요하거든."

알료샤는 기다리기로 결정했다. 그는 그가 해야 할 모

든 일이 어쩌면 지금 여기에만 있을지도 모른다는 것을 깨달았다.

"친구, 내 친구야, 나는 굴욕, 굴욕에 처해있어. 이 땅에서 인간은 엄청나게 많은 것을 참아내야 해, 엄청나게 많은 재앙을! 동생아, 나는 거의 이것에 대해서만, 이 굴욕적인 인간에 대해서만 생각하고 있어. 이 인간에 대해 생각하는 것은 내 자신이 그런 인간이기 때문이지.

> 영혼의 비열함에서
> 인간이 일어서려면
> 고대의 어머니 대지와
> 영원히 결합해야 하리.[29]

그런데 내가 어떻게 대지와 영원히 결합하지? 나더러 농부나 목동이 되라는 건가? 이 시가 나를 교정해 주었을까? 절대 아니지! 왜냐하면 나는 카라마조프니까. 그런데 이 치욕 속에서도 나는 갑자기 찬가를 부르기 시작하는 거야. 내가 저주받고 비열하고 뻔뻔해도 나는 나의 하느님이 입고 계신 그 옷자락에 입을 맞추는 거야. 내가 악마의 뒤를 따라가는 순간에도 나는 주여, 여전

---

29 독일 시인 쉴러의 〈엘레우시스의 축제〉(Das Eleusische Fest)의 7연 전반부이다. 19세기 초 러시아 낭만주의 시인 쥬콥스키가 번역했다.

히 당신의 아들이고 당신을 사랑하며 기쁨을 느낍니다. 기쁨이 없이는 세상이 지탱해 있을 수 없으니까요. 나는 이제 너에게 '벌레'에 대해 얘기해주고 싶어. 하느님이 정욕을 선물로 주신 그런 벌레 말이야. 동생아, 내가 바로 이 벌레야. 우리 카라마조프들은 다 벌레야. 천사인 네 속에도 이 벌레가 살고 있어. 이건 폭풍이야. 정욕은 폭풍이거든, 폭풍보다 더한 거지! 아름다움은 무섭고도 끔찍한 거야! 무서운 이유는 그것을 정의할 수 없기 때문이지. 여기에 모든 모순이 함께 살고 있어. 아름다움이란! 고결한 마음과 고상한 이성을 가진 사람이 마돈나의 이상으로 시작해서 소돔의 이상으로 끝나는 것을 나는 견딜 수가 없어. 더 무서운 것은 영혼에 소돔의 이상을 간직하고 있으면서도 마돈나의 이상을 부정하지 않는다는 거야. 아니, 인간은 넓어, 지나치게 넓어. 나는 그걸 좁히고 싶어. 이게 도대체 뭔지 모르겠어! 이성에는 치욕으로 보이는 것이 마음에는 온통 아름다움으로 보이니 말이야. 소돔에도 아름다움이 있을까? 아주 많은 사람들이 보기에 소돔에도 아름다움이 있다는 걸 믿으렴. 아름다움이 무서울 뿐 아니라, 비밀스럽다는 게 끔찍한 거야. 여기에서 악마가 신과 싸우고 있는 거지. 싸움터는 사람들의 마음이고."

일화(逸話)로 하는 뜨거운 마음의 고백

"나는 거기에서 방탕하게 살았어. 방탕을 좋아했고 방탕의 치욕까지 좋아했지. 내가 빈대가 아니고 해로운 벌레가 아니겠니? 너는 얼굴을 붉히는구나. 눈이 번쩍거려."

"나는 형님의 얘기와 행동 때문에 얼굴을 붉힌 게 아니에요. 나도 형님과 똑같은 인간이기 때문이에요."

"네가? 글쎄, 너무 나간 것 같은데."

"아니에요. 모두가 같은 층계에 서 있는 겁니다. 나는 가장 낮은 층계에 있고 형님은 열세 계단쯤 높은 곳에 있을 뿐이죠. 낮은 계단에 발을 들여놓은 사람은 반드시 높은 곳으로 가게 되어 있어요."

"그렇게 말하지 말아, 알료샤. 이 악녀 그루셴카는 사람을 볼 줄 알아. 그녀가 한번은 내게 언젠가 너를 잡아먹겠다고 말했지. 그만, 그만할게! 나는 누구에게도 절대로 얘기하지 않은 것을 너에게 이제 처음으로 말해주려고 해. 물론 이반은 빼고. 이반은 모든 것을 알고 있어. 그렇지만 이반은 무덤이야."

"이반이 무덤이라구요?"

"그래."

알료샤는 매우 주의를 기울여 듣고 있었다.

"나는 국경 부대에서 소위보로 근무하고 있었어. 내가 돈을 많이 뿌리고 다녔기 때문에 사람들은 내가 부자라고 믿었고 나도 그렇게 믿었지. 그런데 이미 노인이 된 우리 중령이 갑자기 나를 싫어하게 되었지. 내가 잘못했던 거야. 일부러 당연한 예의를 표하지 않았으니까. 그런데 내가 거기 있을 때 스물네 살 된 그의 딸이 아버지와 고인이 된 어머니의 동생인 이모와 살고 있었어. 그녀를 아가피야라고 불렀는데, 나는 아가피야 이바노브나 같이 매력적인 성격을 가진 여성을 보지 못했어. 나는 그녀와 우정어린 관계를 맺었지. 그런데 내가 그곳에 도착하여 부대에 들어갔을 때, 작은 도시가 온통 곧 수도에서 중령의 둘째 딸이 온다는 말을 하고 있었어. 그녀는 미인 중의 절세의 미인으로 막 수도의 귀족 전문학교를 졸업했다는 거야. 이 둘째 딸이 바로 카테리나 이바노브나였어. 이 전문학교 출신 아가씨가 오자 온 도시가 소생한 것 같았어. 나는 말없이 방탕한 생활을 계속하고 있었지. 한번은 그녀가 나를 눈길로 쓱 훑어보더라고. 포병 중대장 집에서였지. 그때 나는 그녀에게 다가가지 않았어. 무시하고 인사하지 않은 거지. 얼마 지나고 나서 역시 야회에서였는데, 그때는 그녀에게 다가가 말을 걸었지. 그런데 그녀는 나를 보는둥 마는둥 하더니 경멸하는 듯한 입모양을 하더라고. 그래서 두고 보자, 복수할 테다! 그렇게 생각했지. 바로 그때쯤 아버지가 나에게 6천 루블을 보냈어. 내가 정식으로 모든 것을 포기하겠다는 편지를 보내고 우리는 '셈이 끝났으니' 더 이상 아무것도 요구하지 않겠다고 말한 후였지. 그때 이 6천 루블을 받고 나서 나는 갑자기 한 친구의 편지를 통해 매우 흥미있는 일에 대해 알게 되었어. 사람들이 우리 중령에 대해 불만을 품고 그에게 군기 문란이라는 혐의를 갖고 있다는 사실이었지. 얼마 후 그는 퇴역하라는 명령을 받았어. 그에게는 적들이 있었던 거야. 갑자기 도시 사람들이 그와 그의 가족에게 아주 냉담해지고 모두가 갑자기 밀물처럼 빠져나가 버리더라고. 나는 아가피야 이바노브나를 만나 이렇게 말했어. "부친에게서 공금 4천5백 루블이 없어졌다는군요." 그녀는 아주 경악을 했어. "걱정마세요, 아무에게도 이야기하지 않겠습니다. 만약 부친께 4천5백 루블을 요구하는데 돈이 없으면 재판에 회부되어 늙은 나이에 병졸로 복무해야 합니다. 그러면 내게 전문학교를 졸업한 당신의 동생을 몰래 보내세요. 그녀에게 4천 루블을 드리고 거룩하게 비밀을 지켜드리지요." "아, 이 비열한 사람! 악하고 비열한 인간 같으니! 감히 어떻게!" 그녀는 매우 분노해서 가버렸지. 그렇지만 아가피야는 우리의 대화를 그녀에게 전해준 것 같아. 숨길 수가 없었던 거지. 나한테는 바로 그게 필요했고.

갑자기 새 소령이 부채를 인수하러 왔어. 늙은 중령은 갑자기 병이 나서 움직일 수가 없고 두 주 동안 집에만 있으면서 공금을 내놓지 못한 거야. 중령이 가장 믿을 만한 상인에게 돈을 빌려주고 있었는데, 이번에는 그 상인이 돈을 돌려주지 않았던 거야. 그런데 갑자기 전령이 장부와 "두 시간 후에 공금을 반납하라"는 명령서를 가지고 온 거지. 나는 그때 집에 있었어. 해질 무렵이었지. 나가려고 옷을 입고 머리를 빗고 손수건에 향수를 뿌리고 모자를 집었는데, 갑자기 문이 열리더니, 내 앞에 내 방에 카테리나 이바노브나가 있는 거야.

나는 곧 모든 것을 알아차렸지.

"언니가 말해줬어요. 내가 당신에게 오면... 4천5백 루블을 줄 거라고. 그래서 왔어요... 돈을 주세요!" 그녀의 입술 양쪽 끝과 입술 언저리가 떨리고 있었어. 처음 든 생각은 카라마조프적인 것이었어. 나는 그녀를 눈으로 훑어보았지. 그 여자를 본 적이 있니? 정말 미인이야. 그녀는 고결한데 나는 비열한이었어. 그녀는 아버지를 위해 자신을 희생하는데 나는 빈대였던 거야. 그런데 그녀 전체가 영혼과 육체 모두 나 같은 빈대와 비열한에게 달려있었지. 나는 숨이 막힐 지경이었어. 나는 조소를 띠며 그녀를 바라보았어.

"4천 루블이라구요! 나는 농담을 했을 뿐인데, 당신은 이렇게? 공연한 수고를 하셨군요."

나는 그녀를 3초 내지 5초 동안 무서운 증오를 띠며 바라보았어. 그 증오와 사랑, 미칠 듯한 사랑 사이에는 머리털 한 개 차이 밖에 없었어! 나는 창문으로 다가가서 이마를 얼어붙은 유리창에 갖다 댔어. 얼음이 이마를 불처럼 태우던 게 기억나. 오래 지체하지는 않았어. 몸을 돌려 탁자로 다가가 상자를 열고 5천 루블짜리 무기명 수표를 꺼냈어. 그리고는 말없이 그녀에게 보여주고는 접어서 주었지. 직접 현관으로 나가는 문을 열어주고 한 걸음 물러서서 허리를 굽혀 매우 정중하게 인사를 했어. 그녀는 몸을 떨더니 1초 정도 나를 빤히 바라보고 나서 갑자기 아무 말도 않고 내 발에 이마가 땅에 닿도록 절을 하는 거야. 그리고는 달려 나갔지. 이게 카테리나 이바노브나와 있었던 '일'의 전부야. 이제 이반과 너만이 알게 된 셈이야!"

뜨거운 마음의 고백, '곤두박질치다'

"잠깐, 드미트리, 말해주세요. 형님은 그녀의 약혼자인가요, 지금?"

"그 일이 있고 나서 세 달 후에 나는 약혼자가 되었지. 중령은 공금을 내주었고 아프기 시작하더니 3주 정도 누워 있다가 갑자기 뇌연화증이 발병해서 닷새 후에 죽었어. 카테리나 이바노브나와 언니, 이모는 아버지 장례를 치르자마자 열흘 후에 모스크바로 떠났지.

모스크바에서는 전광석화같이 그들의 사정이 달라져 버렸어. 그녀의 중요한 친척인 장군 부인이 갑자기 한꺼번에 두 명의 상속녀를 잃고 말았지. 충격에 빠져 있던 노파는 카챠를 친딸처럼 반가워 하면서 그녀에게 유언장을 써주었는데, 그건 미래에 있을 일이고 당장은 손에 8만 루블을 내주면서 지참금이니 마음대로 하라고 했다는 거야. 나는 그때 갑자기 우편으로 4천5백 루블을 받게 됐지. 삼일 후에 편지가 왔어. 신부가 되겠다고 스스로 청혼을 해온거야. "사랑해요. 나를 사랑하지 않아도 좋아요. 내 남편만 되어주세요. 당신을 영원히 사랑하고 당신을 당신 자신에게서 구원하고 싶어요..." 그때 나는 곧바로 답장을 썼어. 그리고 곧바로 모스크바에 있는 이반에게 편지를 써서 모든 것을 설명하고 이반을 그녀에게 보냈지. 그래, 이반은 그녀에게 반했어. 지금도 그래. 내가 어리석은 짓을 한 거지. 그렇지만 그 어리석은 짓만이 지금 우리 모두를 구할 수 있을지도 몰라! 아아, 그녀가 이반을 얼마나 숭배하고 존경하는지 너는 정말 모르니? 우리 둘을 비교하고서 그녀가 나 같은 사람을 사랑할 수 있을 것 같니?"

"그런데 저는 그녀가 이반이 아닌 형님 같은 사람을 사랑한다고 확신해요."

"그녀는 내가 아니라 자신의 선행을 사랑하는 거야. 이런 그녀의 훌륭한 감정은 하늘의 천사처럼 진실한 거야. 나 같은 놈이 선택되었고 이반은 거절 당했어. 무엇을 위해서겠니? 그 아가씨는 감사한 마음에서 자신의 삶과 운명을 강제로 희생하기를 원하는 거야! 말도 안 되는 거지! 그렇지만 자격있는 사람이 제 자리에 설 거고 자격없는 사람은 영원히 뒷골목으로 자취를 감추게 될 거야, 더러운 자신의 뒷골목으로 말이야. 거기 진창과 악취 나는 곳에서 자발적으로 파멸하겠지. 내가 말한 대로 그렇게 될 거야. 나는 뒷골목에서 가라앉을 거고 그녀는 이반과 결혼하게 될 거야."

"형님, 그래도 형님이 약혼자인 거죠? 약혼녀인 그녀가 원하지 않는데 어떻게 형님이 끊어버리고 싶어 하는 거죠?"

"나는 정식으로 축복을 받은 약혼자야. 모든 게 모스크바에서 일어난 일이지. 모스크바에서 나는 카챠와 많은 얘기를 나눴고 나 자신을 정확히 진실하게 설명해 주었지. 그녀는 나한테 개심을 해야한다는 엄청난 약속을 강요했지. 나는 약속을 했어. 그런데 오늘 너를 불러서 여기로 오라고 한 건 너를 카테리나 이바노브나에게 보내기 위한 거야. 그리고 더 이상 그녀에게 가지 않겠다고 말하려는 거지. 내가 어떻게 직접 그녀에게 말할 수 있겠니?"

"그럼 형님은 어디로 가시구요?"

"뒷골목으로."

"그루셴카에게 가시려는 거군요!"

"나한테도 명예라는 게 있어. 내가 그루셴카에게 가기 시작하면서 나는 약혼자도 명예가 있는 인간도 아니게 되어버렸어. 나는 그녀를 패주러 갔었어. 그런데 그 집에 주저앉고 말았지. 벼락을 맞고 역병에 걸려 감염이 되었는데 지금까지 앓고 있는 거야. 그런데 그때 갑자기 일부러 그러기라도 한 것처럼 내 주머니에 3천 루블이 있었어. 그녀와 함께 모크로예로 가서 집시를 부르고 수천 루블을 써버렸지. 그루셴카, 그 악녀에게는 기막힌 육체의 곡선이 있어. 그것은 작은 발에도, 작은 왼쪽 발의 새끼발가락에도 나타나 있지. 보고 키스를 했지만 그게 다야. '원한다면 시집가겠어요. 때리지 않고 내가 하고 싶은 대로 하게 해주겠다고 말해줘요. 그럼 시집갈지도 몰라요.'라며 웃더군. 지금도 웃고 있어!"

드미트리 표도로비치는 격분해서 자리에서 일어났다.

그는 술에 취한 것만 같았다.

"형님은 정말 그 여자와 결혼하고 싶으신 거예요?"

"그녀가 원한다면 당장이라도, 원하지 않는다면 그냥 있는 거지. 알렉세이, 알아두거라. 나는 저열하고 파멸한 정열을 가진 저급한 인간이 될 수는 있어도, 도둑은 결코 될 수 없어. 그런데 지금 나는 도둑이야! 내가 그루셴카를 패주러 가기 전에 그날 아침 카테리나 이바노브나가 나를 불렀어. 그러면서 당장은 아무도 모르게 비밀리에 현청 소재지로 가서 우편으로 모스크바에 있는 아가피야 이바노브나에게 3천 루블을 보내달라고 부탁하는 거야. 바로 이 3천 루블을 주머니에 넣은 채 나는 그루셴카에게 나타났던 거야. 그리고 모크로예로 갔지. 나는 그녀에게 돈을 보냈다고 말하고 영수증을 갖다 주겠다고 하고는 지금까지 갖다 주지 않고 있어. 오늘 네가 가면 그녀가 "돈은요?"하고 물을 거야. 너는 이렇게 말할 수 있겠지. "이 저열한 호색한은 그때 당신의 돈을 보내지 않고 탕진해 버렸습니다. 짐승처럼 억제할 수 없었기 때문이지요.""

"미챠, 형은 정말 불행하군요! 절망으로 자신을 죽이지는 마세요!"

"3천 루블을 구하지 못하면 권총 자살이라도 할 거로 생각하니! 그게 말이다, 나는 권총 자살은 안 해. 지금은 그루셴카에게 가는 중이거든."

"카테리나 이바노브나는 모두 이해할 거예요. 이 모든 비애의 깊이를 이해하고 화해할 거예요. 그녀에게는 높은 지성이 있어요. 형님보다 불행할 수는 없다는 것을 그녀는 알 거예요."

"그녀는 모든 것과 화해하지는 않을 거다. 제일 좋은 방법이 뭔지 아니?"

"뭔데요?"

"3천 루블을 돌려주는 거야. 내일이면 늦어, 늦고말고. 나는 너를 아버지에게 보낼 참이다. 그녀에게 가기 전에 말이야. 아버지에게 3천 루블을 부탁해주렴."

"미챠, 주시지 않을 거예요."

"나도 주지 않을 거라는 걸 알아. 들어봐, 법적으로 아버지는 내게 빚이 없어. 그렇지만 도의적으로는 빚이 있지. 그렇지 않니? 마지막으로 그에게 아버지가 되는 기회를 주는 거야. 하느님이 이런 기회를 주셨다고 말하렴."

"미챠, 절대로 주지 않으실 거예요."

"알아, 주지 않을 거야. 나는 닷새 전에 아버지가 3천 루블을 빼서 백 루블짜리 지폐로 바꾼 다음 다섯 군데 도장을 찍어서 큰 봉투에 싸고 붉은 노끈으로 십자 모양으로 묶어두었다는 것을 알고 있어. 봉투에는 '내 천사 그루셴카에게, 만약 오기를 원한다면.'이라고 써있지. 그에게 돈이 놓여 있다는 건 하인 스메르쟈코프 말고는 몰라. 노인은 그 녀석의 정직성을 자기만큼이나 믿고 있지. 벌써 사나흘째 그루셴카를 기다리고 있어. 그녀가 '어쩌면 갈지도 모른다'고 알렸다는 거야. 만약 그녀가 노인에게 간다면 내가 그녀와 결혼할 수 있겠니? 이제 내가 왜 여기에 몰래 앉아 망을 보고 있는지 이해하겠니?"

"스메르쟈코프만 알고 있다구요?"

"그 녀석 혼자만. 그 여자가 노인에게 가면 내게 알려 줄 거야."

"봉투에 대해서도 그가 말했나요?"

"그 녀석이야. 절대 비밀이지. 이반조차도 돈에 대해 몰라. 노인은 이반을 체르마시냐로 이삼 일 보내려고 해. 8천 루블에 숲을 벌채하겠다는 구매인이 나타났거든. 이반이 없을 때 그루셴카가 오게 하려는 거야."

"그럼 아버지는 오늘 그루셴카를 기다리는군요?"

"아니, 오늘은 오지 않을 거야. 아버지는 지금 이반과 식탁에 앉아 술을 마시고 있어. 가봐, 알렉세이. 3천 루블을 청해봐... 나는 아버지에게 너를 보내면서 기적을 믿고 있어. 정말로 하느님이 끔찍한 일이 일어나도록 놔두실까? 알료샤, 나는 기적을 믿어, 가봐! 카테리나 이바노브나에게 가서 '당신에게 절을 한다고 했습니다.'라고 말해."

"미챠! 갑자기 그루셴카가 오늘 오면... 오늘이 아니라 내일이나 모레라도 오면요? 만약에..."

"만약에, 그럼 죽이는 거야."

"누구를 죽인다는 거예요?"

"노인이지. 그녀를 죽이지는 않아. 어쩌면 죽이지 않을지도, 어쩌면 죽일지도 몰라. 갑자기 그 순간 그 얼굴이 증오스러워질까 봐 두려워. 그래서 자제하지 못하고..."

"갈게요, 미챠. 나는 하느님이 끔찍한 일이 일어나지 않도록 해주시리라고 믿어요."

알료샤는 생각에 잠긴 채 아버지 집을 향해 갔다.

스메르쟈코프

알료샤가 집안에 들어갔을 때 점심 식사는 이미 끝나 있었고 잼과 커피가 나왔다. 이반 표도로비치도 식탁에 앉아 커피를 마시고 있었다. 하인 그리고리와 스메르쟈코프는 식탁 곁에 서 있었다.

"쟤가 왔구나, 쟤가 왔어." 표도르 파블로비치는 알료샤를 보고 매우 기뻐하며 소리쳤다. "우리 쪽으로 와서 앉아라. 점심은 먹었니?"

"먹었습니다."

"가만 가만, 내가 아까 너에게 오늘 요와 베개를 가지고 아주 옮겨오라고 했는데? 요는 가지고 왔니? 헤헤헤!.."

"아니요, 가져오지 않았습니다." 알료샤는 피식 웃었다.

"그래도 놀랐지, 아까 놀랐을 거다, 그렇지? 자 앉거라. 이제 재미있는 일이 있을 거다. 바로 너의 주제에 대한 거야. 실컷 웃을 거다. 우리 집 발람의 나귀[30]가 말을 시작했단다. 어찌나 말을 잘하는지!"

발람의 나귀란 하인 스메르쟈코프를 말하는 것이었다. 아직 스물 네 살의 젊은이인 그는 매우 사람을 꺼리고 말수가 없었다. 그는 오만한 성격으로 모든 사람을 경멸하는 것 같았다. 어릴 때 그는 고양이들을 목매달아 죽이고 의식(儀式)을 갖추어 묻는 것을 아주 좋아했다. 그리고리가 한번은 그를 붙잡아 채찍으로 아프게 때려주었다. 그는 구석에 틀어박혀 일주일 동안 눈을 흘겼다. 그리고리는 갑자기 스메르쟈코프를 향해 대놓고 말했다. "네놈은 사람이 아니야. 너는 바냐의 수증기에서 만들어

---

30 성경 민수기 22장에 나오는 나귀로 거짓 예언자 발람을 태우고 가다 입을 열어 발람을 꾸짖었다.

진 거야. 너는 그런 놈이야…" 나중에 밝혀진 것이지만, 스메르쟈코프는 결코 이 말을 용서할 수가 없었다. 그리고리는 그에게 글을 가르쳤고 그가 열두 살이 지나자 성경 역사를 가르치기 시작했다. 어느 날 두 번째인가 세 번째 수업 시간에 소년은 갑자기 씩 웃었다.

"무슨 일이냐?"

"아무것도 아니예요. 하느님이 첫째 날 빛을 창조하고, 태양과 달, 별들은 넷째 날 창조했는데, 그럼 첫째 날 빛은 어디서 온 거죠?"

그리고리는 굳어져버렸다. 소년은 선생을 조소하듯이 바라보았다. 그리고리는 참지를 못했다. "바로 여기서다!" 그는 소리를 지르며 학생의 뺨을 세차게 갈겼다. 소년은 따귀를 참아내고 아무 말도 안했지만 또다시 며칠 동안 구석에 처박혔다. 일주일 후 평생 그를 따라다닌 간질이 난생 처음으로 나타났다. 평균적으로 발작은 한 달에 한번 일어났는데 기간은 그때마다 달랐다. 발작의 정도도 달라서 어떨 때는 가벼웠고 어떨 때는 매우 심했다.

표도르 파블로비치는 그가 요리사가 되도록 결정하고 그를 모스크바로 보내 공부하게 했다. 그는 몇 년 공부하고 얼굴이 아주 달라져서 돌아왔다. 그는 왠지 이상할 정도로 늙어버린 것 같았다. 그러나 정신적으로는 모스크바에 가기 전과 거의 똑같았다. 그는 여전히 사람을 꺼리고 어떤 사귐의 필요성도 느끼지 않았다. 그는 말하는 일이 드물었다. 누군가 그를 쳐다보면서 도대체 이 청년이 무엇에 관심을 갖고 있으며 머릿속에 무슨 생각이 자주 드는지 궁금하다 해도 분명 그를 쳐다보면서 그것을 알아내기는 불가능할 것이다. 그런데 그는 가끔 집에서나 마당, 혹은 거리에 멈춰 서서 생각에 잠겨 십여 분 그저 서 있을 때가 있었다. 관상가가 그를 관찰한다면, 그에게는 어떤 상념도, 어떤 생각도 없고 어떤 관조만이 있다고 말할 것이다. 그는 이내 정신을 차릴 것이다. 하지만 서서 무엇을 생각하고 있었는지 그에게 묻는다면, 아마 그는 아무것도 기억하지 못하고 대신 자신 속에 관조하는 시간 동안 받았던 인상을 감추어둘 것이다. 이 인상들은 그에게 소중한 것이고 그는 그것을 축적한다. 왜, 무엇을 위해서인지는 알지 못한다. 어쩌면 수 년 동안 인상을 축적한 후 갑자기 모든 것을 버리고 예루살렘으로 떠나 순례하고 구원을 받으려 할지도 모른다. 어쩌면 고향 마을을 갑자기 불태워 버릴지도 모른다. 민중 속에는 관조자들이 상당히 많다. 스메르쟈코프도 분명 그런 관조자들 중 한 명이었을 것이다.

쟁론

 그런데 이 발람의 나귀가 말하기 시작한 것이다. 주제는 이상한 것이었다. 그리고리는 아침에 루키야노프 상인의 가게에 물건을 사러 갔다가 그에게서 한 러시아 병사에 대한 이야기를 들었다. 그 병사는 어딘가 먼 곳 국경에서 아시아인들에게 포로로 잡혀 곧 있을 고통스러운 죽음의 공포 속에서 기독교를 거부하고 이슬람으로 개종하라는 강요를 받았는데, 자신의 신앙을 배신하는 데 동의하지 않고 고통을 받아들여 살가죽이 벗겨져 죽었다는 것이다. 그것도 그리스도를 찬양하면서 말이다. 이것에 대해 그리고리는 식탁에서 이야기를 꺼냈다. 갑자기 문 옆에 서있던 스메르쟈코프가 씩 웃었다.

 "뭐가 우습니?" 표도르 파블로비치가 물었다.

 갑자기 스메르쟈코프가 예상치 않게 큰 소리로 말하기 시작했다. "만약 이 칭찬할 만한 병사의 공적이 아주 크다면입쇼, 제 생각에는 이 경우 그리스도의 이름과 자기의 세례를 부인한다 하더라도 그건 죄가 되지 않을 겁니다. 그렇게 해서 선행을 위해 자기 생명을 구하고 오랫동안 선행을 행해서 비겁을 보상할 수 있을 겁니다."

 "그게 어떻게 죄가 되지 않는다는 거냐? 그런 말 때문에 네 녀석은 곧장 지옥으로 떨어져 거기서 양고기처럼 기름에 튀겨질 거다." 표도르 파블로비치가 받아 말했다.

"그런 일은 거기서 없을 겁니다요. 모든 것을 공정하게 한다면 그럴 리가 없다는 것입죠." 스메르쟈코프는 확고하게 말했다.

"비열한 놈, 그게 저놈이야!" 갑자기 그리고리에게서 이 말이 튀어나왔다.

"비열한 놈이라는 말에 대해서는 좀 삼가주십쇼. 스스로 잘 생각해 보세요. 제가 기독교의 박해자들에게 포로로 잡혀서 그들이 저에게 하느님의 이름을 저주하고 거룩한 세례를 부인하라고 요구한다면, 저는 그 점에 대해 자신의 이성으로 행동할 완전한 권리가 있는 것입니다. 왜냐하면 여기에 죄라고는 없으니까요. 만약 제가 박해자들에게 '나는 그리스도인이 아니고, 나의 참된 하느님을 저주합니다'라고 말한다면, 곧바로 가장 높은 하느님의 심판에 의해 특별히 저주를 받아 파문될 것이고 거룩한 교회로부터 이교도처럼 완전히 분리될 것입니다."

"네놈은 지금도 이미 저주받은 파문자야." 갑자기 그리고리가 폭발해 버렸다.

"더 들어보십시오. 아직 다 끝나지 않았으니까요. 제가 하느님에게 즉시 저주를 받은 순간, 저는 이미 이교도나 마찬가지인 셈입니다. 만약 제가 더 이상 그리스도인이 아니라면, 그들이 '너는 그리스도인이냐 아니냐'라고 물었을 때 저는 박해자들에게 거짓말을 하지 않는 것입니다. 왜냐하면 박해자들에게 말을 하기도 전에 생각만 한 것으로도 저는 이미 하느님에 의해 기독교에서 박탈된 셈이 되니까요. 제가 그리스도인이 아니라면 저는 그리스도를 부인할 수가 없습니다. 그때 제게는 부인할 것 자체가 없으니까요. 그리고리 바실리예비치, 부정한 타타르인에게 왜 그리스도인으로 태어나지 않았냐고 천국에서 누가 묻겠습니까. 누가 그것에 대해 그를 벌하겠습니까. 그가 부정한 부모에게서 부정하게 세상에 태어났다면 그는 아무 죄가 없는 것입니다."

그리고리는 꼼짝 않고 웅변가를 쳐다보았다. 그는 잘 이해하지 못했어도 갑자기 뭔가를 깨닫고 이마를 벽에 부딪친 사람의 표정을 하고 있었다. 표도르 파블로비치는 술잔을 비우고는 금속성의 웃음을 터뜨렸다.

"아 네놈, 궤변가 같으니! 누가 너에게 가르쳐 주었니? 그렇지만 네 놈은 거짓말을 하고 있어. 거짓말, 거짓말, 거짓말이야. 네놈이 파문을 당한다면, 그것만으로도 지옥에서 네 놈의 머리를 쓰다듬어 주지는 않을 거다."

"스스로 속으로 부인한 것은 의심의 여지가 없습죠. 그래도 여기에 특별한 죄라고는 없습니다요."

"거짓말, 저주-받은-놈 같으니." 그리고리가 화가 나서 씩씩거렸다.

"잘 생각해 보십시오, 그리고리 바실리예비치, 성경에 쓰여있기를 겨자씨 한 알 만한 믿음만 있어도 산더러 바다에 빠지라 하면 빠질 것이라고 되어 있지요. 직접 산에게 말해보세요. 바다는커녕 냄새나는 우리 강에라도 빠지라고요. 아무리 소리쳐도 모든 게 이전 그대로 고스란히 있을 겁니다. 당신이 믿지 않으신다는 것을 의미하는 거죠. 그러면서 남들은 욕만 하지요. 당신뿐 아니라 우리 시대에 누구도 산을 바다로 밀어넣지 못합니다. 전 세계에 어떤 한 명, 많으면 두 명, 아마도 저기 이집트의 황야에서 숨어서 구원을 받고 있는 사람 말고는요. 그렇다면, 다른 모든 이들이 믿지 않는 자들이라면, 자비로우신 주님께서 이 황야의 두 은둔자 외에 나머지 모든 사람들을 저주하실까요?"

"가만!" 표도르 파블로비치는 환희의 절정에서 찢어지는 소리를 냈다.

"산을 움직일 수 있는 두 명은 있다고 생각한다는 거지? 이거 완전히 러시아적인 신앙이지?"

"아니요, 스메르쟈코프의 생각은 전혀 러시아적인 신앙이 아니예요." 심각하고도 확고하게 알료샤가 말했다.

"나는 그 녀석의 신앙을 말하는 게 아니야, 이 특성 말이다, 이 두 황야의 은둔자에 대한 것 말이야. 그건 러시아적이지, 러시아적이지 않니?"

"네, 그 특성은 완전히 러시아적이예요." 알료샤가 미소를 지었다.

코냑을 마시며

논쟁은 끝났다.

"이제 꺼지거라, 저리로." 표도르 파블로비치는 하인들에게 소리쳤다.

"스메르쟈코프는 이제 식사 때마다 여기로 기어오는데, 그건 그놈이 너에게 호기심이 있어서야." 그는 이반 표도로비치에게 덧붙였다. "그놈은 알료시카^{알료샤의 애칭}를 경멸해. 알료시카, 내가 아까 너의 수도원장을 모욕한 것 때문에 화내지 마라. 만약 신이 존재한다면, 물론 나는 죄가 있겠지만, 만약 신이 아예 없다면 너희 신부들이 과연 필요하겠니? 나는 너희 수도원과는 끝을 내고 싶구나. 러시아 땅 전역에 있는 이 신비주의를 단번에 몽땅 없애버리고 싶어. 이반, 말해봐라. 신은 있는 거냐, 없는 거냐? 진지하게 말해라!"

"없습니다. 신은 없어요."

"알료시카, 신이 있니?"

"하느님은 계셔요."

"이반, 그러면 영혼불멸은 있는 거냐?"

"영혼불멸도 없습니다."

"알료시카, 영혼불멸은 있니?"

"있어요."

"그러니까 신도 영혼불멸도 있다는 거지?"

"하느님도 영혼불멸도 있어요. 하느님 안에 영혼불멸이 있어요."

"음, 이반이 더 옳은 듯해. 마지막으로 결정적으로 묻겠다. 신은 있니 없니? 마지막이다!"

"마지막으로 말해 없습니다."

"제기랄, 그럼 신을 처음으로 생각해 낸 놈을 어떻게 해야 한단 말이냐!"

"만약 신을 생각해내지 않았다면 문명도 아예 없었을 겁니다."

"신이 없다면 말이냐?"

"네. 그리고 코냑도 없었을 겁니다."

"잠깐, 잠깐, 기다려. 한 잔만 더하고. 나는 너한테 그리스도 하느님의 이름으로 체르마시냐에 하루나 이틀 다녀와 달라고 부탁했는데, 가지를 않는구나."

"그렇게까지 간청하신다면 내일 가겠습니다."

"넌 가지 않을 거다. 너는 여기서 나를 몰래 지켜보

고 싶은 거야. 네 눈은 의심에 차 있어. 경멸하는 눈이야... 화내지 마라, 이반. 나는 네가 나를 좋아하지 않는다는 걸 안다. 나를 좋아할 이유가 없지. 그래도 체르마시냐에 다녀와 다오. 거기서 네게 계집아이를 한 명 보여줄게. 오래 전에 봐두었지. 나한테는..." 그는 갑자기 생기가 돌았다. "나한테는 평생 못생긴 여자라고는 없었다. 너희들은 이해하겠니? 내 원칙에 의하면 모든 여자에게는 다른 여자에게서는 발견할 수 없는 아주 흥미로운 특징을 발견할 수 있지. 그걸 찾아낼 줄만 알면 되는 거야. 그건 재능이지! 가만... 들어봐라, 알료시카, 나는 고인이 된 네 어미를 한 번도 모욕한 적이 없단다! 딱 한 번만, 그것도 첫 해에만 있었지. 그때 네 어미는 아주 기도를 열성적으로 했단다. 그럴 때는 나를 서재로 쫓아냈지. 나는 네 어미한테서 이 신비주의를 때려 부수리라 생각했지! '봐라, 여기 네 성상이 있지. 네가 보는 앞에서 성상에 지금 침을 뱉을 테다. 그래도 나한테 아무 일도 일어나지 않을 거야!...' 네 어미가 어떻게 쳐다보던지, 아이구, 이제 나를 죽이겠구나 생각했지. 그런데 그저 벌떡 일어나더니 손을 마주치고 그 다음에는 갑자기 얼굴을 손으로 가리더니 벌벌 떨면서 바닥에 쓰러지더구나... 알료샤, 알료샤! 무슨 일이냐, 무슨 일이야!"

노인은 놀라서 벌떡 일어났다. 알료샤는 그의 어머니

에 대한 이야기를 시작할 때부터 점점 표정이 변하기 시작했다. 얼굴이 붉어지고 눈이 번쩍거리고 입술이 떨리기 시작했다... 알료샤는 이야기에서 그의 어머니가 그랬던 것처럼 의자에서 벌떡 일어나더니 손을 마주치고 그 다음에 손으로 얼굴을 가리고 쓰러졌던 것이다. 그는 갑자기 소리 없이 발작적으로 눈물을 흘리면서 온몸을 떨기 시작했다.

"이반, 이반! 빨리 물을 가져다줘라. 그때 이 애 어미와 아주 똑같구나! 이 애는 제 어미 때문에, 제 어미 때문에 이러는 거다..." 그는 이반에게 중얼거렸다.

"제 생각에 이 애 어머니는 제 어머니이기도 한데요. 어떻게 생각하세요?" 갑자기 억제할 수 없는 분노를 담은 경멸을 보이며 이반이 폭발했다. 노인은 그의 번쩍이는 눈빛에 몸을 떨었다.

"어떻게 네 어미라는 거냐?" 그는 무슨 소린지 이해하지 못하면서 중얼거렸다. "어떤 어미를 말하는 거냐?... 이런, 제기랄! 맞다, 네 어미이기도 하구나! 용서해라, 이반... 헤헤헤!" 그는 말을 멈췄다. 바로 이 순간 갑자기 현관에서 끔찍한 소음과 성난 외침소리가 들리더니 문이 활짝 열리면서 홀 안으로 드미트리 표도로비치가 뛰어들어왔다. 노인은 경악하여 이반에게 달려갔다.

"날 죽일 거다, 죽일 거야! 말려다오, 말려줘!"

음탕한 이들

드미트리 표도로비치를 뒤따라 그리고리와 스메르쟈코프가 홀로 뛰어 들어왔다. 그리고리는 안쪽 방으로 향하는 홀의 맞은 편 입구를 닫고는 닫힌 문 앞에서 두 팔을 십자 모양으로 벌렸다. 그것을 본 드미트리는 그리고리에게 달려들었다.

"그 여자가 저기 있구나! 저기에 숨겼어! 저리 가, 비열한 놈!" 격분하여 제 정신이 아닌 드미트리는 온힘을 다해 그리고리를 내리쳤다. 노인은 힘없이 쓰러졌고 드미트리는 그를 넘어 문으로 달려갔다.

"그 여자는 여기 있어. 그 여자가 집 쪽으로 돌아가는 걸 내가 직접 봤어. 어디 있어? 어디 있냐고?"

"잡아, 저 놈을 잡아." 표도르 파블로비치는 소리치며 드미트리 표도로비치 뒤를 따라 돌진했다. 이반 표도로비치와 알료샤도 아버지를 뒤쫓아갔다. 이반 표도로비치와 알료샤는 노인을 따라잡아 억지로 홀로 끌고 왔다.

"뭐하러 그를 뒤쫓아 가세요! 정말로 죽일 거라고요!" 이반 표도로비치는 분노에 차서 아버지에게 소리를 질렀다.

"바네츠카^{이반의 애칭}, 레쇼츠카^{알료샤의 또다른 애칭}, 그 여자가 여기 있단 말이지. 그루셴카가 여기 있다고. 그 녀석이

카라마조프 형제들 115

직접 뛰어오는 걸 봤다고 하잖니…"

그는 이 시간에 그루셴카를 기다리고 있지 않았다. 그런데 갑자기 그녀가 여기에 있다는 소식이 한 순간에 그의 정신을 빼놓은 것이었다.

드미트리는 다시 홀에 나타났다. 그루셴카가 들어올 수 있는 곳도 빠져나갈 곳도 없었던 것이다.

"저 녀석을 잡아라!" 표도르 파블로비치는 드미트리를 다시 보자마자 날카롭게 소리쳤다. 그는 다시 드미트리에게 달려들었다. 그러나 드미트리는 두 손을 들어 갑자기 마지막 남아있는 노인의 머리카락 두 뭉치를 움켜쥐더니 쿵 하는 소리와 함께 그를 바닥에 내동댕이쳤다. 그는 두세 번 더 쓰러져있는 노인의 얼굴을 구둣발로 걷어찼다. 이반 표도로비치는 두 손으로 형 드미트리를 잡더니 온힘을 다해 그를 노인에게서 떼어놓았다. 알료샤 역시 온힘을 다해 형을 앞에서 붙잡았다.

"미쳤어, 형이 아버지를 죽였어!" 이반이 소리쳤다.

"죽이지 않았어, 죽이러 다시 올 거야."

"드미트리! 여기서 당장 나가요!" 알료샤가 명령하듯이 소리 질렀다.

"잘 있거라, 알렉세이! 지금 당장 카테리나 이바노브나에게 가거라. 네가 본 것을 말해줘라."

그 사이 이반과 그리고리는 노인을 일으켜 안락의자

에 앉혔다. 그의 얼굴은 피투성이가 되어 있었다.

"나는 당신이 피를 흘렸다고 해서 후회하지 않아! 난 당신을 저주하고 완전히 연을 끊어버리겠어..."

그는 방에서 뛰어나갔다. 스메르쟈코프는 물을 가지러 달려갔다. 나머지 사람들은 노인을 침실로 옮겨 침대에 눕혔다.

"제기랄, 내가 형을 떼어놓지 않았다면, 아마 아버지를 죽였을 거야." 이반 표도로비치는 알료샤에게 속삭였다.

"하느님이 지켜주시길!" 알료샤가 외쳤다.

"왜 지키니?" 이반은 속삭이는 소리로 얼굴을 일그러뜨리며 말했다. "한 독사가 다른 독사를 먹어 버릴 거야. 둘 다 같은 길로 가는 거지! 물론 나는 살인이 일어나도록 내버려두지는 않을 거야. 나가서 뜰을 좀 걸어야겠어. 머리가 아프기 시작했어."

알료샤는 아버지가 누워있는 침실로 가서 그의 옆에서 한 시간 정도 앉아 있었다.

"알료샤, 이반은 어디 있니?"

"뜰에요. 머리가 아프대요. 형이 우리를 지켜줄 거예요."

"이반이 뭐라고 하던? 나는 이반이 무섭다. 그 녀석보다 이반이 더 무서워."

"이반을 무서워하지 마세요. 화를 내고 있지만 아버지를 지켜드릴 거예요."

"미챠는 그 여자와 결혼하고 싶어 해, 결혼 말야!"

"그 여자는 형님에게 가지 않을 거예요."

"가지 않는다, 가지 않는다, 가지 않는다, 절대로 가지 않는다!..." 노인은 기뻐하며 몸을 떨었다.

"수도원으로 돌아가는 걸 허락해주마... 아까는 농담을 한 거야. 그리고 그루셴카에게 가서 그 여자를 어떻게든 만나봐라. 가능한 빨리 그 여자에게 물어봐, 네 눈으로 짐작을 하든지. 누구에게 가고 싶어 하는지, 나인지 그 녀석에게인지? 할 수 있겠니?"

"그 여자를 보게 되면 물어 볼게요." 알료샤는 당황해하며 중얼거렸다.

"아니야, 그 여자는 너한테 말하지 않을 거다. 너는 그 여자에게 가면 안 돼. 절대로! 이제 가봐라. 내일 아침에 꼭 오너라. 내일 너에게 해 줄 말이 있어. 올 거니?"

"올게요."

뜰을 지나다가 알료샤는 대문 옆 벤치에 앉아있는 형 이반을 만났다.

"알료샤, 내일 아침에 너를 만나면 아주 좋겠는데," 일어서며 이반이 상냥하게 말했다. 이런 상냥함은 알료샤에게 전혀 뜻밖이었다.

"내일은 호흘라코바 부인 댁에 갈 거예요... 어쩌면 카테리나 이바노브나에게도 갈지 몰라요. 지금 못 만난다면요..."

"아, 결국 지금 카테리나 이바노브나에게 가는 거구나! 드미트리가 너에게 가 달라고 부탁했겠지."

"형! 아버지와 드미트리의 이 끔찍한 일은 어떻게 끝날까요?"

"정확히 짐작할 수가 없지. 어쩌면 아무 일도 일어나지 않을지도 몰라. 어쨌든 노인은 집에 붙잡아 두어야 해. 드미트리를 집에 들어서는 안 돼. 나는 아버지를 항상 지킬 거야. 그렇지만 내가 바라는 것에는 완전한 자유공간을 남겨두련다. 내일 보자꾸나."

그들은 전에 한 번도 그랬던 적이 없었는데 서로 굳게 악수했다. 알료샤는 형이 먼저 그에게 한 발짝 다가선 것을 느꼈다. 거기에는 분명 뭔가 어떤 의도가 있었다.

두 여자가 함께

알료샤는 아버지 집에서 나왔다. 그의 정신은 부서지고 흩어져 버린 것만 같았다. 알료샤는 마음속에서 한

번도 없었던 뭔가 거의 절망에 가까운 것을 느꼈다.

알료샤가 카테리나 이바노브나 집에 도착했을 때는 벌써 일곱 시가 되어 어둑어둑해지고 있었다. 알료샤가 현관에 들어가서 그에게 문을 열어준 하녀에게 자기가 온 것을 알려달라고 부탁했을 때, 홀에서는 필시 이미 그가 온 것을 알고 있는 것 같았다. 그는 곧바로 홀로 안내되었다. 두꺼운 커튼이 위로 들리고 빠르고 서두르는 걸음으로 카테리나 이바노브나가 들어왔.

"다행히도 드디어 당신이 와 주셨군요! 나는 하루 종일 당신이 오시기만을 하느님께 기도했답니다. 앉으세요."

형 드미트리가 3주 전에 그를 그녀에게 처음 소개시켜 주려고 데려왔을 때 이미 카테리나 이바노브나의 미모는 알료샤에게 충격을 주었었다. 그를 또 놀라게 한 것은 지배적이고 오만하며 허물없는 태도, 거만한 아가씨의 자기 확신에 찬 모습이었다. 그는 그녀의 커다랗고 검은 불타는 듯한 눈이 매우 아름답다는 것과 그녀의 창백한 얼굴에 특히 잘 어울린다는 것을 발견했다. 그 눈에는 그의 형이 무척 반할 수 있는 것, 그러나 아마도 오래 사랑할 수는 없는 무엇인가가 있었다.

이번에 그녀의 얼굴은 꾸미지 않은 소박한 선량함과 솔직하고 열렬한 진실성으로 빛나고 있었다. 그때 알료샤를 그토록 놀라게 했던 이전의 오만함과 거만함에서 지금은 단지 용감하고 고결한 에너지와 어떤 분명하고 강력한 자신에 대한 믿음 같은 것만이 보일 뿐이었다.

"제가 당신을 그렇게 기다린 것은 지금 당신에게서만 모든 진실을 알 수 있기 때문이에요."

"제가 온 것은..." 알료샤는 당황해하며 중얼거렸다. "저는... 형님이 저를 보내서..."

"아, 그가 당신을 보냈군요. 그럴 줄 짐작했어요. 지금 저는 다 알고 있어요, 다!" 카테리나 이바노브나는 갑자기 눈을 번쩍이며 외쳤다. "저는 당신에게서 정보가 필요한 것이 아니에요. 제게 필요한 것은 그에 대한 당신 자신의, 개인적인 최근의 인상이에요. 당신이 지금 그를 어떻게 보고 있는지? 이제 그가 당신을 내게 무슨 일로 보냈는지 말해주세요. 단순하게, 가장 최근에 한 말을!..."

"형님은 당신에게... 절을 한다고 했어요, 그리고 다시는 오지 않겠다구요... 당신에게 절을 한다고."

"절을 한다고요? 그가 그렇게 말했단 말이죠?"

"네."

"이제 저를 도와주세요, 알렉세이 표도로비치. 지금 제게는 당신의 도움이 필요해요. 그는 아직 파멸하지 않았어요! 그는 단지 절망하고 있는 거예요. 저는 아직 그를 구할 수 있어요. 그가 당신에게 돈에 대해서, 3천 루블에 대해서 뭔가 전하지 않았나요?"

"형님은 명예를 잃었고 이제는 아무래도 상관없다고 하셨어요. 그런데 정말 당신은... 그 돈에 대해 알고 계시는 건가요?"

"오래 전부터 알고 있어요. 내 목적은 오직 하나예요. 그가 누구에게 돌아가야 하고 누가 그의 가장 충실한 친구인지를 아는 거예요. 그는 내가 그의 가장 충실한 친구라는 것을 믿지 않아요. 그는 나를 단지 여자로서만 보고 있는 거예요. 한 주 내내 이 무서운 걱정이 나를 괴롭혔어요. 그가 3천 루블을 써버린 것을 내 앞에서 부끄러워하지 않게 하려면 어떻게 해야 하는지? 모든 사람에게, 자기 자신에게 부끄럽더라도 나에게만은 부끄럽지 않으려면. 그도 하느님에게는 부끄러워하지 않고 모든 것을 다 말하잖아요. 그는 왜 지금까지 나를 모를까요? 나는 그를 영원히 구원해주고 싶어요. 그는 자기 명예 때문에 내 앞에서 두려워하고 있어요! 알렉세이 표도로비치, 그는 당신에게는 다 털어놓는 걸 두려워하지 않잖아요? 왜 나는 지금까지 그런 대우를 못 받을까요?"

눈물이 그녀의 눈에서 솟구쳤다. 알료샤는 "형님은 그 여자에게 갔어요."라고 조용히 말했다.

"그는 그 여자와 결혼하지 않을 거예요. 그건 정열이지 사랑이 아니에요. 그 여자가 가지 않을 거니까 그는 결혼하지 못할 거예요... 그 여자는 천사예요. 나는 그녀가 선하고 확고하고 고결하다는 걸 알아요. 나를 믿지 못하시나요? 아그라페나 알렉산드로브나, 여기 알료샤가 와 있어요. 우리 일을 다 알고 있어요. 나오세요!"

"저는 커튼 뒤에서 당신이 불러주기를 기다리고 있었어요." 부드럽고 약간 감미롭기까지 한 여자의 목소리가 말했다.

커튼이 들려지고... 그루셴카 자신이 탁자 쪽으로 다가왔다. 알료샤는 그녀에게 시선을 못 박은 채 눈을 돌릴 수가 없었다. 그의 앞에는 보기에 가장 평범하고 단순한 존재, 선하고 사랑스러운 여자가 서 있었다. 사실 그녀는 매우 아름다웠다. 그것은 많은 이들이 정열에 이를 정도로 좋아하는 러시아적인 아름다움이었다. 그녀는 상당히 큰 키에 통통했고 목소리처럼 몸의 움직임이 부드러웠다. 그녀는 소리 나지 않게 다가왔다. 그녀의 발이 바닥에 닿는 소리가 전혀 들리지 않았다. 그녀는 스물두 살이었고 그녀의 얼굴은 정확히 그 나이를 나타내 주고 있었다. 그녀의 얼굴에서 알료샤를 가장 놀라게 한 것은 어린애 같은, 소박한 표정이었다. 그녀의 눈길은 마음을 즐겁게 해 주었고 알료샤는 그것을 느꼈다. 러시아 여성의 아름다움에 정통한 사람들은 그루셴카를 보고 이 신선하고 아직 젊은 아름다움이 삼십이 될 쯤에는 조화를 잃어버리고 얼굴 피부도 늘어질 것이라고 정확히 예견할 수 있을 것이다. 한 마디로 러시아 여성에게서 너무나 자주 볼 수 있는 순간적인 아름다움, 날아가 버리는 아름다움인 것이다. 카테리나 이바노브나는 그녀를 알료샤 맞은편 안락의자에 앉히고는 환희에 차서 그녀의 웃는 입술에 몇 번이나 입을 맞췄다. 마치 그녀에게 반하기라도 한 것 같았다.

"우리는 처음으로 만났답니다, 알렉세이 표도로비치. 나는 그녀를 알고 싶었어요. 내가 그녀에게 가고 싶었는데, 그녀가 먼저 찾아온 거예요. 그루셴카가 모든 것을 저에게 설명해 주었어요. 착한 천사처럼 여기로 날아와서 평온과 기쁨을 가져다 주었어요... 그녀가 어떻게 웃는지 보세요, 알렉세이 표도로비치, 이 천사를 보고 있으면 마음이 즐거워져요.."

"사랑스러운 아가씨, 당신은 저를 귀여워해 주시지만 저는 어쩌면 당신의 귀여움을 받을 자격이 없는지도 몰라요."

"자격이 없다니요! 알렉세이 표도로비치, 이분은 관대한 분이예요. 한 장교가 있었는데, 이분은 그를 사랑했고 모든 것을 그에게 바쳤지요. 오래 전, 5년 전에 있었던 일이예요. 그는 이분을 잊고 결혼을 했어요. 이제 그는 홀아비가 되어 이곳으로 오겠다고 편지를 썼어요. 이분은 지금껏 그만을 사랑하고 있어요. 그가 오면 그루셴카는 다시 행복해지겠지만 이 5년 동안 그녀는 불행했어요. 그때 다리가 없는 한 늙은 상인이 절망과 고통 속에 있는 이분을 발견했던 거예요. 그때 그녀는 물에 빠져 죽으려고 했으니까요. 그 노인이 그녀를 구해준 거예요!"

그녀는 세 번이나 마치 도취된 듯이 그루셴카의 매력적이고 지나치게 통통한 듯한 작은 손에 입을 맞췄다. '지나치게 환희에 차 있는 것 같아.' 알료샤의 마음은 내내 왠지 불안했다.

"아가씨는 저를 어쩌면 전혀 이해하지 못하시는지도 몰라요. 저는 어쩌면 당신이 보는 것보다 훨씬 나쁜지도 몰라요. 저는 마음이 못되고 제멋대로예요. 저는 가엾은 드미트리 표도로비치를 그때 단지 놀림삼아 매료시켰던 거예요."

"그래도 지금 당신은 그를 구하려고 하잖아요. 약속하셨잖아요. 당신은 그에게 다른 사람을 사랑한다고 털어놓으실 거죠."

"아, 아니에요. 저는 당신에게 그런 약속을 한 적이 없어요. 당신이 저에게 말씀하신 것이지, 저는 약속하지 않았어요."

"그럼 내가 당신을 잘못 이해했단 말이군요. 당신은 약속하셨는데..."

"아, 아니에요. 저는 아무것도 약속하지 않았어요. 이제 제가 당신 앞에서 얼마나 추하고 제멋대로인지 아시겠죠. 아까는 어쩌면 당신께 약속을 했는지 모르지만 지금은 다시 이런 생각이 드는 거예요. 갑자기 그가 다시 내 맘에 들지도 모른다구요. 미챠 말이에요."

"아까 당신이 한 말은... 전혀 다른 것이었는데..."

"저는 정말 마음이 약하고 어리석어요. 갑자기 집에 가서 그가 가엾어지면 그때는 어떡하죠? 당신은 이제 이 바보 같은 저를 싫어하시겠죠. 아가씨의 손을 제게 주세요, 천사 같은 아가씨. 사랑스러운 아가씨, 당신이 제게 하셨듯이 당신의 손을 가져다가 입 맞출게요."

그녀는 카테리나 이바노브나의 손을 자신의 입술에 가져갔다. 카테리나 이바노브나는 손을 빼지 않았다.

"그런데 천사 같은 아가씨, 저는 당신의 손을 잡았지만 입 맞추지는 않겠어요. 기억에 간직해 두세요. 당신은 제 손에 입 맞췄지만 저는 하지 않았다는 것을요." 그녀의 눈에서 무언가 갑자기 번쩍거렸다.

"뻔뻔한 것!" 카테리나 이바노브나는 갑자기 무엇인가 이해한 것처럼 중얼거리고 자리에서 벌떡 일어났다.

"파렴치한 것, 나가!"

"아, 부끄럽지도 않으세요, 아가씨. 당신이 그런 말을 하시다니 전혀 어울리지 않아요."

"나가, 창녀 같으니!" 카테리나 이바노브나는 울부짖었다. 완전히 일그러진 그녀의 얼굴이 온통 바르르 떨리고 있었다.

"창녀라구요. 그런데 당신 자신도 처녀의 몸으로 돈 때문에 저녁에 구애하는 남자들에게 가셨잖아요. 자신의 미모를 팔려고 간 거죠."

카테리나 이바노브나는 소리를 지르며 그녀에게 달려들었으나, 알료샤가 온힘을 다해 그녀를 제지했다.

"나가겠어요. 알료샤, 나를 배웅해줘요!"

"어서 나가세요, 나가세요!" 알료샤는 간청하며 그녀 앞에 손을 모았다. 그루셴카는 날카롭게 웃으며 집에서 뛰어나갔다.

카테리나 이바노브나에게 발작이 일어났다. 그녀는 흐느껴 울었고 경련으로 숨이 막혔다.

"하느님! 그가 그년에게 말해준 거예요. 그 숙명적이고 영원히 저주받은, 저주받은 날에 거기서 있었던 일에 대해서! 당신의 형은 비열한 사람이에요, 알렉세이 표도로비치!"

알료샤의 가슴은 고통으로 죄어들었다.

"가세요, 알렉세이 표도로비치! 내일... 제발 내일 와주세요. 내가 자신에게 또 무슨 짓을 할지 모르겠어요!"

알료샤는 비틀거리듯이 거리로 나왔다. 그도 그녀처

럼 울고 싶었다. 갑자기 하녀가 그를 쫓아왔다.
"아가씨가 호흘라코바 부인이 보낸 편지를 당신께 전달하는 것을 잊으셨어요."
알료샤는 기계적으로 작은 분홍색 봉투를 받아 주머니에 쑤셔 넣었다.

또 하나의 파멸된 명예

알료샤는 서둘러 이 시각에 인기척이 없는 길을 따라 걸었다. 벌써 거의 밤이 다 되었다. 사거리에 홀로 서 있는 버드나무 아래 어떤 형체가 어른거렸다.
"지갑을 내 놓을 거냐 아니면 목숨을 내 놓을 거냐!"
"아 형님이시군요, 미챠!"
"하하하! 생각지도 못했지?... 근데 너 왜 그러니?"
"아니예요, 형님... 너무 놀라서."
"말해봐라, 거기서 무슨 일이 있었니? 그녀가 무슨 말을 했니?"
"저는 거기서 지금 두 여자를 다 봤어요."
"어떤 두 여자 말이냐?"
"그루셴카가 카테리나 이바노브나 집에 있었어요."

"그럴 리 없어! 그루셴카가 그녀 집에 있었다니?"

알료샤는 일어났던 일을 모두 이야기했다. 형 드미트리는 아무 말 없이 듣고 있었다. 그는 이미 모든 것을 이해한 듯했다.

"그러니까 손에 입 맞추지 않았다는 거지! 그녀가 악마 같은 여자라는 게 다 드러난 거야! 이제 나는... 아... 그녀에게 달려가야겠어! 알료시카, 나를 비난하지 말아다오. 너는 네 길로, 나는 내 길로 가는 거야. 잘 가거라, 알렉세이!" 그는 알료샤의 손을 굳게 잡더니 빠른 걸음으로 도시 쪽으로 향했다.

"잠깐, 알렉세이, 하나 더 고백할 게 있어, 너에게만!" 드미트리 표도로비치는 갑자기 돌아왔다. "봐라, 여기, 바로 여기에 무서운 불명예스러운 일이 준비되고 있어. ('바로 여기에'라고 말하면서 드미트리 표도로비치는 주먹으로 자기 가슴을 쳤다. 마치 불명예스러운 일이 바로 그의 가슴에 놓여서 간직되고 있기라도 한 것 같았다. 어쩌면 주머니 속에 있거나 꿰맨 것을 목에 걸고 있는 것 같았다.) 그 어떤 것도 바로 지금, 바로 이 순간 여기 내 가슴에 품고 다니는 불명예스러운 일과 비교할 수 없을 거야. 나는 아직 멈출 수 있어. 멈춰서 내일 잃어버린 명예의 절반을 되찾을 수 있어. 그렇지만 나는 멈추지 않을 거야. 너는 미리 이 일의 증인이 되는 거야. 때가 되면 알게 될 거야. 나를 위해 기도하지 마. 그럴 가치가 없어. 나는 전혀 필요를 느끼지 않아! 이제 가거라!"

그는 갑자기 자리를 떴다. 알료샤는 수도원으로 걸어가기 시작했다. "내일 꼭 형님을 찾아내야지, 반드시 찾아낼 거야."

그는 수도원을 빙 돌아서 소나무 숲을 지나 곧장 독수방으로 갔다. 그가 장상의 독수방에 들어갈 때 그의 심장이 떨렸다. "왜, 왜 나는 나갔던 것일까? 왜 그분은 나를 '세상'으로 보내신 걸까? 여기는 고요와 성스러운 보물이 있고, 거기에는 혼란과 어둠만이 있는데. 거기서는 금방 길을 잃고 헤매게 되는데..."

장상의 건강은 점점 나빠지고 있었다. 이날은 일상적인 형제들과의 저녁 담화도 없었다. 보통 때 저녁에 예배가 끝나면 매일 수도원의 형제들이 장상의 독수방으로 몰려들어 각자 그날 잘못한 것, 죄스런 공상, 생각, 유혹, 심지어 서로 간의 다툼을 소리 내어 고백하곤 했던 것이다.

"쇠약해지셔서 잠이 드셨다." 파이시 신부가 소곤거리는 소리로 알료샤에게 알려주었다. "너에 대해 기억하시고 네가 나갔냐고 물어보셨다. 도시에 있다고 대답해드렸지. 왜 그분은 너에게 세상에 있어야 할 기간을 정해주신 것일까? 무언가 너의 운명을 내다보신 거야!"

파이시 신부는 밖으로 나갔다. 장상이 죽어가고 있다는 것은 알료샤에게 의심의 여지가 없었다. 알료샤는 내일 절대 수도원을 나가지 않고 마지막까지 장상 옆에 남아 있겠다고 결심했다. 그는 장상의 침실로 가서 무릎을 꿇고 잠들어 있는 이에게 머리가 땅에 닿도록 절을 했다. 장상의 얼굴은 평온했다.

그는 잠들기 전에 무릎을 꿇고 오랫동안 기도했다. 그는 기쁨에 찬 감동, 하느님을 찬양하고 영광을 돌리면 언제나 그의 영혼에 찾아오곤 했던 이전의 감동을 갈망했다. 기도하다가 그는 우연히 주머니에서 분홍색 작은 봉투를 만지게 되었다. 그는 기도를 마치고 봉투를 열어 보았다. 봉투 안에는 그에게 보내는 편지가 있었는데, 리즈라는 서명이 쓰여 있었다. 아침에 장상이 있는 데서 그를 보고 웃었던 호흘라코바 부인의 어린 딸이었다.

"알렉세이 표도로비치, 나는 모두에게 비밀로 당신께 편지를 쓰고 있어요. 그렇지만 제가 당신께 그토록 하고 싶은 말을 어떻게 할 수 있을까요? 사랑스러운 알료샤, 저는 당신을 사랑해요. 어릴 때부터 모스크바에 있을 때부터예요. 나는 마음으로 당신을 선택했어요. 당신과 결합해서 늙어서 함께 우리 생을 마감하기로 말이에요.

당신이 이것을 읽으시면 저에 대해 어떻게 생각하실까요? 저의 비밀은 당신의 손에 놓여 있어요. 이렇게 저는 당신께 연애편지를 썼어요. 하느님 맙소사, 내가 무슨 짓을 한 걸까요! 알료샤, 저를 경멸하지 말아주세요. 이제 나의 비밀, 어쩌면 영원히 파멸된 명예는 당신의 손에 있어요.

추신. 알료샤, 반드시, 반드시, 반드시 와 주세요! 리즈."

알료샤는 놀라서 두 번을 읽고 나서 생각에 잠겼다가 갑자기 조용히, 감미롭게 웃었다. 그는 편지를 봉투에 천천히 넣고는 성호를 긋고 누웠다. 그의 영혼의 동요가 갑자기 사라졌다. "주님, 당신께는 길이 있습니다. 그 길로 그들을 구원해 주소서. 당신은 사랑이십니다. 모두에게 기쁨을 보내주소서!" 이렇게 중얼거리고 성호를 그으며 알료샤는 평온한 잠에 빠져들었다.

제2부

제4권
감정의 발작

페라폰트 신부[01]

날이 밝기도 전에 알료샤는 잠에서 깨었다. 장상이 일어났던 것이다. 그는 매우 쇠약함을 느끼면서도 기억은 또렷했다. "아마 오늘을 넘기지 못할 것 같구나," 그는 알료샤에게 말했다. 그리고 당장 고백성사를 하고 성체성혈성사를 받고 싶다고 했다. 이 두 성사가 끝난 후에 성유성사[02]가 시작되었다. 그러는 사이 한낮이 되었다. 수도원에서 수사들이 오기 시작했다. 예배가 끝나자 장상은 모두와 작별하고 싶어하며 모두에게 입을 맞추었다.

---

01 소제목 "페라폰트 신부"의 페라폰트는 조시마 장상과 비교되는 중요한 인물인데, 역시 동방 정교에 대한 이해를 많이 필요로 하므로 내용 전개상 필수적이지 않다는 판단에서 원제만 살리고 내용에서는 삭제했다.

02 역시 일곱 성사 중 하나로 병자에게 기름을 바르며 회복을 비는 성사이다.

그는 많은 것에 대해 말했는데 죽음의 순간이 오기 전에 모든 것을 다시 한번 말하고 싶어 하는 것 같았다. 그는 모두와 함께 기쁨과 환희를 나누고 다시 한번 살아있는 동안 자신의 마음을 토로하고 싶어 하는 것 같았다...

"서로 사랑하십시오. 하느님의 백성을 사랑하십시오. 이곳에 와서 이 울타리 안에 틀어박혀 있다고 해서 우리가 세속적인 사람들보다 더 거룩한 것은 아닙니다. 반대로 이곳에 온 모든 사람은 세속적인 사람들보다 자신이 더 나쁘다는 것을 스스로 인식한 것입니다. 자신이 모든 세속적인 사람들보다 더 나쁠 뿐 아니라, 모든 사람들 앞에서 모두에 대해 죄가 있다는 것을 인식할 때, 그때 우리의 목적은 달성될 것입니다. 여러분을 거부하고 모욕하고 중상하는 사람들을 미워하지 마십시오. 은과 금을 사랑하지 마십시오."

장상은 말을 끊었다 다시 잇곤 했다. 알료샤가 잠시 독수방에서 나왔을 때, 그는 독수방 안에 모여 있거나 주위에 있는 형제들이 매우 동요하고 뭔가 기대에 차 있는 것을 보고 놀랐다. 모두가 장상이 영면하고 나면 뭔가 즉각적이고 위대한 일이 일어날 것이라고 기대하고 있었다.

조시마 장상은 다시 피로를 느껴 침대에 눕고 나서 갑자기 알료샤를 기억하고 그를 자기에게 불러달라고 했다. 알료샤는 즉시 달려갔다.

"네 가족들이 너를 기다리고 있느냐, 아들아?"

알료샤는 머뭇거렸다.

"너를 필요로 하고 있지 않니? 어제 누구에게 오늘 가겠다고 약속하지 않았니?"

"약속했습니다... 아버지에게... 형들에게... 다른 사람들에게도요..."

"꼭 가봐라. 나는 네가 있을 때 이 땅에서 마지막 말을 하기 전에는 죽지 않을 거다. 지금은 약속한 사람들에게 가 보거라."

알료샤는 떠나는 것이 힘들었지만 즉각 순종했다. 그는 도시에서 모든 일을 끝내고 더 빨리 돌아오기 위해 서둘렀다.

아버지 집에서

알료샤는 먼저 아버지에게 갔다. 그에게 문을 열어 준 마르파 이그나티예브나는 그의 질문에 벌써 두 시간 전에 이반 표도로비치가 나갔다고 알려주었다. 알료샤는 안으로 들어갔다. 노인은 식탁에 앉아 있었다. 이 집에서 그는 완전히 혼자 있었다. 그는 들어오는 알료샤를 못마땅한 표정으로 쳐다보았다.

"무슨 일로 왔니?"

"아버지 건강을 알아 보려구요."

"그래. 거기다 내가 어제 오라고 했었지. 쓸데없이 신경 쓰게 했구나. 그래, 거기는 어떠니? 네 장상은?"

"아주 안 좋으세요. 아마 오늘 돌아가실 것 같아요."

알료샤는 대답했으나 아버지는 듣지도 않고 자기가 질문한 것을 곧 잊어버렸다.

"이반은 나갔다. 그 녀석은 미챠에게서 온힘을 다해 약혼녀를 빼앗으려는 거야. 그것 때문에 여기서 사는 거지."

그는 악의에 찬 듯 덧붙이며 알료샤를 쳐다보았다.

"나는 가능한 한 세상에서 오래 살 작정이다. 이제 겨우 쉰다섯 밖에 안 되었으니 아직은 남자라고 할 수 있지. 아직 20년은 남자로 살고 싶다. 나이가 들면 계집들이 나에게 자진해서 오지는 않을 테니 그때를 위해 돈이 내게 필요한 거다. 그래서 지금 점점 더 많이 나 자신만을 위해서 돈을 모으고 있는 거야. 왜냐하면 나는 끝까지 추악 속에서 살고 싶으니까. 나는 너의 천국은 바라지 않는다. 내 생각에는 잠이 들면 깨어나지 않는 거야. 그리고 아무것도 없는 거지."

알료샤는 그의 말을 들으며 침묵하고 있었다.

"네 형 이반은 비열한 놈이야! 나는 원하기만 하면 그루셴카와 결혼할 수 있어. 돈을 가지고 있으니 원하기만 하면 되거든. 이반은 바로 이것을 두려워해서 나를 감시하는 거야. 결혼하지 못하게 하려고. 그래서 미챠가 그루슈카와 결혼하도록 부추기고 있는 거지. (내가 그루슈카와 결혼하지 않으면 그 녀석에게 돈이라도 남길 줄 아나 보지!) 또 한편으로 만약 미챠가 그루슈카와 결혼하면 이반은 그 돈 많은 약혼녀를 차지할 수 있어. 이게 그놈의 계산이야! 네 형 이반은 비열한 놈이야! 반카^{이반의 애칭}가 왜 체르마시냐로 가지 않는 줄 아니? 그루셴카가 오면 내가 돈을 많이 줄지 알아내고 싶어서야. 나는 이반을 전혀 인정하지 않아. 그리고 미챠는 바퀴벌레처럼 밟아버릴 거다. 그놈은 그루셴카를 절대 얻지 못할 거야, 암, 얻지 못할 거구 말구…"

그는 마지막 말을 하며 격분했다.

"가봐라. 오늘은 내 집에서 할 일이 없으니."

알료샤는 작별하려고 다가가서 그의 어깨에 입을 맞췄다.

"왜 이러는 거니? 또 만날 텐데. 아니면 못 볼 거라고 생각하는 거니?"

"전혀 아니예요, 그냥 저도 모르게."

"언제든 곧 오너라. 꼭 오너라! 그래 내일, 알겠니, 내일 오거라!"

초등학생들과 연루되다

알료샤는 아버지 집에서 나와 호흘라코바 부인 집으로 향했다. "드미트리는 뭘 하고 있을까? 오늘 무슨 일이 있어도 형님을 찾아내야만 해..."

알료샤는 오래 생각할 수가 없었다. 길에서 그에게 갑자기 한 가지 사건이 생겼던 것이다. 그가 광장을 지나 골목으로 접어들자마자, 그는 작은 다리 밑에 초등학생들이 몇 명 모여 있는 것을 보았다. 모두 열 살에서 열두 살 이상은 되어보이지 않았다. 그들은 학교에서 집으로 돌아가는 길이었다. 그들은 무엇인가에 대해 열띠게 이야기하고 있었다. 알료샤는 결코 아이들 옆을 무관심하게 지나치는 법이 없었다. 그는 세 살 무렵의 어린 아이들을 가장 좋아하기는 했지만, 열 살, 열한 살 초등학생도 매우 좋아했다. 그는 갑자기 그들에게 가서 이야기에 끼어들고 싶었다. 다가가다가 그는 모든 사내아이들의 손에 한두 개씩 돌이 쥐어져 있는 것을 보았다. 그들에게서 삼십 걸음쯤 떨어진 곳 개천 건너편 담장 옆에는 또 한 남자아이가 서 있었다. 열 살 쯤 되어 보였는데 얼굴이 창백하고 번쩍이는 검은 눈을 한 초등학생이었다.

모여 있는 아이들에게로 돌이 날아왔다. 개천 건너편에 있는 소년이 던진 것이었다.

"까버려, 맞춰, 스무로프!" 모두가 외쳤다. 스무로프는 개천 건너편 소년에게 돌을 던졌지만 빗나가고 말았다. 개천 건너편 소년은 곧바로 다시 돌을 던졌는데, 이번에는 알료샤에게 바로 날아와서 그의 어깨에 꽤 아프게 명중했다.

"당신에게, 일부러 당신에게 겨눈 거예요. 당신은 카라마조프죠, 카라마조프가 맞죠?" 소년들이 깔깔거리며 소리쳤다.

그리고 여섯 개의 돌이 한꺼번에 날아갔다. 한 개가 소년의 머리에 맞아 소년은 쓰러졌다. 그러나 곧 벌떡 일어나더니 돌을 계속 던지며 응수하기 시작했다.

"뭐하는 짓이야! 부끄럽지도 않니, 애들아! 여섯 명이 한 명과 싸우다니, 저 애를 죽이겠다!" 알료샤가 소리쳤다.

"쟤가 먼저 시작했는 걸요!" 붉은 루바시카를 입은 소년이 소리쳤다.

"무엇 때문이지? 너희가 먼저 그 애를 놀렸겠지?"

"재가 다시 당신의 등에 돌을 던졌어요. 저 놈은 당신을 알아요." 아이들이 소리쳤다. "재는 이제 우리가 아니라 당신에게 던지고 있어요. 자, 모두 다시 던지자, 빗나가서는 안돼."

그리고 다시 전투가 시작되었다. 개천 너머에 있는 소년의 가슴에 돌이 명중했다. 그는 소리를 지르고 울면서 언덕 위로 올라갔다.

"당신은 아직 저 놈이 얼마나 비열한지 몰라요." 쟈켓을 입은 소년이 눈을 번쩍이며 말했다.

"어떤 아인데?" 알료샤가 물었다.

"재를 따라가 보세요... 보세요, 다시 멈춰 서서 기다리고 있어요. 당신을 보고 있어요. 재한테 물어보세요. 다 해진 목욕탕 수세미를 좋아하는지. 아시겠죠, 그렇게 물어보세요."

모두가 떠들썩하게 웃음을 터뜨렸다.

"애들아, 나는 수세미에 대해 묻지 않을 거야. 왜냐하면 너희들이 그 말로 그 애를 놀린 것 같거든. 하지만 무엇 때문에 너희들이 그 애를 이렇게 미워하는지 알아내겠어."

"알아내세요, 알아내세요." 소년들이 웃었다.

알료샤는 다리를 건너 울타리 옆으로 언덕을 올라 곧장 쫓겨난 소년에게로 갔다.

소년은 자리에서 꼼짝도 않고 그를 기다리고 있었다. 아주 가까이 다가간 알료샤는 기껏해야 아홉 살이 넘지 않은 아이를 발견했다. 크고 검은 눈을 가진 아이는 악의에 차서 그를 바라보고 있었다. 그는 아주 낡은 외투를 입고 있었다. 불룩 나온 외투의 두 주머니에는 돌이 가득 들어 있었다. 알료샤는 두 걸음 정도 그의 앞에 멈춰서서 궁금해하는 표정으로 그를 바라보았다. 소년은 알료샤의 눈을 보고 그가 때리지 않을 거라는 것을 짐작하고 먼저 말을 시작했다.

"나는 혼자고 쟤들은 여섯이지만... 나 혼자서 쟤들을 다 때려눕힐 거예요."

"저 아이들 말이 네가 나를 알고 뭣 때문인지 나에게 돌을 던졌다고 말하던데? 나는 너를 모르는데. 너는 정말 나를 아니?"

"귀찮게 하지 말아요!" 소년은 갑자기 짜증스럽게 소리쳤다.

"좋아, 그럼 가마. 나는 너를 놀리고 싶지 않아. 잘 있거라!"

그러나 알료샤는 세 걸음도 못 가서 소년이 던진 가장 큰 조약돌에 등을 세게맞았다.

"부끄럽지도 않니! 내가 너에게 무슨 일을 했다고?"

소년은 알료샤에게 달려들어 두 손으로 그의 왼쪽 팔

을 붙잡고 가운데 손가락을 세게 깨물었다. 알료샤는 아파서 소리를 질렀다. 손가락에서 피가 흘렀다. 알료샤는 손수건을 꺼내 다친 손을 단단히 감았다.

"좋아, 네가 나를 아프게 깨물었구나. 이제 충분하지 않니? 이제 내가 무슨 일을 했는지 말해보렴."

소년은 놀란 표정으로 쳐다보았다.

"나는 너를 전혀 모르고 처음 보지만, 내가 너에게 아무 짓도 하지 않았을 리가 없어. 아무 이유없이 네가 나를 이렇게 괴롭힐 리가 없으니까. 그러니 내가 무슨 짓을 했고 너에게 무슨 잘못을 했는지 말해줄래?"

대답 대신 소년은 큰 소리로 울기 시작했다. 그리고 갑자기 알료샤에게서 달아났다. 알료샤는 반드시 그를 찾아내서 이 수수께끼를 풀어야겠다고 결심했다. 하지만 지금은 그럴 시간이 없었다.

호흘라코바 집에서

그는 곧 호흘라코바 부인 집에 다다랐다. 그녀는 현관까지 알료샤를 맞으러 달려 나왔다.

"지금 우리 집에 카테리나 이바노브나가 있는 것을 아

세요?"

"아, 그거 잘됐네요! 댁에서 그녀를 만나겠군요. 어제 저에게 오늘 꼭 들르라고 했거든요."

"저는 다 알고 있어요, 다 알아요. 어제 그녀의 집에서 있었던 일을 자세하게 다 들었어요. 제가 그녀의 입장이었다면 무슨 짓을 했을지 모르겠어요! 지금 저기에는 당신의 다른 형 이반 표도로비치가 그녀와 이야기를 나누고 있어요. 그들은 무엇 때문인지도 모르고 서로를 망치고 있어요. 아, 저는 제일 중요한 것을 잊고 있었어요. 말해주세요, 왜 리즈에게 히스테리가 일어난 거죠? 그 애는 밤새 아파서 열병에 시달리며 신음했어요."

"엄마, 지금 히스테리를 일으키고 있는 건 엄마지 내가 아니에요." 옆방에서 갑자기 작은 틈새로 리즈의 재잘거리는 목소리가 들렸다.

"아, 너의 이 변덕, 이 병, 열병을 앓은 이 끔찍한 밤! 오 하느님! 나에게 무슨 일이 일어나고 있는 걸까?"

"부인께 매우 부탁드리고 싶은 게 있는데요," 갑자기 알료샤가 말을 끊었다. "손가락을 동여매게 아무거나 깨끗한 천을 주십시오."

알료샤는 물린 손가락을 끌러 보였다.

"맙소사, 상처 좀 봐, 끔찍하네요!"

리즈는 문틈으로 알료샤의 손가락을 보자마자 맹렬

한 기세로 문을 열어젖혔다.

"들어오세요, 들어오세요, 여기로." 그녀는 집요하게 명령하듯이 소리쳤다. "먼저 물을, 물을 가져와요! 통증이 가시도록 찬물에 담가야 해요. 어서, 어서 물을, 엄마," 그녀는 신경질적으로 말했다. 하녀 율리야가 물을 가지고 달려왔다.

"엄마, 제발 거즈를 갖다 주세요. 그리고 베인 상처에 쓰는 탁한 물약도요."

"지금 다 갖다 주마, 리즈. 다만 소리 좀 지르지 말고 걱정하지 마라."

호흘라코바 부인은 서둘러 나갔다.

"먼저 질문에 답해 주세요. 어디서 그렇게 다친 거예요?" 그녀는 알료샤에게 빠른 목소리로 물었다.

알료샤는 본능적으로 그녀에게 어머니가 돌아올 때까지의 시간이 귀중하다는 것을 느꼈다. 그는 그녀에게 초등학생들과의 수수께끼 같은 만남에 대해 말해주었다.

"그런 일을 겪다니 당신도 어린애군요, 아주 어린애예요! 그렇지만 그 못된 꼬마에 대해서는 꼭 알아내셔서 내게 말해주세요. 여기에는 무슨 비밀이 있을 테니까요. 이제 용건에 대해서요. 사랑스러운 알렉세이 표도로비치, 어제 제가 당신께 보낸 편지를 돌려주세요."

"지금 가지고 있지 않은데요. 수도원에 두고 왔습니

다."

"저는 어리석은 짓을 한 것에 대해 당신께 용서를 구합니다. 그렇지만 편지는 꼭 갖다주세요. 당신은 저를 아주 비웃으셨죠?"

"전혀 비웃지 않았습니다. 저는 모든 것을 완전히 믿었습니다."

"저를 모욕하시는군요!"

"전혀 그렇지 않습니다. 저는 편지를 읽고 전부 그렇게 될 것이라고 생각했습니다. 왜냐하면 조시마 장상께서 돌아가시고 나면 저는 바로 수도원에서 나와야 하니까요. 저는 공부를 계속해서 시험을 치를 겁니다. 합법적인 때가 오면 우리는 결혼하는 겁니다. 저는 당신을 사랑할 겁니다. 저는 당신보다 나은 아내를 찾을 수 없을 거라고 생각했습니다."

"당신은 미쳤군요." 리즈는 신경질적으로 말했다. "아, 엄마. 마침 잘 오셨어요."

"카테리나 이바노브나가 당신이 오신 것을 알자마자 나에게 달려왔어요, 알렉세이 표도로비치. 그녀는 당신을 애타게 기다리고 있어요."

호흘라코바 부인은 알료샤와 함께 나가면서 비밀스럽고 위엄있게 빠르게 속삭이면서 말했다. "그녀는 당신의 형인 이반 표도로비치를 사랑하면서 당신의 형인 드미트리 표도로비치를 사랑한다고 스스로 우기고 있어요. 끔찍해요!"

거실에서의 감정의 발작

거실에서 대화는 이미 끝나 있었다. 카테리나 이바노브나는 매우 흥분해 있었다. 알료샤와 호흘라코바 부인이 들어가자 이반 표도로비치는 나가기 위해 일어섰다. 여기서 이제 알료샤의 의심 중 하나가 풀리려 하고 있었다. 한 달 전부터 여러 곳에서 형 이반이 카테리나 이바노브나를 사랑하고 있으며, 정말로 미챠에게서 그녀를 '빼앗으려' 한다고 그에게 암시를 주었던 것이다. 그는 두 형을 다 사랑하고 있었고 그들 사이에 그런 경쟁을 두려워하고 있었다.

알료샤는 어제 저녁까지만 해도 카테리나 이바노브나가 정열에 가까울 정도로 굳건히 그의 형 드미트리를 사랑한다고 의심 없이 믿고 있었다. 카테리나 이바노브나가 형 이반을 사랑하면서 스스로를 속이고 드미트리에 대한 꾸며낸 사랑으로 자신을 괴롭히고 있다는 호흘라코바 부인의 확언은 알료샤에게 충격을 주었다. 그렇다면 형 이반의 입장은 무엇인가? 알료샤는 본능적으로 카테리나 이바노브나 같은 성격은 지배해야만 한다는 것을 느끼고 있었다. 그녀는 드미트리 같은 사람만을 지배할 수 있지, 이반 같은 사람은 결코 지배할 수 없을 것이다. 그러다 갑자기 한 가지 생각이 떠올랐다. '만약 그녀가 누구도, 둘 다 사랑하지 않는다면?' 알료샤는 이런 자신의 생각을 부끄러워하고 자신을 책망했다. '내가 사랑에 대해, 여자에 대해 무엇을 이해한단 말인가.'

알료샤를 보자 카테리나 이바노브나는 나가기 위해 벌써 자리에서 일어난 이반 표도로비치에게 기쁨에 넘쳐 말했다.

"잠깐만! 1분만 더 머물러 주세요. 나는 나의 전존재를 다해 신뢰하는 이 사람의 의견을 듣고 싶어요."

그녀는 알료샤를 자기 옆에 앉혔다.

"알렉세이 표도로비치, 당신은 어제 일어난 이... 끔찍한 일의 증인이세요. 이반 표도로비치, 당신은 못 보셨지만 이분은 보셨어요. 들어보세요, 알렉세이 표도로비치. 저는 이제 그를 사랑하는지조차 잘 모르겠어요. 저는 그가 가엾어졌어요. 만약 제가 그를 사랑했다면, 저는 지금 그를 가엾어하지 않고 미워하겠지요..."

그녀의 목소리는 떨렸고 눈물방울이 눈썹에 반짝거렸다. 알료샤는 속으로 흠칫 떨었다. '그녀는 더 이상 드미

트리를 사랑하지 않는구나!'

"저는 이미 결정했어요. 만약 그가 그... 여자와 결혼한다 해도 저는 여전히 그를 떠나지 않기로요! 저는 평생 동안 지치지 않고 그를 지켜볼 거예요. 그가 그녀와 있는 것이 불행해지면, 저에게 오라고 하세요. 그는 친구이자 누이를 만나게 될 겁니다... 그는 마침내 저를 알아보게 될 것이고 부끄러워하지 않고 저에게 모든 것을 알려줄 거예요. 저는 그가 기도하게 될 신이 될 거예요. 저는 평생 그에게 한번 한 말에 충실할 거예요. 비록 그가 충실하지 못하고 배신을 했지만요. 이것이 제가 결심한 전부예요!"

그녀는 숨을 제대로 쉬지도 못했다. 알료샤의 마음에는 동정심이 일었다.

"알렉세이 표도로비치, 말해보세요! 저는 당신이 무슨 말을 할지 너무나 알고 싶어요!"

"제가 이 말을 하는 게 좋지 않다는 것을 알지만, 그래도 말할게요." 알료샤는 떨리는 목소리로 띄엄띄엄 말했다. "어쩌면 당신은 형 드미트리를 전혀 사랑하지 않았는지도 모릅니다... 처음부터요... 물론 드미트리도 어쩌면 당신을 전혀 사랑하지 않았는지도 모릅니다... 처음부터... 지금 드미트리를 불러주세요. 그가 여기 와서 당신의 손을 잡고 그 다음에 형 이반의 손을 잡고 당신들의 손을 결합시키게 하세요. 왜냐하면 당신은 이반을 괴롭히고 있으니까요. 오직 그만을 사랑하면서요..."

이반은 갑자기 웃음을 터뜨리고 자리에서 일어났다. 그의 손에는 모자가 들려 있었다.

"너는 잘못 안 거야, 선량한 알료샤." 이반은 젊은이다운 진실함과 억제할 수 없는 솔직한 심정을 담은 표정으로 말했다. "카테리나 이바노브나는 나를 사랑한 적이 없어! 그녀는 내가 사랑한다는 것을 알면서도 나를 사랑하지는 않았어. 그녀가 나를 곁에 잡아둔 것은 끝없는 복수를 위해서야. 그녀는 나에게 모든 모욕에 대해 복수해왔어. 왜냐하면 그들의 첫 만남은 그녀의 마음에 모욕으로 남아 있으니까. 이것이 그녀의 마음이야! 카테리나 이바노브나, 당신은 실제로 드미트리만을 사랑하고 있습니다. 모욕을 받을수록 점점 더 사랑하고 있습니다. 이것이 당신의 감정의 발작이예요. 만약 그가 행실을 고치게 되면, 당신은 곧 그를 버리고 사랑하지 않게 될 겁니다. 그가 당신에게 필요한 것은 당신이 끊임없이 그를 불충실하다고 질책하기 위해서입니다. 이 모든 것은 당신의 자존심 때문이지요... 저는 감정의 발작 옆에 앉아 있고 싶지 않습니다... 안녕히 계십시오, 카테리나 이바노브나."

그는 방에서 나갔다. 알료샤는 두 손을 마주쳤다.

"이반, 돌아와요, 이반! 아니, 형님은 이제 절대 돌아오지 않을 거예요! 저, 저 때문이에요. 제가 시작한 거예요!" 알료샤는 절반은 정신이 나간 것처럼 소리쳤다.

카테리나 이바노브나는 갑자기 다른 방으로 나갔다. 그리고는 갑자기 돌아왔다. 그녀의 손에는 두 장의 무지갯빛 지폐가 들려있었다.

"당신께 한 가지 큰 부탁이 있어요, 알렉세이 표도로비치." 그녀는 지금 마치 아무 일도 일어나지 않은 것처럼 겉으로 보기에 평온하고 고른 목소리로 말하기 시작했다.

"일주일 전에 드미트리 표도로비치가 한 가지 불공정하고 아주 추한 행동을 했답니다. 이곳에는 좋지 않은 장소, 한 선술집이 있어요. 그곳에서 그는 한 퇴역 장교를 만났어요. 당신의 아버지가 무슨 일 때문에 써먹었던 이등 대위죠. 무슨 일 때문인지 이 이등 대위에게 화가 난 드미트리 표도로비치는 그의 턱수염을 잡고 모든 사람이 보는 앞에서 그를 굴욕적인 모습으로 거리로 끌고 나왔지요. 사람들이 말하길, 이 이등 대위의 아들인 소년이 그것을 보고는 옆에서 계속 달려가면서 소리 내어 울었답니다. 사람들에게 달려가서 도와달라고 부탁했지만 모두들 웃기만 했대요. 저는 그가 아주 가난한 사람이라는 것을 알아냈어요. 그의 성은 스네기료프랍니다.

그는 아픈 아이들과 아마도 제 정신이 아닌 아내, 이 불행한 가족과 함께 끔찍한 빈곤에 빠져 있어요. 저는 당신께 부탁드리고 싶어요. 선량하디 선량한 알렉세이 표도로비치, 당신이 그에게 가서 구실을 찾아내어 조심스럽게, 당신만이 이 일을 할 수 있으니까요. 그에게 이 도움을, 여기 2백 루블을 전해 주세요. 그는 아마 받을 거예요... 그러니까 받도록 설득해 주세요... 이건 단지 드미트리 표도로비치의 약혼자인 제가 보내는 동정, 돕고 싶은 바람일 뿐이에요. 제가 직접 가고 싶지만 당신이 저보다 훨씬 잘 하실 거예요. 그는 오제르나야 거리에 살고 있어요. 알렉세이 표도로비치, 저를 위해 꼭 해주세요. 이제 저는 좀... 피곤해요... 안녕히 가세요..."

그녀는 갑자기 몸을 돌리더니 다시 커튼 뒤로 사라져 버렸다. 알료샤는 용서를 구하고 자신을 책망하고 싶었다.

"제가 모든 것의 원인이예요, 제가 끔찍한 잘못을 저질렀어요!" 알료샤는 부끄러움에 얼굴을 손으로 가리며 말했다.

이 순간 하녀가 뛰어들어왔다.

"카테리나 이바노브나가 울고 있어요... 히스테리예요, 몸부림을 치고 계세요."

"이건 좋은 징조예요, 알렉세이 표도로비치, 그녀에게

히스테리가 일어났다는 것은 아주 잘된 거예요. 알렉세이 표도로비치, 부탁대로 서둘러 주시고 빨리 돌아오세요."

호흘라코바 부인은 달려 나갔다. 알료샤는 방에서 달려 나왔다.

오두막집에서 감정의 발작

'이제는 분명 내가 새로운 불행의 원인이 될 거야... 장상께서는 화해시키고 결합시키라고 나를 보내셨는데.' 그는 다시금 무섭도록 부끄러워졌다.

카테리나 이바노브나의 부탁에는 그의 흥미를 매우 끄는 한 가지 상황이 어렴풋이 보였다. 카테리나 이바노브나가 소리내어 울면서 아버지 옆에서 달렸던 그 이등 대위의 아들인 작은 소년에 대해 언급했을 때, 알료샤에게는 그 소년이 아마도 그의 손가락을 깨물었던 그때의 그 초등학생일 거라는 생각이 갑자기 떠올랐다.

마침내 그는 오제르나야 거리에서 거리 쪽으로 창문이 세 개밖에 나지 않은 다 기울어버린 낡은 작은 집을 찾아냈다. 이등 대위의 집은 단순히 오두막에 지나지 않앉다. 그는 문을 두드렸다. 답이 들렸지만, 바로 들린 것이 아니고 아마 십 초 정도 지나서인 것 같았다.

"누구시오?" 누군가 크게 힘을 주어 화난 목소리로 소리쳤다.

알료샤는 문을 열고 문지방을 넘어섰다. 왼편 침대 옆 의자에 사라사[03]로 만든 원피스를 입은 귀부인처럼 보이는 여자가 앉아 있었다. 그녀는 얼굴이 매우 말랐고 누랬다. 푹 꺼진 그녀의 뺨이 첫 눈에 그녀의 병든 상태를 말해주고 있었다. 이 부인 옆에 왼쪽 창문 곁에는 상당히 못생긴 젊은 아가씨가 서 있었다. 오른쪽에는 역시 침대 옆에 또 한 명의 여자가 앉아 있었다. 그녀는 역시 젊은 아가씨로 스무 살 정도 되어보였는데, 곱추에 다리가 없었다. 식탁에는 마흔 다섯 정도 된 남자가 달걀부침을 먹고 있었다. 그는 크지 않은 키에 비쩍 마르고 허약한 체격을 하고 있었다. 숱이 적은 그의 붉은 빛이 도는 턱수염은 다 해진 수세미를 매우 닮아 있었다. 알료샤가 들어서자 그는 의자에서 벌떡 일어나 알료샤에게 급히 달려왔다.

"무슨 일로... 이런 누추한 곳을 찾으셨지요?"

알료샤는 그를 주의깊게 살펴보았다. 그는 오랫동안 복종하고 많은 것을 견뎌오다가 갑자기 벌떡 일어나서

---

03 인물이나 새, 꽃, 나무, 또는 기하학적인 무늬를 날염한 피륙이나 그 무늬

자신을 과시하고 싶어하는 사람 같았다. 그가 덜덜 떨면서 눈을 부릅뜨고 알료샤에게 바짝 다가서서 질문을 하는 바람에 알료샤는 기계적으로 한 발 물러섰다.

"저는... 알렉세이 카라마조프라고 합니다..."

"잘 알겠습니다요." 남자는 말하지 않아도 그가 누구인지 알고 있다는 것을 알리려는 듯이 말을 끊었다.

"저는 이등 대위 스네기료프입죠. 그런데 제가 알고 싶은 건 무슨 일로 오신 건지..."

"저는 그 일 때문에... 왔습니다..."

"그 일이라니요?"

"당신과 제 형 드미트리 표도로비치의 만남 때문에요." 겸연쩍어하며 알료샤가 말했다.

"어떤 만남을 말씀하시는 겁니까요? 수세미, 목욕탕의 수세미에 대한 것인가요?"

"무슨 수세미요?" 알료샤는 중얼거렸다.

"그는 나에 대해 일러바치려고 온 거예요, 아빠!" 커튼 뒤 구석에서 이미 알료샤에게 익숙한 아까 만난 소년이 작은 목소리로 소리쳤다. "내가 아까 저 사람 손가락을 물었거든요!"

커튼이 걷히고 알료샤는 구석 성상 아래에서 벤치와 의자를 함께 붙여 만든 침대에 누워있는 조금 전의 적을 보았다. 그의 불타는 듯한 눈을 보건대 열병에 걸린 것이 분명했다.

"저 애가 당신의 손가락을 물었단 말입니까?"

"네, 제 손가락을 물었습니다. 이유는 모르겠습니다."

"지금 매질을 하겠습니다요! 지금 당장이요." 이등 대위는 의자에서 벌떡 일어났다.

"저는 당신이 아이를 매질하는 것을 전혀 원하지 않습니다. 지금도 아픈 것 같은 데요..."

"그럼 당신은 제가 정말 매질할 거라 생각하셨구만요? 당신의 손가락에 대해서는 유감입니다만, 일류셰츠카[일류샤의 애칭]를 매질하기 전에 제 네 손가락을 당신이 보는 데서 이 칼로 잘라내면 어떻겠습니까. 복수의 갈망이 만족되는 데는 충분하리라 생각하는 데 말입니다요." 그는 갑자기 말을 멈추고 헐떡거렸다. 그는 극도로 흥분한 것 같았다.

"저는 이제 다 이해할 수 있을 것 같습니다. 당신의 아들은 아버지를 사랑해서 당신을 모욕한 제 형에게 달려들 듯이 제게 달려든 것입니다. 그렇지만 제 형 드미트리 표도로비치는 자신의 행동을 후회하고 있습니다. 그는 모든 사람이 보는 앞에서 당신에게 용서를 구할 겁니다... 당신이 원하신다면요."

"그럼 그분께 내 앞에서 무릎을 꿇으라고 한다면, 그 술집에서나 광장에서 말입니다요. 그렇게 하실까요?"

카라마조프 형제들

"네, 무릎을 꿇을 겁니다."

"감동했습니다요. 눈물이 날 만큼 감동했습니다요. 이제 제 가족을 제대로 소개해 드리지요. 제 두 딸과 제 아들, 제 소생입니다요. 제가 죽으면, 누가 이들을 사랑하겠습니까요? 제가 살아있는 동안 저같이 추한 놈을 저 애들 말고 누가 사랑해 주겠습니까? 제 아내도 소개해 드리겠습니다. 여기 아리나 페트로브나, 다리가 없는 마흔세 살의 귀부인입죠. 다리로 걷기는 하지만 약간 걸을 뿐입니다요."

"다리가 없는 귀부인이라고 저 양반이 말했지만 다리는 있어요. 다만 술통처럼 부풀어 올랐죠. 저는 바싹 말랐구요. 애들아, 어미를 용서해라, 완전히 혼자가 된 나를 용서해다오."

"당신은 혼자가 아니요. 모두 당신을 사랑해. 모두가 존경하지!" 이등 대위는 그녀의 두 손에 입을 맞추고 부드럽게 그녀의 얼굴을 쓰다듬기 시작했다.

"그리고 여기 앉아있는 아가씨는 제 딸 니나 니콜라예브나입니다요. 소개하는 걸 잊었습니다. 육신을 입은 하느님의 천사지요... 이제 가십시다, 알렉세이 표도로비치, 당신에게 한 가지 진지한 말씀을 드려야겠습니다."

그는 알료샤의 손을 붙잡더니 그를 방에서 끌어내 거리로 나왔다.

신선한 공기 속에서

 "좀 걸읍시다. 재미있는 이야기를 몹시 들려드리고 싶습니다요. 그 일이 있던 날 저녁에 저는 아들 녀석을 데리고 산책을 나갔습니다요. '아빠, 아빠!' '무슨 일이냐?' '그놈하고 화해하지 말아요, 아빠, 화해하면 안돼요. 아이들이 그러는데 그놈이 아빠에게 그 일 때문에 10루블을 줬다는데.' '아니다, 일류샤, 나는 이제 절대로 그놈한테서 돈을 받지 않을 거다.' '아빠, 절대로 화해하지 말아요. 내가 크면 그놈을 죽일 거예요!' 그 아이의 작은 눈이 번쩍이며 불타고 있었지요. 우리는 다시 산책을 나갔지요. '아빠, 정말로 부자들이 세상에서 가장 힘이 센가요?' '그래, 일류샤, 세상에서 부자보다 힘센 사람은 없단다.' '아빠, 난 큰 부자가 될 거야, 그러면 아무도 얕보지 않겠지...' 그리고 말이 없다가 다시 말하더군요. '아빠, 우리 도시는 정말 나빠요, 아빠!' '그래, 일류샤, 우리 도시는 별로 좋지가 않아.' '아빠, 다른 도시로 이사 가요, 좋은 도시로요. 우리에 대해서 모르는 곳으로요.' '그러자, 이사 가자, 일류샤. 다만 돈을 좀 모아서.' 우리는 다른 도시로 이사 가는 공상을 하기 시작했지요. 말도 사고 마차도 사구요. 그런데 어제 저녁에는 아이 손을 잡고 산책하러 나왔더니 말이 없더군요. 아이는 갑자기 저에게 달려들더니 두 손으로 제 목을 안고는 저를 꽉 껴안았습니다. 아이는 경련이라도 일으킨 듯 온몸을 떨면서 흐느껴 울었습니다. '아빠, 아빠, 사랑하는 아빠, 그 사람이 아빠를 얼마나 모욕했는지!' 저도 앉아서 함께 흐느꼈습죠. 서로 껴안고 온몸을 떨면서요. 그때 아무도 우리를 보지 못했습니다요. 하느님만이 보셨지요. 아닙니다요, 저는 제 아이를 당신의 만족을 위해 매질하지 않겠습니다요!"

그는 말을 마쳤다.

"아아, 댁의 아드님과 얼마나 화해하고 싶은지 모르겠습니다!" 알료샤는 외쳤다.

"하지만 지금 말씀드리는 건 그것에 대한 게 아닙니다, 전혀 아니에요. 들어보십시오." 알료샤는 계속해서 외쳤다. "들어보세요. 저는 부탁을 받고 당신께 왔습니다. 제 형 드미트리는 자신의 약혼녀도 모욕했어요, 고결하기 이를 데 없는 아가씨를요. 그분이 당신의 모욕에 대해 그리고 당신의 불행한 처지에 대해 다 알고 나서 저에게 지금 부탁을 한 겁니다... 그녀로부터 당신께 도움을 드리라구요... 드미트리가 아니라 그녀 혼자 드리는 겁니다. 그분은 당신이 그분의 도움을 받기를 간청하고 있어요... 당신들 둘 다 같은 사람에게서 모욕을 받았으니까요... 이건 누이가 오빠에게 도움을 주러 가는 것을 의미하는 겁니다... 그분은 저에게 그분으로부터 받는 이 2백 루블을 누이로부터 받는 것처럼 받도록 설득해 달라고 부탁하셨어요. 자, 여기 2백 루블이 있습니다. 당신은 꼭 받으셔야만 합니다... 그렇지 않으면 세상에서는 모두가 원수가 되어야만 할 겁니다! 그렇지만 세상에는 형제들도 있지요... 당신은 이것을 이해하셔야만 합니다, 그러셔야 합니다!"

알료샤는 그에게 두 장의 무지갯빛 백 루블짜리 지폐 두 장을 내밀었다. 지폐는 이등 대위에게 엄청난 인상을 준 것 같았다. 누군가에게, 그것도 그렇게 큰 도움을 받으리라는 것은 꿈에서조차 본 적이 없었다. 그는 지폐를 받고 일분 동안 대답을 할 수 없었다.

"이걸 저에게, 저에게 주신단 말입니까요, 이렇게 큰 돈을, 2백 루블을!" 이등 대위는 얼굴을 붉혔다.

"들어보십쇼, 만약 제가 이 돈을 받으면, 저는 비열한 놈이 되는 것이 아닐까요? 제가 이걸 받으면 당신은 속으로 저에게 경멸을 느끼시지 않겠습니까요?"

"천만예요, 아닙니다! 제 구원을 걸고 맹세합니다. 아닙니다!"

"들어보세요, 알렉세이 표도로비치, 들어보십쇼. 당신은 저에게 지금 이 2백 루블이 무엇을 의미하는지 이해하지 못하실 겁니다." 그는 매우 서두르면서 급하게 말했다. "당신은 이제 제가 아내와 니노츠카[딸 니나의 애칭], 제 곱추 천사인 딸을 고쳐줄 수 있다는 것을 알고 계십니까? 이제 이 2백 루블로 하녀를 고용할 수 있고 사랑하는 이들의 치료에 착수할 수 있다는 것을 이해하십니까? 쇠고기도 사고 새로운 식생활을 할 수 있습니다요. 주여, 이건 정말 꿈같은 일입니다!"

알료샤는 그런 행복을 가져다 준 것이 매우 기뻤다.

"잠깐만요, 알렉세이 표도로비치, 잠깐요. 저는 일류시카와 지금 당장 꿈을 실현할 수 있다는 것을 아십니까. 말과 포장마차를 살 겁니다. 그리고 떠나는 겁니다. 아내를 태우고 니노츠카도 태우고 일류셰츠카는 마부 노릇하게 앉히고 저는 걸어서, 걸어서 모두를 데려가는 겁니다요…"

"다른 현으로 이주하는 것보다 더 좋은 것은 생각해 내실 수 없을 겁니다! 되도록 빨리, 겨울 전에, 추위가 오기 전에 가시는 겁니다. 아니, 이건 꿈이 아닙니다!"

알료샤는 그를 껴안고 싶었다. 그 정도로 그는 만족하고 있었다. 그러나 이등 대위를 쳐다보고 나서 그는 갑자기 멈췄다. 대위는 창백해진 얼굴을 하고 입술로 뭐라고 속삭이고 있었는데, 그 모습이 어딘가 이상했다.

"무슨 일이십니까!" 갑자기 무엇 때문인지 알료샤는 몸을 떨었다.

"알렉세이 표도로비치... 저는..." 이등 대위는 중얼거리며 산에서 뛰어내리기로 결심한 사람의 모습으로 그를 뚫어져라 쳐다보았다.

"제가 당신에게 지금 한 가지 요술을 보여드릴 텐데 원하십니까요!"

"무슨 요술이요?"

"바로 이겁니다, 보십시오!"

알료샤에게 무지갯빛 지폐 두 장을 보여주고 나서 그는 갑자기 그것을 움켜쥐더니 구기고 나서 오른손 주먹에 꽉 쥐었다. 그리고는 주먹을 위로 들어올리고 나서 있는 힘껏 구겨진 두 지폐를 모래에 집어던졌다. "보셨습니까요?" 그는 손가락으로 지폐를 가리키며 째지는 소리를 냈다.

그리고 갑자기 오른발을 들더니 지폐를 구두 뒤축으로 짓밟기 시작했다.

"이게 당신의 돈입니다요! 당신의 돈입죠! 당신의 돈! 당신의 돈!" 그는 갑자기 뒤로 물러서더니 알료샤 앞에 몸을 꼿꼿이 하고 섰다. 그의 모습은 설명할 길 없는 자존심을 표현하고 있었다.

"당신을 보낸 사람에게 수세미가 자신의 명예를 팔지 않는다고 전해 주십쇼!" 그는 공중에 팔을 뻗으며 소리쳤다. 그러고나서 재빨리 몸을 돌리더니 뛰어가기 시작했다. 알료샤는 표현할 길 없는 슬픔을 느끼며 그의 뒷모습을 바라보았다. 그가 시야에서 사라졌을 때, 알료샤는 지폐 두 장을 집어 들었다. 지폐는 몹시 구겨져 있었지만 전혀 손상되지 않았다. 그는 주머니에 지폐를 집어넣고는 카테리나 이바노브나에게 걸음을 옮겼다.

제5권
Pro 와 Contra[04]

약속

 알료샤를 먼저 맞이한 건 또 호흘라코바 부인이었다. 그녀는 서두르고 있었다. 뭔가 중요한 일이 일어난 것이다. 카테리나 이바노브나의 히스테리는 기절로 끝났다. 그 후 "끔찍하고 무서운 쇠약함이 찾아왔어요. 그녀는 헛소리를 하기 시작했죠. 무슨 일인가 일어날 거예요."

 그녀는 알료샤에게 리즈와 함께 있어 달라고 부탁했다.

 "그 아이는 방금 전에 당신이 그 아이의 어린 시절의 친구, '가장 진지한 친구'였다고 말했어요. 리즈에게 가보세요. 그 애를 격려해 주세요. 리즈!" 그녀는 문 쪽으로

---
04 라틴어로 '찬성과 반대'라는 뜻이다.

다가가면서 소리쳤다. "여기 네가 그렇게 모욕을 준 알렉세이 표도로비치를 모셔왔다."

"고마워요, 엄마. 들어오세요, 알렉세이 표도로비치."

알료샤는 들어갔다. 리즈는 왠지 당황한 듯 갑자기 얼굴을 확 붉혔다. 그녀는 무엇인가를 부끄러워하는 것 같았다.

"엄마가 저에게 그 2백 루블에 대한 이야기를 다 해주었어요... 당신은 그 돈을 전해 주셨나요?"

알료샤는 탁자에 걸터 앉아 이야기하기 시작했다. 리즈는 그의 이야기에 매우 감동했다. 그 불행한 사람이 돈을 짓밟았던 장면을 자세히 이야기하고 나자, 리즈는 두 손을 마주 치면서 감정을 억제하지 못하고 소리쳤다.

"그러니까 돈을 주지 못하셨군요. 그가 도망가도록 내버려 두셨어요! 하느님 맙소사, 그를 쫓아가서 따라 잡으셨어야죠..."

"아닙니다, 리즈, 내가 따라가지 않은 게 더 나은 겁니다."

"뭐가 낫다는 거죠? 이제 그들은 빵도 없이 파멸할 텐데!"

"파멸하지 않을 겁니다. 그는 결국 내일이면 그 돈을 받을 겁니다. 그 사람은 많은 것에 모욕을 느꼈던 것 같습니다. 우선, 그는 내 앞에서 돈에 대해 너무 기뻐했고 내 앞에서 그것을 숨기지 않았어요. 그게 모욕적이었던 거죠. 그는 자기 영혼을 내게 다 내보인 것이 갑자기 부끄러워졌던 겁니다. 모든 게 이렇게 좋지 않게 끝났지만 그래도 잘 될 겁니다. 더 나은 것은 있을 수 없습니다..."

"왜, 왜 더 나은 게 있을 수 없다는 거죠?"

"왜냐하면 리즈, 만약 그가 돈을 짓밟지 않고 받았다면, 집에 가서 한 시간 후에 자신의 굴욕에 대해 울게 될 겁니다. 울고 나서 아마도 내일 날이 밝기도 전에 나를 찾아와서 지폐를 던지고 아까처럼 짓밟았을 겁니다. 지금 그는 아주 자부심에 차서 의기양양하게 돌아갔어요. 그는 자신의 명예를 증명한 거예요... 지금은 그렇게 자부심에 차 있지만 그래도 오늘이라도 그는 어떤 도움을 잃어버렸는지 생각하게 될 거예요. 내일 아침쯤이면 아마 내게 달려와 용서를 구할 준비가 되어 있을 겁니다. 그때 내가 나타나는 겁니다. '당신은 자존심이 있는 분입니다. 당신은 그걸 증명하셨으니 이제 받으세요. 우리를 용서해 주세요.' 그러면 그는 받을 겁니다!"

리즈는 손뼉을 쳤다.

"아, 정말 그래요. 아, 알료샤, 당신은 어떻게 이 모든 것을 알고 계시죠? 그렇지만... 들어보세요, 알렉세이 표도로비치, 이 모든 우리의 판단 속에는 그 사람, 이 불행한 사람에 대한 멸시는 없는 걸까요... 우리는 지금 그 사람의 영혼을 높은 곳에서 분석하고 있으니까요, 네? 그 사람이 돈을 받을 거라고 지금 단정 짓고 있으니까요, 네?"

"아닙니다, 리즈. 멸시는 없어요." 알료샤는 확고하게 말했다. "나는 여기로 오면서 그 점에 대해 생각해 보았습니다. 우리 자신이 그와 똑같은데 어떤 멸시가 있을 수 있겠습니까? 아닙니다, 리즈, 여기에는 그에 대한 어떤 멸시도 없습니다!"

"알렉세이 표도로비치, 당신은 놀라울 정도로 좋은 분이에요. 저에게 당신의 손을 주세요, 이렇게요. 들어보세요, 제가 당신께 굉장한 고백을 해야만 해요. 어제 편지는 농담으로 쓴 게 아니에요. 진지하게..."

그녀는 손으로 눈을 가렸다. 그녀는 이 고백을 하는 것이 매우 부끄러운 것 같았다.

"아, 리즈. 정말 멋져요. 나는 당신이 진지하게 썼다는 걸 완전히 확신하고 있었습니다."

"확신하고 있었다구요! 말해보세요, 당신은 이런 바보, 아픈 바보를 무엇 때문에 택하신 거지요? 나는 당신에게 그럴 가치가 없는 걸요!"

"가치가 있습니다, 리즈. 나는 며칠 내로 수도원에서 아주 나올 겁니다. 세상에 나오면 결혼을 해야 해요. 그분이 그렇게 명하셨어요. 내가 당신보다 나은 사람을 얻을 수 있겠습니까... 당신은 나보다 훨씬 순수합니다. 나도 카라마조프니까요!"

"알료샤, 저는 당신을 끔찍할 정도로 사랑해요. 알료샤, 당신은 저에게 복종하실 건가요? 이건 미리 결정해두어야 해요."

"기꺼이요. 하지만 만약 가장 중요한 일에서 당신이 저와 의견이 다르다면 저는 제 의무가 명하는 대로 행동할 겁니다."

"그래야죠. 알아두세요, 저는 반대로 가장 중요한 문제에서 복종할 준비가 돼 있을 뿐 아니라 모든 것에서 당신에게 양보할 거예요. 이제 당신은 저에게 하느님의 섭리와 같은 분이예요... 들어보세요, 알렉세이 표도로비치, 당신은 요 며칠 왜 그렇게 우울하지요? 당신에게 특별한 어떤 슬픔이 있는 게 보여요. 아마 비밀이겠죠?"

"네, 리즈, 비밀이 있어요." 알료샤는 우울하게 말했다.

"어떤 슬픔이죠? 말해주실 수 있나요?"

"나중에 말해드릴게요, 리즈... 나중에..."

"그것 말고도 당신의 형들과 아버지가 당신을 괴롭히는 거죠?"

"네, 형들이요. 형들은 자신을 망치고 있어요. 아버지도요. 자신과 함께 남들도 망치고 있지요. 여기에는 '카라마조프적인 땅의 힘'이 작용하는 거예요. 광란하는, 가공하지 않은 땅의 힘이죠... 이 힘 위에 하느님의 영이 돌아다니시는지조차 나는 모르겠어요. 내가 아는 건 나도 카라마조프라는 것뿐입니다... 내가 수도사일까요, 리즈? 어쩌면 나는 하느님을 믿지 않는지도 모릅니다."

"당신이 믿지 않는다니, 무슨 말이세요?" 알료샤는 이 말에 대답을 하지 않았다. 그가 너무나 갑자기 한 이 말에는 어쩌면 그 자신에게도 불분명한, 그러나 이미 분명 그를 괴롭혀왔던 무엇인가가 있었다.

"그리고 지금 이 모든 것 말고도 나의 친구가, 세상에서 첫째가는 사람이 이 땅을 떠나고 있어요. 내가 이 분과 영혼으로 얼마나 결합되어 있는지 당신이 아신다면, 리즈! 나는 이제 혼자가 되는 겁니다... 나는 당신에게 오겠습니다, 리즈... 앞으로는 함께 있는 거예요..."

"네, 함께요, 함께! 지금부터 언제나 평생 함께. 저에게 입맞춰 주세요."

알료샤는 그녀에게 입맞췄다.

"이제 가보세요. 살아계신 동안 빨리 그분께 가보세요."

알료샤가 문을 열고 계단으로 나오자 어디선지 호흘라코바 부인이 그의 앞에 나타났다.

"저는 다 들었어요. 간신히 서 있을 정도였어요. 딸의 사랑은 어머니에게는 죽음이군요. 그 애가 당신께 썼다는 편지가 뭐예요, 저에게 지금, 지금 보여주세요!"

"아니요, 그럴 필요 없습니다. 그보다 말씀해 주세요, 카테리나 이바노브나의 건강은 어떤지."

"계속 누워 헛소리를 하고 있어요. 깨어나질 않아요. 그런데 당신은 갑자기 이 편지를 가지고 나타나시다니. 내게, 어미에게 그 편지를 보여주세요!"

"아니요, 보여드리지 않겠습니다. 제가 내일 오겠습니다. 원하신다면 많은 것에 대해 얘기하겠습니다. 지금은 가보겠습니다!"

알료샤는 거리로 달려 나갔다.

시간은 벌써 오후 2시가 넘었다. 알료샤는 수도원으로, 자신의 죽어가는 '위대한' 분에게 전존재로 달려가고 있었지만, 형 드미트리를 보아야 한다는 필요가 모든 것을 압도하고 있었다.

그의 계획은 드미트리를 불시에 붙잡는 것, 즉 어제처럼 울타리를 넘어 정원으로 들어가 정자에 앉아 기다리는 것이었다. 그가 정자에 앉아 15분도 지나기 전에 갑자기 어디선가 가까운 곳에서 기타 소리가 들려왔다. 한 남자의 목소리가 갑자기 달콤한 가성(假聲)으로 기타 반주에 맞춰 노래를 부르기 시작했다. 다른 여자의 목소리는 비위를 맞추고 수줍은 듯 말을 했다.

"당신은 왜 우리 집에 오랫동안 오지 않으시죠? 파벨 표도로비치?"

'남자는 스메르쟈코프 같군.' 알료샤는 생각했다. 알료샤는 갑자기 재채기를 했다. 알료샤는 일어서서 그들 쪽으로 갔다.

"형 드미트리가 곧 돌아올까?" 알료샤는 가능한 침착하게 물었다.

"제가 드미트리 표도로비치에 대해 어떻게 알겠습니까? 제가 그분을 지키는 사람이라면 모르지만요." 스메르쟈코프는 조용히, 냉담하게 대답했다.

"그런데 이것 한 가지는 알려드릴 수 있습니다." 갑자기 스메르쟈코프가 곰곰이 생각한 듯 말했다. "오늘 아침 날이 밝기 전에 이반 표도로비치가 저를 그분에게 보냈습니다. 드미트리 표도로비치에게 꼭 이곳 광장에 있는 술집으로 와서 함께 점심 식사를 하자고 전하라구요. 제가 갔지만 드미트리 표도로비치는 집에 없었습니다. 어쩌면 지금 그 술집에서 이반 표도로비치와 함께 있을지도 모릅니다. 이반 표도로비치가 점심식사를 하러 집으로 오지 않았으니까요."

"이반 형이 드미트리를 오늘 술집으로 불렀단 말이지?"

"그렇습니다요."

"광장에 있는 '수도(首都)'라는 술집이지?"

"거깁니다요."

"고마워, 스메르쟈코프. 중요한 정보야. 난 지금 거기로 가겠어."

이 정보는 알료샤의 마음을 엄청나게 흔들어 놓았다. 그는 술집으로 달려갔다. 그가 술집으로 다가가자 갑자기 창문 하나가 열리더니 형 이반이 창문에서 아래를 보며 소리쳤다.

"알료샤, 지금 여기로 올 수 있니, 없니?"

"갈 수 있구 말구요. 그런데 이 옷으로 어떻게 들어갈지 모르겠어요."

"나는 별실에 있어. 현관으로 들어와. 내가 맞으러 나갈테니..."

1분 후 알료샤는 형과 마주 앉았다. 이반은 혼자 식사를 하고 있었다.

형제가 서로 알게 되다

그러나 이반은 별실에 있지 않았다. 그가 있는 곳은

창가 쪽 자리로 칸막이로 가려져 있을 뿐이었다. 알료샤는 이반이 이 술집에 거의 온 적이 없고 술집을 좋아하지 않는다는 것을 알고 있었다. 아마도 그가 이곳에 있는 것은 약속한 대로 형 드미트리를 만나기 위해서일 뿐이라고 그는 생각했다. 그런데 형 드미트리는 없었다.

"내가 너를 위해 생선 스프나 뭔가를 주문해야겠구나. 너도 차만 마시고 사는 건 아닐 테니." 이반은 알료샤를 꾀어들인 것이 매우 만족스러운 듯 크게 소리쳤다.

"생선 스프 좋지요. 나중에 차도 시켜주세요. 배가 많이 고프네요." 알료샤가 즐겁게 말했다.

"버찌잼은 어때? 네가 어렸을 때 버찌잼을 좋아했던 거 기억하니?"

"형이 그걸 기억하세요? 잼도 주세요. 지금도 좋아해요."

"나는 다 기억하고 있어, 알료샤. 네가 열한 살이 될 때까지는. 그때 나는 열다섯이었지. 열다섯 살과 열한 살은 큰 차이라서 그때는 형제들이 서로 동료가 되는 법이 없지. 내가 그때 너를 좋아했는지는 잘 모르겠다. 내가 모스크바로 갔을 때 첫 몇 년은 너에 대해 아예 기억조차 하지 않았어. 그 다음에 네가 모스크바로 왔을 때 우리는 어디선가 딱 한 번 만난 적이 있었던 것 같아. 그리고 여기서 나는 벌써 네 달째 살고 있는데 지금까지 너와 한 마디도 하지 않았구나. 내일이면 나는 떠나는데 말이야. 지금 여기 앉아서 생각하고 있었어. 너와 작별하기 위해 어떻게 너를 볼 수 있을까 하고. 그런데 네가 옆을 지나가는 거야."

"저를 매우 보고 싶으셨다구요?"

"무척. 나는 너와 이번 한번에 마지막으로 사귀고 너에게 내가 어떤 사람인지 알려주고 싶어. 그리고는 헤어지는 거지. 내 생각에는 헤어지기 전에 사귀는 게 제일 좋아. 나는 네가 이 세 달 동안 나를 지켜보는 것을 봤어. 네 눈에는 뭔가 끊임없는 기대가 있었지. 그래서 너에게 다가가지 않았던 거야. 결국 나는 너를 존경하게 됐어. 너는 확고하게 서 있는 사람이야. 나는 어디에 발판을 두더라도 확고하게 서 있는 그런 사람을 좋아해. 너는 왠지 나를 좋아하는 것 같더구나, 알료샤?"

"좋아해요, 이반. 형은 저에게 수수께끼예요. 그렇지만 오늘 아침부터는 형에 대해 뭔가를 이해하기 시작했어요!"

"그게 뭔데?"

"형도 다른 모든 스물세 살 청년처럼 젊고 신선하고 멋진 청년이라는 것을요. 결국 아직은 풋내기죠! 형을 크게 모욕한 건 아니죠?"

"반대로, 정확해서 놀랐는걸! 그녀의 집에서 너와 만

난 이후로 나는 자신에 대해, 그것에 대해서만 생각하고 있거든. 이 스물세 살 풋내기에 대해서 말이야. 지금도 여기 앉아 스스로에게 말하고 있었지. 나는 삶을 믿지 않고 모든 것이 무질서하고 저주스러운 악마의 카오스라고 확신하면서도, 그래도 나는 살기를 원할 거고 이 잔에 매달려서 다 마셔버릴 때까지는 떨어지지 않을 거라고! 그렇지만 서른이 될 때까지는 잔을 던져버릴 거야. 다 마시지 못해도 떠날 거야... 어디로인지는 몰라도. 그러나 서른까지는 내 젊음이 모든 것을 이길 거라는 걸 확실히 알고 있어. 모든 환멸과 모든 삶에 대한 혐오도. 나는 스스로에게 여러 번 물어보았지. 내 안에 있는 삶의 갈망을 정복할 만한 그런 절망이 세상에 있을까 하고. 그리고 그런 것은 없다는 결론을 내렸지. 역시 서른까지만이야. 이 특성은 부분적으로는 카라마조프적인 거야. 맞아, 이 삶의 갈망 말이야. 나는 살고 싶어, 그리고 살고 있지. 논리에 맞지 않는다 해도 말이야. 내가 사물의 질서를 믿지 않는다지만, 내게는 봄에 싹트는 끈끈한 잎, 파란 하늘이 소중해. 믿을지 모르지만, 이유도 모르면서 좋아지는 그런 사람이 소중한 거야. 나는 유럽을 여행하고 싶어, 알료샤. 여기서 출발할 거야. 나는 무덤에만 갈 거라는 걸 알아. 그곳에는 소중한 고인들이 잠들어있지. 각각의 비석은 그토록 뜨겁게 지나간 삶에 대해 말해주고 있어. 나는 땅에 엎드려 그 돌에 입을 맞추고 그들을 위해 울거야. 나는 봄의 끈끈한 잎, 파란 하늘을 사랑해! 여기에는 이성도 논리도 없어. 이건 내장으로, 배로 사랑하는 거야. 내 허튼 소리에서 뭐라도 이해하겠니, 알료시카, 응?"

"너무 잘 이해해요, 이반. 내장으로, 배로 살고 싶다. 정말 멋지게 말했어요. 형이 그렇게 살고 싶어 한다는 게 저는 기뻐요. 저는 모두가 이 세상에서 무엇보다도 삶을 사랑해야 한다고 생각해요."

"삶을 그 의미보다 더 사랑해야 한다는 거지?"

"반드시 그래야 해요. 논리보다 먼저 사랑하면 그때 의미를 이해할 수 있을 거예요. 형의 일은 절반은 이뤄졌어요. 삶을 사랑하니까요. 이제 나머지 절반에 대해 노력하셔야 해요. 그러면 구원을 받을 거예요."

"너는 나를 구원하려고 하지만 나는 아직 파멸하지 않았는지도 몰라! 그런데 두 번째 절반은 뭐지?"

"형님의 죽은 자들을 부활시켜야 해요. 어쩌면 그들은 죽은 적이 없는지도 모르지요. 형님과 이렇게 이야기하는 것이 기뻐요."

"어쩌면 우리는 또 이 세상에서 만날지도 모르겠구나. 서른이 될 때까지 말이야. 너 오늘 드미트리를 보지 못했니?"

"못 봤어요. 그런데 스메르쟈코프를 봤어요"

알료샤는 형에게 스메르쟈코프와의 만남에 대해 자세히 이야기했다.

"형은 정말 곧 떠날 거예요?"

"그래."

"그럼 드미트리와 아버지는요?" 불안한 듯 알료샤가 중얼거렸다.

"내가 여기서 뭐라도 되니? 내가 드미트리 형을 지키는 사람이라도 된다는 거야? 카인이 죽인 동생에 대해 신에게 한 말이지, 그렇지?[05]"

"그러니까 형은 내일 아침에 떠나신다는 거죠?"

"아침? 아침이라고는 말하지 않았는데… 어쩌면 아침일 수도 있겠구나. 떠날 때까지 우리한테는 얼마나 많은 시간이 남았는지 모른다. 영원한 시간, 불멸이지!"

"내일 떠나신다면서 영원이 다 뭐예요?"

"우리한테 그게 무슨 상관이니? 우리는 무엇보다 영원한 문제를 해결해야만 해. 그게 우리의 걱정거리지. 러시아의 젊은이들은 모두 지금 영원한 문제에 대해서만 논하고 있어. 너는 지난 세 달 동안 무엇을 기대하면서 나를 쳐다보았니? '형은 누구를 믿느냐 아니면 아예 믿지

---

05 창세기 4장에서 카인이 동생 아벨을 죽인 후, "내가 동생을 지키는 사람입니까?"라고 신에게 질문한 말이다.

않느냐?' 그걸 물어보고 싶어서겠지. 그렇지?"

"그런 것 같아요." 알료샤는 미소를 지었다.

"말해봐라, 뭐부터 시작할까? 신부터? 신은 과연 존재하는가?"

"원하는 대로 시작하세요. 어제 아버지 집에서 형은 신이 없다고 선언하셨죠."

"어제는 일부러 그 말로 너를 놀려준 거야. 지금은 아주 진지하게 말하고 있는 거다. 알료샤, 나는 너하고 친해지고 싶어. 나한테는 친구가 없거든. 어쩌면 나는 신을 인정하는지도 몰라. 18세기에 한 늙은 죄인이 살았는데, 그는 만약 신이 없다면, 신을 만들어내야 한다고 말했다지. 정말로 인간은 신을 만들어냈어. 신이 정말로 존재한다는 것이 이상하거나 놀라운 것이 아니야. 놀라운 것은 그런 생각, 신이 꼭 필요하다는 생각이 인간 같은 야만적이고 악한 동물의 머리에 떠올랐다는 것이지. 나로 말하자면, 나는 오래 전에 이미 인간이 신을 창조했는지 신이 인간을 창조했는지 생각하지 않기로 했어. 지금 너하고 어떤 문제를 논해야 될까? 내가 가능한 빨리 너에게 나의 본질, 즉 내가 어떤 인간인지, 무엇을 믿고 있고 무엇을 바라고 있는지를 설명하는 거겠지, 그렇지? 그래서 내가 신을 인정한다고 직접적이고 단순하게 밝히는 거야. 신이 있느냐 없느냐? 이 질문은 삼차원에 대한 이해만 가지도록 창조된 이성에는 전혀 적합하지 않은 거야. 그래서 나는 신을 인정해. 그뿐 아니라 신의 지혜와 우리는 전혀 알 수 없는 그의 목적, 삶의 질서와 의미, 영원한 조화, 신 그 자신인 말씀도, 영원도 믿어. 그렇지만 결론적으로 나는 이 신의 세계를 받아들이지 않아. 나는 신을 받아들이지 않는 것이 아니라, 그가 창조한 신의 세계를 받아들이지 않고 받아들이는 데 동의할 수가 없는 거야, 이해하겠니. 나는 어린애처럼 확신하고 있어. 고통이 아물고 인간 모순의 모든 모욕적인 희극도 사라지고, 마침내 세상의 끝에는 영원한 조화의 순간에 뭔가 너무나 소중한 것이 나타나서 사람들에게 일어난 모든 일을 용서할 수 있을 뿐 아니라 정당화할 수 있다는 것을 말이야. 나는 그것을 인정하지 않고 인정하고 싶지 않아! 이게 내 본질이야, 알료샤, 이게 내 명제야."

이반은 갑자기 자신의 긴 장광설을 어떤 특별한 예기치 못한 감정을 느끼며 끝냈다.

"무엇 때문에 '신이 창조한 세상을 받아들이지 않는지' 설명해 주세요." 알료샤가 말했다.

"물론 설명하지. 내 동생아, 나는 너를 타락시키고 네 기반에서 끌어내리고 싶은 건 아니야. 어쩌면 나는 너로 인해 자신을 치료하고 싶은지도 몰라." 이반은 갑자기 아주 어리고 온순한 소년처럼 미소를 지었다. 알료샤는 지금껏 그에게서 그런 미소를 본 적이 없었다.

반란

 "나는 인류의 고통 일반에 대해 말하고 싶었지만, 아이들의 고통에 대해서만 얘기하는 게 낫겠어. 내가 어른들에 대해 얘기하지 않는 것은 그들에게는 징벌이 있기 때문이야. 그들은 사과[06]를 먹었고 선악을 알게 되어 '하느님처럼' 되었지. 지금도 여전히 먹고 있어. 그렇지만 아이들은 아무것도 먹지 않았고 아직 어떤 죄도 없어. 만약 아이들이 이 땅에서 끔찍하게 고통받고 있다면, 그건 물론 그들의 아버지 때문이야, 사과를 먹은 아버지 때문에 벌을 받는 거지. 죄 없는 사람이 다른 사람 때문에 고통을 당해서는 안 되는 거야! 아이들은 일곱 살까지는 다른 본성을 가진 전혀 다른 존재야. 너는 내가 왜 이 모든 것을 말하는지 모르겠니, 알료샤? 왠지 머리가 아프구나, 우울하기도 하고."

 "형은 이상한 표정으로 얘기하고 있어요. 꼭 정신이

---

06 창세기 3장에 나오는 선악을 알게 하는 나무의 열매를 이반은 사과로 표현하고 있다.

나간 것 같아요." 알료샤는 불안해하며 말했다.

"얼마 전 모스크바에서 한 불가리아 사람이 내게 해 준 얘기가 있어." 이반 표도로비치는 동생의 말을 듣지 못한 듯이 계속했다. "그곳 불가리아에서 터키인들과 체르케스인[07] 들이 어디서나 악행을 저지르고 있다는 거야. 터키인들은 아이들을 괴롭히는데, 어머니의 배에서 칼로 아이들을 끄집어내는 것부터 시작해서 어머니들이 보는 앞에서 젖먹이 아이들을 던져서 총검으로 받는 짓까지 한다는 거야. 그런데 여기 내 흥미를 몹시 자극한 한 장면이 있어. 생각해 봐. 떨고 있는 어머니의 팔에 젖먹이 아이가 있고 주위에 터키인들이 있는 거야. 그들은 재미있는 장난을 생각해냈어. 젖먹이 아이를 웃게 하려고 쓰다듬어 주면서 웃는거야. 그것이 성공해서 아이가 웃게 됐지. 이 순간에 터키인이 4베르쇼크[08] 떨어진 곳에서 아기의 얼굴에 권총을 겨누는 거야. 아이는 기쁘게 웃으며 권총을 잡으려고 손을 뻗지. 그때 갑자기 이 예술가가 아기 얼굴에 바로 방아쇠를 당기고 조그만 머리를 박살내는 거지... 예술적이지, 그렇지 않니?"

"형, 무엇 때문에 그런 얘기를?" 알료샤가 물었다.

"나는 만약 악마가 존재하지 않고 인간이 악마를 창

---

07 카프카즈 지역의 소수 민족 중 하나

08 1베르쇼크는 4.445센티미터에 해당된다.

조해 냈다면, 인간은 자신의 형상과 모양으로 악마를 창조했다고 생각해."

"그런 경우라면 하느님도 마찬가지예요."

"인간이 자신의 형상과 모양대로 신을 창조했다면, 너의 신은 좋은 신이야. 너는 왜 이런 이야기를 하느냐고 지금 물었지. 나는 어떤 사실들을 좋아하는 수집가야. 나한테는 러시아 이야기도 있는데, 심지어 터키인 얘기보다 더 나은 것도 있어. 지식인인 한 신사와 그의 부인이 일곱 살짜리 친딸을 회초리로 때렸어. 나는 한 대 때릴 때마다 쾌락을, 문자 그대로 쾌락을 느끼면서 매질하는 사람들이 있다는 것을 알고 있어. 더 때릴수록 점점 더 심해지는 거지. 1분을 때리고 마침내 5분, 10분을 때리고 더 많이 때릴수록 매질은 더 빨라지지. 아이는 소리를 지르다가 마침내 소리를 지를 수도 없어서 숨이 넘어가며 "아빠, 아빠, 아빠, 아빠!"라고 부르지. 사건은 재판에까지 이르게 되었어. 변호사가 고용되었지. 변호사는 자신의 고객을 변호하며 소리쳤어. '이 일은 단순하고 가정에서 일어난 평범한 사건'이라는 거야. 아버지가 딸을 때렸는데 재판까지 하다니 우리 시대의 수치라는 거야! 설복당한 배심원들은 무죄를 선고했어… 근사한 장면이지. 나한테는 어린 아이들에 대해 더 나은 이야기들이 있어. 나는 러시아의 어린 아이들에 대한 이야기를 아주 많이 수집했거든. 한 아버지와 어머니가 다섯 살짜리 딸을 미워했어. 그들은 '존경받을 만한 관리이며 교육 받은 교양 있는' 사람들이었다는 거야. 인류 중 많은 사람들에게는 특별한 속성이 있어. 그건 아이들을 학대하는 것을 좋아하는 거야. 아이들만 말이지. 이 창조물이 무방비 상태라는 것 자체가 학대자들을 유혹하는 거야. 어디에도 숨을 수 없고 누구에게도 갈 데가 없는 아이들의 천사같은 신뢰가 학대자의 더러운 피를 끓게 하는 거지. 이 교육 받은 부모가 이 가엾은 다섯 살짜리 딸을 가능한 모든 방법으로 학대했어. 그들은 때리고 매질하고 발로 차고 온몸을 멍들게 했지. 마침내 그들은 최고로 세련된 방법에 도달했어. 아주 추운 날 아이를 밤새도록 변소에 가둔 거야. 아이가 밤에 변소에 가겠다고 말하지 않았다는 이유에서였지. 그 이유 때문에 아이의 얼굴 전체를 그 애 똥으로 바르고 그 똥을 억지로 먹게 했어. 어미가, 어미가 억지로 시켰다니까! 이 어미는 가엾은 아이의 신음소리가 들리는 데도 잠을 잘 수 있었다지! 너는 이것을 이해할 수 있니? 아직 자기에게 무슨 일이 저질러지고 있는지 이해할 수 없는 작은 존재가 어둡고 추운 곳에서 조그만 주먹으로 가슴을 치면서 온순하게 피눈물을 흘리며 자기를 보호해 달라고 '하느님'께 기도하는 거야. 내 친구이자 동생아, 하느님의 겸손한 수련수사야, 너는 이 말도 안 되는 얘기를 이해할 수 있니? 무엇 때문에 이 말도 안되는 얘기가 필요하며 만들어졌는지! 그것 없이 인간은 이 땅에 살 수 없다고들 말하지. 선악을 알지 못했을 테니까. 그런 대가를 치르면서까지 이 빌어먹을 선악을 뭣 때문에 알아야 하는 거지? 정말로 지식의 모든 세계는 '하느님'을 향해 흘리는 어린 아이의 눈물만한 값어치가 없어. 내가 너를 괴롭히고 있구나, 알료시카, 너는 제 정신이 아닌 것 같아. 원한다면 그만하겠다."

"괜찮아요. 저도 괴로워하고 싶어요." 알료샤가 중얼거렸다.

"하나만, 한 장면만 더 얘기할게. 그 일은 세기 초 농노제가 있던 가장 어두운 시대에 일어났어. 한 장군이 있었어. 아주 부자인 지주였지. 그는 자기의 영지에서 이천 명의 농노를 거느리고 살았지. 그는 수백 마리의 개를 기르고 있었는데, 수백 명의 사냥개지기들은 모두 제복을 입고 말을 타고 다녔지. 그런데 여덟 살 된 하인 남자아이가 놀다가 잘못해서 돌을 던진다는 게 장군이 좋아하던 사냥개의 발에 상처를 입힌 거야. "내가 좋아하는 개가 왜 발을 저는 거지?" 남자아이가 돌로 다리에 상처를 입혔다고 그에게 보고를 했지. 장군은 아이를 돌아보더니 "저 놈을 잡아!"라고 명령했어. 사람들은 그 아이를 어머니에게서 잡아다가 밤새 가두어놨어. 아침이 되자 날이 새기도 전에 장군이 사냥을 떠날 채비를 하고 말 위에 올라타고 나왔지. 주위에는 본때를 보여주려고 하인들이 다 모여 있었는데, 맨 앞에 잘못한 아이의 어머니가 있었어. 아이를 끌고 나왔어. 장군은 아이의 옷을 벗기라고 명령했어. 아이는 완전히 발가벗겨져서 덜덜 떨고 있었어. 두려움에 정신이 나가서 소리조차 내지 못했어. "저놈을 몰아라!" 장군이 명령했어. "뛰어, 뛰어!" 사냥개지기들이 그에게 소리치자 아이는 뛰기 시작했어... "저놈을 잡아라!" 장군이 소리치며 빨리 달리는 개들을 풀어주었어. 어머니가 보는 앞에서 물어죽이게 한 거야. 개들은 아이를 조각조각으로 찢어버렸어! 자... 그를 어떻게 해야 할까? 총살시킬까? 말해봐, 알료시카!"

"총살시켜요!" 알료샤는 창백하고 일그러진 미소를 띠며 눈을 들어 형을 보면서 조용히 말했다.

"브라보!" 이반은 환희에 찬 듯 소리 질렀다. "그러니까 너의 가슴에도 작은 악마가 살고 있는 거야, 알료시카 카라마조프!"

"형은 왜 나를 시험하는 거예요?" 알료샤는 발작을 일으키듯이 슬프게 소리쳤다.

"이제는 제게 말해주실 거죠?"

"물론, 말해주고 말고. 나는 너를 놓치고 싶지 않아. 너의 조시마에게도 양보하지 않을 거다."

"내가 아이들 이야기만 한 건 요점을 더 명확하게 하기 위해서야. 나는 나의 주제를 일부러 좁혔어. 나는 아무것도 이해할 수가 없어. 무엇 때문에 모든 것이 그렇게 되어버렸는지. 사람들 자신이 잘못한 거겠지. 그들에게 낙원이 주어졌지만 그들은 자유를 원했고 하늘에서 불을 훔쳐낸 거지. 가련하고 지상적인 유클리드적인 나의 이성으로 내가 아는 것은 단지 고통만 있고 죄 지은 사람은 없다는 거야. 죄 지은 사람이 없는데 내가 그것을 안다고 해서 무슨 의미가 있지? 내게는 응보가 필요해. 어딘가 언젠가 무한 속에서가 아니라 여기, 이 땅에서 내가 볼 수 있는 응보가 말이야. 나는 모든 사람이 갑자기 무엇 때문에 모든 것이 그렇게 되었는지 알게 될 때 그곳에 함께 있고 싶은 거야. 그렇지만 아이들, 아이들은? 이 문제는 내가 풀 수가 없어. 들어봐, 만약 고통으로써 영원한 조화를 사기 위해 모두가 고통을 받아야 한다 해도, 여기에 왜 아이들이 있어야 하는 건지, 말해볼래? 무엇을 위해 아이들도 고통을 받아야 하는지 도무지 이해할 수가 없어. 사람들 사이에 죄의 연대가 있다는 것을 나는 이해해. 그렇지만 아이들과도 죄의 연대가 있다는 것은 이 세상의 일이 아니니 나는 이해할 수가 없어.

오, 알료샤, 나는 신을 비방하는 게 아냐! 하늘 위와 땅 아래 모든 것이 하나의 찬미하는 소리가 되어 '주여, 당신이 옳습니다.'라고 외칠 때, 우주가 얼마나 진동할지 나는 이해하고 있어. 어머니가 개들을 시켜 그녀의 아들을 찢어버리게 한 학대자와 얼싸안고 세 사람이 눈물을 흘리며 '주여, 당신이 옳습니다.'라고 할 때, 물론 모든 것이 설명되겠지. 그렇지만 나는 그것을 받아들일 수가 없어. 나는 최상의 조화를 완전히 거부하는 거야. 그것은 자기 가슴을 작은 주먹으로 치며 '하느님'께 눈물을 흘리며 기도하던 아이의 눈물방울만 한 값어치도 없어! 왜냐하면 아이의 눈물은 보상받지 못했기 때문이야. 그런데 무엇으로, 도대체 무엇으로 그것을 보상할 거지? 그게 과연 가능할까? 그들이 보복을 당함으로써? 그렇지만 나에게 그들의 보복이 왜 필요하며, 학대자들을 위한 지옥이 왜 필요하지? 그들이 이미 괴롭힘을 당했는데 지옥이 뭘 바꿀 수 있다는 거야? 게다가 지옥이 있다면 무슨 조화가 있겠어. 나는 사람들이 더 이상 고통당하는 것을 원하지 않아. 나는 어머니가 아들을 개로 찢어 죽인 학대자와 얼싸안는 걸 원치 않아! 그녀는 감히 그를 용서할 수 없어! 아이 자신이 그를 용서한다 해도 그녀는 감히 학대자를 용서할 수 없는 거야! 그렇다면, 그들이 용서할 수 없다면, 도대체 어디에 조화가 있는 거지? 이 세상에 용서할 수 있고 그럴 권리를 가진 존재가 과연 있을까? 나는 조화를 원하지 않아, 인류에 대한 사랑 때문이야. 그래서 내 입장권을 서둘러 돌려주는 거야. 알료샤, 내가 받아들이지 못하는 건 신이 아니야. 단지 그에게 정중히 입장권을 반납하는 거지."

"그건 반란이에요." 알료샤는 조용히 눈을 내리깔고 말했다.

"반란이라고? 반란으로 살 수 있겠니. 나는 살고 싶은데."

"형은 지금 말했죠. 이 세상에 용서할 수 있고 그럴 권리가 있는 존재가 있냐고? 그 존재는 있어요. 그분은 모두 용서할 수 있어요. 모두를, 모든 것에 대해서요. 형은 그분에 대해 잊은 거예요."

"아, 그 '죄 없는 유일한' 분과 그의 피를 말하는 거구나! 아니, 나는 그에 대해 잊지 않았어. 알료샤, 웃지 마라. 나는 일 년 전쯤인가 서사시를 하나 지었어. 너에게 들려주고 싶은데?"

"서사시를 썼다고요?"

"아니, 쓰진 않았어. 나는 이 서사시를 지어내서 기억하고 있는 거야. 너는 나의 첫 번째 독자가 될 거야, 즉 청자인 셈이지. 들려줄까 말까?"

"무척 듣고 싶은 데요."

"내 서사시의 제목은 '대심문관'이야. 터무니없는 것이긴 하지만 너에게 들려주고 싶구나."

대심문관

"16세기에 일어난 일이야. 그때는 전 세계적으로 연극 외에도 많은 소설과 '시'에서 성인과 천사, 모든 하늘의 세력이 등장하여 활동하고 있었어. 우리에게도 수도원에서 지은 서사시(물론 그리스어에서 번역한 거지만)가 하나 있었어. 제목은 "성모의 고난 편력"[09]이라는 거야. 그 대담성이 단테 못지않지. 성모가 지옥을 방문하고 대천사 미하일이 그녀를 '고난'을 따라 인도하지. 성모는 죄인들과 그들이 겪는 고통을 보게 돼. 그곳에는 매우 흥미로운 한 무리의 죄인들이 불타는 호수에 떨어져 있었어. 그들 중 어떤 이들은 호수에 깊이 빠져 떠오를 수도 없었지. '하느님은 그들을 이미 잊으신' 거야. 충격을 받은 성모는 울면서 하느님의 보좌 앞에 엎드려 지옥에 있는 모든 사람들에 대한 자비를 구하지. 그녀는 간청하고 물러

---

09 Хождение богородицы по мукам. 여기서 고난이란 정교에서 말하는 대로 영혼이 죽은 후 40일 동안 겪는다는 각종 고난을 의미한다.

서지를 않았어. 하느님은 그녀에게 못 박힌 그녀 아들의 손과 발을 가리키며 '내가 어떻게 그를 학대한 이들을 용서하겠는가'라고 묻지. 그러자 그녀는 모든 성인, 모든 순교자, 모든 천사와 대천사를 명하여 자신과 함께 엎드려 모든 이들에게 자비를 베풀어 주시기를 간청하게 했어. 결국 그녀는 매년 성금요일부터 성령강림제까지 고통을 멈춰주겠다는 약속을 하느님에게서 얻어냈지. 지옥의 죄인들은 하느님께 감사하며 그에게 '주여, 그리 심판하시니 당신이 옳습니다.'라고 외쳤어.

내 서사시의 무대에도 그가 등장해. 그는 서사시에서 한 마디도 하지 않아. 단지 나타났다 사라지지. 이 일이 일어난 것은 그가 자신의 왕국에 오겠다고 약속한 지 15세기가 흘렀을 때 스페인의 세빌리야에서야. 가장 무서운 종교재판의 시대였지. 그는 잠깐 자신의 자녀들을 방문하고 싶었어. 그것도 이단자들을 태우는 장작이 불타고 있는 곳으로 말이야. 그는 조용히 눈에 띄지 않게 나타났어. 그런데 이상하게도 모든 사람들이 그를 알아보는 거야. 사람들은 거부할 수 없는 힘으로 그에게 이끌려 그를 에워싸고 그의 뒤를 따라갔어. 그는 사람들에게 손을 내밀어 그들을 축복하고 사람들이 그에게 손을 대기만 하면, 심지어 옷에만 대도 치료의 힘이 나왔어. 아이들은 그의 앞에 꽃을 던지고 노래를 부르며 '호산나!'

하고 외쳤어. 그는 세빌리야 성당의 현관에서 발을 멈췄어. 그 순간에 사람들이 울면서 성당 안으로 뚜껑이 열린 작은 아이의 관을 들여가고 있었지. 관 안에는 한 이름 있는 시민의 외동딸인 일곱 살짜리 여자아이가 누워 있었어. '그분이 당신의 아이를 살려내실 거예요.' 군중 속에서 울고 있는 어머니에게 사람들이 소리쳤어. 죽은 아이의 어머니는 그의 발에 엎드렸어. '당신이 맞다면, 제 아이를 다시 살려주세요!' 그는 동정의 눈빛으로 바라보았고 그의 입술은 조용히 '달리다굼(소녀야, 일어나라)'[10]이라고 말했어. 그러자 여자아이가 관에서 일어나 앉아서 미소를 지으며 놀라서 크게 뜬 눈으로 주위를 둘러보았어. 민중 속에는 동요와 외침, 통곡이 일어났어. 바로 그 순간 갑자기 광장에서 성당 옆을 추기경인 대심문관이 지나가고 있었어. 그는 거의 아흔 살이 다 된 노인이었지. 그는 군중 앞에서 발을 멈추고 멀리서 관찰하고 있었어. 그는 모든 것을 보았어. 그의 발에 관을 놓는 것과 소녀를 살려내는 것을 보았지. 그의 얼굴은 어두워졌어. 그는 숱이 많은 회색 눈썹을 찡그렸어. 그의 눈에는 불길한 불꽃이 번득이고 있었어. 그는 손가락을 들어 호위병에게 그를 붙잡으라고 명령했어. 호위병은 그를 붙

---

10 마가복음 5장 41절에 기록된 사건에서 예수가 한 말이다. 복음서에서도 예수는 이 말을 하여 죽은 소녀를 살려낸다.

잡아 좁고 어두운 둥근 천정이 있는 감옥으로 데리고 갔지. 하루가 지나고 무덥고 숨을 쉴 수 없는 세빌리야의 밤이 찾아왔어. 깊은 어둠 가운데서 갑자기 감옥의 철문이 열리더니 대심문관 노인이 손에 등을 들고 천천히 감옥 안으로 들어왔어. 그는 혼자였어. 문이 곧 닫혔지. 그는 입구에 서서 1, 2분가량 그의 얼굴을 뚫어지게 쳐다보았어. 마침내 그는 천천히 다가오더니 등을 탁자 위에 놓고는 그에게 말했지. '너냐? 정말 너냐?' 그러나 대답을 듣지도 않고 빠르게 덧붙였어. '대답하지 말아, 아무 말도 마. 네가 무슨 말을 할 수 있겠냐? 나는 네가 할 말을 너무나 잘 알고 있다. 너는 왜 우리를 방해하러 온 거냐? 너는 경고와 주의를 충분히 받았다. 그런데 너는 경고 듣기를 거부했다. 그런데 왜 우리를 방해하러 온 거냐 말이다?'"

"그게 무슨 뜻이죠? 경고와 주의를 충분히 받았다는 말이?" 알료샤는 물었다.

"바로 거기에 노인이 말할 필요가 있었던 중요한 점이 있는 거야. 노인은 계속 말했어.

'자멸과 비존재의 영이 광야에서 너와 이야기를 했었다. 그 영이 세 가지 질문 속에서 너에게 선포했으나 네가 거절한 것, 책[11]에서 '시험'이라고 불리는 것보다 더 진

---

11 여기서 책은 복음서를 말하고 있다. 대심문관은 예수가 광야에서 40일 금식

실된 것을 말할 수 있었을까?

네 스스로 누가 옳았는지 결정을 해봐라, 너인지 그때 너를 시험한 자인지. 첫 번째 질문을 기억해봐라. 문자 그대로는 아니지만 그 의미는 이런 것이었다. '너는 빈손으로 어떤 자유의 약속만을 가지고서 세상으로 나가려 하고 있다. 그런데 그들은 그 의미도 모르고 두려워하고 있다. 왜냐하면 인간에게, 그리고 인간 사회에 자유보다 더 견딜 수 없는 것은 없고 결코 없었기 때문이다! 이 헐벗고 타는 듯한 광야에 있는 돌들이 보이느냐? 그것을 빵으로 만들어봐라, 그러면 인류는 고마워하고 복종하는 짐승처럼 네 뒤를 따라 달려갈 거다.' 그렇지만 너는 인간에게서 자유를 빼앗고 싶지 않았기 때문에 그 제안을 거절했다. 너는 빵으로 복종을 살 수 있다면 거기에 무슨 자유가 있겠는가라고 생각했던 거다. 너는 인간이 빵만으로 살 수 없다고 반박했지만 알고 있나, 바로 이 지상의 빵의 이름으로 세상의 영이 너에게 들고 일어나서 너와 싸워 너를 이기고 '이 짐승을 닮은 자가 우리에게 하늘에서 불을 가져다주었다'고 외치면서 그의 뒤를 따라가리라는 걸 말이다. 너의 성전이 섰던 자리에 새로운 건물이 세워지고 다시금 무시무시한 바벨탑이 세워질 것이다. 비록 그것은 이전처럼 다 완성되지 못할 거지

후에 받은 악마의 시험에 대해 이야기하고 있다.

만 말이다. 그러면 그들은 우리를 찾아내서 우리에게 외칠 것이다. '우리를 먹여주시오. 하늘에서 우리에게 불을 가져다주겠다고 약속한 이들은 주지 않았소.' 그러면 우리는 그들의 탑을 완성시킬 것이다. 우리만이 너의 이름으로 먹을 것을 줄 것이고, 너의 이름으로라고 거짓말을 할 것이다. 그들은 우리의 발에 자신의 자유를 가져다 바치고 우리에게 말할 것이다. '차라리 우리를 노예로 삼아주시오. 대신 우리를 먹여주시오.' 그들은 마침내 자유와 지상의 빵은 어떤 사람에게도 양립할 수 없다는 것을 깨달을 것이다. 너는 그들에게 하늘의 빵을 약속했다. 그러나 다시 반복하지만, 약하고 영원히 죄악되고 영원히 고마움을 모르는 인간 종족의 눈에 하늘의 빵이 지상의 빵과 비교될 수 있겠는가? 설사 하늘의 빵의 이름으로 수천, 수만의 사람들이 네 뒤를 따른다 하더라도, 하늘의 빵을 위해 지상의 빵을 무시할 수 없는 수백만 존재들은 어떻게 되는 거냐? 아니면 너에게는 단지 수만 명의 위대하고 강한 사람들만이 소중하고, 나머지 무수한 수백만 명의 약한 사람들은 위대하고 강한 사람들을 위한 재료 역할만 해야 한다는 것이냐? 아니, 우리에게는 약한 자들도 소중하다. 그들은 우리가 그들의 머리가 되어 자유를 견뎌내고 그들 위에 군림하는 데 동의했기 때문에 우리를 신처럼 여기게 될 것이다. 그 정도로 그들은 자유로워지는 것을 무서워하게 될 것이다! 그러나 우리는 너에게 순종하고 너의 이름으로 지배한다고 말할 것이다. 이 기만에 우리의 고통이 있는 것이다. 우리가 거짓말을 해야 하기 때문이다.

만약 네가 '빵'을 받아들였다면 너는 '누구 앞에 경배할 것인가?'라는 인류 전체의 영원한 번민에 답을 주었을 것이다. 이 가련한 피조물의 걱정은 모두가 믿고 경배할 그런 대상을 찾는 데 있다. 반드시 모두가 함께여야 한단 말이다. 공통된 경배라는 문제 때문에 그들은 칼로 서로를 죽여왔다. 너는 알고 있었다. 네가 인간 본성의 이 기본적인 비밀을 모를 리가 없지. 그런데도 너는 모든 사람이 네 앞에 경배하도록 할 수 있는 유일하고 절대적인 깃발, 지상의 빵이라는 깃발을 자유와 하늘의 빵의 이름으로 거부했다. 인간에게는 가능한 빨리 자유의 선물을 넘겨줄 사람을 찾는 것보다 더 괴로운 고민은 없다. 그런데 사람들의 자유를 지배할 사람은 그들의 양심을 편안하게 해주는 사람밖에 없다. 만약 누군가 너 말고 그의 양심을 지배한다면, 오 그때 그는 심지어 너의 빵을 버리고 그의 양심을 속이는 자를 따라갈 거다. 그런데 너는 사람들의 자유를 지배하는 대신 오히려 그 자유를 더 크게 만들었다! 아니면 너는 선악의 인식에서 오는 자유로운 선택보다는 평정과 심지어 죽음이 인간에게 더 소중하다는 것을 잊은 것이냐? 너는 마치 사람들을 전혀 사랑하지 않는 것처럼 행동했다. 그들을 위해 자신의 목숨을 내주러 온 자가 말이다. 너는 인간이 자유롭게 네 뒤를 따라올 수 있도록 인간의 자유로운 사랑을 원했다. 고대의 확고한 율법 대신에 자유로운 마음으로 인간은 앞으로 스스로 무엇이 선이고 악인지 결정해야만 했다. 오직 자신 앞에 너의 형상만을 인도자로 삼고 말이지. 선택의 자유라는 무서운 짐에 의해 짓눌린다면 마침내 그가 너의 형상과 너의 진리를 거부하고 논박할 것이라는 걸 너는 정말 몰랐단 말이냐?

지상에는 세 가지 힘, 그들의 행복을 위해서 영원히 이 약한 반역자들의 양심을 정복하고 포로로 삼을 능력이 있는 유일한 세 가지 힘이 있다. 이 힘이란 기적과 신비, 그리고 권위다. 너는 이 모든 것을 거부하고 스스로 모범을 보여주었다. 무섭고도 아주 지혜로운 영이 너를 성전 꼭대기에 세워 너에게 이렇게 말했다. '만약 네가 하느님의 아들인지 알고 싶다면, 아래로 뛰어내려라. 천사들이 너를 받아줄 거고 떨어지지도 다치지도 않을 것이라고 쓰여 있으니까 말이다. 그때 네가 하느님의 아들인지 알게 될 것이고 너는 아버지에 대한 너의 믿음이 어떤 것인지를 증명하게 될 것이다.' 그러나 너는 그 제안을 거부하고 아래로 뛰어내리지 않았다. 인간의 본성이

기적을 거부하도록 창조되었을까? 너는 인간이 기적을 거부하면 곧바로 신도 거부하리라는 것을 알지 못했다. 왜냐하면 인간은 기적을 구하는 만큼 신을 구하지는 않기 때문이다. 사람들이 너를 조롱하고 놀리면서 '십자가에서 내려와라, 그러면 그가 너라는 것을 믿겠다'고 소리쳤을 때 너는 십자가에서 내려오지 않았다. 네가 내려오지 않은 건 역시 기적으로 인간을 노예로 삼고 싶지 않았기 때문이다. 너는 자유로운 신앙을 갈망했던 것이다. 그러나 여기서 너는 사람들에 대해 너무 높게 평가했던 것이다. 내가 단언하건대, 인간은 네가 생각하는 것보다 더 약하고 열등하게 창조되었다! 너는 인간을 너무 존중한 나머지 마치 그를 더 이상 동정하지 않는 것처럼 행동했다. 왜냐하면 그에게서 너무나 많은 것을 기대했으니까. 바로 인간을 자기 자신보다 더 사랑한 자가 말이다! 그리하여 불안, 혼란, 불행, 이것이 네가 그들의 자유를 위해서 그렇게 많은 것을 겪은 후에 인간이 처한 현재의 운명인 것이다! 위대한 너의 예언자가 환상과 비유 속에서 첫째 부활에 참여한 모든 사람들을 보았는데, 그들의 숫자가 각 지파마다 만 이천 명이라고 말했다[12]. 물론 너

---

12 계시록 7장에 이스라엘 각 지파 중에 도장을 받은 사람이 만 이천 명이라는 내용을 언급하고 있는 것이다. "그 뒤에 나는, 천사 넷이 땅의 네 모퉁이에 서서 땅의 네 바람을 붙잡아서, 땅이나 바다나 모든 나무에 바람이 불지 못하게 막고 있는 것을 보았습니다. 그리고 나는, 다른 천사 하나가 살아 계신 하나님의 도

는 자랑스럽게 이 자유의 아이들, 자유로운 사랑의 아이들, 너의 이름으로 자유롭고 위대한 희생을 한 아이들을 가리킬 수 있을 것이다. 그러나 그들이 겨우 몇 천 명에 불과하고 신이나 다름없는 인간이라는 것을 기억해라. 그럼 나머지는 어떻게 되는 거냐? 강한 자들이 견딘 것을 견디지 못했다고 해서 나머지 약한 사람들이 무슨 죄가 있다는 거냐? 정말 너는 단지 선택받은 자들에게만, 그들을 위해서만 온 것인가?

우리는 네가 이룬 일을 수정하여 그 일의 기초를 기적과 신비, 권위에 세웠다. 그의 짐을 가볍게 해주고 약한 그의 본성에 죄까지도 허용해준 우리가 과연 인류를 사랑하지 않은 것일까? 너는 왜 이제 우리를 방해하러 온 거냐? 어째서 너의 온순한 눈으로 아무 말 없이 꿰뚫어 보듯이 나를 보는 거냐? 내가 너한테 하려는 말을 너는

장을 가지고 해 돋는 쪽에서 올라오는 것을 보았습니다. 그는 땅과 바다를 해하는 권세를 받은 네 천사에게 큰 소리로 외쳤습니다. "우리가 우리 하나님의 종들의 이마에 도장을 찍을 때까지는, 땅이나 바다나 나무들을 해하지 말아라." 내가 들은 바로는 도장이 찍힌 사람의 수가 십사만 사천 명이었습니다. 이와 같이 이마에 도장을 받은 사람들은 이스라엘 자손의 각 지파에서 나온 사람들이었습니다.(요한계시록 7:1-4절) 이스라엘의 지파가 열둘이므로 각 지파마다 만 이천 명이 도장을 받으면 전체 이스라엘은 십사만 사천 명이 도장을 받게 된다. 도장을 받는다는 것은 하느님의 선택을 받아 마지막 때에 구원을 받는다는 것을 의미한다. 대심문관은 이들이 첫째 부활에 참여한 자들이라고 말하는데, 성경에는 그런 내용이 없다. 도장을 받은 십사만 사천 명이 누구를 의미하는 것인지에 대해서는 다양한 해석이 존재한다. 대심문관은 그들이 죽었다가 첫째 부활에 참여한 구원받은 모든 사람들을 의미한다고 해석하고 있다.

이미 다 알고 있다. 내가 너한테 우리의 비밀을 숨길 것 같나? 들어봐라. 우리는 네가 아니라 그와 함께 하고 있다. 이것이 우리의 비밀이다! 우리는 이미 오래 전에 네가 아니라 그와 함께 하고 있는 거다. 우리는 그에게서 네가 화를 내며 거부한 그 마지막 선물을 받았다[13]. 우리는 그에게서 로마와 케사르의 검을 받고 스스로를 지상의 왕으로 선언했다. 지금까지 우리의 일을 완전히 끝내지는 못했지만 일은 시작되었다. 그 일을 끝내려면 아직도 오래 기다려야 하지만 우리는 도달할 것이고 그때서야 전 세계적인 사람들의 행복에 대해 생각하게 될 것이다. 너는 그때 케사르의 검을 받을 수 있었다. 너는 왜 이 마지막 선물을 거부한 거냐? 강력한 영의 이 세 번째 충고를 받아들였다면, 너는 인간이 이 땅에서 구하는 모든 것을 성취할 수 있었을 것이다. 즉, 누구 앞에 경배할 것인가, 누구에게 양심을 맡길 것인가, 그리고 어떻게 마침내 모두가 결합할 수 있을 것인가. 전 세계적인 결합의 요구는 사람들의 세 번째이자 마지막 고뇌이기 때문이다. 우리는 케사르의 검을 받았고 물론 너를 거부하고 그의 뒤를 따랐다. 오, 아직은 자유로운 이성, 과학, 식인(食人)의 난폭함이 수 세기는 더 지속될 거다. 그러나

---

13 악마가 시험한 세 번째 내용으로 그에게 절하면 천하만국과 그 영광을 주겠다는 시험을 말한다.

그때 짐승은 우리에게로 기어와서 우리의 발을 핥으며 눈에서 피눈물을 쏟게 될 것이다. 그러면 우리는 짐승 위에 앉아 축배를 들 것이다. 그 잔에는 '신비!'라고 쓰여 있을 것이다. 그때서야 인간에게는 평온과 행복의 왕국이 도래할 것이다. 너는 네가 선택한 자들을 자랑스러워하지만, 너에게는 선택받은 자들만이 있고, 우리는 모든 사람들을 평온하게 해 줄 것이다. 우리와 함께 있는 모든 사람들은 행복해질 것이다. 그때 우리는 그들에게 조용하고 겸허한 행복, 약한 존재로 창조된 이들의 행복을 줄 것이다. 우리는 그들이 약하고 단지 가련한 아이들이라는 것을, 그렇지만 아이의 행복이 모든 행복보다 달콤하다는 것을 증명하겠다. 물론 우리는 그들에게 노동을 하도록 하겠지만, 노동으로부터 자유로운 시간에 우리는 그들의 삶을 어린 아이의 노래와 합창, 순진한 춤이 있는 어린 아이의 놀이같이 만들어주겠다. 오, 우리는 그들의 죄도 용서해줄 것이다. 그들은 약하고 무력하기 때문에 우리가 그들이 죄짓는 것을 허용해 주는 데 대해 아이처럼 우리를 사랑할 것이다. 그들이 죄짓는 것을 허용하는 것은 우리가 그들을 사랑하고 그 죄에 대한 형벌을 우리가 떠맡을 것이기 때문이다. 그들은 은인처럼 우리를 숭배하게 될 것이다. 그리고 우리에게 아무것도 비밀로 하지 않을 것이다. 우리는 그들에게 그들의 아내와

연인과 함께 살지 말지, 아이를 가질지 말지를 허락하거나 금지할 것이다. 그들은 즐겁고 기쁜 마음으로 우리에게 복종할 것이다. 그들의 양심의 가장 고통스러운 비밀을 그들은 모두 우리에게 가져올 것이고 우리는 모든 것을 해결해 줄 것이다. 그들은 우리의 결정을 기쁘게 믿을 것이다. 왜냐하면 그것이 스스로 자유롭게 결정해야 한다는 큰 근심과 현재의 무서운 고뇌로부터 그들을 해방시켜 줄 것이기 때문이다. 그들을 지배하는 수십만 명을 제외하고는 모두가, 모든 사람들이 행복해질 것이다. 오직 우리, 비밀을 간직하고 있는 우리만이 불행할 것이다. 수십억 명의 행복한 갓난아이들과 선악을 아는 저주를 짊어진 수십만 명의 수난자들이 생겨날 것이다. 그들은 조용히 죽을 것이고 너의 이름으로 조용히 꺼져갈 것이다. 무덤 저쪽에서 그들은 죽음만을 발견하게 될 것이다. 그러나 우리는 비밀을 간직하고 그들의 행복을 위해 천국의 영원한 보상으로 그들을 유혹할 것이다. 네가 와서 다시금 승리를 거둘 것이라고, 너의 선택받은 자들, 오만하고 강한 자들과 함께 올 것이라고 말을 하고 예언을 하지만, 우리는 말할 것이다. 그들은 오직 자신만을 구원했지만 우리는 모든 이들을 구원했다고 말이다. 나는 그때 일어나 너에게 죄를 모르는 수십억의 행복한 갓난아이들을 보여줄 것이다. 그들의 행복을 위해 그들의 죄를 스스로 짊어진 우리는 네 앞에 서서 말할 것이다. '감히 할 수 있거든 우리를 심판해라.' 알겠는가, 우리는 너를 두려워하지 않는다. 내가 광야에서 메뚜기와 뿌리만 먹은 것을 알고 있나. 네가 사람들을 축복한 그 자유를 나도 축복하고 너의 선택받은 강한 자들에 낄 준비가 된 적이 있었다는 것을 알고 있나. 그러나 나는 정신을 차리고 네가 행한 일을 수정한 사람들의 무리에 속했다. 나는 오만한 자들에게서 물러나서 이 겸손한 자들의 행복을 위해 그들에게 돌아왔다. 내가 너에게 말한 것은 이루어질 것이고 우리의 왕국이 세워질 것이다. 나는 내일 너를 화형에 처하겠다. Dixi.[14] "

이반은 말을 멈췄다. 그는 열중해 있었고 몰두해 말하고 있었다. 말을 마치자 그는 갑자기 미소를 지었다.

그의 말을 말없이 듣고 있던 알료샤는 자리에서 떨어져 나오기라도 한 듯이 갑자기 말하기 시작했다.

"그렇지만... 이건 말이 안 돼요! 형의 서사시는 예수에 대한 찬사지 비난이 아닙니다... 형이 원했던 게 아니에요. 누가 자유에 대해 형을 믿겠어요? 과연 그렇게 자유를 이해해야 할까요! 그것이 정교의 개념일까요... 그건 로마예요, 그래요, 로마도 전부는 아닙니다. 그건 진실이 아니에요. 그건 가톨릭에서 나온 가장 나쁜 것, 대

---

14 (원주) 라틴어로 '내가 이렇게 말했다'는 뜻이다.

심문관, 예수회예요!... 형의 대심문관처럼 환상적인 인간은 결코 있을 수 없어요. 스스로 떠맡았다는 인간의 죄라는 게 뭐죠? 사람들의 행복을 위해 저주를 지고 비밀을 간직하고 있는 자들이 누구란 말이에요? 우리는 예수회를 알고 있어요. 그들에 대해 나쁘게들 말하지만, 형이 말하는 게 그들인가요? 그들은 전혀 그렇지 않아요, 전혀요... 권력, 더러운 지상의 복, 예속화에 대한 가장 단순한 욕망... 이게 전부예요. 그들은 아마 하느님을 믿지 않을지도 모르죠. 형의 고뇌하는 대심문관은 환상에 지나지 않아요..."

"잠깐, 잠깐," 이반은 웃었다. "너는 많이 흥분했구나. 환상이라고 너는 말하지만 그렇다고 해두자! 물론 환상이야. 그렇지만 너는 정말 최근 수 세기 동안 가톨릭의 모든 운동이 단지 더러운 복을 위한 권력의 욕망에 불과하다고 생각하는 거니? 왜 그들 중에 위대한 고뇌로 괴로워하며 인류를 사랑하는 한 사람의 수난자가 있을 수 없다는 거지? 오로지 물질적이고 더러운 복만을 바라는 모든 이들 중에서 한 명이라도 나의 대심문관같은 노인이 있다고 가정해 봐. 그는 광야에서 뿌리만 먹고 스스로를 자유롭고 완전한 자로 만들기 위해 자신의 육체를 정복하다가 제정신을 잃었지. 그렇지만 평생 인류를 사랑해 온 그는 갑자기 의지의 완전함에 도달하는 정신적

복락이 별 대수로운 것이 아니라는 것을 깨닫게 된 거지. 동시에 신이 창조한 수백만 명의 남은 존재들은 결코 자신의 자유를 처리할 힘이 없다는 것을 확신하게 되었지. 그런 거위들을 위해 위대한 이상주의자가 자신의 조화를 꿈꾼 것이 아니라는 것도 말이야. 이 모든 것을 깨닫고 그는 돌아가서 현명한 이들 쪽에... 가담한 거야. 정말 이런 일이 일어날 수 없을까?"

"누구에게 가담했다는 겁니까? 어떤 현명한 이들에게요?" 거의 극도로 흥분한 상태에서 알료샤가 소리쳤다. "그들에게는 그런 지혜도 어떤 비밀도 없어요... 단지 불신앙만 있을 뿐입니다. 이것이 그들의 비밀의 전부예요. 형의 대심문관은 하느님을 믿지 않아요. 이것이 그의 비밀이에요!"

"마침내 너는 짐작해냈구나. 실제로 그래. 실제로 이 점에만 모든 비밀이 있는 거야. 그렇지만 과연 이것이 고난이 아닐까? 광야에서의 수행에 자신의 전 생애를 죽여 버리고 인류에 대한 사랑에서 헤어나올 수 없었던 그런 사람에게 말이야. 그는 지혜로운 영, 죽음과 파괴의 무서운 영의 지시를 따라가야 한다는 것을 알고 사람들을 의식적으로 죽음과 파괴로 이끌었어. 게다가 그 길을 가는 동안 그들이 어디로 가는지 모르게 속였지. 길을 가는 동안만이라도 이 가련한 눈먼 이들이 자신을 행복하다고 여기도록 말이야. 그 노인이 평생 그토록 열정적으로 믿어왔던 이상의 이름으로 기만을 행했다는 걸 주목해야 해! 이게 불행이 아닐까? 비극이 발생하기 위해서는 단지 그런 한 사람으로도 충분하지 않을까? 나는 너에게 단도직입적으로 말하는데 이런 한 사람은 운동의 선두에 섰던 이들 중에서 한번도 끊어진 적이 없었다고 나는 굳게 믿고 있어. 어쩌면 로마의 교황들 중에서 이 유일한 사람들이 있었을지 누가 알겠니. 어쩌면 지금도 이 저주받은 노인이 그런 많은 노인들의 집단의 형태로 비밀 동맹으로서 존재하고 있을지 누가 알겠니. 그건 반드시 있어, 그리고 있어야만 해. 나에게는 심지어 프리메이슨[15]에게도 뭔가 이런 비밀이 그 기초에 있는 것 같은 생각이 들어. 그래서 가톨릭교도들이 그렇게 프리메이슨을 증오하는 거야. 그들에게서 경쟁자를 보기 때문이지. 그런데 내 생각을 변호하다보니 내가 너의 비평을 감당

---

15 18세기 초 영국에서 창설되고 이후 세계에 퍼진 박애주의 단체로 단순히 메이슨(mason)이라고도 한다. 세계시민적 박애, 자유, 평등의 실현을 지향하고, 정치적 전체주의, 배타주의, 광신을 배격했다. 회원들끼리는 서로 '형제'라고 부르며, 기본적으로는 그리스도교와 대립하지 않지만, 신을 '전 세계의 지고의 건축사'라고 부르는 데서 볼 수 있듯이 이신론적(理神論的) 경향을 가진다. 프리메이슨의 이름 자체가 '자유로운 석공(石工)'이라는 뜻으로, 중세 이후의 석공 길드에서 파생한 것이 거의 확실하다. 지상에 신의 집을 만드는 교회건축가의 조합은 '보이지 않는 천상의 집'을 구축한다는 목적을 가지고 활동했다. 유럽과 미국 등지의 유명 정치인, 사상가, 예술가들이 프리메이슨 회원으로 활동한 것으로 알려져 있다.

해내지 못하는 작가의 모습을 하고 있구나. 이것에 대해서는 그만하자."

"형은 어쩌면 프리메이슨인지도 몰라요!" 알료샤가 갑자기 불쑥 내뱉었다. "형은 하느님을 믿지 않아요. 형의 서사시는 어떻게 끝나죠?" 그는 갑자기 땅을 내려다보며 물었다.

"나는 이렇게 끝내고 싶었어. 대심문관이 말을 멈추었을 때, 그는 잠시 동안 그의 포로가 어떻게 그에게 대답하는지 기다리는 거야. 그리스도의 침묵이 그에게는 견디기 힘들었거든. 그는 자신의 죄수가 그의 눈을 바라보면서 내내 그의 말을 성실하고 조용히 듣고 있는 것을 보았어. 그는 아무것도 반박하고 싶어 하지 않는 것 같았어. 노인은 그가 무슨 말이라도 해 주길 바랐지. 그러나 그는 갑자기 아무 말 없이 노인에게 다가와서 조용히 그의 핏기없는 입술에 입을 맞추는 거야. 이것의 그의 대답의 전부였어. 노인은 부르르 떨지. 그의 입술 양끝에서 뭔가가 움직였어. 그는 문 쪽으로 가서 문을 열고 그에게 말해. "가거라, 그리고 다시는 오지 말아... 절대로 오지 마... 결코, 결코!" 그리고 그를 '도시의 어두운 광장'으로 내보내는 거야. 포로는 떠나지."

"그럼 노인은요?"

"입맞춤이 그의 가슴에서 불타올라. 그러나 노인은 이

전의 사상에 머물지."

"형도 그와 같은 생각인거죠, 형도요?" 알료샤는 슬프게 소리쳤다. 이반은 웃었다.

"이건 그저 헛소리야, 알료샤. 너는 뭘 그렇게 심각하게 받아들이는 거지? 내가 말했잖아. 나는 삽십까지만 시간을 끌다가 그때는 술잔을 바닥에 내던질 거라고!"

"그럼 끈끈한 잎은요, 소중한 무덤은, 푸른 하늘은, 사랑하는 여자는요? 어떻게 살아가실 거예요? 무엇으로 그들을 사랑하실 거예요? 그런 지옥을 가슴과 머리에 품고 그게 과연 가능할까요? 형은 견뎌내지 못할 거예요!"

"모든 걸 견뎌내는 그런 힘이 있어!"

"어떤 힘이요?"

"카라마조프적인 힘이지."

"방탕 속에 빠져서 영혼을 부패 속에 질식시키는 것 말이죠, 그렇죠?"

"어쩌면, 그것도... 서른까지만이야. 어쩌면 벗어날지도 몰라..."

"어떻게 벗어난다는 거죠? 그런 생각을 가지고서는 불가능해요."

"그것도 카라마조프식으로지."

"그게 '모든 것이 허용된다'는 건가요? 모든 것이 허용되나요, 그래요, 그래요?"

이반의 얼굴이 찌푸려지며 갑자기 이상하게도 창백해졌다.

"아, 어제 했던 말을 하는 거구나. 그래, 말을 한 이상 어쩌면 '모든 것이 허용'되겠지."

알료샤는 말없이 그를 바라보았다.

"동생아, 나는 떠나면서 이 세상에 내게는 너라도 있다고 생각했어. 그런데 지금 보니 네 가슴 속에는 내가 있을 자리가 없구나. '모든 것이 허용된다'는 공식을 나는 거부하지 않겠어. 그것 때문에 너는 나를 거부할 거니, 그래? 그래?"

알료샤는 일어나서 그에게 다가가 아무 말 없이 조용히 그의 입술에 입을 맞췄다.

"문학적인 표절인데!" 이반은 갑자기 환희에 찬 상태로 옮겨가며 소리쳤다. "이건 네가 내 서사시에서 훔친 거야! 그래도 고맙구나. 일어나라, 알료샤, 가자. 나나 너나 갈 때가 됐어."

그들은 밖으로 나왔다. 그러나 술집 현관에서 발을 멈췄다.

"이것 봐, 알료샤. 네가 어딘가에 있다는 것만으로도 내가 아직 살고 싶은 이유는 충분해. 이거면 됐니? 원한다면 사랑 고백이라고 받아둬. 이제 너는 오른쪽, 나는 왼쪽으로 가는 거야. 너에게 한 가지 약속을 하지. 내가 서른쯤 되었을 때 '술잔을 바닥에 던지고' 싶어질 때, 네가 어디에 있든 나는 한 번 더 너와 이야기를 하기 위해 찾아올 거야... 미국에서라도 오겠다. 일부러 오는 거야. 그때쯤 네가 어떤 사람이 되어 있을지 너를 보는 건 아주 흥미 있을 거야. 잘 가거라, 한 번 더 입맞춰 줘. 그렇지, 이제 가봐..."

이반은 갑자기 몸을 돌리더니 더 이상 돌아보지 않고 자기가 갈 길을 갔다. 알료샤는 잠시 그의 뒷모습을 바라보면서 기다렸다. 웬일인지 형 이반이 비틀거리면서 걸어가는 것을 그는 갑자기 알아차렸다. 뒤에서 보니 그의 오른쪽 어깨가 왼쪽 어깨보다 더 낮은 것 같았다. 그는 이전에는 그것을 전혀 알아차리지 못했다. 그도 역시 몸을 돌려 거의 뛰다시피 수도원으로 갔다. 날이 이미 몹시 어두워져 있었다. 그가 독수방이 있는 숲에 들어섰을 때 또다시 바람이 일었다. "이반, 불쌍한 이반, 이제 언제 형을 볼 수 있을까... 저기 독수방이로구나, 주여! 그래, 그래, 그분이, 그분이 나를 구해주실거야... 그에게서 영원히!"

후에 그는 몇 번이나 그가 이반과 헤어진 후에 갑자기 어떻게 드미트리에 대해 까맣게 잊을 수 있었는지 매우 의아해하며 이 일을 기억했다.

아직은 매우 불명료한

이반 표도로비치는 알료샤와 헤어진 후 집으로, 즉 표도르 파블로비치의 집으로 갔다. 그러나 이상하게도 갑자기 참을 수 없는 우수가 그를 덮쳤다. 걸음을 옮겨 집으로 가까이 다가갈수록 우수는 점점 더 커졌다. '아버지 집에 대한 혐오감은 아닐까?' 그는 속으로 생각했다. 그러나 아니, 그것이 아니었다. '구역질이 날 정도로 우수가 심한데 무엇인지 규정할 힘이 없다니. 차라리 생각하지 말자...'

이반 표도로비치는 '생각하지 않으려고' 시도해 보았으나, 도움이 되지 않았다. 이 우수가 기분이 나쁘고 짜증이 나는 것은 어떤 우연적이고 완전히 외적인 모습을 하고 있다는 것이었다. 어디선가 어떤 존재 혹은 물체가 서 있고 툭 튀어나와 있는 것만 같았다. 마침내 이반 표도로비치가 작은 쪽문에서 열다섯 걸음 쯤 떨어진 곳에 도착했을 때, 그는 단번에 그를 그토록 괴롭히고 불안하게 했던 것이 무엇이었는지 알아차렸다.

대문 옆 벤치에 하인 스메르쟈코프가 서늘한 저녁 공기를 쐬고 있었다. 이반 표도로비치는 그를 보자 첫눈에 그의 영혼에 하인 스메르쟈코프가 들어앉아 있어서 바로 이 인간을 그의 영혼이 견뎌낼 수 없다는 것을 깨달

앉다. 모든 것이 갑자기 환해지고 분명해졌다. '정말 이 시시하고 쓸모없는 놈이 그 정도로 나를 불안하게 할 수 있단 말인가!' 그는 참을 수 없는 악의를 느끼며 생각했다.

사실 이반 표도로비치는 최근에 이 인간을 매우 싫어하게 되었다. 처음에 이반 표도로비치가 우리 도시로 왔을 때 그는 스메르쟈코프에게 특별한 관심을 가지게 되었고 심지어 그를 매우 독창적이라고까지 생각했다. 그들은 철학적인 문제에 대해서 이야기했다. 스메르쟈코프에게서는 무한한 자존심, 모욕당한 자존심이 나타나기 시작했다. 이반 표도로비치는 그것이 마음에 들지 않았다. 그때부터 그에 대한 혐오가 시작되었다. 후에 집안에 분란이 시작되고 그루셴카가 나타나고 드미트리와의 일이 시작되었을 때, 그들은 이것에 대해서도 이야기했다. 스메르쟈코프는 항상 모든 것을 캐물었고 어떤 간접적인, 분명히 미리 생각해 둔 질문을 던졌다. 그러나 무엇 때문에 묻는지는 설명하지 않았고, 갑자기 전혀 다른 주제로 옮아가곤 했다. 이반 표도로비치를 가장 짜증나게 했던 것은 스메르쟈코프가 그에게 보이기 시작한 어떤 혐오스럽고 특별한 친근감이었다. 스메르쟈코프는 항상 그들 사이에 뭔가 약속된, 비밀스러운 것이라도 있는 것 같은 어조로 이야기했다.

스메르쟈코프는 벤치에서 일어났다. 이 하나의 제스처만으로도 이반 표도로비치는 순간적으로 그가 자신과 특별히 이야기하고 싶어한다는 것을 짐작했다. 이반 표도로비치는 그를 쳐다보고 멈춰섰다.

"아버지는 주무시나 아니면 일어나셨나?" 그는 자기도 예상치 못하게 불쑥 말을 하고 역시 자기도 모르게 갑자기 벤치에 앉았다. 스메르쟈코프는 그와 마주 보고 서 있었다.

"아직 주무십니다요." 그는 서두르지 않고 말했다.

"어째서 도련님은 체르마시냐에 가시지 않습니까요?" 갑자기 스메르쟈코프는 친근하게 미소지었다. '현명한 분이시라면 내가 왜 웃는지 스스로 이해하셔야 합니다'라고 가늘게 뜬 그의 왼쪽 눈이 말하는 것 같았다.

"왜 내가 체르마시냐에 가야 하지?" 이반 표도로비치는 놀랐다.

"표도르 파블로비치께서 도련님에게 간청하셨으니까요."

"에잇, 제기랄, 더 분명하게 말해봐. 네가 원하는 게 뭐야?" 마침내 화를 내며 이반 표도로비치가 소리쳤다.

"제 처지가 아주 끔찍합니다요, 이반 표도로비치." 그는 갑자기 확고하고도 또박또박 말했다.

"표도르 파블로비치께서는 이제 일어나시면 일 분마

다 저에게 달라붙어 '그 여자가 왔니? 왜 안 왔지?'하고 묻기 시작하실 겁니다. 그렇게 한밤중까지 계속되지요. 제게 무슨 잘못이 있는 것처럼요. 또 한편으로는 날이 저물기가 무섭게 도련님의 형님이 손에 무기를 들고 나타나서는 '이봐, 그 여자가 온 것을 내게 알리지 않으면 너를 죽여버릴 거다'라고 하시는 겁니다. 그렇게 두 분이 날마다 시간이 갈수록 점점 더 성을 내시니 어떤 때는 무서워서 자살이라도 할까 생각합니다요. 틀림없이 도련님, 내일은 저한테 긴 발작이 일어날 겁니다."

"무슨 긴 발작을 말하는 거냐?"

"긴 발작입지요, 아주 긴. 몇 시간 동안, 어쩌면 하루나 이틀 계속될지도 모릅니다요. 한번은 삼 일 동안 계속된 적도 있습니다. 그때 다락에서 떨어졌었지요. 그때 죽을 수도 있었습죠."

"간질 발작은 미리 예측할 수 없다고들 하던데, 어떻게 너는 내일 일어날 거라고 말하는 거지?"

"맞습니다. 미리 알 수 없습니다요."

"게다가 그때 너는 다락에서 떨어졌다는 거지."

"다락에 매일 올라가니까 내일도 다락에서 떨어질 수 있습니다요. 다락이 아니면 지하실로 떨어질 수도 있습죠. 지하실에도 매일 내려가니까 말입죠."

이반 표도로비치는 그를 오랫동안 쳐다보았다.

"그러니까 너는 내일 삼 일 동안 발작을 일으키는 시늉이라도 하고 싶다는 거냐? 그래?"

스메르쟈코프는 머리를 들고 히죽 웃고는 말했다.

"시늉을 하는 것은 말입죠, 경험이 있는 사람한테는 전혀 어려운 일이 아닙니다. 저는 제 생명을 죽음에서 구하기 위해 이런 방법을 쓸 충분한 권리를 가지고 있는 것이지요. 제가 아파서 누워 있으면 아그라페나 알렉산드로브나가 도련님들의 아버님께 와도 아픈 사람에게 '왜 알리지 않았어?'라고 물으실 수 없을 겁니다."

"에잇, 제기랄! 형은 너를 죽이지 않아. 죽여도 너는 아니야."

"파리처럼 죽일 겁니다요. 누구보다 먼저 저를 말입죠. 그보다 저는 다른 게 두렵습니다. 그분이 자신의 부모에 대해 어처구니 없는 일을 저지를 때, 저를 공범으로 여길까 봐서요."

"어째서 너를 공범으로 여긴다는 거냐?"

"제가 그분께 몰래 그 신호를 알려주었기 때문에 공범으로 생각할 겁니다요."

"어떤 신호를? 누구한테 알려주었다는 거냐? 제기랄, 더 분명하게 말해 봐!"

"주인 나리께서는 며칠 째 아그라페나 알렉산드로브나를 기다리고 계십니다. 그분은 그 여자가 드미트리 표도로비치를 무서워해서 밤에 아주 늦게서야 제가 있는 쪽으로 지나갈 거라고 생각하고 계십니다요. 그러니 한밤중이 될 때까지 저더러 그 여자가 오는지 망을 보라고 하시는 겁니다. '만약에 그 여자가 오면 너는 문 쪽으로 달려와서 정원에서 문이나 창문을 손으로 처음에는 조용하게 두 번, 그 다음에는 세 번 더 빨리 두드려. 그러면 나는 그 여자가 왔다고 이해하고 너에게 조용히 문을 열어주겠다.' 또 다른 신호도 알려주셨지요. 생각지도 못한 비상한 일이 일어나거든 처음에는 빨리 두 번, 그 다음에는 조금 기다렸다가 훨씬 세게 한 번 두드리라고요. 그러면 무슨 급작스러운 일이 일어나서 제가 주인어른을 몹시 보고 싶어 하는 것으로 이해하고 제게 문을 열어주어 제가 들어가서 보고를 하는 겁니다. 아그라페나 알렉산드로브나가 올 수 없어서 뭔가에 대해 연락을 보내거나, 드미트리 표도로비치가 와서 그분이 가까이 있다고 알려야 하는 경우에 말입니다. 이 세상에서 이 신호에 대해 아는 사람은 저와 주인어른뿐입니다요. 그런데 이제는 드미트리 표도로비치가 이 신호를 알게 되었지요."

"어떻게 알게 되었다는 거냐? 네가 알려주었어?"

"두려움 때문입지요. 그분 앞에서 어떻게 말을 안 할 수가 있겠습니까요? '너는 나를 속이고 있지, 나한테서 무언가를 숨기고 있지? 두 다리를 부러뜨리고 말겠다!'라며 매일 압박하시는 걸요."

"만약 형이 이 신호를 이용해서 들어오려고 하면 네가 들여보내지 말아."

"제가 발작을 해서 누워있으면, 그때는 어떻게 들여보내지 않는단 말입니까요."

"에이, 제기랄! 너는 어째서 발작이 있을 거라고 확신하는 거냐?"

"발작이 일어날 거라는 예감이 듭니다. 무서워서라도 일어날 겁니다요."

"에이, 제길! 네놈이 누워있게 되면, 그리고리가 망을 볼 거다. 그리고리에게 미리 경고해 둬."

"노인은 어제부터 몹시 아파서 마르파 이그나티예브나가 내일 치료를 하려고 하는데, 그 치료라는 게 아주 흥미 있는 겁니다요. 마르파 이그나티예브나는 물약으로 반 시간 동안 노인의 등을 문지르고 나머지는 마시게 합니다요. 그리고 조금 남은 것을 자기도 마십니다요. 그러면 두 사람 다 쓰러져서 아주 오랫동안 깊이 잠들어 버립니다요. 만약 내일 마르파 이그나티예브나가 이 치료를 실행한다면, 노인이 드미트리 표도로비치가 오는 걸 듣고 들여보내지 않을 도리가 없습니다요."

"모든 게 일부러 꾸민 듯 한꺼번에 일어난단 말이지. 너는 발작을 일으키고 두 사람은 정신이 없고! 네놈 스스로가 그렇게 맞아 떨어지도록 하고 싶은 건 아니냐?" 그에게서 갑자기 이 말이 튀어나왔다. 그는 노엽게 눈썹을 찌푸렸다.

"제가 어떻게 그렇게 할 수 있겠습니까요... 모든 것이 드미트리 표도로비치 한 분에게 달려있는뎁쇼... 그분이 뭔가 하시려고 하면 하시고야 말겁니다요."

"네놈이 말한 대로 아그라페나 알렉산드로브나가 절대 오지 않을 거라면 형이 왜 아버지에게 온다는 거냐, 그것도 몰래. 말해! 네놈 생각이 알고 싶다."

"왜 오는지 스스로 아시지 않습니까? 어제처럼 적의 때문에 올 수도 있고 의심 때문에 올 수도 있지요. 그분은 이 사실도 알고 있습죠. 표도르 파블로비치가 큰 봉투를 준비해서 거기에 3천 루블을 넣어 도장 세 개를 찍어서 봉해 두고 끈으로 묶고는 손수 '나의 천사 그루셴카에게, 만일 오기만 한다면.'이라고 쓰신 것을 말입니다."

"헛소리 같으니! 드미트리는 돈을 훔치러 오지는 않아. 게다가 그 때문에 아버지를 죽이진 않는단 말이다."

"그분에게는 지금 돈이 매우 필요합니다요, 극도로 필요하지요, 이반 표도로비치. 도련님은 얼마나 필요한지 모르십니다. 게다가 그분은 이 3천 루블을 자기 거라고 생각하고 있습니다요. 이것도 말씀드려야겠습니다요. 아그라페나 알렉산드로브나는 원하기만 하면 반드시 주인어른이 자기와 결혼하도록 만들 겁니다요. 생각해 보십시오, 이반 표도로비치. 그러면 드미트리 표도로비치에게도, 도련님과 동생 분인 알렉세이 표도로비치에게도 부친이 돌아가시고 나면 아무것도, 1루블도 남지 않게 되는 겁니다요. 아그라페나 알렉산드로브나는 모든 것을 자기 것으로 만들려고 결혼하는 거니까 말입니다요. 부친께서 지금 돌아가시면, 이런 일은 일어나지 않을 것이고, 도련님들에게는 각자 4만 루블씩 즉시 돌아가게 돼 있습니다요. 주인어른께서 유언장을 만들어 두시지 않았으니 말입니다요... 드미트리 표도로비치는 이것을 다 알고 계시지요..."

"그렇다면 네놈은 왜 이 모든 것을 알면서 나에게 체르마시냐로 가라고 권하는 거냐? 내가 가면 이런 일이 벌어질 텐데 말이야." 이반 표도로비치는 힘겹게 숨을 내쉬었다.

"저라면 이 모든 것을 다 두고 떠날 겁니다..." 스메르쟈코프는 이반 표도로비치의 번득이는 눈을 바라보며 대답했다.

"네가 알고 싶다면, 나는 내일 모스크바로 떠날 거야. 내일 아침 일찍 말이다."

"그게 제일 좋습니다요." 그는 기다렸다는 듯이 말을

받았다.

이반 표도로비치는 갑자기 웃기 시작하여 스메르쟈코프를 놀라게 하더니 계속 웃으면서 빠르게 쪽문을 통과했다. 누군가 그의 얼굴을 보았다면, 그가 웃기 시작한 것이 결코 그렇게 즐거워서가 아니라고 결론을 내렸을 것이다. 그는 마치 경련이라도 일으킨 듯이 움직이며 걸어갔다.

현명한 사람과는 잠깐 이야기하는 것도 흥미롭다

이반은 집에 들어가자마자 표도르 파블로비치를 보자 갑자기 손을 내저으며 소리쳤다. "저는 아버지에게 가는 게 아니라 윗층 제 방으로 가는 겁니다. 안녕히 계세요."

"쟤가 왜 저러지?" 표도르 파블로비치는 이반 표도로비치를 따라 들어온 스메르쟈코프에게 빠르게 물었다.

"뭔가에 화가 나신 것 같은뎁쇼, 제가 어떻게 알겠어요." 스메르쟈코프는 애매하게 중얼거렸다.

"제기랄! 화내라지! 뭐 새로운 일은 없니?"

곧 스메르쟈코프가 이반 표도로비치에게 방금 불평했던 심문이 시작되었다. 30분이 지나자 집 문이 잠겼고 제정신이 아닌 노인 혼자서 방을 돌아다니며 약속된 다섯 번의 노크가 들리지 않을까 가슴을 두근거리며 기다렸다.

이미 꽤 늦은 시간이었는데 이반 표도로비치는 여전히 잠을 안자고 생각에 잠겨 있었다. 그는 두 시쯤 되어서야 늦게 잠자리에 들었다. 오랜 시간이 흐른 후 이 밤을 기억하면서, 이반 표도로비치는 특별한 혐오감을 느끼며 여러 사실을 기억해냈다. 그는 갑자기 소파에서 조용히 일어나서는 계단으로 나가 아래, 일층의 방에서 표도르 파블로비치가 움직이며 돌아다니는 소리를 들었던 것이다. 그는 5분 정도 두근거리는 가슴으로 숨을 참으며 이상한 호기심을 가지고 귀를 기울였는데, 무엇 때문에 이런 행동을 했는지, 무엇 때문에 귀를 기울였는지 물론 그 자신도 알지 못했다. 모든 소리가 잦아들고 두 시경에 표도르 파블로비치가 눕자, 이반 표도로비치도 누웠다. 그는 깊은 잠에 빠져서 꿈도 꾸지 않고 잠을 잤다. 그는 일곱 시쯤 일찍 잠에서 깨어났다. 그리고 재빨리 옷을 입고 여행 가방을 꺼내 서두르며 짐을 꾸리기 시작했다. 마침내 여행가방과 배낭이 준비되었다. 벌써 아홉 시가 되었다. 이반 표도로비치는 아래층으로 내려갔다. 상냥하게 아버지와 인사를 나누고 심지어 건강에 대해 묻고는 한 시간 후에 모스크바로 아주 떠날 테니 말을 부르러 사람을 보내달라고 딱 잘라 말했다.

"아 너라는 놈은! 어제 말하지 않구선... 상관없어, 지금이라도 해결하면 되지. 나에게 제발 큰 호의를 베풀어다오, 체르마시냐에 들러주렴."

"죄송하지만 그럴 수가 없습니다. 기차 역까지는 80베르스타나 되고 모스크바에 가는 기차는 정각 저녁 일곱 시에 떠납니다. 서둘러야 합니다."

"내일 가면 되지, 그러니 오늘은 체르마시냐에 들러다오. 거기에 두 군데 내 임야가 있는데, 마슬로프라는 상인 부자(父子)가 벌채를 하면서 겨우 8천 루블을 내겠다는 거다. 마슬로프 부자는 큰 부호인데 값을 정하면 그대로 받아야 해. 그런데 갑자기 고르스트킨이라는 외지 상인이 와서 만 천 루블을 내겠다는 거야. 알겠니? 그 사람은 여기에 겨우 일주일만 머문다는 거야. 그러니 네가 가서 그자와 흥정을 해 주면 좋겠는데... 이 고르스트킨이란 작자는 겉으로는 농부지만 성격은 완전히 비열한 놈이야. 거짓말을 하거든. 무엇 때문인지 놀랄 정도로 거짓말을 지껄여댄 적도 있어. 그러니 알아낼 필요가 있어. 만 천 루블을 주고 산다는 것이 거짓말인지 정말인지."

"그러면 제가 할 수 있는 게 없겠네요. 저는 보는 눈이 없으니까요."

"잠깐, 기다려봐. 내가 너에게 그자의 모든 특징을 알려줄 테니. 나는 그자와 오래 전부터 거래를 하고 있어. 그자의 턱수염을 봐야 해. 만약 턱수염이 떨리면서 그자가 말하고 화를 내면 진실을 말하는 거야. 그런데 턱수염을 왼쪽 손으로 쓰다듬으면서 비웃으면 속이고 싶어 하는 거지. 눈은 절대 보면 안 돼. 눈으로는 아무것도 알 수 없으니까. 내가 그자에게 메모를 써줄 테니 보여줘라. 그자는 사실 고르스트킨이 아니고 랴가브이야. 그렇지만 랴가브이라고 부르지 마, 화를 낼 테니까. 천 루블 정도는 양보해도 좋아. 그가 진지하다는 것을 알려주면, 그때는 내가 직접 달려가서 결론을 내겠다. 어때, 가겠니?"

"아, 시간이 없어요. 죄송합니다."

"에이, 너희들은 하나같이 인정머리라고는 없구나! 네가 현명한 사람이라서 부탁하는 거야. 너는 보는 눈이 있거든. 그 사람이 진심인지 아닌지만 보면 되는 거야. 턱수염만 보면 된다고 하지 않니."

"아버지가 직접 저를 이 저주받을 체르마시냐로 떠미시는군요, 네?"

"그러니까 가는 거지, 가는 거지? 지금 메모를 빨리 써주마."

"모르겠어요, 갈지 모르겠습니다. 도중에 결정하겠습니다."

"도중이라니, 지금 결정해라. 협상이 되면 내게 두 줄만 쓰거라. 그 다음엔 너를 붙잡지 않으마."

노인은 메모를 급히 쓰고 말을 부르러 보냈다.

"자, 잘 가거라, 잘 가! 살아있는 동안 또 오겠지? 오거라, 항상 기쁠 거다. 자, 그럼 몸조심하거라!"

이반 표도로비치는 여행용 마차에 올라탔다. 그가 마차에 자리를 잡고 앉았을 때, 스메르쟈코프가 뛰어와서 양탄자를 바로잡아 주었다.

"정말로... 체르마시냐로 가는구나..." 어쩌다 갑자기 이반 표도로비치에게서 이 말이 튀어나왔다. 그는 후에 이 일을 오랫동안 기억하곤 했다.

"그러니까 현명한 사람과는 잠깐 이야기하는 것도 흥미롭다는 사람들의 말은 진실인 거지요." 스메르쟈코프는 뚫어지게 이반 표도로비치를 쳐다보면서 확고하게 대답했다.

여행용 마차는 움직여 질주하기 시작했다. 공기는 신선하고 서늘했고 하늘은 맑았다. "왜 현명한 사람과 이야기하는 것이 흥미 있다는 걸까, 그놈이 무슨 말을 하고 싶었던 거지? 그리고 나는 왜 체르마시냐로 간다고 그놈에게 보고를 한 걸까?" 볼로비야 역에 도착해서 이반 표도로비치는 마차에서 나왔다. 마부들이 그를 둘러쌌다.

"일곱 시까지 기차 역에 늦지는 않을까?"

"정확히 맞출 겁니다. 말을 맬까요?"

"빨리 매주게. 내일 도시에 갈 사람이 없을까?"

"없기는요, 여기 미트리가 갈 겁니다."

"미트리, 심부름 좀 해 줄 수 없겠나? 내 아버지 표도르 파블로비치에게 들러서 내가 체르마시냐로 가지 않았다고 말해주게. 해줄 수 있나?"

"못 들를 이유가 있겠습니까, 들르겠습니다. 표도르 파블로비치를 아주 오래 알고 지내는 걸요."

"여기 차 값이나 하게. 아버지는 주지 않을 테니..."

"감사합니다, 나리. 꼭 실행하겠습니다."

저녁 일곱 시에 이반 표도로비치는 기차를 타고 모스크바로 떠났다. 그의 마음은 전에 결코 느껴본 적이 없는 그런 슬픔으로 아파왔다. 그는 밤새 생각에 잠겼다. 새벽녘에 기차가 모스크바에 들어설 때 그는 갑자기 정신이 들었다.

"나는 비열한이야!" 그는 속으로 중얼거렸다.

한편 표도르 파블로비치는 아들을 배웅한 후 매우 만족스러운 기분이 되었다. 그런데 갑자기 집 안에서 한 가지 매우 불쾌한 사건이 일어났다. 스메르쟈코프가 무슨 이유에서인지 지하실로 갔다가 층계 위에서 밑으로 떨어진 것이다. 다행히 그 시간에 마르파 이그나티예브나

카라마조프 형제들 225

가 마당에 있었다. 그녀는 이미 오래 전에 알고 있는 간질 환자가 발작을 일으켜 기절할 때 내는 외침소리를 들었다. 사람들은 입에 거품을 물고 경련을 일으키며 지하실 바닥에 쓰러져있는 그를 발견했다. 환자를 별채에, 그리고리와 마르파 이그나티예브나의 방 옆에 눕혔다. 저녁때쯤에는 삼 일째 앓고 있던 그리고리가 허리를 못 쓰게 되어 완전히 드러누워 버렸다. 표도르 파블로비치는 최대한 빨리 차를 마시고 문을 잠근 채 혼자 집 안에 있었다. 그는 무섭고 불안한 기대 속에 놓여 있었다. 바로 이날 저녁 그는 그루셴카가 확실히 올 것이라고 기다리고 있다. 아침 일찍 스메르쟈코프로부터 '그분이 꼭 오시기로 약속하셨습니다.'라는 거의 보증과 다름없는 말을 들었던 것이다. 그는 비어있는 방들을 돌아다니며 귀를 기울였다. 그의 마음이 이보다 더 달콤한 기대에 잠겨 있었던 적은 없었다. 이번에는 그녀가 반드시 올 것이라고 거의 확실히 말할 수 있었으니 말이다...!

제6권
러시아 수도사

조시마 장상과 그의 손님들

 알료샤가 불안하고 아픈 마음으로 장상의 독수방에 들어갔을 때, 그는 깜짝 놀라 멈춰섰다. 그는 이미 의식을 잃고 죽어가고 있을지도 모르는 병자를 발견할까 봐 두려워했는데 그 대신 활기있고 쾌활한 얼굴로 안락 의자에 앉아 있는 장상을 보았던 것이다. 그는 손님들에 둘러싸여 그들과 조용히 밝은 대화를 나누고 있었다. 손님들은 그 전에 파이시 신부의 확고한 보증에 따라 그의 독수방으로 일찌감치 모여들어 그가 깨어나기를 기다리고 있었다. 아침에 조시마 장상은 잠이 들면서 파이시 신부에게 분명히 말했던 것이다. "다시 한번 진심으로 사랑하는 당신들과 실컷 대화하고 당신들의 사랑스러운 얼굴을 보고 내 마음을 다시 한번 토로하기 전에는 죽지 않을 거요." 장상과의 마지막 대화를 위해 모인 사람들은 그의 가장 충실한 친구들이었다. 그들은 네 명이었는데 수도사제 이오십 신부와 파이시 신부, 독수방의 책임자 수도사제 미하일 신부, 그리고 아주 나이 든 가난하기 그지없는 농부 출신의 순박하디 순박한 수도사 안핌 형제였다. 한때 오랫동안 조시마 장상은 이 안핌 수도사와 함께 성스런 러시아 전역을 둘이서 순례한 적도 있었다. 그것은 아주 오래 전 조시마 장상이 한 가난하고 잘 알려지지 않은 코스트로마[16]의 수도원에서 수도사로서 수행을 처음 시작할 때 있었던 일이었다.

날이 이미 어두워지기 시작해 성상 앞에 놓인 등과 양초로 방을 밝히고 있었다. 당황해서 문턱에 서 있는 알료샤를 보고 장상은 기쁘게 미소짓고 손을 내밀었다.

"어서 오너라, 조용한 아이, 어서 와, 사랑스러운 아이, 네가 왔구나. 올 거라는 걸 알고 있었다."

알료샤는 그에게 다가가 땅에 닿도록 절을 하고 울기 시작했다. 그의 가슴에서 뭔가가 찢어지는 것 같았다. 그는 흐느끼고 싶었다.

"일어나거라, 애야." 장상은 알료샤에게 계속해서 말했다. "너를 한번 보자꾸나. 가족들한테 가서 형을 보았

---
[16] 모스크바 북동쪽에 위치한 소도시로 볼가 강변에 있다.

니?"

"형들 중 한 명만 보았습니다."

"내가 말하는 건 어제 내가 땅에 닿도록 절을 한 큰 형이란다."

"그 형은 어제만 보았고 오늘은 도저히 찾을 수가 없었습니다."

"서둘러 찾거라. 내일 다시 가거라. 모든 걸 내버려두고 서둘러라. 어쩌면 아직은 무서운 일을 막을 수 있을지도 모른다. 나는 어제 그가 당할 미래의 위대한 고난에 절을 한 거란다." 알료샤는 참을 수가 없었다. 그는 매우 흥분해서 말했다.

"스승님의 말씀은 너무 모호합니다... 어떤 고난이 형을 기다리고 있지요?"

"알려고 하지 마라... 어제 내게 무서운 뭔가가 느껴졌었다... 갑자기 나는 마음 속에서 이 사람이 자신을 위해 준비하고 있는 것에 전율을 느낀 거란다. 내가 너를 그에게 보낸 것은, 알렉세이, 네가 가진 형제의 얼굴이 그에게 도움을 줄지도 모른다고 생각했기 때문이란다. 그러나 모든 건 주님께 달려 있단다. 우리의 모든 운명도 그렇지. "밀알 하나가 땅에 떨어져서 죽지 않으면 한 알 그대로 있고, 죽으면 열매를 많이 맺는다."[17] 이 말씀을 기

---

17 이 소설의 제사로 쓰인 요한복음 12장 24절이다.

억하거라. 나는 너의 얼굴을 보고 속으로 여러 번 너를 축복했단다. 너는 이 담장 밖으로 나가서 세상에서 수도사처럼 살게 될 거야. 삶은 너에게 많은 불행을 가져다주겠지만, 너는 그 불행에 의해 행복해지게 될 거다. 너는 삶을 축복할 것이고, 다른 사람도 삶을 축복하게 만들 거다. 너는 그런 사람이야. 신부님들," 그는 손님들을 향해 말했다. "저는 지금까지 나의 영혼에 이 젊은이의 얼굴이 왜 그렇게 사랑스러웠는지 말하지 않았습니다. 이제 말하려고 합니다. 내가 아직 어린아이였을 때 내게는 큰형이 있었습니다. 그는 겨우 열일곱 살에 내 눈 앞에서 죽었습니다. 만약 형이 내 인생에 나타나지 않았다면 아마 나는 수도사의 지위를 받아들이지도 이 고귀한 길에도 들어서지 않았을 거라고 생각합니다. 이제 내 인생길이 저물어가는 때에 마치 그가 또 나타난 것만 같습니다. 얼굴은 그렇게 닮지 않았는데 알렉세이는 형님과 정신적으로 너무나 닮은 것처럼 느껴집니다. 내 인생의 끝에 형님이 비밀스럽게 나에게 찾아온 것처럼 여러 번 생각했습니다. 여러분에게 내 형에 대해 알려주고 싶습니다. 왜냐하면 내 인생에서 이보다 더 고귀하고 예언적이고 감동적인 일은 없었으니까요."

여기서 나는 장상의 이 마지막 대화가 부분적으로 기록되어 보존되었음을 언급해야겠다. 알렉세이 표도로비치 카라마조프가 장상이 죽은 뒤 얼마 지나지 않아 기억에 의존해 기록했기 때문이다. 누구도 그날 밤 장상이 죽을 것이라고는 예상하지 못했다. 그의 생명은 갑자기 중단되어 버렸던 것이다... 이제 알렉세이 표도로비치 카라마조프의 원고에 따라 장상의 이야기를 알려주고자 한다.

하느님 안에서 영면한 수도사제 조시마 장상이 직접 한 말 중에서 알렉세이 표도로비치 카라마조프가 편집한 그의 생애 중에서

전기적 사실
a) 조시마 장상의 젊은 형에 대하여

나는 먼 북쪽의 현(縣)[18] V시에서 태어났습니다. 부친은 귀족 출신이었지만 명문가 출신도 아니었고 높은 관직에 있지도 않았습니다. 아버님은 내가 겨우 두 살 때 돌아가셔서 전혀 기억이 나지 않습니다. 어머니에게는 우리 두 자식만 있었습니다. 나 지노비와 형 마르켈이었지

---

18 губерния. 러시아의 행정구역 단위

요. 형은 나보다 여덟 살 위였습니다. 성미가 급하고 흥분을 잘했지만 선한 사람이었습니다. 학업을 마치기 반 년 전 쯤 열일곱 살이 넘었을 때, 형은 모스크바에서 우리 도시로 온 정치 유형수를 수시로 찾아가기 시작했습니다. 젊은 형은 그의 집에 저녁 내내 앉아있었고, 그 유형수를 다시 페테르부르크로 불러들일 때까지 온 겨울을 그렇게 지냈습니다. 사순절[19]이 시작되었는데, 마르켈은 금식할 생각은 하지 않고 "다 헛소리야, 신 같은 건 없어"라고 욕을 하고 비웃었습니다. 그런데 여섯째 주가 되자 갑자기 형의 몸 상태가 나빠졌습니다. 형은 항상 건강이 좋지 않았고 폐병에 걸리기 쉬운 체질이었습니다. 감기에 걸렸나 했는데 의사는 급성 폐결핵으로 봄을 넘기지 못할 거라고 했습니다. 어머니는 울기 시작했고 그에게 금식을 하고 성체성혈성사를 받으라고 권하기 시작했습니다. 그 말을 듣고 형은 화를 내며 하느님의 성당을 욕했지만, 생각에 잠겼습니다. 그가 위험할 정도로 아팠기 때문에 어머니가 아직 힘이 있을 때 금식을 하고 성사를 받으라고 한다는 것을 금새 알아차린 것입니다. 사흘이 지나고 수난 주간[20]이 왔습니다. 형은 화요일

---

19 великий пост. 부활절 전 40일 동안 일 년 중 가장 크게 금식을 하는 기간을 일컫는다.

20 страстная неделя. 그리스도가 십자가형을 받고 부활하기 전 일주일 기간을 말한다.

아침부터 금식하기 시작했습니다. "어머니, 저는 어머니를 위해 하는 거예요. 어머니를 기쁘게 하고 안심시켜 드리려구요." 형은 오래 교회에 다니지 못하고 자리에 누워버렸습니다. 그래서 집에서 고백 성사와 성체성혈성사를 했습니다. 밝고 맑은 날들이 찾아왔습니다. 그해 부활절은 예년보다 늦었습니다. 형은 밤새 기침을 하고 잠을 못 이루다가 아침에는 항상 부드러운 안락의자에 앉으려고 했습니다. 형은 조용히 온순하게 앉아서 미소지었고 얼굴은 쾌활하고 기쁨에 차 있었습니다. 그는 정신적으로 완전히 변해버렸습니다. 어머니는 자기 방으로 가서 항상 우셨는데, 형에게 갈 때는 쾌활한 모습을 하셨습니다. "어머니, 울지 마세요. 저는 아직 오래 살 거예요. 삶은, 삶은 정말 즐겁고 기쁜 거예요! 삶은 낙원이에요. 우리 모두는 낙원에 있는 거예요. 우리들이 그것을 알려고 하지 않을 뿐이죠. 알려고만 하다면 내일이라도 온 세상이 낙원이 될 거예요." 우리는 그의 모든 말에 놀라고 감동을 받고 울었습니다. 그는 잠에서 깨어나면 매일 점점 더 감동하고 기뻐하며 사랑에 떨곤 했습니다. 그의 방 창문은 정원 쪽으로 나 있었는데 우리 집 정원은 오래된 나무들로 그늘이 져 있었고 나무에는 봄의 꽃봉오리가 열리기 시작했습니다. 새들이 날아와서 지저귀고 창문에서 형에게 노래를 불렀습니다. 형은 새들을 보면서 갑자기 용서를 구하기 시작했습니다. "주님의 새들아, 기뻐하는 새들아, 나를 용서해다오. 너희들에게 죄를 지었구나. 새, 나무, 풀밭, 하늘, 내 주위에는 이런 하느님의 영광이 있었는데, 나 혼자만 치욕 속에서 살았구나. 혼자서 모든 것을 더럽히고 이 아름다움과 영광을 전혀 알아차리지도 못했어." "너는 너무 많은 죄를 스스로에게 지우는구나." 어머니는 우시곤 하셨습니다. "어머니, 제가 모든 사람에게 죄를 지었어도 대신 모두가 저를 용서해 줄 거예요. 이게 낙원이에요. 제가 지금 낙원에 있는 게 아닐까요?"

어느 날 나는 아무도 없을 때 혼자 형의 방에 들어갔습니다. 맑은 저녁 시간이었습니다. 해가 지고 있었고 비스듬한 빛이 온 방을 비추고 있었습니다. 형은 두 손으로 내 어깨를 쥐더니 감동에 차서 사랑스럽게 내 얼굴을 바라보았습니다. "자, 이제 가. 놀아, 나 대신 살아줘!" 후에 나는 여러 번 눈물을 흘리며 그가 자기 대신 살아 달라고 한 말을 기억했습니다. 그는 부활절이 지나고 삼 주 후에 세상을 떠났습니다. 그는 마지막 시간까지 변하지 않았습니다. 눈에는 즐거움이 가득해서 우리를 보고 미소 지었습니다. 나는 그때 어린 아이였지만 마음에 모든 것이 지워지지 않은 채 남았습니다.

b) 조시마 장상의 삶에서 성경이 갖는 의미에 대하여

그리하여 나와 어머니만 남게 되었습니다. 선량한 지기들이 어머니에게 나를 페테르부르크의 육군 유년학교에 보내라고 조언했습니다. 어머니는 나의 행복을 위한다고 생각하시고 나를 페테르부르크로 데리고 가셨는데 그 이후로 나는 어머니를 뵙지 못했습니다. 3년 후에 어머니가 돌아가셨기 때문입니다. 부모의 집에서 나는 오직 소중한 추억만을 가지고 나왔습니다. 사람에게는 부모 집에서 보낸 첫 유년기의 추억보다 더 소중한 것은 없으니까요. 집의 추억에는 성경에 대한 추억도 포함됩니다. 나한테는 아름다운 그림이 그려져 있는 성경책이 있었는데, 지금 그 책은 여기 선반에 소중한 기념으로 보관되어 있습니다.

내가 여덟 살 때였습니다. 어머니는 나 혼자만 데리고 수난 주간 월요일에 성당 오전 예배에 가셨습니다. 그때 나는 처음으로 하느님의 말씀의 씨앗을 의식적으로 영혼에 받아들였습니다. 성당 한 가운데로 한 소년이 큰 책을 가지고 나와서 읽기 시작했습니다. 그때 나는 갑자기 처음으로 뭔가를, 생애 처음으로 하느님의 성당에서 읽는 것을 이해하게 되었습니다. 우스 지방에 의롭고 경건한 사람이 살았습니다.[21] 그에게는 재산이 많았고 그의 자녀들은 즐겁게 뛰어놀았습니다. 그는 그들을 매우 사랑했고 그들을 위해 기도했습니다. 한번은 악마가 하느님께 올라가 온 땅을 돌아다녔다고 말했습니다. "너는 내 종 욥을 보았느냐?" 하느님이 악마에게 물으셨습니다. 그리고 악마에게 위대하고 거룩한 자신의 종을 가리키며 자랑하셨습니다. 악마는 하느님의 말에 웃음을 지었습니다. "그를 저에게 넘기십시오. 그러면 당신의 종이 불평하고 당신의 이름을 저주하는 것을 보시게 될 것입니다." 하느님은 자신의 의인을 넘겨주셨습니다. 악마는 그의 자녀들과 가축을 쳐 죽이고 그의 재산을 갑자기 쓸어가 버렸습니다. 욥은 자신의 옷을 찢고 울부짖었습니다. "모태에서 빈손으로 태어났으니, 죽을 때에도 빈손으로 돌아갈 것입니다. 주신 분도 주님이시요, 가져가신 분도 주님이시니, 주님의 이름을 찬양할 뿐입니다."[22] 그때 이후로 이 지극히 거룩한 이야기를 눈물 없이는 읽을 수가 없습니다. 나는 그 후에 조롱하고 비난하는 자들의 오만한 말을 들었습니다. 어떻게 하느님은 자신이 사랑하는 자를 악마의 놀잇감으로 내어 줄 수 있는가. 그에게서 자녀들을 빼앗고 그 자신은 질병으로 치실 수가

---

21 구약 성경의 욥기 이야기다.

22 욥기 1장 21절

있는가. 그것도 단지 사탄 앞에서 "자 봐라, 나의 거룩한 자가 나를 위해 무엇을 견딜 수 있는지를!"이라고 자랑하기 위해서라니. 그러나 거기에 위대한 것, 신비가 있는 것입니다. 지상의 진리 앞에 영원한 진리의 행위가 이루어지고 있는 것입니다. 여기서 창조주는 욥을 보고 자신의 피조물을 자랑하고 있는 것입니다. 하느님은 다시 욥을 회복시키시고 그에게 다시 재산을 주시고 그에게 새로운 자녀들이 생겨납니다. 그는 그들을 사랑합니다. "어떻게 그가 이 새로운 아이들을 사랑할 수 있단 말인가? 이전의 아이들이 없는데, 그들을 잃었는데도?" 하지만 그럴 수 있습니다, 있구 말구요. 옛날의 슬픔은 인간 삶의 위대한 신비에 의해 점차로 조용하고 감동에 찬 기쁨으로 변합니다. 이 책을 사랑하기 때문에 흘리는 내 눈물을 용서해 주십시오!

민중의 영혼에 작은 씨앗을 떨어뜨리십시오. 그러면 그 씨앗은 죽지 않고 평생 그의 영혼 속에서 살아 있을 것입니다. 많은 것을 설명하고 가르칠 필요가 없습니다. 그는 단순하게 모든 것을 이해할 것입니다. 하느님을 믿지 않는 사람은 하느님의 백성도 믿지 않습니다. 하느님의 백성을 믿는 사람은 그 백성이 신성하게 여기는 보물을 알아보게 될 것입니다. 오직 민중과 그가 가진 영적인 힘만이 모국에서 떨어져나간 우리의 무신론자들을 되돌아오게 할 것입니다.

 이미 40년 쯤 오래 전에 젊은 시절 나는 안핌 신부님과 함께 루시 전역을 돌아다녔습니다. 한번은 배가 통행하는 큰 강가에서 밤을 지새우게 되었습니다. 열여덟 살 쯤 되어 보이는 한 젊은 농부가 우리와 함께 있었습니다. 내가 보니 그는 감동에 차서 자기 앞을 바라보고 있었습니다. 밝고 조용하고 따뜻한 7월의 밤이었습니다. 강 폭은 넓었고 그 강에서 안개가 올라와서 우리를 시원하게 해 주었습니다. 물고기가 가볍게 첨벙거렸고 새들은 지저귐을 멈췄습니다. 모든 것이 조용하고 장엄했으며 하느님에게 기도를 올리고 있었습니다. 나와 젊은이는 잠을 자지 않고 하느님의 세계의 아름다움과 그 위대한 신비에 대해서 이야기를 나누었습니다. 풀 한 포기, 곤충 한 마리, 개미, 꿀벌, 모든 것이 이성이 없으면서도 자기의 길을 알고 있고 하느님의 신비를 증거하면서 끊임없이 그것을 실행하고 있었습니다. 나는 젊은이의 마음이 불타오르는 것을 보았습니다. 그는 나에게 숲과 숲에서 사는 새들을 좋아한다고 말했습니다. 나는 그에게 대답했습니다. "모든 것이 완벽하고, 인간을 제외한 모든 것은 죄가 없다네. 모든 피조물은 하느님의 영광을 노래하고 그리스도께 눈물을 흘린다네. 저기 숲 속에는 무서운 곰이 돌아다닌다네. 위협적이고 사납지만 조금도 곰의 잘

못은 아니라네." 그리고 나는 곰이 숲의 작은 독수방에서 정진하고 있는 위대한 성자에게 간 이야기를 그에게 해 주었습니다. 위대한 성자는 그 곰을 불쌍히 여겨 곰에게 빵 한 조각을 주었답니다. "가거라, 그리스도께서 너와 함께 계신다." 사나운 짐승은 어떤 해도 입히지 않고 순종하여 온순히 물러났다는 것입니다. 젊은이는 감동했습니다. "아, 정말 좋아요. 하느님의 모든 것은 다 좋고 멋있어요!" 그렇게 앉아서 생각에 잠겼습니다. 그는 내 옆에서 가볍고 죄 없는 마음으로 잠들었습니다. 주여 젊은이를 축복하소서! 나는 잠에 들면서 그를 위해 기도했습니다.

c) 세상에 있을 때 조시마 장상의 젊은 시절에 대한 추억. 결투.

페테르부르크의 육군 유년학교에서 나는 거의 8년을 보냈습니다. 새로운 교육을 받으면서 나는 어린 시절의 인상들 중 많은 것을 억눌렀습니다. 대신 새로운 습관과 견해를 받아들여 거칠고 잔인하고 어리석은 존재로 변해버렸습니다. 우리는 우리의 시중을 드는 병사들을 완전히 짐승처럼 여겼습니다. 아마도 내가 다른 모든 사람보다 더 심했을 것입니다. 이 젊은이들은 좋은 사람들이었지만 행실이 추했습니다. 그 중 내가 가장 심했습니다. 나는 자신의 만족을 위해 절제 없이 생활했습니다. 그렇게 4년을 복무하고 마침내 우리 연대가 있던 K시로 가게 되었습니다. 그곳에서는 어디서나 나를 잘 대해 주었습니다. 내가 천성이 쾌활한 데다가 가난하지 않다는 소문이 나 있었기 때문이었습니다. 나는 한 젊고 아름다운 아가씨에게 마음이 끌리게 되었습니다. 그 아가씨는 존경받는 부모의 딸이었습니다. 그 처녀도 나에게 마음이 있는 것 같았습니다. 그렇지만 나의 자기애가 그녀에게 청혼하는 것을 방해했지요. 방탕하고 자유로운 독신 생활의 유혹과 헤어지는 것이 힘들고 무섭게 여겨졌던 것입니다. 나는 결정적인 한걸음을 잠시 미루었습니다. 그러다가 나는 갑자기 두 달 정도 다른 현으로 파견을 가게 되었습니다. 두 달 후에 돌아오니 아가씨는 이미 부유한 교외의 지주와 결혼한 몸이 되어 있었습니다. 나는 예기치 못한 이 일로 충격을 받았습니다. 중요한 것은 이 젊은 지주가 오래 전부터 그녀의 약혼자였다는 것을 그 때 알았다는 것입니다. 나는 자만심에 눈이 멀어 아무것도 눈치채지 못했던 것입니다. 이것이 나에게 모욕감을 주었습니다. 모두가 아는 것을 어떻게 나만 모르고 있었단 말인가? 나는 참을 수 없는 악의를 느꼈습니다. 나는 그녀가 나를 조롱하고 있었다고 결론을 내렸습니다. 나는 때를 기다렸다가 어느 날 많은 사람이 모인 자리에서 갑자기 나의 '경쟁자'를 모욕하는 데 성공했습니다. 그는 나의 도전에 응했습니다. 나중에 확실히 알게 되었지만 그는 전에 그녀가 아직 약혼녀였을 때 나에게 질투를 느끼고 있었습니다. 그는 결투 신청을 감행하지 못했다는 것을 아내가 알게 되면 그를 무시하게 될지도 모른다고 생각했던 것입니다.

6월이 끝나가고 있었습니다. 우리의 만남은 다음날 교외에서 아침 7시로 예정되어 있었습니다. 그런데 그때 나에게 뭔가 숙명적인 일이 일어났습니다. 저녁에 난폭하고 추한 모습으로 집에 돌아온 나는 나의 졸병인 아파나시에게 화를 내고 온힘을 다해 두 번 그의 얼굴을 때려서 온통 피투성이로 만들었습니다. 그러고 나서 세 시간 정도 잠이 들었다가 자리에서 일어나보니 벌써 날이 밝아오고 있었습니다. 나는 더 이상 자고 싶지가 않아서 창문을 열었습니다. 그리고 태양이 떠오르는 것을 보았습니다. 따뜻하고 아름다웠습니다. 새들이 지저귀고 있었습니다. 나는 생각했습니다. 내 영혼 속에서 무엇인가 치욕적이고 비열한 것이 느껴지는데 이건 대체 무엇일까? 피를 흘리러 가기 때문일까? 아니, 그것 때문은 아닌 것 같다고 생각했습니다. 죽음이 두려워서일까? 아니, 전혀 그것이 아니었습니다... 그러다 갑자기 무엇이 문제인

카라마조프 형제들 241

지 깨달았습니다. 그건 내가 어제 아파나시를 때렸기 때문이었습니다! 모든 것이 갑자기 다시 머리에 떠올랐습니다. 그는 내 앞에 서 있었고 나는 힘껏 그의 얼굴을 때렸습니다. 그는 머리를 똑바로 세운 채 부동 자세를 취하고 눈을 부릅뜨고 있었습니다. 자신을 보호하기 위해 감히 손을 올리지도 못했습니다. 사람이 사람을 때리다니! 이런 범죄가 있는가! 날카로운 바늘이 내 영혼을 꿰뚫고 지나가는 것 같았습니다. 나는 망연자실해 서 있었는데 태양은 빛나고 나뭇잎은 기뻐하며 반짝거리고 새들은 하느님을 찬양하고 있었습니다... 나는 두 손으로 얼굴을 가리고 침대에 쓰러져 목놓아 울기 시작했습니다. "내가 자격이 있을까?" 갑자기 머리에 이런 생각이 떠올랐습니다. 정말 나와 똑같은 하느님의 모양과 형상인 다른 사람이 나를 시중들도록 할 자격이 내게 있을까? 이 질문이 난생 처음으로 내 머리에 꽂혔습니다. 나는 울면서 생각했습니다. "정말로 나는 모든 사람보다 더 죄가 많구나. 나는 세상 모든 사람보다 나쁘구나!" 그런데 나는 무엇을 하러 가는 것인가? 선량하고 고결한 사람을, 내 앞에서 아무런 잘못도 없는 사람을 죽이러 가고 있는 것이다. 그렇게 침대 위에 엎드려 얼굴을 베개에 묻고 누워서 시간이 흐르는 것도 모르고 있었습니다. 갑자기 나의 동료가 와서 우리는 마차를 타러 나갔습니다. "잠깐 기다리게. 지갑을 잊어버리고 왔네." 나는 혼자서 다시 집으로 돌아가 곧바로 아파나시의 방으로 뛰어 들어갔습니다. "아파나시, 내가 어제 두 번 네 얼굴을 때렸지. 나를 용서해 줘." 그는 떨었습니다. 놀란 것 같았습니다. 나는 이마를 땅에 대고 그의 발 앞에 쿵 하고 엎드렸습니다. "나를 용서해 줘!" "나리, 당신께서 어떻게... 제가 무슨 자격이 있어서..." 그는 갑자기 울음을 터뜨리며 두 손으로 얼굴을 가리고 창문 쪽으로 돌아섰습니다. 나는 밖으로 뛰어나와서 마차에 올라타고 소리쳤습니다. "승리자의 모습을 본 적이 있나? 지금 자네 앞에 승리자가 있다네!"

우리는 약속된 장소에 도착했습니다. 그들이 벌써 와서 우리를 기다리고 있었습니다. 그가 먼저 쏘게 되어 있었습니다. 나는 그의 앞에서 즐거운 모습으로 서 있었습니다. 그가 총을 쏘았는데 내 뺨에 약간 상처를 내고 귀 뒤를 건드렸을 뿐이었습니다. 나는 내 권총을 잡고 뒤로 돌아서서 위로 숲을 향해 던졌습니다. 그리고 상대에게 돌아서서 말했습니다. "어리석은 젊은이인 저를 용서해 주십시오. 제 잘못으로 당신을 모욕했습니다. 그리고 지금은 저에게 총을 쏘도록 강요했습니다. 저는 당신보다 열 배는 나쁜 사람입니다." 내가 이 말을 하자 그들이 소리쳤습니다. "싸우기를 원치 않았다면 무엇 때문에 번거

롭게 했단 말이오? 쏠 겁니까, 안 쏠 겁니까?" "쏘지 않겠습니다. 원한다면 다시 쏘십시오. 그러나 쏘지 않는 게 더 나을 겁니다." 나는 갑자기 진심을 다해 외쳤습니다. "주위에 있는 하느님의 선물을 보십시오. 하늘은 맑고 공기는 깨끗하고 풀은 부드럽고 자연은 아름답고 죄가 없습니다. 그런데 우리만 어리석어서 삶이 낙원이라는 것을 모르고 있습니다." 평생 느껴본 적이 없는 행복이 가슴에 가득했습니다.

우리는 집으로 돌아왔습니다. 곧바로 모든 동료들이 이 일에 대해 듣고 그날 나를 심판하기 위해 모였습니다. "군복을 더럽혔으니 퇴역 신청을 해야 해." "그렇지만 총을 쏠 때 견뎠잖아." 나는 그들을 즐겁게 바라보면서 그들의 말을 들었습니다. 그리고 말했습니다. "친구들이여, 걱정하지 말게나. 나는 벌써 퇴역 신청을 했네. 퇴역을 하면 곧바로 수도원으로 갈 걸세. 그래서 퇴역 신청을 한 거라네." "처음부터 그렇게 말할 일이지. 수도사를 심판할 수는 없지 않나." 그들은 웃으면서 갑자기 모두 나를 좋아하게 되었습니다. 나의 상대는 장군과 가까운 친척이었고 일이 농담처럼 피를 흘리지 않고 끝난 데다가 마침내 내가 퇴역 신청을 하자 이 일은 정말로 농담이 되어버리고 말았습니다.

조시마 장상의 담화와 교훈 중에서

d) 러시아의 수도사와 그 의의에 대하여

수도사란 무엇입니까? 교육받은 세속적인 사람들은 이렇게 말합니다. "당신들은 게으름뱅이고 사회의 불필요한 구성원이다. 타인의 노동으로 살아가는 파렴치한 거지들이다." 그러나 겸손하고 온순한 수도사들이 얼마나 많은지 모릅니다. 그들은 정적 속에서 은둔과 열렬한 기도를 갈망합니다. 아마도 이런 이들 가운데서 다시 한 번 러시아 땅의 구원이 나올지도 모릅니다. 그들은 그리스도의 형상을 하느님의 진리대로 순수하게 간직하고 있다가 때가 되면 그것을 세상에 나타낼 것입니다. 동방으로부터 이 별이 빛날 것입니다.

세상은 자유를 선언했습니다. 세상은 말합니다. "욕구를 가지고 있으니 그것을 맘껏 충족시켜라." 그들이 생각하는 자유는 이런 것입니다. 그 결과는 무엇입니까? 사람들은 서로 질투하며 살아갑니다. 욕구를 만족시키기 위해 심지어 생명과 명예, 인류애마저 희생시킵니다. 그런 사람이 과연 자유로울까요? 나는 한 '사상을 위한 투사(鬪士)'를 알고 있었습니다. 그는 감옥에서 담배를 피울 수 없게 되었을 때, 담배를 얻을 수만 있다면 자신의

'사상'을 배신할 수 있는 지경에까지 갔다고 말했습니다. 그런 사람이 "인류를 위해 싸우러 간다"고 말하는 것입니다. 그런 사람이 어디로 가서 무엇을 할 수 있겠습니까? 그런 이들이 자유 대신에 예속에 빠지는 것은 놀라운 일이 아닙니다. 자신의 무수한 욕구를 충족시키는 데 익숙해진 이 노예가 어디로 간단 말입니까?

　수도사의 길은 다릅니다. 순종과 금식, 기도에 대해 사람들은 비웃지만, 사실은 그 속에만 참되고 진실한 자유의 길이 있는 것입니다. 불필요한 욕구를 스스로에게서 잘라버리고 오만한 자신의 의지를 순종으로써 굴복시켜 영의 자유와 영적인 기쁨에 도달하게 되는 것입니다! 은둔 생활 때문에 수도사는 비난받고 있습니다. "너는 수도원 담장 안에서 자신을 구원하기 위해 은둔하고 있다. 그러면서 인류에 대한 형제애의 봉사는 잊어버리고 있다." 그러나 고대로부터 우리들에게서 민중의 활동가들이 나왔습니다. 지금이라고 나오지 말란 법이 있겠습니까? 겸손하고 온순한 금식 수행자들과 침묵 기도자들이 다시 일어나 위대한 일을 행하러 갈 것입니다. 러시아의 구원은 민중에게서 나옵니다. 러시아의 수도원은 예로부터 민중과 함께 했습니다. 민중은 무신론자를 만나 그를 정복할 것입니다. 민중을 소중히 하고 양육하십시오. 이 민중이야말로 하느님을 체현하고 있기 때문입니다.

e) 주인과 하인에 대하여, 그리고 주인과 하인이 영적으로 서로 형제가 될 수 있는가에 대하여.

나에게는 감동적인 일이 한번 일어난 적이 있습니다. 순례를 하다가 어느 날 현의 K라는 도시에서 이전 나의 졸병인 아파나시를 만나게 되었습니다. 그와 헤어진 지 8년이 지났을 때였습니다. 그는 우연히 시장에서 나를 알아보고 달려오더니 얼마나 기뻐하던지 내게 달려들었습니다. "신부님, 주인 나리. 맞으세요? 정말 당신인가요?" 그리고 나를 자기 집으로 데려갔습니다. 그는 퇴역을 해서 결혼을 했고 벌써 두 아이를 낳았습니다. 시장에서 아내와 노점상을 하고 있었습니다. 그는 나에게 아이들을 데리고 왔습니다. "축복해 주세요, 신부님." "내가 축복할 수가 있겠나. 나는 수도사에 불과하네. 아이들을 위해 기도해 주겠네. 자네를 위해서는 그 날 이후로 항상 매일 기도하고 있다네. 자네로 인해 모든 일이 일어났으니까 말일세." 나는 할 수 있는 대로 모든 것을 그에게 설명해 주었습니다. 그는 한숨을 짓고 감동하여 고개를 끄덕였습니다. "재산은 다 어디로 갔습니까?" "수도원에 바쳤네. 우리는 공동생활을 한다네." 차를 마신 후 우리는 헤어졌습니다. 그는 갑자기 나에게 반 루블을 가져와 수도원에 희사한다고 했습니다. 그리고 또 반

루블을 내 손에 쥐어주었습니다. "이건 여행하시는 나리께 드리는 겁니다. 필요할 때가 있을지 모르니까요." 나는 반 루블을 받고 그에게 인사를 한 다음 기쁜 마음으로 떠났습니다. 그 이후로 우리는 만나지 못했습니다. 나는 그의 주인이었고 그는 나의 하인이었지만 이제 우리 사이에는 위대한 인간적인 결합이 이루어졌습니다. 지금 나는 이런 생각을 합니다. 이 위대하고 소박한 결합이 때가 되면 도처에서, 우리 러시아인들 사이에서 일어나지 않을까? 일어나리라고 믿습니다. 때가 가까웠습니다.

f) 기도, 사랑, 다른 세계와의 접촉에 대하여.

기도를 잊지 마십시오. 매일 할 수 있을 때 "주여, 오늘 당신 앞에 선 모든 사람들을 불쌍히 여기소서."라고 되뇌이십시오. 왜냐하면 매 시간 매 순간 수천 명의 사람들이 이 땅을 떠나 그들의 영혼이 하느님 앞에 서기 때문입니다. 하느님 앞에 두려워 서 있는 영혼에게 그 순간 그를 위해 기도하는 사람이 있다는 것을 느끼는 것이 얼마나 큰 감동이 되겠습니까. 여러분이 그를 그토록 가엾게 여긴다면, 여러분보다 무한히 자비로우시고 사랑이 많으신 분께서는 얼마나 더 그를 가엾게 여기시겠습니까.

형제들이여, 사람들의 죄를 두려워하지 마십시오. 사람을 그의 죄 속에서 사랑하십시오. 이것은 하느님의 사랑을 닮은 것이고 지상에서 최고의 사랑입니다. 하느님의 모든 창조물을 사랑하십시오. 모든 사물을 사랑하면 그 사물들 속에서 하느님의 신비를 깨닫게 될 것입니다.
　사람들의 죄를 보면 이렇게 자문하게 될 것입니다. "힘으로 붙잡을 것인가, 겸허한 사랑으로 붙잡을 것인가?" 항상 "겸허한 사랑으로 붙잡겠다"고 결정하십시오. 사랑으로 가득 찬 겸손은 무서운 힘, 모든 것 중 가장 강력한 힘입니다. 형제들이여, 사랑은 선생입니다. 그것을 획득할 줄 알아야 합니다. 왜냐하면 사랑은 오랜 수고와 오랜 기간을 통해 비싼 대가를 치러야 얻어지기 때문입니다. 순간적으로 우연히 사랑하지 말고 끝까지 사랑해야 합니다. 사람들의 죄 때문에 당혹해하지 마십시오. 모든 사람의 죄에 대해 책임을 지는 자가 되십시오. 여러분은 실제로 모두에 대해, 그리고 모든 것에 대해 죄가 있습니다.
　이 땅에서 많은 것이 우리로부터 숨겨져 있습니다. 그러나 대신 우리에게는 우리와 다른 세계, 천상의 세계와의 살아있는 연결에 대한 신비로운 감각이 주어져 있습니다. 하느님은 다른 세계에서 씨앗을 가져다가 이 땅에 뿌리셔서 자신의 정원을 가꾸셨습니다. 자라난 것은 다른 세계와의 신비로운 접촉의 느낌으로만 살아있는 것입니다. 여러분 안에서 이 느낌이 약화되거나 없어지면 삶에 대해 무관심해지고 심지어 삶을 미워하게 될 것입니다.

g) 사람이 같은 사람의 심판자가 될 수 있는가?
끝까지 믿는 것에 대하여.

다른 사람의 심판자가 될 수 없다는 것을 특별히 기억하십시오. 만약 여러분 주위에 악하고 무감각한 사람들이 여러분의 말을 들으려 하지 않는다면, 그들 앞에 엎드려 용서를 구하십시오. 그들이 여러분의 말을 들으려 하지 않는 것은 여러분에게 잘못이 있기 때문입니다. 끝까지 믿으십시오. 만약 이 땅에 있는 모든 사람이 타락하여 믿는 이가 당신 하나만 남았다 하더라도 홀로 남아 하느님을 찬양하십시오.

만약 사람들의 악행이 여러분을 분노로 격앙시킨다면 곧바로 고통을 찾아 받아들이고 견디십시오. 여러분 자신이 죄가 있다는 것을 깨달으십시오. 왜냐하면 여러분은 죄 없는 한 사람으로서 악인에게 빛을 비출 수 있었는데 비추지 않았기 때문입니다. 만약 빛을 비췄는데도 사람들을 구원하지 못했다면, 지금 구원하지 못했다 해도 후에 그들은 구원받을 것이라고 믿으십시오. 왜냐하면 여러분이 죽는다 해도 여러분의 빛은 죽지 않을 것이기 때문입니다. 사람들은 항상 구원자가 죽은 후에 구원받는 법입니다.

h) 지옥과 지옥불에 대하여. 신비주의적인 고찰.

지옥은 무엇인가? 나는 이렇게 생각합니다. "더 이상 사랑할 수 없는 것에 대한 고통"이라고. 한번, 오직 한번만 어떤 영적인 존재에게 활동적인, 살아있는 사랑의 순간이 그리고 그것을 위해 지상의 삶이 주어졌습니다. 그러나 이 행복한 존재는 귀중한 선물을 거부하고 그것을 귀중히 여기지 않았습니다. 그러한 사람은 지상을 떠나서 천국을 보고 주님께 올라갈 수도 있을 것입니다. 그러나 그는 바로 그것, 즉 사랑하지 않았던 자가 그들을 사랑했던 이들과 접촉하는 것 자체로 고통받습니다. 그는 스스로에게 말합니다. "지상의 삶은 끝났고 시간은 더 이상 없을 것이다! 나의 삶을 기쁘게 다른 사람을 위해 내어주고 싶어도 이미 그럴 수가 없다. 사랑의 희생을 바치는 것이 가능했던 그 삶은 지나갔기 때문이다."

사람들은 지옥의 물질적인 불에 대한 이야기를 하곤 합니다. 만약 물질적인 불이 있다면 나는 그것을 진심으로 기뻐할 것입니다. 왜냐하면 물질적인 고통 속에서 잠시나마 가장 무서운 정신적인 고통을 잊을 수 있기 때문입니다. 그들에게서 이 정신적인 고통을 제거하는 것은 불가능합니다. 이 고통은 외적인 것이 아니라 그들 속에 있기 때문입니다. 지상에서 자신을 죽인 자살자들은 얼마나 가여운지! 그들보다 더 불행한 이들은 없다고 생각합니다. 그들을 위해 하느님께 기도하는 것은 죄라고 말하지만, 나는 그들을 위해 기도할 수 있다고 생각합니다. 나는 평생 속으로 그런 이들을 위해 기도해 왔습니다. 고백하지만 나는 지금도 매일 기도하고 있습니다.

오, 지옥에는 사탄과 그의 오만한 정신에 완전히 동조한 무서운 자들이 있습니다. 그런 자들은 지옥을 이미 자발적으로 선택한 것입니다. 그들은 자발적인 수난자들인 것입니다. 그들은 하느님과 삶을 저주함으로써 스스로를 저주했기 때문입니다. 그들은 용서를 거부하고 그들을 부르시는 하느님을 저주합니다. 그들은 살아계신 하느님을 증오 없이는 볼 수 없고 생명의 하느님이 없어지기를, 하느님이 자신과 모든 피조물을 없애기를 요구합니다. 그리고 분노의 불 속에서 영원히 타오르고 죽음과 비존재를 갈망합니다. 그러나 죽음을 얻지는 못할 것입니다...

여기서 알렉세이 표도로비치 카라마조프의 원고는 끝난다. 원고는 완전하지 않고 단편적이다. 장상의 죽음은 전혀 예기치 않게 일어났다. 그에게 모여든 모든 사람들은 그의 죽음이 그렇게 급작스럽게 찾아올 줄은 상상하지 못했다. 심지어 5분 전까지만 해도 아무것도 예견할 수 없었던 것이다. 그는 갑자기 가슴에 아주 강한 통증을 느끼며 얼굴이 창백해지고 양손으로 가슴을 세게 눌렀다. 그는 고통을 느끼면서도 여전히 미소를 지으며 사람들을 바라보았고 조용히 안락의자에서 바닥으로 내려와 무릎을 꿇고 땅에 얼굴을 대고 절을 했다. 그리고 양팔을 벌린 채 환희에 찬 듯 땅에 입을 맞추고 기도하면서 조용히 기쁘게 영혼을 하느님께 바쳤다. 그의 죽음에 대한 소식이 빠르게 수도원에 알려졌다. 모든 형제들이 대성당으로 모여들었다. 아침녘이 되자 많은 시민들이 수도원으로 몰려들었다.

제3부

제7권
알료샤

부패한 냄새

사람들은 고인이 된 조시마 장상의 시체를 정해진 예식에 따라 매장할 준비를 했다. 아침녘에는 입관을 마쳤다. 관은 하루 종일 독수방에 안치하기로 했다. 추모 미사 후에 이오십 사제가 복음서 낭독을 시작했다. 날이 밝자 도시에서 병자들과 특히 아이들을 데리고 사람들이 오기 시작했다. 그들은 즉각적인 치료의 힘이 나타날 것이라고 기대하고 일부러 이 순간을 기다려 온 듯했다.[01] 믿는 자들의 이러한 커다란 기대는 파이시 신부에게 의심할 바 없이 유혹으로 여겨졌다. 그러나 파이시

---
01 정교의 성인이 사망하면 그의 몸에서 어떤 치료의 힘이 나타난다는 믿음이 일반 민중 사이에 흔히 퍼져 있었다.

신부는 자신조차도 영혼 속 깊은 곳에서 이 흥분한 사람들과 똑같은 것을 기대하고 있다는 것을 인정하지 않을 수 없었다.

날은 청명했다. 이미 와 있던 많은 순례자들은 독수방 근처의 무덤 주위에 모여있었다. 독수방 주위를 돌다가 파이시 신부는 갑자기 알료샤에 대해 기억해냈다. 밤부터 알료샤를 오랫동안 보질 못했던 것이다. 알료샤를 기억해 낸 바로 그 순간 그는 알료샤를 독수방의 울타리 옆에서 발견했다. 알료샤는 한 고대의 유명한 수도사의 묘석 앞에 앉아있었다. 그는 독수방을 등지고 얼굴을 울타리 쪽으로 향하고 마치 묘비 뒤에 숨어 있는 것 같았다. 가까이 다가간 파이시 신부는 그가 두 손바닥으로 얼굴을 가리고 소리를 내지는 않았지만 온몸을 떨면서 비통하게 울고 있는 것을 보았다. 파이시 신부는 그를 보며 잠시 서 있었다.

"됐다, 아들아. 그만 됐어. 울지 말고 기뻐하렴. 오늘이 그분의 가장 위대한 날이라는 것을 모르는 거냐? 그분이 지금 어디 계신지 그것만 기억하렴!"

알료샤는 그를 쳐다보고 나서 아무 말도 하지 않고 다시 두 손바닥으로 얼굴을 가렸다.

"그럼 울거라. 그리스도께서 너에게 이 눈물을 보내셨으니." 그는 알료샤에게서 물러나면서 말했다.

그 사이 시간이 흘러 고인에 대한 수도원의 예배와 추모 미사가 순서대로 진행되었다. 그런데 오후 세 시가 되기도 전에 우리 중 누구도 예기치 못한 일이 일어났다. 나는 이 헛되고 유혹적인 사건에 대해 기억하는 것이 불쾌하여 내 이야기에서 언급하지 않고 빼버릴 수도 있었다. 만약 그것이 내 이야기의 주인공인 알료샤의 영혼과 마음에 강력한 영향을 미쳐 그의 영혼에 일대 전환점이 되었고 그의 이성을 결정적으로 확고하게 해 주지 않았더라면 말이다.

그것은 즉, 관에서 조금씩 부패한 냄새가 나기 시작하더니 점점 심해져서 세 시쯤 되어서는 너무나 강해졌던 것이다. 부패가 나타나기 시작하자 독수방에 들어오는 사람들의 표정만 보아도 그들이 왜 오는지 알 수 있었다. 그들은 들어와서 잠시 서 있다가 빨리 다른 이들에게 소식을 알려주러 나가는 것이었다. 어떤 이들은 슬프게 고개를 내저었고, 다른 이들은 심지어 자신의 기쁨을 숨기려고조차 하지 않았다. 세 시가 지나서 유혹적인 소식을 듣고 세속적인 방문자들이 물밀 듯 몰려들었다. 파이시 신부는 엄격한 얼굴로 계속해서 복음서를 낭독했다. 그런데 처음에는 조용하게, 그러나 점점 원기를 얻은 목소리가 그에게 들리기 시작했다. "하느님의 심판은 인간의 심판과는 다른 거야." 이 말을 처음으로 한 사람은 도시의 관리였는데, 그는 수도사들이 서로 귀에 대고 한 말을 되풀이했을 뿐이었다. 그들은 이미 오래 전에 이런 부질없는 말을 하고 있었던 것이다. 그런데 시간이 지날수록 이 말을 할 때 어떤 승리감이 커져가고 있었다. "어떻게 이런 일이 일어날 수가 있을까? 작고 마른 몸인데 어디서 냄새가 날 수 있을까?" "하느님이 일부러 알려주고 싶으셨던 거야." 그들의 의견은 논란의 여지가 없이 곧바로 받아들여졌다. 냄새가 자연적인 것이었다 해도, 그렇게 급하게가 아니라 좀 더 뒤에, 최소한 하루가 지나서 났어야 했기 때문이다. 따라서 여기에는 하느님의 의도적인 손길이 있다는 것이다. 고인이 사랑했던 온순한 수도사제 이오십은 반박하기 시작했다. 의인의 육체가 썩지 않아야 한다는 것은 정교의 교리가 아니라 단지 견해일 뿐이며, 아토스[02]에서도 육체가 썩지 않는 것이 구원받은 자가 받을 영광의 주된 표적으로는 여겨지지 않는다는 것이다.[03] 그러나 겸손한 신부의 말은 아무런 인상을 불러 일으키지 못했다. 이오십 신부는 슬퍼하면서 자리를 떴다. 장상제도의 반대자들이 오만하게 고개를 쳐들었던 것이다. "그의 가르침은 그릇됐어. 삶이 눈물에 찬

---

02 1부 각주 09를 참조하시오.

03 죽은 자의 유해가 썩지 않는 것이 그가 성인이라는 증거라는 믿음이 정교를 믿는 일반 민중 사이에 퍼져 있었고, 실제로 그런 사례도 많이 존재했다.

겸손이 아니라 큰 기쁨이라고 가르쳤지." 어떤 사람들은 이렇게 말했다. "그는 유행에 따라 믿었어. 지옥의 물질적인 불을 인정하지 않았어." 여기에 다른 사람들이 가세했다. "금식도 엄격히 지키지 않았어. 차와 함께 버찌 잼 먹는 것을 아주 좋아했지. 고행자가 차를 마셔도 되는 거야?" 또 다른 이들에게서 이런 말이 들렸다. "자신을 성자라고 생각했어." "고백 성사를 악용했어." 장상제도를 가장 반대하는 사람들이 악의에 찬 목소리로 소곤거렸다. 파이시 신부는 독수방 밖에서 일어나는 일을 들을 수도 볼 수도 없었지만, 마음속에서 모든 것을 정확히 짐작하고 있었다.

파이시 신부는 낭독을 이오십 신부에게 맡기고 층계를 내려왔다. 갑자기 그의 마음이 서글퍼졌다. 그는 멈춰서 스스로에게 자문했다. "내가 낙담에 빠질 만큼 이렇게 슬픈 이유가 뭘까?" 그리고 그는 이 갑작스런 슬픔이 아주 작고 특별한 이유 때문에 일어났다는 것을 곧바로 알아차리고는 놀랐다. 그는 독수방 입구에 모여있는 군중 가운데서 알료샤를 발견했는데, 그를 보자마자 마음속에서 어떤 아픔을 느꼈던 것이 기억났던 것이다. "이 젊은이가 내 마음 속에서 그렇게 큰 의미를 지니고 있단 말인가?" 그는 놀라워하며 스스로에게 물었다. 이 순간 알료샤는 그의 옆을 지나 어디론가 서둘러 가고 있었다.

그들의 시선이 마주쳤다. 알료샤는 얼른 눈길을 돌려 땅을 바라보았다. "너도 유혹에 빠진 거냐?" 파이시 신부는 슬프게 말했다.

알료샤는 멈춰서서 멍하니 파이시 신부를 바라보고는 다시 눈길을 돌려 땅을 바라보았다. 그는 옆으로 서서 신부 쪽으로 얼굴을 돌리지 않았다. 파이시 신부는 주의 깊게 지켜보았다.

"어디로 그리 급히 가는 거냐? 예배를 알리고 있는데." 그는 다시 물었다. 그러나 알료샤는 대답하지 않았다.

"아니면 독수방을 떠나는 거냐? 축복도 받지 않고?"

알료샤는 갑자기 일그러진 웃음을 지었다. 그리고 아주 이상한 눈초리로 신부를 쳐다보았다. 그리고 갑자기 팔을 내젓고는 빠른 걸음으로 밖으로 나가는 문을 향해 걸어갔다.

"다시 돌아 올거다!" 파이시 신부는 슬프고 놀라워하면서 그의 뒤를 바라보며 중얼거렸다.

그런 순간

오랜 세월이 지나서도 알료샤는 이 슬픈 날을 자신의 생애에서 가장 괴롭고 운명적인 날들의 하나로 생각했다. 여기서 문제는 기적이 아니었다. 그는 초조함 속에서 경솔하게 기적을 기대했던 것이 아니었다. 그에게 가장 중요했던 것은 얼굴, 그가 사랑했던 장상의 얼굴이었다. 이 존재는 그의 앞에 그토록 오랫동안 의심의 여지가 없는 이상으로서 서 있었던 것이다. 그에게 필요했던 것은 기적이 아니라 단지 '최상의 정의'였다. 그런데 그 정의가 파괴되었고, 그의 마음은 너무나 잔인하게 그리고 갑작스럽게 상처를 입게 되었다. 그는 정의를 갈망했지 기적만을 갈망했던 것이 아니었다! 그런데 전 세계의 모든 사람들보다 더 높이 올려져야 할 그분이 영예 대신에 갑자기 치욕을 당한 것이다! 무엇 때문에? 누가 심판한 것인가? 누가 그렇게 판결할 수 있단 말인가? 이것이 지금 그의 마음을 괴롭히는 질문이었다. 가장 의로운 존재가 그보다 훨씬 못한 군중의 조소와 악의에 찬 조롱에 처해졌다는 것을 그는 모욕과 분노 없이 견뎌낼 수가 없었다. 그래 기적은 없어도 좋다. 그러나 무엇 때문에 불명예가, 치욕이, 이 성급한 부패가 필요하단 말인가? 어디에 하느님의 섭리와 손길이 있단 말인가? 무슨 목적으로 하느님의 섭리는 '가장 필요한 순간'에 자신의 손가락을 숨기고 마치 스스로 맹목적이고 말없고 무자비한 자연법칙에 굴복한 것 같이 보인단 말인가?

나는 운명적인 이 순간에 알료샤의 정신에 나타났던 이상한 현상에 대해 침묵하고 싶지 않다. 알료샤가 어제 형 이반과 나눈 대화가 지금 계속해서 괴로운 인상 속에서 기억나고 있었다. 바로 지금 말이다. 오, 그의 영혼 속에서 신앙이 동요하고 있었다는 것은 아니다. 그는 자신의 하느님을 사랑하고 흔들림 없이 믿고 있었다. 비록 갑자기 불평을 하게 되었지만 말이다. 그렇지만 어제 형 이반과의 대화를 기억하자 뭔가 막연하지만 괴로운 인상이 그의 영혼에서 다시금 꿈틀거렸다. 그리고 점점 더 바깥으로 나오려는 것이었다. 날이 매우 어두워지기 시작했을 때, 독수방에서 나와 수도원 쪽을 향해 소나무 숲을 지나가던 라키틴은 갑자기 얼굴을 땅에 대고 나무 아래 꼼짝하지 않고 잠자는 듯이 누워 있는 알료샤를 발견했다. 그는 다가가서 알료샤를 불렀다.

"너 여기 있었니, 알렉세이?..." 그는 놀라서 말을 끝내지 못하고 멈췄다.

"무슨 일이야?" 그는 여전히 놀랐으나 놀라움은 점점 조소어린 표정을 띤 미소로 변해가기 시작했다.

"나는 벌써 두 시간이 넘도록 너를 찾아다니고 있었어. 네가 갑자기 사라져 버렸으니까. 도대체 여기서 뭐하고 있는 거야?"

알료샤는 고개를 들고 앉아서 등을 나무에 기댔다. 그는 울지 않았지만 그의 얼굴은 고통을 표현하고 있었다.

"알고 있니. 너는 얼굴이 완전히 달라졌어. 이전의 온순함이라곤 전혀 없어. 누구에게 화가 나기라도 한 거니?"

"그만해!" 알료샤는 피곤한 듯 손을 내저으며 말했다.

"너 정말 너의 노인이 냄새를 풍긴 것 때문에 이러는 거야? 너는 그가 기적을 일으킬 거라고 진지하게 믿었던 거야?"

"믿었어. 믿고 있고. 믿고 싶어. 그리고 믿을 거야." 알료샤는 짜증스럽게 소리쳤다.

"너는 지금 너의 하느님에게 화가 나서 반란을 일으키고 있는 거로군."

"나는 나의 하느님에 대해 반란을 일으키는 게 아니야. 나는 단지 '그의 세계를 인정하지 않는 거야'." 알료샤는 일그러진 미소를 지었다.

"그의 세계를 받아들이지 않는다니? 그게 무슨 실없는 소리야?"

알료샤는 대답하지 않았다.

"쓸데없는 소리는 그만 하자. 너 오늘 뭘 좀 먹었니?"

"기억이 안 나... 먹은 것 같기도 하고."

"너는 기운을 차려야 해. 내 주머니에 소시지가 있어. 넌 소시지는 먹지 않겠지..."

"소시지 좀 줘."

"오호! 이건 완전한 반란인 걸. 우리 집에 가자... 나는 보드카라도 마시고 싶어, 죽을 정도로 피곤하거든. 너는 보드카는 마시지 않겠지만..."

"보드카도 줘."

"놀라운 걸, 형제! 이런 좋은 기회를 놓쳐서는 안 되지. 가자!"

알료샤는 말없이 일어서서 라키틴을 따라갔다.

"잠깐만!" 갑자기 라키틴이 멈춰서서 소리쳤다. 그는 알료샤의 어깨를 잡고 그를 멈춰 세웠다.

"이봐, 알료시카. 우리가 지금 어디로 가는 게 제일 좋은지 알아?" 그는 소심하게 아첨하듯이 말했다.

"상관없어... 좋을 대로 해."

"그루셴카에게 가자, 응? 갈래?"

"그루셴카에게 가자." 알료샤는 침착하게 대답했다. 이런 빠르고 침착한 동의는 라키틴으로서는 전혀 예상치 못한 것이었다.

그들은 아무 말 없이 걸었다. 라키틴은 말을 걸기도 두려웠다.

"그 여자가 정말 기뻐할 거야..." 그는 중얼거리다가 다시 입을 다물었다. 그가 알료샤를 데려가는 것은 절대 그루셴카를 기쁘게 하기 위해서가 아니었다. 그는 이득 없이는 어떤 일도 하지 않는 사람이었다. 지금 그의 목적은 두 가지였다. 하나는 복수였는데, 즉 '의인의 치욕'과 알료샤의 '타락'을 보는 것이었다. 두 번째는 어떤 물질적인, 그에게 매우 이득이 되는 목적이었다. 그것에 대해서는 잠시 후 말하게 될 것이다.

'그런 순간이 온 것이로군,' 그는 즐거워하면서도 심술궂게 속으로 생각했다. '이런 순간은 잡아야 해.'

파 한 뿌리

그루셴카는 도시에서 가장 번잡한 곳에 살고 있었다. 4년 전에 삼소노프 노인은 현의 한 도시에서 열여덟 살 된 소심하고 수줍음이 많고 가냘픈 소녀를 이 집으로 데려왔다. 그녀가 열일곱 살이었을 때 어떤 장교에게 속아서 버림을 받았다는 소문이 돌았다. 그 장교는 그녀를 떠나 어딘가에서 결혼을 했고 그루셴카는 치욕과 빈곤 속에 남겨지게 되었다. 그녀는 삼소노프 노인에 의해 빈곤에서 건져졌던 것이다. 그녀는 이 4년 동안 감상적이고 모욕당한 가련한 고아에서 혈색이 좋고 통통한 러시아의 미녀로 변했다. 대담하고 결단성 있고 오만하고 뻔뻔하며, 돈의 가치를 이해하고 인색하며 용의주도한 여자가 되었던 것이다. 남자들이 그루셴카에게 접근하는 것은 어려웠다. 그녀의 보호자인 노인 외에는 4년 동안 그녀의 호감을 얻었다고 자랑할 수 있는 사람은 아무도 없었다. 대단한 수완가였던 이 노인은 인색했고 돌처럼 확고한 성격이었다. 그는 그루셴카 없이는 살 수 없었지만 그녀에게 큰 재산을 나눠주지는 않았다. 대신 그녀에게 약간의 재산으로 8천 루블을 나눠주었다.

표도르 파블로비치 카라마조프가 그녀에게 반해서 정신을 잃을 정도가 되자 삼소노프 노인은 크게 웃음을 터뜨렸다. 그러나 드미트리 표도로비치가 갑자기 나타나자 노인은 웃음을 멈추고 대신 어느 날 진지하고 엄격하게 그루셴카에게 충고했다. "둘 중에 하나를 고르려면, 노인을 골라라. 그러나 그 비열한 노인이 너와 결혼하고 미리 얼마의 재산이라도 유산으로 물려주는 조건이어야 해. 그 대위하고는 사귀지 마라. 그에게는 미래가 없어."

그루셴카는 매우 인색하게 살았다. 그녀에게는 방이 세 개뿐이었다. 라키틴과 알료샤가 그녀의 집에 들어갔을 때, 날이 완전히 어두워졌는데도 방에는 불이 켜 있지 않았다. 그루셴카는 거실 소파 위에서 고개를 위로

하고 몸을 쭉 뻗고 꼼짝 않은 채 누워있었다. 그녀는 누구를 기다리기라도 하는 듯 검은 색 비단 옷을 입고 머리에는 얇은 레이스 머리 장식을 하고 있었다. 그녀는 정말로 누군가를 기다리고 있었고 우수와 초조함에 창백해진 얼굴을 하고 있었다. 라키틴과 알료샤가 나타나자 그루셴카는 재빨리 소파에서 일어나 놀란 듯이 소리쳤다. "거기 누구예요?" 손님을 맞이한 하녀가 곧 여주인에게 외쳤다.

"그분들이 아니에요. 다른 분들이에요."

"아, 너구나. 라키트카^{라키틴의 애칭}? 나를 놀라게 했지 뭐야. 누구랑 같이 온 거야? 맙소사, 누구를 데려온 거야! 데려올 때를 잘도 찾아냈구나!" 그녀는 알료샤를 알아보고 소리쳤다.

"마음에 들지 않는 거야?" 라키틴은 순간 기분이 상해서 물었다.

"너는 나를 놀라게 했어, 라키트카." 그루셴카는 알료샤를 보고 미소를 지었다. "나를 두려워하지 마세요, 알료샤. 당신이 와 주셔서 너무나 기뻐요. 기대하지 않았던 손님인 걸요. 나는 미챠가 달려온 줄 알았어요. 그 사람에게 내가 우리 영감 쿠지마 쿠지미치에게 가서 저녁 내내 영감와 함께 돈 계산을 할 거라고 말했거든요. 미챠는 내가 거기 있을 거라고 믿고 있는데, 나는 여기 처박혀 앉아서 소식을 기다리고 있으니. 페냐, 페냐! 문을 열어서 혹시 어디 대위가 있는지 주변을 살펴 봐. 어쩌면 숨어서 보고 있을지도 몰라. 무서워 죽겠어."

"아무도 없어요. 다 둘러봤어요. 저도 무서워 떨고 있는 걸요."

"알료샤, 오늘은 당신의 형 미챠가 무서워요." 그루셴카는 불안하면서도 왠지 환희에 찬 듯 큰 소리로 말했다.

"왜 오늘 그렇게 미첸카를 무서워하는 거지?" 라키틴이 물었다.

"소식을 기다린다고 말했잖아. 지금 미첸카는 전혀 필요 없어."

"어딜 가려고 옷치장을 한 건데?"

"넌 참 호기심도 많구나, 라키틴! 소식을 기다린다고 말했는데도. 소식이 오면 일어나서 날아갈 거야. 준비하고 앉아 있으려고 치장을 한 거야."

"어디로 날아갈 건데?"

"너무 많이 알면 빨리 늙어. 너하고 얘기하면 뭐하겠어. 여기 손님이 계신데! 알료샤, 당신을 보면서도 믿어지지가 않아요. 어떻게 우리 집에 나타나신 건지! 당신이 올 거라고 믿은 적이 없거든요. 여기 소파에 앉으세요."

그녀는 알료샤 쪽으로 가까이 와 나란히 소파에 앉았

다. 그녀는 정말로 기뻐하고 있었다. 그녀의 눈은 불타고 있었고 입술은 선량하고 즐겁게 웃고 있었다. 알료샤는 그녀에게서 그런 선량한 표정을 기대하지 못했다... 그는 어제 그녀가 카테리나 이바노브나에게 한 악의에 차고 교활한 행동에 너무나 충격을 받아 지금 마치 전혀 다른 존재를 보고 있는 것만 같았다. 그녀의 모든 것이 단순했고 소박했다.

"왜 당신은 그렇게 슬퍼하며 앉아 계시나요, 알료셰츠카. 나를 무서워하시는 건가요?"

"그의 장상이 냄새를 풍겼거든."

"냄새를 풍기다니? 너는 쓸데없는 소리를 지껄이는구나. 알료샤, 나를 무릎 위에 앉게 해주세요, 이렇게!" 갑자기 그녀는 자리에서 일어나더니 웃으면서 고양이처럼 그의 무릎에 올라앉았다. 그리고 오른손으로는 그의 목을 부드럽게 끌어안았다. "정말 무릎 위에 앉게 해 주시는 거예요? 화내지 않으실 거죠? 명령하면 내려갈게요."

알료샤는 아무 말도 하지 않았다. 거대한 슬픔이 그의 모든 감각을 집어삼키고 있었다. 그럼에도 불구하고 그는 하나의 새로운 이상한 감각에 놀라고 있었다. 이 여자, 이 '무서운' 여자가 지금 이전의 두려움으로 그를 놀라게 하지 않을 뿐 아니라, 그에게 전혀 다른 특별한 감정을 불러 일으켰다. 이 사실이 그를 놀라게 했던 것이다.

"실없는 소리는 그만하고 샴페인이나 내오지." 라키틴이 소리쳤다.

"정말로, 알료샤, 나는 당신을 데려오면 샴페인을 대접하겠다고 약속했답니다. 페냐, 페냐, 샴페인을 가져와. 당신들과 마시겠어요."

"그런데 어떤 '소식'인지 물어도 되나, 비밀이야?" 라키틴이 다시 호기심에 말을 꺼냈다.

"뭐, 비밀도 아니지. 너도 알고 있잖아. 장교님이 오고 있어, 라키틴, 나의 장교님이 오고 있다고!"

"나도 들었어. 정말 그렇게 가까이 왔어?"

"지금 모크로예에 있어. 거기서 빠른우편을 보내겠다고 쓴 편지를 받았어. 그래서 우편이 오기를 기다리는 거야."

"미첸카는 아는 거야, 모르는 거야?"

"전혀 몰라! 알면 죽일 거야. 그렇지만 나는 지금 그의 칼이 전혀 무섭지 않아. 나에게 드미트리 표도로비치에 대해 상기시키지 말아줘. 이 순간에는 아무것도 생각하고 싶지 않아. 알료셰츠카에 대해서는 생각할 수 있어. 알료샤, 내가 당신을 온 영혼을 다해 사랑한다는 걸 믿으시나요?"

"그럼 장교는?"

"그것과 이건 달라. 나는 다른 방식으로 알료샤를 사

랑해. 알료샤, 전에는 당신에 대해 교활한 생각을 품었어요. 다른 순간에는 당신을 내 양심처럼 바라볼 때가 있었어요. 정말로, 알료샤, 어떤 때는 당신을 보며 부끄러워질 때가 있어요. 나 자신이 부끄러운 거예요..."

페냐가 들어와 탁자에 쟁반을 놓았다. 그 위에는 가득 채워진 술잔 세 개가 놓여 있었다.

"샴페인을 가져왔구나. 자, 알료샤, 술잔을 들어. 무엇을 위해 마실까? 천국의 문을 위해? 잔을 들어, 그루샤, 마셔. 너도 천국의 문을 위해서."

"무슨 천국의 문이라는 거야?"

그녀는 술잔을 들었다. 알료샤도 술잔을 들어 한 모금 마시더니 술잔을 다시 내려놓았다.

"아니, 마시지 않는 게 좋겠어!" 그는 조용히 웃었다.

"그렇다면 나도 마시지 않겠어요." 그루셴카가 말했다.

"그의 무릎에 앉아 있으면서 뭘! 알료샤한테는 슬픈 일이 있어. 그의 장상이 오늘 죽었어, 성스런 조시마 장상이."

"조시마 장상께서 돌아가셨다구? 맙소사, 나는 그걸 모르고 있었어!" 그녀는 경건하게 성호를 그었다. "그런데 내가 지금 그의 무릎에 앉아 있다니!" 그녀는 놀란 듯이 소리를 지르고 순간적으로 무릎에서 내려와 소파에 옮겨 앉았다. 알료샤는 놀라서 그녀를 한동안 바라보았다. 그의 표정이 밝아진 것 같았다.

"라키틴, 이분을 봐. 얼마나 나를 동정하는지 보았지? 나는 악한 영혼을 찾으려고 이곳으로 왔어. 그런데 진실한 누이, 보물을 발견했어. 이분은 나를 동정했어… 아 그라페나 알렉산드로브나, 당신은 지금 내 영혼을 소생시켜 주셨어요."

"알료샤, 아무 말도 하지 마세요. 당신의 말을 들으면 수치스러워지니까요. 나는 착한 여자가 아니라 악한 여자예요."

"마치 정신병원이라도 들어온 것 같군. 이제 울기라도 할 것 같아!" 라키틴은 씩씩거렸다.

"그래 울 거야, 울 거라고! 이분은 나를 누이라고 불러주었어. 나는 이걸 앞으로 절대 잊지 않을 거야! 나는 비록 악하지만 그래도 파 한 뿌리를 준거야."

"무슨 파 한 뿌리?"

"들어보세요, 알료세츠카. 이건 그냥 우화지만 좋은 우화예요. 한 성질 고약한 노파가 죽었답니다. 그녀는 어떤 한 가지 선행도 남기질 못했답니다. 그래서 마귀들이 그녀를 끌고 가서 불에 타는 호수에 던져 버렸지요. 그런데 그녀의 수호천사가 생각했어요. 하느님께 말씀드릴 그녀의 선행을 기억해낼 수는 없을까 하고요. 그래서 기억해내서 하느님께 말씀드렸죠. '그녀는 밭에서 파 한 뿌리를 뽑아 한 여자 거지에게 준 적이 있습니다'라고요. 그러자 하느님이 말씀하셨죠. '이 파 한 뿌리를 가져다가 그녀에게 내밀어라. 그걸 붙잡게 해라. 만약 그 파 한 뿌리가 호수에서 그녀를 끄집어내면 천국으로 갈 것이다. 그러나 끊어지면 지금 있는 곳에 있어야 한다.' 천사는 달려가 노파에게 파 한 뿌리를 내밀었어요. '이걸 붙잡아라.' 천사는 조심스럽게 그녀를 잡아당겨 거의 다 끌어냈답니다. 그런데 호수에 빠져있던 다른 죄인들이 그걸 보고 함께 끌어올려지려고 그녀에게 달라붙었어요. 그런데 노파는 너무나 성질이 고약해서 그들을 뒷발로 차기 시작했어요. '나를 끌어올리는 거지 너희들이 아니야. 내 파 뿌리지 너희들 것이 아니야.' 그녀가 이 말을 하자마자 파 뿌리가 끊어졌어요. 그녀는 호수에 떨어져서 지금까지 타고 있답니다. 천사는 울면서 돌아갔대요. 나는 이 우화를 외우고 있어요. 왜냐하면 내가 그 성질 고약한 노파니까요. 나는 평생 살면서 파 한 뿌리를 준 거예요. 그러니 나를 칭찬하지 마세요. 나는 악해요, 아주 고약해요. 아, 아주 고백을 해야겠어요. 나는 라키트카에게 당신을 내게 데려오면 25루블을 주겠다고 약속했어요. 라키트카, 기다려." 그녀는 빠른 걸음으로 탁자 쪽으로 다가가서 상자를 열더니 25루블짜리 지폐를 꺼냈다.

"거절할 이유가 없지." 당황한 듯 라키틴이 낮은 목소리로 말했다.

"이제 구석에 앉아 입 다물고 있어, 라키트카. 너는 우리를 사랑하지 않으니까 잠자코 있어."

"무엇 때문에 내가 너희들을 사랑해야 하지?" 라키틴은 알료샤 앞에서 매우 부끄러웠다. 수치 때문에 그는 화가 났던 것이다.

"너는 우리의 일을 아무것도 이해하지 못해! 구석에 앉아서 내 하인처럼 잠자코 있어. 이제 알료샤, 당신에게만 진실을 이야기하겠어요. 내가 어떤 인간인지! 나는 당신을 파멸시키고 싶었어요. 내가 왜 그것을 원했는지 당신은 아무것도 모르시죠. 당신은 나한테서 고개를 돌리고 눈을 내리깔고 지나가곤 했어요. '나를 경멸하는 거야. 심지어 나를 쳐다보고 싶어 하지도 않아.'라고 생각했지요. 저 사람을 통째로 집어삼켜서 웃어줘야지. 나는 완전히 심술이 났던 거예요. 당신이 누이라고 부른 내가 얼마나 악독한 암캐인지 아셨나요! 이제 나를 모욕한 사람이 와서 나는 소식을 기다리고 있어요. 5년 전에 쿠지마는 나를 이곳으로 데려왔어요. 나는 통곡하면서 밤새 한잠도 못 잤어요. 그러면서 생각했지요. '나를 모욕한 그 사람은 지금 어디에 있을까? 언젠가 그를 만나기만 하면 복수할 테다, 꼭 복수하고 말거야!'라구요. 그렇게 어둠 속에서 외치곤 했어요. 아침이 되면 개보다 더 악독해져서 일어나곤 했죠. 지금도 5년 전처럼 이를 갈면서 밤새 울곤 해요.

그런데 한 달 전에 갑자기 나에게 편지가 오기 시작했어요. 그가 홀아비가 되어서 나를 만나고 싶어서 온다는 거예요. 나는 생각했어요. '그가 와서 휘파람을 불며 나를 부르면, 나는 암캐처럼 그에게 기어갈까!' '나는 비열한가, 아닌가. 그에게 달려갈까, 가지 않을까?' 이 한 달 동안 5년 전보다 더 심한 증오가 나를 사로잡았어요. 미챠를 갖고 논 것도 그 사람에게 달려가지 않기 위해서였어요. 이 세상에서 지금 내 마음이 어떤지 아는 사람은 아무도 없어요. 알 수가 없지요... 오늘 나는 어쩌면 칼을 가지고 그곳으로 갈지도 몰라요."

그루셴카는 갑자기 참지 못하고 손으로 얼굴을 가린 채 소파에 몸을 던지고 작은 어린애처럼 흐느끼기 시작했다.

"미샤^{라키틴의 이름인 미하일의 애칭}, 너는 이분이 하는 말을 들었니? 나는 파멸하기 위해 이곳에 왔어. '될 대로 되라!'는 식이었지. 그런데 이분은 5년의 고통 후에 그녀를 모욕한 자를 용서하고 그에게 서둘러 가려 하고 있어. 이분은 칼을 가져가지 않을 거야, 절대로! 이분의 사랑은 우리보다 차원이 높아... 이분의 영혼에는 보물이 숨겨져 있을지도 몰라..."

라키틴은 놀라서 쳐다보았다. 그는 조용한 알료샤에게서 이런 열변을 들으리라고는 기대하지 못했던 것이다.
"너는 그녀에게 반하기라도 한 거야? 아그라페나 알렉산드로브나, 네가 승리했어!"
 그루셴카는 고개를 들어 감동한 듯 미소를 지으며 알료샤를 바라보았다.
"알료샤, 이리 와봐요. 여기 앉으세요. 나에게 말해주세요. 내가 그 사람을 사랑하는 걸까요, 아닐까요? 나를 모욕한 사람을 사랑하는 걸까요, 아닐까요? 나는 당신이 올 때까지 여기 누워서 계속 내 마음에게 물어봤어요. 그 사람을 사랑하는 걸까, 아닐까? 내 의혹을 풀어줘요, 알료샤. 그 사람을 용서할까요, 말까요?"
"벌써 용서해 주신 걸요." 알료샤는 미소 지으며 말했다.
"정말로 용서했군요." 그루셴카는 생각에 잠겨 말했다. "이 비열한 마음이란!" 그녀는 갑자기 탁자에서 술잔을 움켜쥐더니 단숨에 마셔버리고 바닥에 힘껏 던져버렸다. 술잔은 쨍그랑 소리를 내며 깨졌.
"어쩌면 용서하지 않았는지도 몰라요, 어쩌면 단지 용서하려고 마음먹고 있는지도 몰라요. 아직 내 마음과 더 싸워봐야겠어요. 어쩌면 나는 내 모욕만을 사랑했지 그 사람은 전혀 사랑하지 않았는지도 몰라요! 원하기만 하면 나는 지금 아무데도, 누구에게도 가지 않을 거예요. 원하기만 하면 내일이라도 쿠지마에게 그가 내게 준 모든 것을 돌려주고 평생 일용 노동자가 되러 갈 수도 있어요. 그 자식은 쫓아버릴 거예요. 모욕을 줘서 나를 다시는 못 보게 만들겠어요!"

그녀는 다시 베개에 몸을 던져 흐느꼈다. 라키틴은 자리에서 일어났다.

"가야겠어. 시간이 늦었어."

그루센카는 자리에서 벌떡 일어났다.

"정말 가실 거예요, 알료샤!" 그녀는 슬프고 놀라서 소리쳤다. "왜 당신은 전에 오지 않으신 거죠? 나는 평생 당신 같은 사람을 기다렸어요. 누군가 그런 사람이 와서 나를 용서해 줄 거라는 걸 알았죠. 누군가 야비한 나를 사랑해 줄 거라고 믿었어요."

"제가 한 일이 뭐가 있다는 겁니까? 파 한 뿌리를 주었을 뿐이에요. 작은 파 한 뿌리, 그게 전부예요!"

이렇게 말하고 그는 울음을 터뜨렸다. 바로 이때 현관에서 갑자기 소음이 들리더니 누군가 들어왔다. 그루센카는 깜짝 놀라며 자리에서 벌떡 일어났다. 페냐가 방으로 뛰어들어왔다.

"아가씨, 아가씨를 데리러 모크로예에서 여행마차가 왔어요. 여기 편지도 있어요!"

그루셴카는 단숨에 그것을 읽었다.

"나를 불렀어요!" 그녀는 완전히 창백해져서 소리쳤다. "휘파람을 불었어요! 기어가, 암캐야!"

그러나 일순간 그녀는 결정하지 못한 듯 서 있었다. 그러다 갑자기 피가 머리로 솟구치는 것 같았다.

"가겠어! 나의 5년! 이제 안녕! 안녕히 계세요, 알료샤. 운명은 결정됐어요... 그루셴카는 새로운 삶으로 날아가는 거예요... 어쩌면 죽으러 가는지도 모르죠!"

그녀는 갑자기 침실로 달려갔다.

"가자. 이제 이 눈물겨운 외침에 질렸어..." 라키틴이 말했다.

알료샤는 기계적으로 끌려 나왔다. 마당에는 여행마차가 서 있었다. 알료샤와 라키틴이 현관에서 내려서자마자 갑자기 그루셴카의 침실 창문이 열리더니 그녀가 날카로운 목소리로 알료샤에게 소리쳤다.

"알료셰츠카, 당신의 형 미첸카에게 전해주세요. 그루셴카는 한 순간, 단지 한 순간만 그를 사랑했다구요. 그러니 그 한 순간을 앞으로 평생 기억하라구요."

창문이 쾅 닫혔다. 알료샤는 라키틴 옆에서 마치 망각에 빠진 듯 기계적으로 걸었다.

"그는 폴란드인이야. 지금은 장교도 아니고. 시베리아 어디선가 중국 국경에서 세관 관리로 근무했다지. 사람들이 말하길, 직장을 잃었다는군. 그루셴카가 재산을 모았다는 말을 듣고 돌아온 거야."

알료샤는 마치 아무 말도 들리지 않는 것 같았다. 라키틴은 더 참을 수 없었다.

"너는 지금 25루블 때문에 나를 멸시하는 거지? 내가 참된 친구를 팔았다 이거지. 너는 그리스도가 아니고 나도 유다가 아니야."

"아, 라키틴. 나는 그 일에 대해서는 잊고 있었어."

"제기랄, 왜 내가 너랑 엮여가지고! 혼자 가. 저기 네 길로!"

그는 알료샤를 어둠 속에 혼자 남겨두고 다른 거리로 가버렸다. 알료샤는 도시에서 나와 수도원으로 향했다.

갈릴리의 가나

알료샤가 독수방에 도착했을 때는 수도원은 매우 늦은 시간이었다. 시계는 벌써 아홉 시를 알렸다. 알료샤는 조심스럽게 문을 열고 관이 놓여있는 장상의 독수방으로 들어섰다. 알료샤는 문에서 오른쪽 구석으로 가서 무릎을 꿇고 기도하기 시작했다. 그의 영혼은 충만했고 마음은 달콤했다. 그는 관 앞에서 엎드렸다. 기쁨이 그의 정신과 마음속에 빛나고 있었다. 영혼 속에는 무엇인가 온전하고 확고한 것이 지배하고 있었고 그는 그것을 의식하고 있었다. 기도를 시작한 후 그는 갑자기 생각에 잠겨 기도하는 것을 잊어버리곤 했다. 그리고 파이시 신부가 낭독하는 것을 듣기 시작했다. 그러나 그는 매우 지쳐있었기 때문에 이따금씩 졸기 시작했다...

"사흘째 되는 날에 갈릴리 가나에 혼인 잔치가 있었다. 예수의 어머니가 거기에 계셨고, 예수와 그의 제자들도 그 잔치에 초대를 받았다."[04]

"혼인 잔치라고?" 알료샤의 머리 속에 이 생각이 질풍처럼 스쳐 지나갔다.

"그런데 포도주가 떨어지니, 예수의 어머니가 예수에게 말하기를 "포도주가 떨어졌다" 하였다."

'아, 나는 이 대목을 좋아해. 이건 갈릴리의 가나야. 첫 번째 기적이지... 그리스도는 사람들이 슬퍼하는 곳이 아니라 기뻐하는 곳을 찾아가셨어. 첫 번째 기적을

---

04 요한복음 2장 1-2절

행하면서 사람들의 기쁨을 도와주신 거야... 기쁨이 없이 인간은 살 수가 없다고 미챠가 말했어... 그래, 미챠...'

"예수께서 어머니에게 말씀하셨다. "여자여, 그것이 나와 당신에게 무슨 상관이 있습니까? 아직도 내 때가 오지 않았습니다." 그 어머니가 일꾼들에게 이르기를 "무엇이든지, 그가 시키는 대로 하세요" 하였다."

'기쁨, 가난한, 아주 가난한 자들의 기쁨... 정말로 그분은 가난한 자들의 혼인 잔치에 포도주를 더 만들어 주시려고 이 땅에 오신 것은 아닐까?'

"예수께서 일꾼들에게 말씀하셨다. "이 항아리에 물을 채워라." 그래서 그들은 항아리마다 물을 가득 채웠다.
예수께서 그들에게 말씀하시기를 "이제는 떠서, 잔치를 맡은 이에게 가져다 주어라." 하시니, 그들이 그대로 하였다.
잔치를 맡은 이는, 포도주로 변한 물을 맛보고, 그것이 어디에서 났는지 알지 못하였으나, 물을 떠온 일꾼들은 알았다. 그래서 잔치를 맡은 이는 신랑을 불러서 그에게 말하기를 "누구든지 먼저 좋은 포도주를 내놓고, 손님들이 취한 뒤에 덜 좋은 것을 내놓는데, 그대는 이렇게 좋은 포도주를 지금까지 남겨 두었구려!" 하였다."

"이게 뭐지, 이게 뭘까! 왜 방이 넓어지는 걸까... 그런데 저분이 누구지? 누굴까? 다시 방이 넓어지는구나... 큰 식탁에서 일어나는 사람이 누구지?.. 그분이 여기 계신 건가? 그분은 관 속에 계시는데... 그렇지만 여기 계시잖아... 일어나서 나를 보고 이쪽으로 오고 계셔... 주여!..."

그랬다. 그를 향해 그분이, 얼굴에 잔주름이 가득하고 바짝 마른 노인이 기뻐하면서, 조용히 웃으면서 다가오고 있었다. 얼굴은 온통 환하고 눈은 빛나고 있었다. 어떻게 된 것일까. 아마도 그분 역시 잔치에, 갈릴리의 가나에 초대된 것이 분명해...

"나도 초대 받았단다, 그래서 온 거란다." 그의 머리 위에서 조용한 목소리가 울려 퍼졌다. 그분의 목소리, 조시마 장상의 목소리였다... 장상은 알료샤를 손으로 잡아 일으켰다.

"즐기자꾸나." 여윈 노인은 계속해서 말했다. "새 포도주를 마시자꾸나. 새로운, 커다란 기쁨의 포도주를 말이다. 손님이 얼마나 많은지 보이니? 저기 신랑 신부가 있구나. 왜 나를 보고 놀라는 거냐? 나는 파 한 뿌리를 주어서 여기 있는 거란다. 여기 있는 많은 사람들은 단지 파 한 뿌리를 주었단다... 우리가 할 일이 무엇이겠니? 그런데 너, 조용하고 온순한 나의 소년이 오늘 파 한 뿌리를 주었더구나. 시작해라, 온순한 아이야, 너의 일을 시작하렴!... 그런데 너는 우리의 태양이 보이느냐, 그분이 보이느냐?"

"두렵습니다... 감히 쳐다볼 수가 없습니다..." 알료샤는 속삭였다.

"그분을 두려워하지 말아라. 그분은 무한히 자비로우시단다. 그분은 손님들의 기쁨이 끊어지지 않도록 물을 포도주로 바꾸셨단다. 그리고 새로운 손님들을 기다리신단다. 새로운 사람들을 끊임없이 부르고 계신단다. 저기 새 포도주를 내오는구나, 보이느냐..."

알료샤의 마음에서 무엇인가가 불타올랐다. 무엇인가가 갑자기 그의 마음을 아플 정도로 가득 채웠다. 환희의 눈물이 그의 영혼에서 터져나왔다... 그는 손을 뻗치고 소리를 지르며 깨어났다...

또다시 관이 보였고 복음서를 읽는 소리가 들렸다. 그러나 알료샤는 이미 듣고 있지 않았다. 그는 확고하고도 빠른 걸음으로 관 쪽으로 다가갔다. 알료샤는 30초 동안 관 속에 누워있는 고인을 바라보았다. 방금 그는 그분의 목소리를 들었고 그 목소리는 그의 귓가에 울리고 있었다. 그는 갑자기 몸을 홱 돌려 독수방에서 나갔다.

그의 영혼은 환희로 가득차서 자유를, 공간을, 광대함을 갈망했다. 그의 위로 조용하게 반짝이는 별들로 가득 찬 둥근 하늘이 넓고 끝없이 펼쳐져 있었다. 신선하고 아무 움직임도 없는 고요한 밤이 대지를 감싸고 있었다. 화단에 핀 화려한 가을꽃들이 잠들어 있었다. 대지의 고요는 마치 하늘의 고요와 융합되고, 지상의 신비는 별의 신비와 접촉하고 있는 것 같았다... 알료샤는 서서 바라보다가 갑자기 쓰러지듯이 대지에 엎드렸다.

그는 울고 흐느끼면서, 눈물로 대지를 적시면서 대지에 입을 맞췄다. 그는 무엇을 위해 운 것일까? 오, 그는 환희에 가득 차 심연에서 그에게 빛을 비추는 별들을 위해 울었던 것이다. 마치 이 모든 무수한 하느님의 세계에서 뻗어 나온 실이 한꺼번에 그의 영혼 안에서 만나고 있는 것 같았다. 그의 영혼은 '타계와 접촉하면서' 온통 떨고 있었다. 그는 모든 것을 용서하고 모든 것에 대해 용서를 빌고 싶었다. 오! 자기 자신이 아니라 모든 사람에 대해서, 모든 것에 대해서... 시시각각으로 그는 분명히, 만질 수 있는 것처럼 무엇인가 확고하고 흔들림 없는 것이 그의 영혼 안으로 내려오는 것을 느꼈다. 어떤 사상이 그의 이성 속에 자리를 잡은 것 같았다. 그것도 평생, 영원히. 그는 약한 청년으로 땅에 엎드렸으나 확고한 전사가 되어 일어났다. 그는 이것을 이 환희의 순간에 갑자기 자각했다. 알료샤는 평생 이 순간을 결코 잊을 수 없었다. '누군가가 그 시간에 나를 찾아온 거야,' 그는 나중에 자기 말을 굳게 믿으며 말했다.

 삼일 후 그는 수도원에서 나왔다. '세상에 있으라'는 고인이 된 장상의 명령에 따른 것이었다.

제8권
미챠

쿠지마 삼소노프

이 시간 드미트리 표도로비치는 그루셴카에게 일어난 일에 대해서 아무것도 모르고 매우 혼란스럽고 분주한 상태에 처해 있었다. 지난 이틀 동안 그는 '자신의 운명과 싸우고 스스로를 구하려고' 사방으로 뛰어다니고 있었다. 이상하게도 그는 '장교'가 곧 돌아오리라는 것에 대해서는 생각조차 하지 못했다. 그루셴카는 한 달 전에 받은 편지를 그에게 보여주었지만 놀랍게도 그는 그 편지에 어떤 가치도 부여하지 않았다. 점점 그는 장교에 대한 것들을 완전히 잊어버리고 말았다. 그는 오직 표도르 파블로비치와의 결정적인 충돌이 아주 가까이 왔고 무엇보다 먼저 그것을 해결해야 한다는 것만 생각했다. 그는 조마조마해 하면서 매순간 그루셴카의 결정을 기다렸다. 만약 그녀가 갑자기 "나를 데려가세요. 나는 영원히 당신 거예요."라고 말하면, 모든 것이 끝나는 것이다. 그는 그녀를 곧바로 세상의 끝은 아니더라도 가능한 멀리 어딘가 러시아의 끝으로 데려갈 것이다. 거기서 그녀와 결혼하여 아무도 모르게 그곳에 정착할 것이다. 오, 그러면 완전히 새로운 생활이 시작되는 것이다! 새로운, 갱생의 생활에 대해 그는 매순간 꿈꾸었다. 그는 이 부활과 갱생을 갈망하고 있었다.

그런데 만약 그녀가 '나는 당신 거예요. 나를 데려가세요.'라고 말한다면, 어떻게 그녀를 데려갈 것인가? 그에게 어떤 방법이, 어떤 돈이 있단 말인가? 어디서 이 숙명적인 돈을 마련한단 말인가?

미리 말해두지만 그는 어쩌면 어디에서 그 돈을 얻을지 알고 있었는지 모른다. 어쩌면 그 돈이 어디에 놓여 있는지도 알고 있었는지 모른다. 그러나 어딘가에 놓여 있는 그 돈을 얻기 위해서는 먼저 3천 루블을 카테리나 이바노브나에게 돌려주어야만 했다. 그렇지 않으면 '나는 좀도둑이고 비열한이다. 나는 비열한으로 새로운 생활을 시작하고 싶지는 않다.' 미챠는 이렇게 결심했다. 이틀 전 알료샤와 헤어지면서 그는 '누군가를 죽이고 강탈해서라도 카챠에게 빚을 갚는 게 낫다'라고 느꼈다.

"카챠의 돈을 훔쳐서 그녀의 돈으로 그루셴카와 선한 생활을 시작하느니 차라리 살인자와 강도가 되어서 시베리아로 가는 게 낫다." 미챠는 이를 갈면서 그렇게 말했다.

그는 갑자기 그루셴카의 후견인인 상인 삼소노프에게 가서 하나의 '계획'을 제안하기로 결심했다. 그 '계획'으로 단번에 구해야 할 돈을 얻어내는 것이다. 그래서 알료샤와 대화한 다음날 아침 열시 경 그는 삼소노프의 집에 나타났다. 삼소노프에게 '대위'의 도착을 알리자 삼소노프는 곧 그를 들이지 말라고 명했다. 이 모든 것을 미리 내다 본 미챠는 '아그라페나 알렉산드로브나와 관련된 매우 중요한 일이 있어 왔습니다.'라고 쪽지에 써서 노인에게 보냈다. 잠시 후 노인은 손님을 데려오라고 명했다. 미챠는 출입문 옆에 있는 의자에 앉아 초조해하며 자신의 운명을 기다리고 있었다. 노인이 맞은 편 문에서 나타나자 미챠는 갑자기 벌떡 일어나서 확고한 걸음으로 성큼성큼 그를 향해 걸어갔다. 그는 손님에게 위엄 있는 태도로 말없이 인사를 한 뒤 소파 옆에 있는 안락의자를 가리켰다. 그리고 자신은 미챠 맞은 편 소파에 천천히 앉았다.

"그래 당신은 나한테 무슨 볼 일이 있는 거요?"

미챠는 부르르 떨면서 벌떡 일어났다가 다시 앉았다. 그리고 곧 큰 소리로 신경질적인 제스처를 섞어가며 빠르게 말하기 시작했다. 그는 마지막 출구를 찾다가 못 찾아 물에라도 뛰어들 사람처럼 보였다. 삼소노프는 단번에 이것을 알아차렸다.

나는 미챠의 말을 그대로 전하지 않고 단지 서술만 하겠다. 사실인즉, 세 달 전에 미챠는 현청 소재지에서 유명한 변호사를 찾아가 상의를 했다는 것이다. 그 변호사는 미챠가 제시한 서류를 자세히 검토한 후, 체르마시냐 마을은 어머니 쪽 소유로 미챠의 소유가 되어야 하므로 소송을 제기할 수 있다는 의견을 진술했다. 한 마디로 말해서, 표도르에게서 6천, 심지어 7천 루블까지 받아낼 희망이 있다는 것이었다. "그러니 고결하신 쿠지마 쿠지미치, 당신께서 저의 모든 권리를 가져가시고 저에게 3천 루블만 주실 수 없으신지요... 당신은 절대 지실 일이 없을 겁니다. 3천 루블 대신 6천, 7천 루블의 이득을 보실 수 있을 겁니다... 중요한 것은 이 일을 '오늘 중으로' 끝내야 한다는 겁니다. 당신이 저에게 3천 루블을 주신다면... 당신은 가장 고귀한 일을 위해 저의 가련한 목숨을 구해주시는 겁니다. 그러니 선택해 주십시오. 모든 것은 당신의 손에 달려 있습니다. 당신은 이해하고 계십니다. 이해하지 못하셨다면, 저는 오늘이라도 물에 뛰어들 겁니다, 정말로!"

그가 말하는 내내 노인은 꼼짝하지 않고 앉아서 얼음

같은 눈초리로 그를 주시하고 있었다. 마침내 그는 단호한 어조로 말했다.

"미안합니다만, 우리는 이런 일은 하지 않습니다."

미챠는 갑자기 다리에 힘이 풀리는 것을 느꼈다.

"그럼 저는 이제 파멸이군요."

"미안합니다... 우리는 그런 일은 감당할 수 없습니다. 원하신다면 한 사람이 있는데, 그에게 가보십시오..."

"그게 누굽니까?"

"그는 랴가브이라고 불리는 사람으로 숲을 거래합니다. 표도르 파블로비치하고는 벌써 1년 동안 체르마시냐에서 당신의 숲을 흥정하고 있습니다. 지금은 다시 돌아와서 일린스키 신부 집에 있답니다. 나한테 편지를 써서 조언을 구했지요. 만약 랴가브이에게 당신이 방금 내게 말한 것을 제안한다면, 어쩌면 잘 될지도..."

"기가 막힌 생각입니다!" 미챠는 환희에 차서 소리쳤다.

"어떻게 감사를 드려야 할지 모르겠습니다, 쿠지마 쿠지미치."

"감사할 필요는 없습니다."

"서둘러 가 보겠습니다."

미챠는 노인의 손을 잡고 흔들려고 했으나 뭔가 악의적인 것이 그의 눈에 번쩍였다. 미챠는 손을 빼고는 그를 의심한 것에 대해 자신을 자책했다. "그는 피곤한 거야."

그는 인사를 하고 몸을 홱 돌려 빠른 걸음으로 출구를 향해 성큼성큼 걸어갔다. 그는 환희로 몸을 떨었다. "파멸한 줄 알았는데 수호천사가 날 구해주었어. 이제 날아가야지. 밤이 되기 전에 돌아오면 이기는 거야." 미챠는 자기 집으로 걸어가면서 이렇게 외쳤다. 후에 오랜 시간이 지난 후 삼소노프 노인은 웃으면서 그때 '대위'를 조롱했다고 고백했다. 그는 심술궂고 냉정하고 조소적이며 병적인 혐오감을 가진 사람이었던 것이다. 미챠가 파멸했다고 말한 그 순간, 노인은 끝없는 악의를 가지고 그를 바라보면서 그를 조롱했던 것이다.

랴가브이

미챠에게는 말을 빌릴 돈이 한 푼도 남아있지 않았다. 그는 집에 놓여있는 오래된 은시계를 가지고 유대인 시계상에게 찾아갔다. 시계상은 6루블을 내어주었다. 미챠는 집주인에게 3루블을 빌려 남은 경비를 채웠다. 그는 집주인에게 이제 그의 운명이 결정되려 한다고 털어놓았다. 그리고 매우 서두르면서 자신의 모든 '계획'을 이야기하고는 볼로비야 역으로 가는 역마차를 불렀다. 그리하여 '사건 전날 정오에 미챠에게는 돈이 한 푼도 없었으며 돈을 마련하기 위해 시계를 팔고 집주인에게서 3루블을 빌렸다.'는 사실이 나중에 확인되었다.

이 사실을 미리 말해두는 이유는 후에 밝혀질 것이다.

볼로비야 역으로 마차를 타고 달리면서 미챠는 마침내 '이 모든 일'이 끝나고 해결될 것이라는 기쁜 예감으로 빛나고 있었다. "반드시 오늘 저녁까지 돌아와야 한다. 랴가브이를 여기로 끌고 와야 해…" 그러나 그의 공상은 그의 '계획'대로 실행되지 못할 운명이었다.

그가 찾아갔을 때 일린스키 신부는 집에 없었다. 그는 이웃 마을에 가 있었던 것이다. 미챠가 그를 찾는 사이 벌써 밤이 되고 말았다. 신부는 그에게 랴가브이가 처음에는 그의 집에 묵었으나 지금은 수호이 마을[05]에 있으며 오늘은 그곳 산지기의 오두막에서 묵을 것이라고 말해주었다. 미챠의 간곡한 청에 신부는 그를 수호이 마을에 데려다 주기로 했다. 길을 가는 내내 미챠는 그에게 자신의 계획에 대해 이야기하면서 랴가브이에 대한 조언을 구했다. 신부는 미챠에게 그가 분명 랴가브이인 건 맞지

---
05 Сухой посёлок. '건조한 마을'이라는 뜻.

만 그렇게 부르면 엄청나게 화를 내니 반드시 고르스트킨으로 부르라고 설명해 주었다. 수호이 마을에 도착해 그들은 오두막으로 들어갔다. 랴가브이는 벤치에 드러누워서 코를 골며 자고 있었다. 미챠는 가까이 다가가 그를 깨우기 시작했다. 그러나 그는 깨어나지 않았다. "술에 취했구나. 어떡하면 좋지!" 미챠는 갑자기 자고 있는 사람의 팔 다리를 잡아당기고 그의 머리를 흔들고 그를 일으켜 세워 벤치에 앉혔다. 그러나 그는 무슨 말인지 알 수도 없는 소리를 하며 욕을 해댈 뿐이었다.

"아침까지 기다리시는 게 좋겠습니다." 신부가 말했다.

"아침까지라구요? 그건 불가능합니다!" 그는 절망에 빠져서 다시 술 취한 사람을 깨우려고 했지만 곧 소용없다는 것을 깨달았다. 그때 깊은 우수가 그의 영혼을 뒤덮었다! 깊고도 무서운 우수였다! "오, 운명의 장난이여!" 미챠는 소리 지르며 다시 술 취한 농부를 깨우려고 달려들었으나 아무런 소득을 얻지 못하고 벤치로 돌아와 앉았다.

그는 점점 머리가 아파지기 시작했다. 그는 앉은 채 갑자기 잠이 들었다. 그리고 아주 오래 지나서야 잠에서 깨었다. 벌써 아침 9시가 되어 있었다. 어제의 농부가 벤치에 앉아 있었다. 미챠는 순간적으로 이 빌어먹을 농부가 또다시 술에 취했다는 것을 알아차렸다. 농부는 아무

말 없이 교활하게 그를 쳐다보았다. 미챠는 그에게 달려들었다.

"저는 육군 중위 드미트리 카라마조프라고 합니다. 당신이 숲을 흥정하고 있는 카라마조프 노인의 아들이올시다…"

"거짓말이야!"

"거짓말이라뇨? 표도르 파블로비치를 아시지요?"

"나는 표도르 파블로비치라는 사람을 몰라."

"그의 숲을 흥정하고 계시잖아요. 좀 깨어나 보세요. 당신은 삼소노프에게 편지를 쓰셨지요. 그분이 저를 여기로 보낸 겁니다."

"거짓말이야!" 랴가브이는 또다시 딱 잘라 말했다.

"저는 드미트리 카라마조프입니다. 당신에게 제안할 것이 있습니다… 이득이 되는 제안입니다… 숲에 관해서요."

농부는 거드름을 피우며 턱수염을 쓰다듬었다.

"너는 비열한 놈이야!"

농부는 다시 턱수염을 쓰다듬으며 갑자기 교활하게 눈을 가늘게 떴다.

"너는 비열한 놈이야, 알겠어?"

미챠는 음울해져서 뒤로 물러섰다. 그런데 문득 '무엇인가가 그의 이마를 때리는' 것 같았다. 한순간 그의 머릿속이 왠지 환해지는 것이다. "만약 삼소노프가 나를 일부러 이곳으로 보낸 거라면? 만약 그녀가... 오 맙소사, 내가 무슨 짓을 한 거지!..."

그는 조용히 외투를 입고는 오두막에서 나왔다. 사방이 온통 숲이었다. 그는 좁은 숲길을 따라 얼이 빠진 채 걸었다. 지나가던 마부가 그를 구해주었다. 이 마부는 시골길을 따라 달리고 있었는데, 미챠가 길을 묻자 그를 태워주었던 것이다. 세 시간 후 볼로비야 역에 도착한 미챠는 곧 역마차를 준비시켰다. 말을 매는 동안 계란 부침과 큰 빵 한 덩어리, 소시지를 먹고 원기를 회복한 그는 길을 달리며 새로운 계획을 세웠다. 마침내 도시에 도착한 미챠는 곧바로 그루셴카에게 달려갔다.

금광

이것이 그루셴카가 라키틴에게 그토록 두려워하면서 이야기했던 미챠의 방문이었다. 오, 오늘 그가 해야 할 일은 얼마나 많은지! "빨리 스메르쟈코프에게 어제 저녁에 무슨 일이 있지는 않았는지 알아내야 해. 그녀가 표도르 파블로비치에게 갔었는지." 그런데 그가 집에 도착하기도 전에 질투가 또다시 그의 마음속에서 꿈틀댔다.

질투! 미챠는 그루셴카를 보고 있을 때는 질투가 사라졌지만, 그루셴카가 사라지면 곧바로 또다시 그녀가 자신을 배신하지 않을까 의심하기 시작했다. 그래서 다시 질투가 그의 속에서 끓어올랐던 것이다. 어쨌건 서둘러야만 했다. 그러나 돈이 없이는 아무데도 갈 수가 없었다. 그에게는 두 자루의 좋은 결투용 권총이 있었다. 그는 오래 전에 '수도'라는 술집에서 한 젊은 관리를 사귀었는데, 그는 무기를 굉장히 좋아해서 권총이니 단도를 사들인다는 것을 알게 되었다. 오래 생각하지 않고 미챠는 곧 그에게 가서 권총을 맡길 테니 10루블을 달라고 제안했다. 그는 곧 10루블을 내어주었다.

미챠는 스메르쟈코프를 불러내기 위해 서둘러서 표도르 파블로비치 집 뒤에 있는 정자로 갔다. 그는 표도르 파블로비치의 이웃인 마리야 콘드라티예브나의 집에서 그는 스메르쟈코프가 지하실에서 떨어진 것과 그 후의 발작에 대해서 자세히 들었다. 그리고 동생인 이반이 이미 모스크바로 떠났다는 것에 대해 알고 흥미를 나타냈다. 스메르쟈코프는 그를 매우 불안하게 했다. "그럼 이제 누가 망을 보고 나에게 알려주지?" 그는 여자들에게 어제 저녁 아무것도 눈치채지 못했는지 캐물었다. 그들은 아무도 오지 않았고 '모든 것이 완전히 정상적이었다.'

고 그를 안심시켰다.

미챠는 집으로 날 듯이 돌아와 세수를 하고 머리를 빗고 옷을 입은 후 호흘라코바 부인 집으로 향했다. 아아, 그의 '계획'은 여기에 있었다. 그는 호흘라코바 부인에게 3천 루블을 빌리려고 결심했던 것이다. 그에게는 그녀가 거절하지 않으리라는 이상한 확신이 들었다. 오늘 아침 마차 안에서 가장 명료한 생각이 그의 마음을 비춰주었던 것이다. "그녀가 그토록 내가 카테리나 이바노브나와 결혼하기를 원하지 않는데 왜 나에게 3천 루블을 거절하겠는가? 내가 그 돈으로 카챠를 남겨두고 영원히 여기서 떠나 버릴 텐데?" 미챠는 이렇게 판단했다. 그가 호흘라코바 부인 집의 현관에 들어섰을 때, 그는 등골이 오싹해 지는 공포를 느꼈다. 이 순간 여기가 그의 마지막 희망이라는 것을 수학적으로 분명히 인식했던 것이다. 더 이상 세상에 남아있는 희망이란 없는 것이다. 그가 초인종을 누른 것은 7시 반이었다.

그가 응접실로 안내되었을 때, 여주인은 달려오다시피 들어와서 그를 기다리고 있었다고 말했다.

"기다리고 있었어요! 드미트리 표도로비치, 저는 아침 내내 당신이 오늘 오실 거라고 확신하고 있었어요."

"정말 놀랍습니다, 부인. 저는 아주 중요한 일로 찾아 왔습니다."

"당신은 오지 않으실 수가 없었겠죠. 카테리나 이바노브나에게 그런 일이 있었으니."

"부인, 제가 여기 오기로 감행하면서 가지고 온 계획을 당신께 말씀드리도록 해 주십시오... 제가 온 것은, 부인... 저는 절망적으로 이곳에 왔습니다. 당신께 3천 루블을 빌리려고 온 겁니다. 그렇지만 아주 확실한 담보가 있습니다. 말씀드리게 해 주십시오..."

"그건 나중에요, 나중에 말씀하세요. 저는 다 알고 있어요. 당신에게는 3천 루블이 필요하다는 거죠. 그렇지만 저는 훨씬 많이 드리겠어요. 제가 당신을 구해드리겠어요. 그 대신 제 말씀을 들어주셔요!"

미챠는 자리에서 벌떡 일어났다.

"부인, 당신은 저를 구해주셨어요. 권총으로부터 한 인간을 구하신 겁니다... 영원히 당신께 감사드리겠습니다..."

"됐어요, 드미트리 표도로비치. 제가 당신을 구해드리겠다고 약속했으니 구해드릴게요. 당신은 금광에 대해 생각해 보신 적이 있나요, 드미트리 표도로비치?"

"금광이라구요? 부인! 전혀 그것에 대해서 생각해 본 적이 없습니다."

"저는 당신을 대신해 생각했어요! 한 달 동안 이 목적을 가지고 당신을 지켜봤어요. 이 사람은 열정적인 사람이니 금광으로 가야 한다고요. 3천 루블이 아니라 3백만 루블이 아주 짧은 시간에 당신 주머니에 들어갈 거예요! 당신은 금광을 찾아서 수백만 루블을 벌어 돌아오시는 거예요. 그러면 당신은 사업가가 되시는 거지요. 그렇게만 된다면 당신은 가난한 사람들을 돕고 그들은 당신을 축복할 겁니다."

"부인, 부인!" 드미트리 표도로비치는 불안한 예감에 그녀의 말을 끊었다. "저는 부인의 현명한 충고를 따르겠습니다. 그렇지만 지금은 3천 루블이... 저를 해방시켜 줄 겁니다... 저는 지금 한 시간의 여유도 없습니다..."

"됐어요, 드미트리 표도로비치. 질문을 드릴게요. 당신은 금광으로 가실 건가요, 가지 않으실 건가요. 결정해 주세요."

"가겠습니다, 부인. 나중에요... 그렇지만 지금은..."

"기다리세요!" 호흘라코바 부인은 소리를 지르고 서랍이 많이 달린 큰 책상으로 달려가더니 무엇인가를 찾는 듯 서랍 하나하나를 열어보았다.

"3천 루블이다!" 미챠는 정신이 아찔해졌다.

"여기요!" 호흘라코바 부인은 기뻐하며 소리쳤다. "이게 제가 찾던 거예요!"

그것은 끈이 달린 은으로 만든 조그만 성상이었다.

"이건 키예프에서 온 거예요. 제가 직접 당신의 목에

걸어 드리게 해 주세요. 그렇게 당신의 새로운 삶을 축복해 드리고 싶어요."

그녀는 정말로 성상을 그의 목에 걸어 주었다. 미챠는 매우 당황해하며 몸을 굽혀 그녀를 도왔다.

"이제 당신은 가시는 거예요!"

"부인, 저는 감동했습니다... 어떻게 감사를 드려야 할지 모를 지경입니다... 그렇지만 당신이 이미 알고 계시다시피... 저는 카챠를 배반했습니다. 그리고 여기서 다른 여자를 사랑하게 되었습니다... 당신은 멸시하실지 모르지만 저는 절대 버릴 수 없는 여자입니다. 그래서 지금 3천 루블이..."

"모든 것을 그만두세요, 드미트리 표도로비치! 당신의 목적은 금광이지 거기에 여자를 데려갈 필요는 없어요. 나중에 부와 명예를 얻어 돌아오면 그때 마음에 맞는 여자친구를 찾으실 거예요."

"부인!" 마침내 미챠는 벌떡 일어났다. 그는 갑자기 울부짖었다.

"마지막으로 간청 드립니다. 말씀해 주십시오. 제가 오늘 약속하신 금액을 받을 수 있는 겁니까? 아니라면 언제 주실 수 있으신가요?"

"무슨 금액이요, 드미트리 표도로비치?"

"당신께서 약속하신 3천 루블이요..."

"3천 루블이요? 오, 아니에요. 저한테는 3천 루블이 없어요." 호흘라코바 부인은 침착하면서도 놀라는 표정으로 말했다. 미챠는 망연자실해졌다.

"부인이 말씀하셨잖습니까... 이미 제 주머니에 들어간 거나 마찬가지라고요..."

"오, 아니에요. 당신은 제 말을 잘못 이해하셨군요. 저는 금광에 대해 말한 거예요..."

"그럼 돈은? 3천 루블은요?"

"저한테는 지금 돈이 한 푼도 없어요. 있다 해도 당신에게 드리지 않을 거예요. 당신에게 필요한 것은 하나, 금광, 금광, 금광이니까요!"

"오, 제기랄!.." 미챠는 온 힘을 다해 주먹으로 탁자를 내리쳤다.

"어머나!" 호흘라코바는 놀라서 응접실의 다른 쪽 구석으로 몸을 피했다.

미챠는 침을 뱉고 빠른 걸음으로 집에서 나와 어두운 거리로 나섰다! 그는 마치 미친 사람처럼 자신의 가슴을 치며 걸었다. 바로 이틀 전에 알료샤 앞에서 쳤던 바로 같은 부분이었다. 가슴의 그 부분을 치는 것이 무엇을 의미하는지를 아는 사람은 세상에 아무도 없었다. 그것은 알료샤에게도 말하지 않은 비밀이었다. 이 비밀에는 치욕보다 더한 것이 있었다. 그것이 그토록 그의 양심을 괴롭히고 있었다. 이 모든 것은 나중에 독자에게 밝혀질 것이다.

이제 마지막 희망이 사라지자 이 사람, 육체적으로 그토록 강한 사람이 몇 걸음도 못 가서 갑자기 어린 아이처럼 눈물을 펑펑 쏟기 시작했다. 그는 광장으로 나와서 갑자기 온몸이 무엇에 부딪힌 느낌이 들었다. 노파의 찢어지는 듯한 외침이 들렸다.

"맙소사, 사람 죽일 뻔했네 그려! 불한당 같으니!"

"아니, 당신이십니까?" 미챠는 어둠 속에서 노파를 자세히 본 후 소리쳤다. 그녀는 쿠지마 쿠지미치 삼소노프의 시중을 드는 늙은 하녀였던 것이다.

"당신은 쿠지마 쿠지미치 댁에서 지내시죠?"

"맞는데요."

"말씀해 주십시오. 아그라페나 알렉산드로브나가 지금 거기 있습니까? 제가 아까 데려다 주었는데요."

"있었지요. 잠시 앉아 있다가 가셨어요."

"갔다구요? 어디로 갔단 말입니까?"

미챠는 있는 힘을 다해 그루셴카의 집으로 달려갔다. 그루셴카가 모크로예로 떠난 그 시각이었다. 그녀가 떠난 지 15분도 채 지나지 않았다. 갑자기 '대위'가 들어왔을 때 페냐는 부엌에 앉아 있었다.

"그녀는 어디 있어?" 공포에 질린 페냐가 대답을 하기도 전에 그는 갑자기 그녀 발 앞에 쓰러졌다.

"페냐, 제발 말해 줘. 그녀가 어디 있는지?"

"아무것도 모릅니다. 죽이셔도 저는 몰라요."

"거짓말이야."

미챠는 밖으로 달려 나갔다. 나가면서 그는 한 가지 예상치 못한 행동으로 페냐를 놀라게 했다. 탁자 위에 놋으로 만든 절구가 있고 그 안에 조그만 공이가 들어 있었는데, 미챠가 뛰어나가면서 갑자기 절구에서 공이를 꺼내 호주머니에 집어넣었던 것이다.

"아, 맙소사, 누구를 죽이려는 거야!" 페냐는 두 손을 마주치며 소리쳤다.

어둠 속에서

그는 어디로 달려간 것일까? '표도르 파블로비치 집이 아니면 어디로 갈 수 있겠어? 삼소노프 집에서 곧장 그리로 간 거야.' 이런 생각이 회오리처럼 그의 머릿속을 스치고 지나갔다. 그는 곧장 인기척이라곤 없는 뒷골목으로 갔다. 그곳은 한쪽은 이웃집 텃밭의 울타리로, 다른 쪽은 표도르 파블로비치의 정원을 빙 둘러싼 높은 담장으로 가로막혀 있었다. 그는 한때 리자베타 스메르자챠야가 담장을 기어 넘었던 그 장소를 골랐다. 미챠도 뛰어올라 담장 위에 앉았다. 담장에서 집의 불 켜진 창문이 보였다. "그녀가 저기 있어!" 그는 담장에서 정원으로 뛰어내렸다.

그는 잠시 서 있다가 정원을 따라 걸었다. 5분 쯤 후에 그는 불 켜진 창문에 도달했다. 집에서 정원으로 나가는 출입구는 잠겨 있었다. 그는 덤불 뒤로 숨었다. 그리고 2분 정도 기다렸다. 심장이 무섭게 뛰고 있었다. "더 이상 기다릴 수가 없어." 그는 조용히 창문 쪽으로 다가가 발뒤꿈치를 올렸다. 표도르 파블로비치의 침실이 훤히 보였다. 그는 표도르 파블로비치를 자세히 살펴보았다. 표도르 파블로비치는 생각에 잠겨 창문 가까이에 서 있었다. 귀를 기울이더니 아무 소리도 들리지 않자 탁자로 다가가 코냑을 마셨다. 그리고 한숨을 크게 내쉬고는 거울 쪽으로 다가가 자신의 멍든 자국을 살펴보기 시작했다. '혼자군.' 미챠는 생각했다. 표도르 파블로비치는 거울에서 물러나 갑자기 창문 쪽으로 몸을 돌려 바라보았다.

"창문을 살피는 걸 보니 그녀가 오지 않은 거야." 이상한 일이었다. 그녀가 여기 없다는 것에 대해 갑자기 이유를 알 수 없는 화가 가슴 속에서 끓어오르는 것이었다.

"그녀가 여기 없어서가 아니야. 그녀가 여기 있는지 없는지 확실히 알 수가 없어서야." 그는 갑자기 손을 뻗어 조용히 창문을 두드렸다. 처음 두 번은 조용히, 그 다음 세 번은 더 빠르게. 그것은 '그루센카가 왔다'는 신호였다. 노인은 몸을 떨더니 벌떡 일어나서 창문 쪽으로 달려왔다. 미챠는 껑충 뛰어 그늘로 비켜섰다. 표도르 파블로비치는 창문을 열고 머리를 내밀었다.

"그루센카, 너냐? 어디 있는 거냐, 내 귀여운 천사야, 어디 있어?"

그는 무섭도록 흥분해 숨을 헐떡였다.

'혼자구나!' 미챠는 생각했다.

"어디 있는 거냐? 이리 오너라. 선물을 준비해 뒀단다. 이리 와, 보여주마."

'3천 루블이 든 봉투 얘기구나.'

노인은 어둠 속을 자세히 보려고 애쓰면서 정원으로 문이 나 있는 오른쪽을 쳐다보았다. 미챠는 움직이지 않은 채 옆에서 바라보고 있었다. 무섭고도 사나운 증오가 미챠의 가슴 속에서 끓어올랐다. "저놈이야. 내 적수, 나의 박해자!" 혐오감이 참을 수 없을 정도로 커져만 갔다. 미챠는 이미 제정신을 잃고 호주머니에서 절구공이를 꺼냈다...

"하느님이 그때 나를 지켜주셨어." 미챠는 후에 이렇게 말했다. 바로 그 순간 앓고 있던 그리고리 바실리예비치가 깨어났던 것이다. 갑자기 그리고리는 한밤에 깨어나서 침대에 일어나 앉았다. 그리고 뭔가를 생각하더니 자리에서 일어나 서둘러 옷을 입었다. 발작으로 쓰러진 스메르쟈코프는 미동도 없이 다른 방에 누워 있었다. 그리고리 바실리예비치는 신음소리를 내며 층계로 나갔다. 그런데 갑자기 정원으로 나가는 쪽문을 저녁에 잠그지 않았다는 것을 기억해냈다. 그는 발의 통증으로 신음소리를 내면서 층계를 절룩거리며 내려가 정원 쪽으로 향했다. 쪽문은 완전히 열려 있었다. 그는 기계적으로 정원 안으로 발을 내디뎠다. 그런데 갑자기 사십 보 정도 떨어진 어두운 곳에서 어떤 사람이 뛰어가는 것 같았다. 어떤 그림자 같은 것이 매우 빠르게 움직였다. 그는 통증도 잊은 채 달려가는 사람 쪽으로 내달렸다. 그 사람은 바냐[06]를 지나 담장으로 달려갔다... 그리고리는 도주자가 담장을 넘어서려 하는 그 순간 담장에 도착했다. 그리고리는 정신없이 소리를 지르며 그에게 달려들어 두 손으로 그의 발을 꽉 붙잡았다.

그의 예감은 틀리지 않았다. 그는 그 사람을 알아보았다. 바로 그 '불한당, 아비를 죽일 놈'이었던 것이다.

---

06 1부 각주 25를 참조하시오.

"아비를 죽일 놈!" 노인은 온 사방에 들리도록 소리를 질렀다. 그리고 갑자기 벼락을 맞은 것처럼 쓰러졌다. 미챠는 다시 정원으로 뛰어내려서 쓰러진 사람 위로 몸을 굽혔다. 미챠의 손에는 절구공이가 들려 있었다. 그는 기계적으로 풀 속에 그것을 던져버렸다. 그러나 공이는 풀이 아닌 눈에 잘 띄는 오솔길에 떨어졌다. 그는 몇 초 동안 쓰러진 사람을 살펴보았다. 노인의 머리는 온통 피투성이였다. 미챠는 손을 내밀어 노인의 머리를 만져보았다. 피는 금새 미챠의 떨리는 손가락을 덮어 버렸다. 그는 주머니에서 흰 손수건을 꺼내 노인의 이마와 얼굴에서 피를 닦아내려고 했지만 소용이 없었다. 손수건도 금세 피로 물들어 버렸다. 미챠는 갑자기 정신을 차렸다. "이제 와서 다 마찬가지가 아닌가! 죽였으면 죽인거지..." 그는 담장으로 달려가 훌쩍 뛰어넘어서 뒷골목으로 내달렸다. 피로 물든 손수건은 오른쪽 주먹에 쥐고 있다가 달리면서 코트 뒷주머니에 쑤셔 넣었다. 그는 다시 모로조바의 집으로 달려갔다.

갑작스런 결심

페냐는 부엌에 앉아있었다. 미챠는 부엌으로 들어가 페냐의 목을 꽉 부여잡았다.

"당장 말해, 그녀가 어디 있는지?" 그는 극도로 흥분해 소리쳤다.

"말씀드릴게요, 드미트리 표도로비치, 지금 다 말씀드릴게요." 죽을 만큼 겁에 질린 페냐가 빠르게 소리질렀다. "아씨는 지금 장교님을 만나러 모크로예로 갔어요."

"어떤 장교?"

"전의 그 장교요. 5년 전에 버리고 떠난 그분이요."

드미트리 표도로비치는 페냐 앞에 시체처럼 창백해져서 아무 말 없이 서 있었다. 그는 모든 것을 순식간에 이해했고 모든 것을 짐작했다. 미챠의 두 손은 피로 범벅이 되어 있었다. 페냐는 금방이라도 히스테리를 일으킬 것 같았다. 드미트리 표도로비치는 페냐 옆에 있는 의자에 털썩 주저앉았다.

모든 것이 대낮처럼 명백해졌다. 그는 이 장교에 대해서 아주 잘 알고 있었다. 한 달 전부터 편지를 보내오고 있다는 것도 알고 있었다. 그런데 그는 그 장교에 대해 생각하지 않고 있었던 것이다! 어떻게 그에 대해 생각하지 않을 수 있었단 말인가? 어떻게 그에 대해 알자마자 잊어버릴 수 있었단 말인가?

그는 갑자기 조용하고 온순하게 페냐와 이야기를 나

누기 시작했다. 페냐는 그의 모든 질문에 대답했다. 그녀는 아주 상세한 것까지 이야기해 주었다. 그루셴카가 알료샤에게 창문으로 '그녀가 한 순간 그를 사랑했다는 것을 영원히 기억해달라'고 미첸카에게 전했다는 것도 이야기했다.

"나리, 무슨 일이 있으셨던 거예요?" 페냐는 그의 손을 가리키며 물었다.

"이건 피야, 페냐. 사람의 피야. 왜 이 피가 흘렀을까!... 내일이면 다 알게 될 거야... 잘 있어! 나의 그루셴카, 나를 한 순간 사랑했다니, 그렇게 이 미첸카 카라마조프를 평생 기억해 줘..."

이렇게 말하고 그는 갑자기 부엌에서 나갔다. 십분 후에 드미트리 표도로비치는 얼마 전에 권총을 맡겼던 표트르 일리치 페르호틴에게 찾아갔다. 벌써 8시 반이 되어 있었다. 그는 피가 묻은 미챠의 얼굴을 보고 소리쳤다.

"맙소사! 무슨 일이십니까?"

"제 권총을 찾으러 왔습니다. 돈을 가져왔어요. 급합니다, 빨리요."

표트르 일리치는 미챠의 손에서 돈뭉치를 보았다. 그는 이 돈뭉치를 들고 들어왔던 것이다. 전부 백 루블짜리 지폐였다.

"무슨 일이십니까? 어쩌다 피투성이가 되셨습니까. 넘어지셨나요?"

"에이, 제기랄!" 미챠는 화를 내며 호주머니에서 손수건을 꺼냈다. 그러나 손수건도 온통 피에 젖어 있었다.

"에이, 제기랄! 뭐 걸레라도 없습니까... 닦았으면 좋겠는데..."

"그럼 다치신 건 아니군요. 그럼 씻는 게 좋겠어요. 여기 대야가 있습니다."

"대야라구요? 좋군요... 우선 일부터 끝냅시다. 권총을 주세요. 여기 돈이 있습니다... 시간이 없습니다..."

그는 뭉치에서 백 루블을 꺼내 관리에게 내밀었다.

"저한테는 잔돈이 없는데요. 어디에서 그런 큰돈을 구하셨습니까? 잠깐만요. 아이를 플로트니코프에게 보내겠습니다. 바꿔줄지도 모르죠, 에이, 미샤!"

"플로트니코프 상점으로 보낸다구요? 멋진 생각입니다! 미샤, 가서 드미트리 표도로비치가 곧 가겠다고 전해 줘... 그리고 샴페인을 세 상자 준비해서 지난 번 모크로예로 갔을 때처럼 마차에 실어달라고 부탁해 줘... 그리고 치즈와 스트라스부르그 파이, 훈제 연어, 햄, 연어알도 있는 건 전부 다. 사탕, 배, 수박도 잊지 말라고 해. 샴페인까지 3백 루블 정도면 될 거야..."

"자, 이제 씻으러 갑시다." 표트르 일리치는 엄격하게 말했다. 그리고 미샤가 프록코트를 벗는 것을 도와주다가 갑자기 소리를 질렀다.

"보세요, 프록코트도 피투성이군요!"

"이건... 여기 소매에만 조금... 그리고 이건 여기 손수건이 있던 자리일 뿐입니다."

"분명 누구와 싸우셨군요." 표트르 일리치는 중얼거렸다.

미챠는 씻기 시작했다. 그러나 몹시 서둘렀기 때문에 제대로 손을 씻지 못했다.

"보세요, 손톱 아래가 닦아지지 않았습니다. 자, 이제 얼굴을 문지르세요. 관자놀이와 귀도... 그리고 셔츠를 갈아입으세요."

"시간이 없습니다. 소매를 접으면 보이지 않을 겁니다... 보세요."

"말씀해 보세요. 누구와 싸우셨습니까? 누구를 또 때리신 겁니까?... 아니면 죽이기라도 하셨습니까?"

"아실 필요 없습니다," 미챠는 갑자기 히죽 웃으며 말했다. "저는 한 노인을 방금 광장에서 짓눌러 버렸습니다."

"설마 누구를 죽이신 겁니까?"

"화해했습니다. 저를 용서해 주었습니다... 지금쯤 틀림없이 용서했을 겁니다... 이제 권총을 주세요. 정말로 시간이 없습니다."

"여기 당신의 권총이 있습니다. 이상하군요. 여섯 시에 10루블을 빌리려고 권총을 맡기더니 이제는 수천 루블이 있으니. 2천 아니면 3천 쯤 됩니까?"

"3천 쯤일 겁니다."

"설마 금광이라도 생긴 겁니까?"

"금광이요?" 미챠는 웃음을 터뜨렸다. "금광을 좋아하십니까? 그곳에 가기만 하면 여기 사는 한 부인이 당신에게 3천 루블을 아낌없이 줄 겁니다. 나한테도 주었어요. 그 부인은 금광을 좋아하거든요! 호흘라코바라고 아십니까?"

"모릅니다. 들어본 적이 있고 본 적은 있습니다. 그 부인이 당신에게 3천 루블을 준 겁니까?"

"내일 그 부인에게, 호흘라코바에게 가서 직접 물어보십시오. 나에게 3천 루블을 아낌없이 주었는지 아닌지."

"그렇게 확실히 말씀하시는 걸 보니 주었나 보군요... 그럼 지금 어디로 가시는 겁니까, 네?"

"모크로예로 갑니다."

"모크로예로? 이 밤에요! 아니 실탄까지 장전하시는 겁니까?"

"장전하는 겁니다."

미챠는 정말로 화약통 뚜껑을 열고 세심하게 장전하

고 있었다. 그리고 실탄을 집어 들더니 두 손가락 사이에 끼워 촛불 앞에 비춰보았다.

"무엇 때문에 실탄을 보시는 겁니까?"

"그냥이요. 상상하는 거죠. 만약 내 뇌 속으로 들어간다면 어떤 모양일지 보는 것도 재미있으니까요... 표트르 일리치, 다 헛소립니다. 이제 저에게 종이 조각 좀 주십시오. 글을 쓸 수 있는 깨끗한 것으로요."

미챠는 탁자에서 펜을 집어 들더니 종이에 두 줄을 쓰고는 접어서 조끼 주머니에 넣었다.

"이제 가보겠습니다."

"어디로 간단 말입니까? 아니, 기다리세요... 설마 자기 머리에 그걸 쏘시려는 건 아닙니까?" 불안해 하며 표트르 일리치가 말했다.

"헛소리입니다! 나는 살고 싶습니다. 나는 삶을 사랑합니다! 저기 미샤가 오는군요. 잊어버리고 있었는데."

미샤는 숨을 헐떡이며 들어와서 플로트니코프네 가게에서 곧 모든 것이 준비될 것이라고 보고했다.

"이봐요, 사랑스런 양반, 함께 모크로예로 가지 않겠소?"

"무엇하러 거기 갑니까?"

"술 한 잔 하고 싶습니다. 특히 당신과 함께 마시고 싶어요."

"술집에서라면 마실 수 있습니다. 가시죠."

"술집에서는 마실 시간이 없습니다. 그럼 플로트니코프 가게 뒷방에서 마십시다. 내가 당신께 수수께끼 하나를 내볼까요?"

"내보시죠."

미챠는 조끼에서 종이를 꺼내 그것을 펴서 보여주었다. 종이 위에는 이렇게 쓰여 있었다.

'나의 전 생애를 벌한다!'

"정말 누구한테 말을 해야겠어요. 지금 가서 말하겠어요." 표트르 일리치는 쪽지를 읽어보고 나서 말했다.

"시간이 없을 거예요. 자, 가서 마십시다."

플로트니코프 가게에서는 미챠를 눈 빠지게 기다리고 있었다. 미챠와 표트르 일리치가 가게쪽으로 갔을 때 가게 입구에는 이미 트로이카가 준비되어 있었다.

"이리 오세요." 미챠는 가게의 뒷방으로 표트르 일리치를 끌고 들어갔다. 곧 샴페인이 나왔다.

"알겠소, 친구. 나는 무질서를 좋아한 적이 없답니다."

"누가 그걸 좋아하겠습니까!"

"내가 말하는 건 높은 의미의 질서에 대해서입니다. 내 속에는 높은 질서가 없어요. 내 전 생애는 무질서였습니다.

세상에서 가장 높은 이에게 영광을,
내 속에 있는 가장 높은 이에게 영광을!

언젠가 이 시가 내 영혼 속에서 튀어나왔습니다. 시가 아니라 눈물이지요... 내가 직접 지은 겁니다."

"정말이지 당신의 권총이 자꾸 어른거려요."

"권총은 헛소리에요! 나는 삶을 사랑합니다. 너무나 사랑하지요. 삶을 위해 마십시다. 나는 창조물을 축복합니다. 지금도 하느님과 그의 창조물을 축복할 준비가 되어 있어요. 그렇지만... 다른 삶을 망치지 않기 위해서 악취 나는 벌레 한 마리를 죽여야 해요... 삶을 위해 마십시다. 삶보다 더 소중한 게 무엇이 있겠습니까! 아무것도 없습니다!"

미챠는 환희에 차 있었으나 산만했고 왠지 우울해했다. 무언가 극복할 수 없는 무거운 근심이 있는 게 분명했다.

"나는 여자를 좋아합니다, 여자를요! 여자란 무엇입니까? 지상의 여왕이지요! 나는 우울합니다, 우울해요, 표트르 일리치... 그건 그렇고 한 가지 묻고 싶은 게 있습니다. 당신은 언제고 무언가를 훔쳐본 적이 있습니까?"

"그게 무슨 질문입니까?"

"아니, 그냥이요. 누군가의 주머니에서 남의 것을 훔

카라마조프 형제들 317

쳐본 적이 있냐구요?"

"아홉 살 때 어머니 돈 20코페이카를 훔친 적이 있지요. 왜 그러십니까? 당신이 훔치기라도 했습니까?"

"훔쳤습니다." 미챠는 교활하게 눈을 깜빡거렸다.

"무얼 훔쳤는데요?"

"아홉 살 때 어머니에게 20코페이카를 훔쳤지요." 이렇게 말하고 미챠는 자리에서 일어났다.

"잘 있으시오, 표트르 일리치. 나를 나쁘게 기억하지 말아주시오."

그는 서둘러 가게에서 나갔다. 모두가 그의 뒤를 따라 나와 인사를 하고 배웅했다. 그런데 미챠가 마차에 오르려고 할 때, 그의 앞에 페냐가 나타났다. 그녀는 두 손을 모으며 그의 발치에 몸을 던졌다.

"나리, 아씨를 죽이지 말아주세요! 이전의 그분도 죽이지 말아주세요! 이번에는 아그라페나 알렉산드로바와 결혼해서 시베리아로 돌아가실 거예요... 나리, 타인의 생명을 망가뜨리지 말아주세요!"

"이것이었군! 이제 모든 게 이해가 되는군. 드미트리 표도로비치, 나한테 권총을 주시오." 표트르 일리치는 크게 소리쳤다.

"권총이요? 가는 길에 웅덩이에 던지겠소." 미챠가 대답했다. "페냐, 미챠는 죽이지 않아. 아까 너를 모욕했지만 용서해줘... 용서해 주지 않아도 상관없지만! 이제 다 상관없어! 출발하자. 힘껏 달려. 잘 있으시오, 표트르 일리치!"

표트르 일리치는 가게에서 미챠를 속이지나 않을까 지켜보기로 되어 있었지만 갑자기 자신에게 화가 나서 침을 뱉고는 단골 술집으로 당구를 치러 갔다.

"에잇, 그 권총! 제기랄, 내가 뭐 그의 삼촌이라도 되나? 내버려두자! 아무 일도 없을 거야. 실컷 술을 마시고 싸움이나 할 테지, 그리고 화해하겠지. 도대체 누구와 싸운 걸까? 술집에 가서 알아보자. 손수건까지 피투성이였는데... 후, 제기랄, 우리 집 바닥에 남겨두었는데..."

그는 매우 언짢은 기분으로 술집에 도착해서 곧 당구를 치기 시작했다. 그리고 갑자기 상대 중 한 사람과 드미트리 카라마조프에게 돈이 생겼다고 말하기 시작했다.

"3천 루블이라구? 어디서 3천 루블이 났을까?"

사람들이 더 꼬치꼬치 묻기 시작했다.

"혹시 노인한테 빼앗은 건 아닐까? 아버지를 죽이겠다고 큰 소리로 떠들고 다녔잖아. 여기서 다들 들었지. 3천 루블에 대해서도 말했어..."

표트르 일리치는 이런 말을 듣고는 질문에 딱딱하고 짧게 대답하기 시작했다. 그는 더 이상 당구를 치고 싶지 않아서 술집을 나왔다. 광장으로 나와서 그는 갑자기 지금 표도르 파블로비치 집에 가서 무슨 일이라도 일어나지 않았는지 알아보고 싶다는 생각이 들었다. "후, 제기랄. 내가 뭐 그의 삼촌이라도 된단 말인가?"

아주 언짢은 기분으로 그는 집으로 향했다. 그러다가 갑자기 페냐가 생각났다. 그의 내면에서 그녀와 이야기를 하여 모든 것을 알아내고 싶은 참을 수 없는 욕구가 불타올랐다. 그는 길을 가다가 그루셴카가 살고 있는 모로조바의 집 쪽으로 몸을 돌렸다. 대문에 도착하여 그는 문을 두드렸다. 아무도 응답하는 사람이 없었다. 그러나 돌아가는 대신 그는 다시 온 힘을 다해 두드리기 시작했다. "끝까지 두드릴 테다!" 그는 중얼거리면서 더 세차게 문을 두드렸다.

내가 간다!

모크로예까지 거리는 20베르스타 정도 되었는데, 트로이카가 너무나 빨리 달려서 1시간 15분이면 충분할 것 같았다. 공기는 신선했고 바람은 쌀쌀했다. 맑은 하늘에는 큼직한 별들이 빛나고 있었다. 이 밤은 알료샤가 땅에 엎드렸던 바로 그 밤이었다. 미챠의 마음에는 아무런 갈등도 일어나지 않았다. 이 질투 많은 사내는 새로운 경쟁자에게 조금의 질투심도 느끼지 않았다. 다른 사람에게는 몰라도 이 사람, '그녀의 첫 번째 남자'에게는 질투심어린 증오나 적의 따위를 느끼지 않았다. '이건 그녀와 그의 권리야. 이건 그녀가 5년 동안 잊지 못한 첫사랑이다. 5년 동안 그 사람만을 사랑했는데, 내가 도대체 무엇이란 말인가? 물러서라, 미챠, 길을 내줘!'

그러나 이런 결심에도 불구하고 그의 영혼은 고통스러울 정도로 혼란스러웠다. 결심은 평온을 가져다주지는 못했던 것이다. 트로이카는 날아갈 듯이 달렸고 목적지에 다가갈수록 다시 그녀에 대한 생각이 점점 더 강하게 그의 정신을 사로잡고 그의 마음에서 일어나는 다른 모든 무서운 환영을 쫓아버렸다. 오, 그는 그녀를 잠깐이라도, 멀리서라도 너무나 보고 싶었다! '그녀는 지금 그와 함께 있다. 그녀가 어떻게 그와 함께 있는지 봐야지. 그거면 충분해.' 전에는 결코 그의 가슴에서 숙명적인 이 여자에 대한 사랑이 이토록 강하게 일어난 적이 없었다. 그것은 그가 전에 경험해보지 못했던 새로운 감정이었다. '그러고 나서 사라져야지!'

마차는 이미 한 시간을 달리고 있었다. 미챠는 침묵하고 있었고 마부 안드레이 역시 아직 한마디도 하지 않았다.

"한 가지 여쭤보겠습니다, 나리." 침묵하고 있던 안드레이가 말을 시작했다.

"뭔가?"

"아까 페도시야 마르코브나[07]가 아씨와 또 누군가를 죽이지 말아달라고 간청했는데... 제가 나리를 그곳으로 모셔가고 있으니 말입니다... 양심에 걸려서요. 용서하십시오, 나리. 실없는 소리를 했는지도 모르겠습니다."

미챠는 갑자기 뒤에서 그의 어깨를 부여잡았다.

"자네는 마부지?"

"마부지요..."

"자네는 길을 내줘야 한다는 것을 알고 있겠지. 마부가 되어서 아무에게도 길을 내주지 않고 내가 가니까 사람을 치어도 된다? 그건 아니지, 치면 안 되지! 다른 사람의 삶을 망쳐서는 안 되는 거야. 만약 누군가의 생명을 죽였다면, 스스로를 벌하고 떠나야지."

"맞는 말씀입니다, 드미트리 표도로비치. 사람을 치어서는 안 되지요. 괴롭혀서도 안 됩니다. 모든 피조물도 마찬가집니다. 말도 그렇습니다. 우리 마부들은... 자제라는 게 없고 무턱대고 내몰기만 합니다."

"지옥으로?" 미챠는 갑자기 말을 가로채고는 짧은 웃음을 터뜨렸다. "안드레이, 말해봐. 자네 생각에는 어

---

07 페냐의 정식 이름이다.

떤가. 드미트리 표도로비치가 지옥으로 떨어질까, 아닐까?"

"저야 모르지요. 나리께 달려 있으니까요... 하느님의 아들이 십자가에 못 박혀서 죽었을 때, 그는 십자가에서 곧장 지옥으로 내려가 모든 죄인들을 해방시켜 주셨습니다. 그러자 지옥은 앞으로 더 이상 아무도 오지 않을 거라고 슬퍼했지요. 그때 하느님은 지옥에 말씀하셨습니다. '슬퍼하지 마라, 앞으로 온갖 고관들과 관리들, 재판관들, 부자들이 와서 전처럼 너를 가득 채울 테니.' 그건 맞는 말입니다."

"민중의 전설이군, 멋진데!"

"나리, 지옥은 그런 이들을 위해 있는 겁니다. 나리는 어린 아이 같으세요... 마음이 순진하셔서 하느님이 용서해 주실 겁니다."

"그럼 자네는, 자네는 나를 용서해 주겠나, 안드레이?"

"제가 용서할 게 뭐 있습니까, 저에게 아무 일도 하지 않으셨는데요."

"아니, 모든 사람을 대신해서 자네 혼자 지금 여기서, 이 길에서 나를 용서해 줄 수 있겠어? 말해봐. 순박한 영혼을 가진 사람아!"

"아이고, 나리! 무섭습니다. 이상한 말씀을 하시니..."

미챠는 듣고 있지 않았다. 그는 열광적으로 기도를 하고 있었던 것이다.

"주님, 모든 불법을 행한 저를 받아주소서. 저를 심판하지 말아주소서. 당신의 심판 없이 지나가게 하소서... 제가 스스로를 심판했으니 저를 심판하지 마소서. 당신을 사랑하오니 심판하지 마소서, 주여! 지옥에 보내셔도 그곳에서 당신을 사랑하겠습니다."

"모크로예입니다!" 안드레이가 채찍으로 앞을 가리키며 소리쳤다.

"어서 몰게, 안드레이. 내가 간다!" 미챠는 열병에라도 걸린 듯 소리쳤다.

"아직 자지 않는데요." 안드레이는 마을 입구에 서 있는 플라스투노프 여관을 가리키며 말했다. 길 쪽으로 난 창문 여섯 개 모두 환하게 불이 밝혀 있었다.

안드레이는 지친 말을 구보로 걷게 해서 높은 층계에 다다랐다. 미챠가 마차에서 뛰어내리자 여관 주인이 누가 왔나 궁금해서 내다보았다.

"트리폰 보리스이치, 자넨가?"

"나리, 드미트리 표도로비치! 당신을 다시 뵙는 겁니까?"

트리폰 보리스이치는 진탕 놀아대는 투숙객들에게서 돈을 우려내는 것을 좋아했다. 그는 한 달도 되기 전 하룻밤 사이에 드미트리 표도로비치에게서 2백 루블 이상을 벌었던 것을 기억하고 다시 돈 냄새를 맡고는 그를 기쁘게 맞이했다.

"트리폰 보리스이치, 우선 제일 중요한 걸 묻겠네. 그녀는 어디 있나?"

"아그라페나 알렉산드로브나 말씀입니까?... 여기... 계십니다만..."

"누구랑 같이 있지?"

"외지 손님들입니다요... 한 사람은 관리인데 말하는 걸로 보니 폴란드 사람 같습니다. 그분이 여기서 마차를 보냈습니다. 다른 사람은 그분 친구인지 동행인지 모르겠습니다."

"그럼 다른 사람은?"

"도시에서 두 명이 왔습니다... 한 사람은 미우소프 씨의 조카라던데, 이름은 잊어버렸습니다... 다른 사람은 당신도 아실 텐데 지주 막시모프입니다."

"그 여자는 어떤가? 즐거워하나? 웃고 있나?"

"아니요, 별로 웃지 않으시던데요... 심지어 아주 지루하게 앉아계시는 걸요. 젊은 남자의 머리를 빗겨주고 있었습니다."

"그 폴란드인 말인가, 장교?"

"장교는 아닙니다. 미우소프의 조카요, 젊은... 이름을 잊었습니다."

"칼가노프?"

"칼가노프 맞습니다."

"좋아, 내가 직접 알아보지. 가만, 트리폰 보리스이치. 제일 중요한 건데 답해주게. 집시는 구할 수 없나?"

"지금은 집시가 있다는 말을 통 들어볼 수가 없습니다. 대신 여기 유대인들이 있습니다. 심벌즈와 바이올린을 연주합니다. 그들을 부르러 보낼 수는 있습니다. 올 겁니다."

"불러오게, 꼭! 처녀들도 불러오게. 특히 마리야와 스테파니나, 이리나를. 합창에 2백 루블을 내겠네! 한 시간 후에는 포도주와 안주, 파이, 사탕이 올 거야. 모두 이층으로 올려 보내줘. 곧바로 샴페인도 내오고... 이제 나를 조용히 데리고 가서 그들 모두를 보게 해 줘. 그들이 눈치 채지 못하게 말이야. 그들이 지금 어디 있나?"

트리폰 보리스이치는 조심스럽게 미챠를 현관으로 데리고 가서 자신이 먼저 첫 번째 큰 방으로 들어갔다. 그리고서 조용히 미챠를 데리고 들어가서 구석 어두운 곳에 서게 했다. 거기서 그는 자유롭게 그들을 관찰할 수 있었다. 그녀는 탁자 뒤 안락의자에 옆으로 앉아 있었다. 그녀 옆에는 매우 젊은 칼가노프가 소파에 앉아 있었다. 그는 그루셴카와 탁자를 마주 하고 앉은 막시모프와 큰 소리로 이야기를 하고 있었다. 소파에 그도 앉아 있었다. 미챠에게는 이 약간 뚱뚱하고 얼굴이 넓적하고 키가 크지 않은 사람이 뭔가 화가 난 것 같이 보였다. 미챠는 더 이상 보고 있을 수가 없었다. 숨이 막히는 것 같았다. 그는 몸이 싸늘해지고 숨이 멎는 것 같은 느낌으로 이야기하고 있는 사람들에게로 곧장 향했다.

"어머나!" 그를 먼저 알아본 그루셴카가 놀라서 비명을 질렀다.

틀림없는 예전의 그 사람

미챠는 빠른 걸음으로 식탁 쪽으로 다가갔다.

"여러분... 나는... 아무도 아닙니다! 겁내지 마십시오." 그는 갑자기 그루셴카 쪽으로 몸을 돌렸다. 그녀는 칼가노프의 팔을 꼭 붙잡고 있었다. "나도 어디로 가는 중입니다. 아침까지만 있을 겁니다. 지나가는 여행자를... 아침까지 있게 해 주실 수 있으십니까? 아침까지만 이 방에서요?"

그는 소파에 앉아 파이프를 물고 있는 뚱뚱한 남자에게로 몸을 돌려 물었다.

"파네[08], 여기는 우리가 빌렸습니다. 다른 방도 있는데요."

"나는 나의 마지막 날과 마지막 시간을 이 방에서 보내고 싶습니다... 나의 여왕을... 숭배했던 이곳에서요!... 용서하십시오, 파네! 오, 겁내지 마십시오, 오늘은 나의 마지막 밤입니다! 같이 평화롭게 마십시다, 파네! 이제 포도주가 나올 겁니다... 내가 이걸 가져왔습니다." 그는 무슨 이유에서인지 지폐 뭉치를 꺼내 보였다.

신사는 꼼짝 않고 그와 지폐 뭉치를 쳐다보더니 그루셴카를 보았다. 갑자기 그루셴카가 끼어들었다.

"앉으세요, 미챠. 겁주지 않으실 거죠? 그럼 환영이에요... 당신이 와서 아주 기뻐요. 나는 이분이 우리와 함께 있기를 원해요." 그녀는 마치 모든 사람에게 명령하듯이 말했다.

"나의 여왕이 원하는 건 곧 법이요!" 그루셴카의 손에 입을 맞추며 신사가 말했다.

"미챠, 샴페인을 가져왔다니 참 잘했어요. 나도 마시겠어요."

바로 이때 주인이 마개를 딴 샴페인 병과 잔을 가져왔다.

"더 가져와, 더!" 미챠는 주인에게 소리쳤다. 그는 마

---

08 폴란드 말로 신사(信士)의 복수

치 모든 것을 잊어버린 듯 환희에 차서 어린애 같은 미소를 지으며 모두를 둘러보았다. 그는 그루셴카가 포도주를 마시는 것을 보고 환희에 정신을 잃을 정도였다.

"마십시다, 파네!" 그는 세 잔에 샴페인을 넘치도록 따랐다.

"폴란드를 위해서, 여러분의 폴란드를 위해서 마시겠습니다!"

"그거 아주 좋군요. 마시겠습니다." 소파에 앉아있던 신사가 자신의 잔을 들었다.

"다른 신사분도, 성함은 모르지만, 잔을 드시죠!"

"판[09] 브루블렙스키입니다."

판 브루블렙스키는 식탁으로 다가와 선 채로 자신의 잔을 들었다.

"폴란드를 위해서, 만세!" 미챠는 잔을 들면서 소리쳤다.

세 사람은 함께 마셨다. 미챠는 병을 들고 곧 다시 세 잔을 따랐다.

"이제는 러시아를 위해서, 형제가 됩시다!"

"나한테도 따라주세요. 러시아를 위해서는 나도 마시고 싶어요." 그루셴카가 말했다.

"나도요," 칼가노프가 말했다.

---

09 폴란드 말로 신사(信士)의 단수

"나도 마시고 싶습니다요... 사랑하는 러시아를 위해서," 막시모프가 낄낄거렸다.

"모두, 모두 마십시다! 주인, 술을 더 가져와!"

주인은 미챠가 가져온 술에서 남아있던 세 병을 가져왔다.

"러시아를 위해서, 만세!" 폴란드 신사들을 제외하고 모두가 마셨다. 그들은 자신의 잔에 손도 대지 않았다.

"무슨 일입니까?" 미챠가 소리쳤다.

판 브루블렙스키는 잔을 들고 또랑또랑한 목소리로 말했다.

"1772년[10] 이전의 러시아를 위해서!"

"그것 좋군!" 다른 신사가 외치며 두 사람은 순식간에 잔을 비웠다.

"당신들은 바보군요." 미챠 입에서 갑자기 이 말이 튀어나왔다.

"이보세요!!" 두 신사는 위협조로 소리쳤다.

"자신의 조국을 사랑해서는 안 된단 말입니까?" 판 브루블렙스키가 언성을 높였다.

"그만해요! 싸우지들 말아요!" 그루셴카가 명령조로 소리쳤다. 그녀의 얼굴은 불타오르고 눈은 번쩍이기 시

---

10 1772년은 러시아가 프러시아, 오스트리아와 함께 제1차 폴란드 분할에 참여한 해이다.

작했다. 미챠는 무섭도록 놀랐다.

"용서하십시오! 제가 잘못했습니다!.."

"당신도 가만있어요. 잠자코 앉아요. 어리석은 사람 같으니!" 그루셴카는 그에게 화가 나서 퉁명스럽게 말했다.

모두가 자리에 앉았다. 모두 입을 다물고 서로를 쳐다보았다.

"여러분, 다 제 탓입니다!" 그루셴카가 왜 언성을 높였는지 아무것도 이해하지 못한 미챠가 다시 말하기 시작했다. "왜 이렇게 앉아만 있습니까? 자, 뭘 할까요... 다시 즐거워지려면?"

"아까처럼 은행 놀이를 하면 좋겠는뎁쇼." 막시모프가 갑자기 키득거렸다.

"푸지노, 파네!" 소파에 앉은 신사가 내키지 않는다는 듯이 응답했다.

"푸지노? 푸지노가 뭐예요?" 그루셴카가 물었다.

"늦었다는 말입니다. 늦은 시간이에요." 소파에 앉은 신사가 설명했다.

"저 사람들에게는 모든 게 늦었고 모든 게 안 되죠!" 그루셴카는 화가 나서 날카롭게 말했다. "자기들이 지루하게 앉아 있으니 남들도 지루하길 바라는 거예요. 미챠, 당신이 오기 전에도 저렇게 말도 없이 불평만 했답니다…"

"당신의 기분이 울적해보여서 나도 서글퍼졌던 겁니다. 나는 할 준비가 됐습니다, 파네." 신사는 미챠를 보며 말했다.

"시작합시다, 파네!" 미챠도 맞장구를 치며 호주머니에서 지폐를 꺼내 식탁 위에 2백 루블을 올려놓았다.

"카드는 주인한테 갖다 달라고 하죠, 파네." 키 작은 신사가 집요하고도 진지하게 말했다.

"좋습니다. 주인보고 가져다 달래죠. 카드를 가져오게!" 미챠는 주인에게 명령했다.

주인은 뜯지 않은 카드를 가져왔다. 신사들이 카드를 뜯었다.

"나는 10루블을 걸겠습니다. 잭이 나갑니다." 미챠가 이겼다.

"모서리!"[11] 미챠가 소리쳤다.

"졌군! 7에다 두 배!"

두 배 건 것도 졌다.

"두 배, 두 배로" 미챠는 판돈을 두 배로 늘렸다. 그러나 계속 지기만 했다.

"2백 루블을 잃으셨습니다, 파네. 또 2백 루블을 거시겠습니까?" 소파에 앉은 신사가 물었다.

---

11 카드의 모서리를 접어 판돈의 4분의 1을 올리라는 의미다.

"어떻게, 벌써 2백 루블을 잃었다구요? 그럼 또 2백 루블을 걸어야죠!" 미챠가 호주머니에서 돈을 꺼내 2백 루블을 여왕에 걸려고 하자, 갑자기 칼가노프가 카드를 손으로 가렸다.

"그만하세요!" 그가 소리쳤다.

"왜요?"

"이유가 있으니까요. 침을 뱉고 나가버리세요. 더 이상 하게 두지 않겠어요!"

"그만해요, 미챠. 그의 말이 맞을지도 몰라요. 그거 말고도 많이 잃었어요." 그루셴카가 이상한 어조로 말했다. 두 신사는 갑자기 매우 모욕당한 표정으로 자리에서 일어났다. 미챠는 그들을 차례로 바라보았다. 그 순간 무엇인가 이상하고도 새로운 생각이 그의 머리에 떠올랐다. 미챠는 키 작은 신사에게 다가가 그의 어깨를 툭 쳤다.

"몇 마디 드리고 싶은데. 저 방에서요. 아주 좋은 얘기입니다. 만족하실 겁니다."

"어디들 가시는 거예요?" 그루셴카가 불안한 듯 물었다.

"곧 돌아올 거요." 미챠는 대답했다. 그는 신사들을 오른쪽에 있는 방으로 데리고 갔다. 그들은 엄격한 표정으로 쳐다보았지만 분명 호기심을 가지고 있었다.

"많은 말씀을 드리지는 않겠습니다. 여기 돈이 있습니다." 미챠는 지폐를 꺼냈다. "3천 루블을 원하시면 가지고 떠나주세요."

신사는 미챠의 얼굴을 뚫어지게 쳐다보았다.

"3천 루블이라구요, 파네?" 그는 브루블렙스키와 서로 눈짓을 했다.

"3천입니다. 3천을 가지고 어디로든 가버리세요. 지금 당장, 영원히. 알겠습니까, 파네. 지금 바로 당신들을 위해 트로이카를 준비시키겠소. 어때요?"

미챠는 확신을 가지고 대답을 기다렸다. 그는 의심하지 않았다.

"그럼 돈은, 파네?"

"돈은 이렇게 합시다. 지금 5백 루블을 선금으로 주겠소. 그리고 2천 5백 루블은 내일 도시에서 드리리다. 내 명예를 걸고 맹세하겠소."

폴란드인들은 다시 서로 눈짓을 했다.

"7백, 7백을 지금 손에 쥐어 드리리다! 못 믿으시겠습니까? 3천 루블을 지금 한번에 줄 수는 없지 않소. 내일이라도 그녀의 집으로 오세요... 지금은 3천 루블이 없지만 내 집에는 있습니다."

"창피하고 더럽소!" 신사는 침을 뱉었다.

"침을 뱉는 것은, 파네, 그루셴카한테서 더 뜯어낼 수 있다고 생각해서지."

"나는 지독히 모욕당했소." 키 작은 신사는 얼굴을 붉히며 매우 화를 내면서 방에서 나갔다. 당황한 미챠는 그들을 따라 나갔다. 그는 신사가 지금 큰 소리로 떠들 것이라고 예감하고 그루셴카가 어떻게 나올지 무서워했다. 신사는 홀로 들어가더니 연극을 하듯이 그루셴카 앞에 섰다.

"파니[12] 아그라페나, 나는 옛일을 잊고 용서하기 위해 왔습니다. 오늘까지 있었던 모든 것을 잊으려고…"

"용서라구요? 당신이 나를 용서하려고 왔다구요?" 그루셴카는 자리에서 벌떡 일어났다.

"바로 그렇습니다. 나는 관대한 사람이지만, 당신의 정부(情夫)들을 보고 놀랐습니다. 판 미챠가 저 방에서 내게 당신에게서 손을 떼라고 3천 루블을 주었습니다. 나는 침을 뱉었지요."

"뭐라구요? 저 사람이 당신에게 돈을 주었다구요? 정말이에요, 미챠? 감히 어떻게 그런 짓을! 내가 팔 수 있는 물건이란 말인가요?"

"파네, 파네," 미챠는 절규하기 시작했다. "그녀는 순결하게 빛납니다. 나는 결코 그녀의 정부였던 적이 없습니다!"

---

12 파니는 폴란드어로 숙녀의 단수

"당신이 어떻게 감히 나를 저 사람 앞에서 변호하는 거예요?" 그루셴카는 울부짖었다. "내가 순결했던 것은 저 사람 앞에서 자존심을 세우고 싶어서였어요. 만나면 비열한이라고 말할 권리를 갖기 위해서요. 정말 저 사람은 당신한테서 돈을 받지 않았나요?"

"받으려고 했소. 단지 3천 루블을 한번에 받고 싶어 했소. 나는 7백 루블만 선금으로 주었소."

"그래 알겠어요. 저 사람은 나한테 돈이 있다는 소리를 듣고 나와 결혼하려고 온 거니까.""나는 기사입니다. 나는 당신을 아내로 맞이하려고 온 겁니다. 그런데 옛날의 그 사람이 아니라 새로운 여자를 보게 되는군요. 제멋대로이고 파렴치한."

"아, 그러니 왔던 곳으로 꺼져요!" 그루셴카는 극도로 흥분해서 소리쳤다. "바보, 나는 바보였어요. 5년 동안 자신을 괴롭혔으니! 그 사람이 저런 사람이었을까? 그 사람의 아버지라도 되는 것 같군! 그 사람은 매였는데, 이 사람은 숫오리야. 그런데도 나는 5년을 눈물로 보냈다니. 나는 저주받은 바보야!"

그녀는 안락의자에 쓰러져 얼굴을 손으로 가렸다. 이 순간 왼쪽 옆방에서 모여든 모크로예 처녀들의 합창소리가 들렸다.

"소돔이 따로 없군!" 갑자기 판 브루블렙스키가 으르

렁거리듯 말했다. "주인, 저 파렴치한 것들을 쫓아버려!"
 주인은 곧장 방에 나타났다.
 "왜 소리를 지르는 거요?" 주인은 이해할 수 없는 무례한 태도로 브루블렙스키에게 말했다.
 "짐승 같은 놈!"
 "짐승이라고? 그럼 너는 지금 무슨 카드로 놀음을 했지? 내가 새 카드 한 벌을 주었는데, 네놈이 내 것을 숨겼지! 너는 가짜 카드로 놀음을 했어! 나는 카드를 위조한 일로 네놈을 시베리아로 보내버릴 수 있어, 알겠어?" 그는 소파로 다가가서 손가락을 소파의 등과 쿠션 사이에 집어넣어 뜯지 않은 카드를 꺼냈다.
 "이게 내 카드야." 그는 그것을 높이 들어 주위 사람 모두에게 보여주었다. "나는 저 자가 내 카드를 이 틈에 넣고 자기 것으로 바꿔치는 것을 보았습니다. 네 놈은 신사가 아니라 사기꾼이야!"
 "나는 저 신사가 두 번이나 속임수를 쓰는 걸 봤어요." 칼가노프가 소리쳤다.
 "아, 창피해, 정말 창피해!" 그루셴카가 두 손을 마주 잡으며 소리 질렀다. "맙소사, 사람이 저렇게 되어 버리다니!"
 당황하고 격분한 브루블렙스키는 그루셴카를 보고 주먹으로 위협하여 소리쳤다.

"못된 창녀 같으니!" 그러나 그가 미처 다 외치기도 전에 미챠가 그에게 달려들어 두 손으로 그를 움켜잡더니 공중으로 들어 올려 한 순간에 홀에서 오른쪽에 있는 방으로 데리고 나갔다.

"그놈을 바닥에 던지고 왔소!" 그리고 키 작은 신사에게 소리쳤다.

"당신도 저리로 가시는 게 어떻소?"

키 작은 신사는 격분하여 얼굴이 벌게져서 문 쪽으로 향하다가 갑자기 멈춰서서는 그루셴카를 보고 말했다.

"만일 나를 따라 가고 싶으면 함께 갑시다. 싫으면 안녕히 계시오!"

미챠는 그가 나가자 문을 쾅 닫아버렸다.

"잘 됐어요!" 그루셴카가 악의에 차서 말했다. "제 갈 길로 갔네요!"

헛소리

광란의 주연이 벌어졌다. 처녀들이 모두 모였다. 유대인들은 바이올린과 비파 비슷한 현악기를 가지고 왔다. 마침내 그토록 기다리던 포도주와 식품을 실은 마차가 도착했다. 아무 상관없는 농부들과 아낙네들도 구경하러 방으로 들어왔다. 미챠는 병을 따서 닥치는 대로 모두에게 따라주었다. 한마디로 무질서하고 어리석은 일이 시작되었지만, 미챠는 그럴수록 더 신이 났다. 그녀는 아직 그에게 아무 말도 하지 않았고 일부러 말을 자제하는 것 같았다. 가끔 그를 부드럽지만 불타는 눈으로 쳐다보기만 할 뿐이었다. 마침내 그녀는 갑자기 그의 손을 꽉 잡고는 힘껏 자기 쪽으로 끌어당겼다.

"당신은 어떻게 나를 그 사람에게 양보하려고 했어요, 네? 정말 그러고 싶었나요?"

"당신의 행복을 망치고 싶지 않았소!"

"자, 저리 가세요..." 그녀는 그를 밀어냈다.

그러고 나서 그녀는 다시 걱정스러운 듯이 그를 불렀다.

"왜 당신은 우울해하는 거죠? 내가 보니 당신은 우울해요. 즐겨요. 나도 즐거우니 당신도 즐겨요."

미챠의 머리는 달아올랐다. 그는 나무로 만든 윗층 발코니로 나갔다. 신선한 공기가 그에게 생기를 불어넣었다. 그는 어두운 곳에 혼자 서서 갑자기 두 손으로 머리를 감쌌다. '만약 권총을 쏘아야 한다면, 지금이 아니면 언제란 말인가? 권총을 가지고 이리 와서 이 어두운 구석에서 끝내는 거야.' 그는 1분가량 결정을 내리지 못하고 서 있었다. 아까 이곳으로 달려올 때는 더 마음이 가벼웠다, 정말 더 가벼웠다! 그때는 모든 것이 끝나 있었다. 그는 그녀를 잃었고 그에게 그녀는 사라져버렸다. 그러나 지금은! 이 '예전의', 그녀의 숙명적인 사람은 흔적도 남기지 않고 사라졌다. 그녀의 눈에서 그는 이미 그녀가 누구를 사랑하는지 분명히 볼 수 있었다. '하느님, 담장 옆에 쓰러져 있는 사람을 살려주십시오! 이 무서운 잠을 내게서 지나가게 해 주십시오! 오, 불가능한 꿈이여! 오, 저주받은 운명이여!'

그는 갑자기 방으로 달려갔다. 그녀에게로, 그의 영원한 여왕에게로! '그녀의 사랑을 받는 한 시간, 한 순간이 정녕 남은 전 생애만한 가치가 없는 것일까? 그녀를 보고 그녀의 목소리를 듣고, 다른 것에 대해서는 생각하지 않고 모든 것을 잊어버리자. 오늘 밤만이라도, 한 시간, 한 순간이라도!' 입구로 들어가기 전 발코니에서 그는 주인인 트리폰 보리스이치와 부딪쳤다. 그는 왠지 어둡고 근심스런 모습을 하고 그를 찾으러 온 것 같았다.

"무슨 일인가, 보리스이치, 나를 찾고 있었나?"

"아닙니다요. 무슨 이유로 나리를 찾겠습니까? 그런데... 어디 계셨습니까?"

"왜 그렇게 지루한 표정을 하고 있나? 곧 자러 가겠네. 몇 시나 됐나?"

"세 시가 되어 갑니다. 지났을지도 모르겠습니다."
"곧 끝내겠네."

'무슨 일일까?' 미챠는 잠시 생각하다가 방으로 뛰어 들어갔다. 그러나 그녀는 방에 없었다. 미챠는 커튼 뒤를 보았다. 그녀는 그곳에 있었다. 그녀는 구석에 있는 궤짝 위에 앉아서 사람들이 듣지 못하게 소리를 죽여가며 슬프게 울고 있었다. 미챠를 보자 그녀는 그를 손짓해 부르고는 그의 손을 꼭 잡았다.

"미챠, 미챠, 나는 정말 그 사람을 사랑했어요! 이 5년 동안 내내 그 사람을 사랑했어요. 나는 그를 사랑한 걸까요, 아니면 나의 증오만을 사랑한 걸까요? 아니, 그 사람이에요! 오, 그 사람을 사랑한 거예요! 그런데 지금 그는 그 사람이 아니에요. 전혀 아니에요. 얼굴도 그 사람이 아니에요. 마치 선생님처럼 말하고 나를 근엄하게 맞이하길래 어쩔 줄을 몰랐어요. 나는 생각했어요. 왜 나는 지금 이 사람과 아무 말도 못하는 걸까? 그 사람의 아내가 그를 망쳐버린 거예요. 다른 사람으로 만들어 버렸어요. 오, 부끄러워요, 미챠. 나는 평생 부끄러울 거예요!" 그녀는 다시 눈물을 흘렸다.

"미챠, 당신에게 한 가지 말할 게 있어요. 내가 지금 누구를 사랑하는지 말해보세요. 나는 여기서 한 사람을 사랑해요. 당신이 들어왔을 때 모든 것이 분명해졌어요. '너는 바보야, 저 사람이 바로 네가 사랑하는 사람이야.'라고 내 마음이 속삭였어요. 미챠, 미챠, 바보같이 나는 어떻게 당신을 만난 후에 다른 사람을 사랑한다고 생각할 수 있었을까요? 용서해 주실 거죠? 나를 사랑하죠, 사랑하죠?"

미챠는 환희에 차서 그녀의 눈과 얼굴, 미소를 바라보다가 갑자기 그녀를 꽉 껴안고 입을 맞추기 시작했다.

"나에게 입맞춰줘요. 더 세게, 그렇게. 이제 나는 당신의 노예가 되겠어요, 평생 노예가 되겠어요! 지금은 술에 취하고 싶어요. 술에 취해서 춤을 추고 싶어요!"

그녀는 커튼 밖으로 나갔다. 미챠도 그녀를 따라 술취한 사람처럼 나갔다. '이 한 순간을 위해 온 세상을 내어주겠어.'

그루센카는 정말로 단번에 샴페인 잔을 들이키고 갑자기 아주 취해버렸다. 그리고 주머니에서 하얀 손수건을 꺼내 춤 출 때 흔들기 위해 오른손으로 그 끝을 잡았다. 그루센카는 고개를 젖히고 입술을 반쯤 벌리고 미소를 짓고는 손수건을 흔들었다. 그러나 갑자기 그 자리에서 몹시 비틀거리며 방 한 가운데서 망설이며 서 있었다.

"기운이 없어요... 용서하세요. 못하겠어요... 미안합니다."

"아가씨가 술을 많이 드신 모양입니다요." 막시모프가

낄낄거리며 처녀들에게 설명했다.

"미챠, 나를 데려가줘요... 날 좀 잡아줘요, 미챠." 그루셴카는 기운 없이 말했다. 미챠는 그녀의 두 팔을 잡고 커튼 뒤로 달려갔다.

"나를 데려가줘요, 멀리 데려가줘요... 여기가 싫어요. 멀리, 멀리 가요..."

"오, 그럼, 그럼. 꼭 그렇게 하겠어!" 미챠는 그녀를 꽉 끌어안았다. "당신을 데려가겠어... 오, 그 피에 대해 알 수만 있다면 평생을 1년과 당장 바꾸겠어!"

"무슨 피를 말하는 거죠?"

"아무것도 아니야! 그루샤^{그루셴카의 애칭}, 난 도둑놈이야. 나는 카치카^{카테리나의 애칭}의 돈을 훔쳤어... 치욕, 치욕이야!"

"카치카에게서요? 그 아가씨 말이죠? 아니에요, 당신은 훔친 게 아니에요. 돌려주세요. 나한테서 가져가요... 이제 내 것은 다 당신 거예요. 우리한테 돈이 무슨 소용이에요? 우리 차라리 어디 가서 땅을 일궈요. 노동을 해야 해요, 알겠어요? 나는 당신의 정부가 되지는 않겠어요. 나는 당신의 충실한 아내, 당신의 노예가 되겠어요. 그 아가씨한테는 돈을 가져다주고 나를 사랑해줘요... 그녀를 사랑하지 말아요."

"당신을 사랑해, 당신 하나만을. 시베리아에서도 사랑

할 거야..."

"왜 시베리아죠? 뭐, 당신이 원한다면 시베리아도 상관없어요... 우리는 일할 거예요... 나는 눈 위로 달리는 것을 좋아해요... 방울도 있어야겠죠... 들리나요, 방울소리가 나요... 어디서 방울소리가 나는 걸까?"

그녀는 기운이 빠져 눈을 감더니 갑자기 한순간 잠이 든 것 같았다. 정말 방울소리가 어디선가 멀리서 들리더니 갑자기 멈추었다. 그루셴카는 눈을 떴다.

"내가 잠을 잤나요? 그래... 방울소리가 들렸어요... 꿈을 꿨어요. 눈 위를 달린 것 같아요... 사랑하는 사람과, 당신과 함께 가고 있었어요. 멀리 멀리... 잠이 깨었는데 사랑하는 사람이 옆에 있네요. 정말 좋아요..."

"옆에 있지." 미챠는 그녀의 옷과 손에 입을 맞추며 중얼거렸다. 그런데 갑자기 그녀가 그가 아닌 그의 머리 위쪽을 바라보는 것 같은 느낌이 들었다. 그녀의 얼굴에 놀라움, 거의 경악이 나타나 있었다.

"미챠, 저기서 이곳을 보고 있는 게 누구죠?" 미챠는 몸을 돌려 정말 누군가가 커튼을 젖히고 그들을 살펴보는 것을 보았다.

미챠는 커튼 밖으로 나와 꼼짝 못 하고 서 버렸다. 방은 완전히 새로운 사람들로 가득차 있었다. 순간적으로 오한이 그의 등을 타고 흘렀다. 그는 한순간에 이 사람들을 알아보았다. 외투를 입고 있는 키가 큰 노인은 경찰서장 미하일 마카르이치였다. 그리고 말쑥하게 차려입은 멋쟁이는 검사보(補)였다. 안경을 끼고 있는 젊고 키가 작은 사람은 얼마 전에 온 예심판사였다.

안경을 쓴 젊은 사람이 갑자기 앞으로 나오더니 미챠에게 가까이 다가와서 약간 서두르면서 말하기 시작했다.

"여기 이쪽으로, 소파 쪽으로 와 주시기 바랍니다... 당신과 해명해야 할 긴급한 일이 있어서요..."

"노인!" 미챠는 극도로 흥분해서 소리쳤다. "노인과 그의 피 때문이죠! 이..해..합니다!"

"이해한다고? 아버지를 죽인 악독한 놈, 네 늙은 아버지의 피가 네 뒤에서 통곡하고 있어!" 미챠에게 다가서면서 늙은 경찰서장이 울부짖었다. 키가 작은 예심판사는 미챠를 향해 확고하고도 큰 소리로 위엄있게 선언했다.

"퇴직 중위 카라마조프 씨, 당신에게 이 밤에 발생한 당신의 부친 표도르 파블로비치 카라마조프의 살해 혐의가 있음을 알리는 바입니다..."

미챠는 그 말을 들었지만 무슨 소리인지 이해하지 못했다. 그는 기이한 눈초리로 그들 모두를 둘러보았다.

제9권
예심

관리 페르호틴의 출세의 시작

표트르 일리치 페르호틴은 마침내 문을 두드려 여는 데 성공했다. 잠에서 깨어난 문지기는 문을 두드리는 사람이 누군지 알아내고 그가 페오도시야 마르코브나를 보고 싶어한다는 것을 알고는 마침내 문을 열어주었다. 페오도시야 마르코브나가 있는 곳으로 들어간 표트르 일리치는 그녀에게 상세하게 질문을 해 곧 가장 중요한 사실을 알아냈다. 즉, 드미트리 표도로비치가 그루셴카를 찾으러 달려 나갈 때 절구공이를 움켜쥐고 갔는데, 돌아왔을 때는 절구공이가 없었고 손은 피투성이가 되어 있었다는 것이다. 드미트리 표도로비치는 절구공이를 가지고 누구에게 달려갔을까? 표트르 일리치는 드미트리 표도로비치가 부친의 집이 아니면 다른 곳으로 달려 갔을 리가 없고 그곳에서 분명 무슨 일인가 일어났을 것 이라는 확신을 얻었다. "그분이 돌아오셨을 때, 저는 묻 기 시작했어요. 드미트리 표도로비치, 무엇 때문에 두 손 에 피가 묻었지요?라고." 폐냐는 흥분하며 덧붙였다. 그 러자 그는 그 피가 사람의 피이고 그가 지금 막 사람을 죽였다고 대답하더라는 것이다. 뭔가 더 묻고 나서 표트 르 일리치는 들어갈 때보다 더 흥분하고 불안해져서 그 집에서 나왔다.

그가 지금 할 수 있는 가장 올바른 일은 표도르 파블 로비치 집에 가서 무슨 일이 일어나지는 않았는지 알아 보고 사건을 분명히 확인하고 나서 그때 경찰서장에게 가는 것일 터였다. 그러나 밤이 깊었고 표도르 파블로비 치 집의 문은 굳게 닫혀 있었다. 다시 문을 두드려야만 했다. 그러나 만약 그에게 문을 열어주었는데 아무 일도 일어나지 않은 것이 밝혀진다면, 표도르 파블로비치가 내일 온 도시에 떠들어대고 다닐 것이 분명했다. 그렇다 면 그야말로 스캔들이다! 표트르 일리치는 세상에서 스 캔들을 가장 두려워했다. 그래서 그는 호흘라코바 부인 집으로 달려갔다. 만약 그녀가 아까 3천 루블을 드미트 리 표도로비치에게 주었는지에 대한 질문에 부정적으로 답한다면, 그는 곧바로 경찰서장에게 갈 것이다. 그 반대 경우라면 내일까지 모든 것을 미루고 집으로 돌아갈 것이다.

정확히 열한 시에 그는 호흘라코바 부인 집에 들어섰다. 표트르 일리치는 정중하게 이곳에 사는 페르호틴이라는 한 관리가 중요한 일로 찾아왔다고 전해달라고 하녀에게 부탁했다. 하녀의 보고를 듣고 놀란 호흘라코바 부인은 짜증을 내며 거절하라고 명했다. 거절한다는 말을 들은 표트르 일리치는 매우 집요하게 다시 한번 '만약 그를 받아들이지 않는다면 나중에 후회할지도 모른다.'는 말을 '그대로' 전해달라고 부탁했다. 그러자 호흘라코바 부인은 나오기로 결심했다. 그녀는 손님에게 엄격한 표정을 하고 나와서 곧바로 손님에게 질문부터 했다. "무슨 일이신가요?"

"제가 실례를 무릅쓰고 이곳에 오기로 결심한 것은, 부인, 저희들이 같이 알고 있는 드미트리 표도로비치에 관한 일 때문입니다." 페르호틴이 이 이름을 말하자마자 여주인의 얼굴에는 아주 강한 짜증이 나타났다.

"귀하께서는 어떻게 알지도 못하는 부인의 집에 이런 시각에 찾아와 불편을 끼칠 수가 있으신가요?"

"부인, 제발 30초만 제 말을 들어주십시오. 간단히 모든 것을 설명드리겠습니다." 페르호틴은 확고하게 말했다. "오늘 낮 다섯 시 경 카라마조프 씨는 저에게서 10

루블을 빌려갔습니다. 그에게는 돈이 한 푼도 없었다는 것을 저는 확실히 알고 있습니다. 그런데 오늘 아홉 시에 그는 2, 3천 루블 정도 되는 100루블짜리 지폐 다발을 두 손에 들고 저에게 찾아왔습니다. 그의 두 손과 얼굴은 온통 피투성이였습니다. 어디서 그런 돈이 났느냐는 제 질문에 그는 당신한테서 받았다고 정확하게 답했습니다."

"맙소사! 그 사람은 자기 아버지를 죽인 거예요!" 그녀는 두 손을 마주치며 소리쳤다. "저는 그 사람에게 어떤 돈도 주지 않았어요! 오, 그의 아버지에게 달려가세요, 어서요!"

"부인, 그러니까 그에게 돈을 주시지 않았다는 거죠?"

"주지 않았어요! 달려가세요. 끔찍한 죽음에서 불행한 노인을 구해야 합니다!"

"만약 벌써 죽였다면요?"

"그럼 우리는 이제 무엇을 해야 하지요? 무엇을 해야 한다고 생각하세요?"

표트르 일리치는 지금 곧바로 경찰서장에게 가서 모든 것을 이야기하겠다고 말했다.

"그리고 오셔서 저에게 말씀해 주세요. 거기서 무엇을 보고 알아내셨는지... 그 사람을 어떻게 판결하고 어디로 보낼지. 우리나라에는 사형이 없죠? 어쨌든 꼭 와 주세요. 제가 같이 가는 건 어떨까요?.."

"아, 아닙니다. 만약 부인께서 직접 드미트리 표도로비치에게 어떤 돈도 주지 않으셨다는 것에 대해 만약의 경우를 대비해서 세 줄 정도만 써 주신다면, 어쩌면 도움이 될지도 모르겠습니다..."

"그럼요!" 호흘라코바 부인은 기쁨에 겨워 자신의 책상으로 뛰어갔다. 그녀는 빠르게 다음과 같이 적었다.

> 내 생애에서 나는 결코 불행한 드미트리 표도로비치 카라마조프에게 돈을 빌려준 일이 없다. 오늘 3천 루블도, 어떤 다른 돈도 결코, 결코 주지 않았다! 이 세상의 모든 성스러운 것을 걸고 모두에게 맹세하는 바이다.
>
> 호흘라코바

"가세요, 구해주세요. 이건 당신 편에서도 위대한 공적입니다." 그녀는 그를 현관까지 배웅했다.

"당신이 먼저 저를 찾아와주신 데 대해 제가 얼마나 감사한지 모르실 거예요. 앞으로 저의 집에서 당신을 맞이한다면 매우 영광일 거예요. 당신이 여기서 근무하신다니 얼마나 기분이 좋은지... 제가 당신을 위해서 뭐든지 할 수 있다면 좋겠어요... 오, 저는 젊은이를 좋아해요! 젊은이는 우리 러시아의 희망이에요... 오, 가보세요, 어서요!"

표트르 일리치는 이미 달려 나가고 있었다.

소란

우리의 경찰서장 미하일 마카로비치 마카로프는 홀아비에 호인이었다. 그의 집에는 손님들이 끊일 새가 없었는데, 그는 마치 손님 없이는 살 수 없는 것만 같았다. 표트르 일리치는 오늘 저녁에 미하일 마카로비치 집에서 누군가 손님을 만나리라는 것은 알고 있었지만, 누구를 만날지는 알지 못했다. 그런데 이 순간 그의 집에서는 마침 검사와 우리 지방 의사인 바르빈스키가 카드놀이를 하고 있었다. 실은 검사보였는데 모두가 검사로 불렀던 입폴리트 키릴로비치는 서른다섯 밖에 되지 않았지만, 폐병 증세가 매우 심했다. 그는 자존심이 강하고 짜증이 심한 성격이었지만 견실한 지성과 선량한 영혼을 소유한 사람이었다. 그에게는 어떤 고상하고 심지어 예술적이기까지 한 성향이 있었는데, 예를 들어 심리적인 것, 인간 영혼에 대한 특별한 지식, 범죄자와 그의 범죄를 알아보는 특별한 재능 같은 것이었다. 카라마조프 집안의 부친

살해라는 예기치 못한 사건은 그를 온통 뒤흔들어 놓았다.

옆방에는 우리의 젊은 예심판사 니콜라이 파르페노비치 넬류도프가 아가씨들과 함께 앉아 있었다. 그는 겨우 두 달 전에 페테르부르크에서 우리 도시로 왔다. 그는 유난히 체구가 작았는데, 자신의 직무를 수행할 때 만큼은 근엄한 태도를 취했다.

표트르 일리치는 경찰서장의 집에 들어서서 아연실색하고 말았다. 그는 그곳에 있는 사람들이 모든 것을 알고 있다는 사실을 알게 되었던 것이다. 실제로 모두가 카드놀이를 던져두고 서서 논의를 하고 있었다. 표트르 일리치를 기다리고 있었던 것은 표도르 파블로비치 노인이 실제로 이날 밤에 자기 집에서 살해당했으며 돈을 갈취당했다는 아연실색할 소식이었다. 이것은 방금 전 다음과 같은 방식으로 알려지게 되었다.

담장 옆에 쓰러져 있던 그리고리의 아내 마르파 이그나티예브나가 갑자기 잠에서 깨어났는데, 옆방에서 의식 없이 누워있던 스메르쟈코프의 무시무시한 울음소리가 그녀를 깨운 것이었다. 그녀는 벌떡 일어나서 정신없이 스메르쟈코프의 방으로 달려갔으나 그곳은 컴컴했고 병자가 무섭게 신음하고 몸부림치는 소리만 들릴 뿐이었다. 마르파 이그나티예브나는 소리를 지르며 남편을 부르기 시작했는데, 문득 그녀가 일어났을 때 그리고리가 침대에 없었다는 것을 기억해냈다. 그가 나간 것 같은데, 어디로 간 거지? 그녀는 현관 층계로 나가서 그의 이름을 불렀다. 그녀는 밤의 정적 한가운데 어디선가 멀리 정원에서 들려오는 누군가의 신음소리를 들었다. 그녀는 계단을 내려가 정원으로 향하는 쪽문이 열려있는 것을 보았다. '분명히 그이가 저기 있어.' 그녀는 이렇게 생각하고 쪽문 쪽으로 다가갔다. 그리고 "마르파, 마르파!"라고 부르는 그리고리의 소리를 분명히 들었다. 마르파는 소리 나는 쪽으로 달려가서 그리고리를 발견했다. 그녀는 그가 온통 피투성이인 것을 발견하고 있는 힘을 다해 소리쳤다. 그리고리는 힘없이 중얼거렸다. "죽였어... 아비를 죽였어... 소리는 왜 질러, 바보... 달려가서 사람들을 불러..." 마르파 이그나티예브나는 주인 방의 창문이 열려있는 것을 보고 달려가 표도르 파블로비치를 부르기 시작했다. 그녀는 창문 안을 들여다보고 무서운 광경을 목격하고 말았다. 주인은 고개를 위로 하고 바닥에 자빠져 꼼짝 않고 있었다. 실내복과 흰 셔츠의 가슴 부분이 피로 물들어 있었다. 마르파 이그나티예브나는 정원에서 달려 나가 쏜살같이 이웃에 사는 마리야 콘드라티예브나에게 달려갔다. 두 이웃집 여자인 어머니와 딸은 잠에서 깨어 창문 쪽으로 달려 나왔다. 마르파 이그나티예브나는 두서없이 소리 질렀지만, 중요한 내용은 잘 전달하고 도움을 청했다. 마침 그 밤에 그들의 집에는 떠돌이 포마가 묵고 있었다. 이 세 사람은 범죄의 현장으로 달려갔다. 달려가면서 마리야 콘드라티예브나는 아까 아홉 시쯤에 정원 쪽에서 무서운 고함소리를 들었다는 것을 기억해냈다. 그리고리가 누워있는 곳으로 달려가서 두 여인은 포마의 도움으로 그를 곁채로 옮겼다. 제 정신을 차린 그리고리는 곧 "주인이 돌아가셨어?"라고 물었다. 두 여인과 포마는 주인집의 정원으로 들어가면서 창문뿐 아니라 집에서 정원으로 나가는 문도 활짝 열려 있는 것을 보았다. 그들은 주인 방으로 들어가는 것이 두려워져서 되돌아왔다. 그리고리는 마리야 콘드라티예브나에게 곧장 경찰서장에게 가라고 시켰고, 그녀는 달려가서 경찰서장 집에 있는 모든 이들을 당황하게 만들었다. 그녀는 표트르 일리치보다 겨우 5분 먼저 앞질렀을 뿐이었다.

그들은 표도르 파블로비치의 집으로 들어가 현장 검증을 실시했다. 표도르 파블로비치는 머리가 깨져서 죽어 있었다. 그런데 무엇으로 머리가 깨졌을까? 그들은 그리고리의 말을 듣고 담장 옆 정원에 난 길 위에 버려진 놋으로 된 절구공이를 찾아냈다. 그리고 표도르 파블로비치가 쓰러져있던 방 침대 옆 바닥에 떨어져있는 큰 봉투를 주워들었다. 거기에는 '나의 천사 그루셴카에게, 만일 오기만 한다면.'이라고 쓰여 있었다. 봉투는 찢어져 있었고 비어 있었다. 돈을 가져간 것이다. 표도르 파블로비치 집에서의 수색은 꽤 오래 걸렸다. 아침 다섯 시가 되어서야 경찰서장과 검사, 예심판사는 두 대의 마차와 두 대의 트로이카에 나눠 타고 모크로예에 도착했다.

영혼의 고난 편력[13]

첫 번째 고난

미챠는 무슨 말을 하는지 이해하지 못하고 앉아 주위 사람들을 둘러보았다. 갑자기 그는 일어나 손을 위로 쳐들며 크게 소리쳤다.
"나는 죄가 없습니다! 이 피에 대해서는 죄가 없어요! 내 아버지의 피에 대해서는... 죽이고 싶었지만 죄를 짓지 않았습니다! 내가 아닙니다!"
그가 소리치자마자 커튼 뒤에서 그루셴카가 뛰어나와 경찰서장의 발 앞에 쓰러졌다.

---

13 хождение души по мытарствам. 정교의 가르침에서 사람이 죽은 후, 그의 영혼이 40일 동안 다양한 고난을 통과하는 것을 의미한다.

"저 때문에 죽인 거예요!... 제가 죄인입니다! 우리를 함께 재판해 주세요! 함께 벌해 주세요. 저 사람과 함께 사형이라도 받겠습니다!"

미챠는 그녀를 굳게 껴안았다. "믿지 마십시오. 이 여자는 아무 죄도 없습니다!"

미챠는 몇 사람이 그를 그녀에게서 억지로 떼어내고 그녀를 데리고 간 것을 나중에 기억해냈다. 그가 제정신을 차렸을 때 그는 탁자에 앉아 있었다. 반대편 소파에는 예심판사 니콜라이 파르페노비치가 앉아 있었고 그의 왼편에는 검사가 앉아 있었다. 경찰서장은 창문 옆에 서 있었다.

"그러니까 당신은 당신의 부친 표도르 파블로비치의 죽음에 대해서는 죄가 없다고 확실히 단언하시는 겁니까?" 예심판사는 부드럽지만 집요하게 물었다.

"없습니다! 다른 피에 대해서는 죄가 있습니다. 그렇지만 내 아버지는 아닙니다... 그런데 누가 아버지를 죽였습니까? 내가 아니라면 누가 죽일 수 있단 말입니까?"

검사 입폴리트 키릴로비치는 예심판사와 눈짓을 주고받고는 미챠에게 말했다.

"하인 그리고리 바실리예비치에 대해서는 걱정하실 필요가 없습니다. 그 노인은 살아 있습니다."

"살아 있다고요? 그가 살아 있단 말이지요!" 그의 얼굴은 환하게 빛나기 시작했다. "주여, 제 기도를 들으시고 저에게 행해주신 위대한 기적에 감사합니다! 네, 네. 이건 제 기도를 들어주신 겁니다. 저는 밤새 기도했습니다!..." 그는 거의 숨이 넘어갈 지경이었다.

"오, 감사합니다, 여러분! 오, 당신들은 저를 한 순간에 부활시켜 주셨습니다!.. 이 노인은 나에게 친아버지 같은 사람이었습니다!.."

그는 한 순간에 사람이 변한 것 같았다. 그는 다시금 이 모든 사람들과 동등한 인간으로서 앉아 있었다.

"진정하십시오, 드미트리 표도로비치," 예심판사는 자신의 침착함으로 흥분한 미챠를 진정시키고 싶은 듯 주의를 주었다. "심문을 계속하기 전에 사실에 대해 확인하고 싶습니다만. 당신은 고인이 된 표도르 파블로비치를 좋아하지 않았고 그와 항상 다툼을 하셨던 것 같습니다만... 15분 전에도 그를 죽이고 싶었다고 말한 것 같은데요."

"그렇습니다. 불행하게도 나는 아버지를 죽이고 싶었습니다, 여러 번이요... 불행하게도 말입니다!"

"죽이고 싶으셨군요. 무엇이 부친에 대한 그런 증오를 갖게 했는지 설명해 주시겠습니까?"

"뭘 설명하란 말입니까, 여러분! 나는 내 감정을 숨긴 적이 없습니다. 온 도시가 다 알고 있습니다. 그렇지만 나의 개인적인 감정에 대해서는 당신들이 내게 물을 권리가 없는 것 같은데요. 그건 내 일입니다. 나의 내적인 일이란 말입니다. 하지만... 전에도 난 내 감정을 숨기지 않았으니... 지금도 그것을 비밀로 하지는 않겠습니다. 그런데 내가 아니라면 도대체 누굴까요? 여러분, 나는 알고 싶습니다. 아버지는 어디에서, 어떻게, 무엇으로 죽임을 당했습니까?"

"우리는 부친이 자신의 방에서 고개를 위로 하고 머리가 깨진 채 누워 있는 것을 발견했습니다." 검사가 말했다.

"무서운 일입니다, 여러분!" 미챠는 갑자기 부르르 떨면서 얼굴을 오른손으로 가렸다.

"계속하겠습니다." 니콜라이 파르페노비치가 말을 가로챘다. "그러니까 무엇이 그때 당신의 증오를 불러 일으켰지요? 질투의 감정이었나요?"

"네 그래요, 질투였습니다. 그러나 질투뿐만은 아니었습니다."

"돈 때문에 싸웠나요?"

"네 그래요, 돈 때문에 싸웠습니다. 그러나 나는 3천 루블로 타협을 보려고 결심했었습니다. 나한테는 3천 루블이 너무나 필요했습니다... 그래서 나는 3천 루블이 든 봉투를 내 것이라고, 내 소유라고 생각했습니다."

검사는 의미심장하게 예심판사와 눈짓을 주고받았다.

"자, 여러분. 이제 나는 당신들의 것입니다. 그러나 서로 간의 신뢰가 필요합니다. 그렇지 않으면 우리는 결코 이 일을 끝내지 못할 겁니다. 그럼 본론으로 들어갑시다. 한 가지 중요한 것은 내 영혼을 파고 들어가지 말아달라는 것입니다. 별일도 아닌 것으로 내 영혼을 찢어놓지 말아주십시오. 오직 사건과 사실들만 물어주십시오. 그럼 당신들이 만족할 만한 답을 드리겠습니다."

미챠는 이렇게 소리쳤다. 심문이 다시 시작되었다.

두 번째 고난

"그럼 어제 아침부터의 이야기를 구체적으로 묘사해주실 수 있겠습니까? 예를 들어, 왜 도시에서 나갔으며 언제 떠났고 돌아왔는지... 이런 사실들을 모두..." 니콜라이 파르페노비치가 말을 시작했다.

"처음부터 그렇게 물어봐 주셨으면 좋았을 걸 그랬습니다." 미챠는 크게 웃었다. "어제가 아니라 사흘 전부터 시작해야겠습니다. 사흘 전 아침 나는 여기 사는 상인 삼소노프에게 3천 루블을 빌리러 찾아갔었습니다."

"말을 끊어서 죄송합니다만," 검사가 정중하게 말을

가로챘다. "무엇 때문에 갑자기 3천 루블이 필요하게 된 겁니까?"

"에이, 여러분, 그런 사소한 것은 필요 없습니다. 이런 사소한 것들은 집어치웁시다." 미챠는 열광적으로 외쳤다.

"그렇지만 우리는 무엇 때문에 당신에게 3천 루블이 필요했는지를 아는 것이 너무나 중요합니다."

"무엇 때문에 필요했냐구요? 그러니까, 뭘 위해서냐면... 빚을 갚기 위해서였습니다."

"누구에게입니까?"

"그건 절대로 말씀드릴 수가 없습니다, 여러분! 이건 나의 사생활입니다. 나는 내 사생활에 간섭하는 것을 허용할 수 없습니다. 당신의 질문은 사건과 관계가 없습니다. 빚을 돌려주고 싶었습니다만, 누구에게인지는 말하지 않겠습니다."

"이유가 무엇이든지 간에 당신이 답변을 꺼리신다면 우리는 당신에게 답변을 강요할 어떤 권리도 없으니 계속해 주십시오."

나는 이미 독자들이 알고 있는 그의 이야기를 자세하게 인용하지는 않겠다. 미챠가 이야기를 하는 동안 그를 뚫어져라 바라보는 예심판사와 특히 검사의 냉담하고 엄격한 눈길은 그를 매우 당황하게 만들었다. '치욕이다!'

이런 슬픈 생각이 그의 마음에 떠올랐다. '참아라, 겸손하라, 그리고 침묵하라.' 그는 시의 한 구절로 자신의 상념을 매듭짓고 다시 기운을 내서 이야기를 계속했다. 미챠가 아버지 집의 정원으로 달려간 것에 대해 이야기를 시작하자, 갑자기 예심판사가 그의 말을 제지하더니 자신의 큰 가방을 열어 그 속에서 놋 절구공이를 끄집어냈다.

"당신은 이 물건을 알고 계십니까?"

"아, 네! 어떻게 모르겠습니까!"

"어떻게 이 물건을 얻게 되셨는지 상세히 말해주시기 바랍니다."

미챠는 어떻게 절구공이를 가지고 달려갔는지 이야기했다.

"그런데 어떤 목적으로 이런 무기를 갖추게 되신 겁니까?"

"어떤 목적이라뇨? 아무 목적도 없었습니다! 그냥 가지고 달려간 겁니다."

"목적이 없다면 왜죠?"

미챠는 화가 끓어올랐다. 그는 '이런 사람들'에게 자신의 질투에 대해 이토록 진실하게 이야기하는 것이 점점 더 수치스러워졌다.

"절구공이 따위는 집어치우세요!"

"그렇지만,"

"뭐, 개를 쫓아내려고 집었습니다. 어둡기도 했구요... 뭐, 만일의 경우에 대비해서죠."

"그렇다면 당신은 전에도 밤에 나가면서 무엇인가 무기를 가지고 가셨나요?"

"제발, 여러분! 그래요, 절구공이를 집었습니다... 자, 그런 경우 무엇 때문에 손에 무엇인가를 집어드는 것일까요? 나는 무엇 때문인지 모릅니다. 그냥 집어서 달렸습니다. 그게 전부입니다. 여러분, 그만 합시다. 아니면 이제 말하지 않겠습니다!"

그는 정말로 일어나서 더 이상 아무 말도 하지 않겠다고 선언하고 싶었다.

"당신들은 범죄자나 피의자의 말을 믿지 않으실 수도 있습니다. 그러나 가장 고결한 인간의 말은 믿지 않을 수 없는 겁니다... 그렇지만

침묵하라, 마음이여,
참아라, 겸손하라, 그리고 침묵하라!

자, 계속할까요?" 그는 음울한 표정으로 말을 그쳤다.

세 번째 고난

마침내 그가 창문에서 고개를 내민 아버지를 보았을 때 증오가 끓어올라 주머니에서 공이를 끄집어낸 순간으로 이야기가 다달았을 때, 그는 갑자기 의도적이기라도 한 듯 말을 멈추었다.

"그래서요, 당신은 무기를 끄집어냈고... 그 다음에 무슨 일이 있었습니까?" 예심판사가 물었다.

"그 다음에요? 그 다음엔 죽였습니다... 아버지의 정수리를 내리쳐서 두개골을 박살내 버렸습니다... 여러분 생각대로라면 이렇죠!" 그는 갑자기 눈을 번득거렸다.

"그럼 당신 생각대로라면요?"

미챠는 눈을 내리깔고 오랫동안 침묵했다.

"내 생각으로는, 여러분, 내 생각으로는 말입니다. 그 순간 누군가 눈물을 흘렸는지, 내 어머니께서 하느님께 기도를 하셨는지 모르겠습니다만, 악마가 패했습니다. 나는 창문에서 물러나서 담장 쪽으로 뛰어갔습니다... 내가 담장 위에 앉아 있을 때 그리고리가 나를 덮친 겁니다..."

여기서 그는 눈을 들어 듣고 있는 사람들을 쳐다보았다. 그들은 완전히 평온한 상태로 그를 바라보고 있는 것 같았다. 어떤 분노의 경련 같은 것이 미챠의 영혼을 훑고 지나갔다.

"당신들은 내 말을 하나도 믿지 않으시는군요."

"그런데 당신은 창문에서 물러나 달아날 때 정원으로 향하는 문이 열려 있었는지 보셨습니까?" 그때 검사가 미챠의 흥분에는 주의도 기울이지 않고 묻기 시작했다.

"아니요, 열려 있지 않았습니다."

"열려 있지 않았다구요?"

"닫혀 있었습니다. 누가 그 문을 열 수 있었겠습니까? 가만, 문이라, 잠깐만요!" 그는 갑자기 제정신이 든 것 같았다. "정말로 문이 열려 있는 것을 보았습니까?"

"열려 있었습니다. 당신의 부친 살해범은 분명 그 문으로 들어갔습니다."

미챠는 무서울 정도로 충격을 받았다.

"이건 불가능합니다, 여러분! 나...나는 들어가지 않았습니다... 정확히 말합니다만, 내가 정원에 있는 동안 문은 닫혀 있었습니다. 신호는 나와 스메르쟈코프, 그리고 고인이 된 아버지만 알고 있었습니다. 아버지가 신호도 없이 누군가에게 문을 열어주었을 리가 없습니다!"

"신호라구요? 어떤 신호 말입니까?"

"그럼 당신들은 모르고 계셨군요!"

미챠는 조소하듯 미소를 짓고 검사에게 눈을 찡긋해 보였다. 그는 정확하고도 장황하게 신호와 관련된 모든 것을 설명했다.

"그러니까 이 신호에 대해 고인이 된 당신의 부친과 당신, 그리고 스메르쟈코프만 알고 있었단 말입니까? 더 이상 아무도 없습니까?" 다시 한번 니콜라이 파르페노비치가 물었다.

"네, 하인 스메르쟈코프, 그리고 하늘이 알고 있었죠."

이 진술을 기록하고 있을 때, 갑자기 검사가 새로운 생각이 떠오르기라도 한 듯 말했다.

"만약 이 신호에 대해 스메르쟈코프가 알고 있었고, 당신이 자신에 대한 모든 혐의를 철저히 부인하신다면, 정해진 신호대로 문을 두드려서 당신의 아버지로 하여금 문을 열게 하고, 그 다음에... 범죄를 저지른 것은 그가 아닐까요?"

미챠는 무섭도록 증오가 서린 눈길로 그를 쳐다보았다.

"당신은 그를 의심하십니까?"

"그도 의심했습니다."

"들어보세요. 내가 아까 커튼 뒤에서 뛰어나올 때부터 나한테는 '스메르쟈코프구나!'라는 생각이 떠올랐습니다. 여기 탁자에 앉아 있으면서도 내내 '스메르쟈코프야!'라고 생각하고 있었습니다. 그렇지만 그건 잠시 뿐이고 곧바로 '아니, 스메르쟈코프가 아니다!'라는 생각이 들었습니다. 이건 그놈이 한 짓이 아닙니다, 여러분!"

"어째서 그렇게 확고하게 그가 아니라고 주장하시는 겁니까?"

"인상 때문입니다. 스메르쟈코프는 저열하기 이를 데 없는 천성에 겁쟁이입니다. 여덟 살짜리 남자 아이라도 그놈을 때려눕힐 수 있을 겁니다. 그놈은 돈을 좋아하지도 않습니다... 무엇 때문에 그놈이 노인을 죽인단 말입니까? 그놈도 그의 아들, 그의 서자인데 말입니다. 알고 계셨습니까?"

"그 이야기는 들은 적이 있습니다. 하지만 당신도 아버지의 아들인데 그를 죽이고 싶어 했다고 모두에게 직접 말씀하셨지 않습니까?"

"죽이고 싶었을 뿐 아니라 죽일 수도 있었습니다. 그렇지만 죽이지 않았습니다. 내 수호천사가 나를 구해준 겁니다. 당신들은 이 사실을 인정하지 않으시는군요... 나는 죽이지 않았습니다, 죽이지 않았어요. 검사님, 죽이지 않았단 말입니다!"

그는 숨을 헐떡였다.

"그런데 스메르쟈코프가 당신들에게 무엇이라고 말했습니까?"

"우리는 스메르쟈코프가 의식 없이 침대에 누워있는

것을 발견했습니다. 우리와 함께 갔던 의사는 그가 어쩌면 아침까지 살 수 없을지도 모른다고 말했습니다."

"그렇다면 아버지를 죽인 건 악마입니다!"

"이 사실은 나중에 다시 다루고, 지금은 진술을 계속해 주실 수 있겠습니까?"

잠시 휴식을 취한 후에 미챠는 계속했다. 그는 기진맥진했고 모욕을 느꼈다. 이야기는 '길을 비켜주어 행복한 사람들이 그의 옆을 지나가게 하자'고 갑작스럽게 미챠가 결심한 대목에 이르렀다. 그는 아까처럼 다시 자신의 솔직한 마음을 드러내어 '자신의 영혼의 여왕'에 대해 이야기할 결심을 하지 못했다. 그는 이런 냉정한 사람들 앞에서 그런 말을 한다는 것이 불쾌하게 느껴졌던 것이다. 그래서 질문에 짧고 퉁명스럽게 답했다.

"다시 한번 질문하게 해 주십시오." 니콜라이 파르페노비치는 기어들어가는 듯한 소리로 말했다. "어디서 당신은 한번에 그런 금액을 얻을 수 있었습니까?"

"말하지 않겠습니다. 알아낼 수 없을 겁니다." 미챠는 매우 단호하게 딱 잘라 말했다.

"이해해 주십시오, 카라마조프 씨. 이것을 알아내는 것은 우리에게 반드시 필요합니다."

"이해합니다. 그래도 말하지 않겠습니다."

"그렇다면 어떤 강한 동기가 당신을 이렇게 위험한 순

간에 침묵하도록 하는 건지 우리에게 아주 작은 암시라도 주실 수는 없으십니까?"

"암시를 드리겠습니다. 내가 침묵하는 것은 여기에 치욕이 있기 때문입니다. 어디에서 이 돈이 났느냐는 질문에는 살인이나 강탈과도 비교할 수 없는 그런 치욕이 들어 있습니다. 그래서 말할 수가 없는 것입니다. 치욕 때문입니다."

"그러면 어떤 종류의 치욕인지 말해주실 수 없으십니까?"

"아니, 아니요. 공연히 애쓰지 마십시오. 당신들은 들을 자격이 없습니다. 그 누구도… 됐습니다, 여러분. 그만하겠습니다."

니콜라이 파르페노비치는 강요하는 것을 그만두었다. "이제 여기 탁자 위에 당신의 물건을 모두 내놓아주기를 바랍니다. 중요한 것은 가지고 있는 돈을 전부 내놓으셔야 합니다."

"돈이요? 자, 여기 돈이 있습니다. 세어 보십시오."

돈을 세어보니 8백 36루블 40코페이카였다. 니콜라이 파르페노비치는 미챠가 쓴 돈을 전부 셈하기 시작했다. 미챠도 기꺼이 도왔다.

"이 8백 루블까지 합쳐서 당신에게는 처음에 총 천 5백 루블 정도 있었던 것 같군요."

"그럴 겁니다."

니콜라이 파르페노비치는 벌떡 일어서더니 단호한 어조로 미챠에게 '옷과 모든 것에 대해' 정밀하고도 정확한 조사를 '해야만 한다'고 선언했다.

"옷을 벗어 주셔야만 합니다."

"뭐라구요? 옷을 벗으란 말입니까? 그냥 뒤지세요! 안 됩니까?"

"안됩니다. 벗으셔야만 합니다."

"좋을 대로 하십시오. 그렇지만 여기서 말고 커튼 뒤에서."

동의의 표시로 니콜라이 파르페노비치는 고개를 끄덕였다.

검사가 미챠를 낚다

프록코트를 벗는 것 정도는 별 게 아니었지만 그들은 더 벗으라고 요청했다. 그것도 요청이 아니라 실은 명령이었다. 프록코트 뒤 왼쪽 옷자락에서 커다란 핏자국이 발견되었다. 바지에서도 발견되었다.

"셔츠도 가져가야겠습니다. 양말도 벗어 주십시오."

"정말 꼭 그래야만 합니까?" 미챠는 중얼거리며 양말을 벗기 시작했다. 그는 참을 수 없을 정도로 당혹스러웠다. 모두가 옷을 입고 있는데, 그 혼자만 벗고 있었다. 옷을 벗은 그는 자신이 그들 앞에서 죄인인 것처럼 느껴졌다. 그는 정말로 자신이 여기 있는 모든 사람보다 더 모자란 사람이 된 것에 자신도 모르게 수긍하고 있었다.

니콜라이 파르페노비치는 마침내 밖으로 나가고 옷도 가지고 갔다. 입폴리트 키릴로비치도 나갔다. 미챠는 그에게서 눈을 떼지 않는 농군들과 혼자 남았다. 그는 담요를 둘렀다. 니콜라이 파르페노비치는 오랫동안 돌아오지 않다가 갑자기 다른 옷을 가지고 돌아왔다.

"자, 당신이 입을 옷입니다."

미챠는 무서울 정도로 격분했다.

"다른 사람의 옷은 원치 않습니다! 내 것을 돌려주십시오!"

"불가능합니다."

그들은 겨우 그를 진정시켰다. 그는 음울하게 말없이 서둘러 옷을 입기 시작했다. 그들은 그에게 다시 '그 방'으로 나가라고 요청했다. 남의 옷을 입은 그는 완전히 모욕을 당한 느낌이었다. 그에게는 뭔가가 악몽 같고 말도 안 되는 것처럼 느껴졌고 자신도 제 정신이 아닌 것 같았다.

"여러분, 당신들은 내가 정말 아버지를 죽였다면 그것을 숨겼을 거라고 생각합니까? 아니요, 드미트리 카라마조프는 그런 인간이 아닙니다. 나에게 죄가 있다면, 당신들이 여기 오는 것을 기다리지 않고 나 자신을 없애버리고 말았을 겁니다! 그리고리를 어쩌다 죽였다는 생각이 밤새 나를 괴롭혔을 뿐입니다. 형벌이 두려워서가 아닙니다! 치욕 때문입니다! 그런데 아무것도 보지 못하고 믿지 않는 당신들에게 내가 나의 새로운 치욕을 이야기하기를 원한단 말입니까? 그러느니 차라리 징역을 가겠습니다! 아버지에게 가는 문의 빗장을 열고 그 문으로 들어간 자가 아버지를 죽이고 돈을 강탈했습니다. 그 자가 누군지 나도 알 수 없어 괴롭습니다. 하지만 나, 드미트리 카라마조프는 아닙니다. 이게 내가 말할 수 있는 전부입니다. 됐습니다. 이제 더 이상 귀찮게 하지 마십시오."

검사는 내내 미챠를 주시하고 있었다. 미챠가 마침내 입을 다물자, 그는 냉정하고 침착한 표정으로 갑자기 말을 하기 시작했다.

"그리고리 노인은 당신이 닫혀 있었다고 주장하는 그 문이 활짝 열려 있는 것을 보았다고 분명히 우리에게 말했습니다. 그는 자신의 눈으로 직접 본 것은 아니지만 당신이 그 문으로 달려 나갔을 것이라고 증언하고 있습니다."

"헛소리입니다! 그 노인은 거짓말을 하고 있습니다!.."

"그는 흔들리지 않고 자신의 의견을 고수하고 있습니다."

"사실이 아닙니다, 아니에요! 그건 나에 대한 중상이거나 미친 사람의 환각입니다. 노인이 헛소리를 한 겁니다... 노인이 보았을 리가 없습니다... 나는 문으로 나가지 않았습니다." 미챠는 숨이 막혔다.

"당신은 이 물건을 알고 있습니까?" 갑자기 니콜라이 파르페노비치가 탁자 위에 큰 봉투를 올려놓았다. 미챠는 눈을 부릅뜨고 그것을 쳐다보았다.

"이건... 아버지의 봉투 같은데요. 3천 루블이 들어있었던 그 봉투요..."

"우리는 그 안에서 돈을 찾아내지 못했습니다. 봉투는 빈 채로 바닥에 뒹굴고 있었습니다."

미챠는 몇 초 동안 망연자실한 듯 서 있었다.

"여러분, 이건 스메르쟈코프 짓입니다!" 그는 온힘을 다해 소리쳤다. "그놈이 죽이고 강탈을 한 겁니다! 노인이 어디에 봉투를 숨겨두었는지 아는 건 그놈 한 명 뿐입니다... 그놈이에요. 이제 분명합니다!"

"그렇지만 당신은 봉투가 매트리스[14] 밑에 있다는 것을 알고 있었지 않습니까."

---

14 당시 매트리스는 충전재로 짚을 주로 사용하였고 간혹 솜을 사용하였다.

"결코 알지 못했습니다. 나는 지금 처음 이것을 봅니다. 전에는 스메르쟈코프한테 들었을 뿐입니다... 그놈 혼자 알고 있었습니다. 나는 몰랐습니다..." 미챠는 완전히 숨이 막혀 버렸다.

"빨리 그놈을 체포하십시오, 빨리요... 내가 달아나고 있을 때, 그리고 그리고리가 의식을 잃고 누워있을 때 그놈이 죽인 겁니다... 그놈이 신호를 보내 아버지가 문을 열어 준 겁니다..."

"그렇지만 문이 이미 열려 있었다면 신호를 보낼 필요도 없었을 텐데요..."

"문, 문... 이건 유령입니다! 하느님도 내 편이 아니시군요!"

"자, 스스로 생각해 보십시오, 드미트리 표도로비치. 갑자기 당신 손에 생겨난 돈의 출처에 대해서 당신이 이해할 수 없을 정도로 집요하게 침묵하고 있으니 우리가 무엇을 믿고 무엇에 근거를 두어야 할까요? 우리 입장도 생각해 봐 주십시오..."

미챠는 하얗게 질려버렸다.

"좋습니다! 어디서 돈이 났는지 당신들에게 나의 비밀을 털어놓겠습니다!... 치욕을 밝히겠습니다..."

미챠의 커다란 비밀

"여러분, 이 돈은... 이 돈은 내 것이었습니다."

미챠의 대답에 검사와 예심판사는 실망한 표정을 지었다. 그들이 기대한 것은 전혀 이것이 아니었다.

"이 돈은 내 돈, 내가 훔친 돈입니다... 그것은 천 5백 루블이었고 항상 내가 가지고 있었습니다."

"그 돈은 어디서 났습니까?"

"목에서 꺼냈습니다. 여기 내 목에서요... 벌써 오랫동안 여기 헝겊에 꿰매서 목에 걸고 다녔습니다. 벌써 한 달 동안 수치와 치욕과 함께 목에 달고 다녔습니다!"

"그럼 누구한테서 그것을... 손에 넣으신 겁니까?"

"당신들은 '훔쳤느냐'고 말하고 싶으시겠죠. 이제 솔직하게 말씀하십시오. 네, 나는 훔쳤습니다. 어제 저녁에 완전히 훔친 겁니다."

"어제 저녁이라구요? 당신은 한 달 전에 얻었다고 하지 않으셨나요?"

"그렇습니다. 그렇지만 아버지한테서는 아닙니다. 한 달 전에 나의 이전 약혼녀인 카테리나 이바노브나가 나를 불렀습니다... 그녀를 아십니까?"

"알고 말고요."

"한 달 전에 그녀가 나를 불러서 모스크바에 있는 자

기 언니와 또 한 친척에게 보내 달라고 내게 3천 루블을 주었습니다.(마치 자신은 보낼 줄 모르는 것처럼 말입니다!) 그 일은 내가 막 다른 여자를 사랑하게 된 내 인생의 숙명적인 시간에 일어났습니다. 나는 그때 그녀를 여기 모크로예로 데리고 와서 이틀 동안 이 저주받은 3천 루블의 절반을 탕진해 버렸습니다. 그리고 나머지 절반인 천 5백 루블을 목에 걸고 다녔습니다. 그런데 어제 그것을 뜯어서 탕진해 버린 겁니다."

"죄송합니다만, 당신은 모두에게 그때 3천 루블을 탕진했다고 말하지 않으셨습니까?"

"그렇습니다. 온 도시에 그렇게 말하고 다녔습니다. 그렇지만 나는 3천 루블이 아니라 천 5백 루블을 탕진하고 나머지는 형겊에 꿰맸습니다. 일이 이렇게 된 겁니다."

"당신은 지금까지 아무에게도 이런 상황에 대해 말하지 않았습니까?" 검사가 물었다.

"아무에게도 말하지 않았습니다."

"무엇 때문에 침묵하셨죠? 내가 보기에 남의 3천 루블을 단지 일시적으로 착복한 것은 경솔한 행동일 뿐, 그렇게 치욕스러운 것은 아닌데 말입니다. 부끄러운 일이라는 것에는 동의하지만 그래도 치욕스러운 것은 아닙니다... 그런 비밀이 당신에게 그토록 큰 고통을 준다는 게 믿어지지 않습니다..."

"천 5백 루블 때문이 아니라, 내가 이 천 5백 루블을 3천 루블에서 떼어 놓았다는 데 치욕이 있는 겁니다."

"무엇 때문에, 무슨 목적으로 그렇게 하신 겁니까?"

"비열함 때문에 떼어 두었던 겁니다. 내가 3천 루블을 다 탕진하고 아침에 그녀에게 가서 '카챠, 잘못했소. 내가 당신의 3천 루블을 다 써버렸소.'라고 말한다면, 도둑은 되지 않는 겁니다. 탕진은 했을지언정, 훔친 것은 아니지요!"

"당신이 그것에서 그토록 숙명적인 차이를 본다는 것이 이상하군요."

"네, 나는 숙명적인 차이를 봅니다! 도둑은 비열한보다 더 비열합니다. 이것이 내 신념입니다... 나는 그루셴카를 그때는 몰랐습니다. 나는 그녀가 나의 가난을 용서하지 않을 거라고 생각했습니다. 그래서 3천 루블에서 절반을 떼어내어 타산적으로 꿰매둔 겁니다. 나는 이 천 5백 루블을 가지고 다니면서 매일 스스로에게 '너는 도둑이야, 도둑이야!'라고 말했습니다. 그렇지만 동시에 매일 스스로에게 '아니, 드미트리 표도로비치, 너는 어쩌면 아직은 도둑이 아닐지도 몰라.'라고 말했습니다. 왜냐구요? 내일이라도 가서 이 천 5백 루블을 카챠에게 돌려줄 수 있으니까요. 어제 목에서 떼어내자마자 나는 그 순간 결국 의심할 여지 없는 도둑이 된 겁니다."

"어째서 하필 어제 저녁에 이 일을 결심하신 겁니까?"

"왜냐하면 나는 스스로에게 죽음의 선고를 내렸기 때문입니다. '비열한으로 죽든지 고결한 사람으로 죽든지 마찬가지가 아닌가.'라고 생각했기 때문입니다. 그런데 마찬가지가 아니라는 게 판명된 겁니다! 어젯밤에 나는 많은 것을 알았습니다. 비열한으로 사는 것이 불가능할 뿐 아니라, 비열한으로 죽는 것도 불가능하다는 걸 알았습니다... 사람은 떳떳하게 죽어야 하는 겁니다!.."

미챠의 얼굴은 창백했고 지치고 고통스런 표정을 띠고 있었다.

"나는 당신을 이해하기 시작했습니다. 내 생각에 이 모든 것은 당신의 병적인 신경 때문입니다. 그런데 한 가지 더 묻겠습니다만, 당신은 언제 어디서 목에 있던 돈을 떼어냈습니까?"

"페냐에게서 나와 페르호틴에게 가는 길에 떼어서 돈을 꺼냈습니다."

"가위도 없이, 거리에서요?"

"광장에서였던 것 같습니다. 가위가 왜 필요합니까? 낡은 헝겊이라서 바로 뜯어버렸습니다."

"헝겊은 어디에 숨겼습니까?"

"거기에 버렸습니다."

"어디입니까?"

"광장입니다. 광장 어딘지 알 게 뭡니까."

"그래도 광장 어느 곳에 버렸는지 당신이 완전히 잊어버렸다는 것이 아무래도 이상합니다."

"그만하십시오, 여러분. 당신들은 나를 믿지 않습니다! 전혀, 조금도요!"

그는 고개를 숙이고 얼굴을 손으로 감쌌다. 검사와 예심판사는 침묵했다. 어쨌거나 일을 종결지어야 했다. 벌써 아침 여덟 시가 되어 있었다.

"자, 이제 무엇을 해야 합니까? 나는 준비되어 있습니다."

"네, 서둘러야 합니다. 곧 증인들을 심문해야 합니다."

증인들의 진술, 아이

증인들의 심문이 시작되었다. 나는 이야기를 계속 자세하게 이어가지는 않겠다. 한 가지만 언급하자면, 가장 중요한 요점은 3천 루블에 대한 것이었다. 즉, 드미트리 표도로비치가 첫 번째 주연에서 3천 루블을 썼는지, 천 5백 루블을 썼는지였다. 슬프게도 모든 증언은 하나같이 미챠에게 불리한 것으로 드러났다. 트리폰 보리스이치는 한 달 전에 3천 루블 이하로 썼을 리가 없다고 확고하게 증언했다. 어제의 금액에 대해서는 드미트리 표도로비치가 마차에서 내리자마자 자신이 3천 루블을 가져왔다고 직접 말했다고 증언했다.

트리폰 보리스이치가 지명한 농부들을 모두 심문한 결과, 농부들과 마부는 트리폰 보리스이치의 증언을 확인해 주었다. 폴란드인들과 칼가노프, 막시모프를 심문한 후에 마침내 그루셴카의 차례가 되었다. 그녀는 차갑고 음울한 얼굴을 하고 들어왔다. 방으로 들어오면서 그녀는 미챠를 살짝 쳐다보았다. 그루셴카는 한 달 전 모크로예에서 정말로 3천 루블을 썼으며, 직접 돈을 본 적은 없지만 드미트리 표도로비치에게서 직접 들었다고 확언했다. 이후의 질문에서 드미트리 표도로비치가 카테리나 이바노브나에게서 이 돈을 받았다는 것을 그녀가 알고 있었다는 것이 확인되었다.

"혹시 그가 당신이 있는 데서 자신의 부친의 생명을 해할 생각이라고 말한 적이 있었습니까?" 갑자기 니콜라이 파르페노비치가 물었다.

"아아, 말한 적이 있습니다!" 그루셴카는 한숨을 쉬었다.

"한 번입니까, 여러 번입니까?"

"여러 번 말했습니다."

"그럼 당신은 그가 실행할 것이라고 믿었습니까?"

"아니에요, 결코 믿지 않았습니다!"

"아그라페나 알렉산드로브나," 미챠는 의자에서 일어섰다. "하느님과 나를 믿어줘. 어제 살해된 아버지의 피에 대해 나는 죄가 없어!"

이 말을 하고 미챠는 다시 의자에 앉았다. 그루셴카는 일어나서 경건하게 성상을 향해 성호를 그었다.

"주님을 찬양하나이다! 이 사람이 말한 것을 믿으세요! 나는 이 사람을 알아요. 진실을 그대로 말할 거예요. 그걸 믿으세요!"

어제의 돈에 대한 질문에는 그것이 얼마였는지 모르지만 그가 3천 루블을 가져왔다고 여러 번 사람들에게 말하는 것을 들었다고 답했다. 어디서 그 돈을 구했는지에 대해서는, 그녀에게만 카테리나 이바노브나에게서 '훔쳤다'고 말했다고 답했다. 훔친 돈에 대해서는, 여기서 한 달 전에 썼던 돈으로 이해했다고 말했다.

마침내 그들은 그루셴카를 놓아주었고 그녀는 밖으로 나갔다. 미챠는 차분했지만 잠시뿐이었다. 알 수 없는 이상한 육체적인 무력감이 시간이 갈수록 점점 더 그를 압도했다. 그의 눈은 피로로 인해 자꾸 감겼다. 증인들의 심문이 마침내 끝났다. 미챠는 일어나 구석으로 가서 커다란 궤짝 위에 누워 순식간에 잠이 들었다. 그는 이상한 꿈을 꾸었다. 그는 어딘가 초원에서 달리고 있는 것 같았다. 11월 초였고 축축한 함박눈이 떨어지고 있었다. 오십 살 정도 된 농부가 힘차게 말을 몰고 있었다. 멀지 않은 곳에 마을이 있고 시꺼먼 농가들이 보였다. 농가의 절반이 불타 버렸고 새까맣게 탄 기둥들만 삐죽 솟아 있었다. 마을로 들어서니 길에 여자들이 늘어서 있었다. 모두 비쩍 마르고 검붉은 얼굴을 하고 있었다. 특히 가장자리에 뼈만 앙상한 키가 크고 마흔 살 쯤 되어 보이는 여자가 있었는데, 그녀의 양손에 안겨 있는 아이가 울고 있었다. 아이는 울면서 추위에 새파래진 맨 손을 내밀고 있었다.

"왜 우는 거지? 왜 손을 감싸지 않고 드러내 놓고 있는 건가?" 그들 옆을 빠르게 지나가며 미챠가 물었다.

"아이가 꽁꽁 언 겁니다. 옷도 얼어 버렸지요."

"왜 그렇게 됐지? 왜?"

"가난하고 집이 불타 버렸으니 먹을 것이 없는 거죠."

"아니, 아니야. 말해보게, 왜 불탄 집의 어미들이 서 있는 건지, 왜 가난한 사람들이 있는 건지, 왜 아이들을 먹이지 않는 건지…"

그는 가슴 속에서 단 한 번도 경험해 본 적이 없는 감정이 올라오는 것을 느꼈다. 그는 울고 싶었고 아이가 더 이상 울지 않도록, 검게 말라버린 아이의 어미가 울지 않도록 무엇인가를 해주고 싶었다. 이 순간부터는 누구에게서도 눈물이 흐르지 않도록 지금 당장 무언가를 해주고 싶었다.

"나는 당신과 함께 할 거예요. 이제 당신을 버려두지 않겠어요. 평생 당신과 함께 가겠어요." 그의 옆에서 사랑스러운 그루셴카의 목소리가 울렸다. 그의 가슴은 불타 올랐고 어디론가 빛을 향해 달려갔다. 그는 살고 싶었고 그를 부르는 새로운 빛을 향해 빨리, 빨리, 지금 당장 가고 싶었다!

"뭐라고? 어디로 간다고?" 그는 기절했다가 깨어난 것처럼 눈을 뜨며 소리쳤다. 한 시간 이상 잔 것 같았다.

"나는 좋은 꿈을 꾸었습니다, 여러분." 그는 기쁨에 빛나는 얼굴을 하고 말했다.

미챠를 끌고가다

사람들은 미챠에게 이제부터 죄수이며 지금 그를 도시로 데려가서 구금할 것이라고 말했다. 미챠는 감정을 억제하지 못하고 방에 있는 모든 사람을 향해 말했다.

"나는 기소(起訴)와 사람들에게 받는 치욕의 고통을

받아들이겠습니다. 나는 고통으로써 정화되고 싶습니다! 그렇지만 마지막으로 들어주십시오. 아버지의 피에 대해서 나는 죄가 없습니다! 내가 형벌을 받아들이는 것은 아버지를 죽였기 때문이 아니라, 죽이고 싶었고 어쩌면 정말로 죽였을지도 모르기 때문입니다... 그러나 나는 여러분들과 싸울 겁니다. 끝까지 싸울 겁니다. 그때 하느님이 결정하시겠죠! 안녕히 계십시오, 여러분. 여러분과 작별하면서 나는 사람들과 작별하는 겁니다!..."

그의 목소리는 떨리고 있었다.

"여러분, 당신들은 선량하고 인간적입니다. 내가 그녀를 마지막으로 보고 작별인사를 할 수 있을까요?"

"물론이죠, 다만 사람들이 있는 데서..."

"좋습니다, 함께 계십시오!"

사람들이 그루셴카를 데려왔다. 그러나 작별은 짧고 말도 별로 없었다. 그루셴카는 깊이 허리를 숙여 미챠에게 절을 했다.

"당신의 것이라고 말했으니 나는 당신의 것이 되어 당신을 어디로 보내든지 영원히 당신과 함께 할 거예요. 잘 가요, 죄도 없이 자신을 파멸시킨 사람!"

그녀의 입술을 떨렸고 눈물이 눈에서 흘러내렸다.

"용서해 줘, 그루샤. 내 사랑으로 당신까지 파멸시킨 것을!"

카라마조프 형제들 383

미챠는 무엇인가 더 말하려 했으나, 갑자기 그만두고 나가 버렸다. 아래층 현관 옆에는 이미 두 대의 마차가 준비되어 있었다. 대문 옆에는 농부들과 아낙네들, 마부들이 서서 미챠를 응시하고 있었다.

"안녕히 계시오, 하느님의 사람들이여!" 갑자기 마차에서 미챠가 그들에게 소리쳤다.

"우리를 용서해 주십시오." 두세 명의 목소리가 들렸다.

"안녕히 가십시오, 드미트리 표도로비치, 안녕히 가세요!" 갑자기 칼가노프의 목소리가 들렸다. 마차로 다가와서 그는 미챠에게 손을 내밀었다.

"잘 있게, 사랑스러운 친구! 자네의 관대함을 잊지 않겠네!" 마차가 움직이기 시작했다. 방울이 울리고 미챠를 데리고 가 버렸다.

칼가노프는 현관으로 달려가 구석에 앉아 고개를 떨구고 울기 시작했다. 오랫동안 그렇게 앉아서 마치 어린 소년처럼 울고 또 울었다. 오, 그는 미챠의 범죄를 거의 확실히 믿고 있었던 것이다! "인간이란 무엇일까, 이런 일이 있고서야 어떻게 진정한 인간이랄 수 있단 말인가!" 그는 쓰라린 우수에 잠겨 이렇게 외쳤다. 그는 이 순간 이 세상에 살고 싶은 마음조차 없어졌다. "과연 살 가치가 있는 걸까, 가치가 있을까!"

제4부

제10권
소년들

콜랴 크라소트킨

 11월 초였다. 영하 11도의 추위가 시작되었다. 광장에서 멀지 않은 곳에 크라소트키나의 작은 집이 서 있었다. 현청 서기였던 크라소트킨은 14년 전에 사망했다. 그의 미망인은 남편과 겨우 1년을 함께 살고 열여덟 살에 아들을 낳은 후 혼자 남겨졌다. 남편의 죽음 이후 그녀는 아들 콜랴의 양육에 자신을 다 바쳤다. 그녀는 14년 동안 열성을 다해 아들을 사랑했지만, 그와 함께 살면서 기쁨을 경험하기보다는 고통을 훨씬 많이 견뎌왔다. 그가 아프기라도 할까, 감기라도 걸릴까, 못된 장난이라도 칠까 노심초사하면서 두려움에 가슴 졸이며 거의 매일을 살아왔다. 콜랴가 학교에 다니기 시작하자 어머니는 선생님들과 그 아내들과 사귀고 콜랴의 학교 친구들을 구슬려서 콜랴를 건드리거나 비웃지 못하도록 그들 앞에서 굽신거렸다. 결국 아이들은 그녀 때문에 그를 비웃고 마마보이라고 놀려대기 시작했다. 그러나 소년은 자기를 방어할 줄 알았다. 그는 대담한 소년이었고, 학급에서 소문이 퍼진 것처럼 '힘이 아주 셌다'. 그는 공부도 잘했다. 그는 친구들의 존경을 당연한 것으로 받아들였지만 중요한 것은 절도를 알고 스스로를 자제할 줄 알았다는 것이다. 그렇지만 그는 아주 장난기가 심했다. 단지 장난을 치는 정도가 아니라 뭔가를 꾸며내고 기이한 행동을 하고 우쭐댔다. 그는 매우 자기애가 강했고 어머니에게 거의 폭군처럼 행세했다. 그녀는 이미 오래 전에 그에게 굴복하고 있었다. 그녀에게는 콜랴가 그녀에게 '냉담한' 것처럼 여겨졌고, 눈물을 흘리며 그의 냉정함을 나무랄 때가 있었다. 그러나 사실 그는 자기 어머니를 매우 사랑하고 있었다. 단지 '송아지 같은 부드러운 애정'이 싫었을 뿐이었다.

최근에 그는 어머니를 정말로 경악하게 하는 장난을 치기 시작했다. 한번은 여섯 명의 소년들이 함께 놀며 장난을 치고 있었다. 어느 날 철도역에서 어리석은 아이들 사이에 도저히 불가능한 내기가 이루어졌다. 아이들 중에 가장 어렸던 콜랴는 자존심 때문인지 뻔뻔한 대담성 때문인지 이런 제안을 했다. 밤에 열한 시 기차가 올 때 그가 선로 사이에 엎드려서 기차가 지나갈 때까지 꼼짝 않고 누워있겠다는 것이었다. 처음에 아이들은 그를 거짓말쟁이에 허풍쟁이라고 불렀지만, 그럴수록 그를 더 부추기는 꼴이 되고 말았다. 결국 저녁에 역에서 1베르스타 떨어진 곳으로 출발하기로 결정되었다. 소년들이 모였다. 정해진 시간에 콜랴는 선로 사이에 누웠다. 내기를 건 나머지 다섯 아이는 공포와 후회에 사로잡혀 길 옆 수풀 속에서 조여드는 가슴을 부여잡고 기다리고 있었다. 마침내 멀리서 역을 떠난 기차가 굉음을 울리며 달려오고 있었다. "뛰어, 선로에서 떨어져 뛰어!" 수풀 속에서 소년들이 콜랴에게 소리쳤다. 그러나 이미 늦었다. 기차는 달려와 쏜살같이 지나가 버렸다. 소년들은 콜랴에게 달려갔다. 그는 꼼짝 않고 누워있었다. 아이들이 그를 일으키기 시작했다. 그는 갑자기 벌떡 일어나더니 선로에서 잠자코 물러났다. 그는 아이들을 놀래주려고 일부러 기절한 듯이 누워있었다고 말했지만, 나중에 오랜 시간이 지나 어머니에게 고백한 바에 의하면 정말로 그는 기절했었던 것이다. 그는 얼굴이 하얗게 질려 집으로 돌아왔다. 다음날 그는 살짝 신경성 열병에 걸렸으나 기분은 매우 즐겁고 기쁘고 만족스러웠다.

철도 사건 이후로 콜랴와 어머니의 관계에 어떤 변화

가 일어났다. 안나 표도로브나^{크라소트키나} ^{미망인}가 아들의 행적에 대해 알았을 때, 그녀는 거의 공포에 사로잡혔다. 그녀에게 며칠 동안 지속된 무서운 히스테리성 발작이 일어났다. 놀란 콜랴는 그녀에게 다시는 그런 장난을 치지 않겠다고 정직한 약속을 했다. '용감한' 콜랴는 여섯 살짜리 아이처럼 엉엉 울기까지 했다.

이즈음 콜랴는 한 달 전에 어디선가 털이 많고 꽤 큰 페레즈본이라는 개를 데려왔다. 그는 무슨 이유에서인지 방에서 몰래 개를 기르며 친구들 중 아무에게도 보여주지 않았다. 그는 아주 폭군처럼 굴면서 그 개에게 여러 가지 재주며 기술을 가르쳐 주었다. 개는 콜랴가 학교에 가 있을 때는 슬피 울다가도 그가 돌아오면 기쁨에 겨워 짖어대면서 미친 것처럼 뛰기도 하고 땅에 뒹굴기도 하고 죽은 척하기도 하면서 가르쳐 준 모든 재주를 다 보여주곤 했다.

그런데 내가 언급하는 걸 잊은 것이 있다. 독자들이 알고 있는 스네기료프의 아들 일류샤가 아버지를 변호하며 깃털로 만든 칼로 한 아이의 넓적다리를 찔렀던 적이 있는데, 그 소년이 바로 이 콜랴 크라소트킨이었다.

학생

 아주 추운 11월 아침 콜랴는 집을 나섰다. 광장 못 미쳐 어느 집에 이르자 그는 대문 옆에 멈춰 서더니 주머니에서 호각을 꺼내 힘껏 불었다. 기다린 지 1분이 채 되지 않아 쪽문에서 갑자기 얼굴이 붉은 소년이 튀어나왔다. 독자들도 잊지 않았겠지만 그는 두 달 전에 일류샤에게 돌을 던지던 소년들 중 하나였던 스무로프였.
 "난 벌써 한 시간이나 너를 기다렸어, 크라소트킨." 스무로프가 이렇게 말하고 두 소년은 광장 쪽으로 발길을 옮겼다.
 "페레즈본도 데리고 왔어?"
 "페레즈본도 왔어."
 "그럼 거기로 데려갈 거야?"
 "데려갈 거야."
 "아, 쥬치카였다면!"
 "쥬치카는 존재하지 않아. 쥬치카는 사라져 버렸어."
 "아, 이렇게 하면 안될까." 갑자기 스무로프가 걸음을 멈췄다. "일류샤가 그러는데, 쥬치카도 털이 많고 페레즈본처럼 회색이었다니까, 이 개가 바로 쥬치카라고 말하면 어떨까? 어쩌면 믿을지도 모르잖아?"
 "학생, 거짓말은 멀리해야 해. 그것이 첫째야. 설사 좋은 일을 위해서라도 말이야. 그런데 너는 내가 간다고 말한 건 아니겠지?"

"당치도 않아. 그런데 페레즈본으로는 그 애를 위로할 수 없을 텐데." 스무로프는 한숨을 쉬었다.

"그 애는 어때, 일류샤 말이야?"

"아, 안 좋아, 안 좋아! 내 생각에는 폐병 같아. 숨을 잘 못 쉬어. 일주일도 못 살거야."

"그런데 너희들은 거기서 무슨 감상적인 행동을 하고 있는 거야? 학급 전체가 거기 있는 모양이던데?"

"전체는 아니고 열 명 정도가 매일 그 집에 가고 있어."

"이 일에서 나를 놀라게 하는 건 알렉세이 카라마조프의 역할이야. 그의 형은 내일이나 모레 재판을 받는데 그에게는 아이들과 감상적인 일이나 벌일 시간이 있으니 말이야."

"여기에 감상적인 것이라곤 없어. 너도 지금 일류샤와 화해하러 가고 있잖아."

"화해라고? 우스운 표현이군."

"그렇지만 일류샤가 얼마나 기뻐할까! 그 애는 네가 올 거라고는 꿈도 꾸지 않았을 텐데. 왜 그렇게 오랫동안 가고 싶어 하지 않았던 거야?"

"그건 내 일이지 네 일이 아니야. 나는 스스로 가는

거야. 그게 내 의지니까. 너희들은 모두 알렉세이 카라마조프가 그리로 끌고 갔지. 그게 차이야."

"카라마조프가 끌고 간 게 전혀 아니야. 그냥 우리들이 스스로 거기 가기 시작한 거야. 처음에 한 명, 그 다음에 다른 한 명 이렇게. 일류샤는 너에 대해 물어보았어. 물어보고는 입을 닫았지."

"그렇지만 카라마조프는 나한테 수수께끼야. 나는 그에 대해 어떤 의견을 갖고 있는데, 아직 시험해보고 밝혀내야 해."

멀리 성당의 시계가 열한 시 반을 알렸다. 소년들은 더 이상 말하지 않고 스네기료프의 집까지 꽤 긴 길을 서둘러 걸어갔다. 집까지 스무 걸음 정도 남은 곳에서 콜랴는 멈춰서더니 스무로프에게 먼저 가서 카라마조프를 이곳으로 불러오라고 시켰다.

"무엇 때문에 불러내는 거야." 스무로프가 반발했다. "그냥 들어가. 너를 엄청 반가워할 거야. 뭣 때문에 이렇게 추운 데서 인사를 하려고 해?"

"왜 추운 여기서 그를 만나야 하는지는 내가 알고 있어." 콜랴는 폭군처럼 딱 잘라 말했다. 스무로프는 명령을 수행하기 위해 달려갔다.

쥬치카

콜랴는 엄숙한 표정을 하고 담장에 기댄 채 알료샤가 나타나기를 기다리고 있었다. 사실 그는 오래 전부터 알료샤를 만나고 싶었다. 그는 소년들에게서 그에 대해 많은 말을 들었지만 지금까지 항상 무시하며 무관심한 모습을 보여 왔다. 그렇지만 속으로는 무척이나 그를 사귀고 싶었다. 그가 알료샤에 대해 들은 모든 이야기 속에는 무엇인가 호감이 가고 끌리는 것이 있었다.

알료샤는 곧 나타나서 서둘러 콜랴 쪽으로 다가왔다. 알료샤는 그 사이 매우 변해있었다. 그는 이제 멋지게 지은 프록코트를 입고 부드러운 둥근 모자를 쓰고 있었다. 머리는 짧게 깎았다. 이 모든 것은 그를 멋지게 만들어서 아주 미남으로 보였다. 그는 콜랴에게 곧바로 손을 내밀었다.

"마침내 자네도 왔군. 우리 모두는 얼마나 자네를 기다렸는지 모른다네."

"사정이 있었어요. 어쨌든 만나서 기뻐요. 오래 전부터 얘기를 많이 들었어요."

"나도 자네에 대해서 많이 들었네. 그렇지만 여기 오는 게 늦었어."

"말씀해 주세요. 여기는 어떤가요?"

"일류샤는 아주 안 좋아. 틀림없이 죽을 걸세. 일류샤는 아주 자주 자네에 대해 기억하고 있다네. 심지어 꿈속에서도, 헛소리까지 했다네. 자네는 그 아이에게 전에 아주 소중한 사람이었던 게 분명해. 칼로 찌른... 사건 이전에 말이야. 다른 이유도 있겠지만... 이게 자네 개인가?"

"제 개예요. 페레즈본이에요."

"쥬치카가 아니고?" 알료샤는 슬프게 콜랴의 눈을 바라보았다. "그 개는 아주 사라져 버린 건가?"

"들어보세요, 제가 모든 걸 설명해 드릴게요. 봄에 일류샤는 예비반에 입학했어요. 저는 두 학년 위였지요. 제가 보니 일류샤는 작고 약하지만 아이들에게 굴복하지 않고 싸우더군요. 자존심이 강했죠. 저는 그런 아이들을 좋아해요. 아이들은 일류샤를 더 괴롭히고 모욕을 주었어요. 저는 그런 걸 싫어해요. 그래서 곧 그 애 편을 들었지요. 그 애들을 때려주었어요. 그래도 그 애들은 저를 숭배해요. 그래서 아이들은 일류샤를 때리는 걸 그만두고 저는 일류샤를 저의 보호 아래 두었지요. 그 아이는 자존심이 강하지만 저에게 노예처럼 복종하고 하느님처럼 제 말을 들었어요. 저는 그 아이를 가르치고 성장시켜 주었지요. 카라마조프 씨, 당신도 이 모든 어린애들과 어울리면서 젊은 세대에 영향을 주고 그들을 성장시키고 그들에게 유익을 주고 싶어하시는 거 아닌가요? 당신 성격에 있는 이런 특성이 무엇보다 나의 흥미를 끌었던 거예요. 그런데 저는 이 아이 속에 어떤 감상적이고 유약한 것이 발달하고 있는 것을 알아차렸는데, 저는 태어날 때부터 모든 유약한 것은 결단코 반대하는 성격이었어요. 그런데 그 애는 저한테 노예처럼 복종하다가 갑자기 눈을 번뜩이면서 제 말에 동의하려 하지 않고 논쟁을 하는 거예요. 그 애는 저에게 맞서 반항을 했는데, 제가 그 아이의 유약함에 냉담함으로 반응했기 때문이었어요. 그 애가 부드럽게 굴수록 저는 더 일부러 냉정하게 행동했거든요. 그게 제 신념이니까요. 저는 그 아이의 성격을 훈련하고 사람을 만들려는 의도를 갖고 있었어요…

그런데 갑자기 그 애가 하루, 이틀, 사흘 혼란스러워하고 슬퍼하는 것을 알아차렸어요. 저는 무슨 일이 일어난 걸까 생각했지요. 알고 보니 그 애는 어쩌다 고인이 된 당신 아버지의 하인 스메르쟈코프와 어울리게 되었더군요. 그런데 스메르쟈코프가 그 애에게 동물같은 비열한 짓을 가르쳐 주었던 거예요. 빵의 말랑말랑한 부분에 핀을 꽂아서 어느 집 개에게 던져줘라, 굶주린 개가 씹지도 않고 삼켜버리면 무슨 일이 일어나는지 지켜보라고 한 거예요. 그래서 그 애는 직접 그런 빵을 만들어서 이 털이 복슬복슬한 쥬치카에게 던져주었어요. 쥬치카는 달려들어 빵을 삼키고는 비명을 지르고 빙빙 돌다가 도망치기 시작했어요. 그리고 사라져 버렸죠. 일류샤는 저에게 자백하면서 계속 울고 몸을 떨었어요. "달려가면서 빽빽 짖어댔어. 계속 짖어댔어." 그 광경이 그에게 충격을 주었던 거지요. 양심에 가책을 받은 거예요. 저는 그 아이를 훈련하고자 아주 화가 난 척했어요. "너는 비열한 행동을 했어. 나는 당분간 너와 관계를 끊겠다. 이 일을 생각해보고 나서 스무로프를 통해 너와 앞으로 관계를 지속할지, 너와 영원히 관계를 끊을지 알려주겠어." 이 말은 그에게 큰 충격을 주었어요. 하루가 지난 후 저는 스무로프를 보내서 더 이상 너와 '말하지 않겠다'고 전달했어요. 저는 며칠 후에 그 애가 후회하는 것을 보면 다시 손을 내밀 생각이었어요. 스무로프에게 그 말을 듣고 갑자기 그 애는 눈을 번뜩였대요. "크라소트킨에게 전해. 나는 이제 모든 개들에게 핀이 든 빵 조각을 던질 거야!" 나는 생각했지요. "제 멋대로 구는군. 아예 따돌려야겠어." 그리고 그에게 아예 멸시하는 모습을 보여주고 만날 때마다 외면을 하든지 비꼬듯이 웃었어요.

그러다가 그의 아버지 일이 생긴 거예요. 기억하시죠, 수세미 사건 말이에요? 아이들은 내가 그를 떠난 것을 알고 그에게 달려들어 "수세미, 수세미"라고 놀려댔어요.

한번은 그 애가 모두에게 덤벼들었는데, 저는 열 걸음 떨어진 곳에서 그 애를 보고 있었어요. 그때 저는 그 애가 몹시도 가여웠어요. 그런데 갑자기 그 애가 내 시선을 마주치더니 펜 나이프를 집어들고는 저에게 달려들어 여기 오른쪽 허벅지를 찌른 거예요. 저는 꼼짝도 않고 멸시하는 시선으로 이렇게 말하듯이 보고만 있었지요. '내 모든 우정에 대해 그렇게 하고 싶다는 거지, 마음대로 하렴.' 그러나 그 애는 자기가 놀라서 칼을 집어던지고 소리 내어 울기 시작하더니 도망쳐 버렸어요. 나중에 들으니 그날 그 애가 돈을 던지고 당신의 손가락을 물었다더군요. 제가 어리석게 행동했어요. 그 애가 병이 들었을 때 가서 용서를 구하지 않은 게 후회돼요. 여기엔 특별한 이유가 있었어요. 일이 이렇게 된 거예요... 제가 어리석게 행동한 것 같아요..."

"아, 유감스럽군. 내가 일찌감치 그 애와 자네의 관계를 모른 것이 말이야. 알았더라면 벌써 자네에게 그 애에게 함께 가자고 청했을 텐데 말이네. 그 애는 열병을 앓으면서 헛소리로 자네를 부른다네. 나는 그 애에게 자네가 그렇게 소중한지 몰랐어! 정말로 자네는 쥬치카를 찾지 못했나? 그 애는 눈물을 흘리며 내 앞에서 아버지한테 세 번이나 말했다네. "아빠, 내가 아픈 건 그때 쥬치카를 죽여서예요. 하느님이 나를 벌하신 거예요." 그 애에게서 그 생각을 떨어낼 수가 없다네! 이 쥬치카를 찾아내서 그 개가 죽지 않고 살아있다는 것을 보여주면, 그 애는 기뻐서 살아날 텐데. 우리는 모두 자네에게 기대를 걸고 있었어. 나는 자네가 개를 데리고 온 걸 보고 이 쥬치카를 데려온 줄 알았다네."

"저는 이 개를 방으로 들여보내겠어요. 어쩌면 일류샤를 즐겁게 해줄지도 몰라요. 기다려보세요. 당신은 이제 뭔가를 아시게 될 거예요. 제가 고백하겠는데 저는 당신에게 뭔가를 배우러 왔어요, 카라마조프 씨."

"나도 자네에게 배울 게 있을 걸세." 알료샤는 그의 손을 잡으며 웃었다.

콜랴는 알료샤가 매우 마음에 들었다. 그는 알료샤가 그를 동등하게 대하고 그와 마치 '어른처럼' 이야기하는 것에 감동을 받았다.

"우선 집주인에게 가세. 거기에 아이들의 외투를 다 벗어두었으니까. 방이 좁고 덥거든."

"오, 저는 잠깐만 있을 거예요. 외투를 입은 채 들어가겠어요. 페레즈본은 여기 현관에 남아서 죽은 체하고 있을 거예요. 제가 먼저 들어가서 상황을 보고 필요할 때 휘파람을 불 거예요. 그러면 곧바로 달려올 거예요. 제가 다 알아서 할게요."

일류샤의 침대 옆에서

몇 명의 아이들이 일류샤 옆에 앉아 있었다. 알료샤는 그들을 한 명씩 일류샤와 화해시켰다. 이것은 고통당하고 있는 일류샤에게 큰 마음의 짐을 덜어주었다. 이전의 적이었던 이 아이들의 부드러운 우정과 그에 대한 관심을 보고 그는 매우 감동을 받았다. 크라소트킨만 없었는데, 그것이 일류샤의 마음에 무서운 압박이 되고 있었다.

일류샤는 벌써 두 주 동안 구석에 있는 자신의 침대에서 떠나지 못하고 있었다. 그가 알료샤를 만나 손가락을 깨문 날부터 그는 앓기 시작했다. 처음 한 달은 가끔 일어나서 방 안을 걷기도 했지만 결국 완전히 쇠약해져서 아버지의 도움 없이는 움직일 수가 없게 되고 말았다. 아버지는 벌벌 떨면서 거의 공포로 정신을 잃을 지경이었다. 그러나 일류샤에 대한 공포에도 불구하고 그는 마지막까지 한 순간도 그의 아이가 갑자기 건강해질 수 있다는 사실을 의심하지 않았다. 이 무렵 그에게는 돈이 끊이지 않았다는 것을 말해두어야 하겠다. 알료샤의 예견대로 그는 카테리나 이바노브나가 준 2백 루블을 받았던 것이다. 그 후에 카테리나 이바노브나는 일류샤의 병에 대해 알고서 직접 그들의 집을 찾아와 가족 모두와 인사를 나누기도 했다. 그 후로 그녀의 손은 그들을 돕는 데 인색하지 않았다. 이등 대위는 아들이 죽을지도 모른다는 생각에 겸손히 도움을 받아들였다.

이 기간 동안 카테리나 이바노브나의 청으로 의사 게르텐슈투베가 하루걸러 꼬박꼬박 환자를 찾아왔다. 그러나 그의 방문은 효과가 미미했다. 이날 이등 대위네 집에서는 모스크바에서 온 새로운 의사를 기다리고 있었다. 카테리나 이바노브나가 거액의 돈을 들여 그를 모스크바에서 초청한 것이었다. 일류샤를 위해서가 아니고 다른 목적을 위해서였지만 온 김에 일류셰츠카를 방문해 달라고 그녀가 요청했다. 콜랴 크라소트킨의 방문에 대해서 이등 대위는 전혀 예상조차 하지 못하고 있었다.

크라소트킨이 방문을 열고 나타난 순간 이등 대위와 아이들은 병자의 침대 옆에 모여 있었다. 이등 대위는 콜랴를 맞이하러 달려갔다.

"어서, 어서 와... 귀한 손님이로구나! 일류셰츠카, 크라소트킨 군이 너를 찾아왔구나..."

일류샤는 얼굴이 창백해졌다. 그는 침대 위에 일어나 앉아 뚫어져라 콜랴를 쳐다보았다. 콜랴는 일류샤 앞에서 완전히 충격을 받은 채 멈춰 서 있었다. 그는 그렇게 비쩍 마르고 노래진 얼굴을, 무섭도록 커진 눈과 말라빠진 손을 보리라고 상상하지 못했던 것이다. 그는 일류샤에게 한 걸음 다가가 손을 내밀고 완전히 당황해서 중얼거렸다.

"그래, 영감... 어떻게 지내니?"

그러나 그의 목소리는 뚝 끊어지고 말았다. 무엇인가 그의 입술 주변이 떨리고 있었다. 일류샤는 말을 할 기운이 없어 그에게 미소만 지었다. 콜랴는 있는 힘을 다해서 '어린애'처럼 울지 않기 위해 자신 속에 일어나는 감정을 억누르려고 애썼다.

"여기 일류샤의 침대에 앉으시게나, 귀한 손님. 오래 기다린 손님... 알렉세이 표도로비치와 같이 왔나?"

크라소트킨은 침대 위 일류샤의 발치에 걸터앉았다.

"아니요... 저는 페레즈본과 같이 왔어요... 저한테는 지금 페레즈본이라는 개가 있어요. 저기서 기다리고 있어요... 휘파람을 불면 달려 들어올 거예요. 너 쥬치카를 기억하니?" 그는 갑자기 일류샤에게 몸을 돌렸다.

일류샤의 얼굴이 일그러졌다. 그는 고통스러운 듯 콜랴를 쳐다보았다.

"쥬치카는... 어디 있지?" 일류샤가 약한 목소리로 물었다.

"뭐, 네 쥬치카는 사라져 버렸지!"

일류샤는 침묵했다. 그러나 다시 뚫어져라 콜랴의 얼굴을 쳐다보았다.

"그런 걸 삼키고 어떻게 없어지지 않겠니." 콜랴는 무자비하게 잘라 말했다. 그러나 그 자신이 왠지 숨이 가쁜 것 같았다. "대신 나한테는 페레즈본이 있어... 너한테 데려왔어..."

"필요 없어!"

"아니, 아니야. 필요해. 꼭 봐야 해... 내가 일부러 데려왔는걸... 그놈하고 똑같이 털이 복슬복슬해..."

"필요 없어, 필요 없어!" 일류샤는 격하게 슬픈 목소리로 외쳤다. 책망하는 눈빛이 불타오르고 있었다. 그러나 콜랴는 갑자기 스무로프에게 소리쳤다. "스무로프, 문을 열어!" 그리고 스무로프가 문을 열자마자 휘파람을 불었다. 페레즈본이 쏜살같이 방 안으로 달려 들어왔다.

갑자기 누구도 예상치 못한 일이 벌어졌다. 일류샤는 부르르 떨더니 갑자기 페레즈본을 향해 몸을 내밀고 개를 쳐다보았다.

"이건... 쥬치카야!" 그는 갑자기 고통과 행복으로 떨리는 목소리로 소리쳤다.

"그럼 뭐라고 생각했어?" 행복한 목소리로 콜랴가 소리쳤다. 그리고 개를 안아서 일류샤 쪽으로 들어올렸다.

"봐, 영감, 보이니, 애꾸눈에 왼쪽 귀가 좀 찢어졌지. 네가 나한테 말해줬던 것과 정확히 똑같은 특징이야. 이 특징 때문에 찾아낸 거야! 그때 금방 찾아냈지. 이 녀석은 페도토프 집 뒤뜰에 있었어. 그런데 그 사람들은 먹이를 주지 않았어. 마을에서 도망친 개니까... 알겠니, 영감, 이 녀석은 그때 네가 준 조각을 삼키지 않았어. 삼켰다면 당연히 죽었겠지! 지금 살아있는 걸 보면 뱉어낸 거야. 그런데 너는 뱉어낸 것을 알아채지 못했던 거야. 그래도 혀를 찔려서 그때 비명을 질렀던 거지. 달려가면서 비명을 질러서 너는 완전히 삼켜버렸다고 생각한 거야." 콜랴는 환희에 차서 빛나는 얼굴로 외쳤다.

일류샤는 말을 할 수 없었다. 그는 입을 벌리고 하얗게 질려서 콜랴를 쳐다보았다. 만약 이런 순간이 아픈 소년의 건강에 얼마나 고통스럽고 치명적인 영향을 미칠지 알았더라면 크라소트킨은 결코 그런 짓을 하지 않았을 것이다. 그러나 방에 있는 사람 중에 이것을 이해한 사람은 알료샤뿐이었다.

"나는 짐작도 못했어!" 스무로프가 슬픈 듯이 소리쳤다. "내가 말했지, 크라소트킨이 쥬치카를 찾아낼 거라고. 봐, 찾아냈잖아!"

"내가 어떻게 된 건지 이야기해 줄게. 나는 이 녀석을 찾아내서 집으로 데려와 곧 숨겼어. 그리고 오늘까지 아무에게도 보여주지 않았어. 스무로프만 이 주 전에 알았는데 나는 페레즈본이라고 믿게 했지. 그 사이 나는 쥬치카에게 온갖 재주를 가르쳤어. 훈련시켜서 너에게 데려오기 위해서, 영감."

콜랴는 귀중한 시간을 낭비하기 않기 위해 몹시 서두르면서 페레즈본에게 "죽어!"하고 소리쳤다. 그러자 개는 벌렁 드러누워 꼼짝도 않았다. 소년들은 웃어댔다. 일류샤는 이전과 같이 고통스러워하는 미소를 지으며 바라보았다.

"절대 일어나지 않을 거예요. 온 세상이 다 소리쳐도요. 이제 제가 소리치면 순식간에 벌떡 일어날 거예요! 이리 와, 페레즈본!"

개는 벌떡 일어나 기쁨에 겨워 짖으며 껑충껑충 뛰기 시작했다.

"봐, 일류셰츠카, 왜 보지 않는 거지? 내가 기껏 데려왔는데, 보질 않네!"

"정말로 개를 훈련시키기 위해서, 그 이유 때문에만 그동안 오지 않은 건가!" 알료샤는 자기도 모르게 책망하면서 소리쳤다.

"그 이유 때문이에요. 저는 아주 훌륭한 모습이 된 이 녀석을 보여주고 싶었어요."

"페레즈본! 페레즈본!" 일류샤가 갑자기 여윈 손가락을 튕기며 개를 불렀다.

"뭐하는 거야! 이 녀석이 스스로 침대로 뛰어오르게 해봐. 이리 와, 페레즈본!" 콜랴가 손바닥으로 침대를 치

카라마조프 형제들 405

자 페레즈본은 쏜살같이 일류샤에게 날아올랐다. 일류샤는 두 팔로 개의 머리를 덥석 끌어안았고 페레즈본은 그의 뺨을 핥았다. 일류샤는 개의 복슬복슬한 털 속에 얼굴을 파묻었다.

"의사 선생님이 오셨어요!" 니노츠카^{일류샤의 누나인 니나의 애칭}가 갑자기 소리쳤다.

정말로 집의 현관에 호흘라코바 부인의 마차가 도달해 있었다. 아이들은 서둘러 작별 인사를 하기 시작했고 몇 명은 저녁에 들르겠다고 약속했다.

"난 가지 않아, 가지 않겠어!" 콜랴가 일류샤에게 급히 말했다. "나는 현관에서 기다리다가 의사가 돌아가면 다시 올게. 페레즈본하고 같이 올게."

의사가 벌써 들어오고 있었다. 이등 대위는 그 앞에서 아주 깊이 허리를 굽혀 절을 했다.

"선생님, 여깁니다요. 여기요." 그는 비굴하게 중얼거렸다.

"스네기료프 씨가 당신이오?"

"접니다요!"

"아!"

의사는 꺼림칙한 듯 방을 둘러보더니 털외투를 벗어던졌다. 이등 대위는 털외투를 받아들었다.

"환자는 어디 있소?" 그는 큰 소리로 재촉하는 투로

물었다.

일류샤

 의사는 다시 털외투로 자신을 감싸고 밖으로 나왔다. 이등 대위는 급히 의사의 뒤를 따라 뛰어나와 허리를 굽히고 마지막 말을 들으려고 그를 멈춰 세웠다.
 "어쩌겠소! 나는 신이 아니니."
 "의사 선생님... 그게 곧입니까? 곧이요?"
 "모든 것에 대해 각-오-를 하-십-시-오." 한 마디 한 마디에 힘을 주어가며 의사가 딱 잘라 말했다.
 "나리, 제발요! 정말로 이제 아무것도, 아무것으로도 살릴 길이 없다는 겁니까?..."
 "이제는 나한테 달-린-게 아니오. 그렇지만 음, 만약에... 환자를... 지금 당장 시-라-쿠-사로 보낼 수 있다면, 새로운 기-후-적인 조건 때문에... 어쩌면..."
 "시라쿠사요!" 이등 대위는 아직 아무것도 이해하지 못하는 듯이 소리쳤다.
 "시라쿠사는 시칠리아 섬에 있어요." 갑자기 콜랴가 큰 소리로 말했다.

"시칠리아요! 그럼 엄마는, 가족은 어떻게 하구요?"

"아-니, 가족은 시칠리아가 아니라 카프카즈로 가야 하오... 당신의 딸과 부인은... 그 다음에 곧 파리로 보-내-야 합니다. 정신과 의사 레-펠-레티예의 병원으로. 내가 당신에게 그에게 보내는 소개장을 써 줄 수 있소. 그러면... 어쩌면..."

"의사 선생님, 의사 선생님! 선생님도 보셨잖습니까!" 이등 대위는 절망에 빠져 아무 장식이 없는 현관 벽을 가리켰다.

"아, 그건 내 알 바 아니오." 의사는 피식 웃었다.

"걱정 마십시오, 약사 선생, 내 개는 당신을 물지 않을 겁니다." 콜랴는 의사가 약간 불안해하는 눈빛을 알아채고 큰 소리로 잘라 말했다. 콜랴의 목소리에는 노기(怒氣)가 울리고 있었다.

"뭐-라-고?" 의사는 놀라서 콜랴를 똑바로 보았다. "이 녀석은 어떤 놈입니까?" 그는 갑자기 알료샤를 향해 물었다.

"나는 페레즈본의 주인입니다. 약사 선생. 내가 누군지는 걱정하지 마십시오. 잘 가십시오. 시라쿠사에서 봅시다."

"이 놈은 누구야? 누구, 누구냐고?" 의사는 갑자기 무섭게 격노하기 시작했다.

"이 아이는 이곳의 학생입니다, 의사 선생님. 장난꾸러기죠. 신경 쓰지 마십시오." 이마를 찌푸리며 알료샤가 빠르게 말했다. "콜랴, 그만하게!"

"회초리로 때-려야 해, 때-려야 해!" 격노한 의사는 발을 굴렀다.

"아세요, 약사 선생. 페레즈본은 어쩌면 물지도 모릅니다!" 콜랴는 눈을 번득이면서 떨리는 목소리로 말했다.

"콜랴, 한 마디만 더 하면 나는 자네와 영원히 절교하겠네!" 알료샤가 위엄있게 소리쳤다.

"약사 선생. 온 세상에서 니콜라이 크라소트킨에게 명령할 수 있는 단 한 존재는 바로 이 사람입니다. 그에게는 복종하겠습니다. 안녕히 가십시오!"

그는 문을 열고 빨리 방 안으로 들어갔다. 의사는 몇 초 동안 돌기둥이 된 것처럼 서 있다가 갑자기 침을 뱉더니 빠르게 마차 쪽으로 갔다. 알료샤는 콜랴를 따라 방 안으로 들어갔다. 일류샤는 콜랴의 손을 잡고 아버지를 부르고 있었다. 잠시 후 이등 대위가 돌아왔다.

"아빠, 아빠. 이리로 오세요..." 일류샤는 갑자기 바싹 마른 두 팔을 앞으로 뻗어 콜랴와 아버지를 할 수 있는 한 꽉 끌어안았다.

"아빠, 아빠! 난 아빠가 얼마나 불쌍한지, 아빠!"

"일류셰츠카... 의사 선생님이 말씀하셨단다... 네가 건강해질 거라고..."

"아, 아빠! 난 새로 온 의사 선생님이 아빠한테 한 말을 다 알아요... 아빠, 울지 마세요... 내가 죽으면 다른 착한 아이를 데려오세요... 아빠가 착한 아이를 골라서 일류샤라고 부르고 나 대신 사랑해 주세요... 그리고 아빠, 우리가 산책하러 다니던 큰 돌 옆에 나를 묻어주세요. 크라소트킨과 함께 저녁에 나를 찾아와 주세요... 아빠, 아빠!"

세 사람은 얼싸안은 채 서서 아무 말도 하지 않았다. 크라소트킨이 갑자기 일류샤의 포옹에서 벗어났다.

"잘 있어, 영감. 어머니가 점심 먹으러 오길 기다리셔... 그렇지만 점심 먹고 나서 곧 너에게 올게. 하루 종일, 저녁 내내 있을 거야. 페레즈본도 데려올게. 이따 봐!"

그는 현관으로 뛰어나갔다. 그는 눈물을 흘리고 싶지 않았지만 현관에서 결국 울음을 터뜨리고 말았다. 알료샤가 그런 상태에 있는 그를 발견했다.

"콜랴, 꼭 오겠다는 약속을 지켜야 하네."

"꼭 오겠어요! 오, 진작 오지 않은 걸 저주하고 있어요." 콜랴는 울면서 중얼거렸다. 이 순간에 이등 대위가 방에서 뛰쳐나오고 나서 곧 문을 닫았다. 그의 얼굴은 극도로 흥분되어 있었고 입술은 떨리고 있었다.
"나는 착한 아이를 원하지 않아! 다른 아이는 원하지 않아!"
그는 두 주먹으로 머리를 움켜쥐고 통곡하기 시작했다. 콜랴는 거리로 뛰어나갔다.
"안녕히 가세요, 카라마조프 씨! 당신도 오실 거죠?" 그는 화가 난 듯 알료샤에게 소리쳤다.
"저녁에 꼭 오겠네."
"꼭 오세요. 이리 와, 페레즈본!"
그는 아주 사납게 개에게 소리치고 빠른 걸음으로 집으로 걸어가기 시작했다.

제11권
형 이반 표도로비치

그루셴카의 집에서

알료샤는 그루셴카를 만나러 모로조바의 집으로 갔다. 그녀는 아침 일찍 그에게 페냐를 보내 꼭 자기에게 들러달라고 간청했던 것이다. 미챠가 체포된 후 이 두 달 동안 알료샤는 자주 모로조바의 집을 드나들었다. 미챠가 체포되고 나서 삼일 동안 그루셴카는 심하게 병이 들어 거의 5주 동안 앓았다. 한 주 동안은 의식이 없이 누워있었다. 그녀의 얼굴은 매우 변해서 마르고 누레져 있었다. 그러나 알료샤가 보기에 그녀의 얼굴은 더 매력적이 되었고 그는 그녀의 시선을 마주치는 것을 좋아했다. 그녀의 시선에는 무언가 확고한 것이 있었고, 사물을 이해하는 면이 강해진 것 같았다. 어떤 정신적인 변화가 느껴졌다. 그리고 겸손해 보였지만 돌이킬 수 없는 결심이 표정에 드러났다. 이전의 경박함은 그 흔적조차 사라져 버렸다. 이전의 오만한 눈에서는 이제 어떤 고요함이 빛나고 있었다. 그러나 이 눈은 가끔 이전의 근심이 그녀를 찾아왔을 때 다시 불길한 불꽃으로 불타곤 했다. 그 근심의 대상은 여전히 카테리나 이바노브나였다. 알료샤는 그루셴카가 미챠에 대해 그녀를 무섭게 질투한다는 것을 알고 있었다.

알료샤는 근심스러워하며 그녀의 방으로 들어섰다. 그녀는 벌써 집에 있었다. 미챠를 찾아갔다가 30분 전에 돌아왔던 것이다. 그녀는 그를 몹시 초조하게 기다리고 있었다.

"마침내 오셨군요!" 그녀는 기뻐하며 알료샤와 인사를 나누었다.

"페냐, 커피를 내와!" 그루셴카는 소리쳤다.

"내일이면 판결이예요, 알료샤. 내일 무슨 일이 있을지 생각하기도 두려워요! 그는 나에게 갑자기 카치카에 대해 말했어요. 그녀가 모스크바에서 나를 위해 의사를 재판에 불렀다, 가장 학식있는 변호사도 불렀다는 거예요. 내 눈을 보면서 칭찬을 하는 걸 보면 그녀를 아직도 사랑하는 거예요."

그루셴카는 손수건으로 눈을 가리고 무섭도록 울어

대기 시작했다.

"형은 카테리나 이바노브나를 사랑하지 않아요." 알료샤가 확고하게 말했다.

"그건 내가 직접 알아내겠어요. 그것 때문에 당신을 부른 게 아니에요, 알료샤! 내일, 내일 어떻게 될까요? 이것이 나를 괴롭혀요! 아무도 그것에 대해 생각하지 않아요. 당신은 생각하겠죠? 내일이면 판결인데! 말해주세요, 거기서 어떻게 판결을 할지. 그 하인 놈이 죽인 거예요, 하인 놈이! 맙소사! 정말 하인 놈 대신 그 사람을 벌할까요, 아무도 그를 위해 변호해 주지 않을까요? 당신이 그 변호사에게 직접 가서 이야기를 해 보면 좋겠는데. 페테르부르크에서 3천 루블을 주고 불렀다면서요."

"저희 셋이 3천 루블을 준 겁니다, 저와 이반 형, 카테리나 이바노브나요. 의사는 2천 루블을 주고 그녀 자신이 불렀습니다. 변호사 페튜코비치는 더 받을 수도 있었을 테지만, 명예를 위해 오기로 동의한 겁니다. 너무 유명한 사건이 되었으니까요."

"그런데 의사는 왜 부른 거죠?"

"전문가 자격으로 온 겁니다. 형이 미쳐서 죽였다는 결론을 내리려는 겁니다."

"아, 만약 죽였다면 그게 사실이에요. 그때 그는 미쳐 있었어요. 그렇지만 그는 죽이지 않았어요! 그런데 온 도시가 그가 죽였다고 하고 있어요. 모두가 그 사람을 적대시해요. 그런데 미챠가 미쳤다는 데 대해서 말이에요. 지금 그 사람은 정말로 그래요. 그 사람은 갑자기 아이에 대해 말하기 시작했어요. '아이를 위해 나는 지금 시베리아로 갈 거야. 난 죽이지 않았지만 나는 시베리아로 가야 해!'라고요. 아이가 무슨 소린지 나는 아무것도 이해하지 못하겠어요. 알료샤, 말해주세요, 이 '아이'가 뭐죠?"

"라키틴이 뭣 때문인지 형에게 자주 드나들고 있어요. 그렇지만... 이건 라키틴 때문은 아니예요."

"아니예요. 라키트카가 아니고 동생 이반 표도로비치가 그를 혼란스럽게 하고 있는 거예요. 그가 찾아오고 있어요. 그래서..."

"정말로 이반이 형을 찾아갔습니까? 미챠는 이반이 한번도 온 적이 없다고 내게 말했는데요."

"휴, 내가 이 모양이라니까! 쓸데없는 소리를 하고 말았네요! 이봐요, 알료샤. 이왕 떠들었으니 모든 사실을 말해줄게요. 그는 드미트리에게 두 번 갔었어요. 처음에는 여기 오자마자였고 두 번째는 일주일 전이었어요. 그가 미챠에게 당신에게 말하지 말라고 했대요."

알료샤는 깊은 생각에 잠겨 앉아 있었다. 이 소식은 그를 놀라게 한 것 같았다.

"이반 형은 미챠 형 일에 대해서는 나하고 얘기하지 않아요. 만약 일 주일 전에 갔었다면... 이번 주에 미챠 형한테는 정말 어떤 변화가 일어났어요."

"변화, 변화가 맞아요! 그들에게는 비밀이 있어요. 무슨 비밀인지 미챠는 안정을 못찾고 있어요. 그의 마음에 무엇인가 불안한 게 있는 거예요..."

"형이 이반에 대해 말하지 말라고 한 게 정말인가요? 그렇게 말했나요, 말하지 말라고?"

"그렇게 말했어요. 그는 당신을 두려워해요. 여기에 비밀이 있는 거예요. 알료샤, 가서 알아봐줘요. 그들에게 무슨 비밀이 있는지, 그리고 와서 내게 말해주세요."

"당신은 뭐라고 생각하세요?"

"뭐라고 생각하냐구요? 그는 나를 버리려고 하는 거예요. 이게 비밀의 전부죠! 셋이 꾸며낸 거예요. 미치카, 카치카, 그리고 이반 표도로비치가요. 이 카치카는 재판에서 나한테 당할 거예요! 내가 거기서 한 마디 해 주겠어요... 거기서 모든 것을 말하겠어요!"

"제가 당신께 분명하게 말씀드릴 수 있는 건, 그루셴카, 첫째로, 형은 당신을 사랑한다는 겁니다. 이 세상 누구보다 사랑하고 있습니다. 당신 하나 만을요. 저를 믿으세요. 두 번째로 말씀드릴 건, 저는 형한테서 비밀을 캐내지 않을 겁니다. 형 자신이 저에게 말한다면, 당신에게 오늘 와서 말하겠습니다. 내 생각에는.... 이 비밀은 뭔가 다른 일에 대한 것 같습니다. 그럼 다녀올 때까지 안녕히 계세요!"

그는 그녀에게 손을 내밀었다. 그루셴카는 계속 울고 있었다. 그는 그녀가 그의 위로를 거의 믿지 않는다는 것을 알았다. 그런 상태로 그녀를 두고 가는 것이 가엾었지만 그는 서둘렀다. 그에게는 할 일이 많이 있었다.

작은 악마

첫 번째 일은 호흘라코바 부인의 집에 있었다. 그는 그곳에서 일을 빨리 끝내고 미챠에게 늦지 않기 위해서 서둘렀다. 리즈의 방에 들어갔을때, 그는 리즈가 아직 걷지 못할 때 타고 다니던 휠체어에 반쯤 누워있는 그녀의 모습을 보았다. 그녀는 주위 깊고 날카로운 시선으로 그를 뚫어지게 쳐다보았다. 그녀는 그에게 손을 내밀지 않았다. 알료샤는 아무 말없이 그녀를 마주 보고 앉았다.

"뭔가 마음이 심란한가요?"

"반대로 아주 기뻐요. 지금 막 서른 번째 다시 생각을 해봤어요. 내가 당신의 아내가 되지 않겠다고 거절한 게 얼마나 잘한 것인지를요. 당신은 남편감으로 적당하지 않아요. 내가 당신과 결혼하면 갑자기 당신에게 쪽지를 주어서 당신 다음으로 사랑하게 될 사람에게 갖다 주라고 할 테고. 그러면 당신은 그걸 받아서 분명히 갖다 주겠지요. 답변까지 갖다 줄 거예요. 마흔 살이 되어도 당신은 여전히 그런 내 쪽지를 전달하겠죠. 알료샤, 당신은 정말 좋은 사람이에요! 나는 당신이 그렇게 빨리 당신의 사랑을 거절하게 해 주어 당신을 아주 좋아하게 될 거예요."

"오늘 무슨 일로 나를 불렀나요, 리즈?"

"알료샤, 나를 구해주세요!" 그녀는 갑자기 그에게 달려와서 그의 손을 꼭 잡았다. "나를 구해주세요." 그녀는 거의 신음하다시피 했다. "난 죽고 말 거예요. 모든 게 추악해요. 모든 게 추악해서 나는 살고 싶지 않아요! 알료샤, 왜 당신은 나를 전혀 사랑하지 않는 거죠!"

"아닙니다, 사랑합니다!" 알료샤는 열렬하게 답했다.

"나를 위해 울어줄 건가요?"

"그럴 겁니다."

"당신의 아내가 되고 싶어 하지 않아서가 아니라, 그냥 나를 위해 울어줄 건가요, 그냥?"

"그럴 겁니다."

"고마워요! 나에게는 당신의 눈물만이 필요해요. 다른 모든 사람들은 나를 벌하고 짓밟으라고 하세요. 왜냐하면 나는 누구도 사랑하지 않으니까요. 반대로 증오해요! 가세요, 알료샤, 형에게 갈 시간이에요!"

그녀는 억지로 알료샤를 문으로 밀어냈다. 그는 슬프고 의혹에 차서 쳐다보다가 갑자기 자신의 오른 손에 작은 편지가 쥐어져 있는 것을 느꼈다. 그는 순간적으로 주소를 읽었다. 이반 표도로비치 카라마조프에게 보내는 편지였다. 그는 빠르게 리자를 쳐다보았다. 그녀의 얼굴은 거의 노기를 띠고 있었다.

"전해주세요, 반드시 전해주세요!" 온몸을 떨면서 그녀는 명령했다. "오늘, 지금이요! 그렇지 않으면 나는 독약을 먹고 죽어버릴 거예요! 내가 당신을 부른 건 이것 때문이에요!"

그리고 빠르게 문을 쾅 닫았다. 알료샤는 편지를 주머니에 넣고 계단으로 갔다. 알료샤가 나가자마자 리자는 문을 살짝 열고는 문틈으로 자신의 손가락을 넣고 문을 쾅 닫아 있는 힘을 다해 손가락을 찧었다. 십 초가 지나서 손을 뺀 후에 그녀는 천천히 안락의자로 가서 앉아 검게 변한 손가락을 뚫어져라 쳐다보기 시작했다. 그녀의 입술은 떨렸다. 그녀는 빠르게 속삭였다.

"난 비열해, 비열해, 비열해, 비열해!"

찬가와 비밀

 알료샤가 감옥 문의 벨을 울렸을 때는 이미 매우 늦은 시각이었다. 면회실로 들어가면서 알료샤는 마침 벌써 미챠를 만나고 나오는 라키틴과 마주쳤다. 라키틴은 최근에 알료샤와 만나는 것을 좋아하지 않았고 그와 거의 이야기하지 않았다. 지금 들어오는 알료샤를 보고 그는 눈썹을 찌푸리고 외투의 단추를 잠그느라 정신이 없다는 듯이 눈을 옆으로 돌렸다.
 미챠는 빨리 자리를 뜨는 라키틴을 턱으로 가리키며 알료샤에게 말했다. "너한테는 고개도 까딱이지 않는구나. 아예 절교라도 한 거니? 왜 이렇게 늦은 거니? 아침 내내 너를 애타게 기다렸는데."
 "저 친구는 왜 그렇게 자주 형에게 오는 거예요? 친해지기라고 하셨어요?"
 "라키틴하고 친해졌냐고? 아니, 전혀 그렇지 않아... 무슨 소리, 돼지같은 놈인데! 저 녀석은 나를... 비열한으로 생각하고 있어. 영혼이 메말랐어. 그래도 똑똑한 놈이야, 똑똑해. 그나저나 알렉세이, 이제 내 머리통도 끝장이야!"
 "네, 내일이면 재판이네요. 정말 형님은 그 정도로 아예 희망을 갖지 않으시는 거예요?"

"그래, 내일이면 재판이지. 그런데 내 머리통이 끝장이라고 한 건 재판에 대해 말한 게 아니야. 머리통이 끝장난 게 아니고 머릿속에 들어있던 게 없어졌다는 거지."

"그게 무슨 소리예요, 미챠?"

"사상, 사상 말이야! 윤리학. 그런데 윤리학이 도대체 뭐니?"

"네, 그런 학문이 있어요... 단지... 저는 어떤 학문인지 형한테 잘 설명할 수가 없어요."

"라키틴은 알아. 라키틴은 아는 게 많아. 제기랄! 그놈은 수도사가 되지 않을 거야. 페테르부르크로 가려고 해. 거기서 고상한 경향의 비평 분야에서 일할 거래. 어쩌면 유익한 일을 해서 출세할 수도 있겠지. 그런 자들은 출세하는 데는 선수들이니까! 그런데 나는 끝났어. 알렉세이, 너 하느님의 사람아![01] 나는 너를 누구보다도 더 사랑해. 너를 보면 가슴이 떨려. 그런데 칼 베르나르가 누구니?"

"칼 베르나르요?" 알료샤는 또 놀랐다.

"아니, 잠깐만, 잘못 말했어. 클로드 베르나르야. 그 자가 누구니? 화학자니?"

---

01 Алексей, божий ты человек! 하느님의 사람 알렉세이는 4세기 후반에서 411년경까지 살았던 금욕주의자 성인이다. 그의 생애전은 시리아어와 그리스어로 된 두 판본이 존재한다. 미챠는 알료샤가 성인과 같은 이름이고 그에게서 성인의 면모를 보고 있기 때문에 그를 하느님의 사람 알렉세이라고 부르고 있다.

카라마조프 형제들 421

"학자일 거예요. 하지만 그에 대해 얘기해 드릴 게 별로 없어요. 학자라고만 들었어요."

"분명히 비열한 놈일 거야. 다 비열한 놈들이야. 라키틴도 베르나르야. 그놈은 내 일에 대해 논문을 쓰고 싶어해. 그것으로 문학에서 자기 역할을 시작하려는 거야. 그래서 드나드는 거라고 스스로 설명했어. 경향성을 가진 뭔가를 쓰고 싶다는 거야. '그는 죽이지 않을 수 없었다. 환경에 먹혀버린 것이다.'라나."

"그런데 형님은 무엇 때문에 끝장이라는 겁니까?"

"왜 끝장이냐구? 음! 하느님이 가엾어, 그것 때문이야!"

"하느님이 가엾다니요?"

"생각해봐라. 머릿속에 신경 속에 있는 거야. 뇌 속에 있는 이 신경들에 꼬리가 있어서 그 꼬리들이 떨리기만 하면… 내가 뭔가를 눈으로 보는 거야, 그러면 그 꼬리들이 떨려… 꼬리들이 떨리면 형상이 나타나지, 즉 물체나 사건이 말이야. 내가 바라보고 그 다음에 생각을 하는 것은… 나에게 영혼이 있어서도 아니고 내가 누군가의 형상이나 모양[02]이라서가 아니라 꼬리 때문인 거야. 이것을, 아우야, 어제 내게 라키틴이 설명해 주었어. 나

---

02 образ и подобие. 기독교에서는 인간이 하느님의 형상과 모양으로 창조되었다고 가르친다.

는 불에 덴 것 같았어. 멋지지 않니, 알료샤, 이 학문은! 새로운 인간이 출현하고 있는 거야... 그래도 하느님이 가엾어!"

"그건 좋은 거예요."

"하느님이 가엾다는 게? 그런데 라키틴은 하느님을 좋아하지 않아. 아주 좋아하지 않아! 이것이 그들의 가장 큰 약점이야! 그러나 숨기고 있지. 거짓말을 하는 거야. '그러면 사람은 어떻게 되는 거지? 하느님이 없다면, 내세가 없다면 말이야? 이제 모든 것이 허용되고 뭐든지 해도 된다는 거야?' 내가 물었지. '몰랐어요?' 그놈은 말하며 웃더군. '현명한 사람은 뭐든지 할 수 있어요.' 돼지 같은 놈!"

"형, 나는 오래 있을 수 없어요." 알료샤는 잠시 침묵했다가 말했다.

"내일은 형한테 무섭고 중대한 날이에요. 하느님의 심판이 형에게 행해질 테니까요... 그런데 중요한 얘기 대신 엉뚱한 얘기만 하고 계시니..."

"그럼 내가 그 냄새나는 개 얘기를 해야 한다는 거냐? 살인자 녀석에 대해? 더 이상 스메르자챠야의 아들에 대해서는 얘기하고 싶지 않아! 그놈은 하느님이 죽이실거야, 곧 보게 될 거다."

그는 흥분하면서 알료샤에게 다가와 갑자기 그에게

입을 맞췄다. 그의 눈은 불타고 있었다.

"라키틴은 이걸 이해 못할 거야. 그렇지만 너는 모든 걸 이해할 수 있어. 그래서 너를 애타게 기다렸지. 나는 오래 전부터 너에게 많은 것을 얘기하고 싶었지만 가장 중요한 것에 대해서는 침묵했어. 때가 오지 않은 것 같았거든. 너에게 속마음을 쏟아놓기 위해 이 마지막 시기까지 기다려왔어. 아우야, 나는 이 두 달 동안 새로운 인간을 느꼈어. 내 속에서 새로운 인간이 부활한 거야! 그 인간은 내 속에 갇혀 있었어. 이 벼락이 내리지 않았다면 결코 나타나지 않았을 거야. 무서운 일이지! 나는 광산에서 20년 동안 망치로 광석을 캐내는 것이 전혀 두렵지 않아. 지금 내가 두려운 건 다른 거야. 부활한 이 인간이 나한테서 떠날까 봐 두려워! 나는 그곳 광산에서 유형수와 살인자 속에서도 인간적인 마음을 찾아내 그들과 마음을 맞추며 살 수 있을 거야. 거기서도 살고 사랑하고 고통받을 테니까! 우리 모두는 그들에게 죄가 있어! 그때 그 순간에 나는 왜 '아이' 꿈을 꾸었을까? 그 순간 그건 내게 예언이었어! 나는 '아이'를 위해 가는 거야. 모두가 모두에 대해 죄를 지었기 때문이지. 모든 '아이'에 대해. 작은 아이도 있고 큰 아이도 있으니까 모두가 '아이'인 거야. 나는 아버지를 죽이지 않았지만 가야 해. 받아들이는 거야! 우리는 족쇄를 차고 자유가 없겠지. 그러나 그때 위대한 우리의 슬픔 속에서 우리는 다시 기쁨으로 부활하는 거야. 기쁨이 없이 인간이 사는 건 불가능해. 하느님은 반드시 있어. 왜냐하면 하느님이 기쁨을 주시기 때문이지, 그게 그분의 특권인 거야... 내가 거기 땅 밑에서 어떻게 하느님 없이 살 수 있겠니? 라키틴은 거짓말을 하는 거야. 유형수는 하느님 없이는 살 수가 없어. 유형수가 아닌 사람보다 더 살 수가 없는 거야! 우리 지하의 인간들은 땅 속에서 하느님께 비극적인 찬가를 부를 거야. 기쁨이 있는 하느님께! 하느님과 그분의 기쁨 만세! 나는 하느님을 사랑해!"

미챠는 이 기이한 연설을 하면서 거의 숨을 헐떡였다. 눈에서는 눈물이 흘러내렸다.

"땅 속에도 삶은 있어!" 그는 다시 시작했다. "알렉세이, 지금 내가 얼마나 살고 싶은지 너는 믿지 못할 거야. 존재하고 싶은 얼마나 강한 열망이 내 속에 생겨났는지! 나는 존재해! 수천 가지 고통 속에서도 나는 존재하는 거야. 나는 존재하고 태양을 보지. 태양을 보지 못해도 그것이 있다는 걸 알아. 태양이 있다는 걸 아는 것, 그것이 벌써 삶의 전부인 거야. 알료샤, 너는 나의 천사야. 그런데 여러 철학이 나를 죽이도록 괴롭혀! 이반은..."

"이반 형이 뭐요?"

"이반은 라키틴과 달라. 그애는 사상을 숨기고 있어.

이반은 스핑크스야. 늘 침묵하지. 그런데 하느님이 나를 괴롭혀. 하느님이 없으면 어떻게 되는 거지? 라키틴이 옳다면, 하느님은 인류 속에 있는 인공적인 관념이란 말이냐? 하느님이 없으면 인간이 세계의 우두머리인 거지. 멋진 일이야! 다만 하느님 없이 인간이 어떻게 선해질 수 있지? 이게 문제야! 그러면 인간은 누구를 사랑하게 될까? 누구에게 감사하고 누구에게 찬가를 부르지? 라키틴은 하느님 없이도 인류를 사랑할 수 있다고 말해. 나는 이해할 수 없어. 라키틴한테는 사는 게 쉽지. 선행이란 무엇이지? 대답해 봐, 알렉세이. 나는 이것 때문에 이틀 동안 잠을 못 잤어. 나는 사람들이 살면서 이것에 대해 아무것도 생각하지 않는 게 놀라워. 공허해! 이반에게는 하느님이 없어. 그 애한테는 사상이 있어. 그렇지만 말을 안 해."

"형이 언제 왔었어요?"

"그 얘기는 나중에 하자. 지금은 다른 얘길 하자꾸나. 그루샤가 나를 괴롭혀. 그녀에 대한 생각이 나를 죽도록 괴롭히고 있어! 전에는 악마 같은 몸의 곡선으로만 괴롭혔는데. 이제 나는 그녀의 영혼 전체를 내 영혼으로 받아들여서 그녀를 통해 인간이 되었어! 그녀가 나에 대해 무슨 말을 하던?"

알료샤는 그루셴카가 아까 한 모든 말을 반복했다. 미

챠는 미간을 찌푸린 채 방 안을 걸어 다녔다. 그는 갑자기 무서울 정도로 걱정에 휩싸이기 시작했다.

"그러니까 비밀, 비밀이라고 말했다는 거지? 카치카도 끼어 있다고? 아니, 그루셴카, 그게 아니야. 에이, 될 대로 되라지! 너에게 우리의 비밀을 알려주마!"

그는 사방을 둘러보고는 빠르게 알료샤에게 다가와서 비밀스러운 표정으로 그에게 속삭이기 시작했다.

"나중에 말해주려고 했어. 너 없이 내가 뭘 결정할 수 있겠니? 너의 결정만이 해결할 거야. 이건 양심의 문제거든. 너무 중요한 비밀이라서 네가 결정할 때까지 미뤄두고 있었어. 그래도 아직은 결정하기 일러. 선고를 기다려야 하니까. 선고가 내려지면 네가 운명을 결정해라. 지금은 듣고 결정하지는 말아줘. 아무것도 묻지 말아줘. 알료샤, 들어봐. 이반이 내게 도주하라고 권하고 있어. 모든 게 준비되어 잘 될 수 있어. 그루샤와 미국으로 가라는 거야. 나는 그루샤 없이는 살 수 없으니까! 유형수를 과연 결혼시켜줄까? 이반은 아니라는 거야. 그런데 그루샤 없이 내가 거기 땅 밑에서 뭘 하겠니? 그런데 다른 한편으로 양심은 어쩌지? 고통으로부터 도망치는 게 되잖아! 미국이 뭐야, 미국도 공허할 텐데! 십자가를 피하는 게 되는 거야! 그래서 너에게 말하는 거야, 알렉세이, 너만이 이것을 이해할 수 있으니까. 말하지 마, 말하지 마. 너는 벌써 결정을 했구나! 결정하지 마, 날 좀 봐 줘. 나는 그루샤 없이는 살 수가 없어. 재판을 기다려 줘!"

미챠는 알료샤의 어깨를 두 손으로 움켜쥐고 타는 듯한 눈길로 그의 눈을 뚫어지게 쳐다보았다. 알료샤는 깊이 충격을 받았다.

"한 가지만 말해 주세요. 누가 이걸 먼저 생각해 냈나요?"

"이반이 생각해 낸 거야. 갑자기 일주일 전에 찾아와서는 이 얘기부터 시작했어. 권하는 게 아니라 명령을 하고 있어. 중요한 건 돈인데, 도주에 만 루블, 미국에 가는 데 2만 루블이 든다더구나. 멋진 도주를 성사시켜 주겠다는 거야."

"형이 옳아요. 재판 선고 전에는 결정할 수가 없어요. 재판 후에 형 스스로 결정할 거예요. 형 안에서 새로운 인간을 찾아내면, 그가 결정할 거예요. 그런데 정말로 형, 형은 무죄 선고를 전혀 기대하지 않는 건가요?"

미챠는 어깨를 으쓱하더니 고개를 가로저었다.

"알료샤, 이제 갈 시간이야! 나에게 성호를 그어다오. 내일의 십자가를 위해서 성호를 그어줘... 잘 가거라!"

알료샤가 나가려고 하자, 미챠는 갑자기 다시 그를 불렀다.

"내 앞에 서 봐, 이렇게."

그리고 그는 두 손으로 알료샤의 어깨를 꽉 붙잡았다. 그의 얼굴은 갑자기 창백해졌다.

"알료샤, 하느님 앞에서처럼 나에게 진실을 말해줘. 너는 내가 죽였다고 믿니, 아니면 믿지 않니? 완전한 진실을 말해, 거짓말하지 마!"

알료샤는 마치 뭔가 날카로운 것이 그의 가슴 속에 스며드는 것처럼 느껴졌다.

"한 순간도 형이 살인자라고 믿지 않았어요." 갑자기 알료샤의 가슴에서 떨리는 목소리로 이 말이 튀어나왔다. 순식간에 미챠의 얼굴이 더없는 행복으로 온통 빛났다.

"고맙구나! 너는 지금 나를 소생시켜 주었어... 지금까지 너한테 묻는 것이 두려웠어. 자, 그럼 가라, 가! 내일을 위해 네가 나에게 힘을 주었어. 자, 거거라, 이반을 사랑해라!" 이 마지막 말이 미챠의 입에서 튀어나왔다.

알료샤는 온통 눈물범벅이 되어 밖으로 나왔다. 깊고 한없는 연민이 갑자기 그를 사로잡았다. 찔린 가슴이 무섭도록 아파왔다. "이반을 사랑해라!" 그는 갑자기 미챠가 방금 한 말을 기억했다. 사실 그는 이반에게 가는 길이었다. 미챠 못지않게 이반도 그를 괴롭히고 있었다. 형을 만나고 난 지금 그 어느 때보다 더 그랬다.

형이 아니에요, 형이 아녜요!

이반에게 가는 길에 알료샤는 카테리나 이바노브나가 세들어 사는 집 옆을 지나야만 했다. 창문에 불이 켜져 있었다. 그는 갑자기 들어가기로 결정했다. 이반이 지금 그녀의 집에 있을지도 모른다는 생각이 들었던 것이다. 초인종을 누르고 계단으로 올라가면서 그는 위에서 내려오는 사람이 형인 것을 알아보았다.

"아, 너로구나. 그럼, 잘 가라."

알료샤는 이반 표도로비치를 따라 달려나갔다. 이반은 멈추지 않고 걸었다. 알료샤는 그의 뒤를 따라갔다.

"잊을지도 몰라서, 형에게 보내는 편지예요." 알료샤는 주머니에서 리자의 편지를 꺼내 그에게 내밀었다. 이반은 곧 필체를 알아보았다.

"아, 그 작은 악마한테 온 거구나! 열여섯도 안 된 것 같은데 구애를 하다니!"

"구애를 하다니요?"

"뻔하지, 방탕한 여자들이 구애하듯이 하는 거지."

"무슨 말을 하는 거예요, 형? 어린애인데. 형은 어린애를 모욕하고 있어요! 그녀는 아주 많이 아파요."

"그만해, 알렉세이. 계속하지 마라. 나는 그것에 대해서는 생각도 하지 않아."

그들은 일 분 정도 침묵했다.

"그녀는 이제 밤새 내일 재판에서 어떻게 행동해야 할지 알려달라고 성모에게 기도할 거야." 이반은 갑자기 악의에 차서 말했다.

"카테리나 이바노브나에 대해 말하시는 거예요?"

"그래. 그녀는 미챠의 구원자가 되어야 할지, 파멸시키는 자가 되어야 할지, 그것에 대해 그녀의 영혼을 비춰달라고 기도할 거야. 그녀 자신도 모르거든."

"그녀가 무엇으로 형을 파멸시킬 수 있을까요?"

"넌 아직 몰라. 그 여자에게는 문서 하나가 있는데, 미첸카가 직접 손으로 쓴 거야. 그것이 그가 표도르 파블로비치를 죽였다는 것을 수학적으로 증명하고 있어."

"그런 문서가 있을 리 없어요! 형은 살인자가 아니니까요. 형이 아버지를 죽인 게 아니에요, 형이 아녜요!"

"그렇다면 네 생각에는 누가 살인자니?"

"형 자신이 누군지 알잖아요." 조용히, 가슴을 파고들 듯이 알료샤가 말했다.

"누군데? 스메르쟈코프에 대해 말하는 거니?"

"형 스스로가 누군지 아세요." 힘없이 이 말이 튀어나왔다. 그는 숨이 막히는 것 같았다.

"그래, 누군데, 누구지?" 이반이 광포해져서 소리쳤다.

"나는 한 가지만은 알고 있어요. 아버지를 죽인 건 형이 아니에요."

"'형이 아니에요'라니! 형이 아니라는 게 무슨 말이야?" 이반은 얼어붙고 말았다.

"형이 아버지를 죽인 게 아니라고요, 형이 아니에요!" 알료샤는 확고하게 반복했다.

30초가량 침묵이 이어졌다.

"그건 나도 알아, 내가 아니라는 건. 너 헛소리를 하는 거니?" 그는 알료샤를 쏘아보듯 바라보았다.

"아니요, 형. 형은 몇 번 형이 살인자라고 말했어요."

"언제 내가 말했어?... 언제?"

"이 두 달 동안 형은 혼자 있을 때 여러 번 자신에게 말했어요. 자신을 비난하면서 다른 사람이 아니라 형이 살인자라고 스스로 고백했어요. 그렇지만 형은 살인자가 아니에요. 아시겠어요, 형이 아녜요! 하느님이 형에게 이 말을 하라고 나를 보내셨어요."

두 사람은 침묵했다. 두 사람은 서서 서로의 눈을 바라보았다. 갑자기 이반은 알료샤의 어깨를 세게 붙잡았다.

"네가 내 방에 왔었구나! 그놈이 왔을 때, 네가 내 방에 있었어... 고백해... 너 그놈을 봤니, 봤어?"

"누구를 말하는 거예요?"

"정말 너는 그놈이 나한테 오는 걸 모르는 거니?"

"그놈이 누구예요? 누구를 말하는 건지 모르겠어요." 알료샤는 놀라서 중얼거렸다.

"아냐, 넌 알고 있어. 네가 모를 리가 없어..."

그러나 갑자기 그는 자신을 억제했다. 이상야릇한 냉소가 그의 입술을 일그러뜨렸다.

"형, 하느님이 이 말을 형에게 하라고 내 영혼에 넣어 주셨어요."

"알렉세이 표도로비치," 이반은 차가운 냉소를 띠며 말했다. "나는 선지자들은 참을 수가 없어. 하느님의 사자는 특히. 이 순간부터 나는 너하고 영원히 연을 끊는다. 부탁인데 이 십자로에서 지금 당장 나를 떠나줘."

그는 몸을 돌리더니 확고한 걸음걸이로 앞으로 걸어갔다.

"형," 뒤에서 알료샤가 소리쳤다. "오늘 형한테 무슨 일이 생기면, 무엇보다 나에 대해 생각해줘요!..."

이반은 대답하지 않았다. 알료샤는 이반이 완전히 어둠 속에 보이지 않을 때까지 십자로의 가로등 옆에 서 있었다. 그리고 나서 몸을 돌려 천천히 자기 집을 향해 걷기 시작했다. 이반은 자기 집 문까지 다 와서 멈춰 섰다. 그는 갑자기 침을 탁 뱉고는 뒤로 돌아 빠르게 도시의 맞은 편 끝, 작고 기울어진 통나무집을 향해 걷기 시작했다.

그곳에는 표도르 파블로비치의 이웃이었던 마리야 콘드라티예브나가 살고 있었다. 그녀는 집을 팔고 지금은 이 오두막에서 어머니와 함께 살고 있었는데, 거의 죽어가는 스메르쟈코프가 표도르 파블로비치가 죽자마자 그들 집에 옮겨와 있었다. 지금 이반 표도로비치는 갑작스런 어떤 생각에 이끌려 그에게 가고 있었다.

첫 번째 스메르쟈코프 방문

이반 표도로비치가 모스크바에서 돌아온 후 스메르쟈코프와 이야기하러 가는 건 이번이 세 번째였다. 첫 번째는 모스크바에 도착한 첫 날이었고, 그 후 두 주가 지나서 한 번 더 그를 찾아갔다. 첫 방문은 부친의 사망 후 닷새째 되는 날로서 모스크바에서 돌아온 직후 이반 표도로비치는 스메르쟈코프를 찾아갔다.

첫 만남 당시 스메르쟈코프는 시립 병원에 있었다. 병원에서는 곧 면회를 허락해주었다. 스메르쟈코프는 이반 표도로비치를 보자 처음에는 겁을 먹는 것 같았다. 그렇지만 나머지 시간은 내내 침착한 모습으로 이반을 놀라게 만들었다. 스메르쟈코프는 매우 마르고 얼굴이 누레져 있었다. 그러나 뭔가를 암시하듯 실눈을 한 왼쪽 눈은 이전의 스메르쟈코프 그대로였다.

"나하고 얘기할 수 있나?" 이반 표도로비치가 물었다.

"할 수 있고 말굽쇼." 약한 목소리로 스메르쟈코프가 우물거리며 말했다.

"너는 알고 있었지?" 이반이 단도직입적으로 말했다.

"어떻게 모를 수가 있었겠습니까요? 단지 이렇게 일이 될 줄은 어떻게 알았겠습니까요?"

"이렇게 되다니? 둘러대지 마. 바로 네놈이 지하실에 내려갈 때 발작이 일어날 거라고 미리 말했잖아? 지하실이라고 직접 알려줬어."

"심문 때 벌써 말씀하셨나요?" 스메르쟈코프는 침착하게 호기심을 나타냈다.

"아직 말하지 않았지만 반드시 말할 거다. 너는 나에게 지금 많은 것을 해명해야 해. 날 가지고 장난치는 건 용납하지 않을 줄 알아!"

"하느님처럼 도련님에게만 모든 희망을 걸고 있는데 뭣 하러 제가 그런 장난을 칩니까요."

"우선, 발작은 절대로 미리 예상할 수가 없다는 걸 나는 알고 있어. 너는 어떻게 그때 날짜와 시간, 그리고 지하실이라는 것까지 예견했지? 일부러 발작을 꾸며낸 게 아니라면 어떻게 미리 알 수 있었나?"

"발작을 미리 알 수 없다는 건 정말 그렇지만, 언제나 예감은 가질 수 있는 거지요."

"너는 날짜와 시간을 예견했어!"

"제 병에 대해서는 이곳 의사들에게 물어보시는 게 나을 겁니다. 발작이 정말이었는지, 아니었는지. 저는 그 문제에 대해서는 더 드릴 말씀이 없습니다."

스메르쟈코프는 피로에 지친 듯 깊이 숨을 몰아쉬었다.

"말해 봐. 너는 왜 그때 나를 체르마시냐로 보내려 했지?"

"모스크바로 떠나시는 게 두려웠으니까요. 체르마시냐는 그래도 가까우니깝쇼."

"거짓말, 네놈이 나보고 떠나라고 권했어."

"그건 집안에 나쁜 일이 일어날 걸 알아차리시고 남으셔서 부친을 보호하시라고 말씀드린 겁니다."

"그럼 더 분명하게 말했어야지, 바보야!" 갑자기 이반 표도로비치는 얼굴을 확 붉혔다.

"어떻게 더 분명하게 말할 수 있었겠습니까요? 그리고 이런 살인으로 끝나리라고 누가 알 수 있었겠습니까? 어떻게 짐작이나 할 수 있었겠습니까, 나리?"

"네가 짐작할 수 없다고 말하는데, 나는 어떻게 짐작

하고 남을 수 있었겠냐?"

"제가 모스크바 대신 체르마시냐로 가시라고 권했으니 짐작하실 수 있었습니다."

"어떻게 그걸로 짐작한단 말이냐!"

"제가 도련님이 여기 가까운 곳에 계셔주기를 바란 것으로 짐작하실 수 있었던 겁니다요. 무슨 일이 생기면 아주 빨리 오셔서 저를 보호해 주실 수 있었을 테니까요. 저는 그때 도련님이 충분히 짐작하셨다고 생각했습니다."

"짐작했다면 남아 있었을 거다!"

"근데 저는 모든 것을 짐작하시고 두려워서 도망치신다고 생각했습니다."

"모든 사람이 너처럼 겁쟁이라고 생각한 거냐?"

"죄송합니다요. 도련님도 저 같은 줄 생각했지요."

"빌어먹을! 가만, 너는 그 신호에 대해서 예심판사와 검사에게 알렸냐?"

"전부 사실대로 알렸습니다요."

"내가 그때 뭔가를 생각했다면, 그건 네놈이 저지를 수 있는 추악한 짓에 대해서였어. 드미트리가 사람을 죽일 수는 있지만 도둑질을 할 수 있다는 걸 생각해 본 적이 없었어... 그렇지만 네놈은 온갖 추악한 짓을 할 수 있는 놈이지. 형은 네놈이 죽이고 훔쳐갔다고 노골적으로 너를 비난하고 있어."

"모든 증거가 있는데 누가 그분 말을 믿겠습니까? 저한테 뒤집어씌우고 싶은 거지요. 만약 제가 발작을 가장하는 데 선수라 해도 그걸 도련님께 미리 말했을까요? 도련님의 부친에 대해 제가 정말 뭔가를 기도(企圖)하고 있었다면요. 그런 살인을 계획하고 있었다 해도 친아들에게 그런 불리한 증거를 미리 말할 만큼 제가 바보일 수가 있겠습니까?"

"들어봐, 나는 너를 전혀 의심하지 않아. 반대로 네가 나를 안심시켜 주어서 너한테 고맙다. 이제 가보겠다. 그렇지만 또 들를 거다. 또 보자. 그런데 나는 네가 발작을 꾸며낼 수 있다는 것은 말하지 않겠어... 너도 말하지 않는 게 좋을 거다."

"아주 잘 이해했습니다요. 저도 그때 도련님과 문 옆에서 한 이야기를 전부 알리지 않겠습니다..."

이반 표도로비치는 밖으로 나와 열 걸음 정도 걷고 나서 갑자기 스메르쟈코프의 마지막 말에 뭔가 모욕적인 의미가 담겨져 있다는 것을 느꼈다. 그는 돌아가고 싶었지만 "바보 같은 짓이야!"라고 말하고 나서 서둘러 병원을 나섰다. 그는 스메르쟈코프가 아니라 형 미챠에게 죄가 있다는 데 대해서 정말로 안도감을 느꼈다. 왜 그런지는 분석하고 싶지 않았다. 심지어 그는 자신의 감정을 파고드는 것에 거부감을 느꼈다. 그는 빨리 뭔가를 잊고 싶었다. 그 후 며칠 동안 그는 모든 증거들을 더 자세히 알게 되면서 미챠의 유죄를 완전히 확신하게 되었다. 한 가지 이상한 것은 알료샤가 집요하게도 드미트리가 아니라 스메르쟈코프가 죽였다고 계속 주장하고 있는 것이었다. 또 이상한 것은 알료샤가 미챠에 대해 그와 이야기할 기회를 찾지 않고 단지 이반의 질문에 대답만 하는 것이었다.

그런데 그와 동시에 그는 완전히 상관없는 일에 매우 마음이 빼앗겨 있었다. 모스크바에서 돌아온 후 첫 며칠 동안 그는 카테리나 이바노브나에 대한 열렬하고 광적인 열정에 돌이킬 수 없이 자신을 내맡겼던 것이다. 여기는 그의 전 생애에 영향을 준 이반 표도로비치의 이 새로운 열정에 대해 이야기를 시작할 자리가 아니다. 이것은 또 다른, 새로운 소설의 바탕이 될 수도 있을 것이다. 그래도 그가 그녀를 미칠 정도로 사랑하고 있었다는 것에 대해서는 침묵할 수가 없다. 카테리나 이바노브나는 미챠를 배신했다는 자책으로 끊임없이 괴로워하고 있었고 이반과 싸울 때면 노골적으로 그에게 이것을 이야기했다. 여기에는 많은 거짓이 있었고, 그것이 이반 표도로비치를 혼란스럽게 했다... 한 마디로 그는 잠시 스메르쟈코프에 대해서 거의 잊고 있었다. 그러나 첫 번째 방문 후

이 주가 지나자 다시 이전과 같은 이상한 생각들이 그를 괴롭히기 시작했다. 그는 끊임없이 자신에게 질문했다. 무엇 때문에 그는 마지막 날 밤 떠나기 전에 몰래 계단으로 나가 아래층에서 아버지가 무엇을 하는지 엿들었던 것일까? 무엇 때문에 모스크바로 들어서면서 "나는 비열한이야!"라고 스스로에게 말했을까? 한번 이런 생각을 하다가 그는 거리에서 알료샤를 마주쳤다. 그는 곧 알료샤를 멈춰 세우고 갑자기 질문을 던졌다.

"드미트리가 집에 쳐들어와 아버지를 때렸을 때, 그리고 마당에서 내가 '바랄 권리'를 남겨둔다고 너에게 말했을 때, 말해 봐, 그때 너는 내가 아버지의 죽음을 바란다고 생각했니, 안 했니?"

"생각했어요." 알료샤는 조용히 대답했다.

"그러면 그때 내가 '한 독사가 다른 독사를 먹어 버리기'를 바란다는, 그러니까 드미트리가 아버지를 죽이기 바란다는 생각이 들지는 않았니?"

알료샤는 약간 얼굴이 창백해져서 아무 말 없이 형의 눈을 바라보았다.

"말해! 나는 그때 네가 무슨 생각을 했는지 알고 싶어. 나에게는 진실이 필요해, 진실이!" 그는 힘겹게 숨을 몰아쉬고 있었다.

"용서해 주세요. 그때 나는 그렇게 생각했어요."

"고맙구나!" 이반은 딱 잘라 말하고 알료샤를 내버려 둔 채 빠르게 제 갈 길로 가버렸다. 그때 이후로 알료샤는 형 이반이 왠지 그를 피하기 시작하고 심지어 그를 싫어하는 것 같다는 것을 알아차렸다. 그런데 바로 그 순간 그를 만나고 나서 이반 표도로비치는 집에 들르지 않고 갑자기 또다시 스메르쟈코프에게 향했던 것이다.

두 번째 스메르쟈코프 방문

그때 스메르쟈코프는 이미 병원에서 퇴원해 있었다. 이반 표도로비치는 그의 새 집을 알고 있었다. 바로 두 채의 오두막으로 된 작은 통나무집이었다. 오두막 한 채에는 마리야 콘드라티예브나가 어머니와 살고 있었고, 다른 채에는 스메르쟈코프가 따로 지내고 있었다. 그가 어떤 조건으로 그들 집에 거주하게 되었는지는 아무도 몰랐다. 공짜인지 돈을 내는지. 나중에 사람들은 그가 마리야 콘드라티예브나의 약혼자 자격으로 그들 집에 살게 되었고 당분간 공짜로 지낸다고 추측했다.

스메르쟈코프는 탁자 뒤 긴 의자에 앉아 공책을 들여다보며 뭔가를 쓰고 있었다. 이반 표도로비치는 스메르쟈코프의 얼굴을 보고 그가 병에서 완전히 회복되었다는 것을 금새 알아차렸다. 그의 코에는 전에 본 적이 없는 안경이 걸려 있었다. 스메르쟈코프는 천천히 고개를 들어 들어오는 사람을 안경 너머로 뚫어져라 바라보았다. 그리고는 조용히 안경을 벗고 의자에서 몸을 일으켰다. 이반은 스메르쟈코프의 눈초리가 악의에 차 있고 그를 달가워하지 않으며 심지어 오만하다는 것을 알아차렸다. '그때 모든 걸 다 얘기했는데, 왜 또 온 거야?'라고 말하는 듯했다. 이반은 간신히 자제했다.

"먼저 묻겠는데, 우리만 있는 거냐? 저쪽에서 우리말이 들리지는 않겠지?"

"아무도 무슨 말도 듣지 못합니다요."

"이봐, 내가 널 만나고 병원에서 나올 때 넌 뭐라고 지껄였지? 네가 발작을 흉내 내는 데 선수라는 것을 말하지 않으면, 너도 우리가 대문 옆에서 한 이야기를 예심판사에게 전부 알리지 않겠다고 말했었지? 그 전부라는 게 뭐야? 너는 설마 나를 협박한 거냐? 내가 너랑 한 패라도 된다는 거야, 내가 널 두려워하기라도 한다는 거냐, 그래?"

이반 표도로비치는 완전히 격분해서 이렇게 말했다. 스메르쟈코프는 왼쪽 눈을 깜빡거리기 시작했다.

"제가 그 말을 한 것은 도련님께서 미리 친아버지의

살해에 대해 아셨으면서도 그분을 내버려두셨으니, 사람들이 도련님의 감정이나 또 다른 것에 대해 나쁜 결론을 내리지 않을까해서였습니다. 그래서 당국에 알리지 않겠다고 약속드린 겁니다."

스메르쟈코프의 목소리에는 뭔가 확고하고 집요하면서 악의에 차고 뻔뻔하게 도전적인 것이 느껴졌다.

"내가 그때 정말 살해에 대해 알았단 말이냐?" 이반 표도로비치는 소리치면서 주먹으로 탁자를 내리쳤다. "'또 다른 것에 대해'란 무슨 뜻이야? 말해, 비열한 놈!"

스메르쟈코프는 여전히 뻔뻔한 눈길로 이반 표도로비치를 찬찬히 바라보았다.

"'또 다른 것'에 대해서란 어쩌면 도련님께서 그때 아버지의 죽음을 몹시 바라셨을지도 모른다는 뜻이었습니다."

이반 표도로비치는 벌떡 일어나 있는 힘을 다해 주먹으로 그의 어깨를 내리쳤다. 한순간 그의 얼굴은 눈물로 뒤범벅이 되었다. "약한 사람을 때리는 건 부끄러운 일입니다, 나리!"라고 말하고 나서 그는 조용히 흐느끼기 시작했다.

"그만해! 그러니까 네놈은 그때 내가 드미트리와 한패가 돼서 아버지를 죽이고 싶어 한다고 생각했다는 거지?"

"그때 도련님 생각은 몰랐습죠." 스메르쟈코프는 마음

이 상한 말투로 말했다. "그래서 이 점에 대해서 도련님을 떠보려고 대문에 들어서실 때 멈춰 세웠던 겁니다."

"뭘 떠봐? 뭘?"

"도련님께서 아버지가 빨리 살해되기를 바라는지 아닌지를요."

"네놈이 아버지를 죽인 거구나!" 그는 갑자기 소리쳤다.

스메르쟈코프는 경멸하듯 히죽 웃었다.

"제가 죽이지 않았다는 건 도련님께서 확실히 알고 계시잖아요."

"그렇지만 왜 너한테 그때 나에 대해 그런 의심이 생긴 거냐?"

"두려움 때문이었습죠. 도련님도 형님과 같은 것을 바라신다면, 모든 것이 끝장이고 저도 파리처럼 죽을 테니까요."

"대답해봐, 내가 무엇 때문에 네 비열한 마음속에 그런 저열한 의심을 불어넣어줄 수 있었다는 거냐?"

"무엇 때문이냐굽쇼? 유산은 어떻습니까요?" 스메르쟈코프는 독기를 품고 복수하듯이 말을 되받았다.

이반은 고통을 느끼며 자신을 자제했다.

"좋아, 계속 말해 봐. 그러니까 네 생각에는 내가 드미트리가 그 일을 하기를 기대하고 있었다는 거지?"

"어떻게 기대하지 않으실 수 있었겠습니까요. 그분이 죽이면 유형을 가게 될 텐데 말입니다요. 그러면 그분의 몫이 남게 될 것 아닙니까요."

"들어봐, 이 악당놈아. 내가 그때 누군가를 기대했다면, 당연히 네놈이었지 드미트리가 아니었어. 나는 네놈이 무슨 추악한 짓을 저지를 거라고 예감했었단 말이다."

"저도 그때 잠깐 저에게도 기대를 거신다고 생각했습니다. 만약 저에 대해 예감하시고도 떠나신 거라면, 그것으로 저에게 이렇게 말씀하신 셈이 되는 거군요. '너는 아버지를 죽여도 좋다, 나는 방해하지 않겠다'라고요."

"비열한 놈! 네놈은 그렇게 이해했구나!"

"모든 게 그 체르마시냐 때문입니다요. 그때 왜 체르마시냐에 간다고 동의하신 겁니까? 제 말 한 마디에 이유도 없이 모스크바가 아니라 체르마시냐에 가셨다면, 저에게 뭔가를 기대하신 게 분명한 겁니다."

"아니다, 절대 아니란 말이다!" 이반은 이를 갈며 울부짖었다.

"어떻게 아니란 말입니까요? 제가 그런 말씀을 드렸으면 아버지의 목숨을 보호하기 위해 남으셨어야 했습니다... 제가 어떻게 그런 결론을 내리지 않을 수 있었겠습니까?"

이반은 무릎에 두 주먹을 대고 부들부들 떨면서 앉아 있었다.

"들어봐, 이 악당놈아. 나는 네놈의 비난은 두렵지 않아. 내가 지금 네놈을 때려죽이지 않는 건 네놈을 의심하고 있기 때문이야. 내가 네놈을 발가벗기고 말겠다!"

"제 생각에는 아무 말 않으시는 게 나을 겁니다요. 누가 도련님을 믿겠습니까? 정 시작하시겠다면, 저는 다 말하겠습니다요. 저 자신을 보호하지 않을 수는 없지 않습니까?"

이반 표도로비치는 분노에 온몸을 떨면서 스메르쟈코프를 쳐다보지도 않고 빠르게 오두막에서 나갔다. 신선한 저녁 공기가 그를 상쾌하게 해주었다. 하늘에는 달이 밝게 빛나고 있었다. 끔찍한 악몽 같은 상념과 감각이 그의 마음속에서 들끓고 있었다. '지금 스메르쟈코프를 고발하러 갈까? 그렇지만 뭘 고발하지? 저놈은 죄가 없는데. 정말 그때 나는 무엇을 위해 체르마시냐로 간 걸까? 뭘 위해, 뭘 위해서? 그래, 나는 뭔가를 기대했어. 저놈이 옳아...' 그는 뭔가에 찔리기라도 한 듯 자리에 멈춰섰다. '그래, 나는 그걸 기대했어. 나는 바로 살인을 원했던 거야!' 그는 집에 들르지 않고 곧장 카테리나 이바노브나에게 갔다. 그는 마치 미친 사람 같았다. 그는 그녀에게 스메르쟈코프와의 대화를 모두 전해주었다. 그는 진정할 수가 없었다. 방을 왔다 갔다 하며 끊어졌다 이어졌다 이상하게 말했다.

"만약 드미트리가 죽인 게 아니고 스메르쟈코프가 죽인 거라면, 물론 나는 그때 그놈과 공모한 거야. 내가 그놈을 부추겼기 때문이지. 드미트리가 아니라 그놈이 죽인 거라면, 물론 나도 살인자야."

이 말을 듣고 카테리나 이바노브나는 말없이 자리에서 일어나더니 책상으로 가서 그 위에 놓인 상자를 열고 어떤 종이를 꺼내 이반 앞에 놓았다. 이 종이는 이반 표도로비치가 알료샤에게 드미트리가 아버지를 죽였다는 '수학적인 증거'라고 말했던 바로 그 서류였다. 이것은 미챠가 술에 취해 카테리나 이바노브나에게 쓴 편지였다. 편지의 내용은 다음과 같았다.

> 숙명적인 카챠! 내일 3천 루블을 구해 당신에게 돌려주겠소. 그리고 작별이오, 위대한 분노의 여인이여. 내 사랑도 작별이오! 끝을 내는 거요! 이반이 떠나기만 하면 아버지에게 가서 그 머리를 박살내고 돈을 매트리스 밑에서 가져올 거요. 유형을 가더라도 3천 루블은 돌려주겠소. 나를 용서해주시오. 당신의 사랑보다 유형을 가는 게 낫소. 다른 여자를 사랑하니 말이오. 그럼 안녕히!

추신. 나는 자신을 죽이겠지만 먼저 그 개부터 죽이겠소. 그 자에게서 3천 루블을 빼내서 당신에게 던져주겠소. 나는 비열한이기는 하지만 도둑은 아니오! 내가 도둑이 아니라 내 도둑을 죽이는 거요. 드미트리는 도둑이 아니라 살인자요!

다시 추신. 당신의 발에 입 맞추오, 안녕히!

또다시 추신. 카챠, 사람들이 돈을 빌려 주도록 하느님께 기도해 주시오. 그러면 피를 흘리지 않을 거요. 주지 않으면 피를 흘릴 거요!

노예이자 원수
D. 카라마조프

이반은 '서류'를 읽고 나서 확신에 차 일어났다. 스메르쟈코프가 아니라 형이 죽인 것이다. 스메르쟈코프가 아니라면, 이반 그 역시 아닌 것이다. 미챠의 유죄에 대해 더 이상 어떤 의심의 여지도 있을 수 없었다. 이반은 완전히 안심했다. 그렇게 한 달이 지났다. 스메르쟈코프에 대해 그는 얼핏 그가 몹시 아프고 제 정신이 아니라는 말을 들었다. 이 달 마지막 주에 이반도 매우 몸이 좋지 않았다. 그는 카테리나 이바노브나가 모스크바에서 초빙해 온 의사에게 진찰을 받으러 다니고 있었다. 바로 이때 카테리나 이바노브나와 그의 관계는 극도로 긴장되어 있었다. 카테리나 이바노브나가 잠깐 동안이지만 강렬하게 미챠에게 돌아간 것이 이반을 완전히 광분시켰던 것이다. 그럼에도 불구하고 재판 열흘 전에 그는 미챠에게 가서 도주 계획을 제안했다. 그는 미챠의 도주를 성사시키기 위해서 자기 쪽에서 3만 루블을 희생할 결심을 했다. 그때 미챠에게서 돌아오면서 그는 우울하고 혼란스러웠다. '내가 마음속에서 똑같은 살인자이기 때문일까?' 뭔가 타는 듯한 것이 그의 마음을 찔렀다. 알료샤와의 대화 후에 갑자기 스메르쟈코프에게 가기로 결심하고서 이반은 '이번에는 그놈을 죽일지도 몰라.'라고 생각했다.

스메르쟈코프와의 세 번째이자 마지막 만남

손에 초를 들고 문을 열어주러 달려 나온 마리야 콘드라티예브나는 현관에서 스메르쟈코프가 매우 아프다고 그에게 속삭였다. 누워있는 정도가 아니라 거의 제정신이 아닌 것 같다는 것이었다. 이반 표도로비치는 문을 열고 오두막으로 들어섰다.

스메르쟈코프는 침대에 앉아 있었다. 그는 앉아서 아무것도 하지 않고 있었던 것 같았다. 그는 이반 표도로비치가 온 것에 조금도 놀라지 않는 눈치였다. 그는 얼굴이 매우 변해 있었다. 몹시 여위었고 누레져 있었다. 눈은 움푹 들어가고 눈 밑은 퍼레져 있었다.

"그래 정말 아픈가 보구나? 너를 오래 붙들고 있지는 않겠다. 나는 단지 질문 하나를 하려고 온 거야. 대답을 듣지 않고는 가지 않겠다. 너한테 카테리나 이바노브나가 왔었나?"

스메르쟈코프는 오랫동안 침묵하더니 갑자기 손을 휘젓고는 얼굴을 돌려버렸다.

"뭐, 오셨습니다만 도련님한테는 아무래도 상관없잖습니까."

"아니야. 말해 봐, 언제 왔었지?"

스메르쟈코프는 이반에게 얼굴을 다시 향하고는 증오에 가득찬 시선으로 그를 쳐다보았다.

"도련님이 아프신 것 같은데요. 얼굴이 마르신 게 아주 말이 아니시네요. 많이 괴롭기라도 하신 건가요?"

그는 경멸하듯 미소를 짓더니 갑자기 웃음을 터뜨렸다.

"왜 저에게 들러붙으시는 겁니까요? 왜 저를 괴롭히십니까?" 고통스러워하며 스메르쟈코프는 말했다.

"질문에나 대답해. 그럼 곧 갈 테니까."

"뭘 그리 불안해하십니까?" 내일 재판이 시작돼서 그

러십니까? 도련님께는 아무 일도 없을 겁니다. 집에 가셔서 편안히 주무세요. 아무것도 겁내지 마세요."

"나는 네 말을 이해 못하겠다... 내가 내일 뭘 두려워한다는 거냐?" 이반은 놀라서 이 말을 입 밖에 냈다. 그런데 정말로 갑자기 어떤 경악이 차갑게 그의 영혼에 불어 닥쳤다.

"이-해-하지 못하신다고요?" 그는 질책하듯이 길게 늘여 말했다.

"제 말은 도련님이 두려워하실 게 없다는 겁니다. 도련님에 대해서는 아무것도 증언하지 않겠습니다. 물적 증거가 없습니다. 이런, 손을 떠시네요. 집으로 가세요. 도련님이 죽이신 게 아닙니다."

"내가 아니란 건 나도 알고 있다..."

"아신-다-고-요?"

이반은 벌떡 일어나 그의 어깨를 움켜쥐었다.

"말해 전부, 독사 같은 놈! 다 말하라고!"

스메르쟈코프는 전혀 놀라지 않았다.

"그렇다면 도련님께서 죽이신 겁니다." 그는 격분하여 속삭였.

"도련님이 죽이셨어요. 도련님이 주범입니다. 저는 단지 도련님의 충복이었을 뿐이지요. 도련님의 말씀대로 이 일을 저지른 겁니다."

카라마조프 형제들 451

"저질렀다고? 그럼 정말 네가 죽였단 말이냐?" 이반은 오싹해졌다.

무언가가 그의 뇌 속에서 흔들리는 것 같았고 그는 차가운 전율을 느끼며 온몸을 떨었다. 그러자 스메르쟈코프도 놀라서 그를 쳐다보았다.

"정말로 도련님은 아무것도 모르셨습니까?" 그는 믿을 수 없다는 듯이 중얼거렸다.

"알겠니. 난 네놈이 꿈은 아닌가 겁이 난다. 내 앞에 앉아 있는 게 유령은 아닌지."

"어떤 유령도 없습니다요. 우리 둘 말고는. 그리고 또 다른 제 삼자 말고는. 여기 지금 틀림없이 그 제 삼자가 우리 사이에 있습니다."

"그게 누구야? 누가 있다는 거야? 누가 제 삼자야?"

"그 제 삼자는 신입니다요. 그의 섭리입죠. 그것이 지금 우리 옆에 있는 겁니다요."

"네놈은 미쳤던지 지난 번처럼 나를 놀리는구나!"

스메르쟈코프는 여전히 탐색하듯이 이반을 관찰했다. 그에게는 이반이 '모든 것을 알고' 있으면서도 '그에게만 뒤집어씌우려는' 것으로 보였다. 그는 탁자 밑에서 자신의 왼쪽 다리를 끌어당겨 바지를 걷어 올리기 시작했다. 다리에는 길고 흰 양말이 신겨 있었다. 서두르지 않으면서 스메르쟈코프는 양말 속에 자신의 손가락을 깊숙이

집어넣었다. 이반 표도로비치는 미칠 듯한 공포를 느끼며 스메르쟈코프를 바라보았다. 그는 손가락으로 뭔가를 잡아 끄집어내려고 애쓰는 것처럼 양말 속을 계속 뒤졌다. 이반 표도로비치는 그것이 어떤 종이 뭉치인 것을 보았다. 스메르쟈코프는 그것을 끄집어내서 탁자 위에 놓았다.

"자 여기 있습니다요!" 그는 조용히 말했다.

"뭐가?" 이반은 떨면서 답했다.

"한번 보십쇼."

이반은 탁자 쪽으로 걸어가 꾸러미를 잡고 펼치기 시작했다.

"도련님 손가락이 계속 떨리는뎁쇼." 스메르쟈코프는 직접 종이를 펼쳤다. 백 루블 짜리 무지갯빛 지폐 세 묶음이 나왔다.

"3천 루블 전부입니다요. 받으십쇼." 이반은 의자에 털썩 주저앉았다. 그는 하얗게 질려 있었다.

"정말로, 정말 지금까지 모르셨던 겁니까?"

"그래, 몰랐어. 나는 계속 드미트리라고 생각했었어. 형! 형! 아!" 그는 두 손으로 머리를 움켜쥐었다. "너는 혼자 죽였니? 형 없이 아니면 형과 함께야?"

"도련님하고만 함께 죽였습죠. 드미트리 표도로비치는 죄가 없습니다요."

"좋아, 좋아... 나에 대해서는 나중에 얘기해. 왜 난 이렇게 떨리는 거지... 말도 할 수가 없어."

"그때는 그렇게 용감하셨습죠. '모든 것이 허용된다'고 하셨습죠. 그리고는 지금 이렇게 놀라시다니요!" 스메르쟈코프는 놀라며 중얼거렸다.

"내 얘긴 나중에 하자. 앉아서 말해 봐. 어떻게 한 거지? 전부 말해..."

"어떻게 했냐굽쇼? 도련님께서 말씀하신 대로 가장 자연스러운 방식으로 했습죠."

"내 말에 대해서는 나중에." 이반은 이제 완전히 자신을 자제한 듯했다. "자세히 말해. 순서대로 다. 아무것도 빼먹지 말고."

"도련님께서 떠나시고 저는 지하실로 떨어졌습죠..."

"발작이었냐 아니면 발작을 가장한 거냐?"

"가장한 것이었습죠. 계단에서 침착하게 내려와 조용히 누워서 소리를 지르기 시작했습죠."

"병원에서도 계속 흉내를 낸 거냐?"

"아닙니다요. 다음날 아침, 병원에 가기 전에 진짜 아주 심한 발작이 일어났습니다. 이틀 동안 완전히 정신을 잃었지요. 밤에는 신음하면서 드미트리 표도로비치를 기다렸습니다요. 이날 밤 오실 거라는 걸 조금도 의심하지 않았으니까요."

"만약 오지 않았다면?"

"그럼 아무 일도 일어나지 않았을 겁니다요. 그분이 없었으면 감행하지 못했을 겁니다."

"좋아... 아무것도 빠뜨리지 말고 더 이해하기 쉽게 얘기해."

"저는 그분이 표도르 파블로비치를 죽이기를 기다렸습니다요..."

"잠깐, 만약 형이 죽였다면 돈을 가져갔을 텐데. 그럼 너한테는 뭐가 남지?"

"그분은 절대 돈을 찾지 못하셨을 겁니다요. 돈이 매트리스 밑에 있다고 한 건 사실이 아니었습죠. 전에 귀중품 함에 있었고 그대로 있었습죠. 제가 나중에 표도르 파블로비치께 이 돈뭉치를 성상 뒤 구석에 옮겨두시라고 조언해 드렸지요. 그래서 거기 놓여 있었습니다요. 그러니까 드미트리 표도로비치가 살인을 저질렀더라도 아무것도 찾지 못하고 도망갔거나 체포되었을 겁니다요. 그러면 저는 언제든지 성상 뒤에서 이 돈을 가져갈 수 있었던 겁니다요. 모든 건 드미트리 표도로비치가 뒤집어 썼을 겁니다."

"잠깐... 혹시 죽인 건 역시 드미트리고 너는 돈만 가져간 거냐?"

"아닙니다. 그분이 죽이지 않았습니다요. 저는 도련님

앞에서 거짓말을 하고 싶지 않습니다. 도련님이 모든 것에 죄가 있습니다요. 살인에 대해 아시고도 저에게 죽이라고 맡기셨으니까 말입니다요. 여기서 주 살인자는 도련님입니다요. 제가 죽이긴 했지만 저는 주범이 아니란 말입니다. 도련님이 법적인 살인자입니다!"

"왜, 왜 내가 살인자란 말이냐? 여전히 체르마시냐 때문이냐? 말해 봐, 왜 너한테 내 동의가 필요했는지?"

"도련님이 동의한다는 걸 확신하면 도련님이 저를 다른 사람들에게서 보호해 주실 거라고 알 수 있을 테니까요... 그리고 유산을 받고 나서 나중에 저에게 보상을 해주실 수 있고요. 왜냐하면 저를 통해 이 유산을 받으시는 거나 마찬가지니까요."

"너는 나를 평생 괴롭힐 작정이었구나!" 이반은 이를 갈았다.

"계속해봐, 그날 밤에 대해서."

"저는 누워서 주인 어른이 소리치는 걸 들었습니다. 그리고리 바실리예비치가 그 전에 갑자기 일어나서 나가더니 비명을 지르고는 조용해졌지요. 저는 마침내 일어나서 갔습니다요. 가만히 귀를 기울여보니 주인 어른이 살아 있었습죠. 창문 쪽으로 가서 주인어른께 소리쳤습니다. "접니다." "그놈이 왔다, 왔다가 도망갔어! 그리고리를 죽였다!" "어디서요?" "저기, 구석에서." 저는 가서 담장 옆에서 그리고리 바실리예비치를 찾았습니다. 온통 피투성이가 되어 의식을 잃은 채 누워 있었지요. 저는 즉시 모든 걸 끝내야 한다고 갑자기 결심했습니다요. 그리고리 바실리예비치가 살아 있다해도 의식이 없이 누워 있으니 아무것도 보지 못할 테니까요. 저는 다시 창문으로 가서 말했습니다. "그분이 여기 오셨습니다. 아그라페나 알렉산드로브나가 오셔서 들어가기를 청하십니다." "어디? 어디냐?" "저기 서 계십니다. 문을 열어주십시오!" 주인님은 창문으로 저를 보면서 문을 여는 걸 두려워하셨습니다. 나를 두려워하는구나 생각했지요. 갑자기 저는 그루셴카가 왔다는 신호를 생각해 냈습니다. 제가 신호를 두드리자마자 주인님이 곧 달려와 문을 열어주었습니다. 제가 안으로 들어가려니까 "그 여자가 어디 있니, 어디 있어?"하며 저를 보고 떨었습니다. 저는 속삭였습니다. "저기, 창문 밑에 계십니다. 못 보셨어요?" "네가 데려와라, 네가 데려와!" "두려워하고 계세요. 큰 소리에 놀라 관목에 숨으셨어요. 가셔서 직접 부르세요." 그러자 주인님은 달려가서 창문에 초를 올려놓고 "그루셴카, 그루셴카, 어디 있는 거냐?"하고 소리쳤습니다. "저기, 저기 관목 속에 계십니다. 나리를 보고 웃고 계신데 보이세요?" 갑자기 그 말을 믿고 주인님은 떨면서 몸을 창문 밖으로 쑥 내밀었습니다. 그때 저는 탁자 위에 있던 주철 문진을 집어서 뒤에서 정수리를 향해 휘둘렀습니다. 소리조차 지르지 못하시더군요. 저는 두 번, 세 번 내리쳤습니다. 주인님은 얼굴을 위로 하고 갑자기 벌렁 나자빠졌습니다. 온통 피범벅이었지요. 저는 문진을 닦아 제자리에 놓고 성상 뒤로 가서 봉투에서 돈을 꺼내고 봉투는 바닥에 내던졌습니다. 벌벌 떨면서 정원으로 나갔지요. 곧장 구멍 난 사과나무로 가서 거기에 오래 전에 준비해 둔 종이와 천조각에 돈을 싸서 깊이 쑤셔넣어 두었습니다. 그 후 병원에서 나와서 꺼낸 겁니다. 저는 침대로 돌아와서 마르파 이그나티예브나를 빨리 깨우기 위해 신음소리를 내기 시작했습니다. 그녀는 저에게 달려왔다가 그리고리 바실리예비치가 없는 걸 알고는 달려 나갔습니다. 그리고 정원에서 비명을 지르는 소리가 들렸습니다. 뭐, 밤새 일은 이렇게 된 겁니다."

이야기가 끝났다. 이반은 죽음 같은 침묵 속에서 내내 듣고만 있었다. 스메르쟈코프는 이야기를 끝내고 나서 힘겹게 숨을 내쉬었다. 그의 얼굴에는 땀이 났다. 그러나 그가 후회를 느끼고 있는지 아닌지는 도무지 짐작할 수 없었다.

"그럼 문은 어떻게 된 거지? 아버지가 너한테만 문을 열어주었다면, 어떻게 너보다 먼저 그리고리가 문이 열린 것을 볼 수 있었지?"

"그리고리 바실리예비치가 문이 열려 있는 것을 본 것 같다는 것은 그렇게 생각된 것뿐입니다. 사람이 아니라 고집 센 노새입죠. 보았다고 생각하는 거예요. 어찌해볼 도리가 없어요. 그런 생각을 해 냈으니 도련님과 저한테는 행운이 굴러온 셈이죠."

이반은 방 안을 거닐고 싶어서 자기에서 일어났다. 그는 무서운 우수에 빠져있었다. 그는 아까처럼 미친 듯 흥분해서 갑자기 소리를 지르기 시작했다.

"들어봐, 불행하고 멸시받아 마땅한 놈아! 너는 정말 이해하지 못하는가 본데, 내가 너를 지금까지 죽이지 않은 건 단지 내일 재판에서 증언하라고 너를 지켜주고 있기 때문이야. 신이 보고 있어." 이반은 한 손을 위로 올렸다. "어쩌면 나는 정말로 아버지가 죽기를... 몰래 바랐을지도 몰라. 그렇지만 나는 네가 생각하는 것처럼 그렇게 죄가 크지는 않아. 어쩌면 전혀 너를 부추기지 않았을지도 몰라. 아니, 아니, 부추기지 않았어! 그래도 마찬가지야. 나는 내일 재판에서 모든 걸 다 말하겠다. 우리는 함께 출두한다! 난 네놈이 두렵지 않아. 내 자신이 모든 걸 확증해 주겠다! 그렇지만 너도 법정에서 자백해야만 해! 그래야 해, 꼭 그래야 한다. 함께 가는 거다!"

"도련님은 편찮으세요, 아주 편찮으십니다요. 눈이 완전히 노랗습니다요." 스메르쟈코프는 마치 동정하듯이 말했다.

"같이 가는 거다! 네놈이 안 간다면, 나 혼자라도 자백하겠다."

"도련님은 가지 않으실 겁니다요. 모든 것을 자백하신다면, 너무 수치스러우실 겁니다요. 저는 그런 말을 한 적이 결코 없다고 말할 겁니다요. 그럼 누가 도련님을 믿겠습니까, 무슨 증거가 하나라도 있습니까?"

"너는 나를 확신시키려고 지금 이 돈을 보여주었잖아."

"이 돈은 가져가십쇼."

"물론 가져갈 거다! 그런데 돈 때문에 죽인 거라면 왜 나에게 내주는 거지?"

"저한테 돈은 전혀 필요 없습니다요." 스메르쟈코프는 떨리는 목소리로 손을 내저으며 말했다. "전에는 그 돈으로 새 인생을 시작하려는 생각이 있었습죠. 모스크바나 외국에서. 그런 꿈이 있었습죠. '모든 것이 허용된다'고 하셨으니까요. 무한한 신이 없다면, 어떤 선행도 없고, 아예 필요도 없다고 도련님이 저에게 가르쳐 주셨습죠."

"네 머리로 그걸 이해했다고?" "도련님의 지도를 받아서였습죠. 그때는 모든 것이 허용된다고 말씀하시더니, 이제는 왜 그렇게 불안해하시는 겁니까? 스스로를 고발하러 가고 싶어 하시다니… 다만 그런 일은 없을 겁니다!"

"두고 봐!"

"도련님은 아주 영리하십니다요. 돈을 좋아하시죠. 존경받는 것도 좋아하시고요. 여성의 매력도 아주 좋아하십니다. 그런 수치를 법정에서 겪고나서 영원히 인생을 망치고 싶지는 않으실 겁니다. 도련님은 표도르 파블로비치와 가장 많이 닮으셨어요. 그분과 영혼이 하나입죠."

"네 놈은 어리석지 않구나. 전에는 네가 어리석다고 생각했지. 지금 넌 진지하구나!" 이반은 갑자기 스메르쟈코프를 새로 보게 된 듯 말했다. 그는 지폐 세 묶음을 받아 주머니에 집어넣었다.

"내일 법정에서 이걸 보여주겠다."

"아무도 믿지 않을 겁니다요."

이반은 자리에서 일어났다.

"내일 보자!"

"잠깐만요… 그걸 한 번 더 보여 주십시오."

이반은 지폐를 꺼내어 그에게 보여 주었다. 스메르쟈코프는 10초가량 그것을 바라보았다.

"자, 가십시오." 그는 팔을 휘젓고 말했다. "이반 표도로비치!" 그는 갑자기 뒤에서 다시 불렀다.

"무슨 일이야?"

"안녕히 가십쇼!"

"내일 보자!" 이반은 다시 소리치고 오두막에서 나왔다.

이반은 갑자기 휘청거리기 시작했다. 어떤 기쁨 같은 것이 그의 영혼으로 들어왔다. 최근 그를 그토록 괴롭히던 동요가 끝난 것이다! 결정은 내려졌고 '더 이상 변하지 않을 것이다'라고 그는 행복을 느끼며 생각했다. 집에 거의 도착한 그는 갑자기 뜻밖의 질문 앞에 멈춰 섰다. '지금 당장 검사에게 가서 모든 것을 알려야 하는 것은 아닐까?' 그는 다시 집 쪽으로 방향을 돌리면서 질문에 답을 내렸다. '내일 모든 것을 한번에 하자!' 그런데 이상하게도 모든 기쁨이 한 순간에 사라져버렸다. 그가 방에 들어서자 뭔가 얼음 같은 것이 갑자기 그의 심장을 건드렸다. 그는 지쳐서 소파에 털썩 주저앉았다. 그는 소파에 앉아 현기증을 느꼈다. 잠이 들기 시작했지만 불안해하며 일어나 방 안을 돌아다녔다. 다시 앉아 그는 무엇인가를 찾는 듯 주위를 둘러보기 시작했다. 마침내 그의 시선은 뚫어져라 한 점을 향했다. 그는 오랫동안 자리에 앉아서 아까 보았던 점, 맞은 편 벽 앞에 놓인 소파를 곁눈질로 쳐다보았다. 거기에 있는 무엇인가가 그를 짜증나게 하고 불안하게 하고 괴롭히는 것 같았다.

악마, 이반 표도로비치의 악몽

 나는 의사는 아니지만 이반 표도로비치의 병의 속성에 대해 무엇이라도 설명해야 할 순간이 왔다고 느낀다. 그는 이 저녁에 섬망이 일어나기 직전의 상태에 놓여 있었다. 그 병은 오래 전부터 손상되었으나 끈질기게 저항해 온 그의 정신 조직을 마침내 완전히 장악해 버렸다. 그는 카테리나 이바노브나가 모스크바에서 초빙해 온 의사에게 한번 갔는데, 의사는 그의 말을 듣고 진찰을 한 뒤 그의 뇌가 손상된 것 같다는 결론을 내렸다. "당신 상태에서는 환각도 충분히 가능합니다."라고 의사는 결론지었다. "일각도 지체하지 말고 진지하게 치료를 시작해야 합니다." 그러나 이반 표도로비치는 치료를 받으라는 말을 무시했다. "걸어 다니고 있잖아, 아직 힘도 있고."
 그는 지금 의식이 흐릿하다는 것을 스스로 거의 의식하면서도 맞은 편 소파 위에 있는 어떤 물체를 집요하게 바라보고 있었다. 거기에는 누군가가 앉아 있었다. 그는 어떤 신사, 더 정확히 말하자면 잘 알려진 류의 러시아 젠틀맨이었다. 이미 젊지 않은 나이로 오십이 될 듯 말 듯 했다. 신사는 농노제 시대에 번영을 누렸던, 육체노동을 하지 않는 지주 부류에 속하는 것 같았다. 그는 한

때 연줄도 있었지만 얼마 전 농노제 폐지[03] 이후로 점점 가난해져서 선량한 옛 지인들 집을 떠돌아다니는 식객 같은 처지가 되어버린 게 분명했다. 이반 표도로비치는 적의에 차서 침묵을 고수하며 입을 열고 싶어 하지 않았다. 손님은 주인이 시작하기만 하면 어떤 친절한 대화라도 나눌 준비가 되어 있는 것 같았다. 갑자기 그의 얼굴이 어떤 뜻밖의 염려라도 있는 듯한 표정을 띠었다.

"이봐," 그는 이반 표도로비치에게 말을 걸기 시작했다. "자네는 나를 이제 단지 자네의 환상이 아니라 조금씩 실제로 있는 뭔가로 받아들이기 시작하는 것 같군."

"단 한 순간도 너를 실제로 존재하는 진실로 받아들인 적이 없어. 너는 거짓이야. 내 병이고 환영이야. 너는 내 환각이야."

"내가 자네를 폭로해 보겠네. 아까 가로등 옆에서 알료샤에게 '그놈이 내게 오는 걸 어떻게 알았지?'라고 소리쳤을 때 말이네. 그건 나에 대해 기억한 것이잖은가. 짧은 한 순간이나마 내가 정말로 존재한다고 믿었던 거지."

"그래, 그건 본성의 약점 때문이었어... 그러나 난 너를 믿을 수 없어. 나는 어쩌면 꿈에서만 너를 보았을지도 몰라..."

---

03 1861년에 있었던 농노 해방을 가리킨다.

"그런데 자네는 지난 번보다는 오늘 나에게 훨씬 더 친절하군. 나는 왜인지 이해하네. 위대한 결심 때문이지... 자네는 내일 형을 변호하러 스스로를 희생하러 가는 거니까..."

"입 닥쳐!"

"이봐, 친구, 나는 그래도 신사이고 싶고 나를 그렇게 받아들였으면 해. 보통 사회에서는 내가 타락한 천사라는 게 자명한 사실로 받아들여지고 있어. 맙소사, 내가 한때 어떻게 천사일 수 있었는지 상상이 되지 않아. 지금은 그저 유쾌한 사람이 되려고 노력하며 살고 있지. 나는 사람들을 진심으로 사랑한다네. 오, 사람들은 많은 점에서 나를 중상해 왔지만 말이네! 나는 자네들의 지상의 리얼리즘을 좋아한다네. 게다가 지상에서 나는 미신적이 된다네. 내 꿈은 말이네. 어떤 뚱뚱한 상인 마누라로 육화(肉化)해서 그 여자가 믿는 것을 다 믿는 것일세. 내 이상은 말일세. 교회로 들어가 순결한 마음으로 초를 꽂아놓는 거라네. 그러면 내 고통도 끝날 테니까. 내 운명은 정말 심각하다네. 내가 결코 이해할 수 없는 시간 이전에 부여된 사명에 따라 나는 '부정'하도록 정해졌네. 그런데 나는 진심으로 선량해서 부정에는 전혀 적합하지가 않다네. 그러나 부정이 없으면 비평이 없을 것이고, 비평이 없으면 '호산나'만 있게 되겠지. 그렇지만 삶은 '호산나'만으로는 부족하지. '호산나'가 있으려면 의심의 용광로를 통과해야 하는 거야. 우리는 이 코미디를 이해한다네. 나로 말하자면 솔직하고도 단순하게 나를 없애주기를 바라고 있다네. 그런데 사람들은 '아니, 살아라, 네가 없이는 아무것도 일어나지 않을 테니까' 라고 하지. '너 없이는 어떤 사건도 일어나지 않을 거다, 그렇지만 사건은 일어나야 한다'는 거지. 그래서 나는 마음을 굳게 먹고 사건이 일어나도록 봉사하고 있는 거라네. 뭐 사람들은 물론 고통당하지만... 그럼에도 살아가고 있어. 환상적으로가 아니고 실제적으로 살고 있는 거야. 왜냐하면 고통이 곧 삶이니까. 고통이 없다면 삶에 무슨 만족이 있겠나. 그런데 나는? 나는 고통당하고 있지만 여전히 사는 게 아니야. 나는 부정방정식의 x지. 나는 어떤 삶의 환영이야. 나는 다시 말하지만, 상인 마누라의 영혼으로 육화해서 하느님 앞에 초를 꽂아드릴 수만 있다면 저 높은 별 위의 삶, 모든 지위와 명예를 다 내어주겠네."

"너도 신을 믿지 않는 거냐?" 이반은 증오에 차서 미소를 지었다.

"자네에게 어떻게 말해야 할까, 자네가 진지하기만 하다면야..."

"신은 있는 거냐, 없는 거냐?"

"아, 그럼 자네는 진지한 건가? 에이, 나는 모르네."

"모르면서 신을 본다고? 아니야, 너는 존재하는 게 아니야. 너는 나야. 너는 나의 환상이라고!"

"Je pense donc je suis(나는 생각한다, 고로 나는 존재한다),[04] 이 말은 나도 알아. 나머지 내 주위의 모든 것, 이 모든 세계, 하느님, 심지어 나 자신인 사탄조차도 내게는 증명되지 않았어. 그것이 독자적으로 존재하는 것인지, 아니면 단지 나의 유출(流出), 시간 이전에 존재하는 나의 순차적인 발전에 지나지 않는 것인지…"

"차라리 무슨 일화나 들려주지 그래!" 이반은 병적으로 말했다.

"우리 주제에 딱 맞는 일화가 있다네. 일화라기보다는 전설이지만. 자네는 '보면서도 믿지 않는다'고 나의 불신을 책망하지만, 나만 그런 건 아니라네. 이 전설은 천국에 대한 거라네. 여기 자네들의 지상에 한 사상가이자 철학자가 있었다네. 그는 '모든 것, 법, 양심, 신앙을 부정했고' 제일 중요한 건 내세를 부정했다지. 그가 죽어서 곧장 암흑과 죽음으로 들어가겠구나 생각했는데 웬걸, 그의 앞에 내세가 나타난 걸세. 그는 놀라고 분노했다네. '이건 내 신념에 반하는 일이야.'라고 말했지. 그래서 그것 때문에 형벌을 선고 받았는데… 그 형벌이란 게 암

---

04 프랑스 철학자 데카르트의 유명한 명제

흑 속에서 천조 킬로미터를 걸어가라는 것이었네. 이 천조 킬로미터가 끝나면 천국의 문이 열리고 모든 것을 용서받을 거였지..."

"너희들의 저 세상에는 천조 킬로미터 외에 어떤 고통이 있지?"

"어떤 고통이 있냐고? 예전에는 온갖 것이 있었지만 지금은 도덕적인 것이 점점 많아졌네. '양심의 가책'이니 하는 헛소리뿐이지. 고대의 불 심판이 차라리 나을 지경이네. 어쨌든 이 사람은 잠깐 서서 바라보고는 길에서 가로로 누워버렸네. '가고 싶지 않아. 원칙 때문에 가지 않겠어!'라면서 말이야."

"잘했어!" 이반은 소리쳤다. 이제 그는 뜻밖의 호기심을 느끼며 듣고 있었다.

"그래 지금도 누워 있나?"

"근데 그게 아니라네. 그는 거의 천 년을 누워 있다가 그 다음에 일어나서 걸어가기 시작했다네."

"당나귀 같은 놈! 영원히 누워 있든지 천조 베르스타를 걷든지 마찬가지 아닌가? 10억 년은 걸어야 할 테지?"

"그런데 그는 이미 오래 전에 도착했다네. 일화는 여기서 시작되지."

"도착했다고! 그래서 어떻게 됐지?"

"그에게 천국의 문이 열리고 그는 들어서자마자 2초도 지나지 않아서 외쳤다네. 이 2초를 위해서라면 천조 킬로미터가 아니라 천조의 천조 배, 거기에 또 천조 배라도 걸을 수 있다고 말일세! 한마디로 '호산나'를 부른 거지."

"그 일화는 내가 직접 지은 거야! 그때 나는 열일곱 살이었어. 모스크바에 있을 때였지. 그 일화는 너무나 특이해서 어디서도 가져올 수 없었어. 나는 잊어버리고 있었는데... 그런데 지금 무의식적으로 떠올랐어. 네가 얘기해줘서가 아니야! 수천가지 일들이 가끔 무의식적으로 떠오르곤 하지... 꿈에서도 떠올라. 그러니 너는 그 꿈이야! 너는 꿈이고 존재하지 않아!"

"자네가 이렇게 열을 내서 나를 거부하는 걸 보니 자네가 역시 나를 믿는다는 확신이 드는군."

"전혀! 백분의 일도 믿지 않아!"

"그렇지만 천분의 일은 믿겠지. 만분의 일은 믿는다고 인정하게..."

"한 순간도 믿지 않아!" 이반은 격분해 소리쳤다. "그렇지만 나는 너를 믿고 싶어!"

"동요, 불안, 믿음과 불신의 투쟁은 자네같이 양심적인 인간에게는 때로 너무나 큰 고통이지. 나는 자네를 믿음과 불신 사이에서 끊임없이 오가도록 하고 있네. 새로운 방법인 셈이지. 내가 자네에게 단지 아주 작은 믿음의 씨앗을 뿌리면 거기서 참나무가 자라날 걸세. 참나무가 어찌나 큰지 자네는 거기 앉아 '황야의 은둔자들과 순결한 여인들'05의 대열에 들어가고 싶어질 걸세. 자네는 몰래 그것을 몹시, 매우 원하고 있으니까. 메뚜기를 먹고 06 광야에서 구원받기 위해 느릿느릿 돌아다닐 걸세!"

"광대같은 놈! 너는 언젠가 그런 사람들, 메뚜기를 먹고 17년 동안 아무것도 없는 광야에서 기도하는 사람들을 유혹해본 적이 있나?"

"나는 그런 일만 해왔는 걸. 온세상을 다 잊고 그런 한 사람에게 달라붙지. 왜냐하면 그런 다이어몬드는 아주 귀한 거니까. 그런 영혼은 때로 성좌 전체만한 값어치가 있지. 그런 승리는 값지다네! 그런 사람들은 믿음과 불신의 심연을 한 순간에 관조할 수 있어서 어떨 때는 머리카락 하나만 잡아당기면 사람이 '곤두박질'칠 것 같이 느껴지기도 하지. 본성이, 본성의 진리가 승리하는 거야!"

"너랑 있는 게 지겨워. 참을 수 없이 괴로워! 네 놈을 쫓아낼 수만 있다면!"

---

05 отцы пустынники и жены непорочны. 푸시킨의 시 구절을 인용한 것이다.

06 복음서에서 세례 요한이 광야에서 메뚜기를 먹었다는 내용을 암시하고 있다.

"자네는 내가 아름다운 빛 속에서가 아니라 이렇게 볼품없는 모습으로 나타나서 정말 나에게 화가 났군. 이렇게 위대한 사람에게 어떻게 이런 속된 악마가 찾아올 수 있냐는 거지? 어쩌겠나. 메피스토펠레스가 파우스트에게 나타났을 때 그는 악을 원하지만 오직 선만을 행한다[07]고 자신에 대해 증언했지. 나는 정반대일세. 나는 어쩌면 진리를 사랑하고 선을 진정으로 원하는 자연 전체에서 유일한 사람일지도 모른다네. 나는 십자가에서 죽은 말씀[08]이 오른쪽에서 못 박힌 강도의 영혼을 자신의 가슴에 품고 하늘로 올라갈 때, 그 자리에 있었네. 그리고 '호산나'를 노래하며 큰 소리로 외치는 게루빔의 기쁨에 찬 소리와 세라핌[09]의 우레 같은 울부짖음을 들었지. 나도 그 합창에 합류해 모두와 함께 '호산나!'를 외치고 싶었다네. 그렇지만 오, 내 본성의 가장 불행한 속성인 상식이 나를 자제시켰지! 나는 그 순간 생각했다네. 내가 '호산나'를 부르면 그 후에는 어떻게 되는 걸까? 그러면 곧바로 세상의 모든 것이 스러져버려 어떤 사건도 일어나지 않게 되겠지. 그래서 오직 봉사의 의무와 내 사회

---

07 괴테의 『파우스트』에서 메피스토펠레스가 "나는 항상 악을 원하지만 항상 선을 행하는 힘의 일부이다."라고 한 말을 인용한 것이다.
08 예수 그리스도를 의미한다.
09 게루빔과 세라핌은 각각 천사의 등급을 의미한다.

적 지위 때문에 나는 내 속에 일어난 훌륭한 순간을 억눌러버릴 수밖에 없었네. 세상의 모든 존재 중에서 왜 나 혼자만이 저주를 받는 운명에 처해진 걸까? 나는 여기에 비밀이 있다는 것을 알고 있지만, 그 비밀을 무슨 일이 있어도 내게 알려주려 하지 않는단 말이야. 왜냐하면 내가 무엇이 문제인지를 알아채고 '호산나'를 크게 외치면 곧바로 필수불가결한 마이너스가 사라질 테고 그와 더불어 분명 모든 것에 끝이 올 테니까. 나는 결국은 내 천조 킬로미터를 걸어가서 비밀을 알아낼 걸세. 그러나 그 일이 일어날 때까지는 마음을 굳게 하고 내 사명을 수행하겠네. 한 사람이 구원받기 위해 수천 명을 파멸시키는 거지. 한 사람의 의로운 욥을 얻기 위해 얼마나 많은 영혼을 파멸시켜야 했는지! 그래, 비밀이 밝혀질 때까지는 내게는 두 개의 진리가 존재한다네. 하나는 내게 지금은 전혀 알려지지 않은 저곳, 그들의 진리고 다른 하나는 나의 진리지... 자네 잠들었나?"

"무슨 소리," 이반은 악의에 차서 신음했다. "나는 너 같은 하인이었던 적은 없었어. 어떻게 내 영혼에서 너 같은 하인 놈이 태어날 수 있었을까?"

"이봐 친구, 나는 '대심문관'이라는 제목의 서사시를 쓴 아주 매력적인 한 러시아 지주 도련님을 알고 있지.... 나는 그만을 염두에 두고 있었어!"

"네가 '대심문관'에 대해서 얘기하는 걸 금지한다." 이반은 수치로 온통 얼굴이 붉어져서 소리쳤다.

"아니, 미안하지만 말하겠네. 이런 만족을 나에게 주려고 온 거니까. 자네는 지난 봄에 이곳으로 오면서 이런 결론을 내렸지. '저기 새로운 사람들이 있다. 그들은 모든 것을 파괴하고 식인(食人)에서 다시 시작할 생각을 하고 있다. 내 생각에는 아무것도 파괴할 필요가 없고 단지 인류 속에 있는 신에 대한 관념만 파괴하면 돼. 이것에서, 이것에서 시작하는 거야. 인류가 하나같이 신을 거부하기만 하면, 모든 이전의 세계관이 무너지고 완전히 새로운 것이 도래할 거야. 인간은 신적이고 거인적인 오만함으로 높아져서 인신(人神)이 나타나게 될 거다. 모든 사람은 자신이 죽을 운명이라는 것과 부활이 없다는 것을 알고 신처럼 자부심을 가지고 평온하게 죽음을 받아들일 거다'...기타 등등, 기타 등등. 내 젊은 사상가는 생각했네. 이제 문제는 그런 시기가 언젠가 도래하는 것이 가능할 것인가, 아닌가이다. 만약 천 년이 지나도 안 된다면, 진리를 인식하고 있는 모든 사람에게는 '모든 것이 허용되는' 것이다. 만약 그런 시기가 결코 도래하지 않는다해도, 신과 영혼불멸은 어쨌거나 없기 때문에 전 세계에서 비록 한 사람만이라도 인신이 되는 것이 허용되는 것이다. 그는 필요하다면 예전 노예 인간의 모든 도덕적 장벽을 가벼운 마음으로 뛰어넘을 수 있는 것이다. 신에게는 법이라는 게 존재하지 않으니까! 내가 서게 될 곳이 최고의 자리가 될 것이다… '모든 것은 허용된다', 이것으로 끝이다!"

손님은 점점 목소리를 높이고 조소하듯 주인을 바라보면서 말했다. 이반은 갑자기 탁자에서 잔을 집어 들어 웅변가에게 힘껏 내던졌다.

"나를 꿈이라고 여기면서 꿈을 향해 잔을 던지다니!" 상대방은 소파에서 벌떡 일어나 손가락으로 차(茶)가 튄 것을 털어내며 소리쳤다.

갑자기 정원 쪽에서 창틀을 집요하게 쾅쾅 두드리는 소리가 울렸다. 이반 표도로비치는 소파에서 벌떡 일어났다.

"저건 자네 동생 알료샤가 뜻밖의 소식을 갖고 온 걸세. 문을 열어 주게."

이반은 창문으로 달려가고 싶었다. 그런데 무엇인가가 갑자기 그의 다리와 팔을 묶어버린 것만 같았다. 창문 두드리는 소리는 점점 더 커졌다. 마침내 묶인 것이 끊어졌다. 이반은 깜짝 놀라 주위를 둘러보았다. 맞은 편 소파에는 아무도 없었다.

"이건 꿈이 아니야! 꿈이 아니었어. 모든 게 방금 있었던 일이야!" 이반 표도로비치는 소리치며 창문으로 달려가 통풍구를 열었다.

"알료샤! 오지 말라고 했는데! 짧게 말해. 무슨 일이야?"

"한 시간 전에 스메르쟈코프가 목을 맸어요."

"현관으로 와. 지금 문을 열어줄게."

"이건 그놈이 말한 거야!"

알료샤는 들어오면서 한 시간 남짓 전에 마리야 콘드라티예브나가 그의 집에 달려와 스메르쟈코프가 스스로 목숨을 끊었다고 알려주었노라고 말했다. 그녀는 마치 미친 사람 같았고 온몸을 덜덜 떨고 있었다. 알료샤가 그녀와 함께 오두막으로 달려갔을 때, 그는 스메르쟈코프가 여전히 목매 있는 모습을 발견했다. 탁자에는 쪽지가 놓여있었다. "누구에게도 죄를 돌리지 않기 위해, 자신의 의지에 따라 기꺼이 스스로 내 생명을 없앤다." 알료샤는 곧바로 경찰서장에게 가서 모든 것을 알렸다. 말을 하는 내내 그는 이반의 얼굴 표정에 나타난 무엇인가에 무척 충격을 받은 듯 이반에게서 눈을 떼지 않았다.

"형, 형은 아주 아픈 것 같아요! 내가 하는 말을 알아

듣지 못하는 것 같아요."

"나는 그놈이 목을 맸다는 걸 알고 있었어."

"누구한테서요?"

"누구한테서인지는 몰라. 그러나 나는 알고 있었어. 맞아, 그놈이 내게 말해줬어. 방금 나한테 말해주었어…"

"그놈이 누구예요?"

"슬그머니 도망쳤지. 그놈은 너한테 겁을 먹은 거야. 너는 '순결한 게루빔'이니까."

"형, 앉아요! 형은 헛소리를 하고 있어요."

"어째서 초가 다 타버린 거지? 지금 몇 시냐?"

"곧 열두시예요."

"아니, 아니, 아니야! 그건 꿈이 아니었어! 그놈은 여기 앉아있었어. 저 소파에."

"형은 누구 얘길 하는 거예요?"

"악마지! 그놈이 나를 자주 찾아왔었어. 그놈은 사탄이 아니야. 그놈은 참칭자[10]야. 그놈은 단지 시시하고 작은 악마야."

알료샤는 빨리 세면대로 달려가 수건을 적시고 이반을 자리에 눕혀 젖은 수건을 그의 머리에 얹었다.

---

10 самозванец. 스스로를 실제와는 다른 어떤 존재라고 주장하는 사람을 말한다.

"나는 내일 카챠 때문에 두려워. 그녀는 내일 나를 버리고 발로 짓밟을 거야. 나는 목을 매진 않을 거야. 알료샤! 알고 있니, 나는 결코 스스로 목숨을 끊을 수 없다는 걸. 나는 겁쟁이가 아니야. 단지 살고 싶은 갈망 때문이지! 나는 어떻게 스메르쟈코프가 목을 맨 걸 알았을까? 그래, 이건 그놈이 말해준 거야..."

"그럼 형은 누군가 여기 앉아 있었다고 확신하는 거예요?"

"저기 구석 소파에. 네가 그놈을 쫓아낸 거야. 네가 나타나자 그놈이 사라졌으니까. 그놈은 나야, 알료샤, 나 자신이라고. 나의 저열하고 비열하고 경멸스러운 모든 것이지! 그놈은 내가 자기를 믿는다고 계속 약을 올렸어. 그렇지만 그놈은 나에 대해 많은 진실을 말했지. 알료샤, 나는 그놈이 정말로 내가 아니라 그놈이길 몹시 바랐어!"

"그럼 그놈을 던져버리고 잊어버려요! 다시는 오지 못하게 해요!"

"그놈은 나에 대해 새빨간 거짓말을 했어. '오, 너는 선의 위업을 실행하러 가는 거로군. 하인이 네 교사를 받고 아버지를 죽였다고 알리려는 거로군...'"

"형, 진정해요. 형이 죽인 게 아니에요. 그건 사실이 아니에요!"

"이건 그놈이 말한 거야. 그놈이 나에 대해 말한 거야."

"그건 그놈이 아니고 형이 말한 거예요!" 알료샤는 슬퍼하면서 소리쳤다. "아파서 스스로를 괴롭히면서 헛소리를 하는 거라고요!"

"아니야, 그놈은 사람을 괴롭힐 줄 알아. 그놈은 잔인해. '이제 스메르쟈코프가 죽었으니 법정에서 누가 자네 말만을 믿겠나? 그래도 자네는 갈 거네. 이런 일이 일어났는데 자네는 도대체 무엇 때문에 가는 거지?' 알료샤, 나는 그런 질문들을 견딜 수가 없어. 누가 감히 내게 그런 질문들을 할 수 있단 말이냐! '무엇 때문에 자네는 그곳으로 어슬렁거리며 가겠다는 건가, 자네의 희생이 아무 짝에도 쓸모없다면 말이네. 자네 스스로도 무엇 때문에 가는지 모르기 때문이지! 그리고 자네는 결심한 것 같나? 아직 결심하지 못했네. 자네는 밤새 앉아서 갈까, 가지 말까 고민하겠지. 그래도 자네는 갈 걸세. 결정은 자네에게 달린 게 아니라는 걸 알고 있지. 감히 가지 않을 수 없을 걸세. 그 이유는 자네가 풀 수수께끼네!' 그놈은 나를 겁쟁이라고 불렀어. 수수께끼의 답은 내가 겁쟁이라는 거야! 카챠는 나를 경멸해. 너도 나를 경멸하지, 알료샤. 이제 네가 다시 미워지는구나. 저 불한당도 증오해, 증오한다! 그 불한당을 구해주고 싶지 않아. 유형지에서 썩으라고 해! 오, 내일 가서 그들 앞에서 모두에게 침을 뱉어주겠다!"

 그는 극도로 흥분해 벌떡 일어나더니 수건을 내던지고 방 안을 걷기 시작했다. 알료샤는 그를 떠나지 않았다. 그는 형을 혼자 두는 것이 두려웠다. 마침내 이반은 조금씩 의식을 완전히 잃어가기 시작했다. 알료샤는 그를 자리에 눕혔다. 그리고 두 시간 정도 그를 지켜보며 앉아 있었다. 환자는 깊이 잠들었다. 알료샤는 소파에 누웠다. 잠이 들면서 그는 미챠와 이반을 위해 기도했다. 그에게는 이반의 병이 이해되기 시작했다. '심오한 양심 때문이야!' 그가 믿지 않는 하느님과 하느님의 진리가 여전히 굴복하고 싶어 하지 않는 그의 마음을 정복하고 있는 것이었다. '그래, 스메르쟈코프가 죽었으니 이반의 증언을 아무도 믿지 않을 거야. 그래도 형은 가서 증언할 거야! 하느님이 승리하실 거야!' 알료샤는 조용히 미소 지었다. '형은 진리의 빛 속에서 다시 일어나든지 아니면... 믿지 않는 것을 섬겼다는 것 때문에 자신과 모두에게 복수하면서 증오 속에서 파멸할 거야.' 알료샤는 쓰라린 마음으로 이렇게 덧붙이고 이반을 위해 다시 기도했다.

제12권
오심

운명의 날

 다음 날 아침 10시에 우리 지방법원의 법정이 열려 드미트리 카라마조프에 대한 재판이 시작되었다. 모두가 재판이 시작되기를 초조하게 기다리며 안달이 나 있었다. 우리 사교계에서는 벌써 두 달째 많은 얘기들과 추측들이 난무했다. 또한 모두가 이 일이 전 러시아에 알려졌다는 것을 알고 있었다. 이날에 맞춰 우리 현청 소재지뿐 아니라 몇몇 러시아의 다른 도시들, 모스크바와 페테르부르크에서까지 손님들이 우리 도시로 몰려들었다. 방청권은 순식간에 매진되었다.
 재판진이 등장하기 오래전에 이미 법정은 꽉 차 있었다. 10시가 되자 재판장과 한 명의 위원, 그리고 한 명의 명예 조정 재판관으로 이뤄진 재판진이 등장했다. 곧 검사도 나타났다. 검사는 왠지 매우 창백해 보였고 하룻밤 사이에 급작스레 홀쭉해진 것 같았다. 나는 열두 명의 배심원을 기억하는데, 네 명은 우리 도시의 관리였고 두 명은 상인, 여섯 명은 우리 도시의 농부와 평민이었다. 그들의 얼굴은 엄격하고 찌푸려져 있어 위협적인 인상을 주었다.

마침내 재판장은 표도르 파블로비치 카라마조프의 살인사건에 대한 심문을 시작한다고 선언했다. 곧 미챠가 등장했다. 법정 안이 어찌나 조용해졌는지 파리 소리조차 들을 수 있을 정도였다. 그는 똑바로 앞을 보고 성큼성큼 걸어서 아주 침착한 모습으로 자기 자리에 앉았다. 곧 변호사, 그 유명한 페튜코비치가 나타났다. 그는 몸이 길쭉하고 마른 사람으로 상당히 짧은 머리를 하고 있었고 얇은 입술을 가끔 삐죽거렸다. 나이는 마흔 살 정도 되어 보였다. 그의 한쪽 눈은 다른 쪽 눈에 너무 가까이 붙어 있어서 그 둘을 갈라놓는 것은 길고 가는 코뼈뿐이었다. 한 마디로 그의 이런 용모는 뭔가 새와 같은 느낌을 강하게 주어서 충격적일 정도였다. 재판의 심리에 소환된 사람들의 명단이 낭독되었는데 증인들 중 네 명은 출석하지 않았다. 그들은 미우소프, 호흘라코바 부인, 지주 막시모프, 그리고 갑작스럽게 죽은 스메르쟈코프였다. 스메르쟈코프에 대해 보고하자마자 미챠는 갑자기 자기 자리에서 법정 전체를 향해 외쳤다.

"개는 개같이 죽는 거지!"

물론 이 짤막한 에피소드는 배심원들과 청중의 견해에서 그에게 이롭지 못하게 작용했다. 성격을 드러내서 스스로를 소개한 셈이 되고 만 것이다. 이런 인상 하에서 서기가 기소장을 낭독했다.

기소장은 상당히 짧았지만 세밀했다. 서기는 명료하고 낭랑하게 또박또박 낭독했다. 낭독이 끝나자 재판장이 큰 소리로 미챠에게 질문했던 것을 기억한다.

"피고, 자신의 유죄를 인정합니까?"

미챠는 갑자기 자리에서 일어났다.

"술취함과 방탕, 게으름과 난폭에 대해서는 죄를 인정합니다. 그러나 나의 원수이자 아버지인 노인의 죽음에 대해서는 죄가 없습니다! 그를 강탈한 것에 대해서도 죄가 없습니다. 드미트리 카라마조프는 비열한이지만 도둑은 아닙니다!"

이렇게 소리치고 나서 그는 온몸을 떨면서 자리에 앉았다. 재판장은 그를 향해 질문에만 답하라고 짧게 훈계조로 주의를 주고서 이어 심리에 들어가라고 명했다. 선서를 위해 모든 증인들을 입장시켰다. 그러나 피고의 형제들에게는 선서 없이 증언하는 것이 허용되었다. 증인들은 각각 따로 앉혔다. 그리고 나서 그들을 한 사람씩 호명하기 시작했다.

위험한 증인들

그리고리 바실리예비치는 법정의 크기에도, 그의 말을 듣고 있는 엄청난 방청객의 존재에도 전혀 당황하지 않고 침착한 모습으로 법정에 섰다. 그는 너무나 확신에 차서 증언했으므로 그를 혼란에 빠뜨리는 것은 불가능했다. 그는 정원으로 문이 열려 있었다는 것에 대해서 완강하고도 집요하게 주장했다. 심문할 차례가 변호사에게 넘어오자 그는 먼저 표도르 파블로비치가 '어떤 부인'을 위해 3천 루블을 숨겨둔 '것으로 보이는' 봉투에 대해 묻기 시작했다. "당신은 그것을 직접 보았습니까?" 그리고리는 보지 못했고 그런 돈에 대해서는 누구에게서도 전혀 들어본 적도 없다고 대답했다. 페튜코비치는 봉투에 대한 이 질문을 모두에게 했는데, 모두에게서 똑같은 대답, 즉 많은 사람들이 그것에 대해 듣기는 했지만 아무도 보지 못했다는 대답을 얻었을 뿐이었다.

"이제 이런 질문을 드려도 되겠습니까?" 갑자기, 아

주 예기치 않게 페튜코비치는 질문했다. "당신이 그날 저녁 아픈 허리에 발랐던 그 물약은 무엇으로 만들었습니까?"

"사루비아를 넣었습니다."

"사루비아뿐입니까? 다른 건 기억나지 않으십니까?"

"질경이도 넣었습니다."

"아마 후추도 넣었겠죠."

"후추도 넣었습니다."

"기타 다른 것들도 넣었겠죠. 이 모든 걸 보드카에 담그셨나요?"

"알콜에 담갔지요."

법정에서는 작은 웃음소리가 들릴락 말락 퍼졌다.

"심지어 알콜에 담그셨군요. 등에 바른 후 당신은 남은 내용물을 당신의 부인만 알고 있는 기도를 하면서 마셨겠지요, 그렇지 않습니까?"

"마셨습니다."

"대략 얼마나 마셨습니까? 작은 술잔으로 한 잔, 아니면 두 잔?"

"물 컵으로 한 잔 정도 마셨습니다."

"심지어 물 컵으로 마셨군요. 혹시 한 컵 반을 마시지 않았습니까?"

그리고리는 입을 다물었다. 그는 뭔가를 이해한 듯했

다.

"순수한 알콜을 한 컵 반이나 마시면 기분이 아주 좋을 것 같은데요, 어떻게 생각하십니까? 정원으로 난 문 정도가 아니라 '천국 문이 열린 것'도 볼 수 있을 텐데 말입니다."

그리고리는 여전히 침묵했다. 다시 법정 안에 작은 웃음소리가 퍼졌다.

"만약 그 순간 누군가 예를 들어 당신에게 몇 년도인지 물었다면 대답할 수 있었을까요?"

"그건 모르겠습니다."

"지금은 몇 년도인지 아십니까?"

그리고리는 당황한 모습으로 자신을 괴롭히는 자를 뚫어져라 바라보며 서 있었다. 그는 정말로 지금이 몇 년도인지 모르는 것 같았다. 페튜코비치는 심문을 마쳤다고 선언했다. 방청객과 배심원들에게 지금이 몇 년인지도 모르는 사람의 증언에 대해 작은 의심의 벌레가 남을 수도 있는 상황이었다. 변호사는 어쨌거나 자신의 목적을 달성한 셈이었다.

트리폰 보리스이치의 증언은 매우 강한 인상을 남겼는데, 물론 미챠에게는 매우 불리한 것이었다. 그는 미챠가 처음 모크로예에 왔을 때 3천 루블 이하를 썼을 리가 없다고 거의 손가락을 꼽아가며 셈했다. 그는 모든 지출

내역을 기억해내서 정확히 계산해냈다. 그렇게 해서 천 오백 루블만 지출하고 나머지는 부적 주머니에 따로 떼어놓았다는 가정은 생각할 수 없는 것이 되어버렸다. 그러나 심문 차례가 변호사에게 넘어오자 그는 갑자기 마부 티모페이와 농부 아킴이 모크로예에서 첫 번째 술판이 벌어졌을 때, 현관 바닥에 미챠가 떨어뜨린 백 루블을 주워서 트리폰 보리스이치에게 갖다 주었고, 그가 그들에게 그 대가로 1루블씩을 주었다는 이야기를 하기 시작했다. "그때 당신은 그 백 루블을 카라마조프 씨에게 돌려주었습니까, 돌려주지 않았습니까?" 그는 그때 드미트리 표도로비치에게 전부 돌려주었지만 '그때 저분이 매우 취해 있었기 때문에 그것을 기억할 리는 없을 것'이라고 덧붙였다. 그러나 농부들을 증인으로 부르기 전에 그가 백 루블을 발견한 것을 부인했기 때문에 술 취한 미챠에게 돈을 돌려주었다는 그의 증언은 자연스럽게 큰 의심을 받게 되었다. 그렇게 해서 검사가 내세운 가장 위험한 증인들 중 한 명이 또다시 의심을 산 채 물러났다. 폴란드인들에게도 같은 일이 일어났다. 그들은 '판^{신사} 미챠'가 3천 루블을 제안했으며 그들 자신이 미챠의 손에서 거액의 돈을 보았다고 큰 소리로 증언했다. 그러나 페튜코비치는 이들도 자신의 그물에 잡아넣었다. 트리폰 보리스이치는 그가 내준 카드 한 벌을 판 브루블렙스키가 자신의 것으로 바꿔치기했다는 것을 인정해야만 했다. 칼가노프도 이 사실을 확인해 주었으므로 두 사람은 망신을 당한 채 물러났다.

이어 가장 위험한 증인들 거의 모두에게 똑같은 일이 정확히 일어났다. 페튜코비치는 그들 각자를 도덕적으로 먹칠하고 콧대를 꺾어버리는 데 성공했다. 사람들은 '위대한 마법사'의 확신에 찬 모습과 침착함을 보고서 기대를 품었다. '그런 사람'이 페테르부르크에서 공연히 왔을 리는 없다, 그가 빈 손으로 돌아갈 위인은 아니라는 것이었다.

의학적 감정과 한 푼트[11]의 호두

의학적 감정도 피고에게 크게 도움이 되지는 못했다. 감정에 나선 전문가들은 우리 도시에 온 유명한 의사, 그리고 우리 도시의 의사인 게르텐슈투베, 마지막으로 젊은 의사 바르빈스키였다. 전문가 자격으로 처음 심문을 받은 사람은 의사 게르텐슈투베였다. 그는 70세의 노인으로 중간키에 건장한 체격을 하고 있었다. 우리

---

11 옛 러시아의 중량 단위로 1푼트는 0.41킬로그램이었다.

도시의 모든 사람들은 그를 매우 높이 평가했고 존경했다. 그는 양심적인 의사였고 훌륭하고 경건한 사람이었다. 정확히는 모르겠지만, 어떤 헤른후터파[12] 혹은 '모라비아 형제단'[13]에 속해 있었다. 그는 선량하고 박애적인 사람으로 가난한 환자들과 농부들을 공짜로 치료해 주었고, 그들의 오두막을 직접 찾아가서 약값을 하라고 돈을 놓아두기도 했다. 그러나 그는 노새처럼 고집이 셌다. 어떤 생각이 그의 머리에 자리 잡으면 누구라도 그것을 떨어내기란 불가능했다. 그는 '피고의 지적 능력이 비정상적이라는 것은 자명하게 보인다.'라고 직접적으로 천명했다. 어떤 점에서 그것이 보이는지 설명해 달라고 요청하자, 그는 피고가 법정 안으로 들어오면서 '군인처럼 앞으로 걸어갔으며 눈으로 자기 앞을 응시했는데, 그는 부인들이 앉아있는 왼쪽을 바라보는 것이 더 알맞았을 것이다. 왜냐하면 그는 여성을 매우 좋아하는 사람이라서 그에 대해 부인들이 무엇을 말할지 많이 생각해야만 했기 때문'이라는 사실을 지적했다. 피고가 부인들을 보아

---

[12] 18세기 독일 작센 지방에서 발생한 개신교 종파로서 헤른후터는 '주의 파수꾼'이라는 뜻이다. 러시아에서는 예카테리나 시대에 확고하게 정착했다.

[13] 후스주의자들의 남은 자들로 1457년 원시 기독교로 돌아가자고 주장하며 보헤미아의 가톨릭과 결별한 개신교 종파다. 가톨릭의 반종교개혁과 30년 전쟁으로 타격을 받았으나, 1727년 독일에서 친첸도르프 도움으로 재건되었다. 18세기에 러시아에도 영향을 미쳤다.

야 했다는 그의 지적은 방청객 사이에서 장난기 어린 속삭임을 불러 일으켰다. 우리 도시의 모든 부인들은 그가 평생 독신으로 지냈고 경건하고 순결했으며 여성을 최상의 이상적인 존재로 바라본다는 것을 알고 있었다. 그래서 그의 뜻밖의 지적은 모두에게 아주 이상하게 생각되었던 것이다.

모스크바의 의사는 자기 차례가 되어 심문을 받게 되자 피고의 정신 상태를 비정상적인 것으로 간주한다고 단호하고도 끈질기게 주장했다. 그는 피고가 체포되기 며칠 전부터 의심할 여지없이 병적인 정신 이상 상태에 놓여 있었으며, 그가 범죄를 저질렀다면 그것은 그를 사로잡은 병적인 정신적 갈망과 싸울 힘이 전혀 없어서였을 것이라고 결론내렸다. 가장 마지막에 심문을 받은 의사 바르빈스키는 피고가 이전과 마찬가지로 지금도 완전히 정상적인 상태라고 결론을 내렸다. 실제로 그가 체포 전에 신경 과민과 극도의 흥분 상태에 놓여있었다 하더라도 그런 상태가 어떤 특별한 '정신 이상'을 포함하고 있었을 리 없다는 것이었다.

젊은 의사의 견해는 재판부에도 방청객에게도 결정적인 영향을 미쳤다. 나중에 드러난 대로 모두가 그의 의견에 동의했던 것이다. 그런데 증인으로서 질문을 받은 의사 게르텐슈투베는 전혀 예상치 못하게도 갑자기 미챠에게 이로운 역할을 했다. 그는 갑자기 뭔가 생각난 듯이 이렇게 덧붙였던 것이다.

"그렇지만 가엾은 젊은이는 비교할 수 없이 훌륭한 운명을 가질 수도 있었습니다. 왜냐하면 어린 시절에도 그 후에도 선량한 마음을 지니고 있었으니까요. 그건 제가 압니다. 그는 감사할 줄 알고 감수성이 예민한 젊은이였습니다. 오, 저는 그가 아버지 집 뒷마당에 버려졌던 어린 아이 때 모습을 기억합니다. 그는 신발도 신지 않고 흙 위를 뛰어다녔었지요."

노인의 목소리에는 어떤 감상적이고 감동에 찬 음조가 울려나왔다.

"오, 맞아요. 그때 저도 아직 젊었습니다… 저는… 네, 그래요. 그때 마흔 다섯 살이었습니다. 막 이곳으로 왔었지요. 저는 그때 그 아이가 가엾어져서 스스로에게 물었습니다. 내가 아이에게 호두 한 푼트를 사 주면 안 될까 하고요. 그래서 아이에게 호두 한 푼트를 가져다주고 손가락 하나를 올리고 말했지요.

"애야! Gott der Vater(성부 하느님)[14]라고 해보렴." 아이는 웃더니 "Gott der Vater."라고 하더군요. "Gott der Sohn(성자 하느님)[15]"도 "Gott det heilige Geist(성령 하

---

14 Бог отец. 독일어로 '성부 하느님'을 의미한다.

15 Бог сын. 독일어로 '성자 하느님'을 의미한다.

느님)¹⁶"도 웃더니 열심히 다 따라했어요. 사흘이 지나서 제가 길을 가는데 아이가 저에게 소리치더군요. "아저씨, Gott der Vater, Gott der Sohn." 다만 "Gott det heilige Geist"를 잊었는데 저는 다시 상기시켜 주었습니다. 저는 다시 아이가 몹시 가엾어졌습니다. 그렇지만 아이를 멀리 데리고 가버려서 더 이상 볼 수가 없었습니다. 그렇게 23년이 흘렀는데, 어느 날 아침 제가 서재에 앉아 있을 때 갑자기 생기에 찬 젊은이가 들어오더니 손가락을 올리고서 웃으며 말하더군요. "Gott der Vater, Gott der Sohn, Gott det heilige Geist! 저는 방금 도착했는데, 호두 한 푼트에 대해 당신께 감사드리려고 찾아왔습니다. 그때 저에게 호두 한 푼트 사 준 사람이 아무도 없었는데, 당신이 유일하게 저에게 사주셨어요." 그때 저는 신발도 없이 마당을 뛰어다니던 가엾은 소년이 기억나서 가슴이 찢어지는 것 같았습니다. 저는 말했습니다. "자네는 감사를 아는 젊은이군. 자네 어린 시절에 가져다준 호두 한 푼트를 평생 기억하다니 말일세." 저는 그를 끌어안고 축복하고 울음을 터뜨렸습니다. 그는 웃었지만 또 울기도 했습니다…"

"지금도 울고 있습니다, 지금도 울고 있어요. 하느님의 사람인 아저씨!" 미챠는 갑자기 자기 자리에서 소리쳤다.

---

16 Бог дух святой. 독일어로 '성령 하느님'을 의미한다.

이 일화는 방청객에게 어떤 우호적인 인상을 남겼다.

행운이 미챠에게 미소 짓다

알료샤는 선서 없이 호명되었다. 알료샤는 겸손하고 자제하는 모습으로 증언했지만, 그가 증언하는 동안 불행한 형에 대한 열렬한 동정심이 튀어나오곤 했다. 그는 형이 강탈할 목적으로 아버지를 죽일 수 있었으리라는 것에 대해서 격분하면서 그 가정(假定)조차도 부인했다.

"정확히 어떤 사실 때문에 당신은 당신 형의 무죄를 결정적으로 확신하십니까?" 검사가 질문했다.

"저는 형을 믿지 않을 수가 없습니다. 저는 형이 저에게 거짓말을 하지 않으리라는 것을 압니다. 저는 형의 얼굴을 보고 저에게 거짓말을 하지 않는다는 것을 알았습니다."

"얼굴만으로요? 그게 당신 증거의 전부입니까?"

"더 이상 증거는 없습니다."

알료샤의 답변은 방청객에게 매우 실망스러운 인상을 남겼다. 그러나 페튜코비치가 심문을 시작했다. 알료샤는 답을 하다가 갑자기 뭔가 지금에서야 기억나고 생각이 난 듯이 몸을 떨었다.

알료샤는 열에 들떠서 수도원으로 가던 길에 나무 근처에서 미챠와 마지막 만났을 때, 미챠가 자기 가슴을 두드리며 그에게 자신의 명예를 회복할 방법이 있다고, 바로 여기 그의 가슴에 있다고 몇 번 반복해 말했던 것을 기억해냈다… "저는 그때 형이 자기 가슴을 치면서 자신의 심장에 대해 이야기하는 거라고 생각했습니다. 그런데 저는 그때 심장은 더 아래쪽에 있는데 형은 훨씬 위쪽, 여기 목 아래를 두드리고 있다는 생각이 떠올랐던 것을 기억합니다. 형은 아마도 그때 천오백 루블이 꿰매져 있던 부적 주머니를 가리킨 것 같습니다!.."

"바로 그거야!" 갑자기 미챠가 자리에서 소리쳤다. "바로 그거였어, 알료샤. 나는 그때 주먹으로 그것을 쳤던 거야!"

"맞아요, 바로 그거였어요." 알료샤는 갑자기 흥분해서 외쳤다. "형은 그때 치욕의 절반을 지금이라도 떼어낼 수 있다고 외쳤습니다. 그렇지만 성격이 나약해서 너무 불행하다고, 그렇게 하지 못할 거라고 했습니다… 바로 지금 이 순간까지 제가 어떻게 그것을 잊을 수 있었을까요! 제가 전해 들어 알고 있는데, 형은 모크로예에서 체포될 때 바로 이렇게 소리쳤습니다. 빚의 절반을 카테리나 이바노브나에게 돌려줄 방법이 있으면서도 차라리 그녀의 눈에 도둑으로 남기 원했던 것을 자신의 생애에서 가장 치욕스런 일로 여긴다고 말입니다. 형이 얼마나 괴로워했는지, 이 빚 때문에 얼마나 괴로워했는지!" 알료샤는 이렇게 외치며 말을 마쳤다.

재판장은 미챠에게 이 증언에 대해 할 말이 있느냐고 물었다. 미챠는 모든 것이 바로 그렇게 된 것이라고 확언했다. "알료샤가 맞습니다! 고맙다, 알료샤!"

그렇게 알료샤의 심문은 끝났다. 알료샤는 기뻤다. 얼굴이 온통 빨개진 채 그는 지정된 자리로 향했다. 그는 오랫동안 계속 혼잣말로 "어떻게 내가 그것을 잊었지! 어떻게 잊을 수가 있었을까! 그리고 어떻게 이렇게 갑자기 지금에서야 생각이 난 걸까!"라고 반복했다.

카테리나 이바노브나의 심문이 시작되었다. 그녀의 어둡고 음울한 시선에는 단호함이 번득이고 있었다. 그녀는 조용하지만 분명하게 말하기 시작했다. 친척들에게 송금해 달라고 미챠에게 맡긴 3천 루블에 대해 그녀에게 질문하자, 그녀는 확고하게 말했다. "저는 항상 그가 돈 문제에 있어서는... 욕심이 없고 정직하다는 것을 확신하고 있었습니다. 그는 아버지에게 3천 루블을 받으리라고 굳게 확신하고 있었습니다. 그가 아버지를 위협한 기억은 전혀 없습니다. 그가 그때 저에게 왔었다면, 저에게 빚진 이 3천 루블 때문에 불안해하는 그를 안심시켰을 겁니다. 그런데 그는 그 이후 저에게 오지 않았습니다... 저도 그를 부를 만한 그런... 입장은 아니었습니다... 네, 저는 이 빚에 대해 그에게 요구할 만한 권리를 전혀 가지고 있지 않았습니다." 무엇인가 단호한 것이 그녀의 목소리에서 울리고 있었다. "저 자신이 한때 그에게서 3천 루블보다 더 많은 돈을 빚진 적이 있습니다."

그녀의 어조에는 뭔가 도전하는 듯한 태도가 느껴졌다. 바로 이때 심문할 차례가 페튜코비치에게 넘어갔.

"그것은 여기서 있었던 일이 아니라 두 분이 알게 된 초기에 있었던 일이죠?" 페튜코비치는 조심스럽게 접근하며 말을 받았다.

나는 이 순간을 결코 잊을 수가 없다! 그녀는 미챠가 알료샤에게 알려준 그 에피소드를 전부 이야기했다. 그러나 미챠가 그녀의 언니를 통해 '돈을 받으러 그에게 카테리나 이바노브나를 보내라'고 제안했다는 것은 한 마디 암시조차 하지 않았다. 그녀는 자신이 뭔가를 기대하고... 돈을 청하기 위해 스스로 젊은 장교에게 달려갔다고 드러내는 것을 부끄러워하지 않았다. 나는 그녀의 말을 들으면서 몸이 오싹해지며 떨렸다. 그렇게 제멋대로이고 오만한 아가씨에게서 그런 지나칠 정도로 솔직한 증언, 그런 희생을 기대하기란 거의 불가능했던 것이다. 그런데 무엇 때문에, 누구를 위해서란 말인가? 자신을 배반하고 모욕한 자를 구하기 위해, 그에게 유리하도록 좋은 인상을 주어서 조금이나마 그를 구하는 데 기여하기 위해서였다! 내 심장은 아프게 조여 왔다! 나는 나중에 그녀를 비방하는 말들이 나올 것이라고 느꼈던 것이다!(정말로 나중에 그렇게 되었다!) 나중에 온 도시에서 사람들이 여기에는 뭔가 '빠진 것'이 있다고 암시하곤 했다. "빠진 게 없다 해도, 모든 것이 사실이라 해도, 아무리 아버지를 구하기 위해서였다고 하지만 아가씨가 그렇게 행동하는 것이 고결한 것일까요?" 심지어 가장 존경받는 우리 도시의 부인들이 이렇게 말했던 것이다. 그렇지만 첫 순간에는 모든 사람이 충격을 받았다. 검사는 이 주제에 관해서 더 이상 어떤 질문도 하지 않았다. 페튜코비치는 그녀에게 깊이 고개 숙여 절했다. 오, 그는 거의 승리한 것 같았다! 자신이 가진 마지막 5천 루블을 내 준 사람이 나중에 3천 루블을 강탈하기 위한 목적으로 아버지를 죽인 사람이라는 것은 뭔가 연결이 되지 않는 것이었다. '사건'은 갑자기 새로운 빛을 띠게 되었다. 미챠에게 뭔가 호의적인 분위기가 퍼지게 되었던 것이다.

카테리나 이바노브나는 지정된 자리에 앉았다. 그녀는 창백했고 눈을 내리깐 채 앉아있었다. 그녀 가까이 있던 사람들은 그녀가 오랫동안 열병에 걸린 듯 온몸을 떨었다고 이야기했다.

그루센카가 심문을 받기 위해 나타났다. 그녀의 이야기는 고르지가 않았다. 어떤 때는 화를 내고 어떤 때는 경멸을 나타내고 아주 거칠게 말하다가 갑자기 마음에서 우러나는 진실한 자기비난의 어조가 들리기도 했다. 가끔은 마치 낭떠러지로 몸을 던지듯이 말하기도 했다. 표도르 파블로비치와 알고 지낸 것에 대해서 그녀는 딱 잘라 말했다. "그 노인이 저에게 치근거린 게 제 잘못인가요?" 그리고 1분이 지나서 덧붙였다. "모두 제 잘못이에요. 제가 노인과 이 사람을 조롱했어요. 제가 두 사람을 이 지경으로 만든 거예요. 모든 일은 저 때문에 일어난 거예요."

그녀는 봉투를 본 적이 없고 표도르 파블로비치에게 3천 루블이 들어 있는 어떤 봉투가 있다는 말을 '악당' 한테서 들었을 뿐이라고 말했다.

"지금 '악당'이라고 언급한 사람은 누구를 말하는 것인가요?" 검사가 물었다.

"자기 주인을 죽이고 어제 목을 맨 하인, 스메르쟈코프를 말한 거예요."

그녀에게 그런 결정적인 비난을 할 만한 어떤 근거가 있는지 물었으나, 그녀 역시 어떤 근거도 가지고 있지 않다는 것이 드러났다.

"이 모든 것의 원인은 저 여자예요." 증오로 몸을 떨면서 그루셴카가 덧붙였다.

그녀가 또다시 암시하는 것이 누구냐고 질문했다.

"저 카테리나 이바노브나 말이에요. 그때 저를 자기 집으로 불러서 홀리려고 했지요. 진짜 부끄러움이라곤 거의 없는 여자예요…"

재판장은 표현을 자제하라고 요청하며 그녀를 엄하게 제지했다.

"모크로예 마을에서 체포될 당시 당신이 '내가 모든 것의 원인이에요, 함께 유형이라도 가겠어요!'라고 소리친 것을 모두가 들었습니다. 그렇다면 그 순간 당신에게는 그가 부친 살해범이라는 확신이 이미 있었던 겁니까?" 검사가 질문했다.

"그때 모두가 그 사람이 아버지를 죽였다고 소리쳤어요. 저는 저 때문에 그가 죽인 거라고 느꼈어요. 그런데 그 사람이 죄가 없다고 말했을 때, 저는 곧바로 그 사람을 믿었어요. 지금도 믿고 있고 앞으로도 믿을 거예요. 그는 거짓말할 사람이 아니에요."

그루셴카는 방청객에게 매우 불쾌한 인상을 남겼다. 증언을 마치고 그녀가 앉았을 때 수백의 경멸 어린 시선이 그녀에게 쏠렸다. 그녀가 심문을 받는 동안 미챠는 돌이 된 듯 눈을 땅에 내리깐 채 침묵했다.

이반 표도로비치가 증인으로 등장했다.

갑작스런 파국

이반 표도로비치는 아무도 쳐다보지 않고 느린 걸음으로 다가왔다. 그는 이마를 찡그리고 무엇인가에 대해 생각하고 있는 것 같았다. 그의 얼굴은 병적인 인상을 주었다. 그의 얼굴에는 죽어가는 사람의 얼굴과 비슷한 것이 있었다. 눈동자는 흐릿했다. 알료샤는 자기 자리에서 벌떡 일어날 뻔하다가 아! 하고 신음소리를 냈다.

"당신은 무엇이라도 특별히 알릴 것이 있습니까?" 재판장이 질문했다.

이반 표도로비치는 고개를 숙였다가 다시 들고는 더듬거리듯이 대답했다.

"아니요... 없습니다. 특별한 것이 아무것도 없습니다."

재판장은 검사와 변호사를 보고 필요하다고 생각되면 질문을 하라고 할 참이었다. 그때 돌연 이반 표도로비치는 녹초가 된 목소리로 요청했다.

"저를 보내 주십시오, 재판장님. 저는 몸이 몹시 좋지 않습니다."

이 말을 하고는 허락도 기다리지 않고 그는 몸을 돌려 법정에서 나가려 했다. 그러나 네 걸음 정도 가서 뭔가 생각난 듯이 멈춰서더니 조용히 미소를 짓고는 다시 제자리로 돌아왔다.

"여기," 이반 표도로비치는 갑자기 돈뭉치를 꺼냈다. "여기 돈이 있습니다... 그 봉투에 들어있었던 바로 그 돈입니다. 이것 때문에 아버지를 죽였지요."

법정 집행관은 돈뭉치를 받아 재판장에게 전달했다.

"어떻게 해서 이 돈이 당신에게 있을 수 있습니까? 만일 그 돈이라면..." 재판장은 놀라서 말했다.

"어제 살인자 스메르쟈코프에게서 받았습니다. 그놈이 목매달기 전에 그놈 집에 갔었습니다. 형이 아니라 그놈이 죽인 겁니다. 그놈은 죽였고 제가 그놈에게 죽이라고 가르쳤습니다... 누가 아버지의 죽음을 바라지 않겠습니까?"

그는 갑자기 방청객을 향해 몸을 돌렸다.

"아버지를 죽여 놓고 놀란 척을 하고 있군." 그는 사나운 경멸을 나타내며 이를 갈았다. "거짓말쟁이들! 다들 아버지의 죽음을 바라고 있지. 부친 살해가 아닌 게 되면 다들 화를 내며 심기가 불편해져서 흩어지겠지... 볼거리를 달라는 거지! 하긴 나도 다를 게 없지만!"

알료샤가 갑자기 벌떡 일어나 소리쳤다. "형은 아픕니

다. 그의 말을 믿지 마세요. 형은 섬망 상태예요!"

"진정하십시오. 저는 미친 게 아니라 단지 살인자일 뿐입니다!" 이반이 다시 말을 시작했다. 그는 무엇 때문인지 웃기 시작했다.

검사는 당황하여 재판장 쪽으로 몸을 기울였다. 재판진도 서로 부산스럽게 속삭였다. 법정은 기대하며 숨을 죽이고 있었다. 재판장은 불현듯 정신을 차린 것 같았다.

"증인, 증인은 무엇으로 자신의 자백을 확인해 줄 수 있습니까... 헛소리를 하는 게 아니라면요?"

"그게 문젭니다. 증인이 없다는 게... 저에게는 증인이 없습니다. 한 놈 말고는요."

"누가 당신의 증인입니까?"

"꼬리가 달린 놈입니다. 시시한 악마죠." 그는 비밀을 말하듯 덧붙였다. "그놈은 여기 어딘가에 있을 겁니다. 제 말을 들어보세요. 저는 이 초의 기쁨을 위해 천조의 천조 배라도 내어줄 겁니다. 당신들은 저를 모릅니다! 자, 형 대신 저를 잡아가세요!"

모두가 술렁이기 시작했다. 법정 집행관은 이반 표도로비치의 팔을 붙잡았다.

"이건 또 뭐야?" 이반은 집행관의 어깨를 붙잡아 그를 바닥에 내동댕이쳤다. 경비원이 달려와 그를 붙잡자 그는 사납게 울부짖기 시작했다. 그를 데리고 나가는 동안 그는 계속 울부짖으면서 뭔가 앞뒤가 연결되지 않는 말을 외쳤다.

소동이 일어났다. 카테리나 이바노브나가 히스테리 발작을 일으킨 것이다. 그녀는 흐느껴 울면서 몸부림을 치고 자신을 끌어내지 말라고 애원했다. 그러더니 갑자기 재판장에게 소리쳤다.

"저는 한 가지 더 증언할 것이 있습니다... 지금 당장이요!.. 여기 편지가 있어요... 빨리 읽어보세요, 빨리요! 이건 저 악당이 쓴 편지입니다, 저, 저 악당이!" 그녀는 미챠를 가리켰다. "아버지를 죽인 건 저 사람입니다. 저에게 아버지를 죽이겠다고 편지를 썼어요! 하지만 이반 표도로비치는 환자예요. 섬망에 빠진 겁니다! 저 분이 사흘째 섬망이라는 걸 저는 알고 있어요!"

법정 집행관은 그녀가 내민 종이를 받았고 그녀는 발작적으로 소리 없이 흐느끼기 시작했다. 그녀가 내민 종이는 이반 표도로비치가 '수학적' 중요성을 가진 서류라고 부른 미챠의 편지였다. 아아! 이 편지만 없었더라도 미챠는 파멸하지 않았을지도 모른다. 재판장은 그녀에게 좀 더 자세히 설명해 달라고 요청했다. 이것이 어떤 편지이며 어떤 상황에서 받게 되었는지를.

"저는 범죄가 일어나기 전날 이 편지를 받았습니다.

제 말을 잘 들어주세요. 아버지를 죽이기 삼 주 전에 그는 저를 찾아왔습니다. 저는 그에게 돈이 필요하다는 것을 알았습니다. 저는 그가 저를 배반하고 버리고 싶어한다는 것을 알았죠. 그래서 제가 이 돈을 내민 겁니다. '당신은 나를 배신하려고 돈이 필요한 거지. 당신이 그렇게 파렴치하다면 줄 테니 가져가!..' 저는 그를 폭로하고 싶었던 거예요. 그는 가져가서 저기 있는 년과 하룻밤에 다 써버렸지요... 그는 제가 돈을 주면서 그를 시험하고 있다는 것을 이해하고 있었어요. '나한테 돈을 가져갈 만큼 너는 파렴치한 인간이냐, 아니냐?' 그런데도 받아서 가져간 겁니다!"

"맞아, 카챠!" 미챠가 울부짖었다. "나는 당신이 내 명예에 먹칠을 한다는 것을 알면서도 당신의 돈을 받았던 거야! 모두 이 비열한 놈을 경멸하십시오, 그래 마땅합니다!"

"이 돈이 그를 괴롭혔습니다." 카챠는 서두르면서 계속했다. "그는 돈을 돌려주고 싶어했습니다. 그건 사실이에요. 그래서 아버지를 죽였지만 역시 돈을 돌려주지 않았습니다. 죽은 아버지한테서 훔친 돈을 또 탕진해 버린 겁니다. 그리고 그 전날 이 편지를 저에게 썼습니다. 자세히 읽어봐 주세요. 그는 모든 걸 미리 알고 있었어요. 어떻게 죽일지, 돈이 어디에 있는지. '이반이 떠나기만 하면 죽일 거요.'라는 구절이 있는 걸 빠뜨리지 마세요. 그는 미리 다 생각을 해 두었던 거예요."

그녀는 마치 산에서 뛰어내린 것 같았다. 그 자리에서 편지는 서기에 의해 낭독되었고 충격적인 인상을 불러일으켰다. "당신은 이 편지를 인정하십니까?"라는 질문에 미챠는 "제가, 제가 쓴 편지입니다!"라고 소리쳤다.

그는 절망해서 두 손을 쥐어짜며 자리에 털썩 주저앉았다. 검사와 변호사는 번갈아 질문하기 시작했다. 요지는 '무엇 때문에 아까는 이런 서류를 숨기고 전혀 다른 기분과 어조로 증언했는가'였다.

"네, 네. 저는 아까 거짓말을 했습니다. 저는 아까 저 사람을 구하고 싶었습니다. 저 사람은 저를 너무나 미워했고 경멸했기 때문입니다. 저 사람은 제가 돈 때문에 무릎을 꿇은 순간부터 저를 경멸했습니다. 오, 저 사람은 제가 그때 왜 달려갔는지 아무것도 이해하지 못했습니다. 모두가 자기 같다고 생각한 겁니다. 저 사람은 제가 그때 갔던 것 때문에 수치심에 그의 앞에서 평생 떨 거라고, 그것 때문에 평생 저를 경멸할 수 있고 우월한 위치에 설 수 있을 거라고 확신한 거예요. 저는 제 사랑으로 저 사람을 정복하려고 애썼고 심지어 배신도 견뎌내고 싶었습니다. 저 사람은 아무것도, 아무것도 이해하지 못했어요. 저는 모든 걸, 심지어 배신까지도 용서하고 싶었는데요!"

재판장과 검사는 그녀를 진정시켰다. "우리는 당신이 얼마나 힘드신지 이해합니다. 우리도 감정이 있으니까요." 기타 등등. 그녀는 마침내 이반 표도로비치가 이 두 달 동안 자기 형을 구하기 위해 거의 미쳐가고 있었던 것을 매우 명료하게 묘사했다.

"그분은 저에게 아버지를 좋아하지 않았고 아버지의 죽음을 바랐다고 고백했어요. 오, 그건 심오하디 심오한 양심이에요! 그분은 스메르쟈코프에게 두 번 다녀왔어요. 한번은 저에게 와서 형이 죽인 것이 아니라면 스메르쟈코프가 죽인 거라고 말했어요. 그렇다면 나한테도 죄가 있는 거다, 왜냐하면 스메르쟈코프는 내가 아버지를 싫어하는 것을 알고 있었고 내가 아버지의 죽음을 바란다고 생각했을지도 모른다는 거였어요. 그때 제가 이 편지를 꺼내서 그에게 보여주었습니다. 그러자 그는 형이 죽였다는 것을 완전히 확신했어요. 그분은 자기 형이 부친살해자라는 것을 견딜 수가 없었어요! 한 주 전부터 저는 그분이 이 사실 때문에 아프다는 것을 알았어요. 그리고 그는 어제 스메르쟈코프가 죽었다는 것을 알았습니다. 그것에 너무 크게 충격을 받은 나머지 미쳐버린 겁니다... 모든 게 저 악당을 구하려다 된 일입니다!"

또다시 히스테리가 시작되었다. 그녀는 울고 소리를

지르며 쓰러졌다. 사람들이 그녀를 데리고 나갔다. 그녀를 데리고 나가는 순간 비명을 지르며 그루셴카가 미챠에게 달려갔다. 사람들이 채 그녀를 제지할 겨를도 없었다.

"미챠! 당신의 저 뱀이 당신을 파멸시켰어!" 그녀는 몸을 떨며 소리쳤다. 재판장이 손짓하자 사람들이 그녀를 붙들어 법정에서 데리고 나가기 시작했다. 그녀는 굴복하지 않고 몸부림을 쳤고 미챠도 그녀에게 가려고 했지만 제압당하고 말았다.

더 이상 이후의 재판 심리를 묘사하지는 않겠다. 심리가 끝나자 거의 한 시간가량 지속된 재판 휴정이 선언되었다. 마침내 재판장이 변론의 시작을 알렸다. 우리의 검사 입폴리트 키릴로비치가 논고를 시작했을 때가 정확히 저녁 8시였던 것 같다.

검사의 논고

입폴리트 키릴로비치는 온몸에 오한과 열을 느끼면서 자신의 논고를 시작했다. 그는 이 논고를 자기 전 생애의 걸작, 자신의 백조의 노래라고 여겼다. 정말로 9개월 후 그는 악성 폐결핵으로 사망했다. 이 논고에 그는 자신의 온 마음을 쏟아 부었다. 논고를 끝냈을 때 그는 실신할 뻔했다.

"배심원 여러분, 본 사건은 러시아 전역에 울려 퍼졌습니다. 갑자기 러시아 전역에서 이렇게 서글픈 명성을 얻게 된 이 카라마조프 집안은 무엇입니까? 제가 어쩌면 지나치게 과장하는지 모르겠지만 이 집안의 그림에는 우리나라 현대 지식인 사회의 공통된 어떤 요소들이 엿보이는 것 같습니다. 이 불행하고 방탕한 노인, '집안의 가장'을 보십시오. 음탕한 쾌락 외에는 삶에서 아무것도 보지 못하고 자기 자식들에게도 그렇게 가르쳤습니다. 아버지로서의 정신적인 의무 같은 것이라곤 전혀 없었습니다. 그는 어린 아이들을 뒷마당에서 키웠고, 친인척이 그에게서 아이들을 데려가는 것을 오히려 기뻐했습니다. 그리고 아이들에 대해 완전히 잊었습니다. 노인의 도덕적인 원칙은 après moi le dèluge(내가 죽은 뒤에 대홍수가 나든 말든)입니다. '온 세상이 불에 타버려도 나 하나만 괜찮으면 그만이다.'라는 식이죠. 이 불행한 노인에 대해서는 이 정도면 충분합니다. 그는 자신의 보응을 받았습니다. 그렇지만 그가 현대 아버지들의 한 사람이라는 것은 기억하도록 합시다. 현대 아버지들의 많은 이들이 그와 같을 정도로 냉소적이지는 않습니다. 그렇지만 본질적으로는 그와 거의 똑같은 철학을 가지고 있습니다.

현대적 가정의 아들이 여기 피고석에 앉아 있습니다. 우리는 무엇을 믿어야 할까요? 첫 번째 전설 같은 이야기, 마지막 생활 수단을 내어주고 선행 앞에 고개를 숙인 고결한 충동을 믿어야 할까요, 아니면 그토록 혐오스러운 메달의 뒷면을 믿어야 할까요? 첫 번째 경우에 그는 진정으로 고결했지만 두 번째 경우에는 진정으로 추악했다는 것이 무엇보다 맞는 말일 것입니다. 왜일까요? 그것은 바로 그가 카라마조프적인 본성을 갖고 있기 때문입니다. 모든 가능한 대립을 담을 수 있고 두 심연, 우리 위에 있는 고상한 이상의 심연과 우리 아래에 있는 가장 저급하고 악취 나는 타락의 심연을 동시에 볼 수 있는 능력이 있기 때문입니다. 그는 우리의 어머니 러시아처럼 넓고도 넓습니다. 그는 모든 것을 담을 수 있습니다.

그건 그렇고 배심원 여러분, 우리는 방금 3천 루블에 대해 말했습니다. 그런 치욕 속에서도 3천 루블을 받을 유혹을 거부할 수 없었던 나약한 사람이 목에 천 루블이 넘는 돈을 걸고 다니면서 그것을 감히 건드리지도 못할 만큼 느닷없이 그런 단호한 강인함을 자신 속에서 느꼈다니요! 이것이 조금이라도 우리가 분석하고 있는 성격에 부합하는 것입니까? 아닙니다. 부적 주머니에 대한 이야기는 현실과 너무나 모순됩니다. 그렇지만 이 이야기는 나중에 다시 하도록 하겠습니다.

저는 오늘까지 법정에 제출된 저 운명적인 서류를 보기 전까지 피고가 의식적으로 범행을 계획했다는 것에 대해 망설였습니다. 정말로 이 편지 뒤에는 모든 프로그램과 의도가 숨어 있습니다. 그리고 나중에 모든 것은 쓰인 대로 실행된 것입니다!" 여기서 검사는 스메르쟈코프에 대해 자세히 이야기할 필요가 있다고 느꼈는데, 그것은 스메르쟈코프에 대한 살해 혐의를 완전히 끝내버리기 위해서였다.

"어디서 그런 혐의의 가능성이 생겨난 걸까요? 스메르쟈코프는 젊은 주인이 떠나고 한 시간 후에 간질 발작을 일으켰습니다. 이것은 완전히 이해할 수 있는 일입니다. 이반 표도로비치가 떠나고 나자 스메르쟈코프는 이를테면 고아가 되었고 보호받을 수 없는 처지가 되었다는 인상을 받게 된 것입니다. 그는 지하실로 내려가면서 '발작이 일어날까, 일어나지 않을까? 지금 일어나면 어떡하지?'라고 생각합니다. 바로 이런 기분, 이런 의심 때문에 항상 발작에 선행하는 목의 경련이 그를 사로잡았고 그는 의식을 잃고 아래로 굴러 떨어진 것입니다. 이렇게 자연스럽게 우연히 일어난 일에서 무슨 의심, 그가 일부러 아픈 척 가장했다고 획책하다니요! 설령 일부러 그런 것이라 해도 곧바로 이런 질문이 생깁니다. 도대체 무엇 때문에? 어떤 계산에서, 무슨 목적으로?

스메르쟈코프가 죽였다고 합시다. 그렇지만 어떻게요? 혼자서, 아니면 피고와 공모해서? 그가 혼자 죽였다면 단지 돈 때문일 수밖에 없습니다. 그 자신이 보았던 3천 루블을 제 것으로 만들기 위해서 말입니다. 그런데 살인을 계획한 그는 미리 다른 인물에게, 바로 피고에게 돈과 신호에 관한 모든 상황을 알려줍니다. 그가 자신을 드러내 폭로하기 위해 이런 일을 했을까요? 네, 두려워서 알려준 것이라고 제게 말할 사람들이 있을 겁니다. 아닙니다. 아무리 겁이 많은 사람이라도 그런 일을 계획하고 있다면, 절대로 누구에게도 돈 봉투와 신호에 대해서만큼은 말하지 않을 겁니다. 그건 미리 자신을 드러내놓고 폭로하는 것이 될 테니까요. 만약에 그가 돈에 대해서라도 침묵하고 있다가 나중에 살해를 저지르고 그 돈을 제 것으로 만들었다면, 온 세상 천지에 그 누구도 강탈을 위해 살인을 저질렀다고 그를 고발할 사람은 없었을 것입니다. 그 외에는 어느 누구도 돈을 본적도 없고 집에 그런 돈이 있다는 것을 알지 못했으니까요. 만약 스메르쟈코프가 죽이고 훔치고나서 아들이 혐의를 뒤집어쓴다면 살인자인 스메르쟈코프로서는 물론 이득이 되는 일이겠지요? 자, 그런데 살인을 계획한 스메르쟈코프가 이 아들 드미트리에게 미리 돈과 봉투, 신호에 대해 알려주다니 이게 논리에 맞는 일입니까, 이게 명백한 일입니까!

스메르쟈코프가 살인을 계획한 날이 다가오자 그는 간질 발작이 일어난 척 가장하고 굴러 떨어집니다. 무엇 때문에요? 그는 누워서 더 그럴듯하게 아픈 척 하면서 신음소리를 내기 시작하여 밤새 그리고리와 마르파를 깨어 있게 했을 겁니다. 이 모든 것이 갑자기 벌떡 일어나서 더 쉽게 주인을 죽이기 위해서였단 말입니까!

'두 사람이 공모를 했다면, 둘이 함께 죽이고 돈을 나눠 가졌다면, 그때는 어떻게 되는 겁니까?' 예리한 사람들은 그렇게 말할 테지요.

맞습니다. 이것은 정말로 중요한 혐의입니다. 한 사람은 죽이고 다른 사람은 발작을 가장했다는 것입니다. 미리 모든 사람들에게 의심과 불안을 불러일으키기 위해서 말이죠. 그런데 재미있지 않습니까, 무슨 동기에서 두 공모자는 그런 미친 계획을 생각해낼 수 있었을까요? 어쩌면 겁에 질린 스메르쟈코프는 단지 살인에 방해가 되지 않기로만 동의하고 미리 드미트리 카라마조프에게 그 시간 동안 발작이 난 것처럼 누워있겠다는 허락을 구했는지도 모릅니다. 그러나 그렇다고 하더라도 이 발작이 집에 소동을 일으킬 것이 뻔한데 드미트리 카라마조프가 그런 조건에 동의했을 리가 없습니다. 그렇지만 제가 양보를 해서 그가 동의를 했다고 칩시다. 그렇다고 해도 드미트리 카라마조프가 직접적인 살인자이고 주동자이며, 스메르쟈코프는 단지 수동적인 가담자에 지나지 않습니다. 그랬다면 스메르쟈코프는 어쩔 수 없이 자백을 했을 것입니다. 그렇지만 스메르쟈코프는 살인자가 그에게 확실하게 혐의를 씌우는 데도 공모에 대해 한 마디도 하지 않았습니다. 그는 간질과 이 모든 파국으로 인한 병적인 우울증의 발작 속에서 어제 목을 맸습니다. 목을 매면서 그는 쪽지를 남겼는데, 카라마조프가 아니라 내가 살인자다라는 말을 덧붙일 수도 있었습니다. 그렇지만 그는 덧붙이지 않았습니다. 다른 일에는 양심이 충분했던 그가 이 일을 고백할 양심은 부족했던 것일까요?

조금 전 여기 법정에 3천 루블의 돈이 제출되었습니다. '어제 스메르쟈코프에게 받았다'고 합니다. 그러나 돈만으로는 증거가 되지 않습니다. 어떤 시점에 돈은 누구에게라도 생길 수 있는 것이므로 3천 루블을 가져왔다고 해서 그것이 반드시 그 봉투에 있던 돈이라고 증명할 수는 없는 것입니다. 이반 카라마조프는 스메르쟈코프의 죽음에 대해 알고 나서 이런 생각을 한 겁니다. '어차피 죽은 사람이니 그놈에게 혐의를 돌리고 형을 구하자. 나한테 돈이 있으니 가져가서 스메르쟈코프가 죽기 전에 내게 주었다고 말하자.' 여러분은 그것이 부정직하다고 말하시겠죠? 만약 그가 무의식적으로 거짓말을 했다면 어떻겠습니까? 여러분은 아까 장면, 이 사람이 어떤 상태에 있는지 보셨습니다.

 범행은 프로그램대로 정확히 그것을 작성한 사람에 의해 실행되었습니다. 그는 들어가서 일을 끝냈습니다. 죽이고나서 그녀가 없다는 것을 확인했지만 매트리스 밑에 손을 넣어 돈이 든 봉투를 꺼내는 것은 잊지 않았습니다. 그가 노련한 살인자였다면, 강탈만을 목적으로 살인을 했다면, 봉투를 바닥에 남겨두었을까요? 만일 강탈을 위해 스메르쟈코프가 살인을 했다면 그는 굳이 뜯지 않고 봉투를 통째로 가져갔을 것입니다. 봉투 안에 돈이 있다는 것을 확실히 알고 있었으니까요. 배심원 여러분, 여러분께 묻겠습니다. 스메르쟈코프가 그렇게 행동했을까요? 봉투를 바닥에 남겨두었을까요? 아닙니다. 바로 미칠 정도로 흥분한 살인자가 그렇게 행동했어야 마땅할 것입니다. 그는 도둑이 아닌 살인자, 지금까지 아무것도 훔쳐본 적이 없는 사람일 것입니다. 전에 본 적이 없는 봉투를 움켜쥐자 그는 돈이 있는지 확인하기 위해 겉봉을 찢고 돈을 주머니에 넣은 뒤 달아난 것입니다. 바닥에 자신에 대한 엄청난 혐의를 남긴다는 생각조차 못한 채 말입니다. 그건 스메르쟈코프가 아닌 카라마조프이기 때문에 그런 생각도, 고려도 하지 않았던 것입니다.

그에게 그럴 여유가 어디 있었겠습니까! 그는 이 순간 그녀가 어디에 있는지만 생각했습니다. 그는 그녀의 집으로 달려갑니다. 그리고 엄청난 소식을 듣게 됩니다. 그녀가 '이전의' '틀림없는' 그 사람과 함께 모크로예로 떠났다는 소식을요.

'이 '이전의' '틀림없는' 사람과 비교하면 나는 지금 그녀에게 무엇을 의미할까? 불행한 내가 지금 그녀에게 무엇을 줄 수 있고 무엇을 제안할 수 있을까?' 카라마조프는 범죄가 그의 모든 길을 막았고 그는 단지 형을 선고받을 범죄자라는 것을 깨달았습니다. 그는 순간적으로 한 가지 미친 계획을 생각하게 됩니다. 그것은 그에게 끔찍한 상황에서 벗어날 수 있는 유일하고 숙명적인 출구로 생각될 수밖에 없는 것이었습니다. 그 출구는 자살이었습니다.

그런데 그는 왜 그때 권총으로 자살하지 않은 걸까요? 바로 정열적인 사랑의 갈망과 그때 거기서 그 사랑을 충족시킬 수 있으리라는 희망이 그를 붙잡은 것입니다. 이 정열적인 갈망이 한 순간 체포의 두려움만이 아니라 양심의 가책마저 눌러 버렸던 것입니다! 한순간, 오, 오직 한순간이라도! "아직 저쪽에서는 다 알아내지 못했을 것이다. 아직 뭔가 방법을 찾아낼 수 있다. 오, 아직은 방어할 계획을 세울 시간이 있을 것이다. 그런데 지금, 지금은, 지금 그녀는 얼마나 매혹적인가!" 그는 이렇게 생각합니다. 그의 영혼은 혼란스럽고 무섭지만, 그는 자기 돈 절반을 떼어서 어딘가에 숨겨두는 데 성공합니다. 그렇지 않고서는 저는 이 3천 루블에서 절반이 통째로 어디로 사라질 수 있었는지 설명할 수가 없습니다. 저는 돈의 한 부분이 그때 체포 직전에 모크로예의 그 집 어딘가에 숨겨졌다고 추정합니다. 무엇 때문이냐고요? 돈은 어떤 상황에서도 필요하니까요! 돈을 가진 사람은 어디서나 사람 대접을 받습니다. 우리는 그 집을 수색했지만 발견하지 못했습니다. 어쩌면 그 돈은 아직 그곳에 있을지도 모르고 어쩌면 다음 날 사라져서 지금 피고에게 있을지도 모릅니다.

수색은 그를 화나게 했지만, 고무시키기도 했습니다. 3천 루블 전부가 아닌 절반만 찾아냈으니까요. 그 순간 처음으로 그의 머리에 부적 주머니 생각이 떠오른 것입니다. 피고는 이 순간까지 이 말이 안 되는 얘기를 고집하고 있습니다! 이 두 달 내내 그는 이전의 환상적인 증언에 어떤 실제적인 설명도 덧붙이지 못했습니다. 오, 우리가 믿을 수만 있다면 기쁠 것입니다. 우리는 믿기를 갈망합니다. 피고에게 유리한 한 가지 사실만이라도 우리에게 가리켜 보여주십시오. 그러면 우리는 기뻐할 것입니다. 우리는 새로운 사실에 기뻐할 것이고 우리가 먼저 우리의 기소를 취하하겠습니다. 그러나 지금은 정의가 부르짖고 있습니다. 우리는 주장을 고수합니다. 우리는 어느 것도 포기할 수가 없습니다." 입폴리트 키릴로비치는 여기서 피날레로 넘어갔다. 그는 마치 열병에 걸린 것 같았다. 그는 흘린 피에 대해, 아들에 의해 살해당한 아버지의 피에 대해 절규했다. "지금 이 순간 여러분은 우리의 공정한 재판이 이루어지는 성스러운 공간에 있다는 것을 기억해 주십시오. 여러분은 우리 정의의 수호자, 성스러운 우리 러시아의 수호자라는 것을 기억해 주십시오! 그렇습니다, 여러분은 여기서 이 순간 러시아를 대표하고 있는 것입니다. 이 법정에서만이 아니라 전 러시아에 우리의 선고가 울려 퍼질 것입니다. 러시아와 러시아의 기대를 저버리지 말아 주십시오."

입폴리트 키릴로비치는 비장하게 끝을 맺었다. 그가 불러일으킨 인상은 굉장했다. 그 자신은 논고를 마치고 나서 서둘러 나갔는데, 다른 방에서 거의 기절하다시피 했다. 법정에서는 박수를 보내지는 않았지만 진지한 사람들은 만족스러워했다. 모두가 미챠를 바라보았다. 그는 검사가 말하는 내내 잠자코 앉아서 고개를 숙이고 있었다. 드물지만 고개를 들고 귀를 기울이기도 했다. 어떤 대목에서는 벌떡 일어나 뭐라고 소리 지르려 했지만 자제하고 단지 경멸스럽다는 듯 어깨를 으쓱할 뿐이었다.

법정은 휴정되었는데, 휴정은 15분에서 길어야 20분 정도로 매우 짧았다. 종이 울렸고 모두 제 자리로 몰려갔다. 페튜코비치가 연단에 들어섰다.

변호사의 변론

유명한 연사의 첫마디가 울려 퍼지자 모든 소리가 잠잠해졌다. 법정의 모든 시선은 그를 뚫어지게 쳐다보았다. 그는 매우 직설적이고 단순하고 확신에 차서 시작했다. 오만한 구석이라곤 전혀 없었다. 그의 목소리는 근사하고 크고 호감을 자아냈다. 목소리 자체에서 이미 무엇인가 진실하고 소박한 것이 울려 나오는 것 같았다. 그는 곧바로 본론으로 접근했다.

"배심원 여러분, 이 사건에는 한 가지 매우 독특한 특징이 있습니다. 바로 강탈에 대한 혐의와 동시에 무엇이 강탈되었는지 지적할 가능성이 사실상 전혀 없다는 점입니다. 3천 루블이 강탈되었다고 하는데 그 돈이 정말로 존재했는지는 그 누구도 모릅니다. 우리는 3천 루블이 있었다고 어떻게 알게 되었습니까? 누가 그 돈을 보았습니까? 그 돈을 본 것은 하인 스메르쟈코프 하나뿐이었습니다. 그는 피고와 그의 아우인 이반 표도로비치에게 이 정보를 알려주었습니다. 스베틀로바$^{그루셴카의 성}$ 양도 오래전에 이 사실을 알고 있었습니다. 그렇지만 이 세 사람은 그 돈을 보지 못했고 오직 스메르쟈코프만 그것을 보았습니다. 만약 정말로 그 돈이 있었고 스메르쟈코프가 그것을 보았다면 그는 언제 마지막으로 보았을까요? 만약 주인 나리가 그에게 말하지 않고 이 돈을 침대 밑에서 꺼내 다시 상자에 넣었다면요? 스메르쟈코프의 말에 따르면, 돈은 침대, 매트리스 밑에 있었습니다. 피고는 돈을 매트리스 밑에서 꺼냈어야 하지만, 침대는 조금도 구겨져 있지 않았습니다. 어떻게 피고는 침대를 조금도 구기지 않고, 게다가 피가 묻은 손으로 그때 깔아 놓은 침대보를 더럽히지 않을 수 있었을까요? 그렇지만 바닥에 떨어진 봉투는 뭐냐고 묻겠지요. 정말로 이 종잇조각이 바닥에 뒹굴고 있었다는 한 가지 사실이 그 안에 돈이 들어있었고 돈이 강탈당했다는 증거가 된단 말입니까? 이를테면 다음과 같은 상황을 가정하지 못할 이유가 있을까요. 표도르 파블로비치 노인이 집에 틀어박혀 갑자기 봉투를 꺼내 그것을 뜯어볼 생각을 했을 수도 있다는 겁니다. '봉투는 믿지 않을지도 모르지. 서른 장의 무지갯빛 지폐를 한 다발 보여주면, 어쩌면 더 효과가 클지도 모르지.' 그리고 봉투를 뜯어 돈을 꺼내고 봉투는 바닥에 던지는 겁니다. 왜 이것이 불가능할까요? 그런 비슷한 일이 일어날 수 있다면, 강탈에 대한 혐의는 저절로 없어지는 것입니다. 돈은 없었고 따라서 강탈도 없었던 겁니다. '좋습니다. 그러나 그런 경우라면, 표도르 파블로비치 자신이 봉투에서 꺼냈다면 돈은 어디로 사라진 겁니까? 그 집을 수색했을 때 돈을 발견하지 못했는데?' 이렇게 질문하겠죠. 그가 아침에, 심지어 전날 밤에 돈을 꺼내 다른 식으로 처리했을 수도 있지 않겠습니까? 그런 가정의 가능성이 존재한다면, 어떻게 그토록 집요하고 확고하게 피고가 강탈을 위해 살해를 저질렀다고 그를 비난할 수 있을까요? '그렇지만 그날 밤 피고는 돈을 흥청망청 써버렸고 천 5백 루블이 그에게서 발견되었습니다. 그 돈은 어디서 난 겁니까?'라고 하시겠지요. 그러나 바로 천 5백 루블만 발견되고 나머지 절반을 도저히 찾을 수 없었다는 사실에 의해 이 돈이 전혀 그 돈, 봉투에 있었던 적이 없었던 그 돈이 아니라는 것이 증명되는 것입니다. 피고는 하녀에게서 관리 페르호틴에게로 달려갔고 집에 들르지 않고 항상 사람들 속에 있었습니다. 따라서 시간상으로 계산해 봐도 그가 3천 루블에서 절반을 분리하여 도시 어딘가에 숨길 수가 없었던 것입니다. 바로 이런 생각 때문에 검사는 모크로예 마을 어느 틈새에 돈이 숨겨져 있을 것이라고 가정했던 것입니다. 이런 가정은 환상적인 것, 낭만적인 것이 아닐까요. 피고가 아무 데도 들르지 않았다면 도대체 어떤 기적이 그 돈을 사라지게 했을까요? '어쨌거나 그는 어디서 이천 5백 루블이 났는지 설명하지 못했습니다. 그날 밤까지 그에게는 돈이 없었다는 것을 모두가 알고 있었는데도.'라고 말하겠지요. 누가 그걸 알았다는 겁니까? 피고는 어디서 돈이 났는지에 대해 분명하고도 확고한 증언을 했습니다. 이 증언보다 더 믿을 만한 것은 없고 피고의 성격과 영혼에 더 부합하는 것도 없습니다. '그가 모크로예 마을에서 한 달 전에 3천 루블을 탕진했다는 것을 아는 증인들이 있습니다. 그러니 절반을 떼어놓을 수는 없었던 것입니다.'라고 반박할 수 있겠지요. 그렇지만 이 증인들은 대체 누구입니까? 이 증인들 중에서 이 돈을 직접 세어 본 사람은 아무도 없습니다. 자기 눈으로 판단했을 뿐입니다.

어째서, 어째서 검사는 그토록 순수하고 진실하게, 미리 준비하지 않고 제시한 알렉세이 카라마조프의 증언을 믿지 않는 걸까요? 바로 그날 저녁 동생과 대화한 후에 피고는 이 숙명적인 편지를 씁니다. 이 편지가 피고의 강탈 혐의를 입증하는 가장 중요한 증거입니다. 그렇지만 첫째, 이 편지는 극도로 흥분한 상태에서 술에 취해 쓴 것입니다. 둘째, 봉투에 대해서는 스메르쟈코프에게서 들은 대로 쓰고 있습니다. 그 자신은 봉투를 본 적도 없습니다. 셋째, 그렇게 썼다고 하더라도 그가 쓴 대로 행했다는 것을 무엇으로 증명할 수 있을까요? 피고가 봉투를 과연 매트리스 밑에서 꺼냈을까요, 돈을 과연 찾았을까요, 돈은 과연 있었을까요? 게다가 피고는 돈 때문에 달려간 걸까요, 기억해 주십시오! 피고는 강탈하기 위해서가 아니라 그녀가 어디에 있는지 단지 알기 위해서 달려갔던 것입니다. 계획 대로가 아니라, 따라서 쓴 대로가 아니라, 즉 생각해 둔 강탈을 위해서가 아니라 갑작스럽게, 돌연히 질투에 미쳐서 달려갔던 것입니다! '그래도 달려가서 죽이고 돈을 가져간 겁니다.'라고 말하겠지요. 좋습니다, 마지막으로 말하지만 과연 그가 죽인 걸까요, 아닐까요? 저는 강탈에 대한 혐의는 분노하며 거부하는 바입니다. 그러면 강탈은 하지 않고 죽인 걸까요? 그것은 증명되었을까요?

어째서 검사는 피고가 아버지의 창문에서 달아났다는 증언이 옳다는 것을 인정하고 싶어 하지 않을까요? 그는 스베틀로바 양이 아버지 집에 없다는 것을 확인하자마자 달아났습니다. '그렇지만 그는 창문을 통해서는 확인할 수 없었습니다.' 검사는 반박하겠죠. 어째서 할 수 없다는 거지요? 피고가 보낸 신호로 창문이 열리지 않았습니까. 표도르 파블로비치가 어떤 말을 한 마디 했거나 어떤 외침소리를 내뱉었을 수도 있습니다. 그래서 피고는 단박에 스베틀로바 양이 없다는 것을 확인할 수 있었던 것입니다. '좋습니다. 그러나 그리고리는 문이 열려 있는 것을 보았습니다. 그러니 피고는 분명 집에 들어가서 죽인 것입니다.' 배심원 여러분, 이 열린 문에 대해서는 오로지 한 사람만이 증언하고 있고 그때 그 자신이 그런… 상태에 있었던 것을 아시지 않습니까. 그렇지만 문이 열려 있었다고 칩시다. 피고가 문을 열고 집으로 잠입했고 집 안에 있었다고 칩시다. 그래서 어쨌다는 겁니까. 어째서 그가 있었다고 해서 반드시 죽였다는 겁니까? 그는 아버지를 때릴 수도 있었겠지만 스베틀로바 양이 없다는 것을 확인하고는 그 사실에 기뻐하면서 아버지를 죽이지 않고 달아났습니다. 그런데 여기 아버지의 시체가 있다고 다시 그 사실을 가리키겠지요. 그가 달아났고 죽이지 않았다면 누가 노인을 죽였단 말입니까?

여러분이 제 의뢰인에게 혐의를 두는 것은 단지 혐의를 둘 다른 사람이 없어서가 아닙니까? 아무도 없는 것은 여러분이 미리 완전하게 스메르쟈코프를 모든 의심에서 배제시켰기 때문입니다. 그러나 그럼에도 불구하고 스메르쟈코프의 이름이 발설되었고 마치 뭔가 수수께끼 같은 것이 들리는 듯합니다. 배심원 여러분, 뭔가 여기에는 다 말하지 않은 것이 있고 다 끝나지 않은 것이 있는 것만 같습니다. 저는 스메르쟈코프에게 갔었고 그를 보았고 그와 이야기를 나눴습니다. 저는 그가 악의에 차 있고 매우 명예욕이 강하며 복수심과 질투가 강하다는 확신을 가지고 그의 집에서 나왔습니다. 저는 이런저런 정보를 수집했는데, 그는 자신의 출생을 증오하고 그것을 수치스러워한다는 것이었습니다. 자신을 표도르 파블로비치의 사생아라고 생각하면서 그는 자신의 주인의 적자들과 비교하여 자신의 처지를 증오했을 수 있습니다. 그들에게는 모든 것이, 권리와 유산이 돌아가겠지만 자신은 아무것도 없는 단지 요리사에 불과하다고 말입니다. 그는 표도르 파블로비치와 함께 돈을 봉투에 넣었다고 저에게 알려주었습니다. 그는 3천 루블을, 빛나는 무지갯빛 지폐를 보았습니다. 그는 처음으로 그런 거액을 본 것입니다. 무지갯빛 지폐 뭉치의 인상은 병적으로 그의 상상력에 반영되었을 수 있습니다. 검사는 무엇 때문에 그가 간질 발작을 가장했는가? 라고 질문했습니다. 네, 그러나 그는 전혀 가장하지 않았을 수 있습니다. 발작은 완전히 자연스럽게 일어났지만 또 완전히 자연스럽게 지나갈 수 있었고 병자는 정신이 들었을 수 있습니다. 검사는 묻습니다. 스메르쟈코프가 살인을 저지른 시점이 언제인가? 라고. 그러나 이 시점을 가리키는 것은 매우 쉽습니다. 그는 그리고리 노인이 달아나는 피고의 발을 붙잡고 소리를 지르던 그 순간에 깊은 잠에서 정신을 차리고 일어날 수 있었습니다. 이 외침이 스메르쟈코프를 깨울 수 있었던 겁니다. 침대에서 일어나 그는 거의 무의식적으로 무슨 일인지 알아보려고 소리 나는 쪽으로 향했습니다. 그는 정원으로 갔고 불 켜진 창문으로 다가갑니다. 그리고 놀란 주인으로부터 모든 것을 자세하게 알게 됩니다. 이때 점점 그의 산만해지고 아픈 뇌에서 생각이 창조됩니다. 무섭지만 유혹적이고 반박할 수 없이 논리적인 생각이지요. 죽이고 3천 루블을 가져가고 나서 모든 것을 나중에 도련님에게 덮어씌우자는 것입니다. 돈에 대한 무서운 갈망이 그의 정신을 사로잡았을 수 있습니다. 그래서 스메르쟈코프는 주인의 방에 들어가 자신의 계획을 실행합니다. 무엇으로, 어떤 흉기로 그랬냐면, 그가 정원에서 집어든 돌멩이로 그랬을 수 있습니다. 그런데 무엇 때문에, 도대체 무슨 목적으로 그랬을까요? 그런데 3천 루블, 이건 출세인 것입니다. 오! 저는 스스로 모순되지 않습니다. 돈은 있었을 수도 있습니다. 심지어 스메르쟈코프만이 그것을 어디에서 찾을 수 있는지 알고 있었을지도 모릅니다. 그렇지만 검사는 외칩니다. 왜, 왜 스메르쟈코프는 유서에 자백을 하지 않았는가? 라고. 그러나 잠깐만요. 양심은 이미 뉘우침입니다. 그러나 자살한 사람에게 뉘우침은 없었을 것이고,

오직 절망만이 있었습니다. 절망과 뉘우침은 전혀 다른 것입니다. 절망은 악의에 차고 화해할 수 없는 것입니다. 자살자는 이 순간 두 배나 더 평생 질투해온 사람들을 증오했을 수 있습니다. 배심원 여러분, 모든 성스런 것을 두고 맹세하건대, 저는 여러분에게 지금 제시한 살인에 대한 저의 해석을 전적으로 믿습니다. 저는 지금 제가 말한 것에서 조금도 물러서지 않을 것입니다. 그러나 그렇다고 칩시다. 한 순간 검사의 주장에 동의하여 나의 불행한 의뢰인이 자신의 손을 아버지의 피로 물들였다고 칩시다. 반복하지만 이건 단지 가정입니다. 저는 한 순간도 피고의 무죄를 의심한 적이 없습니다. 그러나 저의 피고가 아버지 살해에 죄가 있다고 칩시다. 제가 그런 가정을 허용한다고 하더라도 저의 말을 귀 기울여 들어주십시오. 저의 마음에는 여러분에게 아직 말할 것이 있습니다. 배심원 여러분, 저는 끝까지 정의롭고 진실하기를 원합니다. 우리 모두 진실해집시다!.."

이 지점에서 상당히 세찬 박수갈채가 변호인의 말을 중단시켰다. 그러나 재판관은 다시 한 번 '그런 일'이 반복되면, 법정에서 '퇴정시키겠다'고 큰 소리로 위협했다. 모두가 조용해졌고, 페튜코비치는 이제까지 그가 말했던 것과는 전혀 다른 새로운, 감동적인 목소리로 시작했다.

사상의 간통자

"네, 아버지의 피를 흘리는 것은 무서운 일입니다. 낳아주고 사랑하고 나를 위해 자신의 생명을 아끼지 않은 사람의 피를 말입니다. 평생 나의 행복을 위해 고통당하고 나의 기쁨과 나의 성공으로 살아온 사람의 피를! 오, 그런 아버지를 죽이는 것은, 네, 그것은 생각하는 것조차 불가능합니다! 그러나 본 사건에서 고인이 된 표도르 파블로비치 카라마조프는 지금 우리 마음에 떠오르는 아버지에 대한 개념에 조금도 들어맞지 않습니다. 나의 의뢰인은 무절제하고 거칠고 난폭합니다. 우리는 그것 때문에 그를 심판하지만, 그의 운명에 잘못이 있는 것은 누구입니까? 그가 그토록 말도 안 되는 양육을 받은 것은 누구 잘못입니까? 누군가 그에게 이성과 분별을 가르쳐 주었습니까? 어린 시절 그를 조금이라도 사랑해 준 사람이 있었습니까? 나의 의뢰인은 하느님의 보호로, 즉 야생 동물처럼 자랐습니다. 오랜 이별 후 그를 맞이한 것은 냉소적인 비웃음과 의심뿐이었습니다. 이 노인은 모든 사람에게 아들이 불경스럽고 잔인하다고 불평을 했고, 사교계에서 그의 이름을 더럽히고 그를 중상했습니다. 살해된 카라마조프 노인 같은 아버지는 아버지로 불릴 자격이 없습니다. "어버이 된 이 여러분, 여러분의 자녀들을 격분하게 하지 마십시오."[17] 사도[18]는 사랑으로 불타는 마음으로 이렇게 쓰고 있습니다. 저는 이곳에 있는 아버지들만을 위해서가 아니라, 모든 아버지들에게 외칩니다. "어버이 된 이 여러분, 여러분의 자녀들을 격분하게 하지 마십시오!" 네, 먼저 우리 자신이 그리스도의 계명을 행하고 그때서야 우리 자녀들에게 요구하는 것을 스스로에게 허용합시다. 그렇지 않으면 우리는 아버지가 아니라 우리 자녀들의 원수이고, 그들도 우리 자녀가 아니고 우리의 원수인 것입니다. 우리 자신이 그들을 원수로 만든 것입니다!

자격이 없는 아버지의 모습을 보면 젊은이에게는 고통스런 질문이 절로 떠오르게 됩니다. 사람들은 이 질문에 뻔한 대답을 합니다. "그가 너를 낳았으니 너는 그의 핏줄이고 그러니 너는 그를 사랑해야 한다."는 겁니다. 젊은이는 생각에 잠기게 됩니다. "정말 아버지는 나를 낳았을 때 나를 사랑했을까. 아버지는 정말로 나를 위해 나를 낳은 것일까? 무엇 때문에 나는 단지 아버지가 나를 낳았다고 해서, 그 후에는 평생 나를 사랑하지도 않았는데 아버지를 사랑해야 하는 것일까?" 이 문제를 어떻게 해결해야 할까요? 이렇게 해보는 겁니다. 아들이

17　골로새서 3장 21절

18　사도 바울을 말한다.

아버지 앞에 서서 직접 묻는 겁니다. "아버지, 나에게 말해 주세요. 무엇 때문에 제가 아버지를 사랑해야 하죠? 아버지, 내가 아버지를 사랑해야 한다는 것을 증명해 주세요." 만약 이 아버지가 그에게 대답하고 증명할 수 있는 힘이 있다면, 그것이 진짜 정상적인 가정인 것입니다. 반대의 경우, 아버지가 증명하지 못한다면, 그 가정은 바로 끝장인 것입니다. 그는 아버지가 아닌 것이죠."

여기서 연설자는 걷잡을 수 없는, 거의 광란에 가까운 박수갈채에 의해 말을 중단했다. 아버지들과 어머니들이 박수갈채를 보냈다. 위쪽, 부인들이 앉아있는 곳에서는 찢어지는 소리와 외침이 들렸다. 그들은 스카프를 흔들어댔다. 재판장은 법정의 태도에 짜증이 났지만 감히 단호하게 '퇴정하라'고 명하지는 못했다. 소음이 가라앉았을 때 재판장은 이전의 엄한 약속을 반복하는 것으로 만족해야 했다. 의기양양해진 페튜코비치는 다시 변론을 계속했다.

"배심원 여러분, 성스러운 모든 것을 걸고 맹세하건대, 만약 아버지가 아니고 그와 관계없는 그저 모욕한 자였다면, 피고는 그 여자가 집에 없다는 것을 확인하고 자신의 경쟁자에게 어떤 해도 입히지 않고 달려 나갔을 것입니다. 때리거나 밀칠 수는 있었겠지만 그것뿐이었을 것입니다. 피고에게는 시간이 없었고 그녀가 어디 있는지 알아내야 했으니까요. 그러나 그는 아버지, 아버지였습니다. 오, 모든 것은 이 아버지의 모습, 어릴 때부터 그를 미워했던 그의 원수, 그를 모욕한 자, 그리고 지금은 괴물 같은 경쟁자인 그 아버지의 모습이 저지른 일이었습니다. 증오의 감정이 피고를 걷잡을 수 없이 사로잡았습니다. 이것은 광기의 정신이상이었습니다. 그러나 여기서 죽인 것은 살인자가 아닙니다. 그는 단지 격분한 나머지 절구공이를 휘둘렀을 뿐입니다. 죽이고 싶어 하지도 않았고 죽일 것이라는 것도 몰랐습니다. 달아나면서 그는 그가 쓰러뜨린 노인이 죽었는지 알지 못했습니다. 그런 살인은 살인이 아닙니다. 그런 살인은 친부살해가 아닙니다. 정말, 정말 살인이 있었습니까. 배심원 여러분! 여러분의 유죄 선고는 단지 그의 양심을 가볍게 해 줄 뿐입니다. 그는 자신이 흘린 피를 저주하고 그것에 대해 후회하지 않을 것입니다. 여러분은 그의 속에 아직은 가능성을 가지고 있는 인간을 파멸시키는 것입니다. 그는 평생 악하고 눈먼 채로 남을 것이기 때문입니다. 그러나 여러분은 그의 영혼을 구원하고 부활시키기 위한 목적으로 가장 끔찍한 형벌로써 그를 벌하고 싶지는 않으십니까? 그렇다면 여러분의 자비로 피고를 압도시켜 주십시오! 여러분은 그의 영혼이 떨며 두려워하는 것을 보시게 될 것입니다. '내가 이런 자비를 감당할 수 있을까. 이런 사랑을. 내가 과연 그럴 자격이 있을까.' 그는 이렇게 외칠 것입니다! 오, 저는 그의 마음, 거칠지만 고결한 마음을 압니다. 그 마음은 위대한 사랑의 행위를 갈망할 것이고 영원히 부활할 것입니다. 뉘우침과 그의 앞에 놓인 무수한 의무가 그를 짓누를 것입니다. 그는 뉘우침과 타는 듯한 고통스러운 감동의 눈물을 흘리며 외칠 것입니다. "사람들은 나보다 훌륭하다. 나를 파멸시키려 하지 않고 나를 구원하고자 했으니!" 오, 여러분이 이 자비의 행위를 하는 것은 아주 쉽습니다. 보잘 것 없는 제가 러시아 재판은 단지 형벌을 줄 뿐만이 아니라 파멸된 인간을 구원한다는 것을 상기시켜드릴 필요가 있을까요! 다른 민족들의 법은 문자 그대로 형벌을 주지만, 우리 법은 파멸한 이들을 구원하고 부활시킵니다. 여러분의 손에 제 의뢰인의 운명이 달려 있습니다. 여러분의 손에 우리 러시아 정의의 운명이 달려 있습니다. 여러분이 그것을 구해주실 것입니다. 여러분이 그것을 지켜내실 것입니다."

농부들이 고집을 부리다

페튜코비치는 그렇게 변론을 마쳤고 이번에 청중에게 폭발한 환호는 폭풍처럼 걷잡을 수 없었다. 여자들은 울었고 많은 남자들도 눈물을 흘렸다. 연사 자신도 진정으로 감동했다.

피고에게 발언할 기회가 주어졌다. 미챠는 일어났지만 별로 말을 많이 하지 않았다. 그는 육체적으로나 정신적으로 너무나 지쳐있었다. 그는 마치 이날 전에는 이해하지 못했던 아주 중요한 것을 배우고 깨우친 것 같았고, 평생 지속될 무엇인가를 체험한 것 같았다. 그의 말은 전과 다른, 굴복당하고 패배한 무엇인가처럼 들렸다.

"제가 무슨 말을 하겠습니까! 저의 심판은 다가왔고 저는 하느님의 손길이 제게 닿는 것을 느낍니다. 길을 잃고 방황한 자에게 끝이 온 것입니다! 그러나 하느님에게 고백하듯이, 여러분에게 말합니다. '내 아버지의 피에 대해 저는 죄가 없습니다!' 마지막으로 반복합니다. '제가 죽이지 않았습니다.' 저는 방탕했습니다. 매순간 고치려고 노력했지만, 야생 동물처럼 살았습니다. 검사님께 감사드립니다. 제가 모르는 저에 대해서 많은 것을 말해주셨습니다. 그러나 아버지를 죽였다는 것은 사실이 아닙니다. 검사님은 실수하셨습니다! 변호사님께 감사합니다. 그분의 말을 들으며 저는 울었습니다. 그러나 제가 아버지를 죽였다는 것은 사실이 아닙니다. 가정할 필요도 없었습니다! 제 영혼은 괴롭습니다, 여러분... 자비를 베풀어 주십시오!"

그는 거의 제 자리에 쓰러졌고 그의 목소리는 중간에 끊어졌다. 마침내 배심원들이 회의를 위해 퇴정하려고 일어났다. 배심원들이 퇴정하고 휴정 시간이 되었다. 시간은 매우 늦어 벌써 자정이 되었지만, 아무도 법정에서 떠나지 않았다. 모두가 너무나 긴장해서 편안히 있을 기분이 아니었다. 모두가 가슴을 졸이며 기다렸다. 페튜코비치 자신은 승리를 굳게 확신하고 있었다. 그는 축하를 받으며 사람들에 둘러싸여 있었다.

종이 울렸다. 배심원들은 정확히 더도 덜도 아닌 한 시간 동안 회의를 했다. 방청객이 다시 자리에 앉자마자, 깊은 정적이 지배했다. 나는 배심원들이 법정으로 들어오던 모습을 기억한다. 마침내! 나는 재판장의 처음이자 가장 중요한 질문, 즉 "피고는 강탈을 목적으로 계획적으로 살인을 저질렀는가?"라는 질문에 대한 대답을 기억한다. 모두가 숨을 죽였다. 배심원장은 큰 소리로 분명하게 선언했다.

"네, 유죄입니다!"

그러고 나서 모든 조목마다 똑같은 말이 이어졌다. 유죄다, 유죄다. 최소한의 관용조차 없었다! 누구도 이런 것을 기대하지 않았다. 죽은 듯한 정적이 이어졌다. 글자 그대로 모두가 돌처럼 굳어버린 것 같았다. 그러나 처음 몇 분 동안뿐이었다. 그 후에 무서운 혼란이 일어났다. 처음에 부인들은 자신들의 귀를 믿지 못하는 것 같았다. 그러더니 갑자기 법정 전체가 울리도록 외침소리가 들리기 시작했다. "도대체 이게 뭐예요? 이게 뭐냐고요?" 그들은 자기 자리에서 팔짝팔짝 뛰듯이 일어났다. 이 순간 갑자기 미챠가 일어나 앞으로 손을 뻗으며 가슴을 쥐어뜯듯 울부짖으며 소리쳤다.

"하느님과 최후의 심판을 두고 맹세합니다. 내 아버지의 피에 대해 저는 죄가 없습니다! 카챠, 당신을 용서하오! 형제들, 친구들이여, 다른 여인을 불쌍히 여겨 주십시오!"

그는 말을 마치지 못하고 온 법정에 다 들리도록 통곡하기 시작했는데, 어디서 갑자기 그런 소리가 나왔는지 알 수 없는 자기 소리가 아닌 무서운 목소리로 울었던 것이다. 위층의 높은 곳, 가장 뒷자리 구석에서 찢어지는 듯한 여자의 통곡소리가 울렸다. 그것은 그루셴카였다. 그녀는 벌써 누군가에게 간청하여 다시 법정 안으로 들어와 있었던 것이다. 사람들은 미챠를 데리고 나갔다. 선고를 내리는 것은 내일로 연기되었다. 법정은 온통 아수라장이 되었지만, 나는 이미 무엇을 더 기다리지도 듣지도 않았다. 단지 나갈 때 현관에서 들은 몇몇 외침소리

카라마조프 형제들 533

를 기억할 뿐이다.
 "20년은 탄광 냄새를 맡게 됐어."
 "덜하지는 않겠지."
 "그렇군. 우리 농부들이 고집을 부렸어."
 "그래서 우리 미첸카를 끝장내버렸지!"

에필로그

미챠를 구할 계획

 미챠의 재판 후 닷새가 지난 날 매우 이른 아침에, 아직 8시밖에 되지 않았는데 카테리나 이바노브나에게 알료샤가 찾아왔다. 그녀는 한때 그루셴카를 맞았던 그 방에서 그와 이야기를 나누었다. 옆에 있는 다른 방에서는 이반 표도로비치가 열병에 걸려 의식을 잃은 채로 누워있었다. 카테리나 이바노브나는 법정에서의 소동 이후 곧바로 의식을 잃은 이반 표도로비치를 자기 집으로 데려오게 했다. 바르빈스키와 게르텐슈투베가 그를 치료했다. 모스크바에서 온 의사는 돌아가 버렸다. 남은 의사들은 아직 확실한 희망을 줄 수 없어 보였다. 알료샤는 하루에 두 번씩 아픈 형에게 들렀다. 이번에 그에게는 특별하고 매우 신경이 많이 쓰이는 일이 있었다. 그는 그것에 대해 이야기를 꺼내는 것이 힘들 것이라고 예감하고 있었다. 그러나 그런 와중에도 그는 매우 서둘렀다. 이 아침에 다른 곳에서 또 다른 미룰 수 없는 일이 있었기 때문이었다. 그들은 벌써 15분 정도 이야기를 나누고 있었다. 카테리나 이바노브나는 무엇 때문에 지금 알료샤가 찾아왔는지 예감하고 있었다.

"그 사람의 결정에 대해서는 걱정하지 마세요." 그녀는 확고하고 집요하게 알료샤에게 말했다. "그 사람은 도주해야만 해요! 이 문 뒤에 누워있는 저 사람이 오래전에 이미 저에게 이 도주 계획을 전부 알려줬어요. 필시 유형수들을 시베리아로 이송할 때 세 번째 숙박지에서 도주시킬 계획인 것 같아요. 이반 표도로비치는 벌써 세 번째 숙박지의 책임자에게 다녀왔어요. 내일 제가 어쩌면 당신께 계획안 전체를 상세히 보여드릴 수 있을지도 모르겠어요. 그건 이반 표도로비치가 만약의 경우가 생길 것을 대비해서 재판 전날 저에게 남겨두었던 거예요... 저는 그루셴카가 드미트리와 함께 외국으로 도망간다는 것 때문에 화가 났었어요. 이반 표도로비치는 제가 화를 내는 걸 보고 드미트리 때문에 그 여자에게 질투한다고 생각했어요. 그래서 처음으로 싸움이 시작됐지요. 저는 저런 사람이 제가 이전의 사랑을 계속한다고 의심한다는 것이 괴로웠어요... 제가 분명히 드미트리가 아니라 오직 그만을 사랑한다고 직접 말했는데도 말이에요! 그는 삼일 후에 당신이 오셨던 그날 저녁, 저에게 봉인한 봉투를 가져왔어요. 만약 그에게 무슨 일이 일어나면 나 보고 곧 뜯어보라면서요. 오, 그 사람은 자기 병을 예견했던 거예요! 그는 봉투 안에 도주에 대한 자세한 내용이 담겨있으니 만약 그가 죽거나 위험할 지경으로 아프게 되면, 저 혼자 미챠를 구하라고 말했어요. 그리고 저에게 거의 만 루블 정도 되는 돈을 남겨두고 갔어요. 저는 이반 표도로비치가 여전히 저를 질투하고 제가 미챠를 사랑한다고 확신하면서도 형을 구하겠다는 생각을 버리지 않고 저에게 이 일을 맡긴다는 것에 무섭도록 충격을 받았어요. 오, 그건 희생이었어요! 저 사람은 한 번도, 한 번도 형이 살인자라고 단언한 적이 없어요. 반대로 제가, 제가 그에게 단언했어요! 법정에서 그 저주스런 소동을 준비한 것은 저였어요! 모든 일의 원인은 저예요. 저 혼자 잘못한 거예요!"

카챠는 전에는 이런 고백을 알료샤에게 한 적이 없었다. 그는 그녀가 지금 그 정도로 견딜 수 없이 고통당하고 있음을 느꼈다. 그녀는 법정에서 자신이 한 '배신' 때문에 고통스러워하고 있었다. 그래서 그가 부탁받고 온 일이 더 어렵게 되어가고 있었다. 그는 다시 미챠에 대해 말을 꺼냈다.

"괜찮아요, 괜찮아요. 그에 대해서는 두려워하지 마세요!" 카챠는 다시 고집스럽고 날카롭게 말을 시작했다. "저는 그 사람을 알아요. 그가 도주하는 데 동의할 거라고 확신하셔도 돼요. 아직은 결정할 시간이 있어요. 이반 표도로비치는 그때까지는 건강을 회복할 거예요. 제가 해야 할 일은 없을 거예요. 중요한 건 그가 당신을 두려워한다는 거예요. 당신이 도덕적인 면에서 도주를 찬성하지 않을까 봐 두려워하는 거예요. 그러나 당신은 관대하게 이 일을 허락해주셔야만 해요. 제가 오늘 당신을 부른 건 당신이 그 사람을 설득하겠다고 약속해 주셨으면 해서였어요. 아니면 당신 생각에는 도주하는 것은 불명예스럽거나... 기독교적이지 않은 것인가요?"

"아닙니다. 제가 형님에게 모두 말하겠습니다..." 알료샤는 중얼거렸다. "형님은 오늘 당신이 와 주셨으면 합니다." 그는 그녀의 눈을 똑바로 쳐다보면서 갑자기 말을 내뱉었다. 그녀는 온몸을 떨고는 소파에서 조금 뒤로 물러났다.

"나를... 그게 있을 수 있는 일인가?" 그녀는 창백해져서 중얼거렸다.

"있을 수 있고 그래야만 합니다." 알료샤는 집요하게 말하기 시작했다. "형님에게 당신은 바로 지금 아주 필요한 분입니다. 형님은 계속 당신만 찾고 있어요. 그날 이후로 형님에게는 많은 일이 일어났어요. 형님은 당신에게 얼마나 셀 수 없이 많은 잘못을 했는지 깨닫고 있어요. 형님은 당신의 용서를 원하는 것이 아닙니다. 다만 당신이 문지방에라도 나타나 주기를 바라고 있어요..."

"저는 그가 부르리라는 것을 알고 있었어요!... 그러나 이건 있을 수 없는 일이에요!"

"있을 수 없는 일이라도 해 주십시오. 형님은 당신을 얼마나 모욕했는지 처음으로 깨닫고 충격을 받았다는 것을 기억해 주세요. 생각해 보십시오. 당신은 죄 없이 파멸한 사람을 찾아가시는 겁니다. 형님은 손에 피를 묻히지 않았어요! 형님이 앞으로 겪을 헤아릴 수 없는 고통을 위해 찾아가 주세요! 단지 문지방에만 서 있어주세요... 당신은 이 일을 해야만, 꼭 해야만 합니다!"

"해야 하지만... 할 수 없어요. 그 사람이 나를 보겠죠... 나는 할 수 없어요."

"당신들의 눈은 마주쳐야 합니다. 지금 결정하지 않는다면, 평생 어떻게 사실 겁니까?"

"평생 고통을 당하는 게 나아요."

"당신은 가셔야 합니다. 가셔야 합니다."

"그런데 왜 오늘이죠? 왜 지금이에요?"

"만일 가시지 않으면, 형님은 밤에 열병에 걸리실 거예요. 가엾게 여겨주세요!"

"저도 가엾게 좀 여겨주세요." 카챠는 쓰라린 어조로 책망하고 울기 시작했다.

"그러니까 가시는 거지요! 제가 형님께 가서 지금 가실 거라고 말하겠습니다."

"아니요, 절대 말하지 마세요! 갈게요. 하지만 그 사람한테 미리 말하지 마세요. 제가 가도 안으로 들어가지 않을지도 모르니까요... 저는 아직 모르겠어요."

그녀의 목소리는 끊어졌다. 알료샤는 나가려고 일어섰다.

"제가 만약 누구라도 만나게 된다면요?" 온통 창백해진 그녀가 갑자기 조용히 말했다.

"당신이 거기서 아무도 만나지 않으려면 지금 가셔야 합니다. 아무도 없을 거예요. 저희가 기다리겠습니다." 그는 방에서 나갔다.

한순간 거짓이 진실이 되었다

그는 미챠가 누워있는 병원으로 서둘러 갔다. 법정 판결 후 이틀째 되는 날 그는 신경성 열병에 걸려 우리 도시의 병원 수감자 병동으로 보내졌다. 친척과 지인들의 방문은 의사와 간수, 심지어 경찰서장에 의해서도 허락되었다. 그러나 요 며칠 미챠를 방문한 건 알료샤와 그루셴카뿐이었다.

알료샤가 들어갔을 때 미챠는 환자복 차림으로 병원 침대에 앉아 있었다. 그는 모호한 눈빛으로 들어오는 알료샤를 바라보았다. 그러나 그의 시선에는 어떤 놀란 듯한 빛이 어렴풋이 나타났다.

재판 때부터 그는 무서울 정도로 생각에 잠기게 되었다. 가끔 그는 고통스럽게 아우를 바라보았다. 그는 알료샤보다 그루셴카와 있는 것이 더 편한 것 같았다. 그녀가 들어오기만 하면 그의 얼굴은 기쁨으로 온통 환해지곤 했다. 알료샤는 말없이 침대 위 그의 곁에 앉았다. 이번에 그는 불안해하며 알료샤를 기다렸지만, 감히 아무것도 물을 엄두를 내지 못했다. 그는 카챠가 동의한다는 것을 생각할 수도 없는 일이라고 여기고 있었던 것이다. 알료샤는 그의 감정을 이해하고 있었다.

"형, 그녀가 올 거예요. 그렇지만 언제인지는 몰라요. 어쩌면 오늘일지, 며칠 안에 올지 그건 모르겠어요. 그렇지만 올 거예요. 그건 분명해요."

이 소식은 미챠에게 무섭도록 영향을 미쳤다. 그는 괴로울 정도로 대화의 내용을 상세하게 알고 싶었지만, 지금 묻는 것이 또 두려운 것 같았다.

"그루셴카는 오늘 아침에 오지 않을 거야." 그는 소심하게 동생을 바라보았다. "저녁에나 올 거야. 내가 한 가지 부탁을 했거든... 들어봐, 이반은 누구보다 뛰어나. 우리가 아니라 이반이 살아야 해. 이반은 건강을 회복할 거야."

"카챠는 이반 때문에 가슴을 졸이고 있지만 이반이 건강해질 거라는 걸 거의 의심하지 않고 있어요."

"그건 이반이 죽을 거라는 걸 확신하다는 뜻이야. 무서워서 나을 거라고 확신하는 거야."

"형은 강한 체질이에요. 나도 형이 건강해질 거라고 크게 희망하고 있어요."

"그래, 건강해질 거다. 그렇지만 그 여자는 죽을 거라고 확신하는 거야. 그녀에게는 슬픔이 많기도 하구나..."

침묵이 찾아왔다. 무언가 매우 중요한 것이 미챠를 괴롭히고 있었다.

"너한테 이 말을 하고 싶었어." 갑자기 금속성의 목소리로 미챠가 말했다. "만약 도중에나 그곳에서 나를 매질하기 시작한다면, 나는 굴복하지 않고 놈들을 죽여버릴 거야. 그럼 나를 사살하겠지. 여기서 벌써 반말로 나를 부르기 시작했어. 교도관들이 나에게 '너'라고 해. 나는 오늘 밤새 자신을 판단해 보았어. 나는 준비가 되어 있지 않구나! 받아들일 힘이 없는 거야! '찬가'를 부르고 싶었지만, 교도관이 '너'라고 하는 것도 이겨낼 수가 없다니! 그루샤를 위해서라면 모든 것을 견디겠지만... 그래도 매질만은 아니야... 어쨌거나 그녀를 그곳으로 보내주지도 않을 테지만."

알료샤는 조용히 미소를 지었다.

"들어봐요, 형. 형은 제가 형에게 거짓말을 하지 않는다는 걸 아시죠. 형은 준비가 되어 있지 않아요. 그런 십자가는 형을 위한 것이 아니에요. 준비가 되어 있지 않은 형에게 그런 위대한 순교자적인 십자가는 필요하지도 않아요. 형은 죄가 없으니 그런 십자가는 형에게 너무 커요. 형은 고통을 통해 형 안에 있는 다른 인간을 살려내고 싶어했어요. 이 다른 인간에 대해서 항상 기억해요. 그거면 형에게 충분해요. 커다란 십자가의 고통을 받아들이지 않는 것이 형 안에서 더 큰 의무를 느끼게 해 줄 거예요. 이 끊임없는 의무감이 거기 가는 것보다 평생 형의 부활을 더 도와줄지도 몰라요. 왜냐하면 형은 거기서 견뎌내지 못하고 불평하면서 결국 '나는 셈을 다 치렀어.'라고 말할 수도 있으니까요. 이게 제 생각이에요. 형이 어떻게 행동하든 저는 형의 심판자가 아니에요. 저는 결코 형을 심판하지 않을 거라는 걸 알아주세요."

"그 대신 내가 나를 심판할 거다!" 미챠가 외쳤다. "미치카 카라마조프가 도망가지 않을 수 있겠니? 그 대신

나 스스로를 심판하고 거기서 영원히 죄를 용서해 달라고 기도할 거야! 자, 이제 내 영혼의 나머지 절반도 너에게 펼쳐 보여주마. 나는 이렇게 생각하고 결정했어. 비록 내가 돈과 여권을 가지고 미국으로 도망간다해도, 그건 기쁨을 위해서 도망가는 게 아니고 또 다른 유형을 가는 거라고. 어쩌면 이보다 더 나쁜 건 없을 거야. 진심으로 말하는데, 알렉세이, 더 나쁜 건 없을 거다. 나는 벌써 이 미국이 미워. 그루샤가 나와 함께 간다고 치자. 그녀가 미국 여자니? 그녀는 뼛속까지 러시아 여자야. 그녀는 어머니 고국을 그리워할 거야. 나는 그녀가 나 때문에 그런 십자가를 받아들인 것을 매순간 볼 거야. 그녀가 무슨 죄가 있기에? 나는 또 그곳의 농민들을 참아낼 수 있을까? 그들은 내 사람들이 아니고 내 영혼과 맞지 않아! 알렉세이, 나는 러시아와 러시아의 하느님을 사랑해! 나는 거기서 뒈져버릴 거야!" 그는 눈을 번뜩이며 소리쳤다. 그의 목소리는 눈물 때문에 떨리고 있었다.

"자, 이게 내가 결심한 거야, 알렉세이. 들어봐." 그는 흥분을 억누르고 다시 말을 시작했다. "나는 그루샤와 그곳에 가서 곧바로 땅을 파고 일을 할 거야. 그리고 곧바로 문법을 배울 거야. 일하고 문법을 배우는 거지. 그렇게 한 3년 영어를 영국인과 다름없게 익히고 영어를 다 익히면 미국과는 작별이지! 그리고 여기 러시아로 미국 시민이 되어 달려올 거야. 어디 멀리 북쪽이나 남쪽에 숨어 벽지에서 땅을 파며 평생 미국인 행세를 할 거야. 그 대신 고국 땅에서 죽을 수 있겠지. 이게 내 계획이야. 찬성이니?"

"찬성이에요."

미챠는 한순간 말을 멈췄다.

"알료샤, 그녀는 지금 올까, 안 올까, 말해봐! 그녀가 뭐라고 말했어?" 그는 갑자기 소리쳤다.

"온다고 말했어요. 그렇지만 오늘인지는 모르겠어요. 그분에게는 힘든 일이니까요."

"그래, 어떻게 힘들지 않겠니! 알료샤, 나는 이것 때문에 미칠 지경이야. 내가 무엇을 요구하는 거지? 카챠를 요구하다니! 카라마조프적인 무절제지!"

"저기 그분이 왔어요." 알료샤가 외쳤다.

그 순간 문지방에 갑자기 카챠가 나타났다. 미챠는 벌떡 일어나서 카챠를 향해 두 손을 뻗었다. 그것을 보더니 그녀는 그에게 맹렬하게 달려갔다. 그녀는 그의 두 손을 잡고 억지로 그를 침대에 앉힌 다음 그녀도 그 옆에 앉았다. 그들은 이상한 미소를 띠며 서로를 바라보았다. 그렇게 2분가량이 흘렀다.

"나를 용서한 거요, 아니요?"

"당신에게는 내 용서가 필요하지 않아요. 내게 당신의

용서가 필요해요. 내가 무엇 때문에 왔을까요? 당신은 내 하느님이고 내 기쁨이라고 말하기 위해서, 미치도록 당신을 사랑한다고 말하기 위해서예요." 그녀는 갑자기 탐욕스럽게 그의 손에 입술을 갖다 댔다. 그녀의 눈에서 눈물이 쏟아졌다.

알료샤는 혼란스러워하며 서 있었다. 그는 이런 장면을 볼 줄을 전혀 예상하지 못했다.

"당신은 지금 다른 여자를 사랑하고 나는 다른 사람을 사랑하지만, 그래도 나는 당신을 영원히 사랑할 거예요. 나를 사랑해 주세요. 평생 사랑해 주세요!" 그녀는 거의 위협하는 목소리로 외쳤다.

"사랑할 거요. 평생! 영원히 그럴 거요..."

이렇게 두 사람은 서로에게 거의 의미 없는, 아마도 진실이 아닌 말을 속삭였지만, 이 순간에는 모든 것이 진실이 되었고 그들은 스스로를 진심으로 믿었다.

"카챠, 당신은 내가 죽였다고 믿고 있소? 지금은 믿지 않는다는 걸 알지만, 그때는... 증언했을 때는... 정말로, 정말로 믿었겠지!"

"그때도 믿지 않았어요! 결코 믿은 적이 없어요! 당신이 미워서 스스로를 확신시켰던 거예요. 이 모든 걸 알아줘요. 내가 잊어버렸네요. 나 자신을 벌하러 왔다는 걸!" 그녀는 갑자기 조금 전의 속삭임과는 전혀 다른 새로운 표현으로 말했다.

"나를 보내줘요. 다시 올게요. 지금은 힘드네요!.."

그녀는 자리에서 일어나려다가 갑자기 큰 소리를 지르면서 뒤로 물러났다. 아주 조용히 방 안으로 그루센카가 들어왔던 것이다. 아무도 그녀가 올 것을 예상하지 못했다. 카챠는 쏜살같이 문 쪽으로 걸어갔지만, 갑자기 멈춰서서 거의 속삭이듯이 그녀에게 말했다.

"나를 용서해 주세요!"

그루센카는 독기어린 목소리로 답했다.

"우리는 악해요! 둘 다 악해요! 나나 당신이나 누구를 용서한다는 건가요? 저 사람을 구해주세요. 그러면 평생 당신을 위해 기도할게요."

"걱정 말아요. 당신을 위해 저 사람을 구해줄 테니!" 카챠는 빠르게 속삭이고 방에서 달려 나갔다.

"그녀가 용서해 달라고 말했는데도 그녀를 용서할 수 없는 거야?" 미챠는 슬프게 소리쳤다.

"당신을 구해주면... 모든 걸 용서해 주겠어요..." 그녀는 무엇인가 마음 속에서 억누르듯이 입을 다물었다. 그녀는 아직도 제정신을 차리지 못했다. 그녀는 아무 의심도 없이 누군가를 마주치리라고 예상하지 못하고 들어왔던 것이다.

"알료샤, 그녀 뒤를 따라 달려가!... 저렇게 가게 두지

마!"

알료샤는 카챠를 따라 달려나갔다. 그녀는 빠르게 걷고 있었지만, 알료샤가 그녀를 따라잡자 그에게 말했다.

"그 여자 앞에서 나를 벌할 수가 없어요! 나를 용서해 달라고 말한 건 나를 벌하고 싶었기 때문이에요. 그녀는 용서하지 않았어요... 그래서 그녀가 좋지만요!" 카챠의 눈은 악의로 번득이고 있었다.

"형은 전혀 예상하지 못했어요. 형은 그녀가 오지 않을 거라고 확신했어요..."

"그 일은 됐어요. 보세요, 저는 지금 당신하고 장례식에 갈 수가 없어요. 당신도 벌써 늦었네요. 제발 저를 내버려 두고 가세요!"

일류셰츠카의 장례식 바위 옆에서 한 연설

정말로 그는 늦었다. 그를 기다리다 사람들은 이미 그 없이 꽃으로 장식된 작은 관을 교회로 들여가려고 결정했다. 그것은 일류셰츠카의 관이었다. 그는 미챠의 재판 이틀 후 사망했다. 집 대문 옆에서 일류샤 친구들이 함성을 지르며 알료샤를 맞았다. 전부 열 두 명이 모여 있었다. 그들의 대장은 콜랴 크라소트킨이었다.

"당신이 오셔서 정말 기뻐요, 카라마조프 씨!" 그는 손을 내밀며 소리쳤다. "여기는 끔찍해요. 정말 보기가 힘들어요. 스네기료프는 술에 취하지 않았는데도 마치 술취한 사람 같아요."

알료샤는 방으로 들어갔다. 하늘색 관 속에 두 손을 모으고 눈을 감은 채 일류샤가 누워 있었다. 그의 손에는 꽃이 쥐어져 있었다. 관은 온통 밖이나 안 모두 꽃으로 장식되어 있었다. 알료샤가 문을 열자 이등 대위는 떨리는 손에 꽃다발을 들고 자신의 소중한 아이에게 꽃을 뿌리고 있었다. 그는 아무도, 심지어 울고 있는 자신의 아내조차 쳐다보고 싶어 하지 않았다. 그녀는 아픈 다리로 일어서서 죽은 아이를 좀 더 가까이서 보려고 안간힘을 쓰고 있었다. 아이들은 니노츠카를 의자와 함께 들어 관에 바싹 붙여주었다. 그녀는 머리를 관에 꼭 기댄 채 조용히 울고 있었다. 스네기료프의 표정은 산만한 것 같았고 동시에 냉혹해 보였다. 그의 몸짓과 튀어나오는 말들은 뭔가 반쯤 정신이 나간 듯 했다.

"아빠, 나에게도 꽃을 줘. 저애 손에 쥐어져 있는 저 하얀 걸로 줘!" 정신이 나간 '엄마'가 흐느껴 울면서 부탁했다.

"아무한테도 주지 않을 거야. 아무것도 주지 않을 거

야!" 스네기료프는 매정하게 소리쳤다.

"아빠, 엄마에게 꽃을 주세요!" 니노츠카가 눈물로 적셔진 얼굴을 들었다.

"아무것도 주지 않을 거야. 엄마에게는 더더욱 안 줘! 엄마는 그애를 사랑하지 않았어." 가엾은 정신 나간 엄마는 손으로 얼굴을 가리고 조용히 흐느껴 울었다. 소년들은 시간이 되었는데도 아버지가 관을 내주지 않는 것을 보고 마침내 촘촘히 무리를 지어 관을 둘러싸고 그것을 들어올리기 시작했다.

"교회 묘지에는 묻고 싶지 않아!" 갑자기 스네기료프가 소리쳤다. "바위 옆에 묻을 거야. 우리의 바위 옆에! 일류샤가 그렇게 해 달라고 했어."

그러나 알료샤, 크라소트킨, 집주인 노파와 모든 소년들이 나섰다.

"이런, 무슨 생각을 하는 건가. 목 졸려 죽은 사람처럼 부정한 바위 옆에 묻겠다니." 집주인 노파가 엄하게 말했다. "저기 교회 묘지는 십자가가 있는 땅이네. 거기서 사람들이 아이를 위해 기도해줄 걸세. 교회에서 찬송가도 들릴 걸세."

이등 대위는 마침내 손을 내저었다. "원하는 곳으로 데려가시오!" 아이들은 관을 들었다. 그러나 어머니 옆을 지날 때 그녀 앞에서 잠시 멈춰 서서 그녀가 일류샤와 작별할 수 있도록 관을 내려놓았다. 이 소중한 얼굴을 가까이서 보자 그녀는 갑자기 온몸을 떨면서 히스테리에 걸린 것처럼 관 위에서 자신의 머리를 앞뒤로 흔들기 시작했다. 그리고 타는 듯한 슬픔으로 일그러진 얼굴로 자신의 가슴을 주먹으로 치기 시작했다. 관을 더 옮겼다. 니노츠카는 관이 그녀 옆으로 지나갈 때 마지막으로 죽은 동생의 입술에 입을 맞추었다.

교회까지 운반하는 것은 멀지 않았다. 삼백 걸음이 넘지 않았다. 날은 맑고 고요했다.

"빵껍질을 잊었어, 빵껍질을." 돌연 스네기료프가 무섭도록 놀라면서 소리쳤다. 그러나 소년들은 곧 그에게 그가 이미 빵껍질을 아까 집었고 지금 그의 주머니에 있다고 상기시켜 주었다. 그는 얼른 주머니에서 꺼내보고는 안심했다.

"일류세츠카가 그렇게 하라고 했습니다." 그는 알료샤에게 설명했다. "'아빠, 제 무덤에 흙을 덮을 때, 그 위에 빵껍질을 잘게 부숴서 뿌려주세요. 참새들이 날아오게요. 참새들이 날아온 것을 들으면 제가 혼자가 아니라서 즐거울 거예요.'"

"그건 아주 좋은 겁니다. 더 자주 가져와야겠군요."

"매일, 매일 가져올 겁니다!"

마침내 교회에 도착했고 한 가운데 관을 놓았다. 예

배가 진행되는 동안 스네기료프는 어떨 때는 덮개와 머리에 두른 화환을 바로잡으려고 관으로 다가갔다가, 촛대에서 양초 하나가 떨어지자 그것을 다시 세우려고 달려가기도 했다. 게루빔 송가를 따라 부르려고 하다가 끝까지 부르지 못하고 무릎을 꿇고는 이마를 돌로 된 교회 바닥에 대고 꽤 오랫동안 엎드려 있었다. 마침내 추도가를 부를 때가 되자 마음을 울리는 감동적인 노래가 그의 영혼을 뒤흔들어 놓았다. 그는 자주, 짧게 울기 시작했는데, 처음에는 목소리를 죽였지만 끝에 가서는 큰 소리로 흐느꼈다. 모두가 작별을 하고 관을 덮기 시작하자 그는 일류셰츠카를 덮지 못하게 하려는 듯 관을 두 손으로 부여잡고 자신의 죽은 아이의 입술에 입을 맞추기 시작했다. 마침내 그를 설득하여 계단에서 내려오려고 할 때, 갑자기 그가 잽싸게 손을 뻗어 관에서 꽃 몇 송이를 낚아챘다. 관을 들어 무덤으로 운반할 때 그는 더 이상 저항하지 않았다. 무덤은 멀지 않은 곳 교회 옆 울타리 안에 있었다. 가격이 비쌌는데 카테리나 이바노브나가 돈을 지불했다. 무덤을 흙으로 메우기 시작하자, 스네기료프는 걱정스러운 듯 무엇인가를 말하기 시작했지만, 아무도 무슨 소린지 알아듣지 못했다. 이때 빵껍질을 부숴서 뿌려야 한다고 상기시켜주자 그는 무섭게 흥분하면서 빵껍질을 꺼내 그것을 뜯어서 무덤에 뿌리기 시작했다. "자, 날아오너라, 새들아. 날아오너라, 참새들아!" 그는 무덤을 보고 모든 것이 다 끝난 것을 확인한 듯 갑자기 몸을 돌려 집을 향해 천천히 걷기 시작했다. 그러나 그의 걸음은 점점 빨라지더니 그는 거의 뛰다시피 서둘렀다.

"엄마에게 꽃을, 엄마에게 꽃을 갖다 줘야 해! 엄마를 모욕했어." 그런데 길을 절반 쯤 왔을 때 스네기료프는 느닷없이 멈춰서더니 30초 정도 서 있다가 다시 교회 쪽으로 몸을 돌려 무덤을 향해 내달리기 시작했다. 소년들은 곧 그를 따라잡았다. 그는 눈 위에 주저앉아 몸부림을 치면서 울부짖고 흐느끼며 "아가, 일류셰츠카, 사랑스런 아가!" 하며 소리치기 시작했다.

"꽃을 망치시겠어요." 알료샤가 말했다. "'엄마'가 꽃을 기다리시는데. 거기에는 아직 일류샤의 침대도 놓여 있습니다..."

"네, 네. 엄마한테 가야죠!" 스네기료프는 다시 기억해 냈다. "침대를 치울 거야, 치울 거야!" 그는 깜짝 놀란 듯이 덧붙이고는 벌떡 일어나서 다시 집으로 뛰어가기 시작했다. 스네기료프는 문을 벌컥 열고는 아내에게 부르짖었다.

"엄마, 여보, 일류셰츠카가 당신한테 꽃을 보냈어." 그는 얼어붙고 꺾어진 꽃송이를 내밀며 소리쳤다.

"당신은 그애를 어디로 데려갔어? 어디로 데려간 거야?" 정신 나간 여자가 가슴을 쥐어뜯는 목소리로 울부짖었다. 이때 니노츠카도 흐느끼기 시작했다. 콜랴는 방에서 나왔고 그를 따라 소년들이 나오기 시작했다. 마침내 알료샤도 밖으로 나왔다.

"지금 저쪽에서는 집주인 할머니가 식탁을 차리고 있어요. 추도식인지 뭔지를 할 거고 사제도 온대요. 지금 거기로 돌아가야겠죠, 카라마조프 씨?" 콜랴가 말했다.

"꼭 가야지."

"이 모든 게 이상해요, 카라마조프 씨. 이런 슬픔에 갑자기 무슨 블린[19]이라니. 이 모든 게 얼마나 부자연스러운지 몰라요!"

모두가 천천히 오솔길을 따라 조용히 걸었는데 갑자기 스무로프가 소리쳤다.

"저게 일류샤의 바위에요."

모두가 말없이 큰 바위 옆에 멈춰 섰다. 알료샤는 그것을 보고, 스네기료프가 언젠가 일류셰츠카에 대해 이야기해 주었던 그림 전체가 한번에 기억에 떠올랐다. 뭔가가 그의 영혼 속에서 흔들렸다. 그는 진지하고도 엄숙한 표정으로 이 사랑스럽고 밝은 초등학생들의 얼굴을

---

19 밀가루에 우유를 섞어 얇게 부친 러시아 전통음식. 러시아에서 기독교를 받아들이기 이전부터 민중들의 축일에 즐겨 먹던 음식이다. 추도식에도 빠지지 않는 음식이다.

죽 둘러보았다. 그리고 갑자기 그들에게 말했다.

"여러분, 나는 여기에서, 바로 이 자리에서 여러분에게 한 마디 하고 싶습니다."

소년들은 그를 둘러쌌고 곧 기대에 차고 집중한 눈길로 그를 바라보았다.

"여러분, 우리는 곧 헤어질 거예요. 나는 곧 이 도시를 떠날 겁니다. 아마 아주 오랫동안 돌아오지 못할 거예요. 여기서, 일류샤의 바위 옆에서 절대 잊지 않겠다고 약속해요. 첫째는 일류셰츠카를, 둘째는 서로서로를. 일류샤는 멋지고 착하고 용감한 소년이었어요. 그러니 평생 그를 기억하도록 해요. 나의 비둘기들, 여러분들을 이렇게 비둘기라고 부를게요. 왜냐하면 내가 여러분의 착하고 사랑스러운 얼굴을 보고 있는 지금 여러분은 모두 이 예쁜 회청색의 새를 닮았으니까요. 나의 사랑스러운 아이들, 여러분은 내가 말하는 것을 이해하지 못할지도 모르지만 그래도 기억하고 나중에 언젠가 내 말에 동의하게 될 겁니다. 앞으로 인생을 위해서 좋은 기억, 특히 어린 시절, 부모님의 집에서 가지고 나온 기억보다 더 높고 강하고 유익한 것은 없다는 것을 알기 바라요. 만약 그런 기억을 많이 모아 삶으로 나간다면, 그 사람은 평생 구원받은 겁니다. 심지어 그런 좋은 기억이 우리 마음속에 하나라도 남아 있다면, 그것이 언젠가 우리 구원에 도움이 될 겁니다.

 내가 이 말을 하는 것은 우리가 나쁜 사람이 될까 봐 두려워서예요. 그렇지만 무엇 때문에 우리가 나쁜 사람이 됩니까, 그렇지 않나요, 여러분? 무엇보다 선하고 정직한 사람이 되기로 해요. 그 다음 서로서로를 잊지 맙시다. 나는 여러분 중 그 누구도 잊지 않겠다고 약속할게요. 30년이 지나더라도 얼굴 하나하나를 기억할 거예요. 여러분 모두를 지금부터 내 마음 속에 간직할 테니, 여러분도 나를 여러분 마음속에 간직해주세요. 자, 누가 우리를 이 선하고 훌륭한 감정 속에서 결합시켰나요. 일류셰츠카, 착하고 사랑스러운 소년, 평생 우리에게 소중한 소년이 아닌가요! 그를 절대 잊지 말기로 해요. 우리 가슴 속에서 그에 대한 좋은 기억을 영원히 간직합시다. 지금부터 영원히!"

 "그렇게 해요. 그렇게 해요. 영원히, 영원히." 모든 소년들은 감동에 찬 얼굴로 소리쳤다.

 "아, 사랑스러운 친구들, 삶을 두려워하지 마세요! 무엇인가 좋고 옳은 일을 할 때 삶은 얼마나 좋은지!"

 "네, 네." 환희에 겨워 소년들이 반복해 말했다.

 "우리는 당신을 사랑해요. 당신을 사랑해요." 많은 아이들의 눈에서 눈물이 반짝거렸다.

 "카라마조프 만세!" 콜랴가 환희에 차서 외쳤다.

"죽은 소년을 영원히 기억하기를!" 알료샤가 다시 덧붙였다.

"영원히 기억하기를!" 다시 소년들이 말을 받았다.

"카라마조프 씨!" 콜랴가 소리쳤다. "정말, 진짜로 종교가 말하는 대로 우리 모두는 죽은 사람들 속에서 일어나 다시 살고 서로서로를 다시 보게 될까요, 모두를, 일류셰츠카도요?"

"반드시 다시 살아나 반드시 보게 될 겁니다. 그리고 즐겁고 기쁘게 전에 있었던 일을 서로서로에게 이야기하게 될 거예요." 반쯤 환희에 차서 알료샤가 대답했다.

"아, 얼마나 좋을까요!" 콜랴가 불쑥 말했다.

"자, 이제 말을 마치고 추도식에 갑시다. 블린을 먹는다고 당황하지 말아요. 그건 오래된, 영원히 계속될 전통이고 좋은 거예요. 자, 갑시다. 이제 서로 손을 잡고 갑시다."

"영원히 이렇게, 평생 손을 잡고 가요! 카라마조프 만세!" 다시 한 번 감격에 겨워 콜랴가 외쳤다. 그리고 모든 소년들이 그를 따라 외쳤다.

작품 해설

영원한 문제들과 마주한 사흘

허선화

1

 19세기 러시아가 낳은 세계적인 문호 표도르 미하일로비치 도스토옙스키의 장편소설 『카라마조프 형제들』은 1878년에 쓰이기 시작하여 1880년 단행본으로 출판되었다. 이 작품은 다양한 정신적·영적 편력 끝에 러시아의 그리스도를 얻는 인물을 주인공으로 하는 『무신론』과 『위대한 죄인의 생애』라는 제목으로 구상된 소설에서 탄생했다. 도스토옙스키가 구상한 전체 소설은 미완성으로 남겨졌으나, "이 소설에서 모든 것을 말하겠다."고 했던 작가의 의도는 그가 마지막 창조적 열정을 쏟아부은 이 작품에서 온전히 실현되었다고 평가하기에 부족함이 없다. 도스토옙스키가 살아남아 애초에 구상한 작품을 완성했다 하더라도 이 소설에서 말한 것 이상 더 무엇을 말할 수 있었을까 싶을 정도로 이 작품에서 작가는 평생 동안 고뇌하고 사유한 철학적·형이상학적·종교적 사상을 충분히 담아냈다.

『죄와 벌』, 『백치』, 『악령』, 『미성년』, 『카라마조프 형제들』에 이르는 소위 도스토옙스키의 5대 장편 중에서 이 작품은 마지막이자 절정을 이룬다. 이 소설이 발표되고 난 후 소설 속에 담긴 작가의 강한 종교적(기독교적) 메시지가 러시아 비평계로부터 강력한 반발을 불러오기는 했으나, 그것은 무신론적인 사회·정치적 사상이 지배적이었던 당대 현실의 맥락에서 보면 당연한 것이었다. 그러나 당시에도 이 작품의 위대성을 알아보고 열광적인 환호를 보낸 독서대중이 존재했다. 시대가 바뀌어 20세기가 도래했을 때, 이 작품은 많은 지식인과 예술가들의 19세기 러시아 정치 사상에 대한 환멸, 대중의 새로운 종교적 추구와 맞물려 러시아 문학뿐 아니라 종교 철학, 심지어 정치 사상에도 어마어마한 영향을 미쳤다. 20세기 러시아 작가들 중 많은 이들이 도스토옙스키의 문학적 세례를 받았으며, 노벨 문학상을 수상한 바 있는 솔제니친은 그의 직접적 후계자로 인정되고 있다.

『카라마조프 형제들』의 최초 번역본은 이미 1884년 독일에서 등장했다. 프랑스에서는 1888년, 이탈리아에서는 1912년, 영국에서는 1915년에 소설이 번역됐다. 이 작품은 러시아에서뿐 아니라, 유럽에서도 엄청난 반향을 불러일으켰다. 우리가 익히 알고 있는 20세기의 저명한 작가들이 이 작품에 큰 관심을 나타냈으며, 실제로 적지 않은 영향을 받았다. 20세기 서구 문학을 대표하는 독일의 작가 프란츠 카프카는 자신의 일기에서 소설의 인물인 표도르 카라마조프에 대해 쓰기도 했으며, '교화서에서'("In der Strafkolonie", 1919)라는 짧은 이야기에서는 '대심문관 전설'과 철학적 대화를 시도한다. 1920년대 독일에서는 이 작품에 대한 정신분석학적이고 반휴머니즘적인 해석이 광범위한 인기를 누렸다. 대표적인 것이 그 유명한 지그문트 프로이트에 의한 연구로 그가 소설의 친부살해를 오이디푸스 콤플렉스의 결과로 해석한 것은 이미 상식이 된 지 오래다. 1930-40년대 프로이트주의와의 투쟁에서 이 소설에 대한 새로운 휴머니즘적인 수용이 이루어졌는데, 그 절정은 토마스 만의 『파우스트 박사』(Doktor Faustus, 1947)였다. 이반 카라마조프와 악마와의 대화는 이반의 문학적 후계자라 할 만한 토마스 만 소설의 주인공 아드리안과 악마가 대화하는 장면에 직접 반영되어 있다.

프랑스의 경우, 앙드레 지드는 『카라마조프 형제들』을 도스토옙스키 최고의 소설로 칭하면서, 이 소설을 극찬하는 글을 썼다. 마르셀 프루스트는 대작 『잃어버린 시간을 찾아서』(À la recherche du temps perdu, 1913-1927) 시리즈의 한 소설에서 『카라마조프 형제들』에 대한 논의를 삽입하기도 했다. 1920년대 『카라마조프 형제들』이 프랑스 문학에 미친 영향은 지대했는데, 그 대표적인 경우로 이 소설 주인공들과의 유사성을 많이 보여주는 인물을 창조한 프랑소아 모리악을 들 수 있다(프랑소아 모리악이 도스토옙스키가 혐오해마지 않는 가톨릭 신앙을 고백한 작가라는 점은 흥미롭다). 알베르 카뮈는 1930년대에 『카라마조프 형제들』을 접하게 되는데, 그는 심지어 1937년 알제리에서 상연된 연극에서 그가 좋아하는 이반의 역할을 직접 연기하기도 했다. 이반의 '반란'에 대한 논의는 후기로 갈수록 까뮈의 작품에서 자주 등장하는데, 『페스트』(La Peste, 1947)에서 "아이들이 찢겨지는 이 신의 세계를 나는 받아들이지 않는다."는 인물의 말은 정확히 이반의 말을 반복하고 있다.

1912년 유명한 가넷의 『카라마조프 형제들』 번역본은 영국에서 도스토옙스키가 수용되는 새로운 시대를 열었다. 한 프랑스 비평가는 "1912-1918년까지 영국에서 『카라마조프 형제들』보다 더 많이 읽힌 책은 없다."고 말했다. 당시 이 소설은 '러시아의 영혼'을 이해하는 유일한 수단으로 여겨졌다. 소설의 영어 번역본은 미국의 20세기 문학에도 큰 영향을 남겼다. 도스토옙스키는 셰익스피어와 세르반테스와 같은 반열에 놓인 작가가 되었고, 『카라마조프 형제들』은 『돈키호테』와 더불어 불멸을 획득한 작품으로 불렸다. 스콧 피츠제럴드, 윌리엄 포크너 등 20세기의 쟁쟁한 미국 작가들에게서도 이 작품은 큰 사랑을 받았다. 포크너는 심지어 거의 매년 이 작품을 읽었다고 한다. 이러한 영향 관계를 유럽과 미국을 벗어난 전세계로 확장하자면 별도의 연구가 필요할 것이다.

우리나라에서도 『카라마조프 형제들』은 그 방대함에도 불구하고 『죄와 벌』과 더불어 가장 사랑받는 도스토옙스키의 작품으로 자리매김했다. 원전으로 700페이지에 달하는 소설을 완역으로 읽는다는 것은 상당히 도전적인 일임에 틀림없다. 역자는 소설의 재미와 엑기스를 전달하면서 독서의 부담을 줄여주는 축약역을 기획한다는 출판사의 제안에 선뜻 번역을 수락했다. 행여나 소설의 분량 때문에 이 위대한 작품을 접할 기회조차 갖지 못하는 독자들이 있을 수 있기에 축약의 형태로나마 이 소설을 읽는 이들이 많아지기를 바라는 마음에서였다.

　어떤 방식으로 해설을 쓸까 고심하다가 소설의 진행을 따라가면서 설명이 곁들여지면 좋겠다는 생각이 드는 장면들 위주로 쓰는 것이 독자들의 이해를 돕는 데 도움이 되겠다는 판단이 들었다. 자, 그럼 이제 소설 속으로 잠시 짧은 여행을 떠나보자.

2

　도스토옙스키가 이 소설을 헌정한 그의 두 번째 아내 안나 그리고리예브나에 의하면, 도스토옙스키는 소설에서 특히 조시마 장상과 아낙네들과의 대화, 드미트리와 알료샤의 첫 대화, 대심문관, 조시마의 고백, 조시마의 죽음, 이반과 스메르쟈코프의 세 번의 대화, 재판, 일류샤의 장례식 장면을 마음에 들어했다고 한다. 역자는 여기에 몇 장면을 덧붙이고자 한다.

소설은 총 4부 12권, 에필로그로 구성되어 있는데, 3부까지 벌어지는 사건들은 전사(前史)를 제외하고는 단 사흘 안에 모두 일어난다. 1부가 다루는 첫날에 일어나는 일들은 '저자 서문'에서 미래의 주인공으로 제시되고 있는 알료샤의 동선을 따라 벌어지며 수도원에서 시작하여 수도원에서 끝난다. 최초의 중요한 장면은 조시마 장상의 독수방에서 표도르 카라마조프와 드미트리가 조우하는 장면일 것이다. 수도원에서 가장 덕망있는 장상의 독수방에서 아이러니컬하게도 가장 세속적인 가족의 다툼, 그것도 한 여자를 두고 경쟁을 벌이는 부자(父子)의 치졸한 싸움이 연출된다. 카라마조프가의 회합에 동의함으로써 수도원은 세상이 자신의 내부로 들어오는 것을 허용한 셈인데, 수도원 내부로 침투해 온 세상은 이기심과 탐심, 증오 등을 포기하지 않음으로써 수도원의 감화를 받기는커녕 도리어 자신의 부정적인 속성을 더욱 첨예하게 노출한다. 표도르가 수도원에서 더욱 추태를 연출하고 싶은 충동을 느끼는 것이 그 극명한 예다. 이 장면에서 '저런 사람은 왜 사는 걸까'라는 말로 표현되는 아버지에 대한 드미트리의 증오심은 이후 드미트리가 표도르 살해의 범인으로 지목되는 원인을 제공하며, 친부살해라는 소설의 중심 사건을 암시하는 요인으로 작용한다. 이 장면에서 모두를 충격에 빠뜨리는 드미트리를 향한 조시마 장상의 절은 이후 드미트리에게 닥칠 험난한 고난을 예고하는 역할을 한다.

이 장면에서 또 중요한 것은 조시마 장상과 이반 사이에 이루어지는 대화 내용이다. 교회와 국가의 관계에 대한 이반의 논문을 중심으로 벌어지는 대화는 가톨릭과 정교, 그리고 개신교의 교회와 국가의 관계에 대한 사전 지식이 없으면 이해하기가 다소 난해하다. 이 대화에 담겨진 사상은 교회와 국가의 관계가 어떠해야 하는가, 교회의 궁극적이고 역사적인 사명은 무엇인가에 대한 도스토옙스키의 치열한 고민의 소산이면서, 19세기 러시아의 위대한 종교 철학자인 블라디미르 솔로비요프의 사상[01]이 반영된 것이기도 하다. 소설의 플롯과는 전혀 관계가 없어보이지만 이 대화는 인류가 장차 어떤 세상을 향해 나아가야 하는가라는 문제를 두고 이후에 나올 '대심문관'과 논쟁하는 입장에 서 있다. 흥미로운 것은 이 문제에 있어서 이반과 조시마 장상의 입장이 본질적으로 일치한다는 점이다. 즉, 교회가 국가를 포섭한 국

---

01 1853-1900년. 러시아의 종교철학자. 그는 유명한 《신인성에 대한 강의들》에서 "참된 기독교는 전세계적인 것이 되어야 한다. 기독교는 모든 인류와 개인의 일까지 확장되어야 한다", "참된 기독교의 본질은 세상의 왕국을 하느님의 왕국으로 변화시키는 것이다"라고 주장했다.

가화된 교회가 아닌, 국가의 모든 요소가 교회로 변모하여 교회화된 국가야말로 인류가 지향해야 할 미래 사회라는 것이며, 그것이 정교의 사명이라는 것이다. 더욱 흥미로운 것은 이런 내용의 논문을 쓴 이반이 '대심문관'에서는 정반대의 논리를 펼친다는 점이다. 여기에서 이미 이반의 분열된 자아, 특히 믿음의 문제에 있어서 그의 이율배반이 노정되고 있다. 이 대화 중에 '영혼의 불멸이 없다면 모든 것은 허용된다'는 이반의 말이 다른 인물에 의해 발설되는데, 이 이반의 말은 사실 그의 내면에서 미해결된 가정(假定)의 형태를 띠고 있을 뿐이다. 따라서 영혼의 불멸에 대한 이반의 고민이 해결되기를 바란다는 조시마 장상의 말은 이반의 내면을 정확히 통찰한 것이며, 그의 미래에 대한 진실한 축복인 것이다.

독수방에서의 장면 사이에 삽입된 조시마 장상과 여인들과의 대화 장면은 도스토옙스키가 조시마의 모델인 옵티나 수도원의 암브로시 장상을 방문했을 때 직접 목격한 것을 문학적으로 변형한 것일 가능성이 크다. 그렇지 않다하더라도 실제 현실에서 정교 수도원의 장상들은 각지에서 찾아온 방문객들을 맞이하여 그들의 깊은 내면의 고뇌를 위로하고 영적인 지침을 주는 역할을 해오고 있었다. 따라서 이 장면은 순수한 작가의 문학적 상상력에서 비롯된 것이 아니다. 물론 조시마 장상이 여인들과 나누는 대화 내용은 실제에서 따온 것일 수도, 작가의 상상력의 소산일 수도 있다. 특히, 세 살짜리 아들을 잃은 슬픔을 가눌 길 없어 장상을 찾아온 여인에게 하는 조시마의 말은 실제로 세 살된 아들 알료샤를 잃은 슬픔 속에서 암브로시 장상을 찾아간 도스토옙스키에게 장상이 해준 위로였다고 전해진다. 이 장면에서 중요한 것은 러시아 민중에게 수도원과 조시마 장상같은 성인이 갖는 의미이다. 수도원은 죄와 불의, 슬픔이 가득한 세상과 전적으로 대비되는 곳, 세상에서는 죽어가는 것처럼 보이는 진리가 살아있는 곳이다. 장상은 수도원과 세상을 이어주는 매개로 그가 없다면 수도원은 그 명성뿐 아니라 진정한 존재 의의도 상실한다. 민중들은 수도원에서 살아있는 성인을 볼 수 있다고 기대하며 그가 존재한다는 것만으로도 위안을 얻는다. 민중들은 단순히 그를 보고 그의 말을 듣기 위해, 즉 진리를 보고 듣기 위해, 그것이 참으로 존재한다는 것을 확인하기 위해 수도원으로 간다. 러시아 문학, 아니 세계 문학상에서 수도원 공간이 갖는 의미를 이처럼 탁월하게 문학적으로 형상화한 작품은 아마도 전무후무할 것이다.

다음으로 중요한 장면은 수도원에서 헤어진 후 드미트리와 알료샤가 만나 대화를 나누는 장면이다. 이 대화에서 과거에 드미트리와 카테리나 이바노브나 사이에 있었던 비밀이 밝혀지고 그루셴카를 사이에 두고 그가 어쩌다 아버지와 경쟁 관계가 되었는지 그 자초지종이 드러난다. 또한 후에 살해의 원인으로 지목되는 3천 루블에 대한 이야기가 처음 언급된다. 그러나 이 대화에서 가장 중요하게 볼 것은 드미트리가 어떤 인간인지 하는 점이다. 드미트리는 이 소설에서 명실상부하게 플롯의 중심에 서 있다. "미챠"라는 제목이 붙은 3부 8권에 이르기까지 그의 행방이 묘연하기는 하지만 그는 소설의 주요 사건을 이끌어가는 주인공이다. 드미트리의 주제를 한마디로 말하라고 한다면 그것은 '아름다움'이다. 그는 미(美)의 신비에 현혹된 인간이다. 그는 마돈나와 소돔, 즉 최상의 고결함과 가장 저열한 치욕 속에서 동시에 아름다움을 보고 느끼는 인간이다. 따라서 그에게 '아름다움은 무서울 뿐 아니라 비밀스러운 것'이다. 이것이 드미트리가 고뇌하는 근본적인 이유다. 그는 방탕과 추악 속에서 무절제하게 살아가는 것이 잘못이라는 것을 알고 있지만 그 삶 속에서 아름다움을 보기에 그런 생활에서 벗어나지 못한다. 그러나 그는 동시에 고결한 천성을 지니고 있으며 하느님을 사랑하는 사람으로 갱생하여 새로운 인간이 되고자 하는 열망을 품고 있다. 이러한 이중성이 카라마조프적인 속성의 핵심을 구현한다. 후에 법정에서 검사 입폴리트 키릴로비치가 갈파하듯, 그것은 '넓고 모든 가능한 대립을 담을 수 있고 두 심연, 우리 위에 있는 고상한 이상의 심연과 우리 아래에 있는 가장 저급하고 악취 나는 타락의 심연을 동시에 볼 수 있는 능력'이다. 이러한 자신의 카라마조프적인 본성에 대한 드미트리의 고백에 응답하여 알료샤도 단지 낮은 곳에 있을 뿐 자신도 같은 계단에 있다고 말함으로써 알료샤 역시 카라마조프적인 속성에서 자유롭지 않음을 밝힌다.

다음 장면은 표도르의 집에서 이루어진다. 이 장면에서도 중요한 대화가 오고가는데, 대화의 중심인물은 표도르와 스메르쟈코프이다. 스메르쟈코프는 믿음의 변절을 옹호하는 궤변을 펼치면서 신앙의 문제에 상당한 관심을 드러내보인다. 그는 신앙의 문제를 출생의 문제로 돌리면서 그리스도인으로 태어나지 않은 사람은 배반할 아무것도 없기 때문에 그리스도를 부정한다하여 벌을 받을 이유가 전혀 없다는 논리를 편다. 스메르쟈코프는 거리에서 바보 행세를 하며 떠돌이 생활을 하던 여인과 표도르 사이에 태어난 사생아다. 자신의 출생에 대한 의식은 집요하리만치 끊임없이 그의 의식을 파고 든다. 전적으로 부모의 책임과 출생에 죄를 돌리며 개인적 책임이나 죄를 인정하지 않는 그의 논리는 그가 숭배해 마지않는 이반의 형이상학에 연결된다. 이는 그들 모두에게 뿌리 깊게 내재되어 있는 아버지에 대한 증오심과 연관된다. 그것은 표도르 살해에 있어서 이반과 스메르쟈코프가 공범인 이유 중 하나를 설명한다. 한편, 이 장면에서 표도르는 신과 불멸이 있느냐는 질문을 이반과 알료샤에게 던짐으로써 각자에게서 부정과 긍정의 대답을 얻어낸다. 이 짧은 질문과 응답은 앞으로 이반과 알료샤가 신앙의 문제에서 반드시 마주치게 될 것을 예고한다. 이 장면에서 표도르는 어떤 여자에게도 흥미를 느낄 수 있는 그의 광적인 음탕함을 고백하면서 그가 어느 정도로 타락한 인간인지를 드러내기도 한다. 갑작스런 드미트리의 난입과 이후 벌어지는 소동은 역시 향후 드미트리가 표도르 살해의 범인이라는 혐의를 강화하는 에피소드로 작용한다.

3

2부는 둘째 날 벌어지는 일들로 채워지는데, 알료샤가 일류샤를 비롯한 아이들을 만나게 되고 스네기료프의 집을 방문하는 것, 이반과 스메르쟈코프와 수수께끼 같은 대화를 나누는 것 외에 별다른 사건은 진전되지 않는다. 2부에서 가장 중요한 것은 이 소설의 백미라 할 수 있는 '대심문관'이 포함된 5권의 이반과 알료샤의 대화, 그리고 6권의 조시마의 생애전이다. 5권과 6권은 『카라마조프 형제들』을 위대한 종교(기독교) 소설로 만드는 데 지대한 공헌을 한 부분이다. 'Pro и contra(찬과 반)'라는 제목을 가진 5권의 중심인물은 이반이다. 이전까지는 수수께끼처럼, 부분적으로 진술되던 그의 사상이 여기에서 마침내 전면에 부각된다. 술집의 한 구석방에서 이반은 알료샤와 최초로 진지한 대화를 시도하면서 자신의 내밀한 사상을 그에게 내보인다. 알료샤를 대화의 상대로 선택한 것은 알료샤를 시험하고, 알료샤를 통해 조시마 장상과 대결하고, 알료샤를 통해 변화되고 싶은 의도 등 매우 복잡한 동기를 갖는다. '반란'이라는 제목의 장에서 이반은 '신을 인정한다'고 고백하고 나서 느닷없이 신의 세계를 인정할 수 없다고 잘라 말한다. 그 이유는 이 세상에서 인간이 겪는 무의미한 고통 때문이라는 것이다. 이반의 논리에 의하면, 신이 창조한 세상에서 인간이 겪는 불합리한 고통은 어떠한 미래의 보상으로도 상쇄될 수 없으며 어떠한 고상한 목적으로도 정당화될 수 없다. 특히 '괴롭힘을 당한 어린 아이의 눈물'은 그 어떤 것으로도 구속(救贖)될 수 없다. 그 어떤 영원한 조화도 그만한 가치가 없기 때문이다. 인간, 특히 어린아이의 고통에 대해 이반이 드는 구체적인 실례들은 읽기가 고통스러울 정도로 생생하며 독자의 가슴을 찢어놓을 정도로 강렬하다. 그 논리에 대해 어떤 반론이 가능할 수 있을지 의구심이 들 정도로 이반의 항의는 강력하다.

이어지는 〈대심문관〉에서 대심문관은 자유를 제거해 버림으로써 인류의 고통을 없애고자 한다. 이반은 자신이 창작한 이 서사시에서 인간의 고통이 자유에서 비롯되었기 때문에 자유의 문제를 해결한다면, 고통이 사라지리라는 자신의 해법을 표현한 것이다. 대심문관은 기적, 신비, 권위를 무기로 인간의 양심과 자유를 양도받고 대신 인간에게 행복을 보장해주는 세상을 만들고자 한다. 그는 그리스도가 인간을 지나치게 높이 평가하여 자유로운 의지의 선택에 의해 그리스도를 사랑하고 믿기를 원함으로써 인간에게 무거운 짐을 지웠다고 비난한다. 그는 그리스도의 일을 수정하여 자신이 떠맡을 것이며, 그 수단으로 기만과 거짓을 행할 것이라고 말한다. 대심문관은 인간에 대한 사랑과 동정, 연민 때문에 신을 거부한 수난자 휴머니스트의 이미지를 지닌다. 이는 인간에 대한 연민과 사랑에 불타는 이반의 휴머니즘이 구현된 것이다. 그렇다고 해서 대심문관과 이반을 완전히 동일시해서는 안된다. 대심문관은 이반의 이중적 자아의 한 측면이다. 대심문관에게 이미 해결된 문제는 아직 이반 속에서는 해결이 되지 않고 있다. 바로 그 이유 때문에 이반은 알료샤에게 이야기를 들려주는 것이고, 알료샤의 반응을 궁금해하는 것이다. 이 이야기는 줄곧 침묵하던 그리스도가 대심문관에게 입맞춤을 하는 것으로 끝나는데, 결국 이반은 이 입맞춤으로써 예수의 이해와 사랑을 갈망하는 자신의 숨겨진 소망을 노출시키고 있다. 이야기를 듣고 나서 알료샤 역시 이반에게 입맞춤을 하는데, 그는 그리스도처럼 이해와 사랑의 표현으로서 이반에게 입을 맞춘 것이다. 그렇다고 해서 입맞춤이 곧 동의를 의미하는 것이 아님은 자명하다.

영국의 소설가 D. H. 로렌스는 대심문관 전설을 그리스도에 대한 최종적이고 답할 수 없는 비판으로 파악했다. 이런 반응은 이 이야기가 독자와 비평가에게 불러 일으킨 당혹감과 혼란을 반영한다. 카뮈를 포함하여 여러 평자들은 도스토옙스키가 감정적으로 이반과 가깝다는 점을 직관적으로 감지했다. 그러나 믿음의 문제에서 흔들리는 이반에 의해 서술되는 대심문관 이야기는 역설적이게도 기독교에 이르는 다리를 놓아준다. 또한 자유를 제거하고자 했던 대심문관의 의도와 달리 이 '작품 속 작품'은 지금까지 인간의 자유를 가장 강력하게 긍정한 문학적 성취로 평가받고 있다. 이는 도스토옙스키가 인간의 본질을 자유로 파악한 것, 자유가 없다면 인간은 더 이상 인간이기를 멈춘다는 그의 사상이 투영된 결과이기도 하다. 도스토옙스키 문학과 사상의 키워드가 '자유'라는 점에는 연구자들 사이에서 이견이 없을 것이다.

6권의 '러시아의 수도사'는 도스토옙스키의 구상에 애초부터 바로 앞에 위치한 5권에 대한 응답으로 의도되어 있었다. 러시아 교회의 수장이었던 포베도노스체프[02]는 대심문관의 논증의 힘에 너무나 동요된 나머지 도스토옙스키에게 어떤 반박이 가능할지 찾아달라고 조심스런 편지를 보냈는데,

---

02 1827-1907년. 당대 러시아 정교의 최고직위였던 종무원장을 지냈던 사람으로 도스토옙스키와 각별히 가까웠던 것으로 알려져 있다.

그에 대해 도스토옙스키는 곧 '러시아의 수도사'라는 제목으로 반박이 나올 것이라고 답했다. 그것은 '조목조목'은 아니지만 예술적 형상의 수단에 의해 간접적으로 주어질 것인데, 도스토옙스키는 과연 그것이 이반의 논증에 대한 충분한 반박이 될 것인가를 염려했다고 한다. 일부 비평가들과 독자들에게 6권은 이반의 강력한 항의에 비해 열기 없는 맥빠진 설교로 비춰지기도 하지만, 이 부분을 뺀 『카라마조프 형제들』은 상상할 수도 없다. 그것은 이 소설에서 작가가 전달하고자 했던 사상의 핵을 구성한다.

'러시아 수도사'는 조시마 장상이 죽기 직전에 했던 말을 알료샤가 기록한 내용 중 일부를 담고 있다. 조시마의 말 속에는 그의 어린 시절과 형에 대한 이야기, 그가 수도사가 된 계기로 작용한 군대에서의 결투 사건 등 조시마 생애의 중요한 사건들이 포함되어 있다. 그리고 그가 유언처럼 남기는 그의 가장 중요한 가르침이 수록되어 있다. 조시마는 성자전적 주인공으로 그의 생애도 성자전[03]의 모델을 따라 기록된다. 조시마 장상은 러시아 문학이 찾고 있던 긍정적인 인물의 성공적인 사례다. 그는 신화(神化)[04]의 과정을 거의 통과한 성인으로 정신적·영적 아름다움을 보유한 인간이다. 그

---

03 정교 성인들의 생애를 기록한 고대 교회문학의 장르

04 그리스어로 '테오시스'라고 하며, 인간이 고난과 수행의 과정을 거쳐 신과 닮아간다는 기독교 구원의 목적을 뜻하는 개념이다.

는 이반이 거부한 신의 세계를 기쁘게 받아들이며 그 세계의 아름다움을 본다. 그가 젊은 시절 러시아를 순례하던 중 여름밤에 본 신의 세계에 대한 묘사는 이 소설에서 잊히지 않는 가장 아름다운 페이지다. 또한 그는 이반이 제기한 세계 악의 문제를 실천적인 사랑으로 극복한다. 악을 이기는 길은 적극적으로 선을 행하는 것밖에 없다. 조시마 장상은 자발적인 복종과 자아의 죽음을 통한 진정한 내적 자유를 가르친다. 그것은 이반을 비롯한 도스토옙스키의 모든 주인공들이 주장했던 자의지(自意志)와는 정반대의 길이다. 자의지는 속박으로 인도하지만 자기부인은 자유에 이르게 한다. 그것이 조시마 장상이 설파하고자 하는 참된 수도사의 길이다. 조시마 장상은 자기애와 오만한 의지를 복종으로써 꺾어 완전한 자유를 얻는 수도사의 존재에서 러시아와 인류의 희망을 본다.

4

3부의 7권은 '알료샤', 8권은 '미챠'라는 제목을 달고 있다. 각 권은 제목처럼 알료샤와 미챠의 동선을 따라 진행된다. 7권은 셋째 날 알료샤에게 일어난 일을, 8권은 둘째 날과 셋째 날 미챠의 행적을 추적한다. 7권은 조시마 장상의 죽음과 장례식으로 시작한다. 알료샤는 신에 대한 순수한 신뢰와 기대를 지닌 인물이지만 아직까지는 견고한 믿음을 소유하지 못하고 있다. 조시마 장상의 죽음 이후 알료샤의 믿음은 본격적인 위기와 시련에 처해지게 된다. 조시마의 시체에서 너무나 빨리 부패한 냄새가 나기 시작하자 사람들은 그것을 신의 심판으로 해석한다. 조시마의 사망 이후에 그에게 마땅히 주어질 영예를 기대하고 있었던 알료샤에게 그것은 엄청난 충격으로 다가온다. 절대적 애정과 존경의 대상이었던 스승이 불명예를 당하자 그가 받은 상처는 곧바로 신에 대한 원망과 항의로 이어진다. 알료샤에게 신은 곧 정의와 동일시된다. 조시마의 불명예가 알료샤에게 그토록 강한 충격을 준 것은 그가 기대했던 신의 정의가 제대로 행사되지 않았기 때문이다. 흥미로운 것은 신에게 즉각적인 정의의 실현을 요구하는 알료샤의 태도가 '반란'에서 '지금, 여기에서' 정의가 실현되기를 요구했던 이반과 너무나 닮아 있다는 점이다. 신에 대한 원망으로 시작된 알료샤의 영적 하강은 매우 급속도로 진행된다. 그는 타락에 몸을 맡기기 위해 라키틴의 인도로 그가 두려워하던 여자, 그루셴카에게 간다. 그러나 그루셴카에게서 악한 여자 대신 '진실한 누이'를 발견한 그는 위로를 받고 수도원으로 돌아온다. 그루셴카가 들려주는 '파 한 뿌리' 이야기처럼 그루셴카는 조시마 장상의 죽음으로 실의와 분노에 빠져있는 알료샤를 위로함으로써 파한 뿌리를 그에게 선사한 것이다. 알료샤는 조시마의 시체 위에서 낭독되는 '갈릴리 가나'에 대한 복음서의 이야기를 듣다가 잠결에 빠져들고 꿈 속에서 천국의 연회에 참석하고 있는 조시마를 만난다. 알료샤는 신의 정의가 초월적이고 영원한 공간에서 실현되어 있음을 확인하고 모든 의혹을 거둔다. 꿈에서 깨어난 알료샤는 환희에 가득 차 밖으로 나가 이전에는 볼 수 없었던 신의 영광으로 가득찬 세계를 보게 된다. 이 감동적인 장면에서 알료샤는 타계와의 접촉, 즉 초월적인 신에 대한 신비로운 인식에 이르게 된다. 꿈과 계시, 그리고 에피파니와도 같은 신비한 영적 체험에 의해 그는 마침내 견고한 믿음의 반석 위에 서게 된다. 이 체험 후에 그는 조시마가 생전에 명했던 대로 수도원을 떠나 세상 속으로 나가 그의 활동을 시작하게 된다.

8권 '미챠'에서 드미트리는 카테리나 이바노브나에게 돌려줄 3천 루블을 구하기 위해서 삼소노프, 랴가브이, 호흘라코바 부인의 집으로, 문자 그대로 사방팔방 쏘다니며 필사적인 노력을 한다. 그에게 3천 루블이 의미하는 바는 매우 크다. 그것은 그가 비열한일지언정 도둑은 아니라는 것을 증명해주는 유일한 수단이다. 드미트리의 가치체계에서 도둑질은 가장 저열한 죄악 중의 죄악, 인간으로서 그의 존엄을 완전히 앗아가는 용납할 수 없는 행동이다. 따라서 그는 도둑이 되지 않기 위해 처절할 정도로 고뇌하며 스스로를 구하기 위해 분투한다. 3천 루블을 결국 구하지 못했지만 그의 명예를 지킬 수 있는 최후의 수단인 천 5백 루블이 그의 목에 걸려 있었다. 그러나 그 사실을 아는 사람은 그 외에는 아무도 없다. 급기야 표도로의 집에서 그리고리를 상해하고 피묻은 손으로 달려나온 그는 그루셴카가 옛 애인을 찾아 모크로예로 떠났다는 사실을 알고 그의 생애에서 가장 무서운 순간에 처해지게 된다. 그는 남은 돈을 카테리나 이바노브나에게 돌려줄 것인가, 그루셴카와의 마지막 밤을 위해 그 돈을 쓸 것인가 선택에 기로에 서게 된다. 후자를 선택한 그는 모크로예로 질주한다. 그곳에서 그루셴카의 옛사랑이었던 폴란드인의 지극히 속물적인 정체가 송두리째 폭로된다. 마침내 그토록 갈구하던 그루셴카의 사랑을 얻을 수 있게 되었지만, 그리고리에 대한 양심의 가책과 끝내 도둑이 되고 말았다는 절망감이 드미트리를 정신적 죽음의 상태로 몰고 간다.

9권 '예심'은 8권의 연장선이다. 표도르 살해 혐의로 드미트리가 심문을 받는 과정은 인간이 사후 사십 일 동안 통과한다는 영혼의 고난에 비유된다. 그는 자신이 아버지를 죽이고 싶었고 죽일 수도 있었다는 사실 때문에 형벌을 받아들이기로 결심한다. 비록 살인의 죄를 인정하지는 않지만 범행의 의도가 있었던 것에 대해 그에게 죄가 있다는 사실을 인정하는 것이다. 심문 과정에서 중요한 장면은 드미트리의 꿈이다. 불타버린 농가에서 울고 있는 아이를 꿈 속에서 본 그는 아이가 더 이상 울지 않게 해 주고 싶다는 강렬한 열망을 느낀다. 그는 비로소 타인의 고통에 눈을 뜨고 그에 대한 책임감을 자각한 것이다. 아이가 울지 않게 해 주고 싶다는 그의 열망은 아이가 우는 것에 대해 신에게 항의하는 이반과는 사뭇 다른 태도를 보여준다. 후에 감옥에서 알료샤와 만났을 때 드미트리는 그 꿈을 상기하면서 '아이를 위해' 형벌을 받으러 가겠다고 말한다. 그 이유는 모두가 모두에 대해 죄가 있기 때문이며 모든 사람은 아이이기 때문이라는 것이다. 모두가 모두에 대해 죄가 있다는 것은 조시마 장상의 핵심적인 가르침이기도 하다. 그 말을 직접 들어본 적이 없는 드미트리가 이 말을 하는 것은 알료샤뿐 아니라 드미트리 역시 조시마 장상의 가르침을 따르는 그의 제자임을 암시한다. 실제로 드미트리는 젊은 시절의 조시마 장상을 매우 닮아있다. 이렇게 해서 모크로예에서의 혹독한 심문은 드미트리의 갱생이 시작되는 출발점이 된다.

4부는 미챠가 체포된 지 두 달 후의 사건들을 다룬다. 그 사이 모스크바로 떠났던 이반이 아버지의 살해 이후 다시 돌아온다. 11권은 '형 이반 표도로비치'라는 제목을 달고 있다. 그러나 11권 전체가 이반에 대해서 다루고 있는 것은 아니다. '찬가와 비밀'이라는 제목의 장에서는 감옥에 갇혀 있는 드미트리의 심경의 변화가 그려지고 있다. 감옥에서 드미트리는 자신의 내부에서 새로운 인간을 느끼게 되는데, 그와 동시에 이전에 경험해 보지 못했던 신의 존재에 대한 의심의 유혹과 싸운다. 그 유혹을 심어준 자는 그를 이용하여 출세의 길을 뚫어보고자 여러 차례 면회를 온 라키틴이다. 신의 존재에 대해 지적인 회의나 의문을 품어본 적이 없던 드미트리로서는 자신에게 던져진 그 의심과 투쟁하는 것이 무척이나 고통스럽다. 드미트리는 라키틴을 비롯하여 현대의 과학을 신봉하며 신을 부정하는 자들과 내부적인 논쟁을 벌이며 '하느님이 불쌍하다'고 말한다. 가슴으로 신을 느끼고 믿는 드미트리가 지적인 도전에 직면하여 내적으로 씨름하는 이 과정은 그가 한층 성숙한 믿음의 길로 들어서고 있음을 반증한다. 의심은 믿음과 대립되는 것이 아니라 견고한 신앙에 이르기 위해 거쳐야 하는 통과의례와 같은 것이니까 말이다. 그것은 알료샤가, 그리고 도스토옙스키 자신이 자신이 통과한 길이기도 했다.

  재판 결과 유죄 판결을 받고 시베리아 유형을 선고받은

후 다시 찾아온 알료샤에게 드미트리는 자신이 선택한 십자가를 감당하지 못하고 신을 원망하게 될까 봐 두렵다고 고백한다. 알료샤는 그에게 유형을 받아들이는 것은 그에게 너무나 무거운 십자가이며 그는 아직 준비가 되어 있지 않다고 말해준다. 이에 드미트리는 그루셴카와 함께 미국으로 도주한 후 몇 년 뒤 다시 러시아에 돌아와 외진 시골에서 평생 땅을 일구며 살겠다는 계획을 알료샤에게 알려준다. 그는 도저히 미국에서 머물러 살 수 없는데 그것은 그가 러시아를 사랑하고 러시아의 신을 사랑하기 때문이다. 미국은 또 다른 유형지에 불과하고 그곳에서의 삶은 공허할 뿐이라는 것이다. 미완으로 끝난 소설에서 드미트리의 운명은 미확정적인 채로 남겨진다. 그가 자신의 죄를 속죄하고 새로운 인간으로 부활하기 위해 십자가의 고난을 택할 것인지, 도주의 길을 택할 것인지 누구도 알 수 없다. 그러나 그가 어떤 선택을 하든지 그가 자신의 내부에서 발견한 새로운 인간은 언젠가 온전히 부활하여 그가 새로운 삶을 살아가게 되리라는 기대를 품을 여지는 충분해 보인다. 드미트리의 이야기는 이렇게 마감된다.

이제 남은 것은 이반과 알료샤다. 이반은 모스크바에서 돌아온 후 스메르쟈코프를 세 번 찾아가 그와 대화를 나눈다. 마치 언어적 결투, 혹은 복화술과 같은 대화를 통해 마침내 스메르쟈코프가 진범이라는 사실과 어떻게 범행이 이루어졌는지가 낱낱이 드러난다. 스메르쟈코프는 이반이 그와 공범일 뿐 아니라, 진짜 주범은 이반이고 자신은 이반이 용인한 범죄를 그저 행동으로 옮겼을 뿐이라고 주장한다. 왜냐하면 '모든 것이 허용된다'는 이반의 말이 그의 범죄에 정당성을 부여해 주었기 때문이다. 여기서 도스토옙스키가 가장 위험시하는 바, 미해결된 사상을 이미 확고한 진리인 양 받아들여 그것을 행동으로 옮기는 것의 문제가 제기되고 있다. 이반은 아직 확신하지 못하고 있는 사상을 스메르쟈코프는 이미 결론이 난 것으로 받아들였던 것이다. 따라서 그는 자신이 살해의 동기를 제공했다는 데 충격을 받고 고통스러워하는 이반의 모습에 절망한다. 이반의 동요는 곧 그의 살해가 정당하지 못했음을 의미하는 것이기 때문이다. 표도르에 대한 증오, 3천 루블에 대한 탐욕 때문에 살인을 감행했지만 '모든 것이 허용된다'는 전제가 없었더라면 스메르쟈코프는 감히 그런 범행을 저지르지 못했을 것이다. 따라서 그가 3천 루블을 이반에게 내어주고 재판 전날 자살해 버리는 것은 절망과 이반에 대한 복수심에서 비롯된 행동이다.

재판 전날 오랫동안 버텨온 이반의 신경은 마침내 붕괴되고 만다. '악마, 이반 표도로비치의 악몽'이라는 장에서 현실과 꿈의 경계에 선 이반은 자신의 또다른 자아인 악마와 대면한다. 악마는 이반 내부에 잠복되어 있는 믿음에의 갈망을 폭로한다. 악마는 죽은 뒤 천조 킬로미터를 걸어 천국의

문에 이르러 이 초도 지나지 않아 호산나를 외친 한 무신론자 이야기를 이반에게 들려준다. 그 이야기는 이반 자신이 생각해 낸 것으로 이반의 무의식 깊은 곳에 억눌려 있던 믿음과 영생에의 염원을 표상한다. 재판에서 이반은 '이 초의 기쁨을 위해 천조의 천조 배라도 내어줄 것'이라고 말한다. 결국 이반에게도 신의 섭리와 의도가 옳음을 인정하고 싶은 소원이 내재되어 있었던 것이다. 도스토옙스키가 말했던 대로 이반은 결코 단순한 무신론자가 아니다. 악마가 대심문관에 대해 언급하자 이반은 그것에 대해 말하기를 금한다. 악마가 아랑곳하지 않고 인신(人神)에 대한 이야기를 이어가자 이반은 매우 병적인 반응을 나타낸다. 이반이 거부한 기독교적 신의 대안적 모델인 대심문관과 인신 사상은 그가 아직 확고히 긍정하지 못한 모델이다. 가설로서의 그의 이론이 실제로 적용되어 부친살해라는 끔찍한 결과를 빚어내자 그의 이론은 공고화되기 전에 붕괴되어 버린다. 이반의 악마를 쫓아낸 알료샤는 이반을 위해 기도하면서 '하느님이 승리하실 것'이라고 생각한다. 알료샤가 기대한 이반의 영적 변화는 소설 내에서는 시작되지 않는다. 스메르쟈코프의 범죄를 알게 되었으나 재판에서 정신착란 증세를 보인 이반의 진술은 그 신빙성을 상실한다. 그후 이반은 병석에 눕게 된다. 그러나 이반은 반드시 나을 것이라는 드미트리와 알료샤의 말처럼 그가 회복되는 날, 어쩌면 그의 내면에서도 드미트리처럼 새로운 인간이 탄생할지도 모를 일이다.

이 소설의 피날레를 장식하는 것은 일류샤의 장례식과 그 이후 알료샤가 아이들과 헤어지기 전 바위 옆에서 하는 연설이다. 일류샤의 장례식은 도스토옙스키의 소설마다 빠지지 않는 눈물샘을 자극하는 장면이다. 아들을 잃은 슬픔에 반쯤 정신을 잃은 스네기료프의 애절한 부성애는 독자의 심금을 울린다. 비록 감상적인 측면이 없지 않지만 '도스토옙스키는 이거지!'라는 생각을 하게 만드는 장면이다. 일류샤의 죽음은 이 소설의 제사로 사용된 복음서의 구절과 연관된다. 땅에 떨어져 죽어 많은 열매를 맺는 한 알의 밀은 그리스도처럼 자신의 죽음으로써 살아남은 사람들에게 심오한 영향을 미치는 인물들을 상징한다. 이 소설에서 조시마 장상, 그의 형인 마르켈, 그리고 일류샤가 그런 인물들이다. 일류샤의 죽음은 콜랴를 비롯한 아이들의 마음에 한 알의 밀알로 작용한다. 알료샤는 일류샤에 대한 기억을 결코 잊지 말라고 아이들에게 당부한다. 일류샤에 대한 기억은 소년들에게 인간의 형제적 결합의 이상을 심어준다. 그리스도에 대한 기억이 교회를 하나로 맺어주듯이 그들은 일종의 교회로 서로 결합될 것이다. 소년들이 함께 손을 잡고 일류샤의 추도식에 가는 것은 그들이 형제애로 결합되었음을 보여준다.

소설은 "카라마조프 만세!"라는 소년들의 함성으로 마무

리된다. 이 함성이 의미하는 바는 무엇일까. 단순히 알료샤에 대한 소년들의 신뢰와 찬탄을 의미하는 것만은 아닐 것이다. 많은 평자들이 지적하듯이 이것은 삶 자체에 대한 긍정의 외침일 것이다. 비록 오욕과 타락 속에 빠져 있을지라도, 의심과 절망의 지옥을 가슴에 품고 있을지라도 산다는 것은 좋은 것이며, 삶을 사랑할 수 있다는 메시지가 아닐까. 표도르를 비롯해서 드미트리, 이반, 알료샤 모두 삶을 사랑한다. 삶을 증오하는 인물은 스메르쟈코프뿐이다. 그래서 그는 카라마조프의 일원이 될 수 없다. 카라마조프는 어쩌면 있는 그대로의 삶, 인간 안에 내재되어 있는 이유를 묻지 않는 삶에 대한 사랑의 기호인지도 모른다. 비록 머리로 동의할 수 없을지라도 이러한 무조건적인 삶에 대한 긍정과 사랑을 웅변하고 있기에 독자들은 소설 속의 난해한 사상을 이해할 수 없어도 계속해서 이 소설에 매료되는 듯하다.

6

 마지막으로 이 소설의 두 여주인공에 대해 짧게 언급하고자 한다. 드미트리와의 숙명적인 만남으로 인생이 송두리째 뒤바뀌어 버린 카테리나 이바노브나, 그리고 드미트리의 구원의 여인으로 등장하는 그루셴카이다. 두 여성 모두 각각 드미트리와 이반, 드미트리와 표도르, 삼소노프, 폴란드인 등 도스토옙스키가 즐겨 쓰는 삼각관계에 얽혀든다. 무엇보다 그들은 드미트리를 사이에 두고 연적이 된다. 카테리나 이바노브나와 그루셴카는 사회적인 신분과 삶의 조건이 사뭇 다른 여성이다. 카테리나는 귀족이고 고등 교육을 받았으며 유산을 상속받아 경제적으로도 부유하다. 그루셴카는 보잘것없는 집안 출신이고 교육도 변변히 받지 못했으며 스스로의 수완에 의지해 살아간다. 그러나 두 여성 모두 대단한 자존심의 소유자로 서로에게 조금도 밀리지 않는 자존심 대결을 벌인다. 결국 드미트리가 선택하는 것은 그루셴카이다. 그것은 그루셴카가 지닌 치명적인 육체적 매력 때문이기도 하지만 그녀에게 감추어져 있는 영혼의 아름다움 때문이기도 하다. 그루셴카에 대한 진실된 사랑으로 드미트리는 갱생의 길로 접어들게 된다. 그토록 오만해 보였던 그루셴카는 드미트리에게 완전히 굴복하여 그에게 자신의 전생애를 헌신하게 된다. 한마디로 그루셴카는 사랑 하나에 모든 것을 걸 수 있는 여성인 것이다.

카테리나는 어떠한가. 그녀는 드미트리에게 당한 모욕을 잊지 못하고 그를 위해 자신을 희생하고 그를 '구원'함으로써 그보다 우월한 위치에 서고자 한다. 그것만이 상처받은 그녀의 자존심을 회복시킬 수 있는 길이기 때문이다. 많은 도스토옙스키의 남녀관계에서 보이는 성대결이 드미트리와 카테리나 이바노브나 사이에도 재연되고 있다. 그것은 본질적으로 권력과 지배의 문제이다. 드미트리가 카테리나에게 끌리면서도 결국 그녀에게서 떠나는 이유가 그것이다. 그는 카테리나에게 굴복하여 그녀의 지배 하에 들어가고자 하지 않는다. 한편, 카테리나는 기꺼이 이반의 지배를 받아들이고자 한다. 그녀는 자신이 지배하고자 하는 남성이 아닌, 그녀를 지배할 수 있는 남성을 사랑하기 원한다. 이점에서 카테리나와 그루셴카는 결국 같은 길을 택한다. '여왕'이라고 추켜세움을 당하지만 드미트리와의 관계에서 그루셴카 역시 그의 '노예'가 되는 것을 기끼어 받아들이기 때문이다.

도스토옙스키는 남녀관계를 영원한 권력관계로 파악한 것이 분명한 것 같다. 그의 세계에서 남녀가 동등한 동반자가 되는 것은 불가능해 보인다. 한 성이 다른 성에 굴복하고 지배를 받아들여야만 갈등은 종결되고 평화가 가능해진다. 바람직한 것은 여성이 남성의 지배 하에 들어가는 것임은 두 말할 나위가 없다. 가부장제의 문제점을 잘 알고 있었던 도스토옙스키도 남녀관계는 사회적으로 결정되는 것이 아니라 이미 태고적부터 결정되어 있는 본질적인 것이라는 입장을 가지고 있었던 것은 아닌가 의심해보게 된다.

번역은 1976년 레닌그라드 나우카 출판사에서 발간한 30

권짜리 도스토옙스키 전집 14-15권을 사용하여 3분의 1분량으로 축약했다. 한 문장에서도 내용 전개를 위해 필수적이라고 판단되지 않는 부분은 과감히 삭제했다. 내용 연결을 위해 불가피할 경우, 서로 다른 문장에서 일부분을 연결하기도 했다. 대체로 장황한 만연체 문장을 간결하게 줄였다. 도스토옙스키의 문체를 이 축약본에서 살리는 것은 포기한 셈이다. 문체를 손상시키는 대신 사건의 흐름과 인물의 성격, 사상을 전달하는 데 역점을 두었다. 축약역이라 어쩔 수 없는 선택이었음에 양해를 구한다.

초반 표도르 파블로비치의 성격 묘사와 주인공 알료샤에 대한 서술을 많이 줄인 것은 아쉬운 점이다. 러시아 정교의 장상제도는 이 소설에서 매우 중요한 부분이지만 배경적인 설명이 많이 요구되므로 역시 아쉽지만 가능한 간단히 줄였다. 페라폰트라는 인물은 조시마 장상과 비교되는 중요한 인물인데, 역시 동방 정교에 대한 이해를 많이 필요로 하므로 내용 전개상 필수적이지 않다는 판단에서 삭제했다. 모크로예에서의 술잔치 장면도 러시아 민중의 풍속을 보여주지만 소설의 전개상 꼭 필요하지 않아 생략했다. 12권 전체는 살렸지만 장의 경우, 번역한 내용이 너무 적을 때는 장의 제목을 달지 않고 줄 간격을 띄어 표시했다. 아예 장 전체를 번역하지 않은 경우도 더러 있다. 작품의 전개상 큰 무리가 없다고 판단했기 때문임을 밝힌다. 재판 장면의 경우에는 여러

장으로 되어 있는 검사와 변호사의 말을 한 장으로 합쳤다.

이미 국내에 많은 러시아 문학 연구자들에 의해 완역본이 나와 있으므로 또다른 완역을 내는 것은 불필요한 시간과 에너지의 낭비라는 생각이 들었다. 축약본의 경우, 독자의 선택 폭을 늘려줄 수 있고 역자에 따라 서로 다른 강조점이 있을 수 있기 때문에 축약본을 내는 것은 의미있는 작업이라 여겼다. 그러나 축약본을 읽는 것이 완역을 읽는 것의 차선책임은 논의의 여지가 없다. 바라건대, 이 축약본을 읽은 독자들 중 많은 분들이 『카라마조프 형제들』 완역 읽기에 도전해 보기를 권한다. 그 징검다리 역할을 할 수 있다면 역자로서는 더 이상 바랄 것이 없다. 도스토옙스키 탄생 200주년을 맞아 의미 있는 번역을 제안해준 뿌쉬낀하우스의 김선명 원장에게 고마움을 전한다.

표도르 도스토옙스키 연보

1821년	모스크바의 자선 병원 의사인 미하일 안드레예비치의 7남매 중 둘째로 태어남.
1834년(13세)	형 미하일과 함께 체르마크 중등학교 입학.
1838년(17세)	페테르부르크 공병학교에 입학.
1839년(18세)	아버지가 영지 다로보예에서 농노들에게 살해됨.
1842년(21세)	소위로 승진.
1843년(22세)	공병학교 졸업 후 페테르부르크의 육군성에 근무. 발자크의 소설 『으제니 그랑데』 번역.
1845년(24세)	『가난한 사람들』 원고를 그리고로비치를 통해 벨린스키, 네크라소프에게 보여 주고 호평받음.
1846년(25세)	『가난한 사람들』을 『페테르부르크 문집』에 발표하고 연이어 『분신』, 『프로하르친 씨』 발표.
1847년(26세)	「아홉 통의 편지로 된 소설」을 『동시대인』에 발표, 페트라솁스키 써클에 참석, 「여주인」을 『동시대인』에 발표.
1848년(27세)	「남의 아내」, 「약한 마음」, 「정직한 도둑」, 「크리스마스 파티와

	결혼식」 등의 단편과 「백야」를 『조국 수기』에 발표.
1849년(28세)	미완의 장편인 『네토치카 네즈바노바』를 『조국 수기』에 발표. 4월 페트라솁스키 써클에서 벨린스키의 "고골에게 보내는 편지"를 낭독하고, 이로 인해 4월 23일 체포되어 페트로파블롭스크 요새에 수감되어 사형을 선고받음. 12월 세묘노프 광장에서 사형 집행 도중 사면되어 4년의 시베리아 수형과 4년의 군복무를 언도받음.
1850년(29세)	옴스크 감옥에 수감됨.
1854년(33세)	감옥에서 풀려나 세미파라틴스크에서 사병으로 복무. 마리야 이사예바를 만나 교제 시작.
1857년(36세)	마리야 이사예바와 결혼.
1859년(38세)	페테르부르크로 이주. 희극 소설 『아저씨의 꿈』과 『스테판치코보 마을 사람들』 발표.
1861년(40세)	형 미하일과 함께 잡지 『시대』를 발간하고 자신의 소설 『상처받은 사람들』 연재. 자신의 유형 생활을 토대로 한 소설 『죽음의 집의 기록』 발표.
1862년(41세)	독일, 프랑스, 영국을 방문하며 게르첸, 바쿠닌 등의 러시아 사상가들을 만남.
1863년(42세)	유럽 여행에 대한 인상을 『여름 인상에 관한 겨울 메모』를 통해 발표. 잡지 『시대』가 폐간됨.
1864년(43세)	잡지 『세기』 발간. 장편 『지하로부터의 수기』 발표. 아내가 폐병으로 사망하고 3개월 뒤 형 미하일 사망.

1865년(44세)	재정난으로 잡지『세기』정간.
1866년(45세)	『죄와 벌』발표. 바덴바덴에서의 도박 경험을 토대로 소설『도박자』탈고. 속기사인 안나 그리고리예브나에게 자신이 구술하는『도박자』를 속기하도록 함. 안나 그리고리예브나에게 청혼.
1867년(46세)	안나 그리고리예브나와 결혼하고 유럽을 여행하며 드레스덴, 제네바, 플로렌스 등에 거주.
1868년(47세)	첫 딸 소피야가 제네바에서 사망.
1869년(48세)	장편『백치』완성. 드레스덴에서 둘째 딸 류보프 탄생.
1870년(49세)	『영원한 남편』발표.
1871년(50세)	페테르부르크로 돌아와서『러시아 소식』에『악령』발표. 첫 아들 표도르 탄생.
1875년(54세)	『미성년』발표. 둘째 아들 알료샤 탄생.
1876년(55세)	『온순한 여자』발표.
1877년(56세)	『우스운 인간의 꿈』발표.
1878년(57세)	세 살이던 아들 알료샤가 간질로 사망. 철학자 솔로비요프와 함께 옵티나 푸스틴 수도원 방문함.
1879년(58세)	『카라마조프 형제들』발표 시작, 이듬해 단행본으로 완성.
1880년(59세)	푸쉬킨 동상 제막 연설에서 슬라브 민족의 단결을 역설하여 좋은 반응 얻음.
1881년(60세)	1월 폐기종 파열로 사망. 알렉산드르 넵스키 수도원에 영면.

지은이 표도르 도스토옙스키

1821년 모스크바의 마린스키 자선 병원의 수석 의사인 미하일 안드레예비치와 상인 가문 출신의 마리야 표도로브나의 7형제 중 둘째로 태어났다. 모스크바의 사립 기숙학교를 졸업한 뒤 아버지의 뜻에 따라 페테르부르크의 공병학교에서 수학했다. 이후 공병국에 취직했지만 1년 동안 다니다가 퇴직했고 이 무렵 발자크의 『으제니 그랑데』를 번역하며 (1843) 작가의 길을 가기로 결심한다. 이후 처녀작 『가난한 사람들』을 발표하여 당대 러시아의 영향력 있는 비평가 벨린스키로부터 '제2의 고골'이라는 호평을 받았다. 하지만 이후 발표한 일련의 소설들(『분신』, 『프로하르친 씨』 등)은 그다지 좋은 반응을 얻지 못하였다. 1849년부터 페트라솁스키가 주도하는 비밀 사상 조직에 가담하여 프랑스의 공상적 사회주의에 심취했고, 얼마 후 체포되어 벨린스키의 "고골에게 보내는 편지"를 낭독했다는 이유로 사형을 선고받았으나 사면되어 시베리아 유형에 처해진다. 그는 옴스크에서 4년간의 유형생활을 마치고 나서 세미파라틴스크에서 일병으로 복무하며 1857년에 과부인 마리야 드미트리예브나와 결혼한다. 1859년에 작가는 '희극적인 소설'을 기획하여 『스테판치코보 마을 사람들』과 『아저씨의 꿈』을 집필함으로써 문단에 복귀한다. 그러나 무엇보다 작가의 명성을 드높인 소설은 화자인 고란치코프를 통해 자신의 유형 경험을 세밀하게 기록한 소설『죽음의 집의 기록』(1861)이다. 이 소설은 톨스토이로부터도 극찬을 받은 것으로 알려진다. 이후 작가는『상처받은 사람들』을 발표하고 처음으로 유럽 여행길에 오른다. 자신의 여행에 관한 인상을『여름 인상에 관한 겨울 메모』에 기록한다. 그는 서유럽 국가들의 화려함 뒤에 숨겨진 모순과 비인간적인 측면들에 비판적 시각을 던진다. 그리고 이듬해 여대생인 아폴리나리야 수슬로바와 유럽으로 사랑의 도피 여행을 떠난다. 하지만 수슬로바는 스페인 의대생과 사랑에 빠짐으로써 작가에게 상처를 준다. 당시 작가는 형 미하일과 함께 잡지『시간』,『세기』를 발간하여 경제적으로 어려웠다. 작가는 잡지에서, 모든 것을 포용하는 러시아의 대지를 기반으로 하여 민중과 인텔리의 단결을 강조하는 '대지주의'를 역설하며 체르느이솁스키와 피사레프와 논쟁을 벌였다. 그런데 1864년에 폐병을 앓던 아내와 형이 차례로 사망하는 비극을 맞게 된다. 이러한 비극적인 상황 속에서도 작가는 1860년대의 공리주의와 이성주의에 대한 반박을 은닉된 논쟁의 형식으로 풀어 나간 소설『지하로부터의 수기』를 발표하여 이후 관념적인 장편소설로 가는 교량을 마련한다. 1865년에 수슬로바에게 청혼하였으나 거절당하고 독일의 비스바덴에서 룰렛 도박에 빠지게 되는데, 작가는 자신의 도박 경험을 토대로 소설『도박자』를 썼다. 당시 자신이 고용한 속기사 안나 그리고리예브나와 사랑에 빠져 그녀와 재혼하게 된다. 이후 작가는 5대 장편, 즉 초인 사상에 빠진 대학생 라스콜니코프의 살인 및 죄와 회개를 다룬『죄와 벌』, 그리스도와 돈키호테를 모델로 긍정적으로 아름다운 주인공 므이시킨을 제시한『백치』, 1860년대 러시아 허무주의와 무신론에 빠져 동료를 살해하는 젊은이들의 비극을 다룬 『악령』, 두 아버지 사이에서 방황하는 아르카디의 수기를 근간으로 한 『미성년』, 그루센카라는 여인을 두고 사랑을 쟁취하고자 하는 부자간의 경쟁과 친부 살해, 이반의 대심문관에 대한 서사시로 나타나는 반신론과 인신론, 동생 알료샤와 조시마 장로의 겸허한 사랑, 신인론과 대립되는 모티프를 다룬 『카라마조프 형제들』을 발표하면서 러시아 문학을 대표하는 대문호의 반열에 오르게 된다. 뿐만 아니라 1880년 모스크바에서 열린 푸쉬킨 동상 제막 연설에서 러시아 민족의 단결과 형제애를 강조하며 청중들의 열광적인 반응을 불러일으켰다. 그리고 이듬해 페테르부르크에서 폐기종 파열로 사망하여 알렉산드르 넵스키 수도원에 묻혔다.

옮긴이 허선화

고려대학교 노어노문학과 석사. 러시아 상트페테르부르크 국립과학아카데미 산하 러시아연구소 박사.

도스토옙스키 연구의 권위자인 V. E. 베틀롭스카야를 지도교수로 하여 박사 논문 『정교 콘텍스트에서 본 도스토옙스키 미학의 문제들』을 썼다. 고려대, 부산대, 대전대, 조선대, 장신대, 충남대, 한남대 등에서 러시아 문학과 역사, 문화 등을 강의했으며, 현재 한남대 탈메이지교양교육대학에서 러시아 문화 예술에 대한 강의를 하고 있다.

역서로는 『교회는 하나다/서구 신앙 고백에 대한 정교 그리스도인의 몇 마디』(2010), 『러시아 신학의 여정 1,2』(2016), 『교리신학 연구』(2020)가 있고, 『바흐찐과 기독교』(2009), 『정교신학개론』(2017)을 공역했다.

2003년도에 기독교 러시아어문학 연구자들을 중심으로 '러시아 기독문화 연구회'를 결성하여 러시아 정교 문화에 대한 연구 및 번역 활동을 꾸준히 해 오고 있다. 함께 공역한 책으로는 『바흐찐과 기독교』(2009), 『정교신학개론』(2017)이 있으며, 러시아 정교 영성의 고전 중의 고전이라 할 수 있는 『도브로톨류비예』를 현재 공역하고 있다.

가볍게 읽는 도스토옙스키의 5대 걸작선
카라마조프 형제들

초판 인쇄 2021년 10월 01일
초판 2쇄 2025년 11월 06일

지은이 표도르 도스토옙스키
옮긴이 허선화
펴낸이 김선명

펴낸곳 뿌쉬낀하우스
편집 엄올가, 송사랑
디자인 김율하
주소 서울시 중구 퇴계로20나길 10 202호 뿌쉬낀하우스
전화 02)2237-9387
팩스 02)2238-9388
이메일 book@pushkinhouse.co.kr
홈페이지 www.pushkinhouse.co.kr
출판등록 2004년 3월 1일 제 2004-0004호

ISBN 979-11-7036-060-5 04890
      978-89-92272-48-3 04890(세트)

Published by Pushkinhouse. Printed in Korea
Korean Translation Copyright ⓒ2021 by 허선화 & Pushkinhouse
저작권법에 의해 보호를 받는 저작물이므로 무단 전재와 무단 복제를 금합니다.

*잘못된 책은 바꿔드립니다.